春潮NOV+

回到分歧的路口

The Signature of All Things

万物的签名

[美]
伊丽莎白·吉尔伯特
Elizabeth Gilbert

著

何佩桦

译

中信出版集团 | 北京

图书在版编目（CIP）数据

万物的签名 /（美）吉尔伯特著；何佩桦译. -- 北京：中信出版社，2015.3（2022.7 重印）
书名原文：The signature of all things
ISBN 978-7-5086-5005-0

Ⅰ.①万… Ⅱ.①吉…②何… Ⅲ.①长篇小说-美国-现代 Ⅳ.①I712.45

中国版本图书馆 CIP 数据核字 (2014) 第 310794 号

THE SIGNATURE OF ALL THINGS
Copyright © 2013, Elizabeth Gilbert
Simplified Chinese translation copyright © 2022 by CITIC Press Corporation
ALL RIGHTS RESERVED

本书仅限中国大陆地区发行销售

万物的签名

著　者：[美]伊丽莎白·吉尔伯特
译　者：何佩桦
出版发行：中信出版集团股份有限公司
　　　　（北京市朝阳区惠新东街甲 4 号富盛大厦 2 座　邮编　100029）
承　印　者：嘉业印刷（天津）有限公司

开　本：880mm×1230mm　1/32　印　张：16　字　数：437 千字
版　次：2015 年 3 月第 1 版　印　次：2022 年 7 月第 9 次印刷
京权图字：01-2014-0415
书　号：ISBN 978-7-5086-5005-0
定　价：78.00 元

版权所有·侵权必究
如有印刷、装订问题，本公司负责调换。
服务热线：400-600-8099
投稿邮箱：author@citicpub.com

生命的本质，我们看不穿；
但生命的造化，我们了然于心。
——
珀西瓦尔勋爵

献给

我的外婆莫德·埃德娜·莫科姆·奥尔森

纪念她的一百岁诞辰

目 录

◊

序幕 —— 1

卷一
热病之树
5

卷二
白亩庄园的小梅
47

卷三
骚乱的信息
163

卷四
使命的后果
327

卷五
苔藓馆馆长
437

致谢 —— 501

序幕

  阿尔玛·惠特克，与世纪同生，在一八〇〇年一月五日滑入我们的世界。

  很快——几乎是立刻，各种各样的看法就开始围绕着她。

  阿尔玛的母亲第一眼看到女儿，就对自己的成果十分满意。比阿特丽克斯·惠特克迄今为止运气不佳，始终未能生出个继承人。她的前三次受孕尝试，在进入胎动期前，就如悲伤的小溪般消失无踪。她最近一次的尝试——一个完美成形的儿子，直挺挺地来到生命边缘，随后却在他本该出生的早晨改变了主意，降临初始即已辞世。在经历了如此痛苦的遭遇后，任何活下来的孩子都是令人满意的。

  比阿特丽克斯抱着健壮的宝宝，用自己的荷兰母语喃喃地祈祷。她祈求女儿长大后健康、明理、懂事，永远不和浓妆艳抹的女孩凑到一起，或被低俗的故事逗得发笑，或和漫不经心的男人坐在赌桌旁，或读法国小说，或行为举止像野蛮的印第安人，或以任何方式成为最大的家门耻辱；换句话说，长大后别成为傻瓜。她如此结束了祝愿——对比阿特丽克斯·惠特克这样严肃的女子来说，这就是祝愿了。

  产婆是土生土长的德国人，她认为这是一户体面的家庭里一场体面的诞生，因此阿尔玛·惠特克是个体面的宝宝。卧室温暖，汤和啤酒免费供应，妈妈身体健康——正符合大家对荷兰家庭的期望。何况，产婆知道自

1

己将拿到报酬,一笔丰厚的报酬。任何一个带来财富的宝宝都是不错的宝宝。因此,她也为阿尔玛献上了一份祝福,尽管不是过度热情的祝福。

庄园主管汉娜克·德格鲁特则不以为然。宝宝既非男孩,也不漂亮。她的脸就像一碗粥,苍白得像漆过的地板。就像所有的宝宝一样,这个宝宝将带来工作。而就像所有的工作一样,这份工作可能要落在她的肩上。不过,她到底还是给了孩子祝福,因为给新生宝宝送上祝福是一种责任,而汉娜克总是履行她的责任。汉娜克给产婆清算完报酬后便送走了她,并更换了床单。她身边有个年轻女仆帮忙,尽管女仆不怎么能干。这个多话的乡下女孩才刚来庄园不久,比较乐于看着宝宝,而无意于整理房间。女仆的名字不值一提,因为汉娜克认为这女孩一无是处,隔天便将她开除,没开介绍信便打发她走了。虽然如此,当天晚上,一无是处、在劫难逃的女仆仍绕着新生宝宝团团转,渴望着拥有自己的宝宝,赐给了小阿尔玛一份颇为甜美真挚的祝福。

迪克·扬西——一个高大威严的约克郡人,在庄园的男主人手下工作,担任他一切国际贸易事项的铁腕执行者(那年一月,扬西碰巧住在庄园,等着费城的港口解冻,前往荷属东印度群岛),他对于新生婴儿没多少话说。坦白而论,在任何情况下,他的话都不太多。得知惠特克夫人产下健康的女婴,扬西先生只是皱皱眉,以其特有的简洁语言表示:"难搞,活着。"这可是祝福?很难说。姑且让我们假定他并无恶意,就当这是祝福吧。当然,他绝无诅咒的意思。

至于阿尔玛的父亲——庄园主人亨利·惠特克——则对孩子很满意——相当满意。他不介意宝宝不是男孩,也不介意她不漂亮。他并未赐给阿尔玛祝福,只因为他不是那类赐福的人。("上帝的事不关我的事。"他经常这样说。)不过,亨利仍毫无保留地赞赏他的孩子,因为他创造了他的孩子。亨利·惠特克的人生哲学是毫无保留地赞赏他所创造的一切。

为了纪念这一刻,他从自己最大的温室里摘下了一颗凤梨,把它分成几份，和家里的每个人共享。外面正在下雪，十足的宾夕法尼亚州冬季，然而这男人拥有数间自己设计的燃煤温室——这些温室不仅使他成为美洲所有园艺家和植物学家羡慕的对象，也给他带来大笔财富，如果他想在一月吃凤梨，感谢上帝，他就能吃到凤梨。同样，三月也能吃到樱桃。

而后他回到书房，打开自己的账本，像每天晚上那样，将各种各样正式和私下的庄园事务记录下来。他开始写道："一个高'桂'有'曲'的新成员加入了我们。"然后记下阿尔玛出生的细节、时间和开支。他的笔迹潦草得可耻，每个句子都拥挤混杂着大小写字母，悲惨地紧贴在一起，彼此相叠，仿佛想从纸页中挣脱出来。他的拼写天马行空，他的标点符号给人带来忧愁的叹息。

可亨利还是事无巨细地记下了一切。做记录对他很重要。他知道这些记录在任何一个受过教育的人看来都很不像话，却也知道绝没有人会看到他的文字——除了他的妻子。待比阿特丽克斯身体复原后，她将和往常一样，把他的记录抄写在她自己的账簿上，亨利的潦草字迹转变成优雅文体，成为正式的家庭记载。比阿特丽克斯，他一生的伴侣，远超所值。她将为他完成这项任务，以及除此之外的许许多多其他任务。

上帝保佑，她不久就会复原。

桌上的文件已经堆积如山。

卷一

◊

热病之树

1

人生的头五年,阿尔玛确实只不过是这个世界的一员——在如此幼小的时候,我们都是如此,因此她的故事不算高贵,也不是特别有趣,只能说,这个平凡的孩子安然无恙地度日,被财富包围,其富裕程度在当时的美国,即便在高雅的费城,也几乎闻所未闻。她的父亲如何拥有这一大笔财富是个值得谈论的故事,姑且趁我们等这女孩长大的工夫,先在此娓娓道来。在一八〇〇年,一个出身贫寒、几乎不识字的男人成为城里最有钱的居民,是一件比以往任何时候都更不寻常的事,因此,亨利·惠特克致富的方式确实有趣——尽管或许并不高贵,正如他自己也会率先承认的那样。

亨利·惠特克一七六〇年出生于伦敦溯泰晤士河而上的里士满村。他是家里最小的儿子,父母贫寒,已经生了太多的孩子。他在两间小屋里长大,脚下是踏平的泥地,头上是勉强能遮风挡雨的屋顶,炉前几乎天天都有食物,有个不喝酒的母亲、不揍家人的父亲——换句话说,和当时的许多家庭相比,几乎过着很有教养的生活。他的母亲甚至在屋后有块自留地,像贵妇人那样种飞燕草和羽扇豆作为装饰。不过,亨利并未被飞燕草和羽扇豆蒙骗。他自小和猪隔墙而睡,在他的生命中,贫穷无时无刻不让他觉得难堪。

倘若他从未见过周遭的财富,用以比较自己贫寒的家境,亨利对自己的命运或许会少些不满——但这男孩在成长过程中不仅目睹了荣华富贵,更见识了皇家气派。里士满有一座王宫,以及被称作邱园的皇家公园,由奥古斯塔王妃负责专业栽培。她从德国带来园艺家,渴望把真实卑微的英国草地弄成虚假的王室景观。她的儿子,未来的国王乔治三世,在此度过他孩童时的夏天。乔治登基后,试图让邱园成为一座足以与欧洲大陆上其他对手国相匹敌的植物园。英国人偏居在湿冷孤立的岛上,在植物研究方面远远落后于欧洲其他国家,因此乔治三世迫不及待地想迎头赶上。

亨利的父亲是邱园的果树栽培师——一个谦卑的男人,受主子们尊重,任何谦卑的果树栽培师都会受人尊重。老惠特克先生具有让果树结果的天赋,对果树本身也抱有崇敬。("它们与众不同,"他说,"他们花钱买地找麻烦。")有一次他把生了病的标本幼芽嫁接在强壮的根茎上,以黏土固定,因而拯救了国王最心爱的苹果树。那一年,苹果树从新枝长出果实,不久便硕果累累。为此奇迹,老惠特克被国王亲自起了个"苹果魔术师"的绰号。

苹果魔术师尽管拥有天赋,却是淳朴之人,还有个羞怯的妻子,可不知怎么的,他们生出六个粗暴的儿子(其中一个男孩被唤作"里士满恐怖之星",还有两个在酒馆斗殴中死于非命)。年纪最小的亨利,在某些方面是他们当中最粗鲁的一个,或许也只有这样,才能在兄弟之间求得生存。他是只顽强、耐力超群的小赛犬,一个瘦小的"爆炸装置",能坚强地挨哥哥们痛扁。他勇猛无畏,因而经常接受其他人的试炼,他们喜欢怂恿亨利铤而走险。即使撇开他的哥哥们不谈,亨利也会是个危险的实验家,非法纵火者,在屋顶蹦来跳去嘲弄家庭主妇的人,更小的孩童的威胁者,一个就算从教堂尖塔掉下来或者淹死在泰晤士河也没有人会感到意外的男孩——尽管纯粹出于凑巧,这些场景从来没发生过。

不过,和哥哥们不同的是,亨利尚有一点可取之处。确切而言,是两点:他很聪明,而且喜欢树木。倘若说他像他父亲那样敬仰树木可能言过其实,不过他喜欢树木,因为在他贫困的世界中,树木是能让他轻易学习了解的少数东西之一,而经验让亨利懂得,学习会使一个人具有优势。如果想继续生存(亨利确实想),如果想大展宏图(亨利也想),那么任何学得到的东西都应该去学。拉丁文、写作、箭术、骑马、跳舞——这些全无亨利的份儿,可是他有树木,有苹果魔术师父亲不厌其烦地教导他。

因此,亨利学会使用每一种接枝工具:黏土、蜡和刀,学会以合宜的技巧接芽、引导、劈裂、栽植和修剪。他学会在土壤保水紧实的春季和土壤松软干燥的秋季移植树木;他学会用木桩固定杏树,给它们盖上布以防风灾、在橘园栽植柑橘、熏走醋栗上的霉、截去无花果树的病枝,以及何时只需放宽心等待;他学会撕去老树的残破树皮,不带一丝感伤或后悔的情绪,将树枝彻底撕到地面,以挽救它垂死的生命,让它再多活个十几年。

亨利从他父亲那里学了不少东西,尽管父亲在他眼里堪称懦弱,让他感到羞耻。亨利推想,倘若老惠特克先生果真是苹果魔术师,那么国王的赞赏何以未能转化为财富?愚蠢的人都赚了钱——而这些人还真不少。何以惠特克家仍与猪同住?而不远处就是王宫绿色的大草坪和宫女街上的舒适寓所,王后的侍女们睡在法国亚麻床单上。亨利有天爬到雕琢华丽的花园围墙墙顶上,看到一位仕女身穿象牙色礼服,骑着一匹完美的白马,正在练习马术,一名侍从拉着小提琴给她助兴。里士满有人过着这样的生活,而惠特克家却连地板都没有。

亨利的父亲从来没争取过什么。三十年来挣着同一份微薄的工资,也从来没有提出过一次异议;在户外的恶劣气候下长时间干活儿,以致毁了自己的健康,对此他也从来没抱怨过。亨利的父亲人生中的每一步都走得谨小慎微,尤其在与上等人打交道的时候,而他把每个人都看成上等人。老惠特克先生始终主张,绝不得罪人,绝不占便宜,即使是送上门来的便宜也不占。他对儿子说:"亨利,别意气行事。你只能杀一次羊,可是只要谨慎小心,你每年都能剪羊毛。"

有个如此软弱、容易心满意足的父亲,亨利除了用自己的双手紧紧抓住他所能抓住的东西之外,还能期望从人生中取得什么?一个人应当获利,亨利十三岁时便开始告诉自己。一个人应该每天都杀一只羊。

可是去哪儿找羊?

从那时起,亨利开始偷窃。

⁜

十八世纪七十年代中叶,邱园已成为植物界的诺亚方舟,收藏了数以千计的标本,以及每周新到的货物——来自远东的绣球花、中国的木兰、西印度群岛的蕨类。更重要的是,邱园有个雄心勃勃的新总管:约瑟夫·班克斯爵士,他是库克船长的"奋进号"三桅帆船上的首席植物学家,刚从成功的环球航行中归来。班克斯不领薪水(他说他只关心大英帝国的荣耀,尽管有些人认为他只是有点儿关心"班克斯爵士"这个名号带来的荣耀),现在正满怀激情地采集植物,决心打造一座蔚为壮观的国家园林。

哦,班克斯爵士!那位长相俊美、爱拈花惹草、野心勃勃、求胜心切的冒险家!这男人与亨利的父亲截然不同。二十三岁的时候,在一年六千英镑的遗产庇荫下,班克斯成为英国最有钱的人之一,他还被公认为最英俊的男人。班克斯大可闲暇奢侈地度过一生,可他并未那么做,而是设法成为最具胆识的植物探险家——从事这项事业的同时,却并未牺牲一丁点儿的奢华或绚丽。班克斯自掏腰包,为库克船长的首次远征支付大笔费用,这使他有权利把两名黑人男仆、两名白人男仆、一名备用植物学家、一名科学研究秘书、两名美术家、一名绘图员和一对意大利灵缇犬带上了那艘狭窄的船。探险途中,班克斯勾引过塔希提[1]皇后,和野蛮人在海滩上裸舞,在月光下观看异邦女孩为臀部刺青。他把一个叫欧迈的塔希提男子带

---

1 塔希提(Tahiti),太平洋东南部法属波利尼西亚最大岛屿。(以下如无特殊说明,均为编者注。)

回英国当宠物,还带回了近四千种植物标本——其中近半数在科学界前所未见。班克斯爵士是英国最有名、最帅气的男人,亨利对他万分崇拜。

可亨利仍然从他那里偷了东西。

只因为机会就在那里,而且是如此明显的机会。班克斯在科学界不仅以伟大的植物收藏家闻名,他还是个伟大的植物囤积者。在那些讲究礼貌的年代,研究植物的绅士通常会彼此间自由地分享他们的发现,班克斯却不分享任何东西。教授、达官贵人、收藏家们从世界各地前来邱园,带着合理的期望,希望取得种子和插枝,也想从班克斯庞大的植物标本室取得样本——班克斯却一一打发他们走。

班克斯是个囤积者,这让年轻的亨利很崇拜他(倘若亨利有任何宝藏的话,他也不会分享),然而,在这些挫败的国际访客气恼的脸上,亨利很快看到了机会。他等在邱园外面,在访客正要离开的时候拦住他们,偶尔会碰上他们正以法语、德语、荷兰语或意大利语咒骂班克斯。亨利走上前去,问他们想要什么样本,并答应他们在周末前取得这些样本。他总是随身携带小册子和木工笔,假如这些人不会说英语,亨利便请他们绘图示意。他们都是杰出的植物艺术家,因此表明自己的需求并非难事。深夜时分,亨利偷偷潜入温室,从那些让巨炉在寒夜通宵燃烧的工人面前飞奔而过,偷盗植物牟取利润。

他恰好是这项任务的合适人选。他精于植物鉴定,善于保存插枝,在园区是张熟悉的面孔,不会引发猜疑,并且擅长掩盖自己的踪迹。最重要的是,他似乎不需要睡眠。他白天在果园和父亲一起干活,然后彻夜行窃——稀有植物、珍贵物种、仙履兰、热带兰花、来自新大陆的食肉奇植。他还把尊贵绅士们画给他的植物素描全部保存下来,予以研究,直到他对世人渴望的每一株植物的雄蕊、雌蕊都了如指掌。

就像所有能干的窃贼一样,亨利对自身的安全谨小慎微。他不把自己的秘密告诉任何人,他把自己的进账埋在邱园各处。他不曾花过一分钱。

他让他的银币像好砧木一样,在土壤中休眠。他累积财富,等待日后大量喷发,为自己买下成为有钱人的特权。

不到一年的时间,亨利已经有不少常客。其中有个上了年纪、来自巴黎植物园的兰花培育者,给了这男孩恐怕是他此生的第一句恭维:"你是个有用的臭小子,是吧?"不到两年的时间,亨利的生意越做越大,不仅将植物卖给认真看待植物的人,也卖给在伦敦渴望收藏珍稀标本的富绅圈。不到三年,他把植物样本非法运往法国和意大利,用苔藓和蜡巧妙地包装插枝,以保证植物样本平安抵达目的地。

可是最后,三年的不法冒险之后,亨利被逮了个正着——而且是被自己的父亲。

平日睡得很沉的老惠特克先生,有天发现儿子在午夜过后离开家门。出于一个父亲本能的怀疑,他感到万分难过。于是他跟踪亨利来到温室,目睹了筛选、行窃、巧妙包装的过程。老惠特克立即看出盗贼作案的谨慎行径。

亨利的父亲没揍过儿子,即使在儿子们应该被揍的时候(而他们经常应该被揍),当天晚上他同样没揍亨利,也没直接和儿子对质。亨利甚至不知道自己已经被逮住了。不,老惠特克先生做了件更糟的事。第二天早上,他立即要求与班克斯爵士单独会面。像老惠特克这样一个穷光蛋,要求和班克斯这样的绅士谈一谈,这事儿可不多见。可是三十年来孜孜不倦的劳动,使亨利的父亲在邱园赢得了尊重,足以获得"打扰"的权利,即便仅此一回。没错,他是个又老又穷的人,可他也是苹果魔术师,拯救了国王最心爱的树,这一头衔给了他通行证。

老惠特克几乎是跪倒在班克斯面前,垂着头,像圣徒一样地忏悔。他供出儿子亨利的可耻事迹,以及他对亨利恐怕已行窃多年的猜疑。他提出辞去邱园的职位作为惩罚,只要能让他的孩子免遭逮捕或伤害。苹果魔术师答应带全家人远离里士满,保证邱园和班克斯从此不再被惠特克的名字玷污。

果树栽培师高尚的荣誉感给班克斯留下了深刻印象，他拒绝了老惠特克的辞呈，派人去把亨利本人找来。当然，这同样很罕见。如果说班克斯爵士在书房接见一个文盲园丁实属罕见，那么他接见一个文盲园丁的十六岁儿子则是天方夜谭。或许，他应当把这孩子直接抓起来了事。然而，偷窃可是绞死罪，比亨利年幼许多的孩子都被处以绞刑了——而他们的罪行还要轻微许多。尽管自己的收藏遭人侵袭很是难堪，班克斯却对这位父亲深表同情，因此在召来执法官之前，他决定自己先行调查问题人物。

问题人物走进班克斯爵士的书房，原来是个瘦高、黄头发、寡言、眼神迷蒙、肩膀宽阔、胸膛凹陷的年轻人，苍白的皮肤因为经常暴露在风雨和阳光下，已经磨损。这孩子虽然营养不良，个子却很高，有一双大手。班克斯看出他将来会长成大个子，只要他能吃得好。

亨利不是很清楚自己何以被召来班克斯的办公室，不过他的脑袋足以猜到最坏的情况，因此大感惊慌。唯有通过十足的倔强顽抗，他才能在走进班克斯的书房时，不被人看出在发抖。

不过老天爷，这书房真美！班克斯的穿着多么华丽，他戴着光洁的假发，一身闪亮的黑色天鹅绒套装，还有亮晶晶的鞋扣和白长袜。亨利刚走进房门，就已为雅致的红木办公桌估出价钱，他贪婪地扫视堆在每个书架上的精美收藏盒，欣羡地打量挂在墙上的库克船长的俊美肖像。老天爷，光是肖像框，肯定就值九十英镑！

亨利和他的父亲不同，他并未在班克斯面前躬着腰，而是站在这位大人物的面前，直视对方的眼睛。安坐着的班克斯，准许亨利默默站在那里，或许在等他认罪或求情。可是亨利没有认罪、没有求情，也没有羞愧地低下头去。假如班克斯爵士以为，亨利在这种棘手的情况下会愚蠢到先开口说话，那他真是不了解亨利。

因此，经过良久的沉默后，班克斯说："告诉我——我有什么理由不该看见你上绞架?"

就这样了,亨利心想,我被逮住了。

虽然如此,这孩子还是赶忙想出了一个计划。他必须找个策略,而且必须在极短的时间内找到。他毕生遭到哥哥们莫名其妙的殴打,对争斗可不是一无所知。当一个更大、更强的对手先出手时,你在被撂倒之前只有一个机会反击,因此最好来个出其不意。

"因为我是个有用的臭小子。"亨利说道。

班克斯喜欢出其不意的事情,因此吃惊地大笑起来:"不得不说,我看不到你的'有用',年轻人。你为我做的,就只是偷走我来之不易的宝藏。"

这不是一句提问,可亨利依然开口答复。

"我本来可以扯点儿谎。"亨利说道。

"你不否认这件事?"

"大吼大叫都无法改变事实,不是吗?"

班克斯又笑了。他或许以为这孩子是在做样子装勇敢,可亨利的勇气一点儿也不假,就像他的恐惧,就像他的毫无悔意一样真实。终其一生,亨利始终认为懊悔毫无用处。

班克斯改变策略:"我得说,年轻人,你父亲可真对你伤透了脑筋。"

"我对他也是,阁下。"亨利还击道。

班克斯再一次吃惊地大笑:"这样啊?那个好好先生对你造成过什么伤害?"

"让我没钱,阁下。"亨利说道。突然之间他恍然大悟,又加上一句:"是他,对不对?是他跟你告的密?"

"没错。他这人很诚实,你父亲。"

亨利耸耸肩:"对我可不,是吧?"

班克斯琢磨着这句话,点点头,慷慨地认同这一点。而后他问:"你把我的植物卖给了什么人?"

亨利数着手指一一列出名字："曼西尼、弗勒德、威林克、勒法夫尔、迈尔斯、萨瑟、艾华舍夫斯基、弗埃勒、莱西格勋爵、加纳勋爵……"

班克斯挥挥手打断他，目瞪口呆地盯着男孩。说来也奇怪，假如这份名单不那么响亮，班克斯或许会更生气。然而这些可是当时植物界最受尊敬的人物，其中有些人还被班克斯称为朋友。这男孩是怎么找到他们的？这些人当中有些已有多年没来英国了，这孩子肯定在做出口。这小子在他眼皮底下干了什么勾当？

"你怎么知道如何处理植物？"班克斯问道。

"我这辈子一直都懂植物，阁下。就好像我出生前就懂似的。"

"这些人有没有付你钱？"

"不然他们拿不到想要的植物，不是吗？"亨利说道。

"你肯定赚了不少。事实上，这些年你肯定已经累积了一大笔财富。"

狡猾的亨利不愿回答这个问题。

"你怎么花你所赚到的钱，年轻人？"班克斯继续问下去，"我看不出你把钱投资在了衣服上。毫无疑问，你赚的钱归邱园所有。那么，钱都在什么地方？"

"没啦，阁下。"

"花到哪儿去了？"

"色子上，阁下。我有好赌的毛病，您瞧。"

这未必是实情，班克斯心想。不过，这小子肯定是他遇到过的胆子最大的人。班克斯觉得挺有意思。毕竟，他是一个曾把野蛮人当宠物养的人，而且老实说，他本身也很享受半野蛮人的"美誉"。他的身份要求他至少得表明自己赞赏贵族风范，可是私底下，他更喜欢带点狂野的东西。而亨利是一只多么狂野的小公鸡！班克斯越来越不愿把这个人类当中的奇葩交给警察了。

洞晓一切的亨利自然也洞晓班克斯的脸色起了变化——柔和下来的表

情,逐渐绽放的好奇,一丝得以救他一命的机会。沉浸在自我保护的冲动中,亨利最后一次朝这丝机会一跃而去。

"别把我绞死,阁下,"亨利说,"这么做你会后悔。"

"那你建议我怎么处置你?"

"用我。"

"我为什么要这么做?"班克斯问道。

"因为我比谁都干得好。"

2

因此，亨利最后并未上绞刑台，他的父亲也没丢掉邱园的职位。惠特克家奇迹似的得到赦免，亨利仅被处以"流放"，被班克斯爵士派去航海，看看这世界将如何造就他。

那是一七七六年，库克船长即将展开他的第三次环球航行。班克斯未参加此次远征。简言之，他没有受到邀请。第二次航行他也未被邀请，这已经使他耿耿于怀。班克斯的铺张浪费和哗众取宠使库克船长很是头痛，他因此丢脸地被他人取代。库克此次的旅伴是个较为低调的植物学家，一个比较容易控制的人——大卫·纳尔逊，这位先生来自邱园，是个怯懦但能干的园艺家。然而，班克斯也想在此次航行中以某种方式插上一手，他巴不得监视纳尔逊的植物采集行动。他不愿意让任何重要的科学研究工作背着他进行，因此他安排亨利参加远征，担任纳尔逊的一名助手，利用这小子观察一切、学习一切、记住一切，而后将一切汇报给班克斯。对于亨利·惠特克，还有什么比当告密者更好的用途呢？

再者，把亨利放逐到海上，是让这孩子远离邱园数年的好计策，与此同时，还可以保持一段安全距离，判断这位亨利到底可能成为什么样的人。三年都待在船上，将提供大把的机会让这孩子的真性情显现出来。如果他们最后将亨利以小偷、杀人犯或叛徒的罪名绞死……那可是库克的问题，不是班克斯的。或者，这孩子也许能证明自己的实力，那么，他被这次的远征剔除一些野性后，未来即可让班克斯延揽为己用。

班克斯这么向纳尔逊先生介绍亨利："纳尔逊，来见一下你的新副手，亨利·惠特克先生。他是个有用的臭小子，而且我相信你会发现，讲到植物，他好像出生前就懂了。"

而后，在把亨利派去航海前，班克斯私下给了这小子最后的忠告："你在船上的每一天，小子，要努力锻炼身体，维持健康。听纳尔逊先生的话——他虽然单调乏味，可他对植物的了解永远比你多。虽然会受到老船员们的摆布，但万万不能对他们表示出不满，否则你的情况会很糟。别碰娼妓，除非你想染上'法国病'[1]。出航的船有两艘，不过你会在'决心号'上，和库克本人一起。绝对不要妨碍他，绝对不要跟他讲话。万一真的和他讲话，绝对不要用你有时和我说话的方式。他可不会像我一样觉得有趣。库克和我，我们是不一样的人。他那个人可不容商量。在他面前当个隐形人，你会过得快乐点儿。最后，我得告诉你，在决心号上，就像在所有的皇家海船上一样，你将发现自己生活在一个由流氓和绅士组成的古怪集团当中。放聪明点儿，亨利，以绅士为榜样吧。"

亨利刻意保持着毫无表情的面孔，让人难以读出他的心思，因此班克斯无从知道这最后的告诫给他留下了怎样深刻的印象。在亨利听来，班克斯刚才提出了一个非比寻常的想法——亨利有朝一日可能成为绅士。甚至不只是可能，听起来更像是命令，还是一种求之不得的命令：去看看世界吧，亨利，学会怎样成为绅士。亨利即将在海上度过的艰辛寂寞的几年间，或许班克斯这句不经意的话，将在他心中变得越来越重要；或许将成为他一心一意所想的事情；或许，随着时间的推移，亨利·惠特克——这个雄心勃勃、奋进不懈的小子，充满了自我提升的本能渴求，将想起这句曾经的"许诺"。

1　此处指梅毒。——译者注

✥

一七七六年七月,亨利从英国启程。库克第三次远征的既定目标有两项,一是航往塔希提,让班克斯爵士的宠物——名叫欧迈的男人——重归故土。欧迈已厌倦了宫廷生活,如今渴望回家。他变得肥胖,闷闷不乐又难以相处,而班克斯对他的宠物也已厌倦。任务之二是之后向北一路航行,沿着美洲的太平洋海岸,寻找西北航道。

亨利的苦难就此展开。他住在甲板底下,同鸡舍和木桶一起。家禽和山羊在他四周抱怨连天,可他没有抱怨。他被满手是茧、腕上戴着铁砧的成年男子欺负、蔑视、伤害。老船员们嘲笑他是淡水鳗,他对航海的艰辛一无所知。每一次航行都有人死去,他们说,第一个死的会是亨利。

他们低估了他。

亨利虽然年纪最小,大家却很快发现,他可不是最弱的。他此前熟知的生活并不比这里舒适多少。他学习所有需要学的东西:他学习怎样将纳尔逊先生的植物干燥化,准备做科学的记录;学习怎样在户外绘画植物——赶跑调色时停在颜料上的苍蝇;同时他也学习怎样在船上当个有用的人。他奉命拿醋刷洗决心号的每一处缝隙,被迫从其他船员的床上抓跳蚤。他帮船上的屠夫腌猪肉并装入桶中,学习怎样操作水蒸馏机。他学会吞下自己的呕吐物,不显出自己晕船,不让任何人得意。他安然度过风暴,不在上天或任何人面前露出恐惧。他吃鲨鱼,也吃鲨鱼肚子里半腐烂的鱼。在艰苦中他从来不曾动摇。

他在马德拉群岛、特内里费岛和桌湾[1]上岸。在好望角时,他初次遇见荷兰东印度公司的代表,他们冷静、干练且富有,给他留下深刻的印象。他看到船员在赌桌上输掉全数所得。他看到其他人向荷兰人借钱,而荷兰

---

[1] 马德拉群岛(Madeira)和特内里费岛(Tenerife)位于非洲西海岸外,桌湾(Table Bay)位于今南非开普省西南部。

人自己却似乎不赌。亨利也不赌钱。他看到一个一心想造伪币的同行船员被逮到作弊,在库克船长的命令下,因其罪行被鞭子抽到不省人事。他承诺自己不会犯罪。在风雪中绕过好望角时,晚上他盖着薄毯子冷得直打哆嗦,他因下巴打战太剧烈,咬断了一颗牙,可是他没有抱怨。他在一个栖息着海狮和企鹅、冷得刺骨的岛上度过圣诞节。

他抵达塔斯马尼亚岛[1],遇见没穿衣服的土著——英国人称他们(以及所有古铜色皮肤的人)为"印第安人"。他看到库克船长给印第安人发放纪念奖章,上面印有乔治三世的肖像和探险日期,以纪念此次历史性的相遇。他看到印第安人立即把奖章锤打成钓鱼钩和矛尖。他又掉了一颗牙。他看到英国船员并不相信任何印第安野蛮人的生活有一丁点儿意义,而库克依然徒劳地尝试教导他们。他看见船员侵犯他们劝服不了的女人,劝服他们负担不起的女人,或干脆从女孩父亲手中买下她们,只要船员有任何铁器用来交换。他避开所有的女孩。

他长时间待在船上,帮纳尔逊先生绘制、描述、固定采集的植物,并一一分类。他对纳尔逊先生没有特别的感情,尽管他想学会纳尔逊先生早已知道的一切。

他抵达新西兰,此地在他看来与英国完全相同,除了这儿有文身的女孩,你用几把钉子就能买到她们。他不买女孩。他看到同行的船员在新西兰从他们的父亲那里买下一对敏捷有力的兄弟,他们分别是十岁和十五岁。土著少年加入远征,担任帮手。他们表示自己一直想来。然而亨利知道,两个少年一点儿也不明白离开自己的族人意味着什么。大家称他们为泰布拉和果瓦。他们想和亨利交朋友,因为他与他们的年纪最相近,可是他没理会他们。他们是奴隶,注定与成功无缘,亨利不想和失败者为伍。他看到两个新西兰少年吃生狗肉,渴望回家。他知道他们终将面对死亡。

---

[1] 塔斯马尼亚岛(Tasmania)位于今澳大利亚南面,与墨尔本隔巴斯海峡相望。

他航行到青翠、草木丛生的芳香之土塔希提,他看到人们欢迎库克船长,把他当成伟大的君王、最好的朋友。决心号被一群印第安人包围,他们游到船边,呼喊库克的名字。亨利看到欧迈(曾经邂逅英王乔治三世的塔希提土著)在家乡起初受到英雄般的欢迎,而后渐渐被看作可憎的外人。他看得出来,欧迈如今无家可归。他看到塔希提人随着英国角笛和风笛起舞,而他那位古板的植物学大师纳尔逊先生,有天晚上喝醉酒,光着上身随着塔希提的鼓声起舞。亨利不跳舞。他看到库克船长下令,让船上的理发师从太阳穴处割去一个土著男人的两只耳朵,因为他两度偷窃决心号锻炉里的铁。他看见一名塔希提酋长因为想偷英国人的猫,而为自己惹的麻烦被鞭打脸颊。

他看到库克船长在马泰瓦伊湾燃放烟火,向土著们炫耀,却只是吓到了他们。在一个寂静的夜晚,他看见塔希提的天空中闪耀着千万盏明灯。他就着椰子而饮,吃狗肉和老鼠肉。他看见石庙里散落着人头骨。他攀上一道道危险的岩石峭壁,为不攀岩壁的纳尔逊先生采集瀑布旁的蕨类标本。他看见库克船长竭力想维持船员之间的秩序和纪律,然而,放荡之风依然当道。所有的船员和官员都爱上了塔希提女孩,每个女孩据说都通晓某种特殊秘密的爱的行为,男人永远不愿离开这个岛。亨利躲开女人。她们很美,她们的胸部很美,她们的头发很美,她们的气味不同凡响,她们住在他的梦里——可是她们多数都已染上"法国病"。他抵抗一百种芬芳的诱惑,为此遭人揶揄,可他依然坚持抵抗。他给自己安排了更大的计划。他潜心于植物学,他收集栀子花、兰花、茉莉、面包果。

他们继续航行。他在汤加群岛看到,奉库克船长之命,一名土著的一条胳膊从手肘处被砍下,因为他偷了决心号上的一把斧头。他和纳尔逊先生在这些岛上采集植物时,遭到土著的袭击,他们被土著剥去衣服,更严重的是,还被抢走了植物标本和笔记。皮肤被晒伤、赤身裸体又浑身发抖的他们回到船上,可是,亨利依然没有抱怨。

他仔细观察船上的绅士，评估他们的行为。他模仿他们说话，练习像他们那样发音，改进自己的举止。他无意中听到一个官员跟另一个说："哪怕贵族制一直以来都是权谋的产物，却仍然算是抵挡无知浅薄之徒的最佳法度。"他看到官员再三赏赐尊荣给具有贵族风范（或至少符合英国人心目中的贵族形象）的土著。每造访一个岛，决心号的官员都会挑选出一个棕色皮肤的人，不是他的头饰比别人精美，就是身上的刺青比别人多，或手持的矛杖比别人长，或拥有的老婆比别人多，或被其他人抬在轿子上，或者在这些奢侈品都不存在的时候，只是他比别人高大。英国人对此人表示敬重，与他协商，赠予他礼物，有时称他为"国王"。他得出结论：英国绅士无论走到哪里，永远在找一位国王。

亨利捕海龟，吃海豚肉，被黑蚁啃噬。他继续航行。他看见矮小的印第安人耳里塞着巨型贝壳。他看见热带地区的暴风雨使天空变成病恹恹的绿色，这是唯一让老船员神色惊慌的事情。他看见被叫作火山的火烧山。他们朝更北航行，天又冷了下来。他又一次吃老鼠肉。他们抵达北美大陆西岸。他吃驯鹿。他看见穿皮毛的人，他们买卖海狸皮。他看见一名船员因被锚链缠住一条腿拖到海里去而身亡。

他们朝更远的北方航行。他看见用鲸鱼肋骨搭建而成的房屋。他买了狼皮。他和纳尔逊先生一同采集报春花、紫罗兰、醋栗和杜松。他看见住在地洞里的印第安人，他们把自己的女人藏起来，不让英国人看见。他吃爬满蛆虫的腌肉。他又掉了一颗牙。他抵达白令海峡，在北极光出现的夜晚听见野兽嚎叫。他拥有的每一件干燥物品都被浸湿，而后冻结成冰。他看到自己长出胡子，尽管稀疏，却仍然结成冰柱。他的晚餐还没吃，就已冻结在盘子里。他没有抱怨。他不希望班克斯爵士听到报告，得知他曾经抱怨。他用他的狼皮换了一双雪鞋。他看到随船医师安德森先生死去，被葬入大海，那是一个人所能想象的最凄凉的景象——一个天寒地冻的永夜世界。他看到船员将向岸上的海狮发射炮火当作娱乐，直到岸边没有一个活物。

他看见被俄罗斯人称为阿拉斯加的土地。他帮忙用云杉酿造啤酒,船员们虽不喜欢,却也没有别的可喝。他看见印第安人生活的洞穴,比起被他们猎捕食用的动物栖身的地方,并没有舒适多少。他还遇上被困在捕鲸站的俄罗斯人。他听见库克船长评论带队的俄罗斯军官(一个高大帅气的金发男人):"他显然是出身高贵的绅士。"无论到哪里,即使在这鸟不生蛋的地方,当个出身高贵的绅士,似乎还是很重要。到了八月,库克船长放弃希望。他没找到任何西北航道,而决心号已被一座座巨型冰山挡住去路。他们调转航向,朝南前进。

他们几乎没有停靠,直抵夏威夷。他们不该去夏威夷。夏威夷诸王怒气冲冲,而当地岛民有盗窃恶习,逞强好斗。夏威夷人不像塔希提人——不是温和的朋友,而且他们有数千人之多。比起这些,在冰雪中挨饿或许还比较安全。可是库克船长需要新鲜的饮用水,不得不留在港内直到再次注满水。岛民屡屡打劫,英国人屡屡严惩。火炮四处喷射,印第安人纷纷受伤,酋长们大为震惊,双方互相威胁。有些人说,库克船长逐渐理清头绪,变得更加凶残,脾气更加火爆,对于每一次盗窃行为更加义愤填膺。可是印第安人继续偷盗,这可不被容许。他们把船上的钉子直接撬出来。小艇被窃,武器亦然。于是英国人发射更多的火炮,更多的印第安人被杀。亨利提高警惕,几天都没合眼。没有人敢睡。

库克船长走上岸,希望会见酋长,以安抚他们,却遇到数百名愤怒的夏威夷人。顷刻间,人群成为暴徒。亨利目睹库克船长被杀,被当地的长矛刺穿胸口,头部遭木棍猛击,鲜血与海浪交杂在一起。转瞬间,伟大的航海家已然不在,他的尸体被岛民拖走。当天深夜,一个划独木舟的印第安人把库克船长的一截大腿扔在决心号甲板上,作为最后的亵渎。

亨利看到英国船员为了报复,烧毁整个拓居地。英国船员几乎勇往直前地杀害岛上每一个印第安男人、女人和小孩。两个印第安人的头被砍了下来，串在尖刺上——船员们保证，会有更多事发生，除非归还库克船长的尸体，以便体面地安葬。第二天，库克其余的身体部位被送回决心号，只是缺了椎骨和双脚，后来也一直没有找到。亨利看到指挥官的遗骸被葬入大海。库克船长没有跟亨利说过话，亨利（遵循班克斯的忠告）也没有和库克见过面。然而如今，亨利还活着，库克船长却死了。

此次灾难过后，亨利以为他们或将返回英国，可是他们没有。一个叫克拉克的男人成为船长。他们仍有任务在身——重新尝试寻找西北航道。夏天到来时，他们再次向北返航，进入那极寒的世界。亨利遭受了火山灰烬和碎石的袭击。新鲜蔬菜早已吃完，他们饮用淡盐水。鲨鱼跟在船后，等着吃茅坑的排泄物。他和纳尔逊先生记录了十一种全新的北极鸭，还吃过其中九种。他看见一只大白熊从船边游过，以懒洋洋而散发威胁气息的姿态划着水。他看到印第安人把自己绑在铺了皮毛的独木舟内，在海上漂浮，仿佛他们和船结合成了一只动物。他看到印第安人由他们的狗拉着，在冰上跑。他看到接替库克船长的克拉克船长被葬在大海里，死去时年仅三十八岁。

现在，亨利比两位英国船长活得都长。

他们再次放弃寻找西北航道。他们航行到澳门。他看见中国帆船队，并再次遇到荷兰东印度公司的代表，他们似乎无处不在，穿着他们简单的黑衣和简朴的木鞋。他觉得全世界各地似乎都有人欠荷兰人钱。在中国，亨利了解到英国与法国之间爆发了战争，美国发生了革命[1]。这是他第一次听说这场战争。在马尼拉，他看见一艘西班牙大帆船，据说船上载有价值二百万英镑的银子。他用他的雪鞋换来了一件西班牙海军夹克。他患上了

---

[1] 1756 至 1763 年间，因为对殖民地的争夺，英法之间爆发了七年战争。这次战争以英国对法国的胜利而告终，对于 18 世纪后期国际战略格局的形成产生了深远影响。1775 年 4 月，波士顿民兵在莱克星顿打响美国独立战争第一枪。有研究者认为，美国独立战争与其说是美英之战，不如说是英法之战的组成部分，更是七年战争的后续。其背后，正是英法角力的结果。

痢疾——他们没有人幸免，不过他活了下来。他来到苏门答腊岛，后来又去了爪哇，他在爪哇再次见识了荷兰人赚钱的本领。他记住了这件事。

他们最后一次绕过好望角，而后返回英国。一七八〇年十月六日，他们安全返回德普特福德。亨利已经离开了四年三个月又两天，他现在是个二十岁的青年了。整个旅程期间，他举止都像个绅士。他期望这一点能呈现在汇报中。他同时也按照嘱咐，成为狂热的观察家和植物搜集家，现在准备向班克斯爵士吐露一切。

亨利下了船，领取工资后，就搭便车到伦敦去。伦敦城既肮脏又恐怖。一七八〇年对于英国是可怕的一年——暴民，暴力事件，反教皇制的偏见，曼斯菲尔德勋爵家被彻底烧毁，约克大主教的袖子被扯破并被当街扔到他脸上，监狱被攻陷，还有戒严令——亨利对这些却一无所知，也不关心。他一路走到苏豪广场三十二号，直接走到班克斯的私人住所。亨利敲了门，报上自己的名字，站在那里准备接受奖赏。

✢

班克斯送他到秘鲁。

那正是亨利的奖赏。

发现亨利站在门口，班克斯傻了眼。过去几年来，他几乎忘了这小子，尽管太聪明也太客气的他并没有表现出来。班克斯脑子里装着多得惊人的信息，承担着许许多多的责任。他不仅负责邱园的扩张计划，还监督并资助世界各地不计其数的植物学调查。十八世纪八十年代抵达伦敦的船，几乎没有一艘不曾载有送往班克斯爵士手中的植物、种子、球茎或插枝。除此之外，他在上流社会占有一席之地，掌控欧洲的每一项科技新发展，上至化学、天文学，下至羊的繁殖。简言之，班克斯爵士是个极其忙碌的绅士，在过去四年中，他想到亨利的时候，并不像亨利想到他的时候那么多。

尽管如此，在他回想起那个果树栽培师的儿子时，准许亨利进入他的私人书房，并倒了一杯波特酒给他，但亨利婉拒了。他叫这小伙子把旅程的一切都告诉他。当然，班克斯早就知道决心号已平安抵达英国，也收到纳尔逊先生沿途寄来的信，可亨利却是班克斯遇到的第一个活着下船的人，因此班克斯想起这小子是什么人之后，满怀好奇地欢迎了他。亨利讲了近两个小时，对植物研究和个人情况做了详尽的描述。必须指出的是，他的讲法与其说是机敏婉转，不如说是随心所欲，这使得他的报告更为珍贵。叙述近尾声时，班克斯发现自己得到许多饶有兴味的信息。班克斯最喜爱的，莫过于知道别人不晓得他已经知道的事，而此时——早在决心号经官方正式润饰过的航海日志发表之前，他就已知道库克第三次远征的种种遭遇。

亨利的叙述，逐渐让班克斯刮目相看。班克斯看得出来，亨利过去几年与其说是研究植物，不如说是征服植物，如今他已拥有成为一流栽培家的潜力。班克斯意识到，他必须抢在别人抢走这小子之前留住他。班克斯本身就是个连环抢劫家，他经常运用自己的财富和名声，从其他机构和探险队抢走大有可为的年轻人，让他们进邱园服务。多年来他自然也失去过一些年轻人——被挖去干些稳定赚钱的活儿，比如在富裕的庄园做园丁。班克斯不愿失去这小子，他下定决心。

亨利或许缺乏教养，但班克斯不介意雇用缺乏教养的人，只要他能称职。大英帝国培养出的自然学家多不胜数，可他们多半不是傻瓜就是外行。同时，班克斯急需新的植物品种。他虽然乐意亲自远征，可他已年近半百，深受痛风之苦。他身体肿胀疼痛，大部分时间都被困在办公椅里，因此必须派遣搜集者来接替自己。寻找搜集者并不像许多人认为的那么简单。身体健壮的年轻人——愿意赚取少得可怜的薪资，然后在马达加斯加死于疟疾、在亚速尔群岛外海遭遇海难、在印度遭海盗袭击、在格林纳达被俘或干脆在锡兰永远消失的年轻人，并不像大家期望的那么多。

班克斯的诡计是让亨利觉得自己已经注定要永远为他服务,并且不给这小子任何时间考虑,不让其他人有机会劝他别这么做,不让他爱上某个穿得花枝招展的女孩,不让他规划自己的未来。班克斯必须让亨利相信,未来是预先安排好的,而亨利的未来已经属于邱园。亨利是个自信的年轻人,但是班克斯知道自己拥有的财富、权力、声望和地位让他在此时占据优势——事实上,赋予他"上帝之手"的形象。这一诡计就是要眼也不眨地快速运用这只手。

"干得好,"亨利讲述过自己的故事之后,班克斯说道,"你做得相当好,下星期我要派你去安第斯。"

亨利想了一会儿:安第斯是哪里?是岛?是山?还是一个国家?像荷兰一样?

但是班克斯继续讲下去,仿佛一切都已决定:"我正在资助一项秘鲁的植物学调查,下星期三出发。罗斯·尼文先生将是你的领队。他是一个卖力的老苏格兰人——老实说,或许老了点儿,可他和你遇上的任何人一样能吃苦。他了解他的树,而且我敢说,他也了解他的南美洲。这种工作我比较喜欢用苏格兰人,而不是英格兰人,你懂吧。他们会更稳定冷静,更适合义无反顾地追求目标,正是外派人员的理想人选。你的薪资,亨利,一年四十英镑,尽管无法让一个年轻人过富裕的生活,却能使他干上个光荣的活儿,还伴随着大英帝国的感谢之情。你还是单身汉,因此我相信你能过得去。你现在越省吃俭用,亨利,将来越有可能变成有钱人。"

亨利看起来像是要提出问题,于是班克斯转移了话题:"我猜,你不会讲西班牙语吧?"他不以为然地问道。

亨利摇头承认。

班克斯用夸张的失望表情叹了口气说:"好吧,我估计你总会学会的。不过我还是允许你从事这场远征。尼文会讲西班牙语,只是带着滑稽的'r'音。总之,你们要和那里的西班牙政府进行交涉。他们是秘鲁的保护人,你知道的,而且他们很惹人厌——不过,我想秘鲁总归是他们的。话说回来,如果给我机会,我实在很想跑遍那里的热带丛林。我确实痛恨西班牙人,亨利。我厌恶西班牙法律的横行霸道,阻碍、腐化周遭的一切。还有他们的教堂真是恐怖。你能不能想象——耶稣会仍然相信安第斯的四条河,就是《创世记》里提到的那四条天堂之河?你想想,亨利!把奥里诺科河误认为底格里斯河!"[1]

亨利根本不知道此人在讲什么,但是他保持缄默。过去四年来,他学会只在他知道自己在说什么时才说话。况且,他知道沉默有时能使听者松懈,让他们觉得你或许很聪明。归根到底,他有些心不在焉,因为他的耳边依然回荡着这句话:将来越有可能变成有钱人。

班克斯按了按铃,一个苍白、面无表情的仆人走进房间,在书桌前坐下,拿出写字纸。班克斯对亨利没再多说一句话,开始口述:

"班克斯爵士向邱园的王室大臣们诚恳推荐你……受勋爵之托,我特此通知,他们很高兴指定你,亨利·惠特克,成为国王陛下花园的植物采集师……考虑到奖励和报酬,工资、伙食和后续开支,你有权得到一年四十英镑的薪俸……"

后来,亨利认为,就一年四十英镑而言,这……还真不少,可他有什么其他的未来?笔在纸上洋洋洒洒地书写后,班克斯举着信,懒洋洋地挥舞,让墨水晾干,说:"你的任务,亨利,是金鸡纳树。你知道的名称或许是热病树,耶稣会树皮[2]就是产自它身上。学习你所能学习的一切。这是一种令人神往的树,我希望看到更多人的深入研究。切勿树敌,亨利。远离小偷、笨蛋、异端分子。多写笔记。务必告知我,你找到的标本长在什么样的土壤——沙质、壤质或沼泽,让我们也能在邱园试着栽种。花钱要小

---

[1] 《创世记》中提到,有河从伊甸流出,分为四道:第一道名叫比逊,第二道名叫基训,第三道名叫底格里斯,第四道就是幼发拉底河。文中提到的奥里诺科河是南美洲重要河流,其边界西北直抵安第斯山脉。

[2] 耶稣会树皮(Jesuit's bark),又称秘鲁树皮,即金鸡纳树皮,是疟疾特效药奎宁的原料。

心。思考的时候要像苏格兰人，小子！你现在越少放纵，将来发了财，就越能放纵自己。抵抗酗酒、懒散、女人和忧郁的诱惑。日后，在你像我一样成为无用的老家伙时，可以好好享受这些乐趣。随时留意，能不让任何人知道你是植物学家最好。保护你的植物，以免受到羊、狗、猫、鸽子、家禽、昆虫、霉菌、船员和海水攻击……"

亨利心不在焉地听着。

他即将去秘鲁。

下星期三。

他是植物学家，被英王派去执行任务。

3

亨利在海上航行四个月后抵达利马。他来到一个人口五万的城镇——一个苦苦挣扎的殖民基地,西班牙望族在当地能吃到的东西,比给他们拉车的骡子还要少。

他独自抵达利马。远征领队尼文(顺道一提,这支远征队伍就由亨利和尼文两人组成)死在半路上,就在距离古巴海岸不远的地方。原本就不该让这个老苏格兰人离开英国。他患了肺痨,脸色苍白,每次咳嗽都咳出血来,可他是个老顽固,没让班克斯知道自己的病情。尼文在海上没撑过一个月。在古巴的时候,亨利给班克斯写了一封字迹潦草的信,告知他尼文的死讯,表达自己要继续单独执行任务的决心。他并未等候回信。他不想被召回国去。

尼文死前教给亨利一些关于金鸡纳树的有用信息。一六三〇年左右,据尼文说,秘鲁安第斯山区的耶稣会传教士首先注意到,盖丘亚印第安部族饮用一种由树皮粉煮成的热茶,用来治疗高海拔严寒导致的发热与寒战。一个细心的修道士怀疑,这种苦树皮粉或许也能治疗疟疾引发的发热与寒战——疟疾这种疾病,在秘鲁根本不存在,在欧洲却一直是连环杀手,无差别对待教宗和贫民。修道士将金鸡纳树皮运往罗马(一座身陷疟疾深渊的城市),并附上树皮粉的服用说明。不可思议的是,事实证明,金鸡纳树皮确实能阻断疟疾的侵害路径,尽管没有人知道原因所在。不管原因是什么,此树皮似乎能完全根治疟疾,且没有副作用,除了久缠的耳聋之外——为了存活,这只是很小的代价。

到了十八世纪初,秘鲁树皮,或称金鸡纳树皮,已成为由新世界运往旧世界的最有价值的出口商品。一克纯金鸡纳树皮的价格,如今相当于一克银子。这是有钱人的良方,而欧洲多的是有钱人,他们谁也不想死于疟疾。而后,金鸡纳树皮治愈了路易十四,这使树皮价格猛涨。就像威尼斯靠胡椒致富,中国靠茶叶致富,耶稣会也靠秘鲁树皮致富。

唯有英国人迟迟不了解金鸡纳树的价值——多半是由于英国人反西班牙、反教皇制度的偏见,但同时也因为他们始终更喜欢给病人放血,而不以稀奇古怪的药粉治疗病人。此外,从金鸡纳树当中提取药剂,是一种复杂的科学手段。金鸡纳树约有七十种,但没有人知道哪些种类的树皮最具药效。这不得不仰赖树皮采集者本人的声誉,而树皮采集者往往是远在六千里以外的某个印第安人。在伦敦各药房里经常看到的所谓"金鸡纳树皮"——通过比利时的秘密渠道,走私入境——大半都是假货,而且没有药效。尽管如此,该树皮终于还是得到了班克斯爵士的关注,他想要了解更多。而现在——纯粹出于几分致富的可能,金鸡纳树皮也得到了亨利的关注,他此时刚刚成为领队,统率自己的远征队。

很快,亨利就像被刺刀驱使似的穿越秘鲁,而那把刺刀,就是他自己的雄心壮志。尼文死前曾给亨利游历南美提了三点忠告,而这年轻人也明智地遵从这些忠告。第一,千万不要穿靴子。练硬你的脚,直到它们看起来像印第安人的脚,并永远舍弃湿兽皮给你的腐烂拥抱。第二,放弃你的厚重衣物。轻装上阵,学习耐寒,像印第安人一样,这样你就能保持健康。第三,每天在河里洗澡,像印第安人一样。

所有这些,就是亨利知道的一切,除此之外,他还知道金鸡纳利润丰厚,而且只存在于安第斯高山,在秘鲁一个叫洛克萨的偏远地区。没有任何人、地图或书籍能给他进一步的指导,因此他只能独自解决问题。去洛克萨,他必须忍受河流、荆棘、蛇、疾病、酷热、寒冷、暴雨、西班牙当局,以及——最危险的是——他自己队上愠怒的骡子、从前的奴隶和情绪不满的黑人,他只能慢慢猜出他们的语言、怨恨和暗谋。

他赤着脚、饿着肚子,一路挺进。他像印第安人一样嚼古柯叶[1],用来保持体力。他学会了西班牙语,也就是说,他固执地断定自己已经会说西班牙语,断定别人已经听得懂。如果他们听不懂,他就愈加用力地冲着他们吼叫,直到他们听懂为止。他终于到了被称为洛克萨的地区。他找到割树皮的人,并贿赂他们,这些当地的印第安人知道好树长在哪儿。他继续寻觅,找到更隐秘的金鸡纳树林。

亨利毕竟是果树栽培师的儿子,他很快明白,大多数金鸡纳树都不健康,生了病且被过度采集。有些树的树干像他的腰一样粗,却没有更粗的树了。他开始用苔藓包扎树上被剥去树皮的部位,好治愈其伤口。他训练割树皮的人将树皮切割成垂直的条状,而非水平捆扎,以避免树木死亡。他大力修剪其他生了病的树,使之重新生长。他自己生了病,仍继续干活。他染病而不能走路时,让手下的印第安人将他绑在骡子上,像俘虏一样,以便每天能去看望那些树。他吃天竺鼠。他杀了一只美洲虎。

他在洛克萨待了四个赤脚冰冷的悲惨年头,和赤脚冰冷的印第安人睡在一间小屋里,烧牛粪取暖。他继续护理金鸡纳树林,这些树依法归西班牙皇家药房所有,亨利却默默将之据为己有。他待在偏远的山里,没有一个西班牙人来打扰他,过了一段时间,印第安人似乎也不再找他麻烦。他发现树皮最黑的金鸡纳树,似乎比其他种类药力更强,而新生部位的树皮则最具疗效。因此最好采取大力修剪的方式。他分辨出七种新的金鸡纳树种,并为之命名,但是他认为其中大多数都毫无用处。亨利的注意力集中在他所谓的"红树"——最珍贵的红色金鸡纳上。为了让产量更高,他将"红树"嫁接在更粗壮抗病的金鸡纳树种的砧木上。

---

[1] 古柯叶(coca leaf)古柯科植物的叶子,可以入药。由叶子提取出的古柯碱,是重要的局部麻醉药物。

同时，他经常思考。一个独自待在偏远高山林地的年轻人，拥有大把时间去思考，因此亨利创立了一些伟大理论。他之前从罗斯·尼文那里了解到，金鸡纳树皮的交易每年给西班牙带来一千万银币的收益。班克斯爵士为什么不销售这种产品，而只是要他研究？为什么采集金鸡纳树皮非得局限于这个人迹罕至的地方不可？亨利记得他父亲教过他，人类历史上每一种具有价值的植物，在被人类栽种之前即已被采伐，而采伐树木（就像攀入安第斯山中，采伐这该死的东西），效率远比栽种树木低得多（就像学习怎样在别的受控环境中植树）。他知道法国人在一七三〇年试过把金鸡纳树移植到欧洲，却未能成功，他相信自己知道原因：他们不了解海拔因素。这种树在卢瓦尔河谷种不起来。金鸡纳树需要种植在海拔高、空气稀薄的潮湿森林——法国没有这样的地方。英国也没有。西班牙也没有。气候不能出口，这是件憾事。

　　然而，在四年的思考期间，亨利想到了印度这地方。亨利肯定，金鸡纳树适合生长在湿冷的喜马拉雅山麓——这地方亨利从来没去过，不过他在途经澳门时，听那些英国将领说过。况且，何不把这种有用的药用树种，种在疟疾多发地附近，更靠近真正需要的地方？金鸡纳树皮在印度需求迫切，用以防治英国军队和当地劳工的虚弱性发热。目前，该药价格太贵，一般士兵和劳工买不起，但是这种情况没有必要持续下去。到了一七八〇年，相较于原产地秘鲁，金鸡纳树的价格在欧洲市场已翻了两倍，但大都贵在运输费上。此时，应该停止采伐这种树木，开始在需要它们的地方附近栽种，以牟取利润。现年二十四岁的亨利相信自己正是做这件事的最佳人选。

　　他在一七八五年初离开秘鲁，不仅带了笔记、大量标本和包在亚麻布里的树皮样本，还带上裸根插枝和一万多颗红色金鸡纳种子。他带回一些辣椒属植物，还有几种旱金莲和罕见的倒挂金钟[1]。不过真正珍贵的，是贮

1　倒挂金钟（fuchsia），别名灯笼花、吊钟海棠，原产于墨西哥。

存下来的种子。亨利等了两年时间让种子发芽,等他最好的树木不受霜冻,开出花来。他让种子在太阳底下连续晒干一个月,每隔两小时翻动一次,以免发霉,晚上用亚麻布包起来,以免遭露水侵袭。亨利知道种子很难在航海过程中存活下来(即使是班克斯,也未能把他和库克船长在远征途中取得的种子成功运送回国),因此决定试验三种不同的包装方法。他把一些种子包在沙里,另外一些嵌入蜡中,其余的则散放在干苔藓中。亨利把这些种子全部塞在牛膀胱中保持干燥,再包在羊驼毛里藏起来。

西班牙依然垄断金鸡纳市场,于是亨利如今正式成为走私者。因此,他避开繁忙的太平洋海岸,向东旅行,由陆路穿越南美,携带一本证明自己是法国布商的护照。他和他的骡子、从前的奴隶和那些闷闷不乐的印第安人,循着强盗的路线——从洛克萨到萨莫拉河,到亚马孙,抵达大西洋海岸。从那里航行到哈瓦那,然后到了加的斯,最后返回家乡英国。回程共花了一年半的时间。他没有遇到海盗,没有遇上重大的风暴,没有遭遇有损健康的疾病。他没有失去任何标本。没有想象中那么难。

班克斯爵士会非常高兴,他心想。

✣

然而,当班克斯在舒适的苏豪广场三十二号和亨利再次相见时,他并不高兴。班克斯只是比从前更老、更虚弱、更心不在焉。痛风使他饱受煎熬,同时他也在苦苦思索自己构思出来的科学问题,他认为这些问题对大英帝国的未来能起重要作用。

班克斯正试图寻找一种让英国不再仰赖外来棉花的方法,因此他把植物栽种者派至英属西印度群岛,让他们在那里从事棉花种植工作——截至目前,尚未成功。他同时也在邱园种植肉豆蔻和丁香,试图打破荷兰人垄断香料贸易的局面,却同样未能成功。他向国王呈报一项提案,让澳大利亚成为流放殖民地（这只是他当作消遣的一个想法），迄今还没有人感兴趣。他正在为威廉·赫舍尔（渴望发现新彗星和新行星的天文学家）建造一架高达四十英尺的望远镜。但最重要的是，班克斯想要气球。法国人有气球。法国人一直在试验比空气轻的气体，在巴黎已经实现了载人飞行的任务。英国人却落后于他们！为了科学和国家安全着想，老天在上，大英帝国需要气球！

因此，班克斯那天没心情听亨利坚称，大英帝国真正需要的是在印度喜马拉雅山脉的中海拔山区种植金鸡纳树，这主意未能对棉花、香料、彗星发现或气球飞行等事业给予任何援助。班克斯心思凌乱，脚疼得要死，对于亨利的唐突出现感到十分气恼，因此对整个谈话置之不理。班克斯爵士在此犯下一个罕见的战略性错误——这一错误终将使英国付出沉重代价。

然而，应该说，亨利那天也同样犯下战略性错误。事实上，还一连犯下好几个。未经通知就突然造访，这是第一个错误。没错，他从前这么做过，可亨利不再是莽撞的毛头小子，这样的礼仪失误不容原谅。现在他已经是成年人了（还是个大块头），却固执地猛敲前门，透露出鲁莽的社交态度和对他人生命安全的威胁。

除此之外，亨利还空着手来到班克斯家门前，这是一个植物采集者永远不应做的事。亨利在秘鲁搜集的植物，仍放在从加的斯开出的船上，在港口安全停靠。他的收藏令人叹为观止，可班克斯怎么知道？毕竟所有的标本都放在看不见的地方，藏在一艘远方的商船上，隐蔽在牛膀胱、圆桶、黄麻袋和玻璃罩当中。亨利应当带点儿东西过来，亲自交给班克斯——即使不拿红色金鸡纳的样品，至少也该带株盛开的倒挂金钟。只要能引起这个老头的注意，让他软化，让他相信自己每年花在亨利和秘鲁上的四十英镑没被浪费掉。

可亨利不是能让人软化的人。相反地，他直截了当地指责班克斯："你错了,阁下,你应该销售金鸡纳,不该只是研究!"这句相当欠考虑的话,不仅指责班克斯愚蠢,同时也让苏豪广场三十二号染上令人不快的商业污名——仿佛班克斯爵士,全英国最富有的绅士,几时曾需要亲自诉诸商业手段。

说句公道话,亨利的神智不算完全清醒。他在偏远的森林中孤独生活多年,一个年轻人住在森林里,可能变成一个无拘无束的思想家。亨利在脑子里已经和班克斯多次讨论这个话题,因此现在他对真正的对话感到很不耐烦。在亨利的想象中,一切都已经安排好,也已经成功了。在亨利的内心,只有一个可能的结果:班克斯将采纳这个好主意,把亨利引荐给东印度公司合适的管理人员,批准所有的权限,保障一切资金,并展开这项宏伟的计划(理想的情况是明天下午之前)。在亨利的想象中,金鸡纳种植场已经在喜马拉雅山日益扩张,他已经成为班克斯曾答应让他成为的光彩熠熠的有钱人,他也已经像绅士一样,投入伦敦社交界的怀抱。最重要的是,亨利早已让自己相信,他和班克斯已经把彼此当作亲密的挚友。

亨利和班克斯爵士原本很可能成为亲密的挚友,除了有个小小的问题:班克斯爵士只把亨利看作是一个缺乏教养、有偷窃恶习的小苦工,其生活的唯一目的就是听命于上等人,被榨干可用之处。

"而且,"亨利说道,但此时的班克斯还没来得及从自己的感官、荣誉和起居室受到袭击的状态中恢复过来,"我相信我们该谈谈,让我成为皇家学会的提名人选。"

"请问,"班克斯说道,"究竟是谁会提名你为皇家学会会员?"

"我相信你会这么做,"亨利说道,"作为我的努力和我的智慧应得的奖赏。"

班克斯好一阵子说不出话来。他的眉毛挑到了额顶。他深吸了口气。而后——说起大英帝国的未来,这真是不幸,他狂笑起来。他笑到必须用比利时蕾丝手绢擦眼睛,而这条手绢很可能比亨利从小长到大的屋子还值钱。经过这样累人的一天,能大笑一番是件好事,他竭尽所能地狂笑,笑得如此厉害,让站在门外的男仆都探进头来,对这阵突发的狂笑感到好奇。他笑得说不出话来。这或许再好不过,因为即使不笑,班克斯也找不出话来表达这种想法的荒唐——按理来说,亨利九年前早该上绞刑架,此人生就一张扒手的面孔,此人写的那些不像话的信,一直是班克斯这些年的消遣来源,他的父亲(可怜的人!)和猪住在一起,而这个年轻的无赖,竟然期待应邀加入全英国最驰名、最高尚的科学协会?这真是荒诞至极!

当然,班克斯爵士是深受爱戴的皇家学会会长——亨利很清楚——班克斯若是向皇家学会提名一只瘸腿的獾,学会或许还会欢迎这只动物,并打造一枚勋章。可是欢迎亨利?允许这个无耻的歹徒、没有风度的骗子、不知轻重的乡巴佬,把皇家协会的简称加在他难以辨识的签名上?

不。

班克斯狂笑起来的时候,亨利的胃塌陷下去,叠成一个小而硬的方块。他喉咙紧缩,仿佛终于被套上绞索。他闭上眼睛,看到杀人的可能。他做得出杀人的事。他想象杀人的景象,并认真考虑杀人的后果。在班克斯笑个不停的时候,他有很长一段时间在思考杀人。

不,亨利决定不杀人。

他睁开眼睛时,班克斯依旧大笑不止,而亨利却已经完全变了个人。那天早上不管他身上还剩下多少青春,此时都已经被完全剔除。从此之后,他的人生不再关乎他能够成为什么人,而是关乎他能够得到什么。他永远成不了绅士。好吧,去他的绅士,去他们的。亨利将来会比任何一个绅士都有钱,总有一天,他们这些绅士都会归他所有,从楼下到楼上。亨利待班克斯止住笑声后,一言不发地走出房间。

他立即来到大街上,给自己找了个妓女。他抬起她的身子,把她抵在巷子的墙上,在冲撞中摆脱了自己的童贞,在过程中弄伤了妓女和他自己,直到她骂他是畜生。他找了一家酒馆,喝下两瓶朗姆酒,揍了一个陌生人的肚子,被扔到大街上,腰间被踹了一脚。好啦——就这样。过去九年来,为了成为正派绅士而戒绝的一切,他全都办到了。瞧,多么容易。固然没有乐趣可言,却总归是办到了。

他雇了个船夫,带他去上游的里士满。此时是夜晚时分。他从父母居住的可怕屋子旁边走过去,连停都没有停。他再也看不到他的家人了——他也不希望再看到。他溜进邱园,找了把铲子,把十六岁时埋在那里的钱全部挖出来。泥土里有不少银子在等着他,比他记忆中的还多。

"好小子。"他对年轻时代偷窃囤积的自己说道。

他睡在河边,用装满银币的湿麻袋当枕头。第二天,他回到伦敦,给自己买了一套不错的衣服。他监督人们把自己的全部秘鲁植物收藏品——所有的种子、牛膀胱和树皮样本,从加的斯开来的船上卸下来,而后转运到开往阿姆斯特丹的船上。按照法律,全数收藏品都归邱园所有。该死的邱园,让邱园来找他吧。

三天后,他乘船去了荷兰,把自己的收藏品、创意和技艺卖给荷兰东印度公司,并为之效命——必须指出的是,那些严谨狡诈的管理人员接待他时,丝毫没有嘲笑之意。

4

  六年后,亨利成为通往更富之路的富人。他的金鸡纳种植园在荷兰的爪哇殖民地蓬勃发展,像杂草一样快乐地生长在一个凉爽、潮湿、梯田状的,被称作彭阿伦岸的山庄——如亨利事先所知,此处的环境和秘鲁安第斯山及喜马拉雅山脉大致相同。亨利住在种植园区,亲自监管这个植物宝库。他在阿姆斯特丹的伙伴给金鸡纳树皮定出价格,由他们加工的金鸡纳,每磅可获利六十弗罗林[1]。他们的加工速度赶不上需求。此处有钱可赚,而且是大钱。亨利不断改良自己的种植园,避免园中树木与次级品种交叉授粉,生产出的树皮比秘鲁出产的任何树皮都更具药效、更持久,同时也易于运输,无须经过西班牙人或印第安人腐败的干预之手,并且被世人评价为可靠的产品。

  殖民时代的荷兰人此时是世界上最大的金鸡纳树皮制造者和消费者,他们利用树皮粉,让整个东印度群岛上的士兵、行政长官和劳工远离疟疾引起的发热。这使他们在对手(尤其是英国人)面前占有绝对性优势。亨利凭着坚定的复仇心,极力避免让自己的产品流入英国市场,或至少在金鸡纳树皮运往英国或其海外据点时推动价格攀升。

  邱园此时在这场比赛中已经远远落后,班克斯爵士最终的确试图在喜马拉雅山区种植金鸡纳树,但是缺少亨利的专业知识,计划因此延滞。英

---

[1] 弗罗林(florin),货币名称,起源于意大利佛罗伦萨,后成为大多数欧洲货币的原型。

国人投入钱财、精力和热切渴望,在错误的海拔种植错误的金鸡纳树种,这些亨利都知道,并带着冷酷的满足感。到了十八世纪九十年代,由于无法获取优质金鸡纳树皮,每星期都有不计其数的英国公民和臣民死于疟疾,而荷兰人却身强体壮地大步前行。

亨利欣赏荷兰人,与他们合作得十分愉快。他毫不费力就能理解这些人——这些勤奋不懈、心直口快,整日挖沟渠、喝啤酒、清点钱币的加尔文教徒。他们从十六世纪便建立起商业秩序,在生命中的每个晚上都安然入睡,怀着上帝希望他们赚大钱的坚定信念。荷兰是一个由银行家、商人和园艺家组成的国家,他们喜欢自己的承诺,犹如亨利喜欢自己的那样(换句话说,缀着闪闪金光的利润),因此他们用高涨的利率挟持了全世界。荷兰人不以亨利的粗鲁举止或攻击性态度评判他。没过多久,亨利和荷兰人让彼此变得奇富无比。在荷兰,有些人称亨利为"秘鲁王子"。

亨利现在是三十一岁的富翁,已到了该好好安排自己下半辈子的时刻。首先,他现在有机会完全脱离他的荷兰伙伴,拓展自己的业务,于是他仔细评估了自己的几个选择。他对矿物或宝石不感兴趣,因为缺乏矿物或宝石方面的专业知识。对造船、出版或纺织亦是如此。那么,就选择植物吧。可是,该选择什么植物?亨利不想从事香料贸易,尽管可从中获取非常庞大的利润。从事香料贸易的国家已经太多,而且据亨利所知,抵御海盗和各国海军袭击的花销远超过获利。对于食用糖或棉花贸易,他同样不信任,觉得有潜在的危险,而且成本太高,同时本质上和奴隶制紧密相连。亨利不想跟奴隶制沾上边——并不是因为他觉得败坏道德,而是因为他认为这不符合经济效益,不够干净利落,而且成本太高,还会被全球最心狠手辣的中介人掌控。真正最让他感兴趣的是药用植物——一个尚未有人从中充分获利的市场。

那么,就选择药用植物和制药业吧。

接下来,他得决定去哪里定居。他在爪哇拥有一个漂亮的庄园,有一百个仆役，但是那里的气候使他长年生病，这些热带病会在他的后半生定期损害他的健康。他需要一个气候较温和的定居地。要他再去住英国，那得砍断他的胳膊。他亦不喜欢欧洲大陆：法国住满了惹人讨厌的人；西班牙则腐败动荡；俄罗斯，不可能；意大利，荒诞；德国，刻板；葡萄牙，在走下坡路。荷兰，尽管对他示好，却显然很乏味。

他觉得，美国是一种可能的选择。亨利不曾去过那里，却听说过许多充满希望的事，而费城——这一新兴国家的繁华首都[1]尤甚。据说那是个再好不过的运输港，位居美国东岸中心，住满务实的贵格会[2]教徒、药学家和勤奋的农民。据传言，那儿没有傲慢的贵族（不同于波士顿），没有害怕享乐的清教徒（不同于康涅狄格州），也没有令人生厌又自命清高的封建王公（不同于弗吉尼亚州）。该城建立在宗教宽容、新闻自由等种种稳健原则，以及威廉·潘恩[3]营造的美好城市景观之上——此人在澡盆内栽种树苗，把自己的城市想象为一座同时培育植物与创意的巨大温室。费城欢迎每一个人，所有的人——当然犹太人除外。听闻这一切，亨利觉得费城是一片未经开拓的净土，他打算把那个地方转化成自己的优势。

然而，在定居任何地方之前，他得先娶个老婆，而且——因为他不是傻子，他想要一个荷兰老婆。他想要一个聪明体面、不轻佻的女人，荷兰是找到她的最理想地点。亨利这些年来时常召妓享乐，甚至在彭阿伦岸庄园养了个爪哇女孩，但眼下是该娶老婆的时候了。他想起多年前，一个明

---

1 费城（Philadelphia），1790—1800年间曾是美国的首都。
2 贵格会（Quaker），基督教新教的一个派别。
3 威廉·潘恩（William Penn，1644—1718），贵格会成员，乔治·福克斯好友。继承遗产时要求英王查理二世在美国殖民地赐给他一块土地以偿还英王所欠的债务，并且要求自己对该区域具有所有权、有权组建政府以及制定法律。潘恩后其命名为 Sylvania（拉丁语"树林"的意思）。英王加上了 Penn，以纪念潘恩的父亲，于是，这片土地在今天被称为 Pennsylvania，即现在的美国宾夕法尼亚州。
费城原本是当地土著部落一个名叫夏卡马松的村庄。潘恩积极参与城市规划，留出公共空间便于开展宗教事务和防火；适当种植树木，使几年后的城市环境变得非常优美。

智的葡萄牙船员告诉过他："想过美满幸福的日子很简单，亨利，挑个女人，而且要挑得好，从此对她俯首称臣。"

于是他乘船回荷兰挑老婆。他挑得又快又准，从古老的范·迪文德家族当中挑了个老婆，该家族连续几代都是阿姆斯特丹霍特斯植物园的管理人。霍特斯是欧洲一流的植物研究园——是历史上最早将植物、学术与商业联系在一起的园林之一——能成为其管理人，范·迪文德家族始终备感荣幸。他们不是贵族世家，肯定也不富有，但是亨利并不需要一个富有的女人。范·迪文德家族是有家学渊源的欧洲世家——这才是他所仰慕的。

不幸的是，这种仰慕并不是相互的。目前的家族族长兼霍特斯总主管（同时是栽种观叶芦荟的高手）雅各布·范·迪文德听说过亨利，并且很不喜欢这些传闻。他了解到这个年轻人有偷窃史，还为了钱背弃了自己的国家。这可不是雅各布赞同的行为。雅各布是荷兰人，没错，他也喜欢自己的财富，但他不是银行家，不是投机者。他不以一个人累积金子的多少来衡量他的价值。

不过，雅各布有个女儿，可谓是非常好的人选——至少亨利这么认为。她名叫比阿特丽克斯，既不难看也不漂亮，似乎恰好适合娶作老婆。她身体结实，没有胸部，像个完美的小酒桶，亨利遇见她时，她正朝老姑娘的年纪奔去。对大多数求婚者的品位而言，比阿特丽克斯受过太多教育，令人畏惧。她通晓五种现存语言和两种绝迹语言，在植物方面的专业程度可匹敌任何男人。显然，这不是一个轻佻的女人，她绝不是起居室的摆设。她身上衣着的全部配色，让人联想到普通的麻雀。她对激情、浮夸和美貌大感怀疑，只对稳重可靠的事情抱有信心，她信任累积的智慧甚于冲动的本能。亨利视她为可靠的压舱物，而这正是他希望得到的。

至于比阿特丽克斯看上亨利哪一点？在这里，我们碰到了一个难解之谜。亨利长得不帅，肯定也不文雅。坦白说，他那张红润的脸、那双大手和粗鲁的举止，使他看上去像个乡村铁匠。在许多人眼里，他看上去既不稳重也不可靠。亨利是个鲁莽、粗俗、好斗的男人,在世界各地都有仇敌。过去几年,他还成了个酒鬼。哪个正派的年轻女子愿意选择这样的人当丈夫?

"此人没有原则。"雅各布反对他的女儿。

"喔,爸爸,你这么说肯定不对,"比阿特丽克斯冷冷地纠正他,"惠特克先生有许多原则,只不过都不算是最好的原则。"

确实,亨利很有钱,因此一些旁观者猜测,比阿特丽克斯或许比自己表现出来的更欣赏他的财富。同时,亨利打算带他的新婚妻子去美国,因此或许——当地的三姑六婆议论纷纷——她有什么不光彩的私人原因,必须永远离开荷兰。

其实事实再简单不过:比阿特丽克斯嫁给亨利,是因为她看上他这个人。她喜欢他的精力、他的智谋、他的优势、他的承诺。他是一个粗人,没错,可她自己也不是什么娇娇女。她尊重他的坦率,就像他也尊重她的直来直往。她明白他要她做什么,也确信自己能与他共事——甚至还可能稍微驾驭他。于是,亨利和比阿特丽克斯快速直接地结为同盟。对于他们的结合,只能用一个准确的单词形容,一个荷兰的商业用词:partenrederij——以诚信交易和坦诚为基础的合作关系,今天的承诺带来明天的利润,合作双方会为美好的未来做出同等贡献。

她的父母和她断绝关系。更准确地说,比阿特丽克斯和他们断绝关系。他们是一个严厉的家庭。他们对她的婚姻持反对意见,而范·迪文德家族的反对意见,往往是不可更改的定论。在选择亨利、选择动身去美国后,比阿特丽克斯再没有与阿姆斯特丹这边联系。她最后一眼看到的家人是她十岁的弟弟迪斯,他扯着她的裙角,为她的离去而号啕大哭,他喊道:"他们夺走了她!他们夺走了她!"她把弟弟的手指头从她的裙角掰开,对他说,再也不要在大庭广众之下掉眼泪、丢人现眼,然后转身就走。

比阿特丽克斯把她的私人女仆带到了美国——一个很能干的胖女人汉

娜克·德格鲁特。她还从父亲的藏书室里,拿到一本一六六五年出版的罗伯特·胡克的《显微制图》,和一本极其珍贵的莱昂哈特·福克斯的《植物图鉴概论》。她把几十个口袋缝在她的旅行服里,口袋里装满霍特斯最珍稀的郁金香球茎,全都以苔藓裹得严严实实。她还带了数十本空白账簿。

她已经开始规划她的藏书室、她的花园,看起来——还有她的财富。

✥

比阿特丽克斯和亨利在一七九三年初抵达费城。这座城市没有城墙或其他防御工事保护,当时由一个繁忙的港口、几个集聚政治商业团体的街区、一片大大小小的农庄和几个豪华新庄园组成。这是一个有无限开发可能的地方——俨然是极具发展潜力的冲积河床。一年前,美国的第一银行才在这儿开张。整个宾夕法尼亚联邦正在和自己的森林搏斗——拥有斧头、牛群和雄心的当地居民正在取得胜利。亨利买下三百五十亩的斜坡牧场和斯库尔基尔河西岸仍未开发的林地,有意在能够拿下更多土地时再多买一些。

亨利原本计划在四十岁以前致富,但是正如俗话说的那样,他相当卖力地赶自己的马,因此提早到达了目的地。他现在才三十二岁,在银行却已积攒了许多英镑、弗罗林、基尼[1],甚至还有俄币戈比。他的目标是变得更富有,不过现在,既已来到费城,到了该摆个架子的时候了。

亨利将自己的土地命名为"白亩"[2],与他的姓氏发音近似,并立即着手建造一栋帕拉第奥式[3]豪宅,远比该城所能看到的任何私人建筑更漂亮。房

---

1 基尼(guinea),英国旧式金币。
2 原文为"White Acre",跟亨利的姓氏惠特克(Whittaker)发音相近。——译者注
3 帕拉第奥式(Palladian),欧洲建筑风格,格外注意布局的对称与和谐。

屋本身以石头砌成，规模庞大、比例平衡，有精美的东亭和西亭，南面是柱廊，北面是宽敞的露台。他还盖了一座豪华马车房，一个大熔炉，一间古怪的门卫室，还有几间植物房——包括日后的第一批独立温室，仿效邱园的著名建筑而建的橘园，刚开始建造的规模惊人的玻璃暖房。沿着斯库尔基尔河的泥泞河岸（五十年前印第安人在此采集野生洋葱），他建了自己的私人船坞，这些船坞和泰晤士河沿岸古老庄园里常见的那种十分相像。

当时费城人大体上仍然生活节俭，可是亨利设计的白亩庄园，却大胆违背了节俭的理念。他要让这个地方洋溢着奢华气息。他不怕让人忌妒。事实上，他发现让人忌妒是件好事，也是很好的商机，因为忌妒吸引众人接近你。他家的设计，不仅从远处看显得壮观——从河上看去很显眼，高高耸立，冷静地俯瞰另一边的城市——同时每一处细节都在表现富有。每个门把都必须是黄铜制成的，所有的黄铜都必须闪闪发亮。家具直接从伦敦家具制造商塞登那儿运来，墙上贴有比利时壁纸，瓷盘则来自广东，酒窖存有牙买加朗姆酒和法国红葡萄酒，灯具在威尼斯手工吹制而成，房屋四周种满了在奥斯曼帝国时代第一次绽放的紫丁香。

他任凭关于自己很有钱的谣言滋生蔓延。像他这样富有，让人们想象他更富有也无妨。当左邻右舍开始交头接耳，说亨利的马穿银鞋时，他让他们继续相信此事。其实他的马没穿银鞋，而是和大家的马一样穿蹄铁，况且还是亨利亲手钉的蹄铁（他在秘鲁学得这项技艺，利用简陋的工具为可怜的骡子钉蹄铁）。但是当谣言使人喜悦、使人惊叹的时候，他们哪里需要知道这些？

亨利不仅明白财富具有吸引力，也明白权力具有更为神秘的吸引力。他知道自己的庄园不仅要令人眩目，也要令人震慑。路易十四带访客游览自己的花园，并非作为有趣的消遣，而是一种示威的表现——每一株奇花异草、每一口闪耀的喷泉和所有价值连城的希腊雕像，都只是一种手段，向世界传达一则明确的信息：你们最好不要向我宣战！亨利希望白亩庄园能表达出相同的感觉。

亨利同时也在费城港口边建了一个大仓库兼工厂，用来收纳来自世界各地的药用植物：吐根、苦木皮、大黄、愈创树树皮、土茯苓和菝葜。他和一个名叫詹姆斯·加里克的魁梧贵格会药剂师合伙做生意，两人立即开始加工药丸、药粉、药膏和药剂。

他和加里克的生意开张得正是时候。一七九三年夏季，一种传染性黄热病侵袭费城。大街小巷处处横尸，孤儿紧抓着死在街头的母亲不放。人们一对儿一对儿、一个家庭一个家庭、几十个几十个地成批死去——他们从咽喉、内脏里涌出令人作呕的乌泥，走向死亡之路。当地医生断定，唯一可行的治疗方法，是以反复呕吐和腹泻的方式，对病人的身体施行进一步的强烈清洗。而世界上最知名的泻药是一种叫药喇叭的植物，亨利已经从墨西哥大批进口这种植物。

亨利本身怀疑药喇叭泻药疗法纯属虚假，因此不准自己家里的任何人服用。他知道加勒比海的当地医生（他们比自己的北方同行们更熟悉黄热病）用比较温和的处方治疗病人：补液与休息。可是补液与休息没钱可赚，而药喇叭泻药却很容易赚大钱。于是，到了一七九三年底，费城人已有三分之一死于黄热病，而亨利的财富翻了一倍。

亨利用自己赚来的钱，又盖了两间玻璃暖房。他听从比阿特丽克斯的建议，开始种植美国本土的花草树木出口欧洲。这是个好点子；美国的草地和森林长满了在欧洲人看来充满异国情调的各类植物，可以轻易地远销海外。从费城港口发出空船已经开始让亨利厌倦；现在，他可以两边赚钱。与荷兰合伙人加工金鸡纳树皮依然能使他从爪哇发一大笔财，不过现在他在本地也能赚到一大笔钱了。一七九六年，他派采集员在宾州山区采集人参，外销到中国。事实上，之后许多年里，在美国只有他一个人曾经想出怎么卖东西给中国人。

一七九八年底，亨利又在他的美国温室里种满进口的热带外来植物，卖给新兴的美国贵族。美国经济一路狂飙。乔治·华盛顿和托马斯·杰斐逊总统都拥有气派的乡村庄园，所以每个人都想要一座气派的乡村庄园。这个新兴国家突然开始试探恣意挥霍的极限。一些民众发了财，另一些则沦为赤贫。亨利的财富轨迹则是一路走高。亨利盘算的每一个基本信条都是"我一定会赢"，而他确实总是赢家——在进口、出口、制造以及各种机会主义方面。财富似乎钟爱亨利，它像一只兴奋的小狗，在他身边打转。到了一八〇〇年，他无疑是费城的首富，也是西半球的三大首富之一。

因此，亨利的女儿阿尔玛出生时——就在华盛顿总统过世三周之后——仿佛出身于一个世界前所未见的全新世族：一个无比强大、新崛起的美国苏丹王室。

卷二
◊
白亩庄园的小梅

5

她是她父亲的女儿。从一开始,大家就这么说她。首先,阿尔玛的长相和亨利一模一样:姜黄色的头发,红润的皮肤,小嘴,粗眉,饱满的鼻子。对阿尔玛而言,这是颇不幸的境况,尽管她花了几年时间,才意识到这一点。亨利的脸孔更适合成年男人,而不是小女孩。亨利自己可不反对这种情况——亨利喜欢看自己的形象,无论在什么地方看见(在镜子里、在肖像中、在一个孩子的脸上),因此他始终非常满意阿尔玛的长相。

"这孩子是谁生的,这还用说吗?"他会自诩道。

何况,阿尔玛像他一样聪明,而且体格强健。她是不折不扣的小单峰驼——不知疲倦,毫无怨言,从来不会生病,固执顽强。这女孩从开始学会说话起,就无法把争论搁在一旁。要不是她母亲不断磨去她性子里的狂妄,她很可能变成一个蛮横的人。事实上,她只是个性很强。她想要了解世界,她养成了追根究底的习惯,仿佛在每种情况下,世界各国的命运都到了生死存亡的关头。她迫切地想要了解,矮种马为什么不是小马;她想要知道,为什么在炎热的夏夜,手划过床单时会冒出火花;她不仅想要知道蘑菇究竟是植物还是动物,在得到回答时,还想要知道为什么可以肯定这件事。

对于这类没完没了的追问,阿尔玛有一对合适的父母去回答;只要她郑重地提出问题,一定能得到解答。亨利和比阿特丽克斯都无法忍受枯燥乏味,因此鼓励他们的女儿发挥探究精神。甚至连阿尔玛的蘑菇问题,也得到了一个严肃的回答。(这次是由比阿特丽克斯回答的,她引用备受尊崇的瑞典植物分类学家卡尔·林奈[1]的表述,说明如何区分矿物和植物,识别植物和动物:"石头生存。植物生存、生长。动物生存、生长,而且感知。")比阿特丽克斯不认为四岁大的孩子年纪还太小,不适合讨论林奈。事实上,几乎从阿尔玛能够自己站起来的时候,比阿特丽克斯就开始让她接受正规的教育。如果别人的小孩一学会说话,就能教他们念祷文和教义问答,比阿特丽克斯相信自己当然也能教孩子学会任何事情。

因此,阿尔玛在四岁以前就认识数字——用英语、荷兰语、法语和拉丁语。比阿特丽克斯尤其注重拉丁语的学习,因为她相信,凡是对拉丁语一窍不通的人,都不能用英语或法语写出精确的句子。同时,阿尔玛还初步尝试了希腊语,尽管不太热切(就连比阿特丽克斯也认为,一个孩子不该在五岁以前学希腊语)。比阿特丽克斯亲自辅导她聪慧的女儿,而且很满意。不亲自教孩子思考的父母,是不可原谅的。比阿特丽克斯同时还相信,人类的智力水平从公元二世纪起就开始逐渐退化,因此她喜欢上单独为她女儿在费城开办一所私人雅典学堂的感觉。

女管家汉娜克觉得,读这么多书,可能会让阿尔玛年幼的女性大脑超出负荷,但是比阿特丽克斯什么也听不进去,比阿特丽克斯自己接受的就是这种教育,范·迪文德家每一个孩子(无论男女)自古以来都是这样做的。"别傻了,汉娜克,"比阿特丽克斯责备道,"历史上从来没有哪个吃得饱、体质好的聪明女孩死于学问过多。"

比阿特丽克斯对实用的推崇超过空话,对教化的推崇超过趣味。她对任何所谓"无害的娱乐"都持怀疑态度,对任何愚蠢或下贱的事物都相当厌恶。愚蠢和下贱的事物和行为包括:酒馆;涂脂抹粉的女人;选举日

---

[1] 卡尔·冯·林奈(Carl von Linné, 1707—1778),瑞典植物学家、动物学家和医生,奠定了现代生物学分类命名双名法的基础。被认为是现代生物分类学之父。

(总是有暴徒闹事)；吃冰激凌；去冰激凌店；圣公会信徒（她觉得他们是变相的天主教徒，其信仰，她认为，有悖于道德和常理）；茶（荷兰好女人只喝咖啡）；冬天驾雪橇没给马系铃铛（你听不见它们从背后靠近）；便宜的管家（不合算的交易）；给佣人朗姆酒当报酬的人（因此助长当众酗酒）；遇上麻烦来求助于你，却拒不听劝的人；除夕夜庆典（不管敲不敲钟，新年总会到来）；贵族制度（贵族身份的认定应依据行为，而非继承）；被过度赞赏的孩子（品行良好本是预料当中的事，不该得到奖励）。

她奉行格言"苦中作乐"——工作本身即是奖励。她相信对感官保持无动于衷，是在维系一种与生俱来的尊严；事实上，她相信对感官的淡漠，正是尊严的定义。最重要的是，比阿特丽克斯将体面和道德奉为圭臬——不过，如果被迫从中择一，她或许会选择体面。

她把这一切，努力教给女儿。

❖

至于亨利，显然他在古典教学方面帮不上忙，不过，他十分感激比阿特丽克斯对阿尔玛的辛勤教导。身为一个聪明却没上过学的植物专家，他始终觉得希腊语和拉丁语就像两根高大的铁柱，将他挡在知识门廊外——他不会让自己的孩子像他一样被挡在门外。事实上，他不会让自己的孩子被挡在任何东西之外。

至于亨利教给阿尔玛什么，这个嘛，他没教给她任何东西。换句话说，他没直接教给她任何东西。他没有耐心施行正规教育，也不喜欢被孩子绕着跑。不过，阿尔玛从她父亲身上间接学到的东西，足以列出一张长长的单子。首先，她学会别惹他生气。她一惹父亲生气，就会被赶出房间，因此自懂事以来，她就懂得永远别激怒亨利，别找他麻烦。这对阿尔玛可是一种挑战，因为她必须压抑自己所有的天性（而她的天性恰好是激怒人、找麻烦)。不过她也学会,她父亲并不完全介意女儿提出严肃、有趣或清晰的问题——只要她永远不打断他说话或者思考(这一点更难)。有时候她的问题甚至让他觉得有趣,尽管她并不是总能明白原因——比方当她问他,为什么公猪爬到母猪背上花的时间那么长,公牛和母牛却永远那么快。这个问题让亨利哈哈大笑。阿尔玛不喜欢别人笑她。她因此学会,这种问题绝不再问第二次。

阿尔玛学到,父亲对员工、访客、夫人,对阿尔玛,甚至对他的马,都没有耐心——可是对于植物,他从来没有发过脾气。他对植物始终宽容以待。这让阿尔玛有时渴望自己是一株植物。不过,她从来没有提过这种渴望,因为那会使她看上去像个傻瓜,而她早已从亨利那儿学到,一个人绝不能看上去像傻瓜。"世界是一个渴望被骗的傻瓜。"他经常说道,而他早已向他女儿强调过,蠢人和聪明人之间有一条鸿沟,你必须站在聪明这一边。比方说,对无法拥有的东西表现出渴望,就不是站在聪明的位置。

阿尔玛从亨利身上学到,世界上有许多遥远的地方,有些人去了就再也不回来了,可是她父亲去过那些地方,而且还从那些地方回来了(她喜欢想象他是回来看她,为了当她的父亲,尽管他从来没有暗示过这样的事)。她学到,亨利是因为勇敢才能经受住世界的折磨。她还学到,父亲也希望她勇敢,即使遇见最令人惊恐的事物——闪电、紧追不放的大鹅、泛滥的斯库尔基尔河、跟着补锅匠搭大篷车旅行且脖子上挂着铁链的猴子。亨利不准阿尔玛害怕这些东西。甚至在她还不知道何谓死亡之前,他也禁止她害怕死亡。

"天天都有人死,"他告诉她,"但是轮到你的机会,只有八千分之一。"

她还学到,有几个星期的时间(尤其在下雨的几个星期),父亲身体忍受的病痛,超过全世界任何人所应承受的。因为骨折后没接好骨头,他的一条腿必须忍受持久性疼痛,此外,他在世界各地那些遥远危险的地方罹患的热病,也会反复发作。有时候,亨利连续半个月不能下床。在这些情况下，他绝对不能受到干扰。甚至带信件给他，也必须轻手轻脚。由于这些病痛，亨利从此不能再旅行，也因此，他把世界召唤到他身边。白亩庄园之所以总是有许多访客，许多生意之所以在会客室和餐桌上进行，也是这个缘故。这也是亨利雇用迪克·扬西的原因，这个威严、沉默、秃头、眼神冰冷的约克郡人代表亨利出差旅行，以惠特克公司的名义来控制世界。阿尔玛学到，永远别与迪克·扬西交谈。

阿尔玛学到，父亲并未奉守安息日，尽管他以自己的名义，在瑞典路德教会保留最好的私人座位，让阿尔玛和母亲去做礼拜。阿尔玛的母亲并不是特别喜欢瑞典人，但既然附近没有荷兰归正会[1]，瑞典教会的存在聊胜于无。瑞典人至少理解加尔文教义的中心信仰，而且都认为：你必须对自己的人生境遇负责，你很可能注定灭亡，前景十分黯淡。对比阿特丽克斯而言，这一切都熟悉得令人放心。好过其他任何宗教，还有那些虚假软弱的勉励。

阿尔玛希望自己无须上教堂，周日能和父亲一样，待在家中侍花弄草。教会枯燥乏味，令人不舒服，还有烟液的味道。夏天的时候，火鸡和狗偶尔踱进敞开的前门，寻找阴凉的地方，避开难耐的酷热。冬天的时候，古老的石砌建筑变得出奇地寒冷。每当一道光线透进带波纹的玻璃长窗内，阿尔玛就会抬起脸来迎向光线，就像父亲植物温室里的一株热带藤蔓一样，恨不得爬出去。

阿尔玛的父亲不喜欢教会，也不喜欢宗教，可他倒是经常求上帝诅咒他的仇敌。至于还有哪些东西不讨亨利喜欢，名单可长了，阿尔玛很快就一清二楚。父亲讨厌饲养小狗的彪形大汉。他也讨厌买快马却不善骑马的人。还有，他讨厌：休闲帆船，海关商检员，廉价的鞋，法国的东西（语

---

[1] 荷兰归正会（Dutch Reformed church），荷兰最大的基督教会，前身为16世纪宗教改革运动时期成立的荷兰国家教会。

言、食物、人民），神经质的职员，在男人该死的手上破裂的小瓷盘，诗词（歌曲则不然！），懦夫的驼背，婊子养的小偷儿子，诡诈之舌，小提琴的声音，军队（任何军队），郁金香（"装腔作势的洋葱！"），冠蓝鸦，喝咖啡（"荷兰人该死的恶习！"），以及——尽管阿尔玛还不懂这两个词的意思——奴隶制和废奴主义者。

亨利会突然暴怒。他能以最快的速度辱骂、贬损阿尔玛："没有人喜欢愚蠢自私的小猪仔！"但在某些时候，他似乎也真真实实地宠爱她，甚至以她为荣。有一天，白亩庄园来了个陌生人，向亨利推销一匹矮种马，好让阿尔玛学骑马。马的名字叫索姆斯，糖霜颜色，阿尔玛对它一见钟情。议价后，两个男人同意以三美元成交。年仅六岁的阿尔玛问道："请问先生，这价钱包不包括马身上佩戴的笼头和马鞍？"

陌生人对这个提问感到犹豫，亨利却放声大笑。"她难倒你了，老兄！"他大声说道，那一整天，只要阿尔玛走近，他便拨弄她的头发，说，"我女儿真是个小拍卖家！"

阿尔玛学到，父亲晚上就着瓶子喝酒，那些瓶子偶尔装着"危险"（嗓门提高，被赶出房间），但也可能装着奇迹——例如获准坐在父亲的腿上，听天马行空的故事，他也许会用她极罕见的昵称"小梅"来叫她。亨利在这些晚上告诉她一些事，像是："小梅，你身上永远要带着足够的金子，好应付绑架。必要的话，把金子缝入衣服的褶边，千万不可身无分文！"亨利告诉她，沙漠的游牧民族有时把宝石缝在他们的皮肤底下，以防万一。他告诉她，他自己也把一颗南美绿宝石缝在他松弛的肚皮底下，在不知情的人看来，就像枪伤留下的疤，他永远永远不会让她瞧上一眼——但是绿宝石就在那里。

"你永远要有最后一笔贿金，小梅。"他说道。

坐在父亲腿上，阿尔玛学到，亨利曾和一个叫库克船长的大人物航遍世界。这些故事最为精彩。有一天，一只庞大的鲸鱼张着嘴露出海面，库克船长驾着船直入鲸鱼的肚子里,打量过鲸鱼的肚子后,又驾着船出去——倒退而行!有一回,亨利在海上听见哭喊的声音,然后看见一条人鱼浮在海面。人鱼被鲨鱼弄伤了。亨利用绳子把人鱼从水里拉出来,她就在他的怀里死去——但是她在死之前,感谢上帝赐福亨利,她对他说,有一天他会成为有钱人。他就是这样得到这栋大房子的——一切都得归功于人鱼的祝福!

"人鱼讲什么语言?"阿尔玛想知道,想象着非得是希腊语不可。

"英语啊!"亨利说道,"老天,小梅,我干吗救一条外国人鱼?"

阿尔玛敬佩甚至敬畏母亲,但却爱慕父亲。她爱他胜过一切,她爱他胜过小马索姆斯。她的父亲是个巨人,她从他庞大的双腿之间窥看世界。与亨利相比,《圣经》中的上帝既乏味又遥远。就像《圣经》中的上帝一样,亨利有时候也会考验阿尔玛的爱——尤其在喝了酒之后。"小梅,"他会说,"你何不迈着你那双细长的腿,用最快的步伐一路跑到码头,看看你爸爸有没有船从中国抵达这儿?"

码头远在七里之外,而且在河的对面。这时可能是周日晚上九点,在酷寒的三月风暴中,阿尔玛却从父亲腿上跳起来,开始奔跑。仆人必须在门口逮住她,把她抱回起居室或其他地方——六岁的她,没穿斗篷、没戴帽子,口袋里没有半毛钱,也没把最小块的金子缝入衣服褶边——老天爷做证,她会愿意这样做。

✣

这女孩度过了怎样的童年啊!

阿尔玛不仅有这对强大聪慧的父母,还有整个白亩庄园供她恣意探索。这真是个世外桃源。这里有许多东西需要吸收。光是房子本身,就是个不断展开的奇观。东亭那只臃肿的长颈鹿标本,有一张惊恐滑稽的脸。中庭前方有三组乳齿象肋骨，是当地农民从附近的田里挖出来的，拿来跟亨利换了一把新步枪。还有亮灿灿、空无一人的宴会厅，阿尔玛曾在寒冷的晚秋，在那里偶然发现一只受困的蜂鸟，沿着最不可思议的轨迹从她的耳边飞冲而过（就像从迷你大炮中发射出来的一颗宝石飞弹）。还有在她父亲书房里的笼中八哥，不远万里从中国而来，能言善道（亨利如此宣称），却只限于讲自己的家乡话时。还有罕见的蛇皮，用稻草和木屑填充物保存下来。还有架子上摆满的南海珊瑚、爪哇人偶、古埃及天青石和土耳其年历。

还有许多可以吃东西的地方！餐厅、起居室、厨房、客厅、书房、日光室，还有凉棚遮阴的走廊。午宴有茶、姜饼、栗子和桃子（多么美的桃子啊——一边粉红，一边金色）。冬天的时候，你可以一边在楼上的育婴室喝汤，一边看着楼下的河水，河水在荒芜的天空下像擦亮的镜子般闪闪发亮。

不过户外的乐趣更加丰富，充满了神秘感。宏伟的温室装满了苏铁、棕榈和蕨类植物，各类植物都包上了漆黑发臭的鞣制树皮以保持温暖。声势惊人的水力发动机，让温室保持潮湿。神秘的温室（总是热得令人晕厥）让娇弱的进口植物在经过漫长的海上旅行后，在此疗愈，兰花也在这儿被哄着开花。橘园里的柠檬树，每年夏天就像肺痨病人一样，被推到户外晒太阳。还有小古希腊神庙，隐藏在橡树大道尽头，使你能遥想到奥林匹斯。

还有牛奶房和紧邻的食品室——散发着魔法、迷信和巫术的诱人气味。挤牛奶的德国女工用粉笔在食品室门口画符咒，进门前喃喃念咒。她们告诉阿尔玛，奶酪要是遭魔鬼诅咒，就不会成形。阿尔玛向母亲问起这件事时挨了骂，母亲说她是容易受骗的傻瓜，并给她上了一堂关于奶酪究竟怎么成形的课——原来，新鲜牛奶用凝乳酶处理后，经过一场完美适度的化学质变，包在蜡皮当中控温静置，即可形成奶酪。上完课后，比阿特丽克斯抹去食品室门口的符咒，谴责牛奶女工是迷信的傻瓜。第二天，阿尔玛留意到粉笔符咒又画了上去。无论如何，奶酪继续正常成形。

此外，这里还有广阔的林地——刻意荒废——林间有许多兔子、狐狸和鹿，它们会从你的手上吃东西。阿尔玛的父母准许——不，是鼓励她在这片林地中任意游荡，了解自然界。她搜集甲虫、蜘蛛和飞蛾。有一天，她看到一条带条纹的大蛇，被另一条更大的黑蛇活活吞噬——其过程长达数小时之久，是一场骇人的奇观。她看到虎蜘蛛在腐土中挖着深坑，知更鸟从河岸收集苔藓和泥土来筑巢。她收养了一只漂亮的毛毛虫（按毛毛虫的标准算是漂亮了），用叶子卷起来带回家当朋友，可是后来她不小心坐了上去，把它弄死了。那是一次严重的打击，可你还是得继续过活。这是她母亲说的话："停止哭泣，继续过活。"动物总是会死，她母亲说道。有些动物，比方羊和牛，生来除了死之外，别无其他用途。你不能哀悼每一次死亡。到了八岁，在比阿特丽克斯的协助下，阿尔玛已经解剖过羊头了。

阿尔玛去森林时，总是穿着最合适的衣服，带上自己成套的个人收集瓶、小储存箱、药棉和写字板。她总是风雨无阻地出门，因为在任何气候中，她都能够发现乐趣。有一年四月底，暴风雪带来了鸣禽和雪橇铃合而为一的奇特声音，光是这件事，就值得走出家门。她学到，只为保护靴子或裙边而小心地走在烂泥里，这永远不能让搜寻有所收获。她回家时，从不会因为弄脏靴子和裙边而挨骂，只要她把好的标本带回自己的私人植物标本室。

矮种马索姆斯，是阿尔玛在这些探险中的忠实伙伴——有时载着她穿越森林，有时像只乖巧的大狗跟在她身后。夏天，它的耳朵戴着五彩缤纷的丝穗，驱赶苍蝇。冬天，它在马鞍下穿着毛皮。索姆斯是你所能想象的最好的植物搜集伙伴，阿尔玛从早到晚都对着它说话。它愿意为这女孩做任何事，除了快速行走。只有在偶然情况下，它才会吃标本。

阿尔玛在她的第九个夏天，完全靠自己，学会从花开花合中判断时间。她注意到，清晨五点，婆罗门菊展开花瓣。六点钟，雏菊和金莲花绽放。七点钟，蒲公英开花。八点钟，则轮到海绿。九点钟，繁缕。十点钟，秋水仙。到了十一点，过程开始逆转。中午，婆罗门菊合起来。一点，繁缕合起来。三点，蒲公英收起来。阿尔玛要是到五点钟（金莲花合起来、月见草开始绽放的时候）还没回家洗手，她就是自找麻烦。

阿尔玛最想知道，世界是如何规范的。谁在背后操控这一切？她把花扯成碎片，探索花的内层构造。她对昆虫以及她发现的任何动物的尸体，也同样这么做。九月下旬的一个上午，一朵藏红花突然出现，令阿尔玛感到新奇不已，先前她以为这花只在春天开放。这真是一大发现！眼前这些花，在寒冷的初秋、在其他万物濒临死亡之际出现在这里，没有叶子也没有庇护，究竟以为自己在做什么，她无法从任何人那儿得到满意的答复。"是秋藏红花。"比阿特丽克斯告诉她。没错，非常明显——可是为了什么目的？为什么现在开花？这花是不是很笨？是不是搞错时间了？这种藏红花有什么重要事务需要处理，不惜在最寒冷的初霜之夜开花？没有人能解释。"这个品种的花就是这样。"比阿特丽克斯说道，阿尔玛认为这个无法令人满意的答复，和她母亲往常的个性很不相符。阿尔玛继续追问，比阿特丽克斯只好回答："并不是每件事都有答案。"

阿尔玛认为这是个惊人的发现，连续几小时都说不出话来。她只能坐在那里，在惊呆的状态中思考这件事。待她回过神来之后，她把神秘的秋藏红花画在写字板上，注明日期，同时写下她的问题和声明。她在这方面相当勤奋。一切事物都必须追踪——即使是你无法理解的东西。比阿特丽克斯曾经指示过她，对于自己的发现，都要尽己所能用绘图精确地记录下来，尽可能用正确的分类法进行分类。

阿尔玛喜欢素描，可是她画好的图常常令她失望。她不会画脸也不会画动物（就连她画的蝴蝶看起来也很凶狠），尽管她最后发现，她在画植物方面并不算糟糕。她的首批成功作品是画得相当不错的伞形花序——那些空心梗、扁平花的芹菜科成员。她画的伞形花序精确无误，尽管她不希望只是精确而已；她更希望能画得美。她如实对母亲这么说，母亲则指正她说："不要求美，美会干扰精确。"

阿尔玛有时会在她的林间探险中，遇到其他孩子。这总是让她感到惊慌。她知道这些闯入者是什么人，尽管她从来没有跟他们讲过话。他们是阿尔玛父母雇用的员工的子女。白亩庄园就像一头活生生的巨兽，庞大的身躯需要仆人供养——她父亲喜欢雇用德国和苏格兰园丁，不喜欢懒散的本土美国人，母亲则坚持雇用荷兰女仆，并倚赖她们。家仆住在阁楼上，室外劳工和家属则住在庄园各处的小屋子里，而且是些挺不错的小屋——不是因为亨利关心员工舒适与否，而是因为亨利看不惯脏乱的环境。

阿尔玛在林中碰上员工子女时，总是感到惊恐。不过，她有一种应付这些偶遇的方法：她会假装这根本没发生。她高高地骑在自己那匹健壮的小马上，经过孩子们身边（小马一如既往地以冷糖浆般慢条斯理的速度前进）。阿尔玛经过孩子身边时屏住呼吸，不向左右张望，直到安然摆脱闯入者。只要不看他们，她就不需要相信他们。

员工子女从来没有妨碍过阿尔玛。他们可能已经被事先警告过，别去打扰她。大家都怕亨利，因此他的女儿自然也叫人害怕。不过，阿尔玛有时站在远远的地方，窥视孩子们。他们的游戏粗野难懂。他们穿的衣服和阿尔玛不一样。这些孩子中没有人扛着植物收集装备，也没有人骑着戴彩色耳穗的小马。他们互相推挤，用粗话大声嚷嚷。在这世界上，他们比什么都更让阿尔玛恐惧。她经常做有关他们的噩梦。

不过，做噩梦的时候，就该这么做：去地下室找汉娜克。这很有帮助，还能给人安慰。总管家汉娜克掌管整个白亩庄园的秩序，她的权威使她拥有一种最能稳定人心的庄严气质。汉娜克睡在自己的宿舍，挨着地下室的厨房，那儿的炉火永不熄灭。她生存于温暖的地窖空气中，空气中散发着倒挂在屋梁上的腌火腿的味道。汉娜克住在笼子里（至少在阿尔玛看来是），因为她的房间有铁栅栏门窗，因为汉娜克独自一人管制一家人银具和餐盘的出入，并管理全体员工的薪资。

"我不住笼子里，"汉娜克有一次指正阿尔玛，"我住在金库里。"

阿尔玛做噩梦睡不着时，就会鼓起勇气，踏上可怕的旅程，走下三层昏暗的楼梯，一路通往最边远角落的地下室，抓着汉娜克房间的铁栏杆，哀求汉娜克让她进去。这些远征之行总是像冒险。汉娜克有时会起床，睡眼惺忪，边发牢骚，边打开她那监狱看守员的门锁，容许阿尔玛和她一起睡，但是她有时不会这么做。有时候她会责备阿尔玛像婴儿一样幼稚，问她为什么非要骚扰一个累坏了的荷兰女人不可，而后把阿尔玛送上可怕、黑暗的楼梯，回她自己的房间。

然而，为了极少数获准和汉娜克同睡一张床的机会，即使被拒绝十次也值得，因为汉娜克会讲故事，而汉娜克知道的东西非常多！汉娜克从小就认识阿尔玛的母亲，汉娜克会讲比阿特丽克斯从来没有讲过的阿姆斯特丹的故事。汉娜克总是跟阿尔玛说荷兰语，因此荷兰语对阿尔玛而言，始终代表抚慰、金库、腌火腿和安全的语言。

阿尔玛从没想过夜里跑去找母亲让自己安心，而母亲的卧室就在她房间的隔壁。阿尔玛的母亲是个多才多艺的女人，可是安慰的才能不在其中。正如比阿特丽克斯常说的，任何一个年纪已经不小，可以自己走路、说话和推理的孩子，都应该在没有任何帮助的情况下安慰自己。

✤

还有来家里做客的人——几乎每天都有川流不息的访客来到白亩庄园，或由马车接送，或骑马、乘船，或徒步走来。阿尔玛的父亲害怕过无聊的生活，因此喜欢请人来家里共进晚餐，逗他开心，给他带来世界各地的新闻，或是给他提供新的事业构想。每次亨利请人来家里，他们都会过来——而且心存感激。

"你的钱越多，"亨利向阿尔玛讲解，"人们的举止就越好。这是很明显的事实。"

亨利这个时候已经蓄积了大把的钱。一八〇三年五月，他和一个叫伊斯雷尔·惠伦的人签订了合同，此人是政府官员，为刘易斯和克拉克的美国西岸远征[1]供应医药用品。为此远征，亨利已经储备了汞、鸦片酊、大黄、生鸦片、非洲防己素、氯化亚汞、吐根、铅、锌、硫酸等物资——其中有些确实具有医疗效用，但所有都利润丰厚。到了一八〇四年，德国药学家首先从罂粟中提取出吗啡，亨利是早期投资制造这种实用商品的商人。第二年，他拿下了合同，提供医疗产品给整个美军。这使他拥有一种政治权力，同时还有信托权力，因此，是的，人们愿意到他家里吃晚餐。

这些饭局绝非社交晚宴。惠特克家从来没有真正受到过费城上流社会小圈子的欢迎。初抵费城时，惠特克只受过一次邀请，与宾厄姆夫妇在他们位于第三街和云杉路的家中用餐，结果不怎么愉快。吃甜点时，宾厄姆夫人——她的言谈举止就像自己身在英国朝廷似的——问亨利说："惠特克是什么样的姓氏？我发现这个姓氏很罕见。"

"英格兰中部，"亨利答道，"从华威郡这个词来的。"

"华威郡可是您的祖传席位？"

"除了那里之外，还有其他地方。我们惠特克家只要能找到椅子，就会坐下来。"

"您父亲在华威郡是否仍拥有房产？"

"夫人，我父亲要是还活着，就只拥有两头猪和床下的便壶。我不敢说他拥有那张床。"

惠特克家从此没有再被宾厄姆夫妇邀请用餐。惠特克家不太在乎。比阿特丽克斯对时髦女士们的对话和衣着不以为然，而亨利也不喜欢华美客厅里的乏味礼仪。于是，亨利开创了自己的社交圈，在他高踞的山庄，与

---

[1] 刘易斯和克拉克远征（Lewis and Clark Expedition），1804年至1806年美国国内首次横越大陆西抵太平洋沿岸的往返考察活动。领队为美国陆军的梅里韦瑟·刘易斯上尉和威廉·克拉克少尉。

城市隔河相望。白亩庄园的晚宴不是闲聊八卦的场所，而是激发智力和孕育商机的演练地。世界上如果有哪个勇敢的年轻人成就了有趣的丰功伟业，亨利就想请这位年轻人来家里吃饭。如果有令人敬重的哲学家、著名的科学家，或颇有前途的新锐发明家路过费城，这些人也会受到邀请。女士有时也会来用晚餐，如果她们是著名思想家的夫人、重要书籍的译者，或在美国巡回演出的风趣女伶。

亨利的餐桌对某些人来说难以招架。饭菜本身相当丰盛——牡蛎、牛排、野味——但是在白亩庄园用餐并非完全轻松。客人可能会遭受质询、挑战和刺激。众所周知的仇敌被安排比邻而坐。珍贵的信念在对话中连受重挫，火药味浓于客气的氛围。某些名人离开白亩庄园时，心中深深感到愤恨不平。其他客人——或许更机灵、脸皮更厚，或更渴望获取恩赐——离开白亩庄园时，则获得有利可图的协议、互利的伙伴关系，或只是给巴西某要人的恰当介绍信。白亩庄园的餐厅是一个危险四伏的角力场，但是只要在那里取得一次胜利，一个人就能建立一生的事业。

阿尔玛从四岁开始，便应邀参加这种斗志高昂的聚餐，经常坐在父亲旁边。她可以提出问题，只要不是愚蠢的问题。有些客人甚至非常欣赏这孩子。一位研究化学对称的专家有一次宣告："哎呀，你真聪明，像一本可以交谈的小书！"——她不曾忘记这句赞美。但事实情况是，一些伟大的科学界人士，不习惯被一个小女孩质问。然而亨利也指出，有些伟大的科学界人士，无法向一个小女孩捍卫自己的理论，既然如此，就该揭发他们的骗子身份。

亨利相信，而比阿特丽克斯也极力赞同，没有任何话题会因为过于严肃、棘手或令人不安而不能在他们的孩子面前讨论。如果阿尔玛不能理解所说的一切，比阿特丽克斯推断，这只会给她更多动力去提升智力，以免下回只能瞠乎其后。如果阿尔玛没有能力参与某一话题，比阿特丽克斯教她，对最后一个说话的人报以微笑，并很有礼貌地低声说："请说下去。"

如果阿尔玛在餐桌上感到无聊，那肯定没有人会为此担心。白亩庄园的晚餐聚会，可不是为娱乐儿童而安排的（事实上，比阿特丽克斯声称，生活中很少有什么事情，应当为娱乐儿童而安排），阿尔玛越早学会在硬背椅上连续几个小时坐着不动，注意聆听她远不可及的话题，对她自己越有好处。

因此，阿尔玛自小就听过最别开生面的对话——在这些人中，有人研究人类尸体的腐败；有人想办法把比利时美妙的新消防水管进口到美国；有人给古怪的医疗突变绘图；有人相信任何能吞下肚的药，涂在皮肤上也能被人体有效吸收；有人研究硫黄温泉的有机物质；还有一个人是研究水鸟肺功能的专家（他声称这一学科比自然界任何其他学科更令人心旷神怡——尽管从他在晚餐席间沉闷的语调来看，这种声明并不属实）。

其中有些晚上让阿尔玛觉得有趣。她最喜欢演员和探险家到家里来，讲述扣人心弦的故事。有些晚上充满激烈的辩论，有些晚上则是单调乏味、永无休止的折磨。有时她会在餐桌前睁着双眼昏睡过去，之所以还直挺挺坐在椅子上，更多是由于极度害怕被母亲谴责，同时她身上穿的正式礼服裙上还套着一件紧身马甲。不过，让阿尔玛永远念念不忘的夜晚（那晚日后似乎成为她童年的顶峰时刻），是意大利天文学家来访的那一夜。

✥

那是一八〇八年的夏末，亨利添购了一架新望远镜。透过精密的德国镜头，他一直在欣赏夜空，却渐渐觉得自己像个天体文盲。他对星星的认知达到了船员的水平——那可不是区区的认知——可是他并没有持续跟进最新的发现。天文界已经取得惊人的进步，亨利逐渐觉得，夜空越来越像另一座他几乎无从阅读的图书馆。因此当杰出的意大利天文学家卢卡·庞特希里大师受邀到费城来，在美国哲学学会上演讲时，亨利为他举办了一场舞会，吸引他来白亩庄园参加。他听说庞特希里十分热衷于跳舞，亨利猜想他无法抗拒舞会。

这是惠特克家有史以来举办过的最华丽的盛会。费城最好的服务生——身穿挺括白制服的黑人——下午到达，开始摆设雅致的蛋白甜饼，调制五彩缤纷的水果酒。从来没离开过植物温室的热带花卉，被布置成舞台场景，摆满整栋房子。顷刻间，由郁郁寡欢的陌生人组成的乐团，在跳舞大厅内转悠，为他们的乐器调音，喃喃抱怨天气太热。阿尔玛被擦洗得干干净净，穿上白色的圈环裙，她那鸡冠花般的红色乱发，被一个几乎和她的脑袋一样大的缎面蝴蝶结绑了起来。而后，客人到达，激起一波波丝绸和香粉的浪潮。

天气很热。已经热了整整一个月，可这天却是最热的一天。惠特克家担心天气不适，待太阳下山后，舞会才在九点开始举行，不过当天的酷热仍未散去。舞厅不久就自成一间温室，潮湿闷热，热带植物乐在其中，女士们却不然。乐师们热得出汗。客人们夺门而出，寻求解脱，靠在阳台上，倚着大理石雕像，妄图摄入石头的凉意。

为了解渴，大家或许多喝了不少水果酒。结果，心中的压抑自然因此而瓦解，一种轻飘飘的晕眩气氛控制了每个人。乐团抛开舞厅拘泥的礼节，在户外的大草坪上展开了一场热闹的欢宴。灯和火把被带到屋外，把客人们投射成剧烈晃动的阴影。迷人的意大利天文学家试着教费城绅士们跳某种狂野的那波利舞，他也和每一位女士轮流跳舞——每个人都觉得他有趣、大胆、令人兴奋。他甚至尝试和黑人侍者跳舞，大家因此而笑翻。

庞特希里当天晚上原本要发表演说，以详细的插图和数字，讲解行星运行的椭圆路径和速度。不过，在那个晚上的某个时刻，这一想法被摒弃了。在这种狂放不羁的心情下，能期待什么人安静地坐在那儿听一场严肃的科学讲座呢？

阿尔玛永远无法知道是谁的主意——庞特希里或是她父亲，然而在午夜过后不久，他们决定让享有盛名的意大利宇宙学大师，在白亩庄园的大草坪上,将宾客当作天体,重现宇宙的模型。这不是比例精准的模型,这位意大利人醉醺醺地大声表示,但至少让女士们对行星的生命和行星彼此之间的关系有些了解。

庞特希里用一种既威严又滑稽的神情,将亨利——太阳——放在草坪的中心。接下来,他找了其他几位绅士充当行星,以晚宴主人为中心,呈放射线状向外扩散。为款待在场的每个人,庞特希里试着选择那些最能代表该行星的人。因此,小小的水星由一名矮小尊贵的日耳曼城谷商扮演。金星和地球大于水星,但大小近似,于是庞特希里为这两个行星挑选了一对来自特拉华州的兄弟——他们两人的身高、腰围和肤色几乎完全相同。火星必须比谷商还大,却又不像特拉华州来的兄弟那样大——一位体型匀称的知名银行家是合适之选。至于木星,庞特希里征用了一位胖得让人爆笑的退休船长,他在太阳系中大腹便便的模样,引来大家的一阵狂笑。至于土星,一个稍瘦一点点却依然胖得逗趣的新闻工作者,担当了这项任务。

如此这般,所有的行星都被安排在草坪上,与太阳和彼此之间隔着适当的距离。而后,庞特希里将他们送入轨道,绕着亨利运行,努力尝试让每个酩酊大醉的绅士行进在正确的天体路径上。不久,女士们也要求参与游戏,庞特希里于是安排她们绕着男人,扮作卫星,每个卫星都有自己的狭窄轨道(阿尔玛的母亲扮作冷静完美的月球)。大师接着在草坪外缘创造了恒星群,由最漂亮的美女组合而成。

乐团又奏起了音乐,这幅天体景观展现出费城上流社会所见过的最奇特、最美丽的华尔兹风情。太阳王亨利站在全体人员的中心,容光焕发,一头火红色的头发,大大小小的男士绕着他转动,女士们则绕着男士转圈。集结成群的未婚女性,在宇宙最外环的角落发出炫目的光芒,宛如未知的银河。庞特希里爬上花园的高墙,站在墙上摇摇欲坠,指挥、控制整个场面,在夜空中高声嚷着:"男士们,保持你们的速度!女士们,切勿离开你们的轨道!"

阿尔玛也想参与其中。她从未见过如此激动人心的场面。她从未这么晚还没睡——被噩梦惊醒除外，然而在这场欢宴中，不知怎么回事，她似乎被人遗忘了。她是在场唯一的孩子，就像她这辈子始终是席间唯一的孩子。她跑到花园墙边，朝着在墙上摇摇欲坠的庞特希里大师高喊："先生，把我放进去吧！"意大利人从墙上俯身看着她，极力集中眼神——这孩子是谁？他原本可以完全把她搁在一边，但是亨利随即从太阳系中心吼道："给这女孩安排一个地方！"

庞特希里耸耸肩。"你就是彗星了！"他俯身向阿尔玛喊道，一边仍用一只挥舞的胳膊装模作样地指挥宇宙。

"彗星要怎么做，先生？"

"飞向四面八方啊！"意大利人下令。

她于是照做。她让自己投入行星当中，在大家的轨道之间穿梭旋转，缎带在她的发上散开。每当她接近父亲时，他就会大叫："别靠我太近，小梅，否则你会被烧成灰！"他推开她，不让她接近自己那滚烫易燃的身体，迫使她朝另一个方向跑去。

教人诧异的是，不知何时，一支噼啪作响的火炬被塞进她的手中。阿尔玛没看见是谁给了她火炬。从来没有人把火托付给她。火炬爆出火花，她在宇宙中狂奔而过时，燃烧的焦油碎块抛入她背后的空气中——这是唯一没有坚守椭圆形轨道运行的天体。

没有人阻止她。

她是一颗彗星。

她不知道自己不是在飞。

6

阿尔玛的年少时期——或者说,年少时期最单纯、最天真的部分,在一八○九年十一月一个再平凡不过的周二深夜戛然而止。

熟睡中的阿尔玛被提高的嗓音和马车车轮碾过石子路的声音吵醒。这么晚了,屋子里本该静悄悄的地方(她卧室门外的走廊,以及楼上的用人住房)传来从四面八方快步走过的脚步声。她在寒冷的空气中起身,点燃蜡烛,找到她的皮靴,伸手取来一条披肩。她的直觉是,白亩庄园出了什么麻烦,或许需要她协助。日后,她将回想起这个荒唐的念头。(她怎么可能真的相信自己帮得上任何忙?)然而在当时,她心里认为自己是将满十岁的年轻女孩,她对自己的重要性仍具有一定程度的自信。

当阿尔玛来到宽敞的楼梯顶端时,她看见在她下面,在宏伟的家门入口,聚集了一群手持灯笼的男人。父亲在睡衣外面披着大衣,站在他们所有人中间,神色显得紧张焦虑。汉娜克也在那里,头发塞在睡帽里。阿尔玛的母亲也在那里。事情肯定很严重;阿尔玛从来没见过她母亲这么晚还没睡。

但是还有一件事吸引了阿尔玛的注意——一个女孩,比阿尔玛略微矮小,淡金色的发辫梳向脑后,站在比阿特丽克斯和汉娜克之间。两个女人各有一只手搭在女孩纤弱的肩膀上。阿尔玛觉得女孩看上去似曾相识。或许是某个工人的女儿?阿尔玛不能确定。不管女孩是谁,她有一张最漂亮的脸孔——尽管那张灯光下的脸显得惊恐害怕。

然而，让阿尔玛感到不安的不是女孩的恐惧，而是比阿特丽克斯和汉娜克紧紧抓住女孩肩膀时特有的坚定。一个男人走上前，似乎要把女孩拉过去时，两个女人围得更紧，把女孩抓得更牢。男人往后退去——他这么做很聪明，阿尔玛心想，因为她正巧瞥见母亲脸上的表情：坚决不让步的凶悍神情。汉娜克脸上也有相同的表情。这两个阿尔玛生命中最重要的女人脸上共有的凶悍表情，使她充满莫名其妙的恐惧。这里不知发生了什么恐怖的事。

阿尔玛呆呆地发愣，手里拿着蜡烛和厚实的靴子。这时，比阿特丽克斯和汉娜克同时转过头来，向阿尔玛所站的楼梯顶端看去，仿佛阿尔玛大声叫了她们的名字，而似乎她们不喜欢被打断。

"上床睡觉。"她们两人吼道——比阿特丽克斯用的是英语，汉娜克则是荷兰语。

阿尔玛本想抗议，可她对她们俩联合起来的力量毫无招架之力。她们紧张强硬的表情吓着她了。她从来没有碰到过这样的事。显然，她在这里不受欢迎。

阿尔玛又不安地看了一眼站在大厅那群陌生人中央的漂亮孩子，而后逃回自己的房间。整整漫长的一小时，她坐在床沿，竖起耳朵听，希望有人来向她说明情况或给予她安慰。然而，外面的声音逐渐减弱，响起了奔驰远去的马蹄声，却仍然没人来。最后，阿尔玛瘫在床罩上睡着了，裹着披肩，靴子抱在怀里。早晨醒来时，她发现陌生人群已经从白亩庄园全数撤去。

可是女孩还在那里。

❖

她的名字叫普鲁登丝。

或者叫波莉。

说得再具体点儿,她是"成为普鲁登丝的波莉"。

她的故事并不美好。白宙庄园竭力隐瞒这个故事,然而这样的故事并不喜欢被隐瞒,几天之内,阿尔玛就知道了。女孩是白宙庄园菜园园丁主管的女儿,园丁主管是个沉默的德国人,他革新了瓜房的设计,使之盈利颇丰。园丁主管的老婆是费城当地人,出身低微但无比美貌,也是众所周知的婊子。她的园丁丈夫爱她至深,却从来控制不了她。大家也熟知这件事。这女人多年来不断让她丈夫戴绿帽,对自己的不检点也毫不隐瞒。他一直默默忍受——若不是没有察觉,就是视若无睹——直到突然间,他终于忍无可忍。

在一八〇九年十一月的那个周二夜晚,园丁唤醒了在他身边熟睡的老婆,揪着她的头发把她拖到外面,沿着双耳切开了她的脖颈。事后,他立即在附近的一棵榆树上吊死亡。这场骚动引来了白宙庄园的其他员工,他们纷纷从屋子里跑出来查看。在这场突然的死亡之后,园丁一家只剩下这个叫波莉的小女孩。

波莉和阿尔玛同年,但是更秀丽,且清新脱俗。她看上去像是用精美的法国香皂刻出来的完美雕像,被嵌入一双闪亮的孔雀蓝眼睛。而那对柔软的粉红色嘴唇,让这女孩不仅漂亮,并且成为一个令人心神不宁的尤物,一个缩小版的绝世妖姬。

当波莉在那悲惨的夜晚被带到白宙庄园府邸,被警员和高大的工人包围时——比阿特丽克斯和汉娜克立即预见了这孩子面临的危险。有些男人建议把女孩送去济贫院,还有一些人说,乐意为这孤儿担起责任。房间里有半数男人曾经和女孩的母亲有过一腿——比阿特丽克斯和汉娜克也清楚这件事。这两个女人不敢想象,这个漂亮的小东西,娼妓的女儿,将来会受到什么待遇。

两个女人不约而同地紧紧抓住波莉,躲开这喧嚷的人群。这不是一个深思熟虑的决定,也不是洋溢着温暖母爱的慈善之举。不,这是一种直觉,来自女性对世界运作方式深刻无言的认知。你不会让这么小、这么美的女性尤物,半夜三更和十个热血沸腾的男人单独相处。

不过,一旦比阿特丽克斯和汉娜克保障了波莉的安全——男人们全部撤去,接下来该怎么处置她?而后她们做了个深思熟虑的决定。或者更确切地说,是比阿特丽克斯做了决定,因为只有她有决定的权力。事实上,她做了一个颇为惊人的决定。她决定永远留住波莉,立刻收养了她,把她当作惠特克家里的一员。

阿尔玛后来才知道,父亲对这个主意表示抗议(亨利很不高兴在半夜三更被吵醒,更不高兴突然得到一个女儿),可是比阿特丽克斯用一个严厉的眼神打断他的抱怨,亨利还算聪明,并未抗议第二次。那就这么做吧。反正他们家人太少了,而比阿特丽克斯无法使这个家人丁兴旺。阿尔玛出生后,难道不是还有过两个宝宝?那两个宝宝难道不是没有活下来?死去的婴儿现在难道不是被埋在路德教堂的墓地,什么忙也帮不上?比阿特丽克斯一直想再生一个孩子,而现在,拜上帝所赐,一个孩子到来了。家里多了波莉,惠特克家孩子的数量能在一夕之间增加一倍。这一切都相当合情合理。比阿特丽克斯很快就做出了决定,毫不犹豫。亨利未再表示抗议,终于让步。更何况,他别无选择。

无论如何,女孩是个漂亮的小东西,看起来似乎也不蠢笨。事实上,事情平息后,波莉确实表现出端庄的举止,带有一种近乎贵族的泰然自若气质,这在一个刚刚目睹父母死亡的孩子身上更是引人注目。

比阿特丽克斯在波莉身上看到清晰的前景,也的确没有其他可能的体面未来。但是只要生活在合适的家庭,比阿特丽克斯相信,加上正确的道德影响,这女孩就能走向不一样的人生道路,不像她母亲那样付出生命代价寻欢作乐并犯下恶果。首要工作,是把她清洗干净。这可怜的小家伙,鞋子和手上都是血。其次是给她改名,波莉这名字只适合宠物鸟或街头娼

69

妓。此后，这孩子将被称为普鲁登丝——比阿特丽克斯盼望，这名字能作为这孩子走上正义之路的指路标。

于是一切得到解决——而且在一个小时内就解决了。就这样，阿尔玛隔天早上醒来，得知了这个令人吃惊的消息：她现在多了一个妹妹，妹妹的名字叫普鲁登丝。

普鲁登丝的到来，改变了白亩庄园的一切。在阿尔玛今后的人生里，当她成为科学家后，她将更清楚地了解到，在一个受控环境中引进任何新元素，将使该环境发生许许多多难以预测的变化，可是现在仍是个孩子的她，只能感觉到入侵的恶意和末日般的不祥预感。阿尔玛并没有热烈拥抱这个闯入者。话说回来，她凭什么这么做？我们之中有谁曾经热烈拥抱一个闯入者？

首先，阿尔玛一点儿也不明白女孩为什么在这里。后来弄清楚普鲁登丝的身世真相（从牛奶女工那儿得来的消息，而且她们说的还是德语呢！），她才恍然大悟——可是普鲁登丝到家里的第二天，没有人做任何解释。甚至通常比任何人都知道更多秘密的汉娜克，也只是说："这是上帝最好的安排，孩子。"当阿尔玛向她进一步追问详情时，她急忙低声说，"饶了我吧，别再问我任何问题！"

两个女孩在早餐桌上被正式相互介绍。没有提到前一天晚上的相遇。阿尔玛不断盯着普鲁登丝看，而普鲁登丝则不断盯着自己的餐盘。比阿特丽克斯若无其事地对孩子们说话。她提到，有位斯潘纳太太，傍晚会从城里过来，为普鲁登丝裁几套新衣，布料比她现在穿的衣服更合适。一匹新的矮种马也会被送来，必须教普鲁登丝骑马——越快越好。此外，白亩庄园将请来一位家教。比阿特丽克斯认为，同时教导两个女孩会过于消耗她的精力，既然普鲁登丝有生以来不曾受过任何正规教育，一个年轻的家教也许能派上用场。保育室将成为专用教室。不用说，阿尔玛可能必须帮助妹妹认字、学数字和算算术。阿尔玛在脑力训练方面自然遥遥领先，不过，普鲁登丝如果认真学习——只要有她姐姐帮忙,应该能迎头赶上。比阿特丽克斯说,一个孩子的脑力具有令人惊叹的弹性空间,普鲁登丝还很年轻,可以赶上。人类的思维,只要受过合理的训练,应该能够执行我们要求的任何事情。一切都只是努力学习的问题。

比阿特丽克斯说话时,阿尔玛只是瞪大眼睛。怎么可能有比普鲁登丝的脸更美、更令人不安的东西?如果像她母亲经常讲的那样,美的确会干扰精确,那普鲁登丝呢?很可能是世界上最不精确、最干扰人心的东西!阿尔玛的焦虑感与时俱增。她开始在自己身上意识到一个可怕的事实,一个她从来没有理由深思的事实:她自己不是一个漂亮的小东西。只有通过可怕的比较,她才突然感知到这一点:普鲁登丝纤细柔弱,阿尔玛则是大块头。普鲁登丝的头发像是用金白色丝缎纺出来的,阿尔玛的头发则是铁锈的色泽与纹理——而且更糟的是,还朝四面八方生长,除了朝下。普鲁登丝的鼻子是小花,阿尔玛的鼻子则是一颗生长的番薯。如此这般,从头到脚:一个最凄惨的叙述。

吃完早餐后,比阿特丽克斯说:"女孩们,来吧,像姐妹那样互相拥抱。"阿尔玛乖乖地拥抱普鲁登丝,却没有热情。当她们并肩站在一起时,那种对比更是显著。最重要的是,阿尔玛觉得她们俩活像完美的小知更鸟蛋和平庸的大松果,突然莫名其妙地同住在一个巢里。

看清这一切让阿尔玛直想落泪,或是抗争。她可以感觉到自己的表情陷入愠怒之中。她的母亲肯定也看到了,因为她说:"普鲁登丝,很抱歉,我得跟你姐姐说会儿话。"比阿特丽克斯抓住阿尔玛的上臂,捏得她发痛,护送她进门厅。阿尔玛感觉自己的眼泪涌上来,却强迫自己忍住泪水,而后再忍住,然后再一次忍住。

比阿特丽克斯低头看着自己生育的唯一的孩子,以冷如花岗岩的语调说:"我永远不想在我女儿脸上再看见我刚刚看到的表情。你明白了吗?"

阿尔玛只嗫嚅着说出一个词("可是……"),就被打断了。

"上帝不欣赏任何妒意和恶意的表现,"比阿特丽克斯继续说道,"你的家人也不欣赏这种表现。你内心如果有任何不愉快或不仁慈的情绪,就把它们扼杀掉吧。成为你自己的主宰者,阿尔玛。明白了吗?"

这一次,阿尔玛只是在心里想"可是"这个词;然而,她肯定想得太大声,让她母亲听到了。现在,比阿特丽克斯逼得她别无选择。

"我为你感到遗憾,阿尔玛,你真是太自私了,从来不为他人着想。"比阿特丽克斯说道,现在她脸上露出真正的愤怒,以至于她最后说出的几个字,就像尖锐的碎冰那样被吐了出来:

"改善你自己。"

✥

不过,普鲁登丝同样需要改善,很多改善!

首先,她在教育上远远落后于阿尔玛。不过话说回来,哪个孩子不落后于阿尔玛?阿尔玛九岁时,就能顺利阅读恺撒《高卢战记》的原文,还能阅读古罗马传记作家康涅利乌斯·尼波斯的作品。她已经能针对大普林尼[1]为泰奥弗拉斯托斯[2]进行辩护(她认为,后者是真正的自然科学学者,前者则只是个抄袭者)。她的希腊语(被她视为一种狂乱的数学)日渐精进。

相比之下,普鲁登丝认识字母和数字。她的声音甜美悦耳,可她的言辞——正是她不幸身世的鲜明象征——需改进的地方甚多。普鲁登丝待在白亩庄园的初期,比阿特丽克斯经常挑剔她的语句,仿佛在用毛衣针磨

---

[1] 大普林尼(Gaius Plinius Secundus, 23—79),古罗马作家。今仅存一部百科全书式著作《自然史》,其养子小普林尼也是一位作家,今存《书信集》十卷。

[2] 泰奥弗拉斯托斯(Theophrastus, 约前372—前286),古希腊哲学家、科学家,著有《植物志》《人物志》等。

尖的针头，挖走听起来粗野卑贱的用语。阿尔玛也受到鼓励，更正她的错误行为。比阿特丽克斯告诉普鲁登丝，当你能说更文雅的"往复"时，绝不要说"来回"。"想要"在任何情况下听起来都很粗鄙，"大伙儿"也是如此。在白亩庄园写封信，是要"邮寄"，而不是"发送"出去。一个人不是"得病"，而是"患病"。不是"快要"上教堂，而是"不久"就会上教堂。不是"完成一部分"，而是"几乎要完成"。不是"拼命走去"，而是"赶忙走去"。在这个家不是"说话"，而是"交谈"。

一个软弱的孩子或许会完全放弃讲话。一个好胜的孩子或许会质问，为什么亨利讲话可以像该死的码头工人——为什么他可以坐在餐桌前，当面称另一个人为"吃屎的驴子"，却从来没有被比阿特丽克斯纠正过——而家里的其他人，却必须像律师那样交谈。然而，普鲁登丝不软弱也不好胜。相反地，她是个坚韧不拔、时刻保持警惕的人。她每天都在改善自己，仿佛在磨炼自己的灵魂，当心不让自己犯相同的错误。待在白亩庄园五个月后，普鲁登丝的谈吐已不再需要修炼。就连阿尔玛也找不出一个错误，尽管她从未停止挑错。普鲁登丝的姿态、礼仪、日常梳妆等其他方面，也很快被一一校准。

普鲁登丝毫无怨言地接受所有纠正。事实上，她居然还主动寻求纠正——尤其是从比阿特丽克斯那里！每当普鲁登丝没有履行任务、沉溺于自私的想法，或者说出鲁莽的话时，她会亲自向比阿特丽克斯告发自己，承认自己的错误，自愿接受训诫。就这样，普鲁登丝不仅使比阿特丽克斯成为她的母亲，也使她成为她的忏悔圣母。而阿尔玛，从学步期开始，就一直在隐瞒自己的错误和缺陷，对于普鲁登丝的这种行为感到莫名其妙。

结果，阿尔玛对普鲁登丝的猜疑日益加深。普鲁登丝具有一种钻石般坚硬的特质，阿尔玛相信当中隐藏着邪思恶行。这女孩在她看来既谨慎又精明。普鲁登丝总是有办法侧身悄然离开房间，似乎从未拒绝过任何人，关上门时从来不会发出声响。此外，普鲁登丝过分体贴其他人，从不会忘记其他人的重要日子,永远记得祝女仆们生日快乐或适时地祝她们安息日愉快,还有许多诸如此类的事情。这种对美德的勤奋追求,让阿尔玛觉得实在过于坚持不懈,简直像是斯多亚学派[1]的隐忍作风。

阿尔玛无疑知道,被拿来和普鲁登丝这种精雕细琢的人相互对照,对她自己并无好处。亨利甚至称普鲁登丝为"我们的小仙女",这让阿尔玛小时候的昵称"小梅"显得卑微又平凡。普鲁登丝的一切都让阿尔玛觉得自己卑微又平凡。

还好有令人欣慰的地方。至少在教室里,阿尔玛永远占据主导地位。普鲁登丝在这点上永远赶不上她的姐姐。不是因为她不够努力,毕竟这女孩肯定是个勤奋刻苦的人。可怜的小东西,她潜心于书本,像巴斯克石匠一样卖力。每一本书对普鲁登丝来说都像一块花岗岩,必须在大太阳底下气喘吁吁地拖上山去。此情此景几乎让人不忍目睹,但是普鲁登丝坚持不懈,从来没有流过泪。结果,她确实有进步——而且,若考虑到她的身世,不得不承认她的进步令人印象深刻。数学对她永远是个挑战,不过,她确实费尽心思学习拉丁语的基本知识,没过多久,她已经能说相当过得去的法语,口音也很好听。至于书法方面,普鲁登丝不曾停止练习,直到写得像公爵夫人那般优美。

然而,全世界所有的训练,都不足以弥补学术领域上的真正差距,而阿尔玛的才智远非普鲁登丝所能企及。阿尔玛对文字有超强的记忆力,在算数方面天生才华过人。她热爱语言训练、考试、公式和定理。对阿尔玛而言,某样东西只要阅读过一次,就等于一辈子归自己所有。她能够剖析论证,就像优秀的军人拆除步枪——在黑暗中,半睡半醒间仍可以拆得很漂亮。微积分令她心醉神迷。文法是个老朋友——可能由于从小就能同时

---

[1] 斯多亚学派(Stoicism),亦称"画廊学派",古希腊罗马哲学学派。晚期宣扬宿命论、神秘主义与禁欲主义,对基督教影响很大。

说多种语言。她还热爱自己的显微镜，那感觉就像她自己的右眼神奇地延伸出去，让她能直窥造物主的喉咙。

基于以上种种原因，我们或许会以为，比阿特丽克斯为两个女孩请的家教肯定偏爱阿尔玛而不是普鲁登丝，可事实并非如此。事实上，他小心翼翼地不让自己表现出对两个孩子中的哪一个有任何偏爱——他似乎把对她们一视同仁当作自己的本分。家教是个索然无味的年轻男人，生在英国，皮肤苍白，长着痘疮，永远愁眉不展，经常叹息。他名叫阿瑟·狄克逊，刚从爱丁堡大学毕业。严格审查数十位家教候选人后，比阿特丽克斯挑选了他，其他人则因为太笨、太能说、太虔诚、不够虔诚、太激进、太帅、太肥、太结巴，或其他缺点，没有被聘用。

狄克逊任教的第一年，比阿特丽克斯常坐在教室里，在房间角落缝缝补补，监视他们，确保狄克逊没犯下任何实质性错误，或以任何一种不适合的方式对待女孩们。最后，她很满意：年轻的狄克逊是个十足乏味的学人，骨子里似乎没有丝毫幼稚或诙谐的成分，因此可以完全信赖他。他每个星期教四天课，给惠特克氏女孩讲授自然哲学、拉丁语、法语、希腊语、化学、天文学、矿物学、植物学和历史课程。阿尔玛另有其他特别课程：光学、几何学、球面几何学，普鲁登丝——在比阿特丽克斯罕见的大发慈悲下——得以幸免。

周五的课表有别于此。绘画老师、舞蹈老师和音乐老师将会到来，教授女孩必修教育课程。早上，她们必须和母亲一起在她的私人希腊式花园里干活儿。这个花园由比阿特丽克斯依据功能数学原理成功打造，园中设有小径和造型植物，坚守严格的欧几里得对称原理（球状、锥状和复杂的三角形，都经过严格精确的修剪）。同时，女孩们每周必须花几个小时提升自己的刺绣技能。晚间，阿尔玛和普鲁登丝需要坐在正式餐厅，和来自世界各地的宾客机智对谈。白亩庄园没有访客上门时，阿尔玛和普鲁登丝就在起居室度过夜晚，一直到深夜，协助父母处理白亩庄园的公函。周日做礼拜。就寝之前则是一句接一句地做晚祷。

除此之外,她们的时间由自己支配。

✣

然而对阿尔玛而言,这个时间表其实不算严峻。她是个精力充沛、积极投入的女孩,几乎不需要休息。她喜欢脑力工作,喜欢园艺劳动,喜欢晚宴上的交谈。她总是乐于在深夜时分帮助父亲处理信件(因为有时候,这是她能与他亲密交谈的唯一机会)。她甚至还能留出自己的时间,开拓小小的植物研究专题。她摆弄柳树的插枝,思索这些插枝怎么有时从花苞、有时从叶子长出根来。她解剖、记忆、保存每一株她能取得的植物,并一一分类。她盖了一间漂亮、堪称豪华的小型干燥植物标本室。

阿尔玛一天比一天热爱植物学。她爱的不是植物之美,而是这些植物中蕴含的神奇规律。这女孩对系统、层序、归类和索引热情高涨,而植物学为她提供了沉浸于这些乐趣的充分机会。她体会到,一旦你将植物按正确的分类顺序排列,便从此秩序井然。而植物的对称美中也隐含着严肃的数学规则,阿尔玛在这些规则中找到平静与崇敬。比方说,在每一种植物中,萼齿和花冠裂瓣之间有固定比例,这一比例永不改变。我们甚至可以按此调整时钟。这是永恒不变又抚慰人心的坚定法则。

总之,阿尔玛希望能有更多的时间潜心研究植物。她有一些古怪的幻想。她希望住在自然科学兵营中,在黎明之际被号角声唤醒,和其他年轻的自然科学家列队前进,身穿制服,整天在树林、溪流和实验室里劳动。她希望自己住在某种植物修道院,四周围绕着其他狂热的分类学家,没有人干扰其他人的研究,却彼此分享最振奋人心的发现。甚至植物监狱也很好!(阿尔玛没有想到,在某种程度上,世界上的确存在这种被围墙隔离开的知识庇护所,那是名叫"大学"的地方。然而,一八一〇年的小女孩们做梦也梦不到大学。即便她们是比阿特丽克斯膝下的小女孩。）

因此，阿尔玛不介意用心学习。可是她非常讨厌星期五。美术课、舞蹈课、音乐课——这些功课令她厌烦，使她远离自己真正感兴趣的事。她不优雅。她不能完全鉴别名画，也学不会在画人像的时候，不让被画者看起来惊慌万状或魂归西天。她也没有音乐天赋，待阿尔玛长到十一岁，父亲正式提出要求，请她别再折磨钢琴。而在这些领域，普鲁登丝成绩优秀。普鲁登丝不仅精于编织，能灵巧地操作茶具，还会许多其他令她恼火的小小技艺。每逢周五，阿尔玛就会对妹妹产生最黑暗、最忌妒的想法。在这些时候，她真心相信自己会乐意放弃自己掌握的其中一种外语（任何一种，希腊语除外！）换来能把信封折得像普鲁登丝一样漂亮的简单能力，只要拥有一次就好。

尽管如此——或者正因为如此，阿尔玛从她比妹妹擅长的领域中，得到真正的满足感。而她最能发挥优势的地方，是惠特克赫赫有名的晚宴餐桌前，特别是在房间里充满挑战性的激辩时。随着年龄的增长，阿尔玛的谈话越来越大胆、自信、包罗万象。普鲁登丝却从来没有在晚餐席间培养出这样的自信。她习惯于乖巧地坐在那里，一声不吭，像聚会上某种无用的装饰品，仅仅是在填补客人之间的一张座椅，除了美丽之外没有其他贡献。从某种角度来说，这也让普鲁登丝发挥了一些作用。你安排普鲁登丝坐在任何人身边，她都不会抱怨。有不少晚上，可怜的女孩被刻意安排在最枯燥、又聋又老的教授旁边，这些半只脚已踩进棺材的老古董，用叉子剔牙、在吃饭时睡着，或在四周人进行如火如荼的争论时微微打呼。普鲁登丝从来没有抗议过，也没有要求换个更耀眼的餐伴。其实，谁坐在普鲁登丝身旁，似乎都没有差别：她的姿态和精心安排的表情都始终不变。

同时，阿尔玛对每一个可能探讨的话题都直扑而去——从土壤管理、气体分子，到眼泪生理学。例如有一天晚上，一位刚从波斯回国的客人来到白亩庄园，他在伊斯法罕古城外发现了一种植物标本，他认为这种植物

77

中可以提取出氨草胶——一种古老、高利润的药物成分，其来源对西方世界而言至今仍是疑问，只因这一生意为土匪所控制。这位年轻人为英国政府效力，却逐渐对他的上司感到失望，因此想和亨利商量，希望他资助一项长远的研究计划。亨利和阿尔玛齐心协力思考，就像在晚餐桌前经常做的那样——共同质问这位年轻人，就像两只牧羊犬把一头公羊逼入角落中。

"波斯那一带的气候怎么样？"亨利问道。

"海拔呢？"阿尔玛补充道。

"嗯，先生，这种植物在平原上生长，"访客答道，"里面含有丰富的氨草胶，我告诉您，能榨取的量相当大。"

"好，好，好，"亨利打断他，"你可以继续说，可我想我们得查证你的话，我发现除了那一点儿氨草胶，你几乎没带什么来当证据。不过，告诉我，你必须付给波斯官员多少？我是说送礼，才能换取在他们国家随处走动、随心所欲搜集草胶标本的特权？"

"他们的确要求送一些礼物，不过似乎是小小的代价……"

"惠特克公司从来不送礼，"亨利说道，"我不喜欢听到这种事。你在那里做什么，为什么要让别人知道？"

"喔，先生，我们很难当走私者！"

"真的？"亨利扬扬眉毛说，"很难吗？"

"这植物在其他地方能不能种植？"阿尔玛突然插嘴，"您瞧，先生，每年派您去伊斯法罕[1]从事昂贵的采集探险活动，对我们没有好处。"

"目前我还没有探险的机会……"

"在印度卡提阿瓦半岛能不能种植？"亨利问道，"你在卡提阿瓦有没有人脉？"

---

1 伊斯法罕（Esfahan），伊朗中部城市。

"这个嘛，我不知道，先生，我只是……"

"能不能在美国南部种植？"阿尔玛加入讨论，"需要多少水？"

"阿尔玛，你知道，我对任何可能涉及美国南部的栽种事业都不感兴趣。"亨利说道。

"可是，爸，大家都说，密苏里地区……"

"说实话，阿尔玛，你能预见这位苍白可怜的英国小家伙在密苏里地区茁壮成长吗？"

这位苍白可怜的英国小家伙眨眨眼睛，似乎丧失了说话的能力。不过，阿尔玛越来越迫不及待地追问客人："先生，您是否认为，您谈到的植物可能和古罗马药理学家迪奥科里斯在《药物论》中提到的是同一种植物？那可真是件令人兴奋的事，是不是？我们藏书室里有一套迪奥科里斯出色的早期作品。您愿意的话，晚饭后我可以拿给您看！"

这时，比阿特丽克斯终于打断她十四岁的女儿，训斥她："阿尔玛，我不知道你是否有必要让全世界知道你的每一个想法。在你用另一个问题质问你可怜的客人之前，何不让他先尝试回答第一个问题？年轻人，请再试一次。你想说什么？"

不过现在，亨利又说起话来："你甚至没带插枝给我，是不是？"他质问这个不知所措的家伙——他这时候已经不知该先对哪个惠特克家族成员做出回答，于是错误地干脆谁也不回应。在随即而来的良久沉默中，所有的人都盯着他看。然而，年轻人依然吐不出半个字。

亨利一阵反感，打破沉默，转头对阿尔玛说："啊，打消主意吧，阿尔玛。我对此人不感兴趣。他没把事情考虑清楚。可你看看他！他仍然坐在这里，吃我的饭，喝我的酒，还希望弄到我的钱！"

因此阿尔玛的确打消了主意，不再继续追问氨草胶、迪奥科里斯或波斯部落文化等问题。她容光焕发地转向另一位绅士——并未察觉这第二位年轻小伙也吓得脸色发青——说道："我读到了您那篇非凡的论文，听说您发现了某种很不寻常的化石！您有没有办法把骨头和现代样本互相比较？您真的认为那是土狼的牙齿吗？您是不是还是认为那洞穴曾经被水淹没？您读过温斯顿先生最近发表的一篇关于原始洪水的文章吗？"

与此同时，普鲁登丝——没被任何人发觉——冷静地转向她身边深受打击、刚刚被勒令闭嘴的英国年轻人，低声说："请说下去。"

⁕

当晚就寝前，在晚间结算和祷告后，比阿特丽克斯像每天一样，照例纠正两个女孩。

"阿尔玛，"她开始说，"礼貌的对话不该像一场拼命奔向终点的比赛。有时候，让你的交谈者说完他的想法，或许你会发现，这样做文明得体，而且对你有益。一个女主人的价值，在于展现宾客们的才华，而不是吹嘘自己的才华。"

阿尔玛抗议起来："可是……"

比阿特丽克斯打断她，继续说："此外，一旦有人开玩笑造成了娱乐效果，没有必要笑得太过分。我最近发现，你笑得实在太久。我没遇见过哪个名声很好的女人，像鹅一样嘎嘎地叫。"

随后，比阿特丽克斯转向普鲁登丝。

"至于你，普鲁登丝，你不参与令人讨厌的闲言碎语，我很赞赏，可是完全避开交谈又是另一回事。访客会觉得你是个蠢丫头，而你却不是。如果大家以为我的两个女儿只有一个有能力说话，会让这个家不幸蒙羞。羞涩——我跟你说过很多次——只是另一种虚荣。改掉吧。"

"我道歉，母亲，"普鲁登丝说道，"我今天晚上身体不适。"

"我相信你是自认为今天晚上身体不适。晚饭前，我才看见你手上拿了一本通俗诗集，快快乐乐地消磨你的阅读时光。能在晚饭前阅读通俗诗集的人,不可能才一个小时过后就身体不适。"

"我道歉,母亲。"普鲁登丝又说了一次。

"普鲁登丝,我还想跟你谈谈爱德华·波特先生今晚在餐桌上的举止。你不该让那男人一直盯着你看。这种全神贯注的举动,对大家都是一种侮辱。你必须学习跟他们聪明坚决地谈论严肃话题,终止他们的这种行为。比方说,你如果和波特先生讨论俄罗斯战役,或许他就能提早从神魂颠倒中清醒过来。只有乖巧是不够的,普鲁登丝,你还得让自己变聪明。身为女人,你的道德意识当然永远高于男人,可是,如果你不磨炼自己的才智来捍卫自己,那你的道德对自己也没什么用处。"

"我了解,母亲。"普鲁登丝说道。

"什么东西都不如尊严重要,女孩们。时间将证明谁有尊严,谁没有。"

✥

惠特克家的女孩们,如果——像盲人和跛子一样——学会如何互相帮助、弥补彼此的弱点,她们的生活或许会愉快一些。然而,她们在沉默中一瘸一拐地并肩而行,各自在自身的缺陷和困扰中摸索前进。

值得称赞的是——这得归功于她们的母亲使她们保持礼貌,两个女孩没有让对方不愉快过。她们从来不曾恶言相向。她们手挽手走在雨中,共撑一把伞。她们站到门边,彼此都愿意让对方先过。她们给彼此留下最后一块糕点,或是最接近温暖炉火的最佳位置。她们送给彼此合适贴心的圣诞礼物。有一年,阿尔玛买给普鲁登丝——她喜欢画花(画得美,却不精确)——一本漂亮的植物插图作品,名为"每位女士都是自己的绘图大师:花卉画新论"。同一年,普鲁登丝给阿尔玛做了一个精致的绸缎针垫,用的是阿尔玛最喜欢的紫红色。因此,她们的确试着体贴对方。

"谢谢你的针垫,"阿尔玛给普鲁登丝写了封贴心礼貌的短函,"我发现自己需要针的时候,肯定会用到它。"

年复一年,惠特克家的女孩对待彼此举止得当,尽管或许出自不同的动机。对普鲁登丝而言,举止得当是她自然状态的表现。对阿尔玛而言,举止得当则是一种至高无上的努力——对于她自私的本性,是一种持续不断的压制,使其屈服,全仗着道德自律以及害怕遭到母亲谴责的担忧。因此,大家在白亩庄园服从礼仪,一切显得平安无事。然而事实上,阿尔玛和普鲁登丝之间存在着巨大的鸿沟,而且不曾改变。更重要的是,没有人协助她们改变。

冬季里的一天,在两个女孩十五岁左右的时候,亨利的一个老友在离开许多年后,从加尔各答植物园来到白亩庄园。客人还站在入口通道抖掉斗篷上的雪时,便喊道:"亨利·惠特克,你这滑头!让我看看你那个出名的女儿,我可是久闻大名!"

两个女孩就在附近,在起居室抄写植物的相关资料。她们每个字都听得见。

亨利大声咆哮:"阿尔玛!马上过来!有人要见你!"

阿尔玛跑进大厅,因期待而容光焕发。陌生人看了她一会儿,而后放声大笑。他说:"不,你这笨蛋——这不是我的意思!我要看美人儿!"

亨利对此没有半点儿指责,回答道:"喔,原来你是对我们的'小仙女'感兴趣?普鲁登丝,过来这里!有人要见你!"

普鲁登丝悄悄穿过通道,站在阿尔玛旁边,阿尔玛的双脚此时正陷进地板里,就像陷进泥泞不堪的可怕沼泽里。

"这就是了!"客人说道,一边打量她,仿佛要估出她的价钱,"喔,她真漂亮,不是吗?我一直在纳闷。我怀疑大家或许言过其实。"

亨利不以为然地摆摆手。"啊,你们都太抬举普鲁登丝了,"他说,"在我看来,其貌不扬的这一个,可抵十个美人儿。"

所以你瞧,这两个女孩很可能同样不幸。

7

在后人的记忆中,一八一六年是"没有夏天的一年"——不仅在白亩庄园,而且在全世界大部分地区都是这样。印度尼西亚的一场火山喷发,使地球大气层充满火山灰并持续黑暗,导致北美出现旱灾,欧洲和亚洲大部分地区陷入严寒引发的饥荒中。在新英格兰,玉米歉收;在中国,稻穗枯萎;在北欧各国,燕麦和小麦产量暴跌。十万多名爱尔兰人活活饿死。牛马因欠缺谷粮而集体死亡。法国、英国和瑞士发生粮食暴动。在魁北克市,六月出现十二英寸的积雪。在意大利,下了棕色和红色的雪,老百姓陷入了对世界末日的恐惧中。

在宾州,在那黑暗之年的六、七、八整整三个月中,寒冷昏暗的浓雾笼罩着乡间。作物难以生长,数以千计的家庭失去了一切。然而,对亨利来说,这不是个坏年头。温室里的炉火,使他的大部分热带异国植物,即使在半黑暗中也得以存活,更何况他不曾冒着户外耕种的风险来维持生计。他的大部分药用植物,都是从不受气候影响的南美进口而来的。此外,天气使人生病,而病人要买更多的药。于是,从植物培育和经济效益方面来说,亨利都不太受影响。

是的,那一年,亨利的房地产投机生意大获成功,同时他还迷上了收藏珍本图书。一批批农民逃离宾州,纷纷西迁,希望能找到更耀眼的阳光、更肥沃的土壤、更合适的环境。他大量买进这些受害者留下的地产,因而得到绝佳的工厂、森林和牧场。费城的不少名门望族都在那年破了产,完全是因为恶劣天气下经济急遽衰退。这对亨利来说却是大好的消息。每当哪个大富之家垮了,他便能以极低的折扣价买下他们的土地、家具、马匹、精美的法国马鞍和波斯纺织品,以及——最叫人满足的——他们的藏书。

多年来,收购华美的藏书已经成为亨利的狂热爱好。这是一种古怪的狂热,因为此人甚至连英语都很难读懂,必然也读不懂古罗马诗集。不过,亨利并不想读这些书;他只想拥有这些书,作为白亩庄园藏书室日渐增多的战利品。他最渴望得到的,是医药、哲学著作和绘制精美的植物学书籍。他明白,这些书就像他温室里的热带宝藏,同样能让访客们啧啧称奇。他甚至发起一种惯例:晚宴前挑选(实际上,是让比阿特丽克斯挑选)一本珍贵的书,给满堂嘉宾们看。他尤其喜欢在著名学者来访时举办这种仪式,为的是看到他们屏住呼吸,被欲望冲昏脑袋:大多数文人从没想过,竟能把一本十六世纪初出版的,一边印着希腊文、另一边印着拉丁文的伊拉斯谟作品捧在手上。

亨利放纵地收购书籍——不是一卷卷,而是一箱箱收购。显而易见,这些书都需要分类,同样显而易见的是,亨利不是分类的料子。这项费神费力的工作多年来都落在比阿特丽克斯头上,她在书堆中淘汰筛选,留下珍宝,将大部分无用的书籍运到费城自由图书馆。不过,到了一八一六年秋末,比阿特丽克斯已经赶不上这项任务的进度,书籍抵达的速度超过她所能分类的速度。如今,马车房里多余的房间中,尚未打开的箱子还有很多,每个箱子里都装满更多的书。白亩庄园每周都会收到一波又一波新的"意外之财"(名门世家相继面临财务危机而处理掉的私人藏书),藏书已多到几乎无法收拾。

因此,比阿特丽克斯选中阿尔玛帮她,对藏书进行筛选和分类。阿尔玛是这项工作的不二人选。普鲁登丝在这些事情上则帮不了多少忙,只因她在希腊语方面毫无用处,拉丁语方面也同样,且从来学不会如何正确区分一七五三年之前与之后(也就是说,在林奈分类法问世前与问世后)的植物学版本。而十六岁的阿尔玛，则证明自己在整理白亩庄园的藏书方面效率惊人，且充满热情。她对自己处理的一切具有全面的历史认识，她还是个激昂勤奋的索引家。她的身体也很强壮，搬得动沉重的木箱和盒子。还有，一八一六年的天气坏得很，几乎找不到什么户外的乐趣，在花园里干活儿也得不到太多回报。幸好，阿尔玛将她的图书工作视为一种室内园艺，同样能感受到体力劳动和美好过程带来的满足感。

阿尔玛甚至发现自己有修补书籍的才华。她在固定植物标本方面的经验，使她成为在装订室内整理材料的能手（藏书室旁边是有一扇密门的小暗室，比阿特丽克斯在此存放所有的纸张、布料、皮革、蜡和胶水，用以保存和修复脆弱的老旧版本）。事实上，几个月之后，阿尔玛已经把这些任务做得相当好，于是比阿特丽克斯把白亩庄园那些分过类与未分类的藏书，都交给女儿全权负责。比阿特丽克斯体态日渐丰腴、精神日渐疲乏，没办法再爬上书房的梯子，而她对这项工作也已经厌倦。

好，有些人或许会质疑，一个正派的未婚十六岁女孩，是否真该在没有任何监督的情况下，单独留在未经审查的书海当中，穿梭在这些大量涌入又不受约束的思考中。或许是比阿特丽克斯认为自己已经完成了对阿尔玛的教育，成功塑造出一个看上去务实得体、懂得如何抗拒腐化思想的好女孩；或者比阿特丽克斯并未彻底想过，阿尔玛打开这些箱子时，可能发现什么样的书；或者比阿特丽克斯相信，阿尔玛的寻常容貌和笨拙举止，使她对于（看在上帝的分上）感官体验，具有免疫力；或者比阿特丽克斯只是越来越粗心，她已经年近五十，患有偶发性晕眩症且精神涣散。

总之，阿尔玛独自一人，就这样发现了那本书。

✤

她永远不会知道，这本书是出自谁的藏书室。阿尔玛在一个没有标记的箱子里发现这件东西，箱子里还有一些不起眼的作品，多数是医学类的——有些是盖仑[1]的标准著作，有些是希波克拉底[2]的近期译本，没什么新鲜或令人兴奋的东西。不过，其中有一本厚实的、小牛皮装订的书，名为"事事质疑"[3]，由一位匿名作者撰写。如此逗趣的书名："带点儿盐"。起初，阿尔玛以为这是一部关于烹饪的专著，类似十五世纪威尼斯再版、白亩庄园已纳入收藏的四世纪著作《论厨艺》。但是快速翻阅该书后，她发现此书是用英文写成的，书中没有任何给厨师参考的插图或列表。阿尔玛打开第一页，读到的内容使她的心为之震动。

"我想不明白，"匿名作者在引言中写道，"吾等生来即被赠予最美妙的阴茎和阴道，最小的孩子都知道这些东西代表纯粹的喜悦，而我们却必须打着文明的旗号，假装这些是可憎之物——绝不可触摸，绝不可与人分享，绝不可享受！然而，我们为什么不该在自己和同伴身上，探索这些肉体的赏赐？唯有我们自己的思维，才会阻止我们享受这些销魂乐事，唯有我们人为创造的'文明'观念，才会阻止这些简单的娱乐。我那曾经禁锢在严谨礼仪当中的思维，多少年来已经被无与伦比的肉体享乐抚弄开来。事实上我发现，肉欲的表达，可以被当作艺术来追求，只要我们用投身音乐、绘画和文学的热忱来实践。

"以下的文章，可敬的读者，是我个人风流探险生涯的真实回顾，有些人可能会称之为下流，可是早在年轻时代，我就开始快乐地、在我看来也是无害地追求肉欲的快感。如果我是虔诚之徒，被羞耻所困，或许我会把这本书称为'忏悔录'。然而，我并不认为感官享受是可耻的，而我的调查

---

1 克劳迪亚斯·盖仑（Claudius Galenus，约129—200），古罗马医师、自然科学家、哲学家，创立了医学和生物学知识的体系。
2 希波克拉底（Hippocratēs，约前460—前337），古希腊医师，西方医学奠基人。重视卫生饮食疗法，尤其注意预后，其医学观点对西方医学系发展有巨大影响。
3 原文书名为 Cum Grano Salis，拉丁语成语，直译为"带点儿盐"，意指凡事持怀疑态度、有所保留。"盐"曾有表示女性情欲的意思。

也同样显示，世界上的许多人类族群，也不会把感官享受看作一种羞耻。我逐渐领略到，缺乏这种羞耻心，其实才是我们作为人类这一物种的自然状态——一种不幸遭文明扭曲的状态。因此，我绝不是在忏悔自己不寻常的过去，只是在披露而已。我希望，也相信，我披露的故事将被视为指南和消遣，不仅给绅士们看，也给具有冒险精神、受过教育的女士们欣赏。"

阿尔玛合上书。她认识这个声音。当然，她并不认识作者本人，但是她认得他的类型：一位有学识的文人，经常在白亩庄园用餐的那种人。这种人可以轻松写出四百页的文章，谈论蚱蜢的自然哲学，可是在此情况下，却决定写四百页谈论自己的感官探险。这种认同感和熟悉感，不仅困惑着阿尔玛，也吸引着阿尔玛。这种论著的作者如果是一位受人尊敬的绅士，用的是受人尊敬的口气，那是否也能让此书成为受人尊敬的著作？

比阿特丽克斯会怎么说？阿尔玛立刻就能猜到。比阿特丽克斯会说，这本书不正派、危险、可憎，是一种违背道德的无稽之谈。比阿特丽克斯会想把这本书销毁。普鲁登丝要是发现这样的书，会怎么做？普鲁登丝连碰也不会想碰。如果普鲁登丝因某种原因拿到这本书，她也会乖乖交给比阿特丽克斯销毁，可能还会因为一开始就接触这本书而受到严厉的惩罚。可是，阿尔玛不是普鲁登丝。

那么，阿尔玛会怎么做？

阿尔玛决定，她会销毁这本书，而且不跟任何人提起这件事。事实上，她此时此刻就会销毁它。就在这个下午。一个字都不会再读。

她再次把书打开，随手翻开一页。她再次和那个熟悉、可敬的声音相遇，谈论最不可思议的话题。

"我想知道，"作者写道，"女人会在什么年龄失去享受感官乐趣的能力。我的妓院老板朋友——过去在许许多多实验上协助过我——跟我提过一位妓女，她从十四岁到六十四岁，一直十分享受从事自己的职业，如今她年届七十，住在离我不远的城市。我写信给这位女子，她回了一封坦率温暖、富有情趣的信。在一个月之间，我去探望她，她让我检验她的生殖器，那与年轻女人的生殖器没有明显差异。她证明自己依然拥有很强的享乐能力。她用自己的手指头和涂在她情欲之瓣上的少许坚果油抚摸自己，直到狂喜之境……"

阿尔玛合上书。这本书绝对不能留下来。她会在厨房的火炉烧掉这本书。不是在今天下午可能引人注意的时候，而是在今天晚上。

她又翻开书，再次随手翻开一页。

"我认识到，"平静的叙述者继续写道，"有些人通过定期鞭打赤裸的臀部而身心受益。许多时候，目睹这一做法使人精神振奋，无论男女，我猜想，这或许是我们处理忧郁症和其他心理病症所能掌握的最有益健康的治疗方式。整整两年，我和一个很讨人喜欢的少女交往，一个帽商的女儿，她天使般纯洁的乳房，在接受反复鞭笞后，变得坚挺，鞭子抽打的滋味定期消去了她的愁苦。如前所述，我曾经在自己的办公室放了一张精致的躺椅，是我从一家上好的伦敦家具商那儿订制的，特别安装了绞盘和绳子。这位少女最喜欢被牢牢绑在这张躺椅上，把我的那东西含在她口中，像小孩子享受糖葫芦一样吸吮，而一位同伴……"

阿尔玛再次合上书。任何一个头脑脱离低级趣味的人，都会立即停止阅读这玩意儿。可是，阿尔玛肚子里的好奇之虫是怎么回事？渴望天天吸取新颖、奇异、真实的事物，是怎么回事？

阿尔玛再次把书打开，又读了一个小时，心中充满兴奋、疑虑和混乱。她的良心扯着她的裙褶，恳求她停止阅读，可她却停不下来。她在这本书里发现的东西，令她感到懊恼、无力、窒息。在她以为自己就要因为脑海中这些汹涌起伏的混乱思绪而真的晕厥过去时，她终于使劲儿合上书，把它锁入那个无害的书箱里。

她匆忙地离开马车房，用潮湿的双手拉平围裙。户外凉爽多云，就像这一整年一样，还飘着让人烦心的丝丝雾雨。空气浓厚得几乎能用解剖刀切开。今天有重要的任务需要完成。阿尔玛答应过汉娜克,要帮忙监督把苹果酒箱放进地窖,以备过冬。有人在南木篱笆边的紫丁香底下丢纸屑,需要打扫。她母亲的希腊式花园后侧的灌木丛爬满了常春藤,该派男仆去清理。她要以自己一贯的高效率,立即处理这些事。

阴茎和阴道。

她满脑子想的都是阴茎和阴道。

到了晚上,餐厅点上灯,摆上瓷器。客人马上就要来了。阿尔玛刚打扮好,穿上昂贵的薄棉纱礼服,准备吃晚饭。她原本应该在客厅等候客人,可她却借故离开片刻,去了藏书室。她把自己锁在一扇密门背后的装订室内,就在藏书室大门的后侧。那是离得最近的一扇门,上面拴着一把牢固的门锁。她身上没有带书,她不需要;那本书使人想到的画面,整个下午都跟着她游走在庄园各处,凶猛、顽固、透彻。

她满怀心事,这些心事对她的肉体有着各种狂野的要求。她私处胀痛,有压抑的感觉,这种痛苦积累了整个下午。不如说,她双腿之间痛苦的压抑感,活像一种妖术,一个恶魔般的幽灵。她的私处渴望最猛烈的摩擦。她的裙子是个累赘。穿着这身礼服,她心痒难熬、奄奄一息。她掀起裙子。在上了锁的黑暗小装订室内,飘着一股胶水和皮革味,她坐在一张小凳子上,张开双腿,开始爱抚自己,拨弄自己,用手指摩挲自己,疯狂地探索自己湿软的花瓣,设法寻找躲在其中的魔鬼,急于用自己的手消灭那个魔鬼。

她找到了。她摩擦它,越来越用力。她感觉到一种舒解。私处的痛楚转变为另一种东西——一种上升的火焰,愉悦的旋涡,热火的烟囱效应。她跟随着到来的快感。她没有重量、名字、思考或历史。接着一道磷光乍现,仿佛烟火在她眼睛后面倾泻而出,随即结束。她感觉到宁静和温暖。在她这辈子神智清醒的时刻之中,这是她头一次让自己的思绪摆脱怀疑、

忧虑、劳作和困惑。而后,在这种奇妙柔软的宁静当中,一种想法随之萌发、生根、占据一切:

我必须再次这么做。

❖

不到半小时后,阿尔玛慌乱困窘地站在白亩庄园的正厅,接待晚餐宾客。当天晚上的访客,包括年轻老成的乔治·霍克斯,他是费城的出版人,专门出版精美的植物学版画、图书、期刊和杂志,还有一位杰出的年长绅士,名叫詹姆斯·K. 佩克,他在普林斯顿新泽西学院教书,刚刚出版了一本探讨黑人生理学的书。两个女孩的苍白家教狄克逊和往常一样,与这家人共进晚餐,尽管他很少参与谈话,晚餐时间习惯忧心忡忡地看着自己的手指甲。

植物图书出版人霍克斯过去曾多次到白亩庄园做客,阿尔玛很喜欢他。他虽腼腆,却很亲切,且聪明过人,姿态像一只拖着脚走路的大笨熊。他的衣服过于宽大,帽子不对劲儿地戴在头上,他似乎从来不知道该站在哪里。想诱使霍克斯开口说话,可是个挑战,不过,他一旦开始说话,就是个讨人喜欢的家伙。他比费城任何人都更了解植物印刷术,而他出版的图书非常精美。他满怀深情地谈论植物、艺术家和装订工艺,阿尔玛非常喜欢和他在一起。

至于另一位客人,佩克教授,他是晚宴上的新人,阿尔玛很快就发现自己不喜欢他。他具有讨厌鬼的一切特质,还是那种本性难移的讨厌鬼。他一进门,就在白亩庄园的正厅占用了二十分钟,发表一通高谈阔论,讲述自己搭马车从普林斯顿到费城的煎熬经历。当讲完这个精彩话题后,他对阿尔玛、普鲁登丝和比阿特丽斯即将与绅士们共进晚餐表示讶异,因为在他看来她们肯定很难理解谈话内容。

"喔，不，"亨利纠正他的客人，"我想你很快就会发现，我太太和女儿的对话能力还算可以。"

"是吗？"这位绅士显然不信，接着问道，"在哪些话题上？"

"这个嘛，"亨利说道，一边审视自己的家人，一边抚摸自己的下巴，"比阿特丽克斯什么都懂，普鲁登丝懂艺术和音乐，至于阿尔玛——高大的那一个——这丫头爱好植物学。"

"植物学，"佩克教授以他惯有的傲慢语气重复了一下，"对女孩子来说，是一种最具教育意义的休闲活动，是唯一适合女性的科学研究工作，我始终如此认为，这项学科既不残酷，也没有数学的严密性。我自己的女儿也精于画野花。"

"多么引人入胜。"比阿特丽克斯低声说道。

"是啊，"佩克教授说道，而后转向阿尔玛，"女士的手指较为灵巧，你瞧，比男人柔软。有些人说，比男人的手更适合细致的植物采集工作。"

不轻易脸红的阿尔玛，脸却红到骨子里去。这男人为什么要谈她的手指、谈灵巧、谈细致、谈柔软度？此时，大家都望着阿尔玛的手，而片刻之前，她的手还埋在她的私处里。这简直糟透了。她从眼角瞥见她的老朋友霍克斯紧张同情地对她微笑。霍克斯每时每刻都在脸红。每当有人看他，每当被迫发言，他就会脸红。或许他在对她所受的罪表示怜悯。霍克斯的注视让阿尔玛觉得自己的脸越来越红。生平头一次，她找不到话说，希望没有任何人看她。只要能逃开当天晚上的晚宴，她愿意做任何事情。

对阿尔玛来说值得庆幸的是，佩克教授似乎只对自己特别感兴趣，一旦开始上菜，他便开始长篇大论，仿佛把白亩庄园当成讲堂，把它的主人当成学生。

"有些人辩称，"在精心折叠过餐巾后，他开口说，"黑种病只是一种皮肤病，只要使用正确的化合物，就能把颜色冲洗掉，这样黑人就能变成健康的白人。这种说法并不正确。我的研究证明，黑人不是病变的白人，而是自成一个种族,稍后我会证明……"

阿尔玛发现自己很难集中注意力。她的心思都放在《事事质疑》和装订室上。话说,这天不是阿尔玛头一次听说生殖器,甚至人类的性机能。不像其他女孩子——她们的家人告诉她们,印第安人带来婴儿,或告诉她们,怀孕是由于把种子植入女人体侧的一个小切口而造成的——阿尔玛有初步的人体解剖学知识,无论男女。白宙庄园的医学论文和科学著作实在太多,因此她不可能对这个话题一无所知,除此之外,阿尔玛极其熟悉的整套植物学语言,具有高度的性特征。(林奈也把授粉称作"联姻",把花瓣称为"高贵的床帐",还曾把有九个雄蕊和一个雌蕊的花,大胆描述为"九个男人和一个女人同处新房"。)

更何况,比阿特丽克斯不会把女儿养育成自我危害的傻瓜,尤其考虑到普鲁登丝生母的不幸过去,因此比阿特丽克斯亲自把人类繁衍的基本过程传授给阿尔玛和普鲁登丝,尽管过程中频频结巴、充满痛苦,不得不在脖子边不停扇风。谁都没从这次谈话中得到乐趣,大家同心协力及早结束谈话——但是信息毕竟传递出去了。比阿特丽克斯甚至告诫过阿尔玛,身体的某些部位绝对不可触摸,除非为了清洁,而且永远不可在厕所流连忘返,因为独处一室的下流欲望相当危险。阿尔玛当时并未理会这一告诫,因为毫无道理可言:谁会在厕所流连忘返?

然而,由于发现了《事事质疑》这本书,阿尔玛突然间意识到,这种最不可思议的感官事件,发生在世界各地。男人和女人相互做出惊人的事情,而他们做这些事,不只为了繁衍,也是为了娱乐——男人和男人、女人和女人、小孩和用人、农人和旅人、船员和女裁缝,有时甚至是丈夫和妻子!人们甚至可以对自己做出最惊人的事情,就像阿尔玛刚刚在装订室内学会的一样。无论有没有涂上少许坚果油。

其他人是否也这样做?不单是指插入运动,还有这私自摩擦?匿名作者写到,许多人都这么做——甚至是出身高贵的女士,根据他自己的说法和经验。普鲁登丝呢？她是否做这件事？她有没有感受过那湿软的花瓣、上升火焰的旋涡、磷光的喷泻？这很难想象，普鲁登丝甚至没有流过汗。解读普鲁登丝的面部表情已经很难，更别说去猜测她衣服底下隐藏着什么，或埋在心里什么想法。

她们的家教狄克逊呢？除了单调的学术研究外，他心中是否潜伏着其他东西？他的身体除了会痉挛和持续干咳，里面是否还埋藏着其他东西？她眼睛盯着狄克逊，寻找着感官生活的迹象，然而他的躯体、他的脸孔，都未透露出任何信息。她想象不出他陷入她刚在装订室里感受到的那种狂喜悸动中的样子。她几乎想象不出他斜倚的模样，肯定也想象不出他没穿衣服的样子。种种迹象表明，他生来就挺身而坐，穿紧身背心和羊毛马裤，拿一本厚书，愁苦地叹息。他如果有任何欲望，是在何时何地释放出来的？

阿尔玛感到一只冰凉的手放在她的胳膊上。那是她母亲的手。

"对于佩克教授的论文，阿尔玛，你有什么看法？"

比阿特丽克斯知道阿尔玛没在听。她是怎么知道的？她还知道什么？阿尔玛迅速回过神来，让自己的思绪回到晚餐桌上，尝试搜寻她听到的几个观点。一反常态，她没有找到任何线索。她清清喉咙，说："我宁可先读过佩克教授的整本书后，再做判断。"

比阿特丽克斯狠狠瞪了女儿一眼：诧异，批判，不屑一顾。

不过，佩克教授将阿尔玛的评论视为一种邀请，请他再说下去——实际上就是为席上的女士们背诵该书第一章的主要内容。亨利通常不允许自己的饭厅出现这种无聊透顶的发言，但是阿尔玛能从父亲脸上看出，他已经精疲力竭，很可能在痛疾病发的边缘。唯有眼前的病痛，才能让她父亲像这样安静下来。据阿尔玛对亨利的了解，明天他会在床上躺一整天，或许还会躺一整个礼拜。不过这会儿，亨利为自己斟上一杯又一杯足量的红酒，长时间闭上双眼，借此忍受佩克教授催眠似的朗诵。

与此同时,阿尔玛看着霍克斯。他做不做这件事?他有没有抚摸自己,直到狂喜之境?匿名作者写到,男人自慰的次数比女人更为频繁。一个健康且活力充沛的年轻男人,据说能诱使自己一天多次射精。没有人会认为霍克斯活力充沛,可他仍然是个年轻男子,有一具高大粗壮、流着汗的身躯——一具似乎充满了什么的身躯。霍克斯最近是否做过这件事,或许甚至今天就做过?霍克斯的那东西现在在做什么?慵懒地休息?或是受欲望驱使?

突然间,最不可思议的事发生了。

普鲁登丝开了口。

"对不起,先生,"普鲁登丝目光平静地对佩克教授说,"如果我理解正确的话,您似乎认为,人类不同的毛发质地证明黑人、印第安人、东方人和白人是不同的物种。可我不得不怀疑您的假设。在我们的庄园,先生,我们养了几只不同种类的羊。您傍晚从车道过来时,或许留意到了?我们的羊身上的毛,有的光滑,有的粗糙,还有的浓密卷曲。先生,想必您不会怀疑——尽管身上的毛各不相同——这些却都是羊。还有,请原谅,我相信这些种类的羊同时也能彼此杂交成功。人不也一样?难道我们不能说黑人、印第安人、东方人和白人也同属一个物种?"

大家的目光都转向普鲁登丝。阿尔玛觉得自己仿佛被一盆冰水浇醒。亨利睁开了眼睛。他放下酒杯,坐直,注意力全力集中。敏感的人才看得出,比阿特丽克斯也在椅子上稍微坐直,仿佛让自己提高警觉。家教狄克逊瞪大了眼睛,惊恐地看着普鲁登丝,然后立刻焦虑地环顾四周,仿佛他可能因这场风波受到指责。这的确令人惊叹。这是普鲁登丝在晚餐席上或任何地方曾经说过的最长的一段话。

不幸的是,阿尔玛到目前为止并未跟上讨论的内容,因此她不是很确定,普鲁登丝的说法是否准确或关系重大,不过,看在上帝的分上,这女孩竟然开口说话了!大家似乎都吓了一跳,除了普鲁登丝本人。她望着佩克教授,以她惯有的冷艳之美,镇静自若,蓝色的眼睛又大又亮,等候着答复。就好像她生命中的每一天,都在挑战杰出的普林斯顿学人。

"我们不能把人类和羊相提并论,小姐,"佩克教授纠正道,"只因为两种生物能够交配……噢,你父亲能否允许,在众女士面前谈论这一话题?"此时相当全神贯注的亨利,挥着手全权批准。"两种生物能够交配,并不意味着二者就是同一个物种的成员。如你所知,马能和驴子交配。金丝雀和云雀,公鸡和鹧鸪,公山羊和母绵羊也是如此。这并不能使它们在生物学上完全对等。此外大家都知道,和白人相比,黑人更容易吸引不同种类的头虱和肠道寄生虫,这无疑证明了物种分化。"

普鲁登丝对客人礼貌地点点头。"我的错,先生,"她说,"请说下去。"

阿尔玛仍然没说半句话,而且感到莫名其妙。为什么所有人都在谈论交配?就挑在今晚?

"种族之间的区别,即使对一个孩子来说,也是显而易见的,"佩克教授继续说道,"任何学过人类历史和起源的人,都很清楚白人的优势。身为日耳曼人和基督徒,我们赞誉美德、健康、节俭和道德。我们控制自己的感情。因此,我们领先。其他种族则沿文明倒退而行,绝对不可能发明货币、字母和工业这类先进成果。但是最无助的种族,莫过于黑人。黑人常常过度表现情感,因此由于缺乏自制力而臭名昭著。我们从他们的面部特征看到这一点。过大的眼睛、嘴唇、鼻子和耳朵——也就是说,黑人只能让自己的感官受到过度刺激。因此,他们虽能表达最温暖的感情,却也有施暴的能力。此外,黑人不会脸红,所以欠缺羞愧的能力。"

一提到脸红和羞愧,阿尔玛羞愧得红了脸。今晚,她完全无法控制自己的感官。霍克斯又对她笑了笑,再次表达温暖的同情怜悯之情,却只是让她脸更红了。比阿特丽克斯向阿尔玛投来讽刺嘲笑的目光,令阿尔玛顿时害怕自己就要挨巴掌。阿尔玛几乎希望自己能挨巴掌,只要能让她的脑袋清醒过来。

普鲁登丝竟然又开口说话了。

"我不知道,"她以平静缓和的语调提问,"最聪明的黑人,智力上是否比最愚蠢的白人优越?我之所以这样问,佩克教授,是因为我们的家教狄克逊先生,去年跟我们谈起他曾经参加的一次嘉年华会,他在那里遇到一个曾经是奴隶的富勒先生,来自马里兰州,他以神算出名。据狄克逊先生说,你如果把自己出生的日期和时刻告诉这位黑人,他就能立刻推算出,你已经活了多少秒钟,先生,甚至还算上了闰年。这样的本事,显然令人叹为观止。"

阿瑟·狄克逊看起来仿佛就要晕过去了。

教授显然难掩怒火,回答说:"小姐,我见过能算数的嘉年华驴子。"

"我也见过,"普鲁登丝再次以她从容不迫的淡漠语调答道,"可我还从来没遇到过能计算闰年的嘉年华驴子。"

这种大胆的评论令佩克教授大吃一惊,然后稍稍点头,继续说下去:"那么好吧,我来回答你的问题。每个物种中都有白痴个体和智者个体。然而,这两种都不是常态。多年来,我收集白人和黑人的头骨进行测量,到目前为止,我的研究得出了肯定的结论:灌满水时,白人头骨平均能比黑人头骨多容纳四盎司水——这证明白人有更大的智力容量。"

"我想知道,"普鲁登丝说,"如果你尝试把知识灌入一个活着的黑人的头骨,而不是把水灌入死人的头骨里,会发生什么事?"

餐桌前一阵僵持的沉默。霍克斯今晚仍未开口说话,显然现在他也不打算开口。狄克逊装死人装得极佳。佩克教授的脸呈现出一种明显的紫色。和往常一样看上去白瓷般无瑕的普鲁登丝,则在等候答复。亨利露出诧异的表情,注视着他的养女,可不知什么原因,没有选择讲话——或许觉得身体欠佳,不想直接参与,或者只是好奇,想看看这场最出乎意料的谈话将导向何处。阿尔玛同样没有任何见解。坦白说,阿尔玛没有什么好补充的。她从来没发现自己可以这样无话可说,而普鲁登丝也从来没说过这么多话。因此，让餐桌气氛再度热络起来的责任，就落到了比阿特丽克斯身上，她以荷兰人典型的坚定责任感这么做了。

"我很想看看，佩克教授，"比阿特丽克斯说，"您刚刚提到的研究，关于黑人和白人在吸引头虱和肠道寄生虫方面的区别。或许您带来了相关文献？我很想仔细看看。寄生生物学很吸引我。"

"我没带文献，夫人，"教授慢慢恢复自己的尊严，"而且也不需要。在这种情况下，没有必要出具文献。黑人与白人在吸引头虱和肠道寄生虫方面存在差异，是众所周知的事实。"

几乎让人无法相信，普鲁登丝再次开口了。

"真是遗憾，"她像大理石一样冷静，低声说，"请您谅解，在我们家，从来不准在没有文献记录的情况下设想任何事实是众所周知的。"

亨利——尽管虚弱疲倦——突然大笑起来。

"这件事，先生，"他朝教授大声说道，"是众所周知的事实！"

好像这一切都没有发生似的，比阿特丽克斯把注意力投向男仆，说："看来，我们现在可以上布丁了。"

❖

宾客们原本都应该在白亩庄园过夜，可是难堪愤怒的佩克教授选择乘坐自己的马车返回城里，宣称自己宁可住市区的饭店，次日凌晨将踏上返回普林斯顿的艰辛旅程。没有人为他的离开感到难过。霍克斯请求能否和佩克教授一同乘马车回费城市中心，教授没好气地表示同意。不过，在霍克斯离开前，他问能否和阿尔玛和普鲁登丝独处片刻。因此他们三人——阿尔玛、普鲁登丝和霍克斯——一起走进起居室，其他人则在前厅转悠，收拾他们的斗篷和包裹。

在普鲁登丝难以察觉地点了点头后，霍克斯对阿尔玛说了这样一番话。

"惠特克小姐，"他说，"你妹妹告诉我，你只是为了满足自己的好奇心，就写了一篇有关水晶兰属植物的有趣论文。如果不太累的话，你能不能和我分享你的重要发现？"

阿尔玛大惑不解。这是个古怪的请求，在这古怪的时刻。"这么晚了，这时候谈论我的植物爱好，您确定不会太疲倦吗？"

"一点儿也不，惠特克小姐，"霍克斯说，"尽管说吧。这反而还能让我感到放松。"

听见这些话，阿尔玛发现自己也放松下来。终于，一个简单的主题！终于，植物学！

"好吧，霍克斯先生，"她说，"如你所知，松下兰[1]只生长在阴凉处，而且颜色苍白——几乎是阴惨惨的色泽。过去的自然学家始终认为，水晶兰属植物之所以缺乏色素，是因为周遭欠缺阳光，可是该理论在我看来没有什么道理，因为在阴凉的地方，在蕨类和苔藓类这些植物上，我们也能看到最鲜艳的绿色。我的研究进一步说明，水晶兰属可能会偏离太阳，就如同很多植物会偏向太阳一样，这让我想知道，它是否根本不是从阳光中获取养分，而是有其他营养来源。我逐渐相信，水晶兰属是从它所寄生的植物当中取得养分。换句话说，我认为它是一种寄生物。"

"这把我们带回今晚较早的话题。"霍克斯说道，露出一丝微笑。

天哪，霍克斯竟然开起了玩笑！阿尔玛不知道霍克斯能开玩笑，在理解他的笑话后，她也高兴得笑了起来。普鲁登丝没有笑，只是坐在那里看着他们两人，就像一幅画，美丽而疏离。

"正是！"阿尔玛越来越兴奋地说，"不过，与佩克教授和他的头虱假说不同的是，我能够拿出文献证明。我在显微镜底下发现，水晶兰属的茎，

---

[1] 松下兰（Monotropa hypopitys），鹿蹄草科水晶兰属多年生草本植物。全株无叶绿素，白色，肉质。松下兰自身不进行光合作用，靠腐烂的植物获得养分。

没有其他植物通常用来吸收空气和水分的圆形毛孔,也似乎没有从土壤取水分的机制。我相信水晶兰属是从寄生的植物身上吸收养分和水分。我相信它之所以像尸体一样没有颜色,是因为它吸食的是已经被其宿主消化过的食物。"

"一个很不寻常的推论。"霍克斯说道。

"目前只是推论而已。或许哪天,化学能够证明我的显微镜目前暗示出的结果。"

"你若不介意,本周让我看看这篇论文,"霍克斯说,"我将考虑刊登它。"

阿尔玛为这意想不到的邀约而深深陶醉(为这天发生的怪异事件而头昏脑涨,为直接与这个刚才使她产生感官欲望的男人对话而心情激动),因而根本没有想到这整场对话中最古怪的元素——也就是,她妹妹普鲁登丝扮演的角色。普鲁登丝为什么出席这场对话?为什么普鲁登丝一开始对霍克斯点头示意,让他开口说话?什么时候——在稍早的哪个未知时刻——普鲁登丝有机会和霍克斯谈到阿尔玛的私人植物研究计划?什么时候普鲁登丝留意到阿尔玛的私人植物研究计划?

在其他任何一个晚上,这些问题或许会进驻阿尔玛的脑子,引发她的兴趣,可是今晚,她不想考虑这些问题。今晚——她生命中最奇妙、最神魂不定的一天快结束时——许许多多其他念头在阿尔玛的脑子里打转,使她忽略了这一切。茫然、疲倦,还有点儿晕眩,她向霍克斯道过晚安后,和妹妹一起坐在起居室里,等待比阿特丽克斯过来斥责她们。

想到比阿特丽克斯,阿尔玛的兴奋情绪消弭无踪。比阿特丽克斯每天晚上都要数落两个女儿的种种缺点,始终叫人觉得不是滋味,可是今晚,阿尔玛比往常更害怕这场训话。阿尔玛当天的行为(发现那本书,产生撩人的想法,在装订室里释放孤单情欲),让她觉得自己散发出肉眼可见的罪恶气息。她担心比阿特丽克斯可能感觉得出来。况且,今天晚餐席上的对话是一场灾难：阿尔玛的愚蠢表现惹人注目，普鲁登丝则前所未见地近乎鲁莽。比阿特丽克斯对她们两人都会感到不快。

阿尔玛和普鲁登丝在起居室等候她们的母亲，沉默得像修女一样。两个女孩单独在一起时，总是很安静。她们从来都找不到自在交谈的话题。她们从来不闲聊，将来也不会。普鲁登丝十指交叉，静静坐着，阿尔玛则摆弄着手帕边缘。阿尔玛瞥了瞥普鲁登丝，寻求某种无以名状的东西。伙伴情谊，或许。温暖。某种共鸣。也可能是对今晚种种事件的某种注解。然而普鲁登丝——一如既往地耀眼夺目——没有发出任何亲昵的邀请。尽管如此，阿尔玛仍决定试一试。

"普鲁登丝，你今晚表达的那些想法，"阿尔玛问道，"是从哪儿得来的？"

"大都是从狄克逊先生那里。非洲族裔的生存状况和困境，是我们那位好家教偏爱的话题。"

"真的？我从来没听他谈过任何这类事情。"

"不管怎样，他对这个话题怀有强烈感情。"普鲁登丝说道，表情没有任何改变。

"那他是废奴主义者咯？"

"是的。"

"老天，"阿尔玛说道，惊讶于狄克逊竟会对某件事情怀有强烈感情，"爸妈最好别听到这件事！"

"妈妈知道。"普鲁登丝答道。

"是吗？那爸爸呢？"

普鲁登丝没有回答。阿尔玛有更多疑问——许许多多疑问——可是普鲁登丝似乎不急于讨论。房间再度陷入沉默之中。而后，阿尔玛突然打破沉默，吐出一个疯狂失控的问题。

"普鲁登丝，"她问道，"你对霍克斯先生有什么看法？"

"我认为他是一位高雅的绅士。"

"而我认为自己痴狂地爱上他了!"阿尔玛喊道,连自己都对这荒唐意外的表白感到震惊。

在普鲁登丝做出回应前——事实上,如果她会做出回应的话——比阿特丽克斯走进起居室,看着坐在长沙发椅上的两个女儿。比阿特丽克斯沉默半响,用严厉坚定的目光注视着两个女儿,先审视一个,再审视另一个。对阿尔玛而言,这比任何训话都来得可怕,因为沉默包含了无所不知、令人恐惧的无穷可能性。比阿特丽克斯能够察觉任何事,知晓任何事。阿尔玛把手帕的一角扯成细线。普鲁登丝的面容和姿态却没有改变。

"今天晚上我很疲倦。"比阿特丽克斯说道,终于打破了可怕的缄默。她看着阿尔玛说:"阿尔玛,今晚我没有力气谈论你的缺点,那只会让我更生气。我只想说,如果再让我看到你在餐桌上张着嘴巴心不在焉的样子,我会请你去其他地方用餐。"

"可是,妈……"阿尔玛开口说道。

"用不着解释,女儿,没有用的。"

比阿特丽克斯像要走出房间似的转过身去,接着却转过来,把目光定在普鲁登丝身上,仿佛只是想起了什么事。

"普鲁登丝,"她说,"今晚表现得很好。"

这完全出乎寻常。比阿特丽克斯从未称赞过人。然而,这一天,哪件事不是出乎寻常?阿尔玛大为惊奇,回头望着普鲁登丝,仍旧想寻求某种东西。认可?怜悯?一种共同的惊讶之情?然而,普鲁登丝没有任何表情,也没有回应阿尔玛的目光,阿尔玛只好打消念头。阿尔玛从沙发上站起来,朝着楼梯走去,准备上床就寝。不过,在楼梯口时,她转头面对普鲁登丝,再次对自己感到诧异。

"晚安,妹妹。"阿尔玛说道。这个字眼她从来没用过。

"你也是。"普鲁登丝只答了这一句。

8

自一八一六年冬天到一八二〇年秋天，阿尔玛为霍克斯写了超过三十篇论文，全部由霍克斯刊登在他的《美国植物》月刊上。她的论文并不是先驱之作，可是见解独到，插图无误，学术研究严谨可靠。阿尔玛的作品也许算不上是引燃了世界，却肯定引燃了阿尔玛，而她取得的成果非常出色，足以发表在《美国植物》月刊上。

阿尔玛写论文深度研究月桂、含羞草和马鞭草。她写过葡萄、山茶花和桃金娘叶橙，写过无花果的培育。她用 A. 惠特克的笔名发表文章。她和霍克斯都认为，在出版刊物中报出自己的女性身份，对阿尔玛没啥好处。在当时的科学界，"植物学"（男人的植物研究）和"优雅植物学"（女人的植物研究）之间仍有严格的区分。"优雅植物学"和"植物学"二者本质上并无区别——只是一个受人尊敬，另一个则不然——但是阿尔玛仍不想以优雅植物学者被等闲视之。

当然，惠特克的姓氏在植物界和科学界颇有名气，因此，不少植物学者早已十分清楚"A. 惠特克"是谁，但并不是所有人都知道。随着文章的刊登，阿尔玛不时收到世界各地植物学家的来信，经由霍克斯的印刷厂转交给她。有些信开头写着"亲爱的先生"，还有些信是写给"A. 惠特克先生"，甚至还有一封令人难忘的公函寄来，致函"A. 惠特克博士"（这种出乎意料的尊称令阿尔玛非常开心，她把这封信保存了很长一段时间）。

随着霍克斯和阿尔玛开始彼此分享研究成果并校订论文，霍克斯成为白亩庄园的常客。令人高兴的是，他不再那么腼腆，逐渐放松下来。如今能常常看到他在饭桌旁谈话，有时他甚至尝试说俏皮话。

至于普鲁登丝，她再也不在晚餐席上说话了。在佩克教授造访的那天晚上，她对黑人话题突如其来的反应，肯定是某种一时的狂热之举，因为她从此没有再重复过这种表现，也没有再挑战过任何宾客。从那一夜以后，亨利总是拿普鲁登丝的见解开玩笑，称她为"热爱黑皮肤的战士"，然而，她拒绝再谈论这一话题。她退回到自己冷静、疏离、神秘的特质中，像往常一样，以漠然而难以捉摸的礼貌态度，对待每一个人和每一件事。

两个女孩逐渐长大成人。当她们满十八岁时，比阿特丽克斯终于终止了她们的家教课程，宣布她们已经完成了教育，并送走了可怜无趣的狄克逊。狄克逊后来在宾州大学找到一份古典语言专业的助教工作。因此，两个女孩似乎不再被认为是孩子了。除了比阿特丽克斯之外的任何一位母亲，都会认为这段时期女孩们应当全力寻找丈夫，都会积极地让阿尔玛和普鲁登丝进入社交界，鼓励她们调情、跳舞、求爱。此时，或许为她们订做新礼服、换上新发型、定制画新肖像，才是明智的做法，然而，比阿特丽克斯似乎根本没有想过这些活动。

事实上，在适不适宜结婚这件事上，比阿特丽克斯从未给普鲁登丝或阿尔玛提供任何帮助。在费城，有些人窃窃私语，说惠特克家使他们家的女儿完全嫁不出去——看看她们受的那些教育，而且还与名门世家不相往来。两个女孩都没有朋友。她们只和科学界和商业界的成年男子吃过饭，因此她们的心思显然不成熟。她们丝毫不曾学习如何同年轻追求者得体地说话。阿尔玛这样的女孩，会在来访的年轻小伙子正在欣赏白亩庄园美丽池塘边的睡莲时说："不，先生，您错了。这不是睡莲，而是荷花。睡莲浮在水面上，您瞧，荷花则是露出水面。一旦了解两者的不同，您就不会再犯相同的错误了。"

阿尔玛此时已经长得像男人一般高，肩膀宽阔，看上去仿佛能挥动斧头。(事实上,她确实能挥动斧头,在野外考察的时候,也经常必须这么做。)这并不一定会使她嫁不出去。有些男人喜欢大块头的女人,她们看起来具有坚强的性格,而且或许有人会说,阿尔玛的侧影很秀气——至少从左侧看上去,她的性情肯定和蔼可亲。然而,她身上缺少某种隐而不现却必不可少的东西,因此,尽管她体内隐藏着露骨的情欲,但她在屋里的时候,并不会使任何男人燃起激情。

阿尔玛认为自己并不漂亮,这其实很无奈。她之所以这样认为,只是因为她已经无数次听人这么说,还是以多种不同的方式。最近一次收到的有关自己姿色平平的信息,直接来自她的父亲。一天晚上,亨利多喝了点儿朗姆酒后,冷不防地对阿尔玛说:"别去想了,女儿!"

"别去想什么,爸?"阿尔玛放下正在为他写的信,抬起头来问道。

"甭沮丧,阿尔玛。有张讨人喜欢的脸,并非一切。长得不美,但有人爱的女人多得是。想想你妈。她这辈子一天都没有漂亮过,可她还是找到了丈夫,不是吗?想想住在桥附近的卡文迪什太太!那女人难看得很,可她丈夫还是觉得她很合适,才会生下七个孩子。所以小梅,你一定能找心上人,我认为他能娶到你可是一大福气。"

想想这些话还是通过安慰的方式表达出来的!

至于普鲁登丝,她是个公认的美人,可以说是费城最美的女人,然而全城人都同意,她态度冷淡,无法被征服。普鲁登丝能挑起女人的忌妒,然而她能否挑起男人的热情,却很难说。普鲁登丝总是让男人觉得不该自讨没趣,因此他们也聪明地不去招惹她。他们盯着她看——毕竟人们忍不住要盯着她看——却不敢靠近。

也许有人以为,惠特克家的女孩会引来追求财富的人。没错,许多年轻人觊觎这家人的财富,然而,成为亨利的女婿似乎更像一种威胁,而不是飞来横财,更何况,没有人真的相信亨利会愿意将自己的财富拱手相让。总之,即使是发财梦也没能把求婚者引到白亩庄园来。

当然，庄园总是有许多男人在场——可他们都是来找亨利，而不是来找他女儿的。无论任何时候，你都能看到有人站在白宙庄园的前厅，希望拜会亨利。这些人形形色色：有穷途末路的人、做梦的人、愤怒的人、说谎的人。这些人带着展示箱、新发明、图表、计划或诉讼案来到庄园。他们来此提供股份、申请贷款，介绍新型真空泵模型或某种可靠的黄疸病治疗法，期望亨利愿意投资他们的研究。他们到白宙庄园来可不是为了求爱。

然而，霍克斯与其他人不同。他从来没有向亨利求取过任何物质上的东西，只是来白宙庄园和他谈话，欣赏温室里的战利品。霍克斯在自己的期刊上发表最新的科学发现，对植物学界发生的一切了如指掌，因此亨利喜欢与他交往。霍克斯的举手投足肯定不像是求爱，他既不轻佻，也不爱开玩笑，但是他确实注意到了惠特克家女孩的存在，对她们也很友好。他对普鲁登丝始终很关照。至于阿尔玛，他就像对待一位值得尊敬的植物学同行那样对待她。阿尔玛感激霍克斯的亲切态度，但是她希望得到更多。她觉得，学术领域的话题，并不是一个年轻男人跟自己钟爱的女孩应该讨论的内容。这实在很不幸，因为阿尔玛确实全心全意地爱着霍克斯。

把他当作恋慕对象是个古怪的选择。没有人会说霍克斯是美男子，但是在阿尔玛眼中，他堪称模范。不知何故，她觉得他们是不错的一对，甚至可能是显而易见的一对。毫无疑问，霍克斯块头超大，显得笨拙——可阿尔玛也是如此。他常常穿得一团糟，可阿尔玛同样不赶时髦。霍克斯的背心总是太紧绷，长裤总是太宽松，但阿尔玛如果是男人，可能也会这么穿，因为她在搭配衣饰方面，同样遭遇类似的困扰。霍克斯额头太长，而下巴又稍嫌太短，不过，他有一头蓬乱潮湿的浓密黑发，让阿尔玛不禁想要抚摸。

阿尔玛不知怎么卖弄风情。她完全不晓得如何取悦霍克斯，除了写给他一篇又一篇主题愈加晦涩的植物学论文。霍克斯和阿尔玛之间能以温柔一词形容的时刻，唯有一次。一八一八年四月，阿尔玛让霍克斯看她显微镜下美丽的螅状独缩虫[1]（闪亮、活泼，在小小水塘中尽情舞蹈，有回旋的环形器官、挥舞的纤毛、伞形绽开的分枝）。霍克斯自然而然地用自己那双潮湿的大手紧紧握住她的左手，说："天哪，惠特克小姐！你已经成为一个了不起的显微镜专家了！"

那样的触感、那样紧握的手、那样的赞美，使阿尔玛的心怦怦直跳。同时也使她奔向装订室，用自己的手再次满足自己。

喔，是的——再一次去装订室！

一八一六年秋天以来，装订室成为阿尔玛每天都要去的地方——事实上，有时一天去好几次，唯有在月经期间才会稍事休息。你或许想知道，她有那么多研究项目和工作职责，怎么找得到时间做这件事。简单说吧，这件事不可能不做。阿尔玛的身体——高大，强健，布满雀斑，大骨架，粗关节，宽阔的臀部，厚实的胸部——这些年来已经成为最难以想象的盛满性欲的器官，而她的需求经常过于满涨。

《事事质疑》她读了许多遍，如今已经印在脑中，她转而阅读其他大胆露骨的读物。每当父亲购入他人的藏书，阿尔玛在整理书籍时就仔细留意，总是在物色那些危险的、封面微妙的、藏在无害书籍当中的暧昧读物。她就是这样发现了莎孚[2]和狄德罗[3]，以及一些令人迷醉的日本性爱手册的译本。她发现一本讲述十二则性爱历险的法语书，以月份区分章节，书名叫"盛宴之年"，描写性变态的妻妾和好色的神父，堕落的芭蕾女郎和被勾引的家庭女教师的故事。（喔，那些长期身受磨难、被人勾引的家庭女教师！她们成批沉沦堕落！她们出现在这么多下流的书中！为什么有人想当家庭女教师，阿尔玛心想，如果只会落得被强奸和奴役的下场？）阿尔玛

---

[1] 螅状独缩虫（Carchesium polypinum），缘毛目纤毛虫，常见于腐烂有机物质较多的静水或流水中。

[2] 莎孚（Sappho），古希腊著名的女抒情诗人，写过不少情诗、婚歌，其风格优雅精致、性感香艳。

[3] 狄德罗（Diderot），法国启蒙思想家、唯物主义哲学家、无神论者、作家、百科全书派的代表人物。

甚至读过伦敦某地下"女士鞭打俱乐部"的小册子,以及无数描写罗马狂欢聚会的故事。她把所有这些书和其他书区分开来,藏在马车房阁楼上的箱子里。

不过,还不止这些。她同时也读医学期刊,有时她能发现最稀奇古怪的人体报告。她阅读论证亚当和夏娃可能是阴阳人的严肃理论;她阅读异常浓密的阴毛能被当作假发出售的科学阐释;她阅读研究波士顿地区娼妓健康问题的数据报告;她阅读船员宣称自己曾和海豹交媾的报道;她阅读在不同种族和文化的人类之间、在不同哺乳类动物之间比较阴茎大小的论文。

她知道自己不该阅读这种资料,可她停不下来。她想知道她能得知的一切。这些阅读让她脑子里装满马戏团般巡游的人体——被剥光、挨鞭子、受屈辱、被贬低、追求欲望、被拆解开来(而后为了接受更多屈辱,再被重组起来)。她还生出了把某种东西放入自己口中的执念。那东西,具体地说,是女士永远不该渴望放入口中的,比如他人的某些身体部位等等。尤其是男人的阴茎。她渴望把阴茎含在口中,甚至超过渴望将之置于其私处内,因为她想最为近距离地接触那玩意儿。她喜欢仔细研究东西,甚至用显微镜,因此可想而知,她渴望看见,甚至品味男人最隐秘的部位——他那最秘密的生存之巢。随着她对自己嘴唇和舌头的认识不断加深,这一切想法成为一种要命的执念,累积在她体内,直到难以忍受的地步。她只能用自己的手指头解决这个问题,而且只能在装订室内解决——在那安全绝缘的黑暗中,被熟悉的皮革味和胶水味包围,锁上值得信赖的好门锁。她只能一只手放在双腿间,另一只手放入口中,来解决问题。

阿尔玛知道,她的自渎是极端错误的行为,甚至可能危害健康。她无法阻止自己把事情查个水落石出,于是她对这一主题进行了研究,获知的结果并不乐观。她在一本英国医学期刊上读到,在健康饮食和新鲜空气中成长的孩子,体内绝不该有丝毫性的感觉,也不应该寻求感官信息。乡间生活的简单乐趣（作者声称）应已足够娱乐年轻人，因此他们不该有任何探索自己生殖器官的欲望。她从另一本医学期刊中得知，性早熟可能源于尿床、幼年挨打太多次、肛门受蠕虫刺激，或者（阿尔玛在此屏住了呼吸）"智力过早发展"。这肯定是她的情况，她心想。假使儿时过度开发脑力，性反常行为就会自然而然地出现，当事人会因此寻找自我沉迷的方法，以取代性交。她读到，这在男孩成长过程中是一大问题，然而，在少数情况下，也表现在女孩身上。年轻人沉迷于自己的身体，有朝一日结婚后，可能每天晚上都渴望性交并折磨自己的配偶，直到整个家陷入痛苦、衰退、破产中。自我沉迷同时也会损害身体健康，使人驼背跛行。

　　换句话说，这种习惯声誉不佳。阿尔玛原本并不打算养成这种习惯。她最最诚挚地发誓不再继续下去，或者该说，她起先确实如此。她答应自己，不再阅读情色材料。她答应自己，不再沉迷于霍克斯和他那头蓬乱潮湿的浓密黑发的相关遐想上。她绝不再去想象把他隐秘的阴茎含在口中。她发誓绝不再去装订室，哪怕有书需要修复！

　　当然，她的决心逐渐消失了。她答应自己再去一次装订室就好。只要再一次，好让她的脑子充满这些令人激动的可憎想法。只要再一次，好让她的手指在自己的私处和唇边打旋儿，感觉双腿抽紧，脸越来越烫，身体再次猛然放松，混合成一场绝妙的毁灭——一次就好。

　　而后，或许再一次吧。

　　阿尔玛很快发现自己不可能战胜欲望，最后，她别无选择，只能默许自己的行为，继续下去。除此之外，她又能如何处置时时刻刻在自己体内累积的欲望呢？此外，这种自渎行为对她的健康和精神造成的影响似乎和期刊上告诫的后果大不相同，让她有段时间还纳闷：自己是否做得不正确，然而却意外地发现这种行为对自己有利，而不是不利。她的秘密活动并未带来医学期刊警告的可怕影响，这该做何解释？这种行为给阿尔玛带来纾解，而不是疾病；这让她的脸色红润健康，而不是使她的容貌丧失所有的活力。没错，这种欲望让她深感羞愧，然而一旦完成了这一行为，她总觉得自己进入了某种头脑清醒的精准状态。从装订室出来之后，她直接跑回去做自己的研究工作，以重新取得的主动卖力工作，积极清醒地投入学术研究中，浑身涌动着一股有益振奋的快活劲儿。事情过后，她总是处于最清朗、最清醒的状态；事情过后，她工作时总是充满活力。

除此之外，阿尔玛现在拥有自己工作的地方。她有一间自己的书房——至少是被她称为书房的地方。她把父亲所有多余的书籍清出马车房后，独自接管了楼下一间空间较大、废弃不用的马具室，将其改装成学术庇护所。此处环境优美——白亩庄园的马车房是一栋漂亮的砖造建筑，高雅宁静，天花板挑高，窗户宽敞。阿尔玛的书房是这栋屋里最好的房间，享有稳定的阳光，铺着干净的瓷砖地板，窗外就是母亲完美打造的希腊式庭园。房间里弥漫着干草、灰尘和马的气息，摆满杂乱的书籍、筛子、餐盘、锅子、标本、信件、瓶子和旧糖果罐，看起来别有风味。阿尔玛过十九岁生日时，她母亲送给她一台投影仪，让她能放大植物标本，描出轮廓，完成更精确的科学绘图。她现在拥有一套精美的意大利棱镜，这让她感觉自己有点儿像牛顿。她有一张结实的好书桌和一张实验台，供她进行实验。她用旧木桶当座椅，不用正式的椅子，因为她发现穿裙子坐木桶比较方便。她还有一副绝佳的德国显微镜——正如霍克斯注意到的那样！她学着以刺绣大师般的熟练技术来操作它。起初，冬天的书房令人难受（冷得流不出墨水），但不久之后，阿尔玛亲自安装了一台小型富兰克林炉，还亲自用干苔藓堵住墙上的裂缝。最终，她的书房成为一年四季最舒适、最漂亮的"避难所"。

阿尔玛在马车房里建造了自己的植物标本室，运用她的分类学知识，进行更多详细的实验分析。那本菲利普·米勒的《园艺辞典》她已经读过好多次，看上去就像斑驳的落叶。她阅读最新的医学论文，了解浮肿症患者服用洋地黄后产生的积极效果，学习如何使用治疗性病的苦配巴香脂。

她致力于改进自己的植物素描——虽然从来称不上完美,却总是极其精确。她勤奋不懈地工作,她的手指在写字板上愉快地穿梭,双唇念念有词,就像祈祷。

当白亩庄园的其他地方流转于日常活动和激烈争辩中时,这两个地方——装订室和马车房里的书房——成为阿尔玛的秘密据点和启示之地。一个房间给身体用,一个房间给头脑用;一个房间狭小、没有窗户,另一个房间空气流通、光线充足;一个房间有旧胶水的味道,另一个房间有新鲜干草的气息;一个房间产生隐秘的想法,另一个房间带来可以发表并与人分享的想法。两个房间存在于各自独立的建筑物中,以草地和花园为分界,由砾石车道等分为二。没有人会看出二者之间的联系。

然而,两个房间都只属于阿尔玛,在这两个房间里,她找到了自己。

9

一八一九年秋的某一天，阿尔玛坐在马车房的书桌前，阅读让·巴蒂斯特·拉马克的第四册《无脊椎动物生态史》时，看见一个身影穿过了母亲的希腊式花园。

阿尔玛已经习惯于看到白亩庄园的员工在园内走来走去干活，通常还能见到松鸡或孔雀在附近啄食。然而，这个身影不是员工，也不是鸟兽，而是个娇小纤细、年约十八岁的黑发女孩，穿着最合身的玫瑰色行装。女孩一边在花园散步，一边漫不经心地挥舞着一把绿色绳边的流苏阳伞。很难断定的是，女孩似乎在跟自己说话。阿尔玛放下拉马克先生的著作，观望起来。这位陌生人一点儿也不匆忙，事实上，她终于发现一张长凳，坐了下来，而后——更古怪的是——躺了下来，仰卧在椅子上。阿尔玛观望着，等女孩移动，可是她似乎睡着了。

这一切有点儿奇怪。白亩庄园那个星期是有访客（一位来自耶鲁大学的食肉植物专家，还有一位写论文探讨温室通风问题的乏味学者），但是他们都没有带女儿来。这女孩显然不是庄园里任何员工的亲属。没有哪个园丁能给自己的女儿买那样精美的阳伞，也没有哪个工人的女儿会如此随意地横穿比阿特丽克斯那珍贵的希腊式花园。

阿尔玛觉得挺有意思，便丢下手边的工作，走到外面。她小心翼翼地靠近女孩，不想把她吓醒，再仔细观察，看见女孩根本没在打盹儿。她只是眯眼望着天空，头枕在自己乌黑发亮的卷发上。

"嗨。"阿尔玛低头看她。

"喔,嗨!"女孩答道,对阿尔玛突然出现毫无警觉,"我只是在感谢上天给我这张长凳!"

女孩扑腾一下坐起来,露出灿烂的笑容,拍拍她身旁的空位,邀阿尔玛坐下。阿尔玛顺从地坐下,一边坐定,一边审视她的邻座。女孩的确相貌古怪。从远处看,她似乎比较漂亮。没错,她有优美的身段,一头亮丽的头发,还有一对动人的酒窝,但是近看,她的脸有点儿宽、有点儿圆——有点儿像个茶托——她那双绿色的眼睛实在太大,太容易表露情感。她不断眨着眼睛。这一切加起来,都使她看起来太过年轻、不太聪明,而且有一点点疯癫。

女孩抬起古怪的小脸,仰望阿尔玛,问道:"跟我说,昨晚你有没有听见钟声?"

阿尔玛思索着这个问题。事实上,她昨晚确实听见了钟响。费尔蒙特山起火了,警钟敲遍了全城。

"我听见了。"阿尔玛说道。

女孩满足地点点头,拍手说:"我就知道!"

"你知道我昨天听见钟声?"

"我知道那些钟声是真的!"

"我确定我们没有见过面。"阿尔玛小心翼翼地说道。

"喔,是啊!我叫芮塔·斯诺。我一路走来这里的!"

"是吗?请问你是从哪里来的呢?"

也许有人预期女孩会说:"从童话书中走出来的!"不过她说:"从那条路来的。"一面指着南边。阿尔玛立刻明白了一切。从白亩庄园沿河南行约二里处,有个新庄园正在兴建。庄园主人是来自马里兰州的纺织富商。女孩肯定是富商的女儿。

"我正希望这附近能找到个和我同龄的女孩,"芮塔说道,"可能有点儿太直接了，我能不能问问你多大了？"

"我十九岁。"阿尔玛说道，尽管她觉得自己年长得多，尤其和这个小孩相比。

"好棒！"芮塔再次拍手，"我十八岁，差不太多，是不是？现在你一定得告诉我，求求你诚实地回答我，你认为我的衣服怎么样？"

"噢……"阿尔玛对衣服一无所知。

"我同意！"芮塔说道，"这确实不是我最好的衣服，是不是？你如果看见其他衣服，你会更喜欢，我有一些最新款式的衣服！不过，你也不完全讨厌这件衣服，是吗？"

"噢……"阿尔玛再次苦苦思索答案。

芮塔没让她回答。"你真是对我太好了！你不想让我伤心！我已经把你当作朋友了！还有，你的下巴很漂亮，给人踏实的感觉，让人信任。"

芮塔伸出一只胳膊搂住阿尔玛的腰，头倚在她的肩头，热情地依偎着。没有什么理由让阿尔玛对这种举止表示欢迎。不管芮塔·斯诺是谁，显然她是个荒谬的人，一个十足愚蠢疯癫的小东西。阿尔玛还有很多工作要做，女孩打扰了她。

然而，从来没有人称阿尔玛为朋友。

从来没有人询问过阿尔玛对衣服的看法。

从来没有人赞赏过她的下巴。

她们在这种热情而意外的拥抱中，在长凳上坐了一阵子。而后，芮塔抽身而出，抬头看着阿尔玛，露出微笑——孩子气、没心眼、惹人疼爱。

"我们接下来该做什么？"她问道，"你叫什么名字？"

阿尔玛笑了，自我介绍后，承认自己不是很清楚接下来该做什么。

"还有没有其他女孩？"芮塔问道。

"我有个妹妹。"

"你有妹妹！你真幸运！我们去找她吧！"

于是她们一起出发,到处闲晃,直到发现普鲁登丝在其中一个玫瑰花园里作画。

"你肯定是妹妹!"芮塔叫道,朝普鲁登丝奔去,仿佛得了奖似的,而普鲁登丝就是奖品。

普鲁登丝——跟往常一样沉着、端庄——放下画笔,礼貌地伸出手来,让芮塔握着。在太过热情地使劲儿摇晃普鲁登丝的胳膊后,芮塔歪着头,坦率地观察她。阿尔玛绷紧神经,等着芮塔对普鲁登丝的美貌发表评论,或询问阿尔玛和普鲁登丝怎么可能是姐妹。当然,这是每个人第一次看到阿尔玛和普鲁登丝在一起时,都会问的问题。为什么妹妹这么白皙,姐姐这么红润?为什么妹妹如此秀丽,姐姐如此高壮?普鲁登丝也绷紧了神经,等候这类令人讨厌的问题。然而,芮塔似乎并未被普鲁登丝的美貌所迷惑或震慑,对这对姐妹事实上就是姐妹的说法也毫无疑虑。她只是从容地将普鲁登丝从头到脚检视一番,而后快乐地拍起手来。

"那么我们现在总共有三个人了!"她说,"多幸运啊!如果我们是男孩,你们知道我们现在会怎么做吗?我们必须彼此找麻烦,摔跤决斗,把彼此的鼻子揍到流血。然后决斗结束,身上都是可怕的伤口,我们就会成为好朋友。真的!我见过这种事!好吧,一方面,这似乎有趣得很,但我恐怕不能弄脏我的新衣服——虽说这不是我最好的衣服,就像阿尔玛指出的那样——所以今天感谢上天,我们不是男孩。既然我们不是男孩,也就是说,我们马上就能当好朋友了,完全用不着打斗。你们同不同意?"

没有人有时间同意,因为芮塔忙不迭地又继续说:"那就决定了!我们是三个好友。有人应该给我们写首歌。你们谁会写歌?"

普鲁登丝和阿尔玛面面相觑,目瞪口呆。

"那么就由我来写!"芮塔继续推进,"给我一点儿时间。"

芮塔闭上眼睛,嚅动双唇,手指在腰上打拍子,仿佛在算音节。

普鲁登丝向阿尔玛投来疑问的目光,阿尔玛耸耸肩。

在一阵除了芮塔以外任何人都会感到尴尬的良久沉默后,芮塔再次张开眼睛。

"我想我有点子了,"她宣布,"但其他人得谱曲,在音乐方面我糟透了,不过我已经写好了第一段歌词。我认为这完美捕捉到了我们的友情。你们觉得怎么样?"她清清喉咙,念给大家听:

我们是提琴、叉子与勺子,
我们跟月亮跳舞,
你如果想偷偷吻我们,
最好赶快吻!

阿尔玛还没找到机会解读这段古怪的小韵文[1](试着查证谁是提琴,谁是叉子,谁是勺子),普鲁登丝突然大笑起来。这令人难以相信,因为普鲁登丝从来不笑。她的笑声洪亮、狂放、高亢——完全不是人们预想中这种洋娃娃般的美人会发出的笑声。

"你是谁?"普鲁登丝终于止住笑声,问道。

"我是芮塔·斯诺,小姐,我是你最不偏不倚的新朋友。"

"噢,芮塔,"普鲁登丝说,"我想你可能不偏不倚地疯了。"

"大家都这么说!"芮塔答道,动作夸张地鞠躬行礼,"无论如何,我现在就在这里!"

✢

她确实在这里。

---

[1] 歌词原文四句结尾分别为"spoon""moon""us""soon",略微押韵。

没多久,芮塔就成了白宙庄园的常客。阿尔玛小时候曾经拥有一只小猫,它也以同样的方式逛入庄园,最后征服了这地方。那只猫——一个漂亮的小东西,满身亮黄色条纹——在一个晴朗的日子,跑进白宙庄园的厨房,用身体摩擦每个人的腿,而后在炉边安顿下来,尾巴蜷在身上,轻声打着呼噜,心满意足地半闭着眼睛。小猫相当舒适自信,没人忍心告知这只小动物,它并不属于这里——因此没过多久,它就属于这里了。

芮塔也是以相似的方式开局。她那天出现在白宙庄园,怡然自得,就好像她始终属于这里。根本从来没有人邀请过芮塔,可芮塔这样的女孩,似乎不需要有人邀请她做任何事。她想来就来,想待多久就待多久,擅自做任何她想做的事,想走的时候就走。

芮塔过着最令人震惊——甚至令人羡慕的放纵生活。她的母亲是社交常客,早晨花数小时打扮自己,下午则消耗在拜访其他社交常客上,晚间则为跳舞忙得不可开交。她的父亲性情骄纵、漫不经心,最后给他女儿买了一匹可靠的拉车马和一辆双轮轻便马车,任女孩随心所欲地在费城到处闲逛。她坐在她的轻便马车上,像只快乐喧闹的蜜蜂,整日奔驰于各处。她如果想去剧院就去剧院;她如果想看游行,就去找一场游行;她如果想在白宙庄园待上一整天,她就自由自在地这么做。

在接下来的一年当中,阿尔玛总是在白宙庄园最意想不到的地点看到芮塔:站在食品室的桶子上,演出《造谣学校》的某一场景,逗得牛奶女工开怀大笑;或者在驳船坞旁,双脚放进斯库尔基尔河油乎乎的水中摇来晃去,假装用脚指头捉鱼;或者把她漂亮的披肩剪成两半,为了与刚刚赞美披肩的女仆一起分享。("瞧,现在我们各有一半披肩,所以我们现在是双胞胎!")大家都不知该拿她怎么办,可也从来没有人赶她走。倒不是芮塔魅力无穷,而是因为避开她是不可能的事。除了屈服,你别无办法。

芮塔甚至笼络了比阿特丽克斯,这的确是一项显著的成就。在所有合理预期中,比阿特丽克斯应当恨透了芮塔,毕竟她是比阿特丽克斯最为深深恐惧的女孩的类型。芮塔代表比阿特丽克斯教养阿尔玛和普鲁登丝不可成为的一切——一个浓妆艳抹、脑袋空空、爱慕虚荣的小小装饰品,在烂泥巴里毁了昂贵的跳舞鞋,突然大哭或大笑,在大庭广众下粗俗地指东指西,从未见过她读书,她甚至不懂得在下雨天遮住头顶。比阿特丽克斯怎么可能接受这种人?

想到可能会出现问题,在与芮塔交往之初,阿尔玛甚至尝试不让比阿特丽克斯发现芮塔,担心两人若是见面,最坏的情况可能会发生。然而,芮塔可不容易隐藏,而比阿特丽克斯也不易受骗。事实上,不到两个星期,有一天吃早餐时,比阿特丽克斯就问阿尔玛:"那个最近老是带着阳伞、在我那边窜来窜去的孩子是谁?为什么我老是看见她跟你在一起?"

万不得已,阿尔玛被迫把芮塔介绍给母亲。

"您好,惠特克夫人。"芮塔颇为得体地开口说道,甚至记得行屈膝礼,虽然有点儿太戏剧化。

"你好,孩子。"比阿特丽克斯答道。

比阿特丽克斯并未期待芮塔对这个问题照实回答,然而,芮塔却非常认真地看待这一询问,稍微考虑之后才做出回答:"噢,我该告诉您,惠特克夫人,我一点儿都不好。今天早上,我家里发生了一起可怕的悲剧。"

阿尔玛慌张地在一旁观望,束手无策。阿尔玛无法想象,芮塔这句话将把对话导向何处。芮塔在白亩庄园已经待了一整天,快活得很,这可是阿尔玛头一次听说,斯诺家发生了一起可怕的悲剧。她祈求芮塔别再说话,可女孩却继续讲了下去,仿佛比阿特丽克斯在催促她继续往下讲。

"惠特克夫人,今天早上,我遭受了最大的打击。我们的一个仆人——确切地说,是我们家的英国小女仆——在吃早餐的时候满眼含泪,所以吃过饭后,我跟她进了她的房间,调查她悲伤的原因。您永远猜不到我听到的事!她的祖母到今天已经整整过世三年了!听到这起悲剧,我自己也哭得停不下来,我相信您完全能够想象!我肯定在这可怜女孩的床上哭了一个小时。谢天谢地,幸好有她在那里安慰我。难道这不会让您也想哭,惠特克夫人?您想想,祖母过世整整三年了?"

想起这件事,芮塔绿色的大眼睛噙满了泪水,而后眼泪夺眶而出。

"简直胡说八道,"比阿特丽克斯反驳道,一字一字地强调,阿尔玛则是对每一个音节都感到畏惧,"活到我这把年纪,你能不能想象,我看见过多少人失去他们的祖母?如果我为他们每个人都哭泣,那还得了?祖母过世不是悲剧,孩子——别人的祖母三年前过世,肯定更不该让人哭得停不下来。祖母们都会过世,孩子。这是天经地义的事。你甚至可以说,祖母在把礼仪和道理传授给年轻一代之后,过世是一种职责。此外,你没有起到安慰女仆的作用,你如果亲身展示沉着冷静的风范,会给她带来更多好处,而不是倒在她床上痛哭失声。"

芮塔神情坦然地接受规劝,阿尔玛则苦恼地垂头丧气。芮塔就此完蛋了,阿尔玛心想。然而,出人意料地,芮塔笑了起来:"惠特克夫人,您纠正得真是妙啊!您看事情的角度很新鲜呢!您的确说得很对!我绝不该再把祖母的过世看成悲剧!"

你几乎看得见眼泪从芮塔的脸颊爬回去,逆流而上,而后完全消失。

"现在我得走了,"芮塔像清晨一样清爽地说,"我今天傍晚打算去散步,所以我得回家挑一顶最漂亮的散步帽,我肯定您能明白。"芮塔向比阿特丽克斯伸出手去,比阿特丽克斯无法拒绝与她握手。"惠特克夫人,这真是有用的一课!我真不知怎样感谢您的睿智教导。您是女人中的所罗门王,难怪您的孩子们这么崇拜您。如果您是我的母亲,惠特克夫人——想想看,我就不会这么愚蠢了!您会很遗憾地听到,我的母亲一生中从来没有提出过明智的想法。更糟的是,她在自己的脸上涂满厚厚的蜡、膏和粉,让她看起来就像裁缝的人体模型。然后请想象一下我有多不幸——被一个没有文化的人体模型抚养长大,而不是像您这样的人。好吧,我走了!"

她蹦蹦跳跳地走了,比阿特丽克斯则目瞪口呆。

"多么荒唐的家伙。"芮塔一离开,比阿特丽克斯便低声说道,房子里又是一片寂静。

阿尔玛鼓起勇气捍卫她唯一的朋友,答道:"她确实荒唐,妈妈。但我相信她有一颗善良的心。"

"她是不是心地善良,阿尔玛,只有上帝能做裁决。不过她的脸确实荒唐。她的脸似乎能做出任何表情,除了显露出智慧。"

芮塔第二天又回到白亩庄园,开朗友好地朝比阿特丽克斯打招呼,仿佛初次的训诫从来没有发生过。她甚至给比阿特丽克斯带了一小束花——从白亩庄园的花园采来的花,这可是个斗胆之举。不可思议的是,比阿特丽克斯一言不发地收下花束。从今以后,芮塔获准出现在庄园里。

对阿尔玛来说,让比阿特丽克斯解除"武装",是芮塔最杰出的成就,几乎带有一丝魔法效应。而事情发生得如此之快,更是叫人惊诧。不知怎的,芮塔在短促、冒险的会面中,成功取得这位女家长的好感,因此现在她拥有可以随时来访的通行证。她是怎么做到的?阿尔玛并不确定,但她有几种推测。一方面,芮塔很难被压制。此外,比阿特丽克斯日渐老迈,身体日渐衰弱,最近已无过多精力与死亡相抗争。或许,阿尔玛的母亲不再是世界上每一个芮塔的对手。但最重要的是:阿尔玛的母亲或许讨厌胡说八道,同时显然也是个难以讨好的女人,而芮塔做得再好不过的是,称比阿特丽克斯为"女人中的所罗门王"。

或许这女孩并不像她看上去那样愚蠢。

于是,芮塔待了下来。事实上,在一八一九年秋天,当阿尔玛清晨来到自己的书房,打算展开植物研究时,经常发现芮塔已经在那里了——蜷着身子靠在角落的旧躺椅上,看着最新一期《乔伊女子手册》里的时装插画。

"嗨,亲爱的!"芮塔欢快地叫道,一脸灿烂地抬起头,仿佛她们事先约定好了似的。

随着时间推移,这不再让阿尔玛感到吃惊了。芮塔没有给阿尔玛添麻烦。她从来不碰科学仪器(除了她抗拒不了的棱镜之外)。当阿尔玛告诉她:"看在老天的分上,亲爱的,别再说话了,让我计算一下吧。"芮塔便安静下来,让阿尔玛计算。甚至可以说,拥有这个傻里傻气的好朋友,让阿尔玛颇为欢喜。这就像角落的笼子里有只漂亮的小鸟,在阿尔玛工作的时候,偶尔发出咕咕的叫声。

霍克斯有时会顺道来阿尔玛的书房,讨论某篇科学论文最后的修改,在这里看见芮塔,似乎总是让他退避三舍。霍克斯永远不晓得该拿芮塔怎么办。霍克斯是个聪颖严肃的人,芮塔的傻里傻气完全让他惶惶不安。

"阿尔玛和霍克斯今天在讨论什么?"十一月的一天,芮塔看腻了她的图片杂志,于是问道。

"角苔。"[1] 阿尔玛答道。

"喔,听起来很可怕。是动物吗,阿尔玛?"

"不,不是动物,亲爱的,"她答道,"是植物。"

"能不能吃?"

"除非你是鹿,"阿尔玛笑了起来,"而且是肚子饿了的鹿。"

"当一只鹿多好,"芮塔沉思道,"除非你是雨中的鹿,那可就很不幸、很不舒服了。跟我说说角苔好吗,霍克斯先生?不过,请用我这种脑袋空空的小家伙听得懂的方式说吧。"

这不公平,因为霍克斯知道的说话方式只有一种,那就是博学审慎的学院派表述方式,一点儿都不适合脑袋空空的小家伙。

"斯诺小姐,"他吞吞吐吐地开口说,"那是最低等的植物之一……"

"你这样说未免太不厚道,先生!"

"……而且是自养植物。"

---

[1] 角苔(Hornworts),苔藓植物。植物体绿色叶状,呈不规则圆形。生于山区阴湿的溪边、田野或山坡。

"它们的父母肯定为它们感到很骄傲!"

"呃……"霍克斯结结巴巴。此时,他已经无话可说。

这时候,出于对霍克斯的怜悯,阿尔玛补充道:"自养的意思是,芮塔,可以自己制造食物。"[1]

"那我想,我永远当不成角苔。"芮塔悲叹地说道。

"不大可能!"阿尔玛说道,"不过,你或许会喜欢角苔,只要你更多地了解它。它在显微镜底下非常漂亮。"

芮塔不以为然地摆摆手:"喔,我从来不知道用显微镜该看哪里!"

"看哪里?"阿尔玛难以置信地笑着说,"芮塔……透过目镜看啊!"

"可是目镜那么狭窄,镜头下的小东西又是那么让人害怕,让人有晕船的感觉。你用显微镜的时候,有没有晕船的感觉,霍克斯先生?"

霍克斯为这个问题感到痛苦,对着地板发愣。

"安静点儿,芮塔,"阿尔玛说,"霍克斯先生和我得专心研究。"

"你如果继续要我安静下来,阿尔玛,我只好去找普鲁登丝,趁她在茶杯上画花的时候烦她,听她劝我当个高尚的人。"

"那就去吧。"阿尔玛欣然说道。

"说真的,你们两个,"芮塔说,"我根本不了解,你们干吗总是得这么拼命工作。不过,如果这能让你们远离拱廊市场和豪华酒吧,我想这不会对你们造成永久性伤害……"

"去吧!"阿尔玛说道,亲昵地推了推芮塔。芮塔以令人眼花缭乱的方式跑开,留下微笑的阿尔玛,霍克斯则完全感到困惑。

"我必须承认,她说的话我一点儿都听不懂。"芮塔不见踪影后,霍克斯说道。

---

1 自养植物(autotrophic),以无机物(二氧化碳、水和其他矿物质元素的盐类)合成复杂有机物以满足自身生长发育需要的植物。包括进行光合作用的绿色植物和光合细菌,以及硫细菌、铁细菌等。

"放心，霍克斯先生，你说的话她也听不懂。"

"可我觉得奇怪，她为什么总是缠着你？"霍克斯沉思道，"她难道想借由与你做伴，来提升自己？"

听到这番恭维——霍克斯或许认为与她做伴是一种提升自我的力量，这很令人高兴——阿尔玛脸上洋溢着快乐，不过她只说："我们永远无法完全肯定斯诺小姐的动机，霍克斯先生。谁知道？或许是她想帮我提升一下呢。"

✣

到了圣诞节，芮塔同阿尔玛和普鲁登丝已经成为相当要好的朋友，她会邀请惠特克姊妹到她家的庄园参加午餐会——这让阿尔玛中断了植物研究，也让普鲁登丝中断了当时正在做的任何事情。

芮塔家的午餐会是荒谬之事，很符合芮塔的荒谬天性。那是一场由冰块、甜食和面包组成的大杂烩，由芮塔那位可爱却不称职的英国女仆担任监督（如果可以称之为监督的话）。在这栋房子里，你永远听不到任何有价值或言之有物的对话，不过，芮塔随时可以做出愚蠢、逗趣、戏耍的事来。她甚至让阿尔玛和普鲁登丝同她一起玩毫无意义的室内游戏——为年纪更小的孩子设计的游戏，例如"邮局""找钥匙孔"，或是最美妙的"哑巴演说家"。这些游戏都非常愚蠢，却又非常逗趣。事实上，阿尔玛和普鲁登丝以前从来没有玩过游戏——无论是彼此之间，独自，或者和其他小朋友一起。在这之前，阿尔玛甚至从来没有特别了解过游戏是什么。

然而，游戏是芮塔做的唯一一件事。她最喜欢的娱乐是高声朗读当地报纸上的事故报道，以此取悦阿尔玛和普鲁登丝。此举虽不可原谅，却又逗人发笑。芮塔会戴上披肩、帽子，操着外国口音，演出最恐怖的事故场景：婴儿掉进壁炉里，工人被掉下来的树枝压断头颅，五个孩子的母亲被抛出马车外，掉进涨满水的沟渠（四脚朝天地淹死，靴子悬在半空中，孩子们无助地站在一旁，惊声尖叫）。

"这不应该有趣的！"普鲁登丝抗议道，可芮塔不肯停手，直到她们全都乐得喘不过气来。事实上，有时候芮塔笑得无法控制自己的情绪，被一种奔放不羁的狂笑所附身。有时候，令人吃惊的是，她甚至笑得在地上打滚。这些时候，芮塔仿佛被某种外来的恶魔力量所驱动，她笑到开始上下喘息，脸色因为某种近似恐惧的情绪而阴沉下来。正当阿尔玛和普鲁登丝担心起她的时候，芮塔又重新掌控自己的情绪。她跳起身来，擦擦汗湿的额头，呼喊说："感谢老天，我们有个地球！否则我们要坐在哪里？"

芮塔是费城最古怪的女孩，然而她在阿尔玛——似乎也在普鲁登丝的生活中，扮演着一个特殊的角色。她们三人在一起时，阿尔玛几乎觉得自己是个正常的女孩，而她以前从来没有过这种感觉。同朋友和妹妹嬉笑时，她可以假装自己是任何一个普通的费城少女，而不是白亩庄园的阿尔玛——不是一个富裕、专注、高大、不漂亮、学富五车、精通各种语言、发表过数十篇学术论文、脑子里还浮动着放浪声色狂欢景象的女孩。这一切都随着芮塔的出现而逐渐消失，阿尔玛可以只当个女孩，一个传统的女孩，吃着裹有糖霜的馅饼，为一首搞笑的歌咯咯发笑。

此外，芮塔还是世界上唯一一个能把普鲁登丝逗笑的人，这确实是个超自然的奇迹。这种笑带给普鲁登丝的转变极不寻常：让她从冰冷的珠宝，变成甜美的女学生。在这些时候，阿尔玛几乎觉得普鲁登丝同样能当个普通的费城少女，而她也会真心拥抱她的妹妹，为有她陪伴而开心。

不幸的是，阿尔玛和普鲁登丝之间的这种亲密情谊，只有在芮塔在场时才能存在。当阿尔玛和普鲁登丝离开斯诺庄园，一起走回白亩庄园的时候，姐妹俩再次回到沉默之中。阿尔玛始终希望，她们能学会在离开芮塔后如何维持她们的亲密关系，但是这无济于事。漫步回家的途中，任何想要提起下午那些笑话的企图，都只会使气氛变得呆滞、笨拙、尴尬。

一八二〇年二月，在一次漫步回家途中，阿尔玛——受当天嬉戏的鼓舞而有些飘飘然——她冒了个风险，再次大胆提及自己对霍克斯的爱慕。阿尔玛特别向普鲁登丝透露，霍克斯曾经称她为了不起的显微镜学家，这使她高兴万分。阿尔玛坦承："我希望哪天能嫁给霍克斯这样的人——一个常常鼓励我、让我崇拜的好男人。"

普鲁登丝不发一语。经过长时间沉默后，阿尔玛继续说："我对霍克斯先生简直朝思暮想，普鲁登丝。有时候我甚至想……拥抱他。"

这是个大胆的声明，可这难道不是正常姐妹会做的事？在费城各地，寻常的女孩难道不是跟她们的姐妹谈论自己心目中的佳偶？她们难道不是对彼此袒露心中的期望？她们难道不是向对方描绘未来的理想丈夫？

然而，阿尔玛试图维持亲密关系的尝试并未成功。

普鲁登丝只回答："我明白了。"便不再多说。她们像往常一样，默默无言地走完回家的路程。阿尔玛回到自己的书房，继续完成当天早上被芮塔打断的工作，普鲁登丝则只是消失了，像平日那样去做些未知的任务。

阿尔玛绝不会再尝试向妹妹这样坦白了。不管芮塔如何撬开阿尔玛和普鲁登丝之间的神秘缝隙，一旦姐妹俩再次单独相处，那个缝隙就又紧紧合上了，就像往常一样。补救是徒劳的事。不过，阿尔玛有时禁不住想象，如果芮塔是她们的妹妹——年纪最小的女孩，排名第三，骄纵、愚蠢，能让每个人卸除武装，能让她们每个人感受到温暖和抚爱——生活会变成什么样。阿尔玛心想，要是芮塔不是斯诺家的而是惠特克家的，那该有多好！或许一切都会有所不同。如果她们三人是姐妹，或许阿尔玛和普鲁登丝会学着成为彼此的知己、密友、朋友……姐妹！

这种想法让阿尔玛内心充满极度的哀伤，然而这是无法改变的现实。事情是怎么样，就只能是怎么样，如同她母亲多次教导她的那样。

至于无法改变的事，你就得默默承受。

10

如今是一八二〇年的七月末。

美国处在经济衰退时期，是美国短短历史中的第一个萧条期，这回，亨利未能享受亮灿灿的商务之年。并不是因为他陷入困境——一点儿也不——而是他感觉到了一种不寻常的压力。费城的异国热带植物出口市场已经饱和，欧洲人也逐渐厌倦了从美国进口植物。更糟的是，费城的每一名贵格会成员，近来似乎都开起了自己的药房，制造自己的药丸、药膏和药剂。虽然还没有任何对手能比"加里克与惠特克"制品更受欢迎，但是再过不久就很难说了。

亨利渴望他的夫人能对这一切提出建议，但是比阿特丽克斯的身体这一整年都不太好。她的晕眩症经常发作，而在令人不适的炎炎夏日，病症更加恶化。她的工作能力逐步下降，她的呼吸总是很急促。她从不抱怨，也试着赶上工作进度，可是她身体不好，而且拒绝看医生。她不相信医生、药剂师和药物——考虑到家族生意，这可是一大讽刺。

亨利的健康情况也不是很好。他现年六十岁，反复发作的热带疾病近来持续的时间更长了。筹划晚餐聚会变得越来越难，没有人能保证亨利和比阿特丽克斯的身体状况适合接待客人。这使亨利既生气又烦闷，而他的脾气让白亩庄园的一切事务都难以正常运转。他的脾气爆发得越来越尖刻。"有人要付出代价！""那个王八蛋完了！""我要毁了他！"女仆们躲在角落，看见他走过来就避开。

从欧洲传来的消息也不好。亨利的国际经纪人兼特使扬西——阿尔玛小时候怕得要死的那个高大的约克郡人,最近来到白亩庄园,带来一则最令人担忧的消息:巴黎的两位化学家,最近从金鸡纳树皮中成功提取出一种他们称之为"奎宁"的物质。他们宣称,该化合物是金鸡纳树皮中能有效治疗疟疾的神秘成分。掌握了这些知识,法国化学家或许很快就能利用树皮制造出更好的产品——粉末更细、药效更强、更具疗效的产品。他们能够轻易地永久颠覆亨利在热病药物贸易上的统治地位。

亨利指责自己(也有点儿指责扬西)没有预料到这种情况。"我们早该自己发明!"亨利说道。可是化学不是亨利的领域。他是顶尖的园艺家、心狠手辣的商人、优秀的创新者,但不管他怎么尝试,仍旧无法和世界上每一种新的科学进展保持同步。知识对他而言进展太快了。另一位法国人最近取得一种数学计算机的专利权,那是一种叫作"计数器"的东西,有自动处理长除法的功能。一名丹麦物理学家刚宣布电与磁之间存在关系,亨利甚至搞不懂此人在讲什么。

总之,近来有太多新发明、新想法出现,都相当复杂、相当宽广。你再也无法成为精通所有事物的专家,在各式各样的领域获得可观的利润。这足以让亨利觉得自己老了。

不过,也不完全都是坏消息。扬西此次给亨利带来一则令人震惊的好消息:班克斯爵士死了。

那个令人生畏的人物,曾经是欧洲最帅气的男人,曾经是国王们的宠儿,曾经环游地球,曾经和异教徒女王睡在广阔的沙滩上,曾经把成千上万的新植物引进英国,曾经派亨利寻访世界,让他成为一个人物——那个人死了。

他死了,躺在赫斯顿附近的棺材里腐烂。

扬西过来发布这则消息时,阿尔玛正坐在父亲的书房抄写信件。她震惊得倒抽一口气,说:"愿上帝让他安息。"

"愿上帝诅咒他，"亨利纠正说，"他想毁了我，可我打败了他。"

毫无疑问，亨利确实像是打败了班克斯爵士。至少，他胜过了他。尽管班克斯在多年前羞辱、伤害他，亨利却不可思议地发达起来。他不仅在金鸡纳树皮贸易上取得了胜利，生意网还延伸到了世界的各个角落。他成为家喻户晓的人物，他的邻居几乎都欠着他很多钱。议员、船东和各行各业的商人都来寻求他的赐福，渴望他的赞助。

过去三十年来，亨利在西费城建造的温室，可与在邱园内看到的任何温室相媲美。他在白亩庄园成功培育出各种各样的兰花，班克斯在泰晤士河岸却从来没有成功。当亨利首次听说班克斯给邱园的动物园添置了一只四百磅重的海龟时，他立刻也给白亩庄园订购了一对海龟——在加拉帕戈斯取得，由不知疲倦的扬西亲自送交。亨利甚至把亚马孙河的睡莲带来白亩庄园——如此巨大强壮的莲花，能够支撑一个孩子站在上面——而班克斯，在他死的时候，甚至从未见过如此巨大的睡莲。

此外，亨利让自己生活得像班克斯一样富裕。他在美国给自己盖的庄园，比班克斯在英国居住的任何地方都更大、更宏伟。他的豪宅在山丘上闪闪发光，好似巨大的烽火，将灿烂的光芒洒遍全费城。

亨利这几年甚至穿得也像班克斯爵士。他从来没有忘记，在他小时候，那套服装在他眼里多么夺目，甚至在他成为富人的这些日子里，仍想尽办法模仿并超越班克斯的华丽行头。因此，一八二〇年，亨利依然穿着相当过时的款式。当美国所有的男人早已改穿简单的长裤时，亨利还是穿长筒丝袜，戴长辫子白色假发，穿着有闪亮银色鞋扣的鞋子、深袖口外套、宽绲边上衣，以及鲜艳的淡紫色和翠绿色缎面背心。

穿着这一身乔治王朝时代贵气却老式的华丽服饰，在费城到处溜达，亨利看上去相当古怪。有人说他像拱廊街的蜡像展品，可是他并不在意。这正是他想要的装扮——跟一七七六年他在邱园书房内第一次看到的班克斯一模一样，那时候，小贼亨利（瘦弱、饥饿、雄心勃勃）受召去见探险家班克斯（帅气、潇洒、华丽）。

可现在，班克斯死了。他固然死去仍是一名男爵，可他还是死了。而亨利——出身贫寒、衣着考究的美国植物之王——仍然活着，事业有成。没错，他的腿时时发痛，太太也病倒了，法国人在疟疾药物生意上追赶上了他，美国银行在他周围一一倒闭，他还拥有一整个衣柜的老旧假发，而且他一直没有儿子——然而老天作证，亨利终于击败了班克斯爵士。

他吩咐阿尔玛去酒窖，给他拿最好的朗姆酒来，以表庆祝。

"拿两瓶吧。"他补充说道。

"也许你今晚不该喝太多。"阿尔玛小心翼翼地提醒道。他最近才刚退烧，而且她不喜欢父亲脸上的表情。那是一种情绪扭曲的可怕表情。

"我们今晚想喝多少就喝多少，我的老朋友。"亨利对扬西说道，仿佛阿尔玛根本没有讲话。

"要喝得比我们想喝的还多。"扬西说道，向阿尔玛投来一个警告的眼神，令她冷彻骨髓。老天，她不喜欢这个男人，尽管她父亲对他极为欣赏。阿尔玛的父亲曾经以一种颇为自豪的口吻告诉她，扬西擅长解决争论，是个有用的家伙，他不用言语而是用刀子解决问题。一七八八年，这两个男人在苏拉威西岛[1]相遇，当时，亨利眼看着扬西没有说半句话，就把一对英国海军军官揍得乖乖听话。亨利立即聘用他为自己的代理人和执行者，两个男人从此一起掠夺世界。阿尔玛一直很怕扬西。每个人都很怕他。甚至亨利也称扬西为"训练有素的鳄鱼"，他曾说："很难说哪个比较危险——受过训练的鳄鱼，或是野生鳄鱼。总之，我不会把自己的手放在他嘴里太久，上帝保佑他。"

甚至在很小的时候，阿尔玛就已经能本能地理解，世界上有两种沉默

---

[1] 苏拉威西岛（Sulawesi），旧称"西里伯斯岛"。印度尼西亚岛屿。富含镍、铁、金、铝、石油等矿藏。产稻米、咖啡、香料、可可等。

的人：一种是温顺恭敬的人；另一种则是扬西。他的眼睛是一对慢慢打转的鲨鱼，此时他瞪着阿尔玛，那双眼睛显然在说：去拿朗姆酒来。

于是，阿尔玛到酒窖去，乖乖拿了朗姆酒上来——满满两瓶，一人一瓶。而后，她去了马车房，投入工作中，逃离难以避免的酗酒场面。半夜过后许久，她在自己的躺椅上睡着了，尽管并不舒适，但她没有回到房子里。黎明时分，她醒过来，走过希腊式花园，到大房子里吃早餐。然而，当她走近房子时，能听出父亲和扬西仍未就寝。他们大声唱着船员的歌。亨利或许已经三十年没出过海了，却对每一首歌了如指掌。

阿尔玛在门口停下脚步，靠在门边听。在灰蒙蒙的晨光中，父亲的声音在大宅中回荡，听起来凄苦、夸张、疲惫，听起来像远洋传来的鬼魅之声。

⁕

不到两个星期后，在一八二〇年八月十日早上，比阿特丽克斯从白亩庄园的大楼梯上跌了下来。

那天清晨，比阿特丽克斯起得很早，感觉身体状况还行，觉得可以去花园做些事。她穿上自己那双老旧的皮制花园拖鞋，绾起头发，罩上硬梆梆的荷兰帽，下楼去工作。然而，楼梯台阶前一天才上过蜡，而比阿特丽克斯的皮拖鞋鞋底太过平滑，她往前跌了下去。

阿尔玛正在马车房改装的书房里，校对一篇写给《美国植物文献》的、谈论狸藻前庭肉食性的论文。她看见汉娜克穿过花园，朝她跑来。阿尔玛的第一个想法是，看着这位老管家跑步，真是滑稽——裙子摆动，胳臂挥舞，脸色通红紧绷，就好像看着一只大啤酒桶，穿着睡衣，蹦蹦跳跳地滚过院子。她几乎放声大笑起来。不过，阿尔玛在下一刻冷静下来。汉娜克显然惊恐万分，而这个女人通常不易惊恐。肯定发生了可怕的事。

阿尔玛心想：我爸死了。

她把手按在胸口上。求求你，不。求求你，别是我父亲。

汉娜克此时来到门口，张大了双眼，异常激动，上气不接下气。管家哽咽起来，咽了口唾沫，冲口说出："你母亲死了。"[1]

※

仆人们把比阿特丽克斯抬回她的卧室，让她横躺在床上。阿尔玛几近恐惧地走进房间，她很少被允许进入母亲的卧室。她看见母亲的脸已经变得灰白，额头撞得青肿，嘴唇裂开流着血，皮肤摸上去冷冰冰的。仆人们围在床边，其中一个女仆把镜子放在比阿特丽克斯鼻子底下，看有没有呼吸的迹象。

"我父亲在哪里？"阿尔玛问道。

"还在睡。"一名女仆说道。

"别叫醒他，"阿尔玛下令，"汉娜克，松开她的胸衣。"

比阿特丽克斯总是把胸衣束得很紧——紧得体面、坚决、透不过气。他们把比阿特丽克斯的身子转向一边，让汉娜克解开系带。然而，比阿特丽克斯仍然没有呼吸。

阿尔玛转向一个年轻些的仆人——一个看起来跑得很快的男孩。

"把 sal volatile 拿来给我。"她说道。

他呆呆看着她。

阿尔玛这才意识到，在匆忙中，她跟这孩子讲了拉丁语。她纠正自己："把碳酸铵拿来给我。"

男孩再次神色茫然。阿尔玛转过身去，看了看房间里的其他人，她只

---

[1] 原文为荷兰语。

看见一张张迷惘的面孔，没有人知道她在说什么。她用的不是正确的字眼。她绞尽脑汁，又试了一次。

"把鹿角酒[1]拿来给我。"她说道。

不，对这些人来说，这也不是熟悉的字眼。鹿角酒是古老用语，只有学者才会知道。她闭紧眼睛，寻找她想要的、最可能为人熟知的字眼。一般人怎么称呼它？老普林尼称之为阿蒙盐，十三世纪的炼金士们经常使用。然而参考普林尼对目前的情况毫无帮助，而十三世纪的炼金术对这房间里的任何人来说同样毫无助益。阿尔玛咒骂自己脑袋里塞满了死文字和无用的细节，眼前，她正在浪费宝贵的时间。

终于，她想起来了。她睁开眼睛，喊出奏效的命令："嗅盐！"她大叫，"去！去找！拿来给我！"

很快地，嗅盐拿来了。找出嗅盐所花的时间，几乎比阿尔玛想出名字的时间更短。

阿尔玛把嗅盐放在母亲鼻子底下来回摇荡。比阿特丽克斯发出潮湿作响的喘息，吸了口气。周围的仆人发出各种叫声和惊叹声，一个女人喊道："赞美天主！"

因此，比阿特丽克斯并没有死，但是随后的一个星期，她一直昏迷不醒。阿尔玛和普鲁登丝轮流陪伴她们的母亲，日夜照顾她。第一天晚上，比阿特丽克斯在睡眠中呕吐，阿尔玛清洗她。她同时还把尿和秽物擦干净。

阿尔玛以前从未看过母亲的身体——除了脸、脖子和手——当她为床上失去知觉的身体清洗时，她看见母亲的乳房因为两侧的几个硬块而变形。肿瘤，大肿瘤。其中一个肿瘤已经溃烂，从皮肤里流出暗色液体。这景象让阿尔玛觉得自己也像要跌下楼梯。她想起这种病症的希腊单词：Karkinos——癌。比阿特丽克斯肯定已经病了相当长一段时间，即使没有

---

[1] 鹿角酒（hartshorn），一种由碳酸铵和香料配置而成的药品，闻后给人以刺激，产生恢复作用。

好几年，肯定也已经煎熬了好几个月。她从来没有抱怨过。她只是在痛苦难忍的日子，在餐桌上致歉早退，把症状看作是一般性的晕眩。

汉娜克那个星期几乎没有睡，随时拿来敷布和肉汤。汉娜克用新换的湿亚麻布包住比阿特丽克斯的头，照料溃烂的乳房，给女孩们端来奶油面包，尝试把液体灌入比阿特丽克斯干裂的嘴唇间。阿尔玛有时在她母亲身边会感觉烦躁不安，汉娜克却耐心地做着全部护理工作。比阿特丽克斯和汉娜克已经相守了一辈子。她们在阿姆斯特丹的植物园里一起长大；她们从荷兰一起搭船过来；她们都离开自己的家人，乘船来到费城，从此再没有见过父母或兄弟姐妹。有时候，汉娜克会守着女主人哭泣，以荷兰语祷告。阿尔玛不哭也不祷告。普鲁登丝也是——至少没有人看到。

亨利不时从房间里跑进跑出，焦急不安、心烦意乱。他帮不上任何忙，离开之后大家反而比较省力。他在老婆身边才坐了一下子，便叫道："喔，我受不了了！"而后说着一串骂人的话离去。他蓬头垢面，可阿尔玛顾不得他。她看着母亲在精美的佛兰德斯床单下日渐凋零。这不再是那个神气十足的比阿特丽克斯；而是一个最最可怜的无生命体，浑身发臭，衰败悲惨。过了五天，比阿特丽克斯完全没有排出尿。她的腹部肿胀、坚硬、灼热。她现在活不久了。

药剂师加里克派了个医生过来，但是阿尔玛打发他回去了。现在给母亲放血、拔罐没有任何好处。阿尔玛反而回了口信给加里克先生，请他给她准备鸦片酊，让她每个小时都把药一小滴小滴地注入母亲嘴里。

第七个晚上，阿尔玛睡在自己床上时，一直陪坐在比阿特丽克斯身边的普鲁登丝过来拍她的肩膀，叫醒她。

"她在说话。"普鲁登丝说道。

阿尔玛摇摇头，想确定自己身在何处，对着普鲁登丝的蜡烛眨了眨眼。谁在讲话？她梦见马蹄和飞行动物。她再次摇摇头，坐了起来，想起一切。

"她说什么？"阿尔玛问道。

"她请我离开房间,"普鲁登丝平静地说,"她要见你。"

阿尔玛抓了条披肩裹住肩膀。

"你睡吧。"她对普鲁登丝说道,把蜡烛带进母亲的房间。

比阿特丽克斯睁着眼睛。其中一只眼睛红肿着,布满血丝,并未移动,另一只眼睛扫过阿尔玛的脸,小心翼翼地搜索追踪。

"妈。"阿尔玛说道,看看四周,想找点儿什么给比阿特丽克斯喝。床头柜上有一杯冷茶,是普鲁登丝刚刚守夜剩下来的。比阿特丽克斯不会想喝该死的英国茶,即使在临终前,然而能喝的也只有这个。阿尔玛把杯子端到母亲干枯的嘴唇边。比阿特丽克斯啜了啜,随后,果然皱起眉头。

"我拿咖啡来给你。"阿尔玛道歉。

比阿特丽克斯只是轻轻摇头。

"你需要什么?"阿尔玛问道。

没有任何回应。

"要找汉娜克来吗?"

比阿特丽克斯似乎没有听见,于是阿尔玛又问了一次,这回是用荷兰语问的。

比阿特丽克斯闭上眼睛。

"要找亨利过来吗?"

阿尔玛握住母亲冰冷的小手。她们以前从未握过手。她等待着。比阿特丽克斯没有睁开眼睛。当阿尔玛几乎打起盹儿时,母亲开口说话了,用的是英语。

"阿尔玛。"

"是的,妈。"

"永远别离开。"

"我不会离开你。"

不过,比阿特丽克斯摇摇头。这不是她的意思。她再次睁开眼睛。阿

133

尔玛又一次等待，在这充满死亡的阴暗房间里疲倦至极。过了很长一阵子后，比阿特丽克斯才找到力气把话说完整。

"永远别离开你父亲。"她说道。

阿尔玛能说什么？在一个女人临终前，该做什么承诺？尤其是，如果那女人是你的母亲？你会允诺一切请求。

"我永远不会离开他。"

比阿特丽克斯再次用她那只好眼睛审视阿尔玛的脸，仿佛在衡量这个诺言是否出于诚心。她显然心满意足，再次闭上眼睛。

阿尔玛又给母亲滴了一滴鸦片酊。比阿特丽克斯呼吸微弱，皮肤僵冷。阿尔玛确定母亲已经说出了最后的遗言。然而，将近两个钟头之后，阿尔玛在椅子上睡着时，她听见咕噜咕噜的咳嗽声，猛然惊醒过来。她以为比阿特丽克斯透不过气，但她只是尝试再次开口说话而已。又一次，阿尔玛用那杯讨人厌的茶，润湿比阿特丽克斯的嘴唇。

比阿特丽克斯说："我头晕。"

阿尔玛说："我叫汉娜克过来。"

让人诧异的是，比阿特丽克斯笑了笑。"不，"她说，"很舒服。"[1]

而后，比阿特丽克斯闭上眼睛——仿佛出自她自己的决定——过世了。

✣

第二天早上，阿尔玛、普鲁登丝和汉娜克共同为遗体清洗更衣，把她包在裹尸布里，准备下葬。那是一件沉默哀伤的工作。

她们不顾当地习俗，未把遗体摆在大厅内供人瞻仰，亨利也不想看见

---

[1] 原文为荷兰语。

他太太的遗体，他说他无法忍受。何况，在这种炎热的天气下，尽快下葬是最明智、最卫生的做法。因为在过世前，比阿特丽克斯的身体即已开始腐化，现在大家都担心尸体可能会快速腐烂。汉娜克差遣白亩庄园的一名木工快速打造了一口简单的棺材。为了抑制臭味，三个女人把薰衣草香囊塞入裹尸布各处。棺材打造好后，比阿特丽克斯的遗体立即被装上马车，载往教堂，存放在阴凉的地窖中，直到举行葬礼。阿尔玛、普鲁登丝和汉娜克的上臂缠上了服丧的黑纱带，她们将服丧半年。纱布紧紧缠在手臂上，阿尔玛觉得自己就像系了绳子的树。

丧礼当天下午，她们走在马车后面，跟着棺材来到瑞典路德教堂的坟场。下葬仪式快速、简单、高效、体面。约有十来人参加。药剂师加里克到场了，在整个丧礼过程中，他咳得很厉害。阿尔玛知道，因为长年经手让他致富的药喇叭粉，他的肺已经破损了。扬西也在场，他的秃顶像武器一样，在阳光下闪闪发亮。霍克斯也到场了，阿尔玛希望自己能被他搂在怀里。阿尔玛有些意外，昔日那位脸色苍白的家教狄克逊也在那里。她想象不出狄克逊先生怎么会知道比阿特丽克斯过世了，也不知道他喜欢从前的雇主。不过，他的到来仍使她觉得感动，她也是这么告诉他的。芮塔也来了。芮塔站在阿尔玛和普鲁登丝中间，两手各牵着两个人的手，她一反常态地沉默不语。事实上，令人钦佩的是，芮塔当天坚忍得几乎像是惠特克家的一员。

没有任何人哭，比阿特丽克斯也不希望如此。从生到死，比阿特丽克斯总是教导别人必须具备可靠、忍耐和克制的品德。这女人体面了一辈子，如果最后有个多愁善感的结局，那可真是可惜。葬礼过后，白亩庄园也不举办任何喝着柠檬水共同缅怀慰藉的聚会，比阿特丽克斯不会想要这些。阿尔玛知道，母亲一向欣赏植物分类学之父林奈向家人指示举办自己葬礼仪式的方式："不招待任何人，不接受任何哀悼。"

棺材被埋入黏土墓穴中。路德牧师在葬礼上发言。礼拜仪式、连祷文、使徒信经——快速过去。没有致悼文,因为这不是路德教派的习惯,倒是有一场布道,熟悉而冷峻。阿尔玛试着要听,可是牧师嗡嗡地念着,直到她恹恹欲睡,耳边只传来断断续续的布道。罪恶是与生俱来的,她听见。恩典是上帝赐予的奥秘。你无法赚取、无法挥霍、无法添加,也无法磨灭恩典。恩典很难拥有,没有人知道谁能拥有。我们受洗归入死亡。我们赞美你。

夏日的骄阳缓缓西沉,让阿尔玛的脸狂烧起来。每个人都难受地眯起眼睛。亨利呆滞惶惑。他唯一的要求是:棺材一旦放入墓穴,就在上面铺满稻草。他要先确定,当头几铲土落在他太太的棺材上时,那可怕的声音不会太清晰。

11

二十岁的阿尔玛,现在成了白亩庄园的女主人。

她扮起母亲旧时的角色,仿佛她已经受过一辈子的训练——在某种程度上,确实也是如此。

比阿特丽克斯葬礼过后的第一天,阿尔玛走进父亲的书房,开始筛检累积起来的文书、信件,决定立即处理按惯例由比阿特丽克斯经手的事务。让阿尔玛越来越苦恼的是,她发现过去几个月来,甚至过去一年来,在比阿特丽克斯健康每况愈下时,白亩庄园的许多重要工作——账目、计价、通信——都无人照管。阿尔玛责骂自己怎么没有早一点儿察觉此事。亨利的书桌一向是重要文件和无用杂物混作一团,但是直到阿尔玛对书房进行深入调查后,她才了解这种混乱状况有多么严重。

她发现,在过去几个月来,一沓沓重要文件从亨利的书桌满溢出来,堆在地板上,像地质层一样。令人恐惧的是,有更多箱未分类文件藏在柜子深处。阿尔玛先找到五月以来尚未付清的账单、从未结算的工资单和厚厚的各类信件,这些信件来自等候订单的建筑商、情况紧迫的生意合伙人、海外收藏家、律师、专利局、世界各地的植物园以及各种各样的博物馆。如果阿尔玛当时知道有这么多信件没有人管,几个月前她就会去照看。如今却已几乎陷入危机中。此时此刻,一艘满载各种惠特克植物的船,正停泊在费城码头,被收取高昂的入港费,因为船长没拿到报酬,无法卸货。

更糟的是,所有这些紧急公务当中,还混杂着荒唐的小细节、浪费时间的琐事、愚蠢透顶的成堆废话。有一张西费城某个女人写来的便条,说她的宝宝刚刚吞了一根针,这母亲担心孩子可能会死——白亩庄园有没有人能告诉她该怎么办?一名十五年前曾在安提瓜为亨利工作的博物学家的遗孀,来信表示自己一贫如洗,要求得到一笔养老金。还有一张已经过时的便条,是白亩庄园庭院设计总管写的,他说必须立即开除某个园丁,因为该园丁下工之后,在房间内用西瓜和朗姆酒宴请了好几个年轻女性。

除了其他要事,她的母亲是不是总是在负责这类事情?吞下的针?郁郁寡欢的遗孀?西瓜和朗姆酒?

阿尔玛发现,除了清理这团混乱之外,她别无选择,一次处理一件。她好言好语地说服父亲坐在她身边,帮她了解各式各样的项目是什么意思,这项或那项诉讼需不需要认真对待,或者去年以来菝葜根[1]的价格何以急遽攀升。他们都无法完全解读比阿特丽克斯那套加密的、意大利文般的复杂会计系统。不过,阿尔玛更擅长数学推理,她尽力推敲出账本的含义,同时创造出一种比较简单的方法,以备未来之用。阿尔玛委任普鲁登丝,把亨利一面大声抱怨一面口述的重要信息,转录成一页又一页的礼貌信函。

阿尔玛是否为母亲的过世感到哀伤?我们很难确定。她没法留出时间哀伤。她埋头于工作与挫折的渊薮中,这种忙乱焦心的感受与哀伤本身并不能完全区分开。她非常疲倦,心神昏乱。有些时候,她从工作中抬起头来,向母亲提出一个问题——朝着比阿特丽克斯经常坐的椅子望去——却为眼前空无的景象感到吃惊。就好像看着墙壁上多年来挂着钟的地方,却只看到一片空白。她无法训练自己不去看;那片空白,每一次都让她惊讶。

不过,阿尔玛也对母亲感到愤怒。她一边翻阅数月以来的混乱文件,一边纳闷:比阿特丽克斯明明知道自己病得很重,为什么一年多来却没有

---

[1] 菝葜根(sarsaparilla),百合科植物菝葜的根茎。用于治疗风湿关节痛、跌打损伤、胃肠炎等。

找人帮忙。为什么她把文件放入箱子里，存放在柜子当中，不去寻求援助？为什么比阿特丽克斯从未把她那套复杂的会计系统教给任何人，或至少告诉哪个人，前几年的归档文件放在什么地方？

她记得她母亲曾在多年前训诫她："永远不要在红日高照的时候，把你的工作放在一旁，阿尔玛，不要以为明天可以找到更多的时间干活——因为明天的时间永远不会比今天更多，一旦你的工作进度落后，就永远赶不上了。"

那比阿特丽克斯为什么让事情落后这么多？

或许她不相信自己正处于垂死状态。

或许痛苦使她脑袋糊涂，与世界失去了联系。

或者可能——阿尔玛暗暗思忖——比阿特丽克斯想用这一切工作，惩罚活着的人，在她死后还会延续很久。

至于汉娜克，阿尔玛立即明白，这女人是个圣人。阿尔玛以前从未留意汉娜克在庄园做了多少事。汉娜克负责招募、培训、管理、惩戒庄园里的数十名员工。她管理储藏食物的地窖，采摘庄园的蔬菜，仿佛带领骑兵队从田园菜圃冲锋而过。她征用她的"军队"擦亮银器、搅拌肉汁、拍打地毯、粉刷墙壁、挂起猪肉、铺设车道、提炼猪油、烹制布丁。汉娜克以温和的性情和严格的纪律规训了这么多人，使他们不会互相猜疑、偷懒和犯蠢。比阿特丽克斯病倒后，她显然是庄园得以持续运作的唯一理由。

一天早上，在母亲死后不久，阿尔玛撞见汉娜克正在管教三名厨房女佣，她让她们背靠着墙壁，仿佛打算射杀她们。

"一个优秀员工，可以把你们三个人全部取代，"汉娜克吼道，"相信我——一找到优秀的员工，我就把你们三个给开除！同时，回去干你们的活儿，别再这样粗心大意，羞辱自己。"

"对于你的服务，我感激不尽，"女佣们离开后，阿尔玛对汉娜克说，"我希望哪天能协助你理家，可现在，我仍然需要你做一切事情，因为我还在试着理清父亲的业务情况。"

"我一直都在做一切事情啊。"汉娜克毫无怨言地说道。

"事实上,汉娜克,你似乎是呢。你似乎能干十个男人的活儿。"

"你母亲能干二十个男人的活儿,阿尔玛——同时还得照顾你父亲。"

汉娜克正要转身离去时,阿尔玛伸手抓住管家的胳膊。

"汉娜克,"她疲惫地皱着眉头问道,"宝宝刚吞下一根针,该怎么处理?"

汉娜克毫不迟疑,也没有询问为何突然冒出这种问题,回答说:"给孩子吃生蛋白,母亲要有耐心。向母亲保证,几天之内,针就会滑出孩子的身体,不会使孩子受到任何伤害。如果是大一点儿的孩子,叫他跳绳,可以加快进程。"

"有没有孩子是这样死的?"阿尔玛问道。

汉娜克耸耸肩:"偶尔吧。不过,只要你给出这些步骤,而且语气坚定,母亲就不会觉得那么无助。"

"谢谢你。"阿尔玛说道。

✥

至于芮塔,这女孩在比阿特丽克斯死后头几个星期,来过白亩庄园几次。不过,阿尔玛和普鲁登丝忙着赶家庭事务的进度,没有时间陪她。

"我能帮忙!"芮塔说道,不过大家都知道,她帮不上忙。

"那我每天都去马车房,在你的书房等你,"连续多次被打发走后,芮塔最后向阿尔玛约定,"你完成工作时,就会过来看我。我会在你研究难以处理的东西时跟你说话。我会跟你说些有趣的故事,你会惊讶并大笑。因为我有最骇人的新闻!"

阿尔玛无法想象自己能再找到时间和芮塔一起惊讶、大笑,更别说继续推进她自己的研究计划了。母亲过世后,她已经有好一段时间完全忘记她曾有自己的工作。她现在只是一个录事员,一个代笔人,在父亲的书桌前做牛做马,料理一个异常庞大的家。两个月来,她几乎不曾走出父亲的书房。她也极力不让父亲离开书房。

"我需要你帮忙料理这些事务,"阿尔玛恳求亨利,"否则我们永远都赶不上进度。"

而后,在一个十月的下午,就在分拣文件、处理财务和解决事务的过程中,亨利站了起来,走出自己的书房,留下阿尔玛和普鲁登丝手头堆满各种文件。

"你到哪里去?"阿尔玛问道。

"去喝酒,"他以凶猛阴暗的语调说,"老天保佑,真是够了!"

"爸……"她抗议道。

"你自己完成吧。"他下令道。

于是她照做了。

在普鲁登丝和汉娜克的帮助下,不过大多是靠自己,阿尔玛将那间书房打理得尽善尽美。她归纳整理了父亲的每一件事务——一次解决一个烦琐的问题——直到每个布告、嘱咐、委托和指示都得到解决,直到每封信都得到回复,每笔账单都得到支付,每个投资者都得到保证,每个卖主都得到笼络,每个私怨都得到了结。

一月中旬以后,她才大功告成,此时,她对惠特克公司的运作方式从头到尾了如指掌。她已经哀悼了五个月。她完全错过了秋天——没看见秋来,也没看见秋去。她从父亲的书桌前站起身来,解开臂上的黑纱。她把黑纱放在最后一只废纸箱中,等着和其他东西一起烧毁。已经够了。

阿尔玛走进藏书室旁边的装订室,把自己锁在里头,快速取悦自己。她已经几个月没有碰自己的私处了,这种令人愉悦、熟悉的解放,让她想哭。她也已经几个月没有哭了。不,这种说法并不准确:她已经好几年没有哭了。她还发觉，她的二十一岁生日于上个星期匆匆过去，没有人留意到——就连通常总会送贴心小礼物的普鲁登丝也没有留意到。

好吧，她指望什么？她现在更年长了。她是费城最宏伟的庄园的女主人，而且显然是全球规模最大的一家植物进口公司的事务总管。是告别童年的时候了。

阿尔玛走出装订室后脱光衣服，洗了个澡——尽管这天不是星期六——下午五点她就上床就寝了。她睡了十三个小时。当她醒来时，屋里静寂无声。几个月来，这房子第一次不需要她。寂静听起来就像缓慢流淌的音乐。她慢慢更衣，享用茶和吐司。而后，她漫步穿越她母亲此时被冰霜所覆盖的希腊式花园，来到马车房。她该回来工作了，哪怕只是一会儿，回到她母亲跌下楼梯那天她半途中止的工作中。

出乎意料地，阿尔玛走近马车房时，看见烟囱冒出一缕炊烟。她来到书房时，看见芮塔在那儿——就像约定的那样——蜷曲在躺椅上，盖着厚羊毛毯，睡得香甜，正在等她。

✣

"芮塔！"阿尔玛碰碰她朋友的胳膊，"你在这儿干什么？"

芮塔的绿色大眼睛猛然睁开。显然，醒来那一刻，这女孩不知道自己身在何处，似乎也认不出阿尔玛。在那一瞬间，芮塔的脸上显现出某种可怕的神色。她看上去模样凶猛，甚至危险，阿尔玛发现自己吓得往后退，仿佛看到一只被逼到墙角的狗而畏缩不前。接着芮塔露出笑容，恐惧感消失了。她再度甜美万分，再度像她自己。

"我忠实的朋友，"芮塔伸手牵住阿尔玛的手，带着睡意说，"谁最爱你？谁最宠爱你？谁在其他人休息的时候还想着你？"

阿尔玛环顾房间，看见一小堆饼干盒和一堆衣物，随意地堆放在地板上。"你为什么睡在我的书房里,芮塔?"

"因为我家闷得很。当然,这里也有点儿闷,但至少有时候还有机会看见快乐的脸,只要有耐心。你知不知道你的标本室有老鼠?你为什么不在这个房间养只小猫抓老鼠?你有没有看过巫婆?我跟你老实说,我相信上个星期马车房里有巫婆。我听见她哈哈大笑。你觉得我们该不该告诉你父亲?我很难想象,让巫婆待在屋里会很安全。或者他只会以为我疯了。反正他好像早就这么认为了。你还有没有茶?这些寒冷的早晨是不是残酷得让人受不了?你难道不会非常渴望夏天到来?你的黑纱怎么不见了?"

阿尔玛坐下来,把她朋友的手压在她的唇上。过去几个月的一本正经过后,能再次听见十足的废话,是件好事。"我永远不晓得该先回答你哪个问题,芮塔。"

"从中间开始吧,"芮塔建议,"然后再双向展开。"

"巫婆看起来什么样?"阿尔玛问道。

"哈!现在问太多问题的人是你!"芮塔从躺椅上跳起来,摇醒自己,"我们今天要不要工作?"

阿尔玛微笑说:"要啊,我想我们今天会工作——终于。"

"我们要研究什么,我亲爱的好阿尔玛?"

"我们研究复柄狸藻,我亲爱的好芮塔。"

"一种植物?"

"当然咯。"

"喔,听起来很美!"

"保证不美,"阿尔玛说,"但是有趣。芮塔今天研究什么?"阿尔玛捡起躺椅旁边地板上的妇女杂志,翻看令人费解的书页。

"我在研究时髦女孩该穿的新娘礼服。"芮塔泰然自若地说道。

"你正在挑选这样的礼服吗?"阿尔玛同样泰然自若地答道。

"当然是咯!"

"你要拿这样的礼服做什么呢,我的小小鸟?"

"喔,我计划在我结婚那天穿。"

"巧妙的计划!"阿尔玛说道,转向实验台,看看能否把五个月前的笔记整合起来。

"可是这些图片上的袖子都很短,你瞧,"芮塔喋喋不休地说下去,"我担心会冷。我的小女仆建议说,我可以披一条披肩,但这么一来,谁都没办法欣赏到妈妈说我可以戴的项链了。还有,我想要一簇玫瑰花,虽然现在不是玫瑰开花的季节,而且有人说,捧一簇花不优雅。"

阿尔玛转过身,再一次面向她的朋友。"芮塔,"这回她的语气变得严肃起来,"你不是真的要嫁人吧?"

"我确实希望!"芮塔笑了起来,"有人说,出嫁的唯一方法,就是真的嫁人!"

"那你打算嫁给谁呢?"

"乔治·霍克斯先生,"芮塔说,"那个逗趣、严肃的男人。我很高兴,阿尔玛,我未来的丈夫是让你这么崇拜的人,也就是说,我们大家都能当朋友。他非常钦佩你,而你也钦佩他,这肯定表示他是好人。说真的,我之所以信任他,是因为你关爱他。你母亲过世后不久,他向我求婚,但我不想过早提这件事,因为你受了这么多苦,我可怜的女孩。我根本不知道他喜欢我,但妈妈说大家都喜欢我,因为他们情不自禁。"

阿尔玛坐在了地板上。除了坐下之外,她别无选择。

芮塔朝她朋友跑过去,在她身旁坐下。"看看你!你为我激动!你是这么关心我!"芮塔搂住阿尔玛的腰,就像她在她们认识那天做的那样,紧紧抱住她。"我得承认,我自己还是有点儿激动。这样一个聪明人,要我这种微不足道的傻瓜干吗?我爸吃惊得要命!他说:'小芮塔,你这样的女孩,我一直以为会嫁给一个英俊、愚蠢、穿长筒靴、以猎狐狸自娱的家伙!'可你看看我——我竟然就要嫁给一个学者。试想一下,阿尔玛,嫁给一个头脑如此聪明的男人，最后也能让我自己变聪明。虽然我得说，乔治回答我的问题时，没有你那份耐心。他说，植物出版这个话题太过复杂，解释不清，而我确实还搞不清楚石版印刷和雕版印刷的区别。是不是叫作——石版印刷？所以我最后可能还是一样愚蠢！不过，我们就住在河对岸，那真是太好了！爸爸答应给我们盖间迷人的新房子，就在乔治的印刷厂隔壁。你一定要每天都来看我！那我们三个人就可以一起去老德鲁里剧院看戏了！"

依然坐在地板上的阿尔玛没有能力说话。她只感激喋喋不休的芮塔此时头靠在自己胸前，看不见她的脸。

霍克斯就要和芮塔结婚？

但是，霍克斯原本应该是阿尔玛的丈夫。近五年来，这个想法已经鲜活地存于她心中。她在装订室时幻想着他——他的身体！不过，她对他也保有更纯洁的想法。她曾经想象过他们一起工作，并肩研究。她经常想象自己要嫁给乔治时，将会离开白亩庄园。他们将一起住在印刷厂楼上的小房间，那里有墨水和纸张的温暖气味。她曾经设想他们一同去波士顿，甚至更远的地方——像阿尔卑斯山一样远的地方，攀越巨石，寻找白头翁和点地梅。他会跟她说："你对这个标本有什么看法？"她会说："是少见的珍品。"

他对她总是很友善。他曾经把她的手握在他的两只手里，他们曾经那么多次透过相同的接目镜观看显微镜，来来回回，轮流赞叹不已。

霍克斯究竟在芮塔身上看见了什么？就阿尔玛记忆所及，霍克斯注视芮塔的时候，几乎无法不感到困惑尴尬。阿尔玛记得，芮塔每次开口说话，霍克斯总是不知所措地瞅她一眼，仿佛在寻求协助、解脱或解释。按理说，霍克斯和阿尔玛之间交流眼神的那些瞬间，是他们最甜美的亲密时刻——至少阿尔玛曾经如此想象。

然而，阿尔玛显然想象过许多事情。

她心里的某个角落，仍然希望这只是芮塔的古怪把戏之一，或纯属这女孩虚构的空想而已。毕竟几分钟前，芮塔才宣称马车房里住了巫婆，因此一切皆有可能。然而，不。阿尔玛很了解芮塔。这不是开玩笑的芮塔，而是认真的芮塔。这个芮塔正在絮絮叨叨地谈论二月的婚礼上，袖子和披肩的问题。这个芮塔郑重其事地担心起她母亲打算借给她的项链（项链价值不菲，却不完全合乎芮塔的品位）：万一链子太长怎么办？万一卡在胸衣里怎么办？

阿尔玛突然站起来，把芮塔从地上拉起来。她再也忍不住了。她无法静静坐在那里，继续多听半个字。她没有进一步的行动计划，就抱住了芮塔。抱她要比看她容易许多。还能让芮塔停止说话。她把芮塔抱得如此之牢，可以听见女孩猛地倒吸口气，发出惊讶的咯吱声。正当她觉得芮塔可能再次开口说话时，阿尔玛下令说："嘘！"然后把她的朋友抱得更紧。

阿尔玛的胳膊格外强壮（她有一双铁匠的手臂，就像她的父亲一样），芮塔则非常娇小，肋骨纤细得像兔宝宝。某些蛇以这种方式杀死猎物，把对方抱得越来越紧，直到呼吸完全停止。阿尔玛抱得更紧了。芮塔又发出一声微弱的咯吱声。阿尔玛抓得越来越牢——牢得能把芮塔从地板上抬起来。

她记得大家相识的那一天：阿尔玛、普鲁登丝和芮塔。提琴、叉子与勺子。芮塔说："我们如果是男生，现在就得决斗。"好吧，芮塔可不是斗士。她肯定会打败仗。她肯定会败得很惨。阿尔玛的手臂把这娇小、无用、珍贵的人搂得更紧。她使劲儿闭紧双眼，然而，眼泪依然从眼角流出来了。她感觉得到，芮塔在她的紧抱下瘫软下来。要让她停止呼吸一点儿也不难。愚蠢的芮塔，亲爱的芮塔，甚至此刻，她也成功让人没法不爱她。

阿尔玛放开她的朋友。

芮塔倒吸一口气跌在地上，几乎弹了起来。

阿尔玛强迫自己开口说话。"我祝你幸福。"她说道。

芮塔立即抽泣起来，双手颤抖地抓住自己的胸衣。她露出傻气、信任的笑容。"你真是好阿尔玛！"芮塔说，"你多么爱我啊！"

像是在行使一种奇特的近乎男性化的礼仪，阿尔玛与芮塔握了握手，设法哽咽地再说出一句话："因为你值得。"

✥

"你知不知道？"不到一小时后，阿尔玛在起居室找到正在做针线活的普鲁登丝，责问她道。

普鲁登丝放下工作，双手合十，一言不发。普鲁登丝有个习惯：在她尚未完全了解状况时，绝不表态。可阿尔玛仍然等在那里，想迫使她的妹妹开口说话，想逮住她的什么蛛丝马迹。然而，是什么？普鲁登丝的脸上没有一丝破绽。如果阿尔玛以为，在这种激动的状况下，普鲁登丝会傻到先开口说话，那她太不了解普鲁登丝了。

在接下来的沉默中，阿尔玛感觉到自己的愤怒，从勃然大怒转变为更悲惨暴躁的情绪，某种变质、哀伤的东西。"你知不知道，"阿尔玛最后不得不问，"芮塔就要嫁给霍克斯了？"

普鲁登丝的表情毫无变化，但阿尔玛看见妹妹的唇边一瞬间出现了一条小白线，仿佛她抿了一下嘴，就要说"是"。而后，线消失了，就像出现的时候一样快。或许这是阿尔玛的想象。

"不知道。"普鲁登丝答道。

"这怎么可能发生？"阿尔玛问道。普鲁登丝一言不发，于是阿尔玛继续说："芮塔告诉我，母亲过世后的那个星期，他们就订了婚。"

"我明白了。"过了好一会儿，普鲁登丝说道。

"芮塔知不知道我……"阿尔玛在此踌躇了一下，几乎哭了起来，"芮塔知不知道我对他的感情？"

147

"我怎么可能回答这个问题?"普鲁登丝答道。

"她是不是从你口中得知的?"阿尔玛的声调坚决而沙哑,"你是不是告诉过她?可能告诉她我爱乔治的人,只有你一个。"

她妹妹唇边的白线又出现了,持续了长一点儿的时间。她没看错,是愤怒。

"我希望,阿尔玛,"普鲁登丝说,"经过这么多年,你应该更了解我的个性。来找我说长道短的人,有谁能称心如意地离开?"

"芮塔是不是也曾找你说长道短?"

"她是不是找过我,那并不重要,阿尔玛。你见过我泄露他人的秘密吗?"

"别再用谜语回答我!"阿尔玛喊道,而后她放低声音,"你有没有告诉过芮塔,我爱霍克斯?"

阿尔玛看见门口闪过一个人影,犹豫不决,而后消失。她只瞥见围裙。有人——一名女仆——刚要进起居室,但显然改变了主意,转身溜走。这栋房子里为什么从来没有隐私?普鲁登丝也看见了人影,她不喜欢。现在她站起来,走向前去,直接面对阿尔玛——事实上,几乎是来势汹汹。姐妹俩无法彼此对视,因为她们身高相差甚多。然而,普鲁登丝仍能以逼视的目光震慑住阿尔玛,甚至从矮她一英尺的地方。

"没有,"普鲁登丝说,"我没有跟任何人说过任何事,也永远不会这么做。还有,你含沙射影的指控侮辱了我,对芮塔和霍克斯先生两个人也不公平,我建议你,别去管他们的事。更糟的是,你的询问贬低了你自己。我对你的失望感到抱歉,但我们应该为他们的好运感到欣喜,献上祝福。"

阿尔玛又要开口说话,但普鲁登丝打断了她:"你应该在重新控制自己后,再继续说下去,阿尔玛,"她告诫,"否则你会对你想透露的一切感到后悔。"

这没什么可争论的。阿尔玛对自己刚刚透露的一切,已经感到后悔。

她希望自己从未开启过这个话题，可是为时已晚。现在若能立即打住，也是件好事。让阿尔玛闭上嘴巴，这是个大好机会。但是可怕的是，她控制不住自己。

"我只想知道，芮塔是否背叛了我。"阿尔玛脱口而出。

"是吗？"普鲁登丝冷冷地问，"所以你认为，你我共同的朋友，芮塔·斯诺小姐——我见过的最天真的人——存心从你身边夺走霍克斯？用意何在，阿尔玛？为了得到冒险的满足感？而你在这里审问我的同时，是不是也认为我出卖了你？你是不是认为我为了嘲弄你，把你的秘密告诉芮塔？你是不是认为我鼓励芮塔追求霍克斯先生，并把这当作某种邪恶的游戏？你是不是认为，我有些期待你受到惩罚？"

老天，普鲁登丝竟可以这样不留情面。如果她是男人，肯定能够成为一名厉害的律师。阿尔玛从来不曾觉得这么害怕、这么渺小。她在离得最近的椅子上坐下来，对着地板发愣。普鲁登丝跟着阿尔玛来到椅子旁，站在她跟前，继续说："同时，我自己也有消息要告诉你，阿尔玛，我现在应该跟你说，因为这与类似的担忧息息相关。我原本打算等到我们家服丧期结束后，再谈这件事，不过我看到，你已经自行决定结束服丧期了。"

此时，普鲁登丝抚摸着阿尔玛解下黑纱的右上臂，阿尔玛几乎缩了回去。

"我也即将要嫁人，"普鲁登丝不带丝毫得意或喜悦地宣布，"阿瑟·狄克逊先生向我求婚，我接受了。"

阿尔玛的脑袋瞬间空白：上帝啊，谁是阿瑟·狄克逊？幸亏她并未大声说出这个问题，因为就在下一个瞬间，当然了，她想起他是谁，对自己先前的疑惑感到荒唐。狄克逊——她们的家教。那个郁郁寡欢、有点儿驼背的男人，曾经向普鲁登丝反复灌输法语，曾经无精打采地帮助阿尔玛掌握希腊语。那个茫然叹息、悲伤咳嗽的愁苦男人。那个沉闷的小人物，事实上，打从上回跟他见面后，阿尔玛就没有再想起他的脸，而上回是什么时候?四年前吧?在他终于离开白亩庄园,去宾州大学担任古代语言学助教的时候?不,阿尔玛猛然觉悟,不对。她最近才见过狄克逊,在她母亲的葬礼上。她甚至跟他讲过话。他致以亲切的慰问,她那时还纳闷,他去那里做什么。

好吧,现在她知道了。显然,他是来追求他从前的学生,而她碰巧是费城最美丽的女人,而必须指出的是,有可能也是最富有的女人之一。

"这发生在什么时候?"阿尔玛问道。

"就在母亲过世前。"

"怎么发生的?"

"以平常的方式。"普鲁登丝淡淡地答道。

"这一切是同时发生的吗?"阿尔玛追问。这个想法引起她的反感。"你和狄克逊先生订婚的时候,芮塔和霍克斯是不是也同时订婚了?"

"我对别人的私事一无所知。"普鲁登丝说道。不过接着她稍微软化,而后承认:"似乎是这样,我的订婚似乎早了几天。尽管这完全不重要。"

"爸爸知不知道?"

"他很快就会知道。等我们服丧期结束,阿瑟就会提出求婚。"

"可是,狄克逊究竟要跟爸爸说什么,普鲁登丝?他很怕爸爸。我没法想象。他要怎么谈这件事,才不会让自己昏死过去?而且你下半辈子要怎么办——嫁给一个学者?"

普鲁登丝站得更挺直,抚平自己的裙子。"我纳闷你是不是了解,阿尔玛,听到订婚消息的正常反应,应该是祝福准新娘永远健康幸福——尤其是当准新娘是你妹妹的时候。"

"喔,普鲁登丝,我很抱歉……"阿尔玛开口说道,再次为自己感到羞愧。

"没什么,"普鲁登丝转身向门口走去,说,"我本来就没有期待你说别的。"

✥

在我们每个人的生命中,总有些日子,我们希望能从自己的人生记录中删除。或许我们之所以渴望删除,是因为某一特定的日子带给我们撕裂的痛苦,使我们简直不忍心再想起。或者,我们希望将一段经历永久抹去,只因为那天我们表现得非常糟糕——我们自私得令人羞愧,或是愚蠢得无以复加。或者,我们伤害了另一个人,希望忘却自己的罪恶。可悲的是,一生当中有一些日子,这三件事同时发生——在同一时间,我们伤心至极、愚蠢鲁莽,而且不可原谅地伤害他人。对阿尔玛而言,这一天是一八二一年一月十日。她愿意在自己力所能及的范围内,把这一整天从她的人生记录中抹去。

她永远无法原谅自己,当她最亲爱的朋友和可怜的妹妹发布喜讯时,她的第一反应竟是卑鄙地表现出忌妒、自私之情,以及(至少对于芮塔来说)施加肢体暴力。比阿特丽克斯总是怎么教她们的?什么东西都不如尊严重要,女孩们。时间将证明谁有尊严,谁没有。就阿尔玛而言,在一八二一年一月十日,她已经证明自己是缺乏尊严的年轻女性。

这件事将在未来数年困扰她。阿尔玛折磨着自己,一遍遍想象原本可能采取的各种做法,如果那天能管住自己的情绪的话。在阿尔玛与芮塔的"修正版"对话中,她一听到霍克斯的名字,便十分温柔地拥抱她的朋友,语调沉着地说:"能赢得你的芳心,他是多么幸运!"在她与普鲁登丝的"修正版"对话中,她从未指控妹妹向芮塔出卖了她,肯定也从未指控芮塔夺走霍克斯,而当普鲁登丝宣布自己已经与狄克逊订婚时,阿尔玛带着温和的笑容,欢喜地握住妹妹的手,说:"他是最适合你的绅士!"

但是很不幸,在这些一错再错的经历中,你再也得不到第二次机会。

不过话说回来,一八二一年一月十一日——才过一天之后!——阿尔玛已经变成了一个更好的人。她尽快让自己重新振作起来,决心对两场婚约展现出优雅的风度。她尽量扮演沉稳的年轻女性，对他人的幸福真心感到喜悦。两场婚礼（彼此之间仅隔一周）在下个月举行时，她成功成为活泼开朗的宾客。她协助新娘，对新郎以礼相待。没有人在她身上看到一丝瑕疵。

尽管如此，阿尔玛仍然非常痛苦。

她失去了霍克斯。她被她的妹妹和唯一的朋友抛在身后。普鲁登丝和芮塔婚后立刻搬到了河对岸的费城市区。提琴、叉子与勺子的故事到此结束。留在白亩庄园的人，只剩阿尔玛一个（她老早以前就已断定自己是叉子）。

除了普鲁登丝之外，没有人知道她从前爱过霍克斯，这让阿尔玛欣慰不少。她没有办法抹去这些年来曾经如此粗心地和普鲁登丝分享的热情告白（老天，她是多么后悔！），但至少普鲁登丝就像封住的墓穴，没有任何秘密会泄露出去。霍克斯自己似乎并未发觉阿尔玛曾经喜欢过他，也未发觉她可能曾经以为他喜欢过她。他婚后对待她的方式，和婚前没有什么不同。他从前友善专业，现在也同样友善专业。这让阿尔玛既欣慰又沮丧。之所以欣慰，是因为他们双方之间没有挥之不去的尴尬，也没有公然蒙羞的征兆。之所以沮丧，是因为他们之间显然从来没有过什么——除了阿尔玛曾经让自己做过的白日梦。

在你回想起来时，一切都那么可耻。不幸的是，你往往禁不住要回想。

另外，阿尔玛似乎将永远留在白亩庄园。父亲需要她。情况一天比一天更明确。亨利毫无抗拒地让普鲁登丝离开（事实上，他还赐给自己的养女一笔颇为丰厚的嫁妆，对狄克逊也并不刻薄，尽管那个家伙惹人厌烦，还是长老会[1]信徒），但是亨利永远不会让阿尔玛离开。普鲁登丝对亨利来说没有价值，阿尔玛却至关重要，尤其在比阿特丽克斯已经过世的情况下。

---

[1] 长老会（Presbyterian Church），西方基督教新教的一个流派，起源可以追溯到苏格兰宗教改革。

于是，阿尔玛完全替代了她的母亲。她被迫担任这一角色，因为没有其他人能驾驭亨利。阿尔玛代父亲写信，核查他的账目，听他诉苦，留意他喝了多少朗姆酒，对他的计划提出评论，安抚他的怨愤之情。不分白天黑夜，阿尔玛随时被唤进书房，永远不确定父亲可能需要她做什么，也不确定需要花多少时间。她可能发现他坐在书桌前，拿缝衣针刮着一堆金币，设法判断金币是真是假，并且想知道阿尔玛的想法。他可能只是百无聊赖，希望阿尔玛给他拿杯茶来，或是和他一起玩牌，或告诉他一首老歌的歌词。在他身体疼痛，或只是刚拔了一颗牙或胸口涂了热膏药的日子，他会把阿尔玛叫到书房来，只是为了跟她说他有多么痛。或许根本没有理由，他可能只是想列举自己的不满。（"我们这个家的绵羊肉为什么吃起来像山羊？"他可能会责问。或是："为什么女仆老是要把地毯挪来挪去，让人永远不知道该把脚放在哪里？她们想让我跌倒多少次？"）

在身体尚可、较为忙碌的日子，亨利可能会给阿尔玛分派真正的工作。他或许需要阿尔玛给某个拖欠债务的借款人写封恐吓信。（"告诉他，两周之内他得开始还钱，否则我保证他的子孙会在救济院度过余生。"亨利口述信件，阿尔玛则写下："亲爱的先生，恕我直言，劳驾您留心这笔债务……"）或者亨利可能从海外收到干燥的植物采集标本，需要阿尔玛趁植物尚未腐烂前，立即加水使其恢复原状，并为他制作图表。或者他可能需要她写封信，寄给某个在塔斯马尼亚岛的偏远地区操劳得半死、为惠特克公司采集异国植物的属下。

"告诉那个偷懒的蠢蛋，"亨利会把写字板扔向书桌另一边的阿尔玛，说，"他说他在某条河流旁边发现某某标本，这对我一点儿用都没有，据我所知，这条河的名字可能是他瞎编的，因为我在地图上找不到。告诉他，我需要有用的细节。告诉他，我一点儿也不关心他健康衰退的事儿。我的健康也在衰退，可我有没有麻烦他听我诉苦？告诉他，我保证每一百个标本付他十美金，但我要求他精确无误，而且标本必须可以辨认。告诉他，他绝不能再把干燥标本贴在纸上,这会毁了标本,他现在总该很清楚了吧。告诉他,他得在每个玻璃箱里放两个温度计——一个绑在玻璃上,一个扎进土里。告诉他,在继续运送标本前,他得让船上的船员明白,如果预计有霜冻,晚上一定要把箱子搬离甲板,如果把在盒子里发霉、标榜为植物的东西再运来一次,我半个子儿都不付给他。告诉他,我不会再预支薪水给他。告诉他,他还有这份工作算他幸运,因为他一直想尽办法要让我破产。告诉他,他受之无愧的时候,我会再付钱给他。"("亲爱的先生,"阿尔玛开始写,"惠特克公司在此,为您近来的辛劳献上最衷心的感谢,对于您身体的不适,我们表示歉意……")

没有其他人能做这份工作。除了阿尔玛之外别无选择。一切就像比阿特丽克斯临终前的指示一样:阿尔玛不能离开父亲。

比阿特丽克斯是不是怀疑阿尔玛永远不可能嫁人?阿尔玛发现不无可能。谁愿意娶她?谁愿意娶这个身高超过六英尺、满腹学问、头发颜色式样像鸡冠的女巨人?霍克斯原本是最佳人选——其实也是唯一的人选——现在已经一去不复返了。阿尔玛知道,想找个合适的男人做丈夫,已经永远没有希望了,有一天她和汉娜克在比阿特丽克斯的希腊式旧花园里修剪黄杨木时,也跟汉娜克这么说。

"永远轮不到我,汉娜克。"阿尔玛突然说道。她的语气不是可怜巴巴的,而是简单直率的。讲荷兰语(阿尔玛对汉娜克只讲荷兰语),会产生一些简单直率的效果。

"耐心一点儿,"汉娜克说道,非常清楚阿尔玛指的是什么,"你还是有可能遇上一个丈夫的。"

"忠诚的汉娜克,"阿尔玛亲昵地说,"我们实话实说吧。哪个人会把戒指戴在我这双卖鱼婆的手上?哪个人会亲吻这颗装了百科全书的脑袋?"

"我就会,"汉娜克说道,把阿尔玛拉过来,在额上亲了一下,"怎么样,这就成啦。别再抱怨。你总是摆出什么都懂的模样,可你并不是什么都懂。你的母亲也有相同的毛病。我对人生的了解比你多得多，相信我，你还不至于老到嫁不出去——你仍然有可能组建家庭。不用着急。你看看住在洋槐街上的金斯顿太太。她肯定有五十岁了，才给丈夫生了双胞胎！简直是亚伯拉罕的妻子[1]，应该有人研究研究她的子宫。"

"说实话，汉娜克，我不相信金斯顿太太已经五十岁了。而且我也不相信她希望我们研究她的子宫。"

"我只是说，你不能预测未来，孩子，尽管你相信你能。除此之外，我还得告诉你一些事，"此时，汉娜克放下手头的工作，语气严肃起来，"每个人都会经历一些失望，孩子。"

阿尔玛喜欢"孩子"的荷兰语发音：Kindje。阿尔玛小时候，因为害怕而半夜爬到管家汉娜克床上时，总是听见汉娜克如此喊她。Kindje，本身听起来就很温暖。

"我知道每个人都会经历一些失望，汉娜克。"

"我不确定你知道。你还年轻，只会想到自己。你不会留意发生在周遭其他人身上的苦难。别抗议，这是真的。我不是在责备你。我在你这个年纪，也像你一样自私。自私是年轻人的习惯。我现在学聪明了。真遗憾，我们不能把老人的脑袋摆在年轻人的肩膀上，否则你也能学聪明。不过，有一天你会了解，世界上没有人能够不受苦——无论你怎么看待他们，无论他们是否自以为拥有好运。"

"那我们该怎么处理我们的痛苦？"阿尔玛问道。

阿尔玛永远不会向牧师、哲学家或诗人提出这个问题，却非常想听听汉娜克的回答。

---

[1]《旧约·创世记》第十六章记载，亚伯拉罕的妻子撒莱不能生育，亚伯拉罕听了妻子的建议，娶了使女夏甲为妾。夏甲为亚伯拉罕生了第一个儿子以实玛利。但多年后，当撒莱九十岁时，神祝福亚伯拉罕，使撒莱改名为撒拉并生育，撒拉因此也为亚伯拉罕生了一个儿子，取名以撒。——译者注

"孩子,你想怎么处理自己的痛苦都行,"汉娜克温和地说,"痛苦属于你自己。但是我可以告诉你,我自己是怎么做的。我扯住它的小小毛发,丢到地上,用靴跟踹一踹。我建议你也这么做。"

⁜

于是阿尔玛这么做了。她学会如何把失望踹在靴跟底下,她拥有结实的靴子,完全适合这么做。她努力把自己的悲伤化为一颗颗沙粒,踹入水沟。她每天都这么做,有时甚至一天好几回,这就是她的处理方式。

数月过去了。阿尔玛帮助父亲,帮助汉娜克,她在温室干活,有时在白亩庄园安排晚宴,供亨利消遣解闷。她鲜少见到老友芮塔。更少见到普鲁登丝,只有偶尔几次。出于习惯,阿尔玛周日仍上教堂做礼拜,尽管她经常——相当丢脸地——在做完礼拜后到装订室去,触摸自己的身体,好让脑袋清空。装订室里的习惯已经不再令人欢快,却能让她稍微有些宣泄的感觉。

她让自己忙个不停,却又忙得不够。不到一年,她觉察到一种麻木不仁的感觉逐渐侵入,这令她恐惧万分。她渴望某种职业或事业,能为她巨大的知识能量提供出口。起初,父亲的商业事务在这方面起了作用,工作让她的生活排满庞杂的职责,但是很快地,阿尔玛的高效率成了她自己的敌人。她把惠特克公司的任务执行得太好太快。不久,学会需要知道的一切植物进出口相关事务后,她已经能够每天在四五个小时之内,为亨利完成他的工作。这一点儿时间根本无济于事,留下太多剩余的空闲时间,而空闲时间具有危险性。空闲时间制造了太多检视失望的机会,而她原本打算把这些失望踹在自己的靴跟底下。

大约也是在这个时候——每个人都结婚之后的第二年——阿尔玛逐渐清楚地甚至震惊地认识到:与她小时候的想法相反,她发现白亩庄园事实上不是一个很大的地方，这是个弹丸之地。没错，庄园已扩展到占地一千多亩，有一里长的河滨，一片相当大的原始树林，一栋巨大的住宅，一间壮观的藏书室，形成了由马厩、花园、温室、池塘和溪流组成的庞大网络——可是，如果这构成了你的整个世界（就像阿尔玛目前的情况），那一点儿都不算大。任何你无法离开的地方，都不算大——尤其当一个人是自然学者时！

问题在于，阿尔玛已经花费半生精力研究白亩庄园的自然生态，因此对这地方再熟悉不过。她熟悉所有的树木、岩石、鸟兽和仙履兰，她熟悉所有的蜘蛛、甲虫、蚂蚁。这里没有新鲜的东西供她探索。没错，她大可研究每星期运到父亲那壮观温室里的新奇热带植物——可那不算是新发现！别人早已发现那些植物！而自然学者的任务，据阿尔玛理解，是去探索发现。可阿尔玛没有这样的机会，因为她已经到达个人植物研究领域的边界。这一现实使她感到恐惧，使她晚上难以入睡，也使她更加恐惧。她害怕爬上心头的躁动情绪。她几乎听得见自己的思绪在头颅里踱步，困在笼中，烦扰不安。想到未来的漫长岁月，她不由地心情沉重。

一个天生的分类学家，却没有新的东西可供分类，阿尔玛只好整顿别的东西，好摆脱自己的不安。她整理父亲的文件，按字母顺序排列好。她清理了藏书室，扔掉不太有价值的书籍。她按高度排列自己架子上的采集罐，她为多余的文件创造更为精细的分类系统，也就是这个时候——一八二二年六月的一个清晨——阿尔玛独自坐在马车房里，仔细翻阅她为霍克斯撰写的每一篇研究论文。她正拿不定主意，要按主题还是按年代整理这些过期的《美国植物》杂志。这是一项毫无必要的工作，却能打发一个小时。

在这堆杂志最底下，阿尔玛发现了自己最早的论文——她十六岁时所写的关于松下兰的文章。她又读了一遍。虽然文字是青少年风格，却是扎实的科学阐述。她在文中论证这种喜阴植物是一种精巧苍白的寄生物，这一点依然站得住脚。不过,当她细看自己过去所画的水晶兰属植物时,几乎不得不因这些插画如此幼稚简陋而发笑。她的图画看起来仿佛是孩子画的,基本上来说也确是如此。并不是说过去这几年,她已经成为引人瞩目的画家,而是这些早期的图画的确有些粗糙。承蒙霍克斯的好意,这些图片得以发表。阿尔玛本想画出水晶兰属植物从苔藓上长出来的样子,然而在她的画作中,这株植物像是从凹凸不平的旧床垫中长出来的。肯定没有人会把图片底端那一团团死气沉沉的硬块,看作是苔藓。她早该让大家看到更多细节才对。身为一名优秀的自然学家,她应当精确地描绘出松下兰长在哪一种苔藓植物上。

然而,进一步思考后,阿尔玛发觉她并不清楚松下兰长在哪一种苔藓植物上。更进一步思考后,她发觉她不能完全肯定自己可以区分不同品种的苔藓植物。到底有多少种?几种?十几种?几百种?令人震惊的是,她并不清楚。

话说回来,她在哪儿能够学到这些知识?谁写过苔藓?甚至有谁写过一般的藓类植物吗?就她所知,有关该主题的权威著作,一本也没有。没有人把这当作职业。苔藓不是兰花,也不是黎巴嫩香柏。苔藓不大、不美、不华丽,也无利可图,不是能让亨利这种人大赚一笔的药用植物。(尽管阿尔玛记得父亲告诉过她,他曾把珍贵的金鸡纳种子包在干苔藓中,在运往爪哇岛的途中保存下来。)或许赫罗诺维厄斯曾经写过苔藓?或许吧。不过,这位老荷兰人的作品已经是将近七十年前的著述了——相当过时,而且很不完整。有一点很清楚,没有人关注这种东西。阿尔玛甚至用小团苔藓堵住马车房透风的老墙,仿佛那是普通的棉絮。

她一直对苔藓视而不见。

阿尔玛迅速站起身来,披上披肩,把放大镜塞进口袋,跑到外面。这是一个清新的早晨,气候凉爽,天色有点儿阴沉。光线很完美。她不需要走远。在沿着河岸一处高出来的地方,她知道有一大片潮湿的石灰岩巨石,附近有一排树木遮阴。她记得此处可以找到苔藓,因为她正是在这儿找到了书房的保温材料。

她没记错。就在岩石和树林边,阿尔玛来到第一块裸露的巨石边,这块岩石比一头沉睡的牛更大。如她所料,岩石有苔藓覆盖。阿尔玛在草丛中蹲下来,尽量把脸凑近岩石。在那儿,她看见高出石头表面不及一英寸的一大片小森林。在这个苔藓世界中,一切安然不动。她观察得非常仔细,几乎闻得见气味——阴湿、浓烈、古老。阿尔玛把一只手轻轻按在这片密集的小小森林上。森林在她的手掌下压缩起来,而后心甘情愿地弹回原状。小小森林的反应有些令人激动。苔藓摸上去温暖松软,温度比周围的空气高了好几度,而且比她预期的要潮湿许多。看来,小小森林自有其气候。

阿尔玛又一次用放大镜观察。此时,小型森林在她的凝视下,显现出雄伟的细节。她感觉自己屏住了呼吸。这是醉人的王国,这是从角鹰背上看到的亚马孙雨林。她的眼睛扫视这惊人的景观,追随着四面八方的路径。这儿是丰沛富饶的山谷,长满像美人鱼发辫的小小树木,以及微小缠绕的藤蔓。这儿是隐约可见的支流,贯穿雨林;这儿是巨石中间的凹陷处由水汇聚而成的小型海洋。

就在这片海洋(阿尔玛披肩一半大小)对岸,她发现另一个全然不同的苔藓大陆。在这块新大陆上,一切都不一样。巨石的这处角落,能照到阳光的地方肯定比其他地方更多,她如此猜想。或者降雨略有偏少?总之,这是一种全新的气候。此处的苔藓长在相当于阿尔玛手臂长度的山脉中,比较深、比较暗沉的绿色调,形状像松树,优雅地集结成群。在同一块巨石的另一区域,她发现星星点点的微小沙漠,聚集了某种结实、干燥、斑驳、外观像仙人掌的苔藓。在别处,她发现深邃的小型峡湾——如此之深,令人难以置信,即便现在是六月,里边的苔藓仍凝结着些许冬季的冰雪。不过她也发现了温暖的河口、迷你教堂和拇指大小的石灰岩洞。

而后,阿尔玛抬起头来,看见眼前的东西——更多这样的巨石,多得数不清，同样长满苔藓，却又稍有差异。她觉得自己越来越喘不过气来。这是整个世界。这比世界还大。这是苍穹宇宙，这是透过赫舍尔[1]的大型望远镜看到的景象，广阔浩瀚。这些是未经探索的古老星系，在她眼前滚动——通通都在这里！从这里，她仍然看得见她的房子。她看得见斯库尔基尔河上熟悉的旧船。她听得见父亲的园丁们在桃林工作传来的声音。汉娜克如果在这时摇用餐铃，她也听得见。

阿尔玛的世界和苔藓的世界在这整段时间结合在一起，彼此相叠。但是其中一个世界吵闹、庞大、快速，另一个世界则安静、微小、缓慢——这两个世界只有一个看起来深不可测。

阿尔玛把手指埋入短短的绿色软毛中，感觉到一种突如其来的欢乐的期许。这个世界可以属于她！在她之前没有任何植物学家专心致力于研究这个未受重视的类群，阿尔玛却能做这件事。她有时间，也有耐心。她有能力。她肯定还有显微镜。甚至有人帮她出版——因为，霍克斯永远乐于发表 A. 惠特克的研究成果，无论他们之间发生过（或是没发生过）其他什么事，无论她研究的是什么。

认识到这一切，阿尔玛顿时觉得自己的存在变大了，同时却又觉得渺小许多——一种美好的渺小感。世界缩小为无穷的可能性。她的生活可以在丰饶的缩影中度过。最重要的是，阿尔玛意识到，她永远无法了解苔藓的一切——因为她已经明白，世界上的苔藓实在太多；它们无处不在，种类繁多。甚至在她对单单这块巨石上发生的一切只能了解一半之前，她可能已经老死了。好极了！这表示，阿尔玛能做一辈子的工作就在她眼前。她不需要闲得发慌。她不需要郁郁寡欢。或许她甚至不需要感到寂寞。

她有任务了。

---

[1] 弗里德里希·威廉·赫舍尔（Friedrich Wilhelm Herschel, 1738—1822），英国物理学家、天文学家。曾自制望远镜研究行星结构和恒星的分布，并于 1781 年发现了天王星。

她有苔藓得研究。

如果阿尔玛是天主教徒,她或许会在胸前划个十字,为这一发现感谢上帝——因为这次的遭遇确实具有皈依宗教的那种轻飘飘的美妙感觉。然而,阿尔玛不是宗教狂热者。即便如此,她的心仍然在希望中升腾。即便如此,她此时大声说出的话,听起来完全就像祷告:

"赞美即将来临的工作,"她说,"咱们开始吧。"

卷三

◊

骚乱的信息

12

一八四八年，阿尔玛开始忙于撰写新书《北美苔藓全集》。在过去的二十六年里，她已经发表了其他两部著作——《宾州苔藓全集》和《美国东北部苔藓全集》。这两部叙述详尽的巨著，都由她的老友霍克斯以精美的形式出版。

阿尔玛的头两部著作受到植物学界的青睐。她在数本著名的期刊中得到相当不错的评论，被公认为苔藓分类学的天才。阿尔玛对这一学科的掌握，不仅来自对白亩庄园及周遭苔藓所做的研究，也来自与全国和世界各地的植物收藏家进行的标本交易。这些交易很容易执行——阿尔玛早已知道怎么引进植物，而苔藓运送起来毫不费力。你只要将之干燥、装箱、运上船，它们即可在旅程中成功存活下来。苔藓几乎不占空间，几乎没有重量，因此船长不会介意多装一件货物。苔藓永远不会腐烂。干燥的苔藓是运输的理想选择，事实上，人们使用苔藓作为包装材料已有数世纪之久。确实，阿尔玛在探索之初即发现，父亲的码头仓库已经塞满数百种来自全球各地的苔藓，它们全部隐藏在被人遗忘的角落和木箱中，完全被人忽视、未经审视——直到阿尔玛把它们放在显微镜下观察。

通过探索和引进，阿尔玛得以在过去二十六年里，收集了近八千种苔藓，她把这些苔藓保存在特殊的标本箱中，存放在马车房的干草棚内。在当时的世界苔藓研究领域，她的知识体系可以说是异常丰富，尽管她本身从未离开过宾州。她与从火地岛到瑞士各地的植物学家保持通信，关注较为晦涩的科学期刊上激烈展开的分类学论战——比如争论这株平藓属植物或那株小金发藓属植物是一种新植物，还是只是某种已被记录在案的植物的变种。有时候，她在自己精心阐述的论文中发表自己的意见。

而且，她现在用自己的全名发表文章。她不再是"A.惠特克"，而是"阿尔玛·惠特克"。名字没有附上开头字母——没有任何学位的证据，不是任何著名科学协会的会员，甚至连"夫人"这种赋予女士的尊称都没有。很明显，现在人人都知道她是女人，但这无关紧要。苔藓研究不是竞争激烈的领域，或许正因如此，她才能够进入这个领域，未遇到任何阻拦。除此之外，还因为她本身具有不屈不挠的意志。

随着阿尔玛多年来更深入了解苔藓世界，她更加明白为什么从前没有人对苔藓做过全面研究：以无暇之眼来看，似乎没什么可研究的。苔藓一般不是由它本身，而是由它欠缺的部分来定义。事实上，苔藓欠缺许多部分。苔藓不结果，没有根，高度不超过几英寸，因为没有足以支撑本身的内部细胞架构。苔藓不能在体内传输水分。苔藓甚至不能授粉。（或至少不能以任何明显的方式授粉，不像百合花或苹果花——事实上，也不像任何其他花——拥有明显的雌雄器官。）从人类的肉眼观察，苔藓如何繁殖是一个谜。因此，苔藓也有一个为世人所知的名称："隐婚"——隐花植物门的通俗叫法。

在各个方面，苔藓看上去都平凡、单调、朴素，甚至原始。相比之下，从最简陋的城市人行道上冒出来的最简单的杂草，都比苔藓复杂许多。不过，很少有人了解，但阿尔玛却逐渐了解到：苔藓强壮得不可思议。苔藓可以吃石头，却几乎没有什么东西能反过来吃苔藓。苔藓吞食巨石，虽然缓慢，却具破坏性，一餐持续数个世纪。只要时间够长，一个苔藓部落能使悬崖变成砾石，砾石变成浮土。在一层层裸露的石灰岩底下，苔藓部落形成湿淋淋、活生生的海绵，牢牢附着在岩石上，直接从石头上吸取含钙的水。久而久之，苔藓和矿物质融合在一起，本身变成石灰华大理石。在那坚硬的乳白色大理石表面,你永远看得见蓝、绿和灰色的纹理——古苔藓部落留下的遗迹。圣彼得大教堂本身,即是以这种由古苔藓部落附着并染色的石料建造而成。

苔藓生长在其他任何东西都无法生长的地方。它长在砖头上,长在树皮和屋瓦上,长在北极圈和气候最温和的热带,也生长在树懒的毛皮上、蜗牛的背上、腐朽的人骨上。苔藓,阿尔玛得知,是在曾被烧毁或成为不毛之地的土地上重新出现的第一缕植物生命迹象。苔藓敢于促使森林重获新生,是一种复活机器。一丛苔藓能够连续四十年呈休眠干燥状态,而后,只要泡个水,即可再度复苏。

苔藓唯一需要的是时间,而阿尔玛逐渐明白,世界能够提供大量的时间。她留意到,其他学者也开始提出相同的观点。到了十九世纪三十年代,阿尔玛已经读过查尔斯·赖尔的《地质学原理》,书中写到,地球远比任何人意识到的更为古老——甚至可能已经延续了数百万年。她欣赏约翰·菲利普斯的近期著作,他在一八四一年提出了地质年代表,上面显示的年限甚至比赖尔估计的更为久远。菲利普斯认为,地球已经历经三个自然历史时代(古生代、中生代和新生代),他还识别出每个时期的动植物化石——包括苔藓化石。

世界古老到令人难以想象,这一想法并未让阿尔玛感到震惊,尽管这确实让许多人感到震惊,因为这直接否认了《圣经》的教义。然而,阿尔玛有她自己独特的时间理论,赖尔和菲利普斯在研究中提到的原始海洋页岩化石记录只是提供了进一步的佐证。阿尔玛认为,宇宙中有数种不同的时间同时运作。身为一名勤奋的分类学家,她甚至予以区别,并为之命名。首先,阿尔玛确定存在着所谓的"人类时间",记述有限的凡人记忆,以历史记载中的错误回忆为基础。"人类时间"是短暂的水平机制,又直又窄地延伸出去,从不太久远的过去,直到难以想象的未来。然而,"人类时间"最显著的特征是,它以惊人的速度快速移动,弹指之间通过宇宙。对阿尔玛来说最不幸的是,她的凡人时光——就像其他每个人的凡人时光一样——落在"人类时间"的范围内。因而,她痛苦地意识到,她不会在这里久待。她的存在只是瞬间,就像其他人一样。

另一端,阿尔玛认为,则存在着"神圣时间"——一种难以理解的永恒,是星系发展的地方,也是上帝的居所。她对"神圣时间"一无所知,别人也是如此。事实上,那些声称自己对"神圣时间"有任何理解的人,很容易让她感到不耐烦。她没有兴趣研究"神圣时间",因为她认为以人类的智慧无法理解它。那是时间之外的时间,因此她不谈此事。尽管如此,她仍感觉到"神圣时间"的存在,而她猜测,"神圣时间"就漂浮在某种宏大无垠的静态当中。

更近一点儿,回到地球,阿尔玛同时相信被她称为"地质时间"的东西——赖尔和菲利普斯在近期著作中写得极具信服力。自然历史属于这一类。"地质时间"的移动速度,让人觉得近乎永恒,近乎神圣。"地质时间"以石头和山脉的速度移动。"地质时间"不疾不徐,滴答前进,目前一些学者认为,"地质时间"比任何人推测过的都悠长得多。

然而,阿尔玛推断,在"地质时间"和"人类时间"之间,还有别的时间——"苔藓时间"。相较于"地质时间","苔藓时间"速度飞快,因为苔藓在一千年内的进展,是石头在一百万年内都无法达到的。然而与"人类时间"相比,"苔藓时间"又极其缓慢。在一般人看来,苔藓甚至看起来完全不动。然而,苔藓确实在动,而且成绩惊人。看似没有任何事发生,可是过了约十年后,一切都将会改变。只是因为苔藓的移动速度十分缓慢,绝大多数人都难以察觉。

然而,阿尔玛能够察觉。她正在察觉。早在一八四八年之前,她就已经训练自己,透过旷日持久的"苔藓时间",尽可能地观察自己的世界。阿尔玛在裸露的石灰岩边缘处,把彩色小旗敲进石头里,用来标记每个苔藓部落的进展。这出旷日持久的剧目,如今她已观看了二十六年之久。哪些种类的苔藓会沿着巨石前移,哪些种类会往后退?需要多长时间?她观察这些伟大、无声、移动缓慢的绿色领地不断扩展、收缩。她以指甲的长度和五年的时间作为单位,衡量领地的进展。

阿尔玛在研究"苔藓时间"时,尝试不为自己的现世人生发愁。她本身被囚禁在"人类时间"的范围内,这是无法改变的事实。她只得充分利用自己蜉蝣般的短暂存在。她已经四十八岁了,四十八年对一个苔藓部落而言不算什么,对一个女人来说却是可观的悠长岁月。她的月经周期最近已经终结。她的头发在慢慢变白。幸运的话,她心想,或许她还能再有二三十年的工夫过生活、做研究——顶多再有四十年。这是她最大的愿望,她每天都如此祈愿。她要学的东西这么多,却没有足够的时间可以学。

她经常在想,如果苔藓知道阿尔玛还有多久日子可活,可能会同情她吧。

✣

同时,白亩庄园的生活一如往常。惠特克家的植物业务多年来没有再扩展,却也没有缩减,可以说,已逐渐形成稳定的盈利回报。他们的温室在美国境内仍属一流,目前,庄园内的植物品种多达六千多种。此时的美国,掀起一阵对蕨类植物和棕榈树的狂热("蕨类狂",耍小聪明的记者们如此称道),亨利正在享受这股风潮带来的利润,种植并销售形形色色的蕨类植物。亨利拥有的工厂和农场亦有利可图。他有一块土地过去几年卖给了铁路公司,一直获利丰厚。他对发展迅速的橡胶生意很感兴趣,近来利用他在巴西和玻利维亚的人脉,开始投资这项不确定的新业务。

因此,亨利仍然活得很好——这或许是个奇迹。八十八岁的他,健康没怎么衰退,想一想他一直奋力过活并老在抱怨,这可是相当不简单。他的眼睛有毛病,但只要给他一枚放大镜和一盏好灯,他就能弄清楚自己文件的状况。只要有一把牢靠的手杖和一个干爽的午后,他就仍然能在自己的庄园走动,打扮得——和以往一样——像个十八世纪的庄园领主。

扬西——那只训练有素的"鳄鱼"——继续巧妙地管理惠特克公司的国际产权,引进苦木皮、粉毒藤和其他各种获利丰厚的新型药用植物。亨利的贵格会商业老伙伴加里克已经过世,现在由他的儿子约翰接掌药局,"加里克和惠特克"药用品牌在费城各地和其他地方畅销不衰。亨利在国际奎宁贸易中的霸主地位曾经遭受法国竞争对手的沉重打击,不过他在美国的生意十分兴隆。他最近推出一项新产品"加里克和惠特克的强力药丸"——由金鸡纳树皮、没药[1]、黄樟油和蒸馏水调制而成,声称可治疗人类的各种病痛——从疟疾、水泡皮疹到女性的种种不适。该产品取得了巨大的成功。此药丸成本低廉,利润稳定,尤其在夏天,当全市暴发疾病和热病时,每一户人家,无论贫富,都害怕患上疫病。母亲们用药丸治疗受任何疾病折磨的孩子。

城市在白亩庄园周边拔地而起。曾经只见恬静农场的地方,如今是繁盛的住宅区。有公共马车、运河、铁道、平整的公路、高速公路和蒸汽邮轮。打从一七九二年惠特克家来到美国,美国的人口已增加一倍,国旗上已经有三十颗星星,四通八达的火车吐出热灰和煤渣。牧师和道德家担心,高速旅行的震动和颠簸,会使意志薄弱的妇女坠入性狂热。诗人写诗赞颂大自然,尽管大自然就在他们眼前消逝。费城的百万富翁过去只有惠特克一人,如今已有十几人。这一切都是新气象。然而,霍乱、黄热病、白喉、肺炎和死亡依然存在,那一切都是旧气象。因此,制药业依然强劲。

比阿特丽克斯过世后,亨利没有再婚,也没有再婚的打算。他不需要夫人,他有阿尔玛。阿尔玛对亨利有益,有时候,他甚至大约每年会称赞她一次。现在,她已经学会调整自己的心态,好应付父亲的任性与要求。

---

[1] 没药(myrrh),又名末药,为某些橄榄科植物的干燥树脂。

大部分时间,她喜欢有他做伴(她始终无法让自己不爱他),尽管她非常明白,每花一个小时和父亲做伴,她就损失一个小时自己研究苔藓的时间。她把自己的下午和晚上献给亨利,却把早晨的时光留给自己的研究工作。随着年龄增长,亨利起床越来越晚,因此这样的时间安排令人满意。他有时希望请客人来家里吃饭,但现在已经不常这样做了。如今,他们可能每年接待四次访客,而不是每周四次。

亨利仍然喜怒无常。阿尔玛可能半夜会被似乎永不老去的汉娜克叫醒,她会告诉她:"你父亲要你去,孩子。"这时候,阿尔玛就会起身,披上温暖的长袍,去父亲的书房——在那儿看到失眠、烦躁的亨利,在纸堆中踱来踱去,要求喝一点儿杜松子酒,在凌晨三点玩一盘双陆棋。阿尔玛总是毫无怨言地听从,她明白亨利隔天只会更累,这能让她有更多时间从事自己的工作。

"我是不是跟你说过锡兰?"他会问道,她也任凭他讲话讲到自己睡着。有时候,听着他老调重弹,她也会睡着。破晓时分,老头和他头发斑白的女儿,都瘫陷在椅子上,中间隔着一盘没有下完的双陆棋。阿尔玛起身收拾房间,叫汉娜克和男仆帮忙把父亲送到床上,而后,狼吞虎咽地吃过早餐后,便走向她的马车房书房或苔藓巨石据点,再次把焦点移转到自己的工作上。

如今,情况已如此持续了超过二十五年之久,她认为一切都将永远如此。这对阿尔玛来说,是一种宁静但并非不快乐的生活。

一点儿都算不上是不快乐。

✣

然而,其他人并不都是如此幸运。

比如阿尔玛的老友霍克斯,他和芮塔的婚姻没有使他获得幸福,芮塔也同样一点儿都不快乐。知道这件事并未带给阿尔玛任何安慰或喜悦。其他女人听到这个消息，或许会高兴万分，为自己破碎的心暗自报一箭之仇，可是阿尔玛不是那种从别人的痛苦中获得满足的人。更重要的是，不管那场婚姻曾经如何伤害她，阿尔玛已经不再爱霍克斯，那份爱恋在多年前已然黯淡。在那样的现实情况下仍继续爱着他，是愚蠢无比的做法，而愚人的角色，她已经扮演了太久。不过，阿尔玛确实同情霍克斯。他是个好人，也一直是她的好友，但在挑选妻子上却错得离谱。

这位一板一眼的植物出版人，一开始只是对他那轻佻善变的新婚妻子感到困惑，但是久而久之，他越来越难掩饰自己的恼怒之情。婚后第一年，霍克斯和芮塔有时到白亩庄园吃饭，阿尔玛不久即留意到，每当芮塔开口说话，霍克斯的神情就变得阴沉紧张，仿佛无论她说什么，都会让他提前恐惧起来。最后，他干脆不在餐桌上说话——似乎是希望他的夫人也会停止发言。如果这是他的愿望，那并未成功。就芮塔而言，在沉默的丈夫旁边，她会变得更加紧张，让她只是更着急地说话，进而只会让她的丈夫更坚决地保持沉默。

如此几年后，芮塔养成了一种独特的习惯，让阿尔玛看得心痛。芮塔说话时，会不知所措地在嘴巴前方挥舞手指，仿佛设法抓住从她嘴里说出来的话——仿佛在设法阻止这些话，甚至将这些话塞回嘴中。有时候，芮塔确实能够在自己说出某种疯狂见解时截断句子，而后把手指头按在嘴唇上，以免再说出任何话来。然而，这场胜利甚至更让人不忍看下去，因为最后那句未说完的古怪句子会别扭地悬在半空中。而苦闷的芮塔，则盯着无言的丈夫，眼里满是歉意。

这些令人难过的场景多次出现后，霍克斯夫妇从此不再过来吃饭。只有阿尔玛到拱门街和霍克斯商讨出版细节时，才会见到他们。

事实证明，妻子身份并不适合芮塔，她不是这块料。事实上，成年人身份本身就不适合她。有太多惯例的束缚，太多严肃的期望。芮塔不再是个傻女孩,可以驾着自己的双轮小马车,在城里自由自在地到处跑。她现在是费城最受推崇的一位出版人的贤内助,也被要求举止合乎身份。芮塔单独上剧院看戏不再是体面的事,好吧,从来就不是体面的事,但是以前没有人禁止过她。现在霍克斯不准她去,他不喜欢看戏。霍克斯还要求妻子上教堂做礼拜——事实上,每周数次——芮塔在教堂里,像孩子一样烦闷地坐立难安。婚后,她也不能再穿花哨的服装,不能心血来潮地放声唱歌。或者该说,她可以唱歌,有时候也这么做了,但是看起来不太对,只会让丈夫火冒三丈。

至于母亲身份,芮塔同样无法胜任。婚后第一年,霍克斯家有过一次喜事,却以流产收场。第二年,又出现了一次未成功的怀孕,此后一年如此,之后再一年又如此。失去第五个孩子后,芮塔躲进自己的房间,绝望得发狂。据说左邻右舍在好几栋房子之外,都能听见她在啜泣。可怜的霍克斯,对这个绝望的女人不知如何是好,由于妻子精神错乱,他连续几天都无法工作。最后,他寄了封信给白亩庄园,请求阿尔玛上拱门街来,陪陪她这位完全无从安慰的老朋友。

可是待阿尔玛赶到时,芮塔已经睡着了,大拇指含在嘴巴里,漂亮的头发撒遍枕头,像黑色的秃枝衬着冬日苍白的天空。霍克斯说药房送来少许鸦片酊,药物似乎已经奏效。

"求求你,乔治,别让这成为习惯,"阿尔玛告诫他,"芮塔体质异常敏感,太多鸦片酊会害了她。我知道她偶尔有点儿荒唐,甚至悲惨。但是以我对芮塔的了解,她需要耐心和爱,才能找回自己的快乐。或许你该给她更多的时间……"

"请原谅我打扰你了。"霍克斯说道。

"别客气,"阿尔玛说,"我愿意随时为你和芮塔效劳。"

阿尔玛想再说些什么——可是要说什么?她觉得自己或许已经太畅所欲言了,甚至指责他不是称职的丈夫。可怜的人,他累坏了。

"友谊就在这儿，乔治，"阿尔玛把一只手放在他的胳膊上，说，"善用它吧，随时来找我。"

好吧，他确实这么做了。一八二六年，芮塔把所有头发都剪去时，他去找阿尔玛。一八三五年，芮塔失踪了三天，最终在费雪镇被人发现睡在一堆流浪汉当中时，他去找阿尔玛。一八四二年，芮塔手持缝纫剪刀追赶一个仆人，声称那个女人是鬼怪时，他去找阿尔玛。仆人没有受到严重伤害，可现在再没有人给芮塔端早餐了。一八四六年，芮塔开始写难以理解的长信，信上的泪水多过墨水时，他去找阿尔玛。

霍克斯不知道如何处理这些狂乱的场面。这一切对他的工作和心神，造成可怕的干扰。他现在每年出版五十多本书、多种科学期刊，以及一套新发行的、仅供订阅的高价《外来植物八开本》季刊（配有手工染色的硕大精选石版画）。这一切都需要全神贯注，他没有时间花在崩溃的老婆身上。

阿尔玛也没有时间，可她还是来了。有时候——尤其在很糟的情况下——她甚至陪芮塔过夜，睡在霍克斯夫妻的床上，搂着她发抖的朋友，乔治则睡在隔壁印刷厂的睡铺上。她认为他最近也总是睡在那里。

"如果我是魔鬼的化身，"芮塔会在午夜时分问阿尔玛，"你还会不会爱我，还会不会对我好？"

"我会永远爱你，"阿尔玛向她这辈子唯一的朋友保证，"你也绝不可能是魔鬼，芮塔。你只是需要休息，别再让自己和其他人操心……"

事情过后的早晨，他们三人会在霍克斯家的餐厅一起吃早饭。这从来不是令人舒服的场面。即使在最好的状况下，霍克斯也不是轻松的交谈者，而芮塔（取决于她在前一夜服用多少鸦片酊）不是处于疯狂状态就是陷于呆滞之中，神智清醒的时刻越来越罕见。有时候，芮塔会啃着一块抹布，不让别人取走。阿尔玛会搜寻适合他们三人交谈的话题，然而，这样的话题并不存在，这样的话题从来不存在。她可以跟芮塔胡说八道，或者跟霍克斯谈论植物，可是她永远推敲不出和他们两人一同交谈的方式。

✢

一八四八年四月，霍克斯又去找阿尔玛。她正在自己的书桌旁工作——明尼苏达州一名业余收藏家最近寄给她一株保存不佳的曲尾藓，她正充满热情地解决难题。此时，一个瘦小子骑马到来，传达一则紧急信息：请惠特克小姐立即到拱门街的霍克斯家，那里出事了。

"出了什么事？"阿尔玛问道，从工作中站起身来，惊慌失色。

"失火！"男孩子说道。他很难克制自己的快乐，男孩子永远喜欢火。

"老天！有没有人受伤？"

"没有，夫人。"男孩显然感到失望地说道。

阿尔玛很快就知道，芮塔在自己的卧室里放火了。出于某种原因，她决定必须烧掉自己的被子和窗帘。幸好天气潮湿，布料只是闷烧，没有着火，产生了大量浓烟和零星火焰，卧室却仍然遭受严重损失，对家中士气更是造成严重损害，又有两名女仆辞去工作。没有人想住在这个家里，没有人受得了疯狂的女主人。

阿尔玛到达时，霍克斯脸色苍白、不知所措。芮塔打了镇静剂，躺在沙发上睡得很熟。屋子里有一股雨后丛林大火的气味。

"阿尔玛！"霍克斯说道，朝她跑过来。他把她的手握在手中。他从前只这么做过一次，早在三十多年前。这次和以前不同。阿尔玛为自己竟然想起上回而感到羞愧。他睁大的眼睛充满恐惧："她不能再待在这里。"

"她是你太太，乔治。"

"我知道她是什么人！我知道她是什么人。可是她不能待在这里，阿尔玛。她不安全，她周围的人也不安全。她原本可能让我们全死光，还可能把印刷厂也烧了。你得找个地方让她待着。"

"医院吗？"阿尔玛问道。可是芮塔去过医院很多次，似乎没有人能给她太多帮助。她出院回家后，总是比入院时更加烦躁。

"不，阿尔玛。她需要一个永远的住所，一个不同类型的家。你知道我说的是什么！我不能让她继续在这里多待一个晚上，她得住在其他地方。你得原谅我。你比任何人都了解，可是连你都不是很清楚她变成了什么样子。过去的一个星期我一个晚上也没睡。这个家没有人睡得着，担心她可能会做些什么事。她随时需要两个人陪在旁边，确保她不会伤害自己或别人。不要强迫我再说下去！我知道你了解我的请求，你得为我处理这个问题。"

阿尔玛没有质问为什么处理这件事的人必须是她，就去办理了。她写了几封措辞得当的信，很快就为她的朋友办好手续，进入新泽西首府特伦顿的格里芬收容所住院治疗。这栋建筑一年前才落成，由格里芬博士本人亲手设计，给精神错乱者提供最适宜的宁静场所。他在费城是一位受人尊敬的人物，曾到白亩庄园做客。他是美国倡导为精神病患者提供道德关怀的先驱，据说他的方式非常人性化。比方说，他的病患从来不会被链条拴在墙上，像芮塔在费城医院中被拴起来那样。这间收容所据说是个宁静美丽的地方，有漂亮的花园，自然还有高墙。大家说，那不是一个令人不悦的地方。阿尔玛预缴芮塔第一年的住院费时得知，这地方也不便宜。费用的事她不想麻烦霍克斯，而芮塔的父母早已过世，只留下一屁股债。

做这些安排，对阿尔玛来说是件伤心事，不过大家都同意，这是最好的安排。芮塔在格里芬将有自己的房间，如此一来，就不会伤害其他病患；她还会拥有一名全天候看护。知道这些事实，阿尔玛感到宽慰。另外，收容所还有先进的科学疗法。芮塔的精神疾病将以水疗法治疗，使用离心式旋转板，施以和善的人道关怀。格里芬博士亲自向阿尔玛保证最后这一点，他确认芮塔患有他称为"神经源泉枯竭"的病症。

因此，阿尔玛把一切安排就绪。霍克斯只需签署精神病证明，并陪同他的太太，与阿尔玛一起去特伦顿。他们三人乘坐私人马车前往，让芮塔搭火车并不可靠。他们带了一条带子，以防不得不捆绑她，不过，芮塔轻松上路，哼着小曲。

他们抵达收容所时，霍克斯走在前面，快步穿过大草坪，朝正门走去，阿尔玛和芮塔跟在他身后，手挽着手，仿佛在享受散步的乐趣。

"这真是一栋漂亮的房子！"芮塔说道，欣赏着雅致的砖造建筑。

"我同意，"阿尔玛松了一口气，说，"我很高兴你喜欢，芮塔，因为你现在就要住在这里了。"不清楚芮塔对情况了解多少，不过她似乎没有焦躁不安。

"这里的花园很漂亮。"芮塔继续说道。

"我同意。"阿尔玛说道。

"可我不忍心看花被人剪下来。"

"芮塔，你说这话可真傻！没有人比你更爱一束刚剪下来的花！"

"我因为犯了不可告人的罪而受到处罚。"芮塔平心静气地答道。

"你没有受到处罚，小鸟儿。"

"我恐惧上帝，超过一切。"

"上帝对你没有任何不满。"

"我的胸口被莫名其妙的痛苦折磨着。有时我觉得自己的心像要裂开。现在没有，你知道，但是很快就会发作。"

"你在这里会看到能帮助你的朋友。"

"我年轻的时候，"芮塔以同样轻松的语气说，"做过伤风败俗的事，陪男人散步。你知不知道这事，阿尔玛？"

"嘘，芮塔。"

"不需要嘘我。乔治知道的，我跟他说过很多次。我允许那些男人用他们喜欢的方式对待我，我甚至拿他们的钱——即使我从来不需要那些钱，你也知道。"

"嘘，芮塔。别讲这些不理智的话。"

"你没有想过陪男人散步，做伤风败俗的事吗？我是说，在你年轻的时候？"

"芮塔，拜托……"

"白亩庄园食品室的女士们也这么做。她们教我怎么和男人相处，教我该收取多少服务费。我拿那些钱给自己买手套和缎带，有一回我甚至给你买过一条缎带！"

阿尔玛放慢脚步，希望霍克斯听不见她们说话。但是她也知道，这一切他早就听过了。"芮塔，你这么疲倦，得省省嗓子……"

"但是阿尔玛，难道你从来不曾？你难道从来不曾想做伤风败俗的行为？你难道不曾感觉体内有一种邪恶的渴望？"芮塔抓住她的胳膊，凄凄然抬头盯着阿尔玛，在她朋友脸上搜寻答案，而后她无可奈何地颓然放手，"不，你当然不曾。因为你是好人。你和普鲁登丝都是好人，而我却是魔鬼的化身。"

此时，阿尔玛觉得心就要碎了。她望着走在她们前面的霍克斯那宽阔却佝偻的肩膀。她觉得羞愧万分。她难道从来不曾想和男人做出伤风败俗的行为？喔，芮塔哪里知道！别人哪里知道！阿尔玛是个子宫干涸的四十八岁老处女，然而，她每个月仍要跑几次装订室，甚至许多次！更何况，她年轻时读的那些禁书（《事事质疑》和其他禁书）的内容仍然在她的记忆中搏动。有时，她从放在马车房干草棚中的隐秘箱子里取出这些书，再读一遍。阿尔玛怎能不知道这邪恶的渴望？

阿尔玛觉得，对她来说，如果不说些话肯定或支持这破碎的可人儿，简直有违道德。阿尔玛怎能让芮塔认为自己是世界上唯一邪恶的女子？但是霍克斯就在那儿，走在她们前面，离她们只有几英尺远，他肯定能听见一切。因此阿尔玛并未给予她安抚，也未表示同情。她只说了这句话："一旦你习惯这里的新家，我亲爱的小芮塔，你每天都能在这里的花园散步。

177

那你就能过平静的生活了。"

⁜

从特伦顿乘马车返家的途中,阿尔玛和霍克斯大多时候沉默不语。

"会有人好好照顾她,"阿尔玛终于开口,"格里芬博士亲自向我保证。"

"我们每个人生来就要吃苦,"霍克斯说道,当作回答,"来到这个世界,是一种悲哀的宿命。"

"或许这是事实,"阿尔玛小心翼翼地回答,对他激烈的措辞感到讶异,"可是面临考验时,我们仍得默默忍受。"

"没错,我们是被这样教导的,"霍克斯说,"你可知道,阿尔玛,有时候我希望芮塔能在死亡中找到解脱,不必继续受这种苦,或是给我或其他人带来痛苦。"

她很难设想该怎么回应。他盯着她,脸色紧绷,显得阴郁痛苦。她踌躇地说出这句话:"乔治,只要有生命,就有希望,死了就不能复生。死亡迟早都会降临到我们每个人身上,我不太希望死亡仓促地降临在任何人身上。"

霍克斯闭上眼睛,没有回答。这似乎不是一个抚慰人心的答复。

"我会按时来特伦顿看望芮塔,每月一次,"阿尔玛用比较轻松的语气说,"你要是愿意,可以跟我一起来。我会带几册《乔伊妇女手册》给她。她会喜欢的。"

接下来的两个小时,霍克斯没有说话。有一阵子,他似乎睡了又醒。但是当他们接近费城时,他睁开眼睛。他看起来就像阿尔玛见过的任何一个闷闷不乐的人。阿尔玛同情这个男人,选择换个话题。几个星期前,霍克斯借给阿尔玛一本刚在伦敦出版的新书,以蝶蛾为主题。或许提到这本书,能改善他的心情。因此现在,她感谢他借给她这本书,在马车慢慢开往市内时,详细剖析此书,最后下结论:"整体来说,我认为这部作品思虑周全、分析正确,尽管文字和编排都很糟糕——因此我得问问你,乔治,这些英国人难道没有自己的编辑吗?"

霍克斯抬起头来,相当突兀地说:"你妹妹的先生最近给自己带来了麻烦。"

显然,她说的话他一个字也没听进去。况且,他突如其来地改变话题,让阿尔玛感到诧异。霍克斯不是爱说闲话的人,竟提起普鲁登丝的先生,这让阿尔玛觉得奇怪。她猜想,或许他被这天发生的事搞得心烦意乱,因此情绪有些反常。然而,她不想让他感到不安,因此她继续跟他聊下去,仿佛他们一直在讨论这件事。

"他做了什么?"她问道。

"狄克逊出版了一本大胆的小册子,"霍克斯无精打采地说明,"他居然傻到把自己的名字附在后面,并在文中表示,美国政府持续和奴隶制勾连,是可恶的伪君子。"

这消息并不奇怪。普鲁登丝和狄克逊多年来一直是坚定的废奴主义者。他们以偏激的反奴隶制观点闻名整个费城。普鲁登丝空闲时,在当地的贵格会学校教解放的黑人阅读。她还照顾黑人孤儿院的儿童,经常在妇女废奴协会召开的会议上发表演说。狄克逊经常——甚至不间断地——制作小册子,也曾在《解放者》的编辑委员会任职。坦白说,费城许多人对于狄克逊夫妇的小册子、文章和演说已经感到厌烦。("对一个自认为是鼓动者的人来说,"亨利总是这样说他的女婿,"狄克逊令人厌烦透顶。")

"这又怎么样?"阿尔玛问霍克斯,"我们都知道,我妹妹和她先生对这些事业非常积极。"

"狄克逊教授这回不止于此,阿尔玛。他不仅希望立即废除奴隶制,还主张我们既不该付税,也不该尊重美国法律,直到这件看似不可能的事情真的发生。他鼓励我们拿火炬上街,要求立即解放所有黑人。"

179

"阿瑟·狄克逊?"阿尔玛忍不住说出她从前那位古板家教的全名,"火炬?听起来不像他说的话。"

"你可以自己读一读。每个人都在谈论,他们说,他还能保留大学教职,算他好运。你妹妹似乎也发声支持他了。"

阿尔玛思忖着这个消息。"这有点儿让人担心。"她最后承认。

"我们每个人生来就要吃苦。"霍克斯再次说道,伸手摸摸自己疲惫的脸。

"可我们仍得默默忍受……"阿尔玛漫不经心地再次说道,但是霍克斯打断了她的话。

"你可怜的妹妹,"他说,"还有她家里的几个小孩子。如果你家人有什么事是我能帮忙的,请告诉我。你一直待我们这么好。"

13

她可怜的妹妹？

也许吧……阿尔玛可不确定。

普鲁登丝很难让人同情，多年来，她一直是个令人完全无法理解的女人。阿尔玛次日在白亩庄园检视她的苔藓部落时，对这些事实加以思索。

狄克逊家真是个谜！这又是一桩似乎一点儿也不幸福的婚姻。普鲁登丝和家教现已结婚超过二十五年，生了六个孩子，阿尔玛却从未见到这对夫妇之间交换过丝毫爱意、愉悦或默契。她从未听他们两个人笑过。她难得看见他们露出笑容，她也不曾看过他们对彼此发脾气。事实上，她从未看到他们之间交流过任何一种情绪。两个人在持久绵长的沉闷乏味中，度过多年岁月，这是什么样的婚姻？

然而，妹妹的婚姻生活始终围绕着种种疑问——开始于许多年前狄克逊和普鲁登丝结婚之初，那个让整个费城遍布流言蜚语、引发热烈讨论的难解之谜：嫁妆哪里去了？亨利在养女结婚时，给过她一大笔钱，但人们在两人的生活中却看不到花过半毛钱的迹象。狄克逊夫妇靠阿瑟微薄的大学薪资，过着贫民般的生活。他们甚至没有自己的房子。他们家甚至很少烧火取暖！狄克逊不赞同奢侈的生活，因此他让家中保持寒冷、毫无生气，就像他枯燥干涸的自我。他以节制、朴实、博学和虔诚作为法则来治理他的家，普鲁登丝也唯命是从。从嫁作人妻的第一天开始，普鲁登丝便舍弃了华丽的服饰，穿得几乎像个贵格会信徒：身着法兰绒、羊毛制成的深色服装，戴上最朴素的宽前沿女帽。她不佩戴任何饰品或表链，衣饰上不带一点点蕾丝。

普鲁登丝不只是在着装方面自我限制。她的饮食也变得和她的穿着方式一样简单严格——看起来全是玉米饼和糖蜜。没有人看过她喝酒，甚至没看过她喝茶或柠檬水。孩子们出世后，普鲁登丝也以同样节俭的方式抚养他们。从附近树上摘下来的梨子，就是她儿女们的犒赏，她训练他们避开诱人的美食。普鲁登丝按她自己的穿着方式打扮孩子：给他们穿朴素的衣服，在上面整齐地打上补丁，就好像她想让自己的孩子显得贫穷。或许他们真的很穷，尽管他们没有贫穷的理由。

"她所有漂亮的衣服都跑哪儿去了？"每次普鲁登丝穿着破烂衣衫来到白宙庄园，亨利总会气急败坏地说，"她是不是拿去塞床垫了？"

可是阿尔玛看过普鲁登丝的床垫，里面塞的是稻草。

费城的太太们喜欢对普鲁登丝和她先生如何处理惠特克的嫁妆进行种种猜测。狄克逊是不是赌徒，把财富都挥霍在赛马和斗犬上？他是否在别的城市另有一个家，过着奢侈的生活？或者这对夫妻表面贫穷，背后却坐拥着不可言传的财富？

久而久之，答案浮出水面：钱财全都用在了废奴事业上。普鲁登丝婚后不久，就把大部分的嫁妆默默交给了费城废奴协会。狄克逊家还把钱用于释放奴隶，每名奴隶的保释费高达一千三百美元。他们支付交通费帮助数名奴隶逃到加拿大。他们自费出版无数具有鼓吹性质的小册子。他们甚至资助黑人辩论社团，这些社团帮助培训黑人为自身利益辩护。

所有这些详细情况，都在《询问报》刊登的一则关于普鲁登丝特殊生活习惯的报道中披露出来。在暴民焚烧当地废奴会议厅事件的驱使下，该报一直在寻找反奴隶制运动的趣味报道。当一位著名的反奴主义者提起惠特克家女继承人一直在默默付出时，一名记者把目标对准了普鲁登丝。记者立即感到好奇，到目前为止，在费城一带，惠特克的姓氏不曾真的和极端的慷慨之举扯上关系。况且,普鲁登丝美丽动人——一个永远引人注意的事实——而她精致的脸孔和她简朴的生活方式之间的反差,只会让她成为更迷人的话题。她秀丽雪白的手腕,以及从死气沉沉的衣服里露出的细嫩颈项,让她完全就像一个被俘虏的女神——困在修道院里的维纳斯。她的魅力让这名记者无法抗拒。

该篇报道出现在报纸的头版,附有一幅狄克逊夫人的漂亮版画。报道的内容大都是熟悉的废奴题材,然而引发费城人无限遐想的,是报道中引述的普鲁登丝所说的话。她在宫殿般华美的白亩庄园中长大,声称多年来坚持让自己和家人放弃享用任何出于奴隶之手的奢侈品。

"穿产自南卡罗来纳的棉织品,或许看似无辜,"报道继续引述道,"却不是真的无辜,邪恶正是由此渗入我们家的。给孩子吃糖,或许看似是单纯的快乐,但如果糖是由囚禁在难言之苦中的人类制作的,这种快乐就成了罪恶。同样的道理,在我们家,我们不喝咖啡也不喝茶。我敦促费城全体有良知的虔诚基督教徒也采取同样的行动。如果我们反对奴隶制,却继续享受掠夺的一切,我们也只是伪善者,怎能以为上帝会赞许我们的伪善?"

其后,普鲁登丝在文中进一步说道:"我先生和我住在一户获得解放的黑人家庭隔壁,他们一家包括一个名叫约翰·哈林顿的正人君子、夫人萨迪和他们的三个孩子。他们一贫如洗,因此一直在挣扎中。我们确保自己过的生活不比他们更富裕,我们的屋子不比他们的更好。哈林顿一家人在我们家和我们一起工作,我们也在他们家工作。我和萨迪一同擦洗灶台,我先生和约翰一同砍木头,我的孩子们和哈林顿家的孩子们一同学习字母和数字。他们经常在我们的餐桌前吃饭,我们和他们吃一样的东西,穿相同的衣服。冬天的时候,如果哈林顿家无法取暖,我们也同样不取暖。我们取暖的方法是:没有任何羞愧,并且知道耶稣基督也会这么做。星期天,我们和哈林顿家在简陋的黑人卫理公会教堂参加相同的礼拜。他们的教会没有舒适的设备——我们的教会为什么应该有？他们的孩子有时候没有鞋穿——我们的孩子为什么应该有？"

这一次，普鲁登丝做得太极端了。

此后几天，报社收到大量对普鲁登丝的话所做的愤怒回应。有些是震惊的母亲写来的信。（"亨利·惠特克的女儿让她的孩子们没有鞋穿！"）但多半是气愤的男人写来的信。（"狄克逊夫人如果像她宣称的那么爱非洲黑人，让她把她最漂亮的白人女儿嫁给她隔壁邻居皮肤最黑的儿子——我想看这事儿办成！"）

至于阿尔玛，她忍不住觉得这篇报道令人反感。普鲁登丝的生活方式，在阿尔玛看来，似乎有点儿自傲，甚至虚荣。这并不是说，普鲁登丝有平常人那种虚荣心（阿尔玛甚至从未撞见她窥视镜子），可是阿尔玛觉得普鲁登丝这回呈现出的是另一种方式的虚荣（一种更微妙的方式，通过过度表现朴素和奉献）。

普鲁登丝似乎在说：看看我需要的东西多么少，看看我多么善良。

此外，阿尔玛忍不住想知道，万一普鲁登丝的黑人邻居哈林顿家，有天晚上还想吃除了玉米饼和糖蜜之外的其他东西——那为什么狄克逊家不能直接买食物给他们吃，而非得以这种空洞的拉拢姿态让自己同时饿肚子？

报道曝光后，麻烦来了。费城或许是自由的城市，可并不表示这里的市民喜欢看贫穷的黑人和白人贵妇混在一起。首先，哈林顿家屡遭恐吓和攻击，这使他们饱受折磨，被迫搬走。而后，狄克逊在去宾州大学上班的途中，被投掷马粪。母亲们不再让她们的孩子和狄克逊家的孩子一起玩。一条条南卡罗来纳棉布不断出现在狄克逊家大门口，小撮小撮的糖堆在他们门前——的确是古怪创新的警告方式。后来，一八三八年年中的某天，亨利在邮件中看到一封未署名的来信，信上写着："你最好塞住你女儿的嘴巴，惠特克先生，否则不久你将看到你的货仓被烧成灰烬。"

亨利无法再忍受下去。他的女儿把她自己的大笔嫁妆挥霍殆尽,已经是极大的侮辱,而现在,连他的商业地产都危在旦夕。他把普鲁登丝叫来白亩庄园,打算灌输给她一些道理。

"好好跟她说,爸,"阿尔玛在这场会面前先行告诫,"普鲁登丝可能惊慌又焦虑。最近几周的事让她饱受折磨,她对她孩子们的安全很担心,或许比你对货仓的安全更担心。"

"我不信。"亨利大声吼道。

然而,普鲁登丝似乎不惊恐也不沮丧。事实上,她像圣女贞德一样,迈入亨利的书房,站在父亲面前,毫无畏惧。阿尔玛和颜悦色地打招呼,普鲁登丝却没有寒暄的兴致。亨利也没有。他直入话题。

"看你做的好事!你已经给这个家带来了耻辱,现在你还把暴民带到你父亲家门口?这就是你报答我所做的一切的方式?"

"很抱歉,我没看见任何暴民。"普鲁登丝不卑不亢地说道。

"很快就会来了!"亨利把恐吓信推到普鲁登丝面前,她读了信,没有任何反应。"我告诉你,普鲁登丝。在被焚毁的货仓里经营业务,我可不会高兴。你觉得自己在干什么,玩这些游戏?你为什么在报上说那些话?没有尊严可言。比阿特丽克斯不会赞成这种做法。"

"我的话能被记录下来,我感到自豪,"普鲁登丝说,"我会把同样的话自豪地再说上一遍,在每一个费城新闻记者面前。"

普鲁登丝火上浇油。

"你穿得破破烂烂来到这里,"亨利语气越来越气愤地说,"你身无分文来到这里,尽管我对你很慷慨。你从你丈夫资不抵债的地狱来到这里,特意当着我们的面表现得凄惨万分,让我们每个人都陪你一起痛苦。你介入你无权介入的事,你鼓吹的事业把城市搞得四分五裂——还把我的生意也拖下水!更何况没有任何理由!普鲁登丝,宾州境内并没有奴隶制!你何必继续为争论而争论?让南方自己解决他们的罪恶!"

"我很遗憾，你和我信念不同，爸。"普鲁登丝说道。

"你的什么信念关我屁事。但我发誓，如果我的货仓受到任何损害……"

"你是一个有权有势的人物，"普鲁登丝打断他，"你的发声有助于推进这项事业，你的财富能为这罪恶的世界做许多好事。我请求你的心灵见证这一切……"

"哦，去你的心灵见证！你只是让这城里的每一个生意人更沮丧而已！"

"那你要我怎么做，爸？"

"我希望你别再胡言乱语，女儿，好好照顾你的家人。"

"每一个受苦的人都是我的家人。"

"你脑袋坏了啊，省省你的口舌吧，他们不是。这房间里的人，才是你的家人。"

"就像其他人一样。"

这句话让亨利停了下来。事实上，这使他无法呼吸。甚至连阿尔玛也觉得毫无招架之力。这句话让她的眼睛突然感到刺痛，仿佛鼻梁重重挨了一击。

"你不把我们看成家人？"亨利镇静下来后，说道，"那好，你不再属于这个家。"

"喔爸，你千万不可……"阿尔玛抗议道，吓得目瞪口呆。

可是普鲁登丝打断她的姐姐，做出明确镇定的回答，让人以为她已经演练了许多年。或许事实也是如此。

"随便你，"普鲁登丝说，"但是你得知道，被你赶出家门的女儿，始终对你忠心耿耿，她有权期待那个曾被他称为父亲的人，给她慈爱与同情。我相信，这不仅残忍，也会让你良心不安。我会为你祷告，亨利·惠特克。我祷告时，会问上帝，我父亲的道德良知去哪儿了——或许，难道他从来就没拥有过这些？"

亨利跳了起来，气得用拳头砸他的书桌。

"你这小傻瓜！"他吼道，"我从来没拥有过什么道德良知！"

✥

那已经是十年前的事了。亨利从此再没有见过他的女儿普鲁登丝，普鲁登丝也没有尝试去看望亨利。阿尔玛只见过妹妹寥寥数次，装作若无其事，勉强礼貌地偶尔拜访狄克逊家。她假装路过附近，顺便给外甥和外甥女带些小礼物，或者在圣诞假期送一篮好吃的东西。阿尔玛知道妹妹只会把这些礼物转送给贫苦人家，但是她仍然这么做。在家庭失和之初，阿尔玛甚至尝试拿钱给妹妹，当然被普鲁登丝回绝了。

这些探访既不热情也不自在，探访过后，阿尔玛总是松一口气。阿尔玛每次看到普鲁登丝，便觉得羞愧。尽管对妹妹的执拗和高尚品德感到厌烦，阿尔玛仍然忍不住觉得，父亲在和普鲁登丝的最后一次会面中，表现得很差劲——或者说，亨利和阿尔玛自己，两人都表现得很差劲。这次的事件让他们显得不太可爱：普鲁登丝坚定地站在善良和正义这一边，亨利则只是在维护自己的商业地产，与收养的女儿断绝关系。至于阿尔玛呢？阿尔玛站在亨利这一边——至少看起来是如此，她没有为妹妹慷慨辩护，而且在普鲁登丝出走之后，继续待在白亩庄园。

可父亲需要她！亨利或许不宽宏大量，也不和蔼可亲，可他却是个重要人物，他需要她。没有她，他过不下去。没有其他人能够管理他的事务，而他的事务庞大且重要。她这么告诉自己。

而且，阿尔玛并不重视废奴主义的问题。当然，她相信奴隶制令人痛恨，但是还有许多其他问题让她忙得不可开交，因此她并未天天被废奴问题折磨得良心不安。毕竟，阿尔玛生活在"苔藓时间"中，她只是没办法一面专心工作（同时照顾她父亲），一面专注于变幻莫测的人类日常政治剧。奴隶制是一种怪诞的不公,没错,应当废止。但是不公的现象还有很多——贫穷是其中之一,还有压迫、偷窃和谋杀。你不能着手消弭每一个已知的不公现象,同时撰写讨论美国苔藓的权威性著作并管理全球化家族企业的繁杂事务。

难道不是这样?

普鲁登丝为什么要做得如此过分,让她身边的每个人,在她自己的伟大牺牲面前,看起来没心没肺、贪婪自私?

"谢谢你的好意。"每次阿尔玛带着礼物来访,普鲁登丝总是如此说道,却总是悬崖勒马,并未表现出真正的感情或感激。普鲁登丝并不是没有礼貌,她只是毫不热情。阿尔玛在探访过普鲁登丝的贫寒住处后,再回到白亩庄园的奢侈生活中,总是觉得心烦意乱,并遭到过度审视——仿佛她站在一位严格的法官面前,被判有罪。因此阿尔玛这些年越来越少去探望普鲁登丝,姐妹俩比从前更加疏远,一切都变得理所当然。

但是现在,从特伦顿乘马车返家的途中,霍克斯告知阿尔玛,狄克逊发行的煽动性小册子可能给他们家带来某种麻烦。一八四八年春天,阿尔玛站在巨石田野上记录苔藓进度时,仔细考虑是否应该再去探望普鲁登丝。如果妹夫的大学教职确实受到威胁,这可不是在开玩笑。可阿尔玛能说什么?她能做什么?她要怎么帮普鲁登丝,才不会让她出于自尊或坚持表现谦卑,而不肯接受帮助?

况且,难道不是狄克逊家让自己陷入这一困境之中?这一切难道不是生活在这种极端境况和激进事态中的自然后果?身为父母的狄克逊和普鲁登丝,有什么资格毫不顾及他们六个孩子的生命?他们鼓吹的事业相当危险。废奴人士经常被拖到街上殴打——甚至在自由的北方城镇也一样!北方不喜欢奴隶制,却爱好平静和稳定,废奴主义者扰乱了这份平静。普鲁登丝自愿担任义工教师的那所黑人孤儿院,已经多次遭暴徒袭击。还有废奴人士伊莱贾·洛夫乔伊——在伊利诺伊州被杀,他那些协助鼓吹废奴主义的印刷机遭人摧毁,被扔进河里,又该怎么说?这种事也可能在费城轻易发生。普鲁登丝和她的丈夫应当更小心才是。

阿尔玛让自己的注意力回到苔藓巨石上。她仍然有工作要做。上星期把可怜的芮塔送进格里芬博士的收容所,已经使她的工作落下一截,现在,她不打算因为妹妹的愚蠢举动而使自己的工作落下更多。她必须记录测量结果,并处理这些数据。

三个不同的曲尾藓部落在一块较大的石头上长出来。这些已由阿尔玛观察二十六年之久的部落,近来毫无疑义地显示,其中一个曲尾藓种类正在向前推进,另外两个种类则往后退去。阿尔玛坐在巨石旁边,比对二十年来的笔记和绘图。她无法理出头绪。

曲尾藓是阿尔玛执念中的执念,是她迷恋苔藓的核心所在。世界被成千上万种曲尾藓覆盖着,而每个种类都有细微的差异。阿尔玛对曲尾藓的了解,超过世界上的任何人,然而这种植物依然令她百思不得其解,使她整夜无法入眠。阿尔玛——她一生都在苦苦思索机制和起源的问题——多年来一直对这种复杂的植物怀有急切的疑问。曲尾藓是怎么来的?何以如此多样化?大自然为什么煞费苦心,让不同种类之间有如此细微的差异?为什么某些种类的曲尾藓比其近亲坚韧许多?曲尾藓的庞大组合是否始终都存在,或者多多少少发生过变异(从一种变成另一种),却有一个共同的祖先?

科学界最近在物种变异领域展开诸多讨论。阿尔玛相当热切地关注着这场辩论。这不完全是新的话题。拉马克四十年前已在法国提出这一主题,他认为地球上的每个物种,从原初创造以来即已发生改变,因为生物体当中的某种"内在感情"渴望让自身更完美。最近,阿尔玛读了《自然创造史迹》,这本书出自一位英国匿名作家之手,他也相信物种有能力演化改变。对于物种如何改变,该作者并未提出令人信服的演变机制——不过,他确实主张变异是存在的。

这些观点极富争议性。提出任何物体都能自我改造的概念,是对上帝统治权的质疑。基督教的立场是,上帝在一天之内创造了世界上的一切物种,上帝的一切造物从太古之初就不曾改变。但是在阿尔玛看来,日渐清晰的迹象似乎显示,事物曾经改变过。阿尔玛自己研究过化石苔藓标本,与当今的苔藓不甚吻合。而这还只是规模最小的自然界!对于理查德·欧文[1]最近命名为"恐龙"的巨型蜥蜴类生物骨头化石,我们又该如何理解?这些巨型动物曾经在地球上行走,而今,它们显然已不复存在。恐龙被其他东西取代,转变成其他东西,或就此灭绝。我们如何解释这些大规模的灭绝和转换?

伟大的林奈写过:自然从不跃进。

但是阿尔玛认为,自然确实跃进了。或许只是一小步——小步跑、小步跳、颠簸前进——却仍是在跃进。自然确实有所变动。我们可以在狗和羊的繁衍上看到这个事实,在白亩庄园树林边寻常可见的石灰岩巨石上,也能看到不同苔藓部落之间权力和疆土的转移。阿尔玛对这些有所了解,却并不能把这一切整合在一起。她确信某些种类的曲尾藓,肯定是从更古老的其他种类曲尾藓里长出来的。她确信一个物种可能从另一个物种当中冒出来,或者使另一个部落灭绝。她不能掌握这一切如何发生,但她确信这一切曾发生过。

她感到胸口有一股往日熟悉的压迫感——渴望与迫切的结合体。她在户外工作的时间只剩下两个小时,天黑后,她必须回去效忠于父亲。她需要更多的时间——更多更多个小时——来研究这些值得被研究的问题。她的时间永远不够。这个星期她已经失去许多个钟头。世上每个人似乎都

---

[1] 理查德·欧文(Richard Owen,1804—1892),英国动物学家、古生物学家、比较解剖学家,曾对许多脊椎动物进行分类与命名,也是最早研究恐龙的主要学者之一,"恐龙"(Dinosaur,意为"可怕的蜥蜴")一词就是他在1842年创造的。

认为阿尔玛的时间属于他。她要如何投入正式的科学探索工作？

看着落日余晖，阿尔玛决定不去探视普鲁登丝。她根本没有时间。她也不想读狄克逊最新发行的带有煽动性的废奴小册子。阿尔玛能帮狄克逊家什么忙？她的妹妹不想听她的意见，也不想接受她的援助。阿尔玛为普鲁登丝感到难过，可是去探视她，只会令人尴尬，这样的会面始终都令人尴尬。

阿尔玛又回到她的巨石上。她拿出尺子来，再次测量这些部落，把数据匆匆记录在笔记本上。

只剩下两个小时。

她有这么多工作要做。

狄克逊和普鲁登丝必须学习怎么更多为自己的生活负责。

14

当月下旬,阿尔玛收到霍克斯的一封短笺,请她到拱门街探访他的印刷厂,参观颇为令人称奇的东西。

"我现在不跟你多说,免得扫兴,"他写道,"我相信你会想亲自观赏,在你空闲的时候。"

阿尔玛可没有空闲的时候。不过,霍克斯同样也没有空闲——这封短笺之所以前所未有,原因也正是如此。过去,霍克斯只有在为了商量出版事宜或处理与芮塔相关的紧急状况时,才会与阿尔玛联络。然而,自从他们把芮塔送进格里芬收容所之后,就不再有任何紧急状况,而阿尔玛和霍克斯目前也没有合作出书,那么,什么事那么紧急?

她的好奇心被激起,于是乘马车赶到拱门街。

她在后面的房间找到霍克斯,他站在一张长桌前,桌上铺满层层叠叠耀眼的图形与色彩。阿尔玛走近时,看见那是一大批兰花图画高高地堆在桌上。不仅有绘画,还有石版画、素描和蚀刻版画。

"这是我见过的最美的作品,"霍克斯说道,当作问候,"从波士顿来,昨天才到,来历很奇特。瞧瞧这种工艺!"

霍克斯把一幅斑点飘唇兰的石版画塞到阿尔玛手里。兰花被表现得相当优美生动,好似从纸上长出来一般。唇瓣是黄底红点,看起来鲜活湿润。叶子葱郁浓密,球状根看上去仿佛能抖去上面的土。阿尔玛尚未饱览它的美丽时,霍克斯又递给她另一幅令人惊艳的画——一株鸽子兰,翻腾的金色花朵如此清新，几乎像在颤抖。为这幅石版画上色的人无疑是纹理和色彩的大师——花瓣宛如未经修剪的天鹅绒，花瓣尖端添上的蛋清，给每一朵花都增添了少许露水。

而后，霍克斯递给她另一幅画，阿尔玛不由得倒抽一口气。不管这是什么兰花，阿尔玛以前从未见过。粉红色的裂片，看起来像仙女为化装舞会穿上的衣裳。她从来没有看过这么细腻复杂的画。阿尔玛知道石版画，而且相当熟知。她在这项技术发明四年后出生，也为白亩庄园的藏书室搜集了一些世界上制作得最精美的石版印刷作品。她自认为很清楚这种表现方式的技术限制，然而，这些版画证明她错了。霍克斯也懂石版印刷，费城没有人比他掌握得更好，然而，在递给阿尔玛另一幅兰花图时，他的手有些发抖。他要她看看这一切，他要她马上看个一清二楚。阿尔玛渴望继续观赏，可是她必须先更清楚地了解情况。

"慢着，乔治，我们先停一会儿。你得告诉我——这些是谁的创作？"阿尔玛问道。她认识每个一流的植物插画家，却不知道这位艺术家是谁。哪怕是沃尔特·胡德·菲奇[1]也无法创作出这样的作品。如果她以前看过这类作品，她肯定会记得。

"似乎是个非常特别的家伙，"霍克斯说，"他叫安布罗斯·派克。"

阿尔玛没有听说过这个名字。

"谁出版了他的作品？"她问道。

"没有人！"

"那这些作品是谁委托的？"

"不清楚有没有委托人。"霍克斯说，"派克先生在一个波士顿朋友的印刷厂亲自制作石版画。他去寻找兰花，完成画稿，把画印出来，甚至亲自上颜色。他把这些画作寄给我，除此之外没再多做解释。这些画是昨天运

---

[1] 沃尔特·胡德·菲奇（Walter Hood Fitch, 1817—1892），苏格兰植物插画家。

到的，装在最平常的箱子里。你可以想象，我打开的时候几乎瘫软在地。派克先生说，过去十八年来他都待在危地马拉和墨西哥，最近才回到马萨诸塞州的家中。他的这些兰花作品是他在丛林生活多年的成果。没有人知道他是谁。我们得把他带来费城，阿尔玛。也许你可以邀请他到白亩庄园？他的来信非常谦卑。他把毕生精力献给了这项事业。他想知道我能不能出版他的作品。"

"你一定会出版的，是不是？"阿尔玛问道，她已经在想象这些奢华的图画呈现在霍克斯印刷精美的书卷中的样子。

"当然，我一定会出版！但首先，我得先让自己恢复理智。这些兰花，阿尔玛，有些我从来没见过。这般的技艺，我肯定也没见过。"

"我也是。"阿尔玛说道，转向桌子，轻轻地翻阅其余的画作。这些画精彩万分，让她几乎不敢去摸。这些画，每一幅都应当被陈列在玻璃板后，甚至连最小幅的素描都是杰作。她本能地抬头看看，确保天花板完好无损，没有任何东西会漏下来，弄坏这些作品。她突然担心起火灾或窃贼。霍克斯需要给这房间装个门锁。她真希望自己戴了手套。

"你有没有见过……"霍克斯开口说道，但是他激动得说不下去。她从未看过他的表情因激动而失魂落魄。

"从来没有，"她喃喃说道，"我这辈子从未见过。"

✢

就在当天傍晚，阿尔玛给马萨诸塞州的安布罗斯·派克先生写了封信。

她一生中写过成千上万封信——当中许多是赞扬信或邀请函——可这封信她却不知如何开头。写信给一位天才人物，该怎么下笔？最后她断定，没有比直截了当更好的方式。

亲爱的派克先生：

您恐怕害我不浅——您让我再也无法赞赏他人的植物画作了。看过您的兰花后，如今素描、水彩画、版画的世界，在我眼里将变得索然无味。我相信您不久即将拜访费城，以便和我的好友乔治·霍克斯一同处理出版事宜。当您在我们城中停留时，不知能否请您到我们白亩庄园多待几天？我们的温室贮藏着大量兰花——有些实际上和您描绘的兰花一样美丽。我想您会喜欢，或许您甚至可能想为它们作画。（任何一朵花如能被您绘入画中，都会深感荣幸！）毫无疑问，父亲和我都会很高兴和您结识。只要您让我知道您何时到，我就派私人马车到火车站接您。一旦您光临寒舍，我们将满足您的一切需求。请别拒绝我，让我再次受伤！

最真诚的
阿尔玛·惠特克

✥

他在一八四八年五月中旬到达。

当马车停靠在屋前时，阿尔玛正在她的书房使用显微镜。一个高瘦、浅棕色头发、身穿灯芯绒棕色西装的年轻人从马车里走出来。隔这么远的距离，他看起来似乎不过二十岁——尽管阿尔玛知道这不可能。他只提了个小皮箱，皮箱不仅看起来仿佛已周游世界多次，而且似乎在这天结束前就会整个儿解体。

出去迎接他之前，阿尔玛观察了一阵子。多年来，她亲眼看过许多人来到白亩庄园，根据她的经验，首次到访者总是做相同的事：他们在半途停下来，目瞪口呆地望着眼前的房子，因为白亩庄园气魄宏伟、令人生畏，尤其在第一眼看到的时候。毕竟，这地方原本就是为达到震慑效果而特意设计的,很少有哪个客人能够隐藏自己的敬畏、忌妒或恐惧之情——尤其是在他们不知道有人在观察他们的时候。

然而,派克甚至没看房子一眼。事实上,他立即转过身去,背对着大宅,注视着比阿特丽克斯的希腊式花园——为了纪念她,阿尔玛和汉娜克数十年来让花园保持原样。他稍微后退,仿佛想感受得更清楚,而后,他做了件最古怪的事:他放下皮箱,脱去外套,走到花园西北角,接着跨大步走到斜对面的东南角。他在那儿站了一会儿,环顾四周,而后用步伐量出两个邻接边界的长宽,接着迈起了勘测员测量产权边界般的大步伐。走到西北角时,他摘下帽子,搔搔头,踌躇了一会儿,而后放声大笑。阿尔玛听不见他的笑声,但是她可以看得很清楚。

她再也无法忍耐,便冲出马车房和他会面。

"派克先生。"她说道,伸出手来走近他。

"你准是惠特克小姐吧!"他说道,脸上带着亲切的笑容,握住她的手打招呼,"我不敢相信我在这里看到了什么!你得告诉我,惠特克小姐——哪个天才狂人根据欧几里得严格的几何理想,费心创造出了这个花园?"

"是先母的灵感,先生。要不是她在多年前过世了,肯定会很高兴知道您看出了她的意图。"

"谁看不出来?这是黄金比例!这儿有成对的方格,包含反复出现的方格网——此外还有几条小径,把整个结构隔成几个直角三角形。太美妙了!有人愿意费心做这件事,而且规模如此宏大,真叫人惊讶。那些黄杨木也很完美,似乎是一切组合的方程式。她肯定是个有趣的人。"

"有趣……"阿尔玛考虑着这个可能性,"这个嘛,确实,先母有幸拥有精确有趣的脑袋。"

"真了不起。"他说道。

他似乎仍未注意到房子。

"很荣幸认识你，派克先生。"阿尔玛说道。

"彼此彼此，惠特克小姐。你的来信真是慷慨。我得说，我很享受这趟私人马车之行——在我漫长的一生中，这可是头一遭。我很习惯和哭哭啼啼的小孩、愤怒的动物以及抽粗雪茄的大嗓门男人挤在一起旅行。所以这么长一段孤独宁静的时间，简直让我不知如何度过。"

"那么你是如何度过的？"阿尔玛问道，对他的热诚报以微笑。

"我和路上的宁静风景交朋友。"

在阿尔玛对这迷人的回答做出回应前，她看见派克先生脸上露出担忧的神情。她转头看他在看什么：一个仆人提着派克先生的小件行李，走进白亩庄园令人望而生畏的前门。

"我的皮箱……"他说道，伸出一只手来。

"派克先生，我们只是帮你把它拿到你的房间，放在你的床边等候你，需要时它就在那里。"

他摇摇头，感到难为情。"当然，"他说，"我真笨，我赔不是。我不习惯仆人，还有诸如此类的事。"

"你是不是更希望随身带着你的皮箱？"

"不，一点儿也不。原谅我的反应，惠特克小姐。但是如果你像我一样只有一份人生财产，看着一个陌生人提着它离开，是有点儿让人担心！"

"你的人生财产远远不只一份，派克先生。你拥有非凡的艺术才华——这样的才华，霍克斯先生和我都从未见过。"

他笑了起来。"啊！谢谢你的夸奖，惠特克小姐。但是我拥有的一切其他东西都放在皮箱里，或许我更看重这些珍贵的小家当！"

此时，阿尔玛也笑了起来。通常存在于两个陌生人之间的拘谨彻底不存在了。或许根本不曾存在。

"请你告诉我，惠特克小姐，"他高高兴兴地说，"白亩庄园还有什么别的精彩的东西？我还听说你在研究苔藓，这是怎么回事？"

就这样,一个小时过后,他们一同站在阿尔玛的巨石群当中,讨论曲尾藓。她原本打算先带他去看兰花,或者说,她根本从未打算带他去看苔藓层——因为从来没有其他人对此感兴趣——但是当她开始谈起自己的工作时,他就坚决要求她带他去看。

"我要警告你,派克先生,"他们一起走过原野时,她说,"多数人觉得苔藓相当乏味。"

"这可不会吓到我,"他说,"其他人觉得乏味的主题,我常常能在其中发现魅力。"

"这一点我们很像。"阿尔玛说道。

"不过,请告诉我,惠特克小姐,苔藓有什么地方让你如此欣赏?"

"它们很有尊严,"阿尔玛毫不犹豫地回答,"同时沉默又聪慧。就研究价值而言,我喜欢它们尚待开拓的新鲜感。苔藓不同于其他更为大型、重要的植物,那些植物都已经被许多植物学家发掘探索过了。我想我还欣赏它们的谦逊。苔藓优雅含蓄,保有美感。比起苔藓,植物界的其他一切似乎都相当呆板平淡。你了解我的意思吗?你知道那些大朵艳丽的鲜花,有时看起来就像傻傻的白痴——张大着嘴摆来摆去,显得那样不知所措。"

"恭喜你,惠特克小姐。你把兰属植物描述得惟妙惟肖。"

她吃了一惊,双手捂住嘴:"我冒犯了你!"

但是派克先生脸上挂着笑容。"一点儿也不,我是跟你说着玩儿的。我从不曾为兰花的才智辩护,也永远不会。我爱兰花,但我也承认,兰花似乎不太聪明——从你的描述标准来看。但是我很喜欢听人为苔藓的才智辩护!感觉好像你正在写一封性格说明书来捍卫苔藓。"

"非得有人捍卫苔藓不可,派克先生!苔藓被人那般忽视,而它们的品格却那么高尚!事实上,我发现微型世界是乔装的宏大的馈赠,因此能去研究是一种荣幸。"

安布罗斯·派克似乎一点儿都不觉得这些枯燥。他们走到巨石群时,他对阿尔玛提出了数十个问题,他把脸凑近苔藓部落,他的胡子看起来就像是从石头里长出来的一样。他仔细听她说明每一个种类,谈论她刚刚萌芽的变异理论。或许她讲得太冗长了,她的母亲可能会这么说。即使在讲话时,阿尔玛也担心自己可能会让这个可怜人觉得乏味透顶;然而,他却听得如此热情!将长久以来过度满溢的个人想法倾吐而出,她觉得自己放松了下来。一个人无法把热情锁在自己内心太久,渴望能和一个同伴分享,而阿尔玛怀有数十年的想法,一直等待着与人分享。

没过多久,派克先生扑倒在地,好端详一块巨石下方的凹陷处,检视藏在这些隐秘岩架当中的苔藓层。他观察得很起劲,一双长腿从岩石底下冒出来。阿尔玛觉得自己这辈子从没这么快乐过,她一直想让人看看这一切。

"我想问你一个问题,惠特克小姐,"他从岩架底下呼喊,"你的苔藓部落的真实本性是什么?如你所说,它们有本事让自己显得谦虚委婉。然而,你又告诉我,苔藓有相当多的才能。你的苔藓究竟是友善的拓荒者,还是充满敌意的掠夺者?"

"你的意思是,是农夫还是海盗?"阿尔玛问道。

"正是。"

"我说不准,"阿尔玛说,"或许两者都有一点儿吧,我自己也老是在纳闷。我可能得再花大约二十五年去学习。"

"我佩服你的耐心。"他说道,终于从岩石底下滚了出来,随意横躺在草地上。久而久之,对安布罗斯逐渐了解后,她将得知,他想休息的时候,无论何时何地,都能让自己躺倒在地,甚至在正式的客厅里,他也会瘫倒在地毯上,只要心血来潮——尤其在他的思考和席上的对谈使他觉得愉快的时候。世界是他的躺椅,身在其中多么自由自在。阿尔玛永远无法想象这种自由自在的感觉。在这一天,他仰天而躺,她则小心翼翼地坐在旁边的一块岩石上。

现在阿尔玛看得出,派克先生的年纪比他起初看上去要大得多。当然啦——如果他像一开始看上去那么年轻，绝不可能创作出体量如此庞大的作品。他热切的姿态和轻快的步伐，使他从远处看起来像个大学生。他还穿着简陋的棕色西装——正是贫穷的年轻学者才会如此打扮。然而，从近处看，你能看出他的年纪——尤其当他躺在阳光下，扑倒在草地上，没戴帽子的时候。他脸上有着淡淡的皱纹，皮肤因风吹日晒呈古铜色，长出了雀斑，鬓角的浅棕色头发开始变白。阿尔玛猜他大概三十五六岁。比她年轻十几岁，不过，却也不算是孩子。

"你把世界研究得这么详尽，肯定有很多收获，"安布罗斯继续说，"我发现，太多人对小小的奇迹不闻不问。与概况相比，细节中蕴藏着更多潜力，但大部分人都没办法训练自己对此进行长时间研究。"

"可是有时候，我担心自己的世界太过细节化了，"阿尔玛说，"我花许多年去写苔藓学论著，得出的结论曲折复杂，正像波斯细密画，只能用放大镜来端详。我的作品不能让我出名，也不能给我带来收入——所以你看，我很善于运用时间！"

"但是霍克斯先生说，你的书得到了很好的评价。"

"当然——评价之人，主要是地球上十几位深切关注苔藓学的绅士。"

"十几位！"派克先生说，"有那么多？别忘了，女士，现在跟你谈话的这个人，在他漫长的一生中可是没出版过任何作品，而他可怜的父母担心他会成为可耻的懒汉。"

"但你的作品出色极了，先生。"

他对这赞美不以为然地挥挥手。"你是否在工作中找到了尊严？"他问道。

"是的，"阿尔玛对这问题想了一会儿之后说，"尽管有时候我不知道为什么。世界上大多数人——尤其是受苦受难的穷人——都会感到高兴，如果他们永远不需要再工作。因此，我为什么费尽功夫研究一个极少有人会关心的题目？如果我这么欣赏苔藓的结构，为什么不满足于欣赏苔藓，或甚至画苔藓?我为什么一定要找出苔藓的秘密,请求它们解答生命本质的问题?我有幸出身于富有家庭,你也看到了,因此我这一辈子根本不必工作。那我为什么不乐得游手好闲,让我的脑子像这些草一样随意蔓生?"

"因为你对万物,"安布罗斯简单地回答,"以及万物的巧妙安排感兴趣。"

阿尔玛脸红了:"你的话让我显得很伟大。"

"是很伟大啊。"他像之前一样,坦诚地说道。

他们默默坐了一会儿。在他们后方的树林,一只画眉正在鸣叫。

"这真是一场上好的私人独唱会!"听了很长一段时间后,派克先生说道,"让人想为它鼓掌!"

"这是白亩庄园一年当中最适合听鸟叫声的时节,"阿尔玛说,"有些早晨,坐在这片草地的某棵樱桃树下,你能听到乐团中的每一只小鸟都在为你演奏。"

"哪天早上我也想听听。我待在丛林中时,深深想念我们美国的鸟叫声。"

"但是你待的地方肯定有许多优美的鸟类!"

"是的——优美而珍奇,但是不一样。你会非常思念童年时代熟悉的声音,你知道的。有时候,我会在梦中听见哀鸽啼叫。听起来非常真实,令我心碎,让我希望永远不要醒来。"

"霍克斯先生跟我说,你在丛林中待了许多年。"

"十八年。"他近乎困窘地微笑道。

"多半待在墨西哥和危地马拉?"

"完全待在墨西哥和危地马拉。我想到更多的地方看看世界,却似乎离不开那个地区,因为我不断地发现新东西。你知道是怎样的——你发现一个有趣的地方,开始查看,而后秘密一个接着一个被揭露出来,直到你无法抽身离去。而且,我在危地马拉发现某些兰花——尤其是隐蔽的附生植物[1]——就是不肯为我开花。没有看见它们开花,我不肯离开。我对此相当坚持,可它们也一样坚持。有些花让我等了五六年,才终于瞥到一眼。"

"那你最后为什么回国来?"

"寂寞。"

他拥有最让人感到意外的坦率态度。阿尔玛大感惊叹。她永远无法想象承认自己有寂寞这样的弱点是什么样。

"况且,"他说,"我生了病,无法继续过艰苦的生活。我反复发烧。尽管我该说,并不完全令人不快。我在发烧时,会出现非凡的异象,当然也会出现幻听。有时让人产生想要跟随的冲动。"

"异象还是幻听?"

"两者都有!可我不能对我母亲做这样的事。自己的儿子在丛林里失踪了,这会使她的灵魂遭受太大痛苦。她永远都会想弄明白我碰上了什么事。尽管我敢打赌,她现在仍然想弄明白我碰上了什么事,但至少她现在知道我还活着。"

"那么,你家人这些年来肯定很想念你。"

"喔,我可怜的家人。我令他们很失望,惠特克小姐。他们是正派的人,而我的生活方向却如此起伏不定。我很同情他们,尤其同情我母亲。她认为——我想这也是理所当然的——我极其恶劣地一脚踩在抛于我面前的珍珠上。我在哈佛只待了一年就走了,你瞧。大家都说我前程似锦——无论这个词传达的意思是什么——可是大学生活不适合我。受某种独特的神经系统影响,我就是无法忍受待在学院里。况且,谈笑风生的俱乐部和年轻人的小团体对我毫无吸引力。你或许不知道,惠特克小姐,大学生活大部分都是围绕俱乐部和小团体展开的。如母亲所说,我总是坐

---

[1] 附生植物(epiphytes),附着于其他植物体表面的植物,常见于热带、亚热带的森林,种类比较丰富。兰科植物中树兰族、万代兰族等都属于附生植物。

在角落里画植物。"

"谢天谢地!"阿尔玛说道。

"或许吧。我想母亲不会同意,父亲去世的时候,她还在为我的职业选择而生气——如果你可以称之为职业的话。对我长期受苦的母亲来说,幸运的是,我弟弟雅各布赶上了我,成为孝子的表率。他效法我上了大学,但和我不同的是,他在大学待够了预期的时间。他奋力念书,取得每一项荣誉,尽管我有时候担心他这么努力可能会损伤他的脑子。他目前在弗雷明翰,站在父亲和祖父曾经为他们各自的会众布道的讲坛上。他是个好人,我的弟弟,他很成功,他是派克家的光荣。社区里的人都很钦佩他,我也非常喜欢他,可是我不羡慕他的生活。"

"所以,你出身于牧师家庭啦?"

"的确——我自己本来也打算当牧师。"

"出了什么事?"阿尔玛颇为大胆地问道,"你和上帝疏远了吗?"

"不,"他说,"正好相反,我跟上帝离得太近了。"

阿尔玛好奇这句话的含意,想问问他,可她觉得自己过于咄咄逼人,而她的客人亦未详细说明。他们在宁静中休息了好一阵子,听画眉鸣叫。过了很长一段时间,阿尔玛发现派克先生睡着了。他睡得多么突然!上一刻还醒着,下一刻就睡着了!她想起来,长途旅行肯定使他疲惫不堪——她却在这儿用一堆问题围困他,用她的苔藓植物和变异理论来烦他。

她默默站起来,走到对面另一个巨石区,又思索了一会儿她的苔藓部落。她感到非常高兴,非常轻松。这位派克先生多么令人愉快!她不知他会在白亩庄园待多久。或许她能说服他待上整个夏天。这地方有这么一个友善好奇的人,将会多么令人高兴,就像有个弟弟一样。她以前从未想象过自己会有个弟弟,此时她极度渴望安布罗斯成为她的弟弟。她得跟父亲谈谈这件事。他们肯定能在老旧的乳品作坊给他弄间画室,只要他想待下来。

大约半个小时后,她留意到派克先生在草丛里动了动。她走回他旁边,对他笑了笑。

"你睡着了。"她说道。

"不,"他纠正她,"睡眠制伏了我。"

他仍然仰躺在草地上,像猫或婴儿一样摊开四肢。在阿尔玛面前昏沉睡去,他似乎一点儿都没感到不自在,因此她也不觉得不自在。

"你一定很疲倦,派克先生。"

"我已经疲倦了好多年,"他坐了起来,打个哈欠,把帽子戴回头上,"不过,你真是个宽宏大量的人,拨出这段时间给我休息。我感谢你。"

"噢,你也很宽宏大量,听我聊苔藓。"

"这是我的荣幸。我希望能再多听一些。我打盹儿的时候在想,你过的生活真叫人羡慕,惠特克小姐。一个人可以花一生的时间,钻研像苔藓这样细微精致的东西——同时身边还有爱你的家人陪伴,过着舒适的生活。"

"对于一个在中美洲丛林待了十八年的人来说,我的生活看起来恐怕很乏味。"

"一点儿也不。要说呢,我渴望过一种比我至今体验过的一切略微乏味一点儿的生活。"

"小心别许错愿哟,派克先生。乏味的生活可不像你想象中的那样有趣!"

他笑了起来。阿尔玛凑上前去,坐在他身边,就坐在草地上,把裙子掖在自己腿下。

"我必须向你坦白一件事,派克先生,"阿尔玛说,"有时候,我担心自己花在这些苔藓层上的心力没有任何用处和价值。有时我希望自己能把更耀眼、更绚丽的东西贡献给世界——像你的兰花作品,我想。我虽然勤奋自律,却没有独特的才华。"

"所以你虽然勤劳,却缺乏独创性?"

"没错!"阿尔玛说,"正是这样!就是如此。"

"算了吧!"他说,"你没有说服我。我真不明白你为什么甚至想要说服自己相信这么愚蠢的事。"

"你很善良,派克先生。今天下午,你让一个老太太觉得自己被人注意到了。但是我很清楚自己生活的真相。我在苔藓领域的工作没能让谁感到兴奋,除了成天看着我工作的牛和乌鸦。"

"牛和乌鸦很有欣赏才华的眼光,惠特克小姐。请相信我的话——我经年累月地作画,一直都只是为了娱乐它们。"

✥

当天傍晚,霍克斯和他们在白宙庄园一起用餐。这是霍克斯首次见到安布罗斯,他对此极度兴奋——处于霍克斯这样严肃的老家伙所能达到的最兴奋的状态。

"认识你是我的荣幸,先生。"霍克斯微笑着说,"你的作品带给我最坚定有力的快乐。"

霍克斯的真诚让阿尔玛感动。她知道她的朋友不能告诉画家的事——过去这一年,是霍克斯家里经历剧变的一年,安布罗斯的兰花使霍克斯暂时摆脱了阴郁的套索。

"我由衷感谢你的鼓励,"派克先生回答,"不幸的是,我的感谢是我目前唯一的补偿方式,却是出自真心。"

至于亨利,那天晚上他心情不佳。阿尔玛从十步以外就看得出来,她深深希望父亲不会和他们一起用餐。她忘了提醒她的客人,父亲性格非常粗暴。此时她后悔了。可怜的派克先生即将在毫无准备的情况下陷入虎口,而这只老虎显然饥饿又愤怒。她也后悔她和霍克斯都没想到带来一幅非凡的兰花作品给她父亲看看。这表示,亨利对这位安布罗斯·派克一无所知,以为他只是一名兰花爱好者或一位画家——两者都不属于他可能欣赏的类型。

毫不意外,晚餐开始得不太妙。

"这个人又是谁?"她的父亲问道,直直盯着他的新客人。

"这是安布罗斯·派克先生,"阿尔玛说,"我之前告诉过你,他是自然学者和画家,霍克斯最近发现了他。爸,他画的兰花是我见过的最精美的杰作。"

"你画兰花?"亨利问派克先生,用的语气就像另一个人在问:"你抢劫寡妇?"

"噢,我在尝试,先生。"

"每个人都在尝试画兰花,"亨利说,"没啥新鲜的。"

"您说得有道理,先生。"

"你画的兰花有什么特别的地方?"

派克先生认真思考着这个问题。"我说不上来,"他承认,"我不知道是否有任何特别的地方,先生——除了我一直在画兰花之外。将近二十年来,我只做了这一件事。"

"好吧,这是个荒唐的职业。"

"我同意,惠特克先生,"画家泰然自若地说,"只不过我绝不会称之为职业。"

"你怎么谋生?"

"您又说得很有道理。不过,从我的穿着您或许能看出来,我究竟是否在谋生尚存争议。"

"我不会把这件事当作特点四处宣传,年轻人。"

"相信我,先生——我没有。"

亨利瞅着他,看着他破旧的西装和蓬乱的胡子。"那是怎么回事?"他询问,"你为什么这么穷?你像流氓一样挥金如土吗?"

"爸……"阿尔玛尝试说道。

"很遗憾，不是的，"派克先生似乎并未受到冒犯，"我家从来没有金银财宝供我挥霍。"

"你父亲做哪一行？"

"目前，他已经跨过了死亡的分水岭。不过在这之前，他在马萨诸塞州的弗雷明翰当牧师。"

"那你为什么不是牧师？"

"我的母亲也有相同的疑问，惠特克先生。我怕我对宗教有太多疑问，当不成好牧师。"

"宗教？"亨利皱起眉头，"宗教和当个好牧师有什么鬼关系？这个职业和其他任何职业没什么两样，年轻人。你融入工作中，不要透露自己的见解。所有好牧师都这么做——也应该这么做！"

派克先生愉快地笑了起来："要是二十年前有人这么告诉我就好了，先生！"

"在这个国家，一个健康聪明的年轻人没有任何借口不飞黄腾达。即使是牧师的儿子，也应该能找到可以勤奋从事的工作。"

"很多人会同意您的话，"派克先生说，"包括我已故的父亲。不过，我过着低于自己社会地位的生活已有多年。"

"而我一直过着高于自己社会地位的生活！想当年我还是年轻小伙子，像你这么大时，第一次到美国来。我发现整个国家遍地是钱，我只需要用我的手杖顶端把它们捡起来。所以你有什么借口一直这么贫穷？"

派克先生直视亨利的眼睛，没有丝毫恶意地说："少了一支好手杖，我想。"

阿尔玛难以下咽，低头凝视自己的盘子，霍克斯也同她一样，可亨利似乎没有听见。有些时候，阿尔玛为父亲耳聋日益加重而感谢老天。他已经把注意力转向了男管家。

"我告诉你，贝克尔，"亨利说，"这星期如果再让我晚餐时吃到一次羊肉，有人会被枪毙。"

"他不是真的会枪毙别人。"阿尔玛低声向派克先生保证。

"我也这样认为，"她的客人也悄声说，"否则我已经没命了。"

在接下来的晚餐时间，霍克斯、阿尔玛和派克先生愉快地交谈起来，对话或多或少介于他们三人之间——亨利则在喘息、咳嗽、对晚饭的各方面表示不满，甚至数次打盹儿，下巴垂在胸前。他毕竟已经八十八岁了。值得庆幸的是，派克先生对这一切似乎毫不在乎，而霍克斯则早已习惯了此种行为，阿尔玛终于也稍微放松下来。

"请原谅我父亲，"在某次亨利打盹儿时，阿尔玛低声说，"霍克斯很了解他的情绪，但是对没有接触过我们这位亨利的人来说，他的盛怒可能令人不安。"

"他在餐桌上真像熊。"派克先生答道，口吻中的钦佩多过惊骇。

"他确实像，"阿尔玛说，"不过幸好就像熊一样，有时会冬眠一下，给我们喘息的机会！"

这个评论甚至让霍克斯嘴角露出一丝微笑。安布罗斯却仍在端详亨利睡觉的身影，思索着什么。

"我自己的父亲非常严肃，你瞧，"他说，"他的沉默总是让我害怕。有一个言行如此自由的父亲，让我觉得真好。你总是知道自己该怎么办。"

"这一点，确实如此。"阿尔玛同意。

"派克先生，"霍克斯换个话题，说，"请问你目前住在哪里？我邮寄信件的地址在波士顿，可你刚刚提到，你家人住在弗雷明翰，因此我不能肯定。"

"目前，先生，我没有家，"派克先生说，"你提到的波士顿住址，是我的老友塔珀的住处。从短暂的哈佛生涯开始，他就待我很好。他家在波士顿拥有一间小印刷厂——不像你这里这么好，可是也管理得完善稳固。他们最为人熟知的产品是手册和广告单之类的东西。我离开哈佛后，在塔珀家当了几年排字员,发现自己精于此技。我首次学到平版印刷术也是在那里。别人告诉我这很难学会,我却从不这么认为。实际上,这跟画画相似,只不过是画在石版上——你们两个当然都知道这些!原谅我。我不习惯谈论自己的工作!"

"是什么吸引你去墨西哥和危地马拉的,派克先生?"霍克斯继续轻声问道。

"这又得归功于我的朋友塔珀。我对兰花一直很着迷,某一天,塔珀想到一个计划,让我去热带地区待上几年,作几幅画之类的,然后我们合作一本关于热带兰花的精美图书。他恐怕认为这能让我们两人都变得富有。我们那时候很年轻,他对我充满信心。"

"于是我们凑了些钱,塔珀把我送上小船。他吩咐我奔向世界,让自己名噪天下。惨的是,我不大会制造噪声。更惨的是,我在丛林的几年变成了十八年,这我跟惠特克小姐说明过了。凭着节俭和毅力,我让自己在那里活了将近二十年,我很骄傲,我没有跟塔珀或任何人要过钱,除了他最初的那笔投资。不过,我想可怜的塔珀会觉得,他对我充满信心是个错误。去年我终于回国后,他虽然好心让我用他家的印刷机,制作你们已经看过的石版画,但是——这也相当情有可原——他早就失去了和我共同编书的欲望。对他来说,我的步伐太过缓慢。他现在有家庭了,没法子把时间耗费在这种昂贵的计划上。尽管如此,他始终是我英勇的好友。他让我睡他家的沙发,回到美国后,我又一次在他的印刷厂帮忙。"

"你现在的计划呢?"阿尔玛问道。

派克先生举起双手,仿佛在祈求上天:"我已经很久没列过计划了,你瞧。"

"但是你想做什么?"阿尔玛问道。

"以前从来没有人问过我这个问题。"

"我还是要问你,派克先生。希望你诚实地回答我。"

他用那双浅棕色的眼睛看着她。他确实神情疲倦。"那我告诉你,惠特克小姐,"他说,"我希望永远不再旅行。我想在一个相当宁静的地方度过我的余生——以相当缓慢的步调工作——让我听得见自己在过日子。"

霍克斯和阿尔玛互相交换了眼色。亨利仿佛感觉到自己被人遗忘了,突然惊醒过来,把注意力移转到自己身上。

"阿尔玛!"他说,"扬西上星期那封来信,你读了吗?"

"我读了,爸。"她答道,猛然改变语气。

"你怎么看?"

"我认为那是个不幸的消息。"

"那还用说。让我发了一顿可怕的脾气。不过,你的朋友们怎么看?"亨利问道,向客人们挥着酒杯。

"我不认为他们清楚这件事。"阿尔玛说道。

"那就把情况告诉他们,女儿。我需要意见。"

这奇怪得很。亨利通常不征求意见。但是他挥着酒杯,又一次催促她,于是她开始发言,跟霍克斯和派克先生讲了起来。

"噢,是关于香草的事,"她说,"大约十五年前,一个法国人说服了我父亲,在塔希提投资建了一个香草种植园。现在我们得知,种植园经营失败,那个法国人也销声匿迹了。"

"连同我的投资。"亨利加了一句。

"连同我父亲的投资。"阿尔玛予以证实。

"一笔可观的投资。"亨利予以阐明。

"一笔相当可观的投资。"阿尔玛附和道。她对此非常清楚,因为款项的转移手续由她亲自安排。

"照理说应当可行,"亨利说,"因为气候适合。香草藤长得很茂盛!扬西亲眼看到的,长到六十五英尺高。那个该死的法国人说,香草能在那里长得很快乐,这点他没说错。藤蔓长出的花和你的拳头一样大,就跟他说的完全一样。那个小法国人是怎么告诉我的,阿尔玛?'在塔希提种香草,比你睡觉时放屁还要容易。'"

阿尔玛脸色煞白,瞥了瞥她的客人。霍克斯礼貌地折了折大腿上的餐巾,派克先生则坦然地露出笑意。

"所以,什么地方出了错,先生?"派克先生问,"我想探听一下。"

亨利朝他瞪眼:"藤蔓不结果,开花之后就谢了,从来没长过半个该死的豆荚。"

"请问原来的香草植物来自哪里?"

"墨西哥,"亨利咆哮道,以全面挑战的态度,盯着他,"那你倒是告诉我,年轻人——什么地方出了错?"

阿尔玛此时慢慢开始窥见一些端倪。她为什么会低估了她的父亲?怎么可能有任何事情逃得过这老头子的法眼?即使在脾气暴躁时,即使在半耳聋的状态下,即使在睡觉时,他竟然完全清楚是谁坐在他的餐桌前:才在墨西哥花了近二十年研究兰花的专家。阿尔玛这时想起来,香草正是兰科植物。他们的客人正在接受测试。

"香荚兰属植物。"派克先生说道。

"正是,"亨利确认道,把他的酒杯放到餐桌上,"我们在塔希提种这东西。说下去吧。"

"我在墨西哥各地都看到过,先生。大部分在瓦哈卡附近。您在波利尼西亚的雇员,那个法国人,他没说错——这是一种生命力旺盛的爬藤植物,我猜想,它能很愉快地适应南太平洋的气候。"

"那这该死的植物为什么不结果?"亨利质问道。

"我说不准,"派克先生说,"毕竟我从来没亲眼看到您提到的植物。"

"那你也只是个没用的兰花素描匠,是吧?"亨利厉声说道。

"爸……"

"不过,先生,"面对这侮辱,派克先生毫不在意,继续说,"我能提出一个猜想。您派去的那位法国人最初在墨西哥购置香草植物时,或许不小心买到了当地人称作'驴耳'的那种香荚兰,这个品种永远不结果。"

"那他是个笨蛋。"亨利说道。

"不见得,惠特克先生。专家的眼睛才能看得出结果和不结果的两种香荚兰之间的区别。这是常见的错误,当地人也经常把这两个品种搞混,甚至极少有植物学者能分辨其不同。"

"你能分辨吗?"亨利质问道。

派克先生犹豫了一下。显然,他不想贬损一个他从未见过的人。

"我在问你问题,小子。你能分辨两种香荚兰的不同,或者不能?"

"总体说来吗,先生?是的,我能分辨。"

"那么那个法国人就是笨蛋,"亨利断定,"而我在他身上投入资金,更是大笨蛋,如今我在塔希提已经浪费了三十五亩上好的低地,种了十五年不结果的香草藤。阿尔玛,今晚给扬西写封信,叫他拔掉全部香草藤,喂猪吃,改种甘薯。然后再告诉扬西,要是他发现那个浑蛋法国人,也可以拿他去喂猪!"

亨利站了起来,一瘸一拐地走出房间,愤怒得没吃完晚饭。霍克斯和派克先生目瞪口呆地看着远去的人影——戴着假发,穿着老旧的天鹅绒马裤,那样离奇有趣。

至于阿尔玛,她有一股强烈的胜利感。法国人输了,亨利输了,塔希提的香草种植园肯定也失利了。但是她认为,安布罗斯今晚赢了,在白亩庄园晚餐桌前的首次露面中。

这也许只是小小的胜利,但最后或许可以成就些什么。

✥

当天晚上,阿尔玛被奇怪的声音吵醒了。

之前她正睡得昏昏沉沉,而后,仿佛被甩了一巴掌那样突然,她醒了过来。她抬眼向黑暗中看去。她房间里是不是有人?是汉娜克吗?不。没有人在那里。她躺回枕头上休息。今夜凉爽宁静。是什么打断了她的睡眠?是人声吗?多年来第一次,她不由得想起普鲁登丝小时候被带到白亩庄园的那个夜晚。普鲁登丝被一群男人围住,身上沾满了血。可怜的普鲁登丝。阿尔玛真该去探望她。她应该更努力地维系与妹妹之间的关系。然而,根本就没有时间。她的四周一片寂静。阿尔玛开始再度入睡。

她又听见了声音。阿尔玛的眼睛又一次猛地睁开。那是什么?的确,听起来像是人声。但是这时候谁还醒着?

她起身裹上披肩,娴熟地把灯点着。她走到楼梯顶端,越过栏杆望过去。起居室的灯亮着;她看到门底的亮光。她听得见父亲的笑声。他跟谁在一起?他是不是在自言自语?亨利如果需要什么,为什么没有人叫醒她?

她走下楼梯,看见父亲坐在长沙发椅上,身旁坐着派克先生。他们正在看几幅素描。父亲穿着白色长睡衣,戴着老式睡帽,喝得满脸通红。派克先生仍然穿着灯芯绒棕色西装,头发比白天的时候更蓬乱。

"我们吵醒了你,"派克先生抬起头来,说,"我道歉。"

"我能不能帮你什么忙?"阿尔玛问道。

"阿尔玛!"亨利叫道,"这小子想出一个妙计!给她看看吧,孩子!"

阿尔玛察觉到亨利并未喝醉,他只是兴致勃勃。

"我睡不着,惠特克小姐,"派克先生说,"我在想塔希提香草种植园的事。我忽然想到,香草藤为什么不结果,或许有另一种可能。我应该等到早上,才不会打扰到任何人,可是我不想失去这个点子。所以我就起身下楼找纸。在此过程中,恐怕就吵醒了令尊。"

"看看他做了什么!"亨利说道,递给阿尔玛一张纸。那是一幅漂亮详尽的香草花素描,几个箭头指向特定的植物结构。亨利满脸期待地望着阿尔玛研究图纸,可是这张图对她没有任何意义。

"原谅我,"阿尔玛说,"我刚才还在睡觉,我的脑袋或许还不太清醒……"

"授粉啊,阿尔玛!"亨利喊道,拍了一次手,而后指着派克先生,表示他应该解释一下。

"我想可能的情况是,惠特克小姐——如同我告诉令尊的——你们派去的法国人从墨西哥采集到的,或许确实是正确的香草品种。可是藤蔓结不出果来,或许是因为未能成功授粉。"

或许此时是半夜三更,或许阿尔玛几分钟前本来在睡觉,然而她的脑袋可是一台训练有素的植物计算机。因此,她立刻听见脑子里的算珠开始敲击,寻求理解。

"香草兰的授粉媒介是什么?"

"我不能肯定,"派克先生说,"没有人能肯定。可能是蚂蚁,可能是蜜蜂,可能是某种蛾,甚至可能是蜂鸟。但不管是什么,你们雇的那位法国人都没让这个东西随着他的植物一起运到塔希提,而波利尼西亚的本土昆虫和鸟类似乎无法给你们的香草花授粉,它的形状确实不易授粉。因此——没有果实,就没有豆荚。"

亨利又一次拍手。"也没钱可赚!"他加了一句。

"那我们该怎么做?"阿尔玛问,"搜集墨西哥丛林里的所有昆虫和鸟类,把它们活着运到南太平洋,希望找到其中的授粉者?"

"我相信没必要这么做。"派克先生说,"这正是我睡不着的原因,因为我也在想同样的问题,我想我已经找到了答案。我认为,你可以人工授粉。瞧,我画在这儿了。香草兰之所以难以授粉,是因为蕊柱特别长,柱内有雌雄器官。蕊喙——这个就是——将两者分开,避免植物自花授粉。你只需要把蕊喙挪高,把一根小树枝插入花粉块内,用树枝尖端把花粉收集起来,然后重新把树枝插入另一朵花的雄蕊里,你基本就在扮演蜜蜂、蚂蚁或生来做这件事的其他物种的角色。但是你比任何动物都更有效率,因为你可以给藤蔓上的每一朵花人工授粉。"

"谁来做这件事?"阿尔玛问道。

"你们的工人能做这件事,"派克先生说,"香草一年只开一次花,只需要一个星期就能完成这项任务。"

"工人不会踩到花吗?"

"只要受过悉心训练就不会。"

"但是谁能这么灵敏,胜任这样的工作?"

派克先生笑了一下。"你只需要手指小巧、拿小棍子的小男孩。总之,他们会喜欢做这件事。我自己小时候肯定会喜欢。塔希提的小男孩和小棍子肯定很多吧?"

"啊哈!"亨利说,"所以阿尔玛,你觉得怎么样?"

"我觉得妙极了。"她也在想,明天第一件事,她得让安布罗斯看看白亩庄园藏书室里的十六世纪佛罗伦萨药典,里面有早期西班牙圣方济各教士描绘的香草藤,他会非常欣赏,她等不及要拿给他看。她甚至还没带他去藏书室。她几乎还没有带他参观白亩庄园的任何地方。在他们眼前,有那么多东西值得探索!

"这只是一个想法,"派克先生,"或许可以等天亮后再说。"

阿尔玛听到声响,转过头去。汉娜克来了,穿着睡衣站在门口,看上去圆胖、丰满、烦躁。

"现在我把整家人都吵醒了,"派克先生说,"我致以最真诚的歉意。"

"有什么问题吗?"[1]汉娜克向阿尔玛问道。

"没有什么问题,汉娜克,"阿尔玛说,"我和男士们只是在讨论事情。"

---

1 原文为荷兰语。

"凌晨两点？"汉娜克质问，"这里是妓院吗？"[1]

"她说什么？"亨利问道。除了听力衰退之外，他也从未学会荷兰语——尽管和一个荷兰女人结婚数十年，并和讲荷兰语的人一起工作了大半辈子。

"她想知道，有没有人想喝茶或咖啡，"阿尔玛说，"派克先生？爸？"

"我喝茶吧。"亨利说道。

"你们人都很好，但是我该告辞了，"派克先生说，"我现在就回房间去，保证不再打扰任何人。况且，我刚才发现，明天是安息日。你们大家或许都要早起上教堂？"

"我可不！"亨利说道。

"派克先生，你将会发现，在这个家，"阿尔玛说，"我们有些人过安息日，有些人不过，有些人则只过一半。"

"我了解，"他回答，"在危地马拉的时候，我经常搞不清楚日子，恐怕错过了许多安息日。"

"危地马拉过安息日吗，派克先生？"

"恐怕只以喝酒、闹事、斗鸡的方式来过。"

"那我们去危地马拉吧！"亨利喊道。

阿尔玛已经多年没看到父亲如此兴致高昂了。

安布罗斯笑了起来。"你可以去危地马拉，惠特克先生。我敢说那里的人会很高兴有你在那里。可我自己倒是已经和丛林一了百了。今晚，我只想回我的房间。我有机会睡好床，要是浪费了这张好床，那我真是傻瓜。我跟你们俩道晚安，再次感谢你们热情款待，并对你们的管家深表歉意。"

派克先生离开房间后，阿尔玛和父亲沉默地坐了片刻。亨利凝视着安布罗斯的香草兰素描。阿尔玛几乎听得见他的想法，她太了解父亲了。她

---

[1] 原文为荷兰语。

在等他开口——她知道接下来会发生什么事——同时揣摩着对抗之计。

与此同时,汉娜克端着托盘回到房间,盘上盛着给阿尔玛和亨利的茶,以及给她自己的咖啡。她放下托盘,咕哝着叹了口气,而后在亨利对面的扶手椅上扑通坐下。她先把咖啡倒在自己的杯子里,把一只因痛风而肿胀的老脚踝搁在绣着精致花边的法国脚凳上。她让亨利和阿尔玛给自个儿倒茶。白亩庄园的礼仪这些年来变得越来越松弛,或许太过松弛。

"我们该派他去塔希提,"足足过了五分钟后,亨利终于开口,"我们派他去负责香草种植园。"

你瞧,正如阿尔玛所料。

"有趣的主意。"她说道。

然而,她不能让父亲把派克先生派去南太平洋。她对此非常确定,就像她对生活中任何熟知的事情都确定无疑那样。首先,她觉得画家自己不会高兴接受这项任务。他自己说得很清楚——他已经和丛林一了百了,他不想再旅行。他已经累了,而且想家,可是他没有家。他需要一个家,他需要休息,他需要一个地方工作,创作生来就注定要创作的图画和版画,听到自己在过日子。

然而最重要的是——阿尔玛需要派克先生。她感觉到一种不可抑制的需要,想让这个人在白亩庄园永远待下来。认识他才不到一天,这是什么样的决定啊!可她今天觉得自己比前一天年轻了十岁。这是阿尔玛数十年来——甚至可能是从小以来,度过的最光明的一天,而安布罗斯则是她的光源。

这种情况让她想起自己小时候在树林里发现的一只小狐狸。它没有父母,小巧玲珑。她把它带回家,求父母让她把狐狸留下来。那时普鲁登丝还没来,阿尔玛还过着太平日子,仍能随意探勘整个宇宙。亨利有些动心,然而,比阿特丽克斯制止了这项计划。野生动物属于野外。小狐狸从阿尔玛手中被拿走,再也看不见。

噢,她不愿再失去这只狐狸。比阿特丽克斯也已不在这里,没人能阻止这件事情。

"我认为这会是个错误,爸,"阿尔玛说,"而且把派克先生派去波利尼西亚是件可惜的事。任何人都能管理香草种植园。你刚刚也听到他亲自说明,这相当简单。他甚至已经画下了说明图。把这些素描寄给扬西,让他请人实施这项授粉计划。我想,在白亩庄园这儿,派克先生能发挥更大作用。"

"做些什么,究竟?"亨利问道。

"你还没看到他的画,爸。霍克斯认为,派克先生是我们这个时代最杰出的版画家。"

"我要一个版画家来做什么?"

"或许该为白亩庄园的植物珍藏出版一本书了。你这些温室拥有文明世界从未见过的标本,应该被记录下来。"

"我为什么应该做这件花钱的事,阿尔玛?"

"让我跟你说说我最近听到的事,"阿尔玛说道,当作回答,"邱园计划出版一本印刷精美的插图版手册,将园中大多数珍稀植物收录其中。你听说了吗?"

"目的是什么?"亨利问道。

"为了夸耀,爸,"阿尔玛说,"我从一个在拱门街为霍克斯工作的年轻版画家那边听来的。英国人给这小子提供了一大笔钱,要吸引他去邱园。他相当有天赋,尽管他绝对比不上派克先生。他正在考虑接受这项邀约。他说那本书将是出版界最精美的植物藏书。维多利亚女王也亲自投资了。书中的五色版画,最后由欧洲最杰出的水彩画家共同完成。这本书体积相当大,将近二英尺高,这小子说,和《圣经》一样厚,每一位植物收藏家都会想要拥有。这本书等于在宣告邱园的复兴。"

"邱园的复兴,"亨利嗤之以鼻,"班克斯现在都死了,邱园永远回不到从前了。"

"我听到的可不是这样,爸。自从他们建造热带温室后,大家都说那里又再次辉煌起来了。"

她这样做是不是很无耻?甚至不道德?只为了挑起亨利与邱园的旧怨?可她说的却是真的,全部都是事实。因此,她决定,就让亨利酝酿一些仇恨吧。唤醒这股力量,并不让人觉得有什么不对。过去这些年来,白亩庄园的一切变得太过迟缓。一点点竞争无伤大雅。她只是在激起亨利——和她自己——老骨头里的热血,让这个家的脉搏再次跳动起来!

"还没有人听说过安布罗斯·派克,爸,"她继续说下去,"可是霍克斯一旦出版了他的兰花选集,大家都会知道这个名字。邱园一旦出版了他们自己的书,其他所有著名的植物园和温室都会想委托专人来制作自己的选集——到时候,他们都会想请派克先生制作版画。我们不要再等下去,那只会把他让给我们的竞争对手。让我们把他留在这里,为他提供住处和赞助。投资在他身上,爸。你看到了,他多么聪明,多么有用。给他机会,让我们为白亩庄园的藏品制作一本书,超越植物出版界曾见过的任何作品。"

亨利不发一语。现在,她听得见他脑子里的算珠开始敲击了。她等着。他想了很长一段时间。太长了。与此同时,汉娜克正咂着嘴喝她的咖啡,刻意表现得漫不经心。咂嘴的声音似乎让亨利分心。阿尔玛真想把这老女人手上的杯子直接打翻。

阿尔玛提高嗓门,做最后一次努力。"爸,说服派克先生在我们这儿待下来,应该不难。此人需要一个家,却很能过清贫的生活,养活他几乎不需要任何东西。他全部的家当都装在一口能摆在腿上的皮箱里。今天晚上你也亲自看到了,他是相当合得来的同伴。我想,你或许甚至会喜欢有他在身边。但不管你怎么做,爸,我要跟你再次强调,请别派他去塔希提。任何傻瓜都能种香草藤。再去找个法国人干这活儿,或是雇用一个百无聊赖的传教士。任何笨蛋都能管理种植园,却没有人能创作出派克先生这样的植物插图。别错过这个机会,把他留在我们这里。我很少向你提出这么强烈的忠告,爸,可我今晚必须清清楚楚请求你——切勿错失此人。你肯定会后悔的。"

又是一阵良久的沉默。汉娜克又咂了一下嘴。

"他需要一间画室,"亨利终于说,"还有印刷机那类的东西。"

"他可以跟我共享马车房,"阿尔玛说,"我有足够的空间给他用。"

就这样决定了。

亨利一瘸一拐地上床睡觉,留下阿尔玛和汉娜克彼此对望。汉娜克什么也没说,可阿尔玛不喜欢她脸上的表情。

"怎么?"阿尔玛终于质问道。

"你在耍什么把戏?"[1]汉娜克问道。

"我不晓得你在说什么,"阿尔玛说,"我没耍把戏。"

老管家耸耸肩。"悉听尊便,"她刻意以英语强调,"你是这屋子的女主人。"

而后,汉娜克站起身来,喝干最后一口咖啡,回到她地下室的房间——留下一片狼藉在客厅,等着其他人去收拾。

---

[1] 原文为荷兰语。

15

他们变得形影不离，阿尔玛和安布罗斯。他们不久就每时每刻都在一起了。阿尔玛叫汉娜克让派克先生搬出客用侧厅，搬进普鲁登丝从前的卧室——位于屋子二楼，隔着走廊直接面对阿尔玛的房间。汉娜克对陌生人入侵这个家的私人生活区提出抗议（这么做不恰当，她说，也不安全，最要紧的是，我们不认识他），可是阿尔玛否决了她的意见，派克先生还是搬进来了。阿尔玛在马车房亲自给安布罗斯腾出一块空间，就在阿尔玛自己的书房隔壁一间废弃不用的马具房里。不到两周，他的第一批印刷机运到了。此后不久，阿尔玛给他买了一张写字台，附有信函分类格，还带有一层层宽而浅的抽屉，好用来存放他的图画。

"我从来没有拥有过自己的书桌，"安布罗斯告诉她，"这让我觉得自己异常重要，让我觉得自己像一名副官。"

他们两间书房之间隔着一扇门——门从来不曾关上。阿尔玛和安布罗斯整天来来回回走进彼此的房间，探望对方的进度，给彼此观看标本罐里或显微镜下的有趣项目。他们每天早上一起吃奶油吐司，中午在田野野餐，一同待到深夜，帮亨利处理信件，或是查看白亩庄园藏书室里的旧书。星期天，安布罗斯陪阿尔玛上教堂，与死气沉沉、喃喃吟诵的瑞典路德会教友们一起做礼拜，在她身边乖乖地祈祷。

他们或者交谈，或者沉默——无论做什么，似乎都无所谓——却从来没有分开过。

阿尔玛忙于研究苔藓层时，安布罗斯四肢摊开躺在附近的草地上看书。安布罗斯在兰花房绘图时，阿尔玛拉张椅子坐在他身边，写她自己的信。她以前从未在兰花房待这么久，安布罗斯来了之后，此处变成白亩庄园最美妙的地方。他花了将近两周时间，将数百片玻璃一片一片清洁干净，好让一束束纯净白炽的阳光透进来。他拖了地板，而且上了蜡，直到地板闪闪发亮。并且——相当令人诧异——之后又花了一周时间，用香蕉皮把每一株兰花的叶子都擦得发亮，像一名忠诚的管家把茶具擦得亮光闪闪。

"再后来呢，安布罗斯？"阿尔玛开玩笑，"我们是不是该为庄园里的每一棵蕨类植物梳梳头发？"

"我想那些蕨类植物不会反对。"他说道。

事实上，在安布罗斯给兰花房带来这般的光亮和秩序后，白亩庄园立即出现了一些奇妙的现象：庄园里的其他地方，相形之下突然显得死气沉沉。就好像有人只给一面肮脏老旧的镜子擦净了一小块区域，让镜子的其余部分看起来真的很脏。从前没有人会留意，而现在却很明显。就好像安布罗斯打开了一扇阀门，通往之前看不到的地方，阿尔玛终于看到她原本可能永远看不到的事实：白亩庄园尽管典雅，但过去近三十年来，却已逐步陷入摇摇欲坠的荒废状态。

有了这种认知，阿尔玛兴起了一个念头：打算让庄园的其他地方也像兰花房一样熠熠生辉。上回把其他温室的每一片玻璃都好好清洁一遍，到底是什么时候的事了？她想不起来。到处都能看到霉和灰尘。围墙全都需要粉刷修理，碎石车道上杂草丛生，藏书室里布满蜘蛛网。每张地毯都需要好好拍打一顿，每个火炉都需要彻底检修。玻璃大温室里的棕榈树多年来不曾修剪过，几乎就要钻出屋顶。谷仓的角落里，有干枯的动物骨骸，是四处猎食的猫多年来留下的。马车上的黄铜自行失去光泽。女仆们的制服看上去已经过时了数十年——因为的确如此。

阿尔玛雇了女裁缝，给每一名员工制作新制服，她甚至给自己做了两套新的亚麻连衣裙。她主动提出给安布罗斯做一套新西装,但是他问她能否给他四支新画笔。(整整四支,不多不少。她提议五支。他不需要五支,他说道。四支已经够奢侈了。)她招募了一批年轻雇工,帮忙让这个地方重焕光彩。她意识到这些年来,白亩庄园的老雇员们不是已经死去,就是已被遣散,从来没被替换过。如今在庄园做事的员工,人数仅是二十五年前的三分之一,而这根本不够用。

汉娜克起初反对雇用新员工。"我已经没有体力和脑力,把坏员工训练成好员工了。"她抱怨道。

"可是,汉娜克,"阿尔玛提出抗议,"你看派克先生多么聪明,把兰花房整理得焕然一新!我们难道不想让庄园的一切都看起来那么美观吗?"

"这世界上有太多小聪明,"汉娜克回答,"理智却不足。你的派克先生只是让别人忙着做事。你母亲要是知道有人用手把花擦亮,一定会从坟墓里跳出来。"

"不是花,"阿尔玛纠正,"是叶子。"

但是慢慢地,就连汉娜克也屈服了,不久,阿尔玛便看见她委派年轻的新员工,把旧面粉桶从地窖拖出来,在阳光下晒干——就阿尔玛记忆所及,从安德鲁·杰克逊总统上任以来[1],就没人做过这项杂活。

"别整理得太过火,"安布罗斯提出告诫,"一点点疏忽不无好处。比方说,你有没有注意到,开得最灿烂的紫丁香,都长在废弃的谷仓和棚屋旁?有时候,美需要一点儿冷落,才能应运而生。"

"用香蕉皮擦兰花的人说这种话!"阿尔玛忍不住笑道。

"啊,可那是兰花,"安布罗斯说,"是不一样的。兰花是神圣的遗迹,阿尔玛,需要虔诚以待。"

"可是,安布罗斯,"阿尔玛说,"这整个庄园看上去越来越像神圣的遗

---

[1] 即1828年以来。

迹了……在打完一场圣战后！"

他们现在称呼彼此为"阿尔玛"和"安布罗斯"。

五月走了，六月走了，七月到来。

她可曾这么快乐？

她从来不曾这么快乐。

安布罗斯到来前，阿尔玛的生活一直算是不错的。是的，她的世界看起来或许狭小，日子或许千篇一律，然而对她而言这些并非难以忍受。她充分利用自己的命运。苔藓工作占据着她的脑子，她知道自己的研究工作无懈可击、诚实可靠。她有自己的期刊、标本室、显微镜、植物学专著，以及与海外植物学家和采集家往来的信件，还有对父亲该尽的种种义务。她有自己的生活习惯和种种责任。她有自己的尊严。的确，她就像一本每天翻到同一页的书，近三十年来一直如此——不过那并不是很糟的一页。她一直很乐观，很满意。从所有方面看来，她一直过得很好。

现在，她永远回不到过去那样的生活了。

✥

一八四八年七月中旬，从芮塔入院以来，阿尔玛头一次去格里芬收容所探望她的朋友。阿尔玛并未遵守诺言，像她承诺的那样每个月去探望芮塔。可是自安布罗斯到来之后，白亩庄园的日子就变得非常忙碌而愉快，她暂时把芮塔从心头放下了。然而，到了七月，阿尔玛的良知开始骚动，因此她做了安排，有一天她要乘马车上特伦顿去。她写了封短笺给霍克斯，问他想不想跟她一起去，可是他不愿意。他没有对此做出解释，尽管阿尔玛知道，他只是不忍看见芮塔目前的状况。不过，安布罗斯倒是主动提出当天和阿尔玛结伴而行。

"可是你在这儿有这么多工作要做，"阿尔玛说，"而且这不见得是一次愉快的探访。"

"工作可以等,我想见见你的朋友。我得承认,我对各种狂想病症怀有一种好奇心。我有兴趣去看看收容所。"

风平浪静的旅程后,阿尔玛和安布罗斯来到了特伦顿,和主治医师短暂交谈后,两人被护送到芮塔的房间。他们看到她住在一个私人小房间里,室内有一张整洁的床架、一套桌椅、一条长地毯,墙壁上原本挂有镜子的地方空着,镜子后来必须被移除——护士解释说——因为镜子让病人难受。

"有一阵子,我们尝试让她和另一位女士住在一起,"护士说,"可她不愿意。变得很暴力,爆发出恐惧不安的情绪。任何人和她待在一个房间里,都有理由感到担心。最好还是让她一个人住。"

"她在爆发这些情绪时,你怎么做?"阿尔玛问道。

"冰浴,"护士说,"我们遮住她的眼睛和耳朵,这样似乎能让她冷静下来。"

这不是一个令人不快的房间。可以看到后花园,阳光充足,虽然如此,阿尔玛心想,她的朋友肯定很寂寞。芮塔衣着整洁,洁净的头发编成了发辫,可是她看上去像个幽灵,脸色苍白。她仍然是个漂亮的小东西,但是现在大部分的时间,她都只是某种东西。看到阿尔玛,她似乎不高兴也不惊慌,对安布罗斯也未表示出任何兴趣。阿尔玛走过去,坐在她朋友身边,握住她的手。芮塔没有丝毫抗拒。阿尔玛留意到,她有几个手指的指尖裹着绷带。

"发生了什么事?"阿尔玛问护士道。

"她晚上咬手指头,"护士解释,"我们没办法让她改掉这个习惯。"

阿尔玛给她朋友带来一小袋柠檬糖果和一束裹着包装纸的紫罗兰,但芮塔只是看着礼物,仿佛不确定哪个该吃、哪个该欣赏。甚至连阿尔玛在路上买的最新一期《乔伊妇女手册》,也遭到冷漠对待。阿尔玛猜想,花、糖果和杂志最后会被护士带回家去。

"我们来看你了。"阿尔玛胆怯地对芮塔说道。

"那你为什么不在这里？"芮塔问道，语气因服用鸦片酊而迟钝。

"我们在这里呀，亲爱的，我们就在你面前。"

芮塔茫然地看了阿尔玛一会儿，而后转头再次望向窗外。

"我本来打算带棱镜给她，"阿尔玛对安布罗斯说，"可是我忘了。她一直很喜欢棱镜。"

"你该给她唱首歌。"安布罗斯悄悄建议。

"我不会唱歌。"阿尔玛说道。

"我想她不会反对。"

可是阿尔玛甚至想不起半首歌。她只是俯过身子，在芮塔的耳边轻声说："谁最爱你？谁最宠爱你？谁在其他人休息的时候还想着你？"

芮塔没有回应。

阿尔玛几乎仓皇失措地问安布罗斯："你知道任何一首歌吗？"

"我知道很多，阿尔玛。可是我不知道属于她的歌。"

✥

乘马车返家的路上，阿尔玛和安布罗斯都沉思不语。最后，安布罗斯开口问道："她一直都是这样吗？"

"头脑不清？从来不是。她一直有点儿疯狂，但是她还是女孩的时候，是那么令人欢欣。她有疯狂的幽默感，很有魅力。每个认识她的人都很爱她。她甚至给我和我妹妹带来欢笑——我也说过，普鲁登丝和我不是能和人分享欢乐的人。但是她内心的骚乱多年来与日俱增。而现在，你也看到了……"

"是的。我看到了。可怜的小家伙。我对精神病人相当同情。每当我在他们身边时，就能感同身受。我认为任何人说自己从来没有疯狂的感觉，都是在说谎。"

阿尔玛对此稍加深思。"说老实话，我相信自己从来没疯狂的感觉，"她说，"我不知道我跟你这么说的时候，是否在说谎。但我不这么认为。"

安布罗斯笑了笑。"当然不是。我应该当你是例外，阿尔玛。你和我们其他人都不同。你的脑子是这么稳定，你的情感像保险箱一样牢固。你能给周遭的人带来踏实的感觉。"

"真的吗？"阿尔玛问道，听他这样说，确实很惊讶。

"的确如此。"

"这想法很奇特。我从来没听过这样的话。"阿尔玛望着马车窗外，进一步思忖。而后，她想起一件事："或许我听过这样的话。你知道，芮塔也说过，我的下巴给人踏实的感觉。"

"你整个人都给人踏实的感觉，阿尔玛。甚至你的声音，都给人踏实感。对于我们这些偶尔觉得自己像磨坊地板上的麦糠、被生活吹得四处飘落的人来说，你本人就是最令人感激的安慰。"

对于这句令人惊讶的话，阿尔玛不知如何反应，因此没有理会。"得了吧，安布罗斯，"她说，"你是这么个头脑稳重的人——肯定从来没有过疯狂的感觉吧？"

他想了一会儿，谨慎选择自己的用词："我不由地觉得，我正处在和你的朋友芮塔极其相似的状况中。"

"不，安布罗斯，不会吧？"

他并未立即答复，这使她焦虑了起来。

"安布罗斯，"她比较温和地说，"不会吧，是不是？"

他又一次过了好长一阵子，才谨慎小心地回答。"我指的是，与这个世界疏离的感觉——伴随着跟另一个世界保持一致的感觉。"

"什么另一个世界？"阿尔玛问道。

他因犹豫而没有答复，这使她觉得自己仿佛问得太多，因此尝试用一种较为随意的语调："我道歉，安布罗斯。我有个可怕的习惯：凡事都要追根究底。这恐怕是我的天性，我希望你不会觉得我太唐突。"

"你并不唐突，"安布罗斯说，"我喜欢你的好奇心。只是我不确定怎么给你一个满意的答复。一个人不希望因为太过坦诚，而让他欣赏的人不再喜欢他。"

于是阿尔玛放弃了这一话题，或许希望关于疯狂的话题永远不再被提起。仿佛为了抵消这一刻，她从自己的提包里拿出一本书来，尝试阅读。马车颠簸得相当厉害，无法舒舒服服地阅读，而她刚才听到的事，使她心神不宁，不过，她仍然假装专心看书。

过了半晌，安布罗斯说："我还没告诉过你，多年前我为什么离开哈佛。"

她把书放到一边，转头面对他。

"我经历过一段时期，阿尔玛。"他说道。

"疯狂？"阿尔玛问道。她以她一贯直截了当的方式说道，尽管因为对他可能的回答感到恐惧，心里沉了下来。

"可能吧，我不确定叫什么。我母亲觉得是疯狂，我的朋友们觉得是疯狂，医生也认为是疯狂。我自己倒觉得是其他东西。"

"比如？"她问道，又是以正常的语调，尽管她的惶恐不安正在累积。

"或许是着魔？巫术的集聚？物质边界的消弭？带了一双火翅膀的灵感？"他的脸上没有笑意，他相当严肃。

这样的表白让阿尔玛严肃地停顿下来，无法回答。在她的思维中，根本没有消弭的物质边界。确定的物质边界给阿尔玛的生活带来更多养分和安稳感，没有任何东西可与之相比。

安布罗斯在继续说下去前，小心翼翼地审视着她。他望着她，就好像她是温度计或指南针——就好像他在尝试揣测她，就好像他完全以她的回应为基准,正在挑选转弯的方向。她努力不让自己脸上显现出惊慌的神色。他对自己看到的一切肯定很满意,因为他继续说了下去。

"我十九岁时,在哈佛图书馆发现一套藏书,作者是雅各布·波墨[1]。你知道他吗?"

她当然知道。她也有这套作品,就存放在白亩庄园的藏书室里。她读过波墨,尽管她从未欣赏过他。波墨是十六世纪的德国皮匠,对植物怀有神秘的幻想。很多人认为他是早期的植物学家。阿尔玛的母亲却认为他是中世纪迷信的遗毒。因此人们对波墨褒贬不一。

这位老皮匠信仰某种他称之为"万物的签名"的理论——即在世界上每一朵花、每一片叶子、每一颗果实和每一棵树的设计当中,上帝都隐藏了改善人类的线索。整个自然界就是一种神的代码,波墨宣称,这其中包含着造物主的爱的证明。因此,许多药用植物都酷似它们能治疗的疾病或治疗的器官。罗勒有肝形叶子,显然对治疗肝脏疾病有帮助;白屈菜分泌一种黄色液体,能被用来治疗黄疸病引发的症状;形状像脑的胡桃,对头痛极具疗效;长在冷冽溪流附近的款冬,可治疗因浸泡冰水而导致的咳嗽和寒战;蓼属植物的叶子上有血滴般的红色斑点,能治疗出血的伤口。诸如此类,无休无止。比阿特丽克斯一直很鄙夷这种理论。("大部分叶子形状都像肝脏——难道我们要把它们全部吃了?")阿尔玛也继承了她母亲的怀疑精神。

可现在不是讨论怀疑论的时候,安布罗斯又在观察阿尔玛的脸色了。他似乎在拼命搜索着她的表情,等她准许自己继续说下去。阿尔玛又一次让自己保持面无表情,尽管她感到极度不安。他又继续说下去。

---

[1] 雅各布·波墨(Jakob Böhme,1575—1624),德国神秘主义者和神智学家,声称他的哲学是通过与上帝交流发展而来的,强调善与恶存在于所有的实在之中,善恶之间的冲突斗争是宇宙的创造力量。他的思想影响了诸如黑格尔、叔本华、冯·巴德尔以及威廉·布莱克等人。著有《曙光》《伟大的神秘主义》《走向基督之途》等。

"我知道现今的科学界对波墨的想法有所质疑,"他说,"我了解这些反对的声浪。波墨和固有的科学方法论背道而驰。他欠缺严密的有序思维。他的著作充满破碎、分裂的见解。他不理性,过于轻信。他只看见他想看到的东西。他忽视与本身信念相抵触的任何东西。他始于自己的信仰,而后企图让事实配合这些信仰。这不能被称为科学。"

比阿特丽克斯本人都无法说得这么贴切,阿尔玛心想——不过,她又只是点点头。

"但是……"安布罗斯不说话了。

阿尔玛让她的朋友有时间默想。他沉默了相当长时间,使她以为他或许决定到此结束。不过,沉默良久之后,他继续说:"但是波墨说,上帝将他自己烙印在世界上,留下印记,等待我们去发现。"

这个类比非常明显,阿尔玛心想,使她不得不指出这一点。"就像版画制作者。"她说道。

听了这些话,安布罗斯转头看她,他松了口气,脸上充满感激。"没错!"他说,"正是如此。你了解我。你能了解,这个想法在我年轻时对我来说意味着什么。波墨说,这一上帝的特许证明,是一种神圣的魔法,而这种魔法是我们唯一需要的神学。他相信我们能学会解读上帝的印记,但是我们首先得把自己投入火中。"

"把自己投入火中。"阿尔玛重复了一次,让自己的语调保持中立。

"是的。借由弃绝物质世界,弃绝教会与其石墙和仪式,弃绝抱负,弃绝学问,弃绝身体的种种欲望,弃绝占有欲和私心,甚至弃绝语言!直到那时,你才能看见上帝在创世之时所看到的一切。直到那时,你才能解读上帝给我们留下的旨意。因此你瞧,阿尔玛,得知这些之后,我已经当不成牧师、学生或儿子,似乎也当不成一个人。"

"那你成为什么?"阿尔玛问道。

"我尝试成为火。我停止所有常规生命活动,我不再说话,我甚至不再进食。我相信自己靠阳光和雨水就能生存。我跟你说,有很长一段时间——尽管这似乎无法想象——我确实只靠阳光和雨水生存。这并不让我惊讶。我有信仰。你瞧,我一直是我母亲的孩子当中最虔诚的一个。我的弟兄们拥有逻辑和理性,而我则始终拥有对造物主的爱,拥有与生俱来的感受。小时候,我经常深深沉浸在祷告中,我的母亲会在教堂里摇醒我,并因为我在做礼拜时睡觉而惩罚我,可我并不是在睡觉。我是在……对话。读过波墨后,我更想与神更亲密地会面。因此,我放弃世上的一切,包括维持生命的一切。"

"发生了什么事?"阿尔玛问道,但又不敢听他的回答。

"我遇见了神,"他眼睛一亮地说,"或者说,我相信自己遇见了。我有了不起的思绪。我能够解读隐藏在树木当中的语言。我在兰花当中看见天使。我看见一种新的宗教,以植物的语言说出。我听见圣歌。我现在想不起旋律,只记得非常优美。有整整两周时间,我能听见人们的思考。我希望他们也能听见我的思考,可是他们似乎不能。狂喜的感觉使我欢欣快乐。我觉得自己再也不会受伤,再也不会受到攻击。我对谁都没有害处,可我的确失去了世俗的欲望。我等于……不再是粒子。哦,还不止这些。我出现这般的认知!例如,我重新命名所有的色彩!我还看见新的色彩,隐藏的色彩。你知不知道有一种色彩叫作'水深',是一种清澈的蓝绿色?这种色彩,只有飞蛾看得到。是上帝勃然大怒的色彩。你想不到上帝的愤怒会是淡蓝色的,但确实如此。"

"我不晓得。"阿尔玛小心翼翼地承认。

"噢,我看见了,"安布罗斯说,"我看见'水深'的光晕,环绕着某些树、某些人。我在完全不该有光线的地方,看见慈善的光环。这种光没有名称,却有声音。我到处都看得到——或者不如说,我到处都听得到——我跟随其后。然而,之后没过多久,我差点儿送命。我的朋友塔珀在雪堆上找到我。有时候我在想,要不是冬天来临,我或许能继续撑下去。"

"不吃东西,安布罗斯?"阿尔玛问,"不会吧……"

"有时候我这么认为。我不是说这很理性,但是我这么认为。我希望自己变成一株植物。有时候我觉得——只是片刻时间,受信仰的驱使——自己变成了一株植物。否则我怎么熬得过只靠雨水和阳光生存的两个月?我记得以赛亚[1]说过:'凡有血气的尽都如草……百姓诚然是草。'"

多年来第一次,阿尔玛想起自己小时候也曾渴望成为一株植物。当然,她当时只是个孩子,盼望从父亲那儿得到更多的耐心和爱。但是尽管如此——她从未真正相信自己是植物。

安布罗斯继续说:"我的朋友们在雪堆上找到我后,把我送去精神病院。"

"就像我们刚去的地方一样?"阿尔玛问道。

他无比忧伤地一笑:"哦,不,阿尔玛,和我们刚去的地方完全不一样。"

"哦,安布罗斯,我很抱歉。"她说道,现在她感到很不舒服。在费城,她曾见过典型的精神病院,当时她和霍克斯把芮塔送去这样的绝望之家待了一小段时间。她无法想象这位温和的朋友安布罗斯,待在那种悲惨、忧伤、痛苦的地方。

"不需要为此感到抱歉,"安布罗斯说,"都过去了。幸好那儿发生的事,我已经忘了大半。但是住院的经验,从此让我感到更加恐惧。恐惧得再也无法体验完全的信任。我出院之后,塔珀一家人把我接去照顾。他们待我极好,为我提供住宿,让我在他们的印刷厂工作。我希望自己能再一次找到天使,不过这回是通过比较实体化的方式。我想你可以理解为一种比较保险的方式。我已经失去把自己投入火中的勇气了。于是,我自学了

---

[1] 以赛亚(Isaiah),《旧约·以赛亚书》的作者,生活在公元前 8 世纪,在其生活的年代以先知的身份侍奉上帝。文中所引经文出自《以赛亚书》。

版画艺术——实际上,就是在模仿上帝,尽管我知道这样的表白听起来有罪而且自负。我想把自己的感知印在世界上,尽管我仍未创造出自己心目中的精美作品。不过,这让我有事可做。我凝视兰花,兰花给人带来安慰。"

阿尔玛迟疑了一下,而后稍感不安地问道:"你有没有再找到过天使?"

"没有,"安布罗斯笑了笑,"恐怕没有。不过,工作本身带来了喜悦——或者说使人分心。感谢塔珀的母亲,我又开始进食了。但是我完全变了个人。我避开所有的树木,以及那段时期我所看见的被染上象征上帝愤怒的'水深'之色的人们。我渴望听见新宗教的赞歌,却不记得歌词。之后没多久,我就去了丛林。我的家人认为这是个错误——我在那儿可能会再次遭遇疯狂,孤独可能会伤害我的身体。"

"有吗?"

"或许吧。很难说。就像我们初次见面时我告诉你的,我在那儿得病发烧了。热病让我体力衰退,但是我也很庆幸。发烧期间,有时候我相信自己几乎能再次看见上帝的特许证明,不过,只是几乎而已。我能看见写在叶子和叶脉中的告示和条文。我能看见周遭树枝弯曲成紊乱的信息。处处都有签名,处处都有汇流的字句,可是我读不懂。我听见昔日熟悉的音乐旋律,可是我无法捕捉。没有任何东西显现给我。我生病时,有时会再次瞥见躲在兰花里的天使——却只看得到他们衣服的边角。光线必须纯净,一切必须非常安静,才会发生。然而这并不够。这不再是我从前看到的情况。一旦你看见过天使,阿尔玛,你就不会对衣服的边角感到满意。十八年之后,我知道自己再也看不到曾经看过的景象——甚至在最深邃的孤独丛林中,甚至在迷妄的发烧状态中——因此我回国了。然而,我想我永远都会渴求其他东西。"

"你究竟渴求什么?"阿尔玛问道。

"纯净,"他说,"与交融。"

听完这一切,阿尔玛感到难过,也感到一种猛然袭来的恐惧,担心某种美好的东西从她身边被带走。她不知道该怎么安慰安布罗斯,尽管他似乎也并未寻求安慰。他是不是疯子?他似乎不像疯子。她告诉自己,从某种意义上说,他把自己的秘密告诉她,她应当感到荣幸。可这样的秘密如此叫人担忧!你要怎么理解这些秘密?她从来没有见过天使、没有目睹过上帝勃然大怒的秘密色彩,也不曾把自己投入火中。她甚至不太肯定"投入火中"是什么意思。你要怎么做?你为什么要这么做?

"你现在有什么计划?"她问道。当说这句话时,她骂自己乏味的头脑只能从世俗的角度思考:他刚才还在谈天使,而你却问他有什么计划。

不过,安布罗斯笑了笑。"我渴望过宁静的生活,尽管我不认为自己能过上这样的生活。我很感激你提供给我一个居住的地方。我非常喜欢白亩庄园。对我来说这里简直就是天堂——或者说,在仍然活着的时候,最接近天堂的地方。我已经厌倦了世界,现在只渴望获得安宁。我喜欢你父亲,他似乎没有指摘我,还准许我住下来。我很感激有工作让我可以创作,让我有事可做并感到满足。有你陪伴,让我万分感激。我得承认,打从一八二八年我的朋友们把我带离雪堆,让我回到现实世界后,我一直感到很孤单。在我看过那一切之后,也由于我无法再看到那一切,我始终很寂寞。但是有你做伴,我发现与其他时候相比自己不再觉得那么孤单了。"

听到这话,阿尔玛几乎要哭了。她考虑该如何反应。安布罗斯始终如此自然地道出自己的知心话,而她却从来没有分享过自己的秘密。他勇敢地坦白自己的秘密。他的坦白虽然令她害怕,但她应该以同样的方法回报他的勇气。

"你同样纾解了我的孤独。"阿尔玛说道。要她坦白,是件困难的事。她说这句话时不敢看他,但至少她的声音没有发抖。

"这我一直不知道,亲爱的阿尔玛,"安布罗斯和善地说,"你看起来永远那么坚定。"

"我们没有人是坚定的。"阿尔玛答道。

✥

他们重返白宙庄园，回到他们规律、愉快的日常事务中，但阿尔玛始终因自己听到的事而心神不宁。有时安布罗斯忙着工作——画兰花，或准备印版的石版——她就会看着他，寻找精神病态或险恶心灵的迹象。然而，她并未看到任何证据。如果他正承受幽灵幻象之苦，或渴求神秘幻觉，他也未显露出来。似乎没有任何精神错乱的证据。

每当安布罗斯抬眼撞见她正在看他，他就只是微微一笑。他是如此诚恳、温和、毫无戒心。他似乎不害怕被人观察。他似乎不想隐藏任何事情。他似乎不后悔与阿尔玛分享这些事情。如果说有什么不同的话，只是他对她的态度更为亲切。他只是比以前更感激、更振奋、更善意。他的好性情永远不变。他对亨利、对汉娜克、对每一个人，都很有耐心。有时他显得疲倦，不过这是可以预料的事，因为他拼命工作。他和阿尔玛一样卖力工作。自然而然，他有时会感到疲惫。但是在其他方面，他和以前没有什么不同——她那亲爱的、毫无防备的朋友。就阿尔玛所见，他也没有涌现出过度的宗教狂热。除了每周日尽守本分地和阿尔玛去教堂，她甚至从未看见他祈祷。他从各方面看来都是个平静的好人。

另一方面，两人在特伦顿返家途中展开的讨论挑起了阿尔玛的想象。她对这一切无法理解，对这个难题，她渴望找出一个令人信服的解答：安布罗斯是不是疯子？如果安布罗斯不是疯子，那他是什么人？她很难接受奇迹，可她也很难把她的挚友看成疯子。那么，他在那段时间看见了什么？她自己从未见过神，也不渴望见到。她在生活中致力于理解真实物体。有一回拔牙，在乙醚的作用下，阿尔玛看见自己脑子里繁星跃动——但即使在当时她也知道，那是药物对一个人的头脑产生的正常影响，并未让她升入天堂的运作机制中。然而，安布罗斯沉迷异象幻觉，并不是在乙醚或其他物质的作用下。他的疯狂是……清醒的疯狂。

阿尔玛与安布罗斯交谈后的几个星期里，她经常在夜里醒来，蹑手蹑脚地走到楼下的藏书室，阅读波墨的著作。成年后，她就没有再阅读过这位德国皮匠的作品，现在，她尝试恭恭敬敬、不抱偏见地研究其文本。她知道英国诗人弥尔顿读过波墨，牛顿也赞赏过他。如果这些先哲能在这些文字中找到智慧之言——如果像安布罗斯这种特别的人都会被这些言论打动——阿尔玛为什么不能？

然而，她在文本中找不到任何能使她进入神秘或奇异境界的东西。在阿尔玛看来，波墨的著作充满过时的信念，既晦暗又神秘。他思想古旧，抱持中世纪的态度，深受炼金术和抗毒剂影响。他相信珍贵的宝石和矿石蕴含力量和非凡的美德。他看见上帝的十字架，藏在一片卷心菜叶中。他相信世上的一切都是永恒力量和天恩的具体体现。大自然的每一个环节，都是一道圣谕——一句上帝的口头之言，一种被创造出来的表达方式，一个具体的奇迹。他认为玫瑰不是爱的象征，事实上是爱本身：实际存在的爱。他预示末日，抱持乌托邦理想。他说，这世界肯定将会很快毁灭，人类肯定会到达伊甸园般的境界，所有的男人都将成为处子，生命将尽是喜悦和玩耍。然而上帝的智慧，他坚称，却是女性的智慧。

波墨写道："上帝的智慧是永恒的处女——不是妻子，而是没有丝毫瑕疵的忠贞与纯洁，作为神的形象站在那里……她是难以计数的智慧的奇迹。在她身上，圣灵看到天使的形象……尽管她将身体献给一切果实，她却不是有形的果实，而是果实内部的优雅和美丽。"

这一切让阿尔玛觉得毫无道理。许多部分还让她恼火。肯定也没让她渴望停止进食、学习、讲话或舍弃肉体的快乐，只靠阳光和雨水生存。相反，波墨的文章使她惦念她的显微镜、她的苔藓，渴望具体可感的安逸、舒适。为什么物质世界不足以让波墨这些人感到满足？你能看到、触摸、知道那是真实的，难道还不够美好？

"真实生活立于火中，"波墨写道，"而后，一个谜主宰另一个谜。"

阿尔玛肯定曾被主宰过，可她的心灵并未感到激动。不过，她也未安下心来。她阅读的波墨作品，促使她去寻找白亩庄园藏书室里的其他论著——交叉研究植物学与神学的尘封著作。她感到怀疑，也觉得受到了挑战。她翻看所有老神学家以及已经绝迹的古怪术士们的作品。她检视德国神学家大阿尔伯特[1]。她尽责地研读四百年前的修士所写的有关风茄和独角兽羚角的文章。所有的科学理论都有太多缺陷。他们的逻辑有很大漏洞，你能感觉到一阵阵强风钻过论据。他们以前相信过如此荒诞无稽的想法——蝙蝠是鸟类，鹳鸟在水底下冬眠，蚊蚋出身于露水，鹅由藤壶孵化而来，藤壶长在树上。纯粹作为历史问题的话，这些颇为有趣——可是何必当回事？她百思不解。安布罗斯为何会受中世纪学术诱骗蛊惑？这是一道迷人的轨迹，没错，却是错误百出的轨迹。

七月底一个闷热的午夜，阿尔玛待在藏书室内，一盏灯摆在她面前，她把眼镜架在鼻尖上，阅读十七世纪著作《圣树园》的复印本——其作者和波墨一样，尝试在《圣经》提及的每一种植物中，解读出神的信息。这时，安布罗斯走进房间。她看见他时吓了一跳，不过，他似乎泰然自若。要说有什么的话，他似乎对她感到担心。他坐在她身旁，在大房间中央的长桌旁边。他身上穿着白天的衣服。如果他不是出于对阿尔玛的尊重而换下了睡衣，那就是当晚他根本仍未上床睡觉。

"你不能连续好几天熬夜不睡觉，我亲爱的阿尔玛。"他说道。

"我在利用夜深人静的时光进行研究，"她回答，"希望没打扰到你。"

他看了看摊开在他们面前的那本老旧大书的书名。"你不是在读有关苔藓的书，"他平静地说，"你对这一切有什么兴趣？"

她发现很难对安布罗斯撒谎。一般而言，她不擅长说谎，而他尤其不是她

---

[1] 大阿尔伯特（Albertus Magnus，约1200—1280），中世纪欧洲重要的哲学家和神学家，著作有《神学大全》等，对科学精神在欧洲的复兴有一定贡献。

想欺瞒的人。"你说的事我弄不明白,"她承认,"我想从这些书里寻找答案。"

他点点头,却什么也没有回答。

"我从波墨着手,"阿尔玛继续说,"结果只发现他令人费解,现在我转向了……其他的书。"

"我对你坦白的事,让你觉得不安。我早就担心可能会出现这个问题。我应该什么都不说的。"

"不,安布罗斯。我们是最亲密的朋友。你永远可以信赖我。你甚至可以时时来烦我。你的坦率让我感到荣幸。我渴望对你有更多了解,但这恐怕超出了我的理解范围。"

"那这些书告诉你什么关于我的事?"

"什么也没有。"阿尔玛答道。她忍不住笑了起来,安布罗斯也跟着她一起笑。她感到十分疲倦。他看起来同样疲惫。

"那你为何不自己问我?"

"因为我不想惹恼你。"

"你绝不可能惹恼我。"

"这些书里的错误激怒了我,安布罗斯。我不知道这些错误为什么没有激怒你。波墨做出这种跳跃、矛盾且混乱的思考。仿佛他想靠着自己逻辑的力量直接跨入天堂,可他的逻辑却有严重的缺陷。"她的手伸过桌子,拿起一本书,把书打开。"比方说在这一章,他尝试从《圣经》里的植物当中,找出上帝的秘密——可是如果他的信息是完全错误的,我们要怎么理解?他花了一整章的篇幅,诠释《马太福音》提及的'野地里的百合',分解'百合'一词的字母,在音节当中寻找启示……可是安布罗斯,'野地里的百合'本身是个误译。那不可能是耶稣在登山宝训[1]中讨论的百合。巴

---

[1] 《新约·马太福音》记载了耶稣在山上所说的话,其中最著名的论福的观点,被认为是基督徒言行的准则。"野地里的百合"出自《马太福音》。

勒斯坦的本土百合只有两个品种,两者都极其罕见,不可能开花开得如此繁盛,覆盖整片草地。普通人也不可能熟悉这两种百合。耶稣为使更多人明晓其意而调整了他的说法,很可能指的是一种到处存在的花,好让听众理解他的隐喻。因此,耶稣所提到的,恐怕是野地里的银莲花——可能是冠状银莲花——尽管我们无从确定……"

阿尔玛不说话了。她听起来像在卖弄学问,而且荒谬可笑。

安布罗斯又笑了起来。"你一定能成为好诗人,亲爱的阿尔玛!我会很高兴看到你诠释的《圣经》:'请凝视野地里的百合;它们不劳苦,也不纺线——尽管老实说,它们极可能不是百合,而是冠状银莲花——尽管我们无从肯定,但无论如何,没有人能否认,它们不劳苦也不纺线。'这会成为多么好的赞歌,在每一座教堂的椽梁上缭绕!你会想听到众多信徒把它唱出来。不过我想问,阿尔玛,既然我们谈到这个主题,你如何看待以色列人挂上竖琴并抱着哭泣的那棵巴比伦柳树[1]?"

"你在诱我上钩,"阿尔玛说道,她的自尊受到伤害,同时也受到激励,"不过我怀疑,若考虑到所在地区,那很可能是白杨树。"

"那亚当和夏娃的苹果呢?"他探问。

她觉得自己像傻子,可是她阻止不了自己。"不是杏就是榅桲,"她说,"比较可能是杏,因为榅桲不太甜,不可能引发年轻女人的欲望。总之,不可能是苹果。圣地没有任何苹果,安布罗斯,说到伊甸园里的树,人们经常描述它们树荫浓密、令人流连忘返、长满银色叶子,多数的杏树品种都可如此描述……因此当波墨谈到苹果、上帝、伊甸园……"

此时,安布罗斯笑得不得不擦拭眼睛。"我亲爱的惠特克小姐,"他极其温柔地说,"你的脑袋多么令人惊奇。这种危险的推理,说起来正是上帝害怕发生的事:让女人吃下智慧之树的果实。对所有女性来说,你是个警

---

[1] 被掳到巴比伦的以色列人日夜思念他们的故乡,但被要求在此唱歌作乐,因此将琴挂在柳树上以示抗议。

示人物！现在你得停止散发这样的智慧，立刻学习曼陀林[1]，缝补衣服，或去做其他毫无用处的活动！"

"你认为我很荒谬。"她说道。

"不，阿尔玛，我认为你很了不起。你尝试理解我，这让我很感动。一个朋友的爱莫过于此。我更感动的是，你试着通过理性思考，了解完全无从了解的东西。此处找不到任何确切的原则。如波墨所说，神性并非根植于大地——高深莫测，存在于世界之外，正如我们的体验。但是亲爱的，我们的脑袋有一种差异。我渴望乘着翅膀得到启示，你则手里拿着放大镜，一步一脚印地稳稳前进。我是一知半解的流浪汉，在外部轮廓中追求上帝，寻找新的了解方式。你则是站在地面上，一点一点研究证据。你的方式理性、系统，但是我无法更改我自己的方式。"

"我对理解事物，的确有一种糟糕透顶的热爱。"

"你确实十分热爱，但不是糟糕透顶，"安布罗斯回答，"这是生来就拥有精准头脑的必然结果。可是对我来说，仅仅通过理智来体验生活，无异于戴着厚厚的手套，在黑暗中摸索上帝的脸孔。只是学习、说明和描述并不够。你有时必须……跨过去。"

"然而，我就是无法理解那个让你跨过去的上帝。"阿尔玛说道。

"你为什么必须理解？"

"因为我渴望更了解你。"

"那就直接问我，阿尔玛。不要在这些书中寻找我。我这就坐在你面前，我会告诉你任何你想知道的有关我的事情。"

阿尔玛合上她眼前的厚重著作。她或许合得稍微坚决了点儿，因为书砰的一声关了起来。她转过椅子面向安布罗斯，双手相扣，叠在大腿上，说："我不理解你对自然的诠释，也因此，我对你的精神状态充满惊恐。我

---

[1] 曼陀林（mandolin），一种小型弦乐器，常用来独奏或为歌曲伴奏。

不理解你怎能忽视这堆贫乏老旧的理论当中那些矛盾愚蠢之处。你推测我们的上帝是仁慈的植物学家，为了我们，在各种各样的植物当中隐藏着线索，可我却没看见任何直接证据。在这个世界上，用作治疗的植物和有毒的植物一样多。比方说，你的植物学家上帝为什么给我们绊脚灌木和水蜡树，毒死我们的马和牛？隐藏的启示到底在哪里？"

"可为什么我们的上帝不该是植物学家？"安布罗斯问，"你喜欢你的神从事什么职业？"

阿尔玛认真思考着这个问题。"或许当个数学家吧，"她断定，"涂涂抹抹，你知道。加加减减，乘乘除除，摆弄理论和新算法，修正先前的错误。在我看来，这似乎是比较明智的选择。"

"可是我遇到的那些数学家，阿尔玛，他们都不怎么慈悲，也无法滋养生命。"

"正是，"阿尔玛说，"这有助于说明人类为何要经历苦难，以及命运为何充满随机性——因为上帝加减我们，乘除我们。"

"多么悲观的看法！我希望你对生命的看法不会这么黯淡。大致说来，阿尔玛，我看见世界上奇迹仍然多于苦难。"

"我知道你会这样说，"阿尔玛说，"这就是我担心你的原因。你是理想主义者，也就是说，你注定要失望，甚至或许要受伤。你寻求善与奇迹的福音，却没有留下任何空间质疑人生的哀愁。你就像威廉·佩利一样，他认为宇宙中每一个完美的创造，都证明了上帝对我们的爱。你可记得佩利声称，人类手腕的结构——非常适合采集食物，创造美丽的艺术品——象征上帝对人类的爱？可人类的手腕同样也非常适合挥舞斧头，砍死他们的邻居。这难道是爱的证明？再者，你让我觉得自己像个捣蛋鬼，只因为我坐在这里提出这些沉闷的论点，只因为我不能和你一样，住在山顶上的光芒城市里。"

他们默默坐了一段时间，而后安布罗斯问道："我们是不是在争吵，阿尔玛?"

阿尔玛考虑过后说:"或许吧。"

"可我们为什么必须争吵?"

"原谅我,安布罗斯。我很疲倦。"

"你疲倦,是因为你每天晚上都坐在这个藏书室,向已经死了几百年的人提出问题。"

"安布罗斯,我大半辈子都在和这些人以及上了年纪的人对话。"

"而因为他们并未如你所愿地回答你的问题,你现在就指责我。如果比我优越许多的脑袋都已经让你失望,阿尔玛,我又怎能给你满意的答案?"

阿尔玛双手抱着头。她觉得浑身紧绷。

安布罗斯继续说下去,但此时声音温柔了些。"只要想象一下,阿尔玛,如果我们能摆脱争论,能让自己学到什么。"

她又一次抬头看他。"我没办法让自己摆脱争论,安布罗斯。别忘了,我是亨利·惠特克的女儿。我生来就爱争论。争论是我的第一个保姆,争论是我一生的同伴。更重要的是,我信仰争论,甚至热爱争论。争论是通往事实最坚定的道路,因为唯有如此,才能对抗迷信的思考或是懒散的定律。"

"可是如果最终的结果只是淹没在言语中,永远听不见……"安布罗斯停住了。

"听不见什么?"

"彼此,或许吧。不是彼此的言语,而是彼此的想法。如果你问我,我相信什么,我会跟你说:阿尔玛,我们周围的空气充满着无形的引力——电力、磁力、火力、思考力。我们周围的一切,存在着某种共通的感应。存在着某种隐秘的感知方式。这点我很肯定,因为我亲眼看见过。年少的我投入火中时,发现人脑的储存库极少全部被打开。我们打开后,没有任何一样东西不被显现出来。当我们停止一切辩论——内外皆然——我们真正的疑问就会被听见并得到解答。那是强大的推动者。那是自然之书，不是以希腊语，也不是以拉丁语写成的。那是魔力的集合，我始终相信，这是一种可以共享的集合。"

"你说的话令人费解。"阿尔玛说道。

"而你说的话太多。"安布罗斯答道。

她对此无从回答。只要不再多说，就无从回答。她觉得受到冒犯，困惑不已，眼泪刺痛了眼睛。

"带我到一个能让我们一起沉默不语的地方，阿尔玛，"安布罗斯朝她靠过去，说，"我完全信任你，我相信你也信任我。我不希望再和你争吵。我想对你说话，不用语言。请让我试着表明我的意思。"

这是一个令人震惊的请求。

"我们在这儿就可以一起沉默，安布罗斯。"

他环顾宽敞优雅的藏书室。"不，"他说，"我们不行。这里太大太吵，这些作古的老人在我们四周争辩。带我到一个隐秘安静的地方，让我们倾听彼此。我知道这听起来很疯狂，其实并不疯狂。这件事我很肯定——只要我们愿意，就能互相交流。我认识到，我无法独自一人达到交流的境界，因为我太虚弱。自从我遇见你，阿尔玛，我觉得自己坚强了些。别让我后悔告诉你发生在我身上的事。我对你要求这么少，阿尔玛，但是我必须求你答应这个请求，因为我没有其他方式来说明自己的意思，如果我不能向你表明我相信的是事实，那你永远会把我看成疯子或白痴。"

她分辩说："不，安布罗斯，我永远不可能这么看你……"

"可是你已经这么看我了，"他心急如焚地打断她，"或者你终究也会如此。然后你会可怜我，或是讨厌我，我就会失去这世界上我最珍惜的同伴，这将带给我痛苦和悲哀。在这件悲惨的事发生前——如果还没发生的话——请让我试着向你表明我的意思，我说过，没有边界的大自然对我们世俗想象的边界并不关心。请允许我试着向你表明，我们不用语言、不用争论，就可以跟彼此说话。我相信我们之间有足够的爱与感情的交流，我最亲爱的朋友，我相信我们能达到这个境界。我一直希望找到能和我默默交流的人。自从遇见你，我甚至更希望了——因为我们对彼此这种自然和谐的了解，似乎远远超越简单普通的感情……我们难道不是？你难道不也一样，我在你身边的时候，你是不是觉得自己更强大？"

这不容否认。不过，出于自尊，也不能承认。

"你希望从我这里得到什么？"

"我希望你倾听我的心灵。我也希望倾听你的。"

"你在谈论读心术，安布罗斯。这是一种室内游戏。"

"随你怎么称呼。可是我相信，没有语言的干扰，一切都会显现出来。"

"可是我不相信这样的事。"阿尔玛说道。

"可你是从事科学研究的人，阿尔玛——因此何不试试？反正没有什么损失，或许还能学到很多。不过，这事要成功，我们需要最深沉的寂静，我们需要杜绝干扰。我请求你，阿尔玛，我就请求你这么一次。带我到你所知道的最安静、最隐秘的地方，让我们尝试交流。让我向你表明我无法用语言对你说出的东西。"

她能有什么选择？

她带他去了装订室。

❖

这不是阿尔玛第一次听说读心术。要说呢，这似乎是当地的风尚。有时候阿尔玛觉得，近来费城的每一位仕女都是神媒。到处都能看到"神灵大使"，准备让你雇用，以钟点计费。他们的实验报告有时会流入正派的医学和科学杂志中，这使阿尔玛大为震惊。她最近看到一篇关于催眠术的文章——"机会可通过暗示取得"这一概念——她觉得只像是嘉年华会的游戏。有些人把这些探索称作科学，却被反感的阿尔玛看作娱乐——而且还是一种相当危险的娱乐。

安布罗斯多少让她想起这些招魂专家——热望、易感——然而与此同时，他跟他们一点儿也不像。首先，他从来没有听说过他们。他过着如此与世隔绝的生活，不会注意到当时狂热的神秘主义。他并未订阅《颅相学》杂志，其中讨论了三十七种不同的机能、倾向和感情，由人类颅骨上的凹凸部位表示出来。他也没有造访过灵媒，没有读过《日暮》杂志。他没有向阿尔玛提过布朗森·奥尔科特[1]或拉尔夫·沃尔多·爱默生[2]的名字——因为他从没看过奥尔科特或爱默生的名字。为了寻求安慰与同伴，他寄托于中古作家，而不是当代作家。

同时，他不仅主动寻求《圣经》中的上帝，也寻求自然界的幽灵。每个周日和阿尔玛去瑞典路德教会做礼拜时，他都毕恭毕敬地跪着祈祷。他端坐在坚硬的橡木长椅上，毫无困难地领会讲道。他不在祈祷的时候，便默默操作他的印刷机，埋头画兰花，帮助阿尔玛处理苔藓，或是和亨利长时间下棋。安布罗斯确实对世界上其他地方发生的一切一无所知。反而，他尝试要逃离世界——这表明，他全靠自己阐释出这些奇特的观点。他并不知道，一半的美国和大半个欧洲，都在试图解读彼此的心思。他只想解读阿尔玛的心思，也让她解读他的心思。

她无法拒绝他。

因此，当这个年轻人请她带自己到一个安静隐秘的地方时，她把他带进了装订室。她没有别的地方可去。她不想穿过屋子到一个稍远的地方，吵醒任何人。她不希望被逮到和他独处于卧室。何况，她不知道还有哪个

---

[1] 布朗森·奥尔科特（Bronson Alcott, 1799—1888），美国哲学家、教育家。他是超验主义运动的领导者，影响了19世纪哲学思潮和教育改革的方向。

[2] 拉尔夫·沃尔多·爱默生（Ralph Waldo Emerson, 1803—1882），美国思想家、文学家，1836年出版处女作《论自然》。

地方比这里更安静、更隐秘。她跟自己说,这是她把他带来这里的理由。这甚至可能是真话。

他不知道门在那里。没有任何人知道——门缝十分巧妙地隐藏在华丽的石膏老墙后方。比阿特丽克斯死后,阿尔玛是唯一进过装订室的人。或许汉娜克知道这扇门的存在,可是这位老管家很少到屋子的这一侧,也很少会去离得很远的藏书室。亨利或许知道这扇门——毕竟这是他设计的——不过他也一样,很少再到藏书室走动。他可能早在好几年前,就忘了这个地方。

阿尔玛并没有带上一盏灯。她对这小房间的轮廓了如指掌。那里有一张凳子,她羞耻又欢愉地独处此地时就坐在上面,还有一张小工作台,安布罗斯此时可以坐在那儿,直接面对她。她指出他坐的地方。一旦她关上门,上了锁,他们就一起处在一片黑暗中,在这狭小隐秘、令人窒息的地方。他似乎不怕黑暗,也不怕局促的空间。因为这是他的请求。

"我可以握住你的手吗?"他问道。

她小心翼翼地把手伸向黑暗,直到指尖碰到他的臂膀。他们一起找到彼此的手。他的手修长轻巧。她的手摸起来沉重潮湿。安布罗斯双手交叠在膝盖上,掌心朝上,她把自己的双手放在他的手掌上。她没想到第一次接触会产生这样的感觉:一阵炽烈的爱的冲击,像啜泣一样,穿过她的全身。

然而,她原本预想的是什么?难道不该感到如此高昂、宏大、兴奋吗?阿尔玛以前从来没有和男人亲近过。或者应该说,只有两次——一次是在一八一八年春天,当霍克斯把阿尔玛的手紧紧握在他那双手中,称她为了不起的显微镜专家时;另外一次是在最近,也是霍克斯,在他为芮塔苦恼时——但是在这两次事件中,都只是她的其中一只手,几乎偶然地接触到一个男人的躯体。她从来没有体验过真正意义上的亲密接触。几十年来,她无数次坐在同一张凳子上,双腿张开,裙子撩到腰间,锁住同一扇门，向后靠在同一面墙的怀抱中，用她自己的手指头，竭力满足自己的渴望。如果说这间房间里的分子不同于白宙庄园的其他分子——或者确切地说，不同于世界上的其他分子——那是因为这些分子充满了阿尔玛留下的数十、数百、上千个肉欲印记。然而此时，她在这个房间里，在同样熟悉的黑暗中，被这些分子所环绕，与一个比她小十岁的男人单独相处。

可是，她该怎么处置这爱的啜泣？

"倾听我的问题，"安布罗斯轻轻握着阿尔玛的双手说，"然后向我提出你自己的问题，再也用不着说话。我们听见彼此的时候，就会知道。"

安布罗斯轻轻捏住阿尔玛的双手，这在她的手臂上触发了一阵美妙的感觉。

她怎样才能延长这个时刻？

她考虑假装解读他的心思，好激发这种体验。她考虑是否有什么方式，能让这次事件在未来再次发生。可是，万一他们在这里被人发现了可怎么办？万一汉娜克发现他们单独待在装订室可怎么办？大家会怎么说？大家会怎么看待安布罗斯，而他的用意，一如既往，和任何卑劣的行为似乎都毫不相干？他可能会被看作放荡的人。可能会被驱逐。而她可能会因此蒙羞。

不，阿尔玛明白，今晚过后，他们永远不可能再这么做。此时此刻，在她这一生中，她的双手被一个男人紧紧抓在手中。

她闭上眼睛，稍微往后靠，把全身的重量压在墙上。他没有放开她，她的膝盖几乎碰到他的膝盖。很长一段时间过去了。十分钟？半个钟头？她陶醉在被他触摸的快乐中。她希望自己永远不会忘记。

从手掌开始、慢慢流向手臂的愉悦感觉，此时朝着她的身躯前进，最后汇聚在她的双腿之间。她以为会发生什么事？她的身体已经训练得和这房间默契一致——而现在，这种新的刺激来临了。好一阵子，她与这种感觉相抗争。她庆幸没人看得到自己的脸，只要有一丝光线，一张扭曲涨红的脸就会显露出来。尽管她推动了此时此刻,她却也不敢相信此时此刻:一个男人坐在她对面,就在这黑暗的装订室里,在她最隐秘的世界深处。

阿尔玛尝试让自己呼吸均匀。她抗拒自己的感觉,然而她的抗拒只是加强了她双腿之间不断增加的快感。有一个荷兰语单词:uitwaaien,"在逆风而行当中寻找乐趣"。正是这种感觉。阿尔玛完全没有挪动自己的身体,竭尽全力逆着疾起的风,然而风只是以同等的力量挡了回来,她的快感因此增强了。

又过去了很长时间。又过了十分钟?半个小时?安布罗斯没有动,阿尔玛也没有动。他的双手甚至没有抖动,也没有震动。然而,阿尔玛感觉自己被他吞没了。她感觉他无处不在,在她体内,在她四周。她感觉到他在数她颈根周围的头发,检视她脊椎底部的一条条神经。

"想象是件温柔的事,"波墨写道,"就像水一样。欲望则又粗又干,像一种饥饿。"

然而,阿尔玛同时感觉到两者。她同时感觉到水和饥饿。她同时感觉到想象和欲望。而后,带着某种恐惧和汹涌而来的狂喜,她知道自己即将达到熟悉的欢乐旋涡。感觉快速上升,通过她的私处,没有任何办法阻挡。安布罗斯没有碰她(除了双手相抵之外),她也没有碰自己,他们两人的移动范围都未超过一英寸,她没有把自己的裙子撩到腰间,她的手也没有在自己体内活动,甚至连呼吸都没有改变——阿尔玛跌入了高潮。一时间,她看见一道白光闪过,像片状闪电划过没有星光的夏日夜空。世界在她闭起的眼睛后方,变成了乳白色,她感觉自己视线模糊、欣喜若狂——而后,立即感到羞愧。

羞愧万分。

她做了什么?他感觉到了什么?他听见了吗?天哪,他闻到了吗?不过,在她还来不及反应或抽身时,她体会到了另一种感觉。尽管安布罗斯仍然没有动,也没有做出反应。她突然觉得他开始持续地来回轻抚她的脚底。随着时间流逝,她察觉到这种轻抚的感觉,事实上是一个问题——一种从地板上升起、渐渐生成的声音。她觉得问题从她的脚底进入,穿过腿骨。而后,她感觉问题游过私处的潮湿小径,向上爬入她的子宫。近乎滑入她体内的声音,近乎一种表述。安布罗斯正在问她问题,却是从她体内发问。她此时听见了。而后,就这样,他的问题完美成形:

你愿不愿意接受这个我?

她随着自己的回答默默颤动:我愿意。

而后,她体会到另一种感觉。安布罗斯置于她体内的问题,转换成了另一种东西。现在变成了她想问的问题。她原本不知道自己想问安布罗斯问题,但是现在,她有个问题要问——十分迫切。她让自己的问题通过躯干,穿过手臂显现出来。而后,她把自己的问题放在他张开的掌上:

这是不是你要的我?

她听见他大大吸了一口气。他紧紧抓住她的手,几乎弄疼了她。而后他打破寂静,只说了一个字:

"是。"

16

一个月后,他们结婚了。

在未来的岁月中,阿尔玛苦苦思索推动这一决定——不可思议、出人意料地跳入婚姻——的主要机制,然而,在装订室那场体验之后,结婚似乎是必然结果。至于在小房间实际发生的整件事情(从阿尔玛达到贞洁的高潮,到沉默地传递思想),似乎都是一种奇迹,至少是一种现象。对于那天发生的事,阿尔玛找不到任何合理的解释。人们无法听到彼此的思考,阿尔玛知道这是事实。人们无法仅靠手的触摸,就传递某种电流、某种渴望和某种坦然的情欲崩解。然而——这事真的发生了,毫无疑问。

那天晚上当他们走出装订室时,他红着脸狂喜地转向她说:"余生每晚我都想睡在你身旁,永远倾听你的思想。"

这正是他说的话!不是通过心电感应,而是大声地说出来。她不胜喜悦,不知怎么回答。她只是点点头,表示赞成、同意或惊叹。而后,他们各自回到自己的卧室,彼此隔着走廊——尽管当然,她没有睡觉。她怎么睡得着!

次日,他们一起走向苔藓层时,安布罗斯随口说起话来,仿佛他们本来就一直在对话。突然间,他说:"或许我们的身份和生活差异巨大,但那都不再重要了。我在这世界上只拥有任何人都不想要的东西,而你却拥有一切。或许我们的生活相差悬殊,能让我们在差异中找到平衡?"

阿尔玛一点儿也不明白他想说什么,不过,她让他继续说下去。

"我还想知道,"他温和地表示,"像我们两个如此迥然不同的人,能不能在婚姻关系中找到和谐。"

听到婚姻关系一词时,她的心和胃猛然一动。他是从哲学角度还是照字面意义来说?她静静等待。

他继续说下去,尽管并不直接:"我想,有些人或许会认为我是为了得到你的财富。这种偏见绝非事实。我厉行节俭,阿尔玛,不仅是出于习惯,也是出于个人喜好。我没有任何财富给你,可我也不会拿你的财富。你嫁给我,不会变得更有钱,但也不会更穷。这个事实或许不能满足你父亲,可我希望能满足你。不管怎么说,我们的爱不是一般男女之间感觉到的典型意义上的爱。我们两人共享另一种东西——一种更直接、更珍贵的东西。从一开始我就很清楚,我打赌你也很清楚。我希望我们两人能像一个整体一样住在一起,满足、鼓舞彼此,不断追寻。"

那天下午,安布罗斯问她:"你愿意跟你父亲说吗?或是由我来说?"阿尔玛这才拼出了完整的事实:这确实是个结婚的提议。或者不如说是结婚的设想。安布罗斯并不算是向阿尔玛求婚——因为显然在他心里,她已经答应了他的求婚。她不否认这是事实。她什么都愿意答应他。她是这么爱他,爱得令她心痛。她好不容易才对自己承认这点。现在失去他,无异于截肢。的确,这种爱毫无道理。她已年近五十,他却还年轻;她不漂亮,他漂亮;他们才认识几个星期而已;他们相信不同的宇宙(安布罗斯相信神性宇宙,阿尔玛相信现实宇宙)。然而,不可否认——阿尔玛告诉自己——这就是爱。不可否认,阿尔玛即将嫁为人妻。

"我会亲自跟父亲说。"阿尔玛说道,悄悄地欢天喜地。

当天晚上吃晚餐前,她发现父亲在书房里,埋头于文件中。

"你听听这封信,"他说道,当作问候,"此人说他的工厂再也不能运作了。他的儿子——他那愚蠢好赌的儿子——毁了那个家。他说决心偿还债务,希望死时无牵无挂。此人在二十年间没有迈出过任何理智的一步。他现在落到那般田地,算他活该!"

阿尔玛不知他谈的这人是谁,那儿子是谁,也不知道哪个工厂面临倒闭。今天每个人跟她讲话,都像在继续进行一场早已存在的对话。

"爸,"她说,"我想和你讨论一些事,安布罗斯要我嫁给他。"

"好极了,"亨利说,"不过你听我说,阿尔玛——那个傻瓜还想把他的一块玉米田卖给我,还拼命想说服我买下码头上那座已经倒塌在河里的旧谷仓。那个谷仓你知道的,阿尔玛。他以为那破谷仓值多少钱,我为什么会想接管过来,我猜不出来。"

"你没在听我讲话,爸。"

亨利甚至连头也没抬一下。"我在听你讲话,"他说道,把手上的文件翻过来盯着看,"听得非常入迷。"

"安布罗斯和我希望能尽快成婚,"阿尔玛说,"用不着大肆庆祝,我们只想尽快。我们想在月底前结婚。请你放心,我们会继续待在白亩庄园,你不会失去我们的。"

听见这话,亨利从阿尔玛走进房间后首次抬头看她。

"我当然不会失去你们两个,"亨利说,"你们为什么要走?那小子靠他那点儿薪水——他是什么职业来着?兰花专家?似乎不能让你过上你习惯了的舒适生活。"

亨利向后躺倒在椅子上,双手交叉在胸前,透过老式的铜边眼镜镜框,朝他女儿看。阿尔玛不知道接下来该说什么。

"安布罗斯是个好人,"她终于开口说话,"他不追求财富。"

"我想你或许没说错,"亨利回答,"不过我并不想表扬他甘于清贫、不喜财富的个性。无论如何,多年前我就想过这种状况了——早在你我听说过安布罗斯·派克这个人之前。"

亨利稍微有点儿摇摇晃晃地站起身来,看了看他后面的书架。他抽出一本关于英国帆船的书——阿尔玛这辈子都只是看着这本书摆在书架上,她对英国帆船毫无兴趣,因此从不曾打开过。他翻着书,直到找到夹在书中的一张折起来的纸,上面盖有蜡印。蜡印上方写着"阿尔玛"。他把纸递给她。

"这些文件我拟了两份,在一八一七年左右,由你母亲帮忙。另外一份,我在你妹妹普鲁登丝嫁给那条哈巴狗的时候交给她了。这是你未来丈夫需要签署的法令,他必须宣称自己绝不会成为白亩庄园的所有者。"

亨利表现得若无其事。阿尔玛接过文件,不发一语。她认得出母亲的笔迹,把她名字里大写的"A"写得脊背挺直。

"安布罗斯不需要白亩庄园,也没有任何欲望。"阿尔玛辩护说道。

"好极了,那他不会介意签字。当然,嫁妆一定会有,不过我的钱,我的产业——绝不会属于他。我相信我们都明白了吧?"

"很好。"她说道。

"的确很好。至于派克先生是否适合当丈夫,那是你的事。你已经是成年女人了,如果你相信这样的男人可以为你带来满足的婚姻生活,那我祝福你。"

"满足的婚姻生活?"阿尔玛火冒三丈,"我什么时候很难满足啦,爸?我要求过什么来着?娶我为妻能给别人带来多少麻烦?"

亨利耸耸肩:"我不敢说。这得你自己去了解。"

"安布罗斯和我之间有一种自然而然的共鸣,爸。我知道我们看上去似乎是古怪的结合,可是我觉得……"

亨利打断她。"永远不要为自己解释,阿尔玛。这会让你显得很软弱。不管怎么样,我不讨厌这小子。"他把注意力移回到书桌上的文件上。

这算不算祝福?阿尔玛不能肯定。她等着他继续说下去,但他并没有。不过看起来,这场婚姻已经得到了准许,最起码,没有遭到拒绝。

"谢谢你,爸。"她转身向门口走去。

"还有一件事,"亨利又抬起头来,说,"婚礼前一天,照例要就洞房之类的事情给新娘提供意见——至少我推测你对这些事仍然一无所知。身为男人和你的父亲,我没办法给你意见。你的母亲已经过世,否则她会这么做。不必自找麻烦地去问汉娜克任何这样的问题,她可是个什么都不知道的老处女,如果她知道男女之间的床笫之事,可能会吓死过去。我劝你还是去拜访你妹妹普鲁登丝吧。她已经结婚多年,还是六个孩子的母亲,对于婚姻之事,她或许能给你启发。用不着脸红,阿尔玛——你的年纪已经太大,不适合脸红,这让你看起来很滑稽。如果你想试试婚姻,那么好家伙,就放手去试吧。上床的时候,做好准备,就像你对待生活中其他一切事情那样。或许你付出的努力是值得的。对了,如果你明天要进城去,顺便帮我寄一下这几封信。"

✣

阿尔玛甚至还没来得及好好思考婚姻,而现在,一切却似乎都已成定局、安排妥当,甚至她的父亲也已立即切入遗产和洞房的话题。此后,事态发展甚至更为迅速。第二天,阿尔玛和安布罗斯走到第十六街,拍了张银版摄影的结婚照。阿尔玛以前从来没拍过照,安布罗斯也是。照片上的人像跟他们俩可怕地相像,她甚至不太想付钱。她只看了一眼照片,就不想再看。她看起来比安布罗斯苍老许多!陌生人看见这张照片,会以为她是这年轻人大骨架、厚下巴、愁眉苦脸的母亲。至于安布罗斯,他看上去饿得半死、眼神疯狂,像被囚禁在椅子里。他的一只手模糊不清。他蓬乱的头发让他看起来像是刚从痛苦的睡眠中惊醒。阿尔玛的头发卷曲而凄惨。整个经历使阿尔玛觉得万分沮丧。安布罗斯看到照片时,只是笑了起来。

"这可真是中伤!"他叹道,"命运多么无情,让我把自己看得这么真实!不过,我还是会把照片寄给我在波士顿的家人,希望他们认得出自己的儿子。"

对其他即将结婚的人来说,事情是否总会进展得如此迅速?阿尔玛不知道。她不常参加求婚、订婚、结婚仪式。她从来没有读过妇女杂志,也从来不喜欢那些为天真无邪的女孩们撰写的轻松爱情小说。(她的确读过与性爱有关的色情作品,可那些作品并未讲清更重大的情况。)总之,她绝不是情场老手。要不是阿尔玛明显缺乏情场经验,她或许会发现自己的求爱过程原来如此突然且不牢靠。她和安布罗斯在他们相识的三个月内,彼此之间从未交换过一封情书、一首诗,从未拥抱过一次。他们之间的感情清晰稳定,却缺少激情。换作另一个女人,或许会对这种情况抱持怀疑态度,阿尔玛却只是对一些问题感到迷惑。这些问题不见得令人不快,却令她一筹莫展:安布罗斯现在算不算她的情人?她能不能名副其实地这么称呼他?她是否属于他?她现在能否随时握他的手?他如何看待她?他衣服底下的身体是什么样子?她的身体能否带给他满足?他想从她这里得到什么?对于这些问题,她想不出任何答案。

她同时也无可救药地爱着他。

当然,阿尔玛从初次见到安布罗斯起就一直十分爱慕他,然而——在他提出求婚以前——她从来没有考虑过让自己回到那种充分表现爱慕的状态中;这么做会让她觉得鲁莽,即使不是危险。只要有他在身旁,她就会一直很知足。阿尔玛愿意只把安布罗斯看作亲爱的同伴,只要能把他永远留在白亩庄园里。每天早上和他共享奶油吐司,在他谈论兰花时,望着他始终容光焕发的脸,看他游刃有余地绘制版画,看他倒在她的躺椅上听她谈物种变异和灭绝的理论——这一切真的已经相当令人满足。她绝不会奢望更多。把安布罗斯当作朋友、弟弟,已然足够。

即使在装订室事件发生后,阿尔玛也不会要求更多。不管在黑暗中他们之间发生了什么事,她都早已准备将其视为一个独特的时刻,甚至是一种共同的幻觉。她能够说服自己相信,他们在沉默中进行的交流,他按在她手上的手在她全身引发的热烈反应,都只是她自己的想象。假以时日,她甚至可能学会忘记曾经发生过这件事。此次接触过后,她甚至不允许自己痴狂、彻底、难以自拔地爱他——在没有得到他的许可时。

而如今获得许可后,他们即将结婚。阿尔玛不再有机会——也不再有任何理由——克制她的爱。她听任自己投入其中。她感到自己充满惊奇和灵感,心醉神驰。她曾在安布罗斯脸上看到的那些光彩,现在变成了上天的光芒。从前她觉得他的四肢看起来顶多只是悦目,现在看起来则像罗马雕像。他的声音犹如晚祷。他的微微一瞥,都会让她的心充满恐怖痛苦的喜悦。

阿尔玛有生以来第一次坠入情网,这使她充满无限精力,几乎认不出自己。她的精力似乎无穷无尽。她几乎不需要睡眠。她觉得自己能划着小船攀上山腰。她仿佛头戴火冠游走世间。她充满生气。她怀着纯净悸动的眼光看待安布罗斯,也如此看待每件事、每个人。一切都突然变得神奇起来,到处都能看到聚合和恩典的语句,甚至区区小事都变得具有启示意义。她突然充满最令人惊奇的极度自信。相当出人意料地,她发现自己解决了困扰她多年的植物学疑问。她写了一封封畅快淋漓的信,给杰出的植物研究人士(这些人的名声始终令她不敢吭声),勇敢地挑战他们的结论。

"您提出变齿藓有十六个纤毛,却没有外齿毛。"她谴责道。

或者:"您为什么这么肯定这是一个金发藓群落?"

又或者:"马歇尔教授的结论我不敢苟同。我明白,想在隐花植物领域达成共识,可能叫人泄气,不过我劝您在尚未彻底研究累积的证据前,切勿急着宣称发现了一个新物种。近来,人们所看到的给某一标本取的名字,可能跟研究该标本的苔藓学家一样多,这可不表示那是崭新或稀有的标本。我自己的标本室里就有四种这样的标本。"

她以前从未有过这种劝诫的勇气,而爱情使她胆子大了起来,她的头脑就像一台完美无瑕的发动机。婚礼前一星期,阿尔玛有天晚上突然惊醒过来,蓦然意识到,藻类和苔藓之间有一种联系。她观察苔藓和藻类已有数十年之久,过去却从未看到这两者之间有亲属关系的真相。她完全没有丝毫怀疑。她领悟到,从本质上来说,苔藓并不仅是近似爬上岸的藻类,苔藓就是爬上岸的藻类。尽管苔藓是如何由水生演变成陆栖的阿尔玛并不清楚,然而,这两个物种的历史是缠绕在一起的,肯定如此。早在阿尔玛或任何人观察藻类之前,藻类即已做出决定,在决定的那一刻,即已往上移向干燥的空气中,从此转化。她不知道转化背后的过程,但她知道转化确实发生了。

明白这一切后,阿尔玛很想跑过走廊,跳到安布罗斯的床上——和点燃她身心狂野之火的他待在一起。她想告诉他一切,让他看到一切,向他证明宇宙的种种现象。她等不及到天亮,等他们共进早餐时才说上话;她等不及想看见他的脸;她等不及他们再也无须分开的时候到来——甚至晚上,甚至在睡眠中,都无须分开。她躺在自己的床上,兴奋激动得颤抖。

他们两人的房间,感觉上相隔得多么遥远!

至于安布罗斯,随着婚礼来临,他只是变得更镇静、更体贴,他对阿尔玛体贴得无以复加。她有时候担心他可能会改变主意,却看不出任何迹象。她把亨利的法令递给他时,感到一阵忧虑,不过安布罗斯只是签了名,毫无迟疑或抱怨——事实上,他甚至连看也没看。每天晚上,在他们回各自的卧室前,他都会亲吻她长了雀斑的手,就吻在指关节下方。他称她为"我的另一个灵魂,我更好的灵魂"。

他说:"我是这么古怪的人,阿尔玛。你确定受得了我的古怪吗?"

"我受得了你!"她许诺。

她觉得自己有燃烧起来的危险。

她恐惧自己可能死于快乐。

✥

婚礼日——他们将在白亩庄园会客室举行简单仪式——前三天,阿尔玛终于去探望了她的妹妹普鲁登丝。自她们上回见过面后,已经过了好几个月，可是若不邀请妹妹参加她的婚礼实在太过无礼，因此阿尔玛写了封短笺给普鲁登丝——说明她即将嫁给霍克斯先生的一个朋友，而后安排了一次短暂的探望。同时，阿尔玛决定听从父亲的建议，跟普鲁登丝谈谈夫妻之间的床笫之事。这不是她热切企盼的谈话，可是她不想毫无准备地投入安布罗斯的怀抱，而且她没有别人可以询问。

阿尔玛在八月中旬的一个傍晚来到狄克逊家。她看见妹妹正在厨房里，给最小的儿子沃尔特做芥末热敷，沃尔特卧病在床，由于吃了太多绿西瓜皮而肠胃不适。其他的孩子则在厨房里转悠，做各种家务。屋子里热得令人窒息。有两个阿尔玛以前从未见过的黑人小女孩，和普鲁登丝十三岁的女儿萨拉坐在角落里；她们三人正在一起梳理羊毛。每个女孩，无论黑白，都穿着最为粗陋的连衣裙。孩子们，甚至黑人小孩，都走过来礼貌地亲吻阿尔玛，叫她"阿姨"，而后回去做他们的工作。

阿尔玛想帮普鲁登丝做芥末热敷，但普鲁登丝拒绝了。一个男孩给阿尔玛拿来一个锡杯，杯子里装有从花园水泵抽出来的水。水是温的，颜色混浊，味道难闻，阿尔玛不想喝。她坐在一张长板凳上，不知该把杯子放在哪里，也不知该说什么。普鲁登丝——她已在本周早些时候收到了阿尔玛的短笺——对姐姐即将举行婚礼表示祝贺，这象征性的交谈只花了一会儿时间，而后话题就此打住。阿尔玛赞赏孩子们，赞赏洁净的厨房，赞赏芥末热敷，直到再也没有东西可以赞赏。普鲁登丝看上去又瘦又累，可是她没有抱怨，也没有谈论自己的生活近况。阿尔玛也没有问她的近况，她不敢知道这家人可能面对的处境。

过了好一阵子，阿尔玛鼓起勇气问道："普鲁登丝，不知能不能和你私下说句话？"

如果这个请求令普鲁登丝感到吃惊，她也并未表现出来。不过话说回来，普鲁登丝平和的面容，向来无法表达吃惊这种卑劣的情绪。

"萨拉，"普鲁登丝对大女儿说，"带其他人到外面去。"

孩子们列队走出厨房，郑重、听话，像要去打仗的士兵。普鲁登丝没有坐下来，而是站在那里，背紧靠着被称作厨房餐桌的大块木板，她的手优雅地搭在干净的围裙上。

"什么事？"她问道。

阿尔玛寻思从何开头。她似乎找不到听起来不庸俗或不鲁莽的句子。突然间，她深深懊悔自己听从父亲对这件事的建议。她想逃出这间屋子——回到舒适的白亩庄园，回到安布罗斯身边，回到水泵能抽出干净冰冷饮用水的地方。可是普鲁登丝盯着她，充满期待，不发一语。必须说些什么话才行。

阿尔玛开始说："当我接近婚姻的海岸……"

阿尔玛声音逐渐变小，眼睛盯着妹妹看，六神无主，毫无理由地希望普鲁登丝能从这句没头没脑的话中弄清楚她想说什么。

"嗯？"普鲁登丝说道。

"我发现自己没有经验。"阿尔玛讲完她的句子。

普鲁登丝镇定沉默地望着她。帮帮我，女人！阿尔玛想大声喊叫。要是芮塔在这里就好了！不是那个陌生、疯狂的芮塔——而是昔日那个欢天喜地、无拘无束的芮塔。要是芮塔也在这儿，要是她们都回到十九岁，那该多好。她们三个少女，或许能设法毫无戒心地谈论这个话题。芮塔会讲得逗趣坦诚。芮塔能让普鲁登丝放下矜持，消除阿尔玛的羞愧。然而眼前没有任何人来帮助这对姐妹，让她们表现得像姐妹。此外，普鲁登丝似乎没有兴趣让这场讨论轻松起来，因为她根本没有开口说话。

"我没有夫妻生活的相关经验，"阿尔玛豁出去了，她鼓起勇气澄清道，"爸建议我和你谈谈，请你指导如何取悦丈夫。"

普鲁登丝微微扬起一只眉毛。"我很遗憾他把我当作这方面的权威。"她说道。

阿尔玛发现，这句话的确有歧义，可现在已无抽身的余地。

"你误会我了,"阿尔玛辩解说,"只是因为你结婚这么久了,而且还有这么多孩子……"

"婚姻不仅仅是你提的这件事而已,阿尔玛。何况,出于某些顾忌,我不能和你讨论你所提的事情。"

"当然,普鲁登丝。我不想冒犯你,也不想侵犯你的隐私。但是我提到的事,对我仍是个谜。我求你不要误解我。我不需要去看医生,我很熟悉人体的基本结构。可是我确实需要请教已婚妇女,好理解我先生喜欢什么、不喜欢什么,我该怎么呈现自己。我是说,关于取悦的艺术……"

"没有任何艺术,"普鲁登丝答道,"除非你是妓女。"

"普鲁登丝!"阿尔玛用连她自己都感到吃惊的力气高喊,"看看我!你没看见我是多么缺少条件吗?你看我像个年轻女孩吗?我看上去让人充满渴望吗?"

直到此刻阿尔玛才发觉,她是多么害怕自己的新婚之夜。她当然爱安布罗斯,也充满忐忑的兴奋感,却也同时感到惶恐。这种恐惧也是导致阿尔玛过去几个星期晚上睡不着觉、阵阵打战的部分原因:她不知怎么当个称职的人妻。诚然,阿尔玛数十年来被一种丰富、下流、肉欲的想象苦苦折磨——可她同时也白璧无瑕。想象是一回事,两个人的身体靠在一起又是另一回事。安布罗斯会怎么看她?她要怎么令他着迷?他比她年轻,而且是个漂亮的男人,而真实评估阿尔玛四十八岁的外表将揭示出一个真相:与其说她是玫瑰,更不如说她是刺藤。

普鲁登丝的神态稍稍缓和了一些。

"你只需要心甘情愿,"普鲁登丝说,"面对心甘情愿、百依百顺的妻子,一个健康的男人不需要特别的劝诱。"

这个信息对阿尔玛无济于事。普鲁登丝肯定也这么认为,因为她又说:"我向你保证,夫妻义务不会给人带来太大的痛苦。如果你先生对你温柔,他不会对你造成太多伤害。"

阿尔玛想倒在地上哭泣。老实讲,普鲁登丝真的以为阿尔玛担心受伤吗?有哪个人或哪个东西能够伤害阿尔玛?有这双长满老茧的手?有一双能把普鲁登丝优雅倚靠的木板桌举起来,轻松扔到房间另一头的胳膊?有这晒黑的脖子,这蓟丛般的头发?新婚之夜让阿尔玛担心的,不是受伤,而是羞辱。阿尔玛一心想知道,她怎样才能像她妹妹一样,以兰花的身姿,而不是像她自己一样,像长满苔藓的大石头般出现在安布罗斯面前。然而,这样的事无法教导。这是一场无用的交谈——反而只是羞辱的序幕。

"我占用你太多傍晚时间了,"阿尔玛站起身来,说,"你有个生病的孩子得照顾。原谅我。"

普鲁登丝迟疑了一会儿,仿佛身子要向前探去,或请她姐姐留下来。然而,这一刻如果曾经存在的话,也很快就过去了。她只说:"很高兴你来看我。"

我们为什么相差这么多?阿尔玛很想求她回答。我们为什么不亲近?

可她只是说:"周六来参加我的婚礼好吗?"尽管她早已料到答案会是否定的。

"恐怕不行。"普鲁登丝答道。她没有提供理由。她们两人都知道原因:普鲁登丝永远不会再踏进白亩庄园一步。亨利不会接受,普鲁登丝自己亦如此。

"那就祝福你了。"阿尔玛结束谈话。

"你也是。"普鲁登丝答道。

在回家途中,阿尔玛才意识到自己刚才所做的事:她不仅是在向一个四十八岁的疲惫母亲(家中还有个生病的孩子!)请教交媾的艺术,而且是在向一个娼妓的女儿请教交媾的艺术。阿尔玛怎会忘了普鲁登丝可耻的出身?普鲁登丝自己也永远不可能忘记,她之所以严守刻苦正义的生活,很可能也是为了对抗她生母恶名昭彰的堕落行径。然而,阿尔玛却直接走进那谦卑、正派、拘谨的家庭,提问诱惑之术。

阿尔玛坐在一只废弃的桶子上,姿态沮丧。她想回狄克逊家道歉,可她怎能这么做?她能说什么,才不会让情况变得更凄惨?

她怎能这么冒失愚蠢?

她所有的智慧都到哪里去了?

✥

婚礼前一天下午,阿尔玛收到两件寄给自己的物品。

第一件是一封信,信封上盖有马萨诸塞州弗雷明翰的邮戳,信封一角印着"派克"的姓氏。阿尔玛认为,这肯定是给安布罗斯的信,因为寄信者显然是他的家人,但是信封上明明白白写着收信人是她,因此她打开了信封。

亲爱的惠特克小姐:

很抱歉,我不能出席你和我儿子安布罗斯的婚礼。我是个病人,如此漫长的旅途远远超出我的能力范围。不过,我很高兴收到安布罗斯不久就要正式结婚的消息。我的儿子多年来远离家人与社会,遁迹山林,我早已不再奢望他可以娶妻。再者,许久以前,他年轻的心曾因倾慕的女孩过世而深受伤害。那是个来自我们社区基督徒好人家的女孩,我们大家都觉得他会和她结婚。我担心这对他的情感已造成无可弥补的伤害,从此他无法再感受到正常感情带来的喜悦。或许我太直言不讳,尽管他肯定都告诉过你了。这么说来,他订婚的消息确实可喜,证明他的心已然愈合。

我已收到你们的结婚照。你看起来是个能干的女子,我从你的脸上看不出任何愚蠢轻浮的迹象。我毫不犹豫地说,我的儿子正需要这样的女子。他是个聪明的孩子——确实是我的孩子里最聪明的一个——他从小就是我最大的快乐源泉,然而,他花了太多年时间,悠闲地瞻望浮云、星星和花草。我也担心,他以为自己已经用智慧战胜了基督教。你或可纠正他的错误看法。上苍保佑,美满的婚姻能够根治他逃避道德责任的毛病。总之,我很遗憾不能看到我的儿子走上红毯,不过,我对你们的结合寄予厚望。知道自己的孩子能从经文学习和定期祈祷中向神默祷,提升心灵,将能温暖我这母亲的心。请确认他会这么做。

他的哥哥们和我欢迎你嫁入我们家。我想这无须明说,纵使仍然值得一说。

康斯坦丝·派克　谨上

阿尔玛从这封信上得到的唯一信息是:他倾慕过一个女孩。尽管安布罗斯的母亲确信他都告诉过她,可他却什么也没说过。这女孩是谁?她是什么时候死的?安布罗斯十七岁就离开弗雷明翰去了哈佛,从此没有再回到那里生活。那么,如果曾有一场恋爱的话,这场恋爱肯定发生在他们年纪很小的时候,他们那时肯定还是孩子或差不多还是孩子。这个女孩,肯定是个美人。阿尔玛此时可以看到她:一个可爱的小家伙,一个漂亮的小女孩,一个栗色头发、蓝眼睛的美少女,用她优美动人的嗓音唱圣诗,和年轻的安布罗斯一起走过春天繁花似锦的果园。女孩的死是否让他精神崩溃?女孩叫什么名字?

为什么安布罗斯不曾谈起这件事?话说回来,为什么他应该谈起?他难道没有权利对他自己的过去守口如瓶?比方说,阿尔玛难道对安布罗斯说起过她对霍克斯那份陈腐、徒劳、误入歧途的爱?她该不该告诉他?然而没什么好说的。霍克斯甚至不知道自己曾是爱情故事中的主角,也就是说,从来就没有什么爱情故事。

阿尔玛该怎么处理这则信息?更为迫切的问题是,她该怎么处理这封信?她又读了一次,记住内容,而后把信藏起来。她将等到以后,再用轻描淡写、平实无奇的方式回复派克夫人,她希望从未收到过这样一封信。

她必须让自己忘掉刚才得知的一切。

女孩叫什么名字？

幸运的是，有另一份邮件转移了她的注意力——一个包着棕色蜡纸、捆着麻绳的包裹。最令人惊讶的是，寄件人是普鲁登丝。阿尔玛打开包裹，发现是一件白色软亚麻睡衣，镶有蕾丝花边。睡衣看起来是阿尔玛的尺寸。这是一件漂亮简单的睡袍，低调却又能凸显女性特质，褶层用料十足，高领，缀着象牙纽扣，衣袖镶着绲边。上身以淡黄色丝线绣花，散发出含蓄的光泽。睡衣折叠得整整齐齐，用薰衣草薰香，系着白色缎带，睡衣底下塞有一张字条，上面有普鲁登丝的完美字迹："衷心祝福你。"

普鲁登丝从哪里弄来这样的奢侈品？她不可能有时间亲自缝制，她肯定是从一名技艺精湛的女裁缝那儿买来的。她肯定花了不少钱！她哪里来的钱？狄克逊家早已摈弃了这些材料：丝绸、蕾丝、进口纽扣，任何华丽的装饰。普鲁登丝近三十年来不曾穿过这么美丽的衣服。所有这一切都在说明，普鲁登丝耗费许多——在财务上和道德上——才取得了这件礼物。阿尔玛觉得自己激动得喉咙紧缩。她为妹妹做过什么事，值得领受这样的情意？尤其考虑到她们最近一次见面的情景，普鲁登丝怎会送这件礼物？

有一会儿，阿尔玛认为自己必须婉拒。她必须把这件睡衣包起来，直接寄还给普鲁登丝，让她可以把睡衣裁成布片，给她自己的女儿做漂亮的连衣裙，或者——更可能的是——为废奴事业卖掉睡衣。但是不行，这将显得粗鲁无礼、不近人情。礼物一定不能退回去。甚至比阿特丽克斯也总是如此教导。礼物一定不能退回去，这是有风度的表现，也该有风度地接受才是。阿尔玛必须谦卑，心怀感恩。

之后，当阿尔玛走进卧室，关上房门，站在她的穿衣镜前，穿上睡衣时，她才更充分地了解到，妹妹在告诉她该做什么，以及为什么绝不能把睡衣退回去：阿尔玛需要在她的新婚之夜，穿上这件漂亮的睡衣。

穿着这件睡衣，她看上去其实挺漂亮的。

17

一八四八年八月二十九日星期二，婚礼在白亩庄园的会客厅举行。阿尔玛穿了一件专为这一场合裁制的棕色丝绸礼服。亨利和汉娜克站在一边当见证人。亨利很开心，汉娜克则不然。一位来自西费城、从前跟亨利做过生意的法官，主持婚誓环节，算是还男主人的人情。

"让友谊指导你们，"交换过誓言后，他总结，"让你们忧心彼此的不幸，鼓舞彼此的欢乐。"

"成为科学、生意和人生的搭档！"相当出人意料地，亨利大声吼叫，而后用力擤了擤鼻子。

没有别的朋友或家人出席。霍克斯送来一箱梨子当作贺礼，可是他来信说，他因发烧而无法参加婚礼。另外，婚礼前一天，加里克药局送来一大束鲜花。至于安布罗斯，没有人以他的客人的身份出席婚礼。他在波士顿的朋友塔珀，当天早上发来电报，简单写着：派克，干得好。但是塔珀没有来参加婚礼。从波士顿搭火车，只要半天行程，然而——仍没有任何人过来参加安布罗斯的婚礼。

阿尔玛朝四周看了看，意识到他们家已经如此人丁凋零。这实在是个过于小型的聚会。人根本不够多。就合法婚礼来说，算是勉强足够。他们怎么变得如此孤立？她忘不了父母在一八〇八年举办的那场舞会，就在整整四十年前：乐师和跳舞的众宾客在阳台和大草坪上旋转，她手持火炬，在他们之间飞奔而过。如今很难想象，白亩庄园曾经出现过那种壮观场面，回荡着那样的欢声笑语,举办过那般疯狂的盛事。从那次以后,白亩庄园就变成了一个沉默的星群。

作为结婚礼物,阿尔玛送给安布罗斯一本古籍原著,是一六八四年出版的、托马斯·伯内特所著的《地球的神圣理论》。伯内特是神学家,他推测在诺亚洪水发生前地球有着绝对完美的光滑球面,具有"焕发的青春之美,清新丰饶,整个球体上没有任何皱纹、疮疤或裂痕;没有任何岩石,也没有山脉、洞窟或海峡,而是平滑均匀的整体"。伯内特将其称为"第一个地球"。阿尔玛认为她的丈夫会喜欢这本书,他的确喜欢。完美的概念,细腻无瑕的梦想——这一切都十足地"安布罗斯"。

至于安布罗斯,他送给阿尔玛一张漂亮的意大利方纸,他把纸折成小小的、复杂的信封模样,用四种不同颜色的蜡封上。每条缝隙都封上,每个封口都不一样。这是个漂亮的东西——体积非常小,能放在手掌上——却是个奇怪的东西,近乎神秘。阿尔玛把这古怪的小东西拿在手里翻来覆去。

"这样的礼物该怎么打开?"她问道。

"不用打开,"安布罗斯说,"我请你永远别打开。"

"里面是什么东西?"

"爱的信息。"

"真的?"阿尔玛快活地说,"爱的信息!我想看看这样的东西!"

"我宁愿你想象就好。"

"我的想象力不像你那么丰富,安布罗斯。"

"但是对热爱知识的你来说,阿尔玛,让一些东西隐而不现,对提升你的想象力会有好处。我们能更加了解对方,你和我。让我们保留一些东西原封不动。"

她把礼物放进了自己的口袋。它在口袋里待了一整天——一种奇特、轻巧、神秘的存在。

他们当天晚上与亨利和他的法官朋友一起用餐。亨利和法官喝了太多波特酒。阿尔玛没有喝酒，安布罗斯也是。每当她朝丈夫看一眼，他便对她微笑——但是话说回来，他从来都是这么做的，即使在他成为她的丈夫之前。这种感觉就像其他晚上一样，只不过现在她是派克夫人。那天夜晚，太阳慢慢沉落，就像一个老翁不慌不忙地蹒跚下楼。

终于，晚饭过后，阿尔玛和安布罗斯第一次来到阿尔玛的卧室。阿尔玛坐在床边，安布罗斯也跟着她坐下来。他握住她的手。经过良久的沉默，她说："恕我失陪……"

她想穿上她的新睡衣，但是不想在他面前更衣。她把睡衣拿到卧室一角的盥洗室里——盥洗室于三十年代安装，有澡盆和冷水龙头。她把衣服脱下来，穿上睡衣。她不知是否该继续挽着头发，还是该把头发放下来。把头发放下来，看上去未必好看，不过，戴着发夹和发带睡觉并不舒服。她迟疑了一下，然后决定继续挽着头发。

她返回房间时，发现安布罗斯也换上了自己的睡衣——垂至小腿的简朴亚麻睡衣。他已经把他的衣服折叠整齐，放在一张椅子上。他站在远离她的床的另一头。紧张的情绪像骑兵冲锋陷阵般朝她扑来。安布罗斯似乎并不紧张，他没有提到她的睡衣。他招手叫她上床，她于是爬到床上。他从床的另一边来到床上，在床的中央和她会面。她随即有个糟糕的想法，这张床对他们两人来说实在太小。她和安布罗斯两个人都这样高。他们的腿该放在哪里？胳膊呢？万一她在睡梦中踢到他怎么办？万一她的一只手肘不自觉地顶到他眼睛里怎么办？

她侧过身去，他也侧过身去，他们面对面。

"我的灵魂珍宝。"他说。他握住她的一只手，拉到唇边吻了吻，吻在指关节上方，就像订婚一个月以来，他在每个晚上都会做的那样："你给我带来如此这般的平静。"

"安布罗斯。"她答道，他的名字使她惊叹不已。

"我们在睡梦中,最能近窥灵性的力量,"他说,"我们的心灵将在狭小的距离间交谈。在这里,在夜晚的寂静中,我们终将一同摆脱时间、空间、自然法则、物理定律的束缚。我们将在睡梦中,随心所欲地遨游世界。我们将与死者谈话,化身为动物和物体,飞越时间。我们的智慧将无处寻觅,我们的心灵将冲破枷锁。"

"谢谢你。"她毫无感觉地说道。她想不出还能说什么,好回应这种突如其来的发言。这是不是某种求爱的方式?这是不是他们波士顿人的前戏?她担心自己的口气不够清新,而他的口气无比清新。她希望他把灯熄了。他仿佛听见她的想法,立刻伸手熄了灯。黑暗好多了,让人自在些。她想游向他。她感到他再次执起她的手亲吻着。

"晚安,我的妻子。"他说道。

他没有放开她的手。顷刻间——她听他的呼吸就知道——他睡着了。

✤

在她曾经想象过、希望过或担心过的新婚之夜可能发生的一切事情当中,从来没有出现过这种情况。

安布罗斯在她身旁安稳地酣睡着,他的手轻柔放心地扣着她的手,阿尔玛则在黑暗中睁大眼睛,在蔓延的寂静中躺着不动。困惑像某种油腻潮湿的东西笼罩着她。对于这件怪事,她寻求着可能的答案,在脑海里寻找一个又一个解释,正如一个人在科学实验出现严重错误时所做的那样。

或许他会醒过来,他们便能重新开启——或是说开启——他们的婚姻之乐?或许他不喜欢她的睡衣?或许她看起来太端庄?或者太急切?他想要的可是那死去的女孩?他是否在思念当年在弗雷明翰失去的恋人?或者他情绪紧张?他是否不能胜任爱的职责?然而这些说法没有一个说得过去,尤其是最后一个。阿尔玛对这方面所知甚多,明白无法做爱,会使男人蒙受莫大的耻辱——可安布罗斯似乎一点儿都不羞愧。他甚至没有做爱的意图。相反地,他睡得平静得不能再平静。他睡得像住在漂亮旅馆里的市民。他睡得像在猎野猪、骑马比武一整天后的国王。他睡得像对十几个美丽妃嫔感到烦腻的王侯。他睡得像树下的孩子。

阿尔玛睡不着。夜晚闷热,侧身躺在床上那么久很不舒服,她不敢挪动,不敢从他手中抽出她的手来。她头发上的发夹和发带贴住她的头皮。她的肩膀在她身子底下越来越麻。过了许久之后,她终于从他紧握的手中抽身而出,翻身仰卧,但是没有用:今晚她不得安歇。她僵硬惊愕地躺在那里,睁大了眼,腋窝潮湿。对于这件事的意外演变,她试图寻求一个令人安慰的结论,却未能成功。

黎明时分,地球上的所有鸟儿,都不理会她的惊恐,开始歌唱。随着第一道曙光升起,阿尔玛让自己燃起希望的火花,但愿她的丈夫能在拂晓醒来时拥抱她。或许他们会在白天开启——所有预期中的亲密婚姻关系。

安布罗斯醒来了,可他没有拥抱她。他在一个生气勃勃的瞬间醒过来,精神饱满、心满意足。"多么美的梦境啊!"他说道,伸伸懒腰,"我已经好几年没做过这样的梦了。能分享你的生命热量,是多么荣幸。谢谢你,阿尔玛!我们会有多么好的一天!你是不是也做了这样的梦?"

阿尔玛当然什么梦也没做。阿尔玛被困在无眠的惊吓中,挨过了这一夜。然而,她还是点点头。她不知道还能怎么做。

"你一定得答应我,"安布罗斯说,"我们死的时候——不管我们谁先死——都要隔着死亡分界,把感应传给对方。"

她又一次毫无感觉地点头。这要比开口说话容易些。

阿尔玛疲倦、沉默地看着她的丈夫起床,在脸盆边泼水洗脸。他把自己的衣服从椅子上拿起来,客气地起身告退,到盥洗室去,回来的时候已经穿戴整齐,兴致高昂。在那温暖的笑容背后,隐藏着什么东西?在笑容背后,除了更多温暖之外,阿尔玛没有看到别的东西。在她眼里,他和她第一眼瞥见他的时候完全一样——像一个漂亮、聪慧、热情的二十岁男子。

她是个傻瓜。

"我留你一个人清静一下吧,"他说,"我会在早餐桌上等你。我们会有多么愉快的一天!"

阿尔玛浑身酸痛。她极度僵硬沮丧地从床上慢慢爬起来,像个跛子,穿上衣服。她照了照镜子。她不该照的。一夜之间,她老了十岁。

阿尔玛终于下楼时,亨利正在桌边吃早饭。他和安布罗斯正在进行轻松的对话。汉娜克给阿尔玛拿来一壶新茶,向她投来犀利的眼光——每个女人在婚礼次日早晨,都会看到的眼光——但是阿尔玛避开她的视线。她试着不让自己显得神色恍惚或凝重,可是她想象力困乏,而且她知道她的眼睛布满血丝。她觉得自己像长满了霉。两个男人似乎没有留意。亨利正在说一个阿尔玛已经听过十几遍的故事——一个晚上,在一间肮脏的秘鲁酒馆,他和一个傲慢矮小的法国人同睡一张床,法国人有很重的法国口音,却不厌其烦地坚持自己不是法国人。

亨利说:"这个笨蛋不断对我说:'窝是硬国人。'我不断告诉他:'你不是英国人,你这蠢货,你是法国人!听听你那该死的口音吧!'可是,这该死的蠢货一再说:'窝是硬国人!'最后我对他说:'那你告诉我——你怎么可能是英国人?'他得意扬扬地说:'窝是硬国人,因为窝有一个硬国老婆!'"

安布罗斯大笑不止。阿尔玛盯着他看,就像他是个标本。

"按这种逻辑,"亨利下结论说,"我就是该死的荷兰人!"

"那我就是惠特克!"安布罗斯补充一句,仍在笑着。

"还要茶吗?"汉娜克问阿尔玛,又是以同样的犀利眼神看着她。

阿尔玛发觉自己的嘴巴张得有点儿开,于是合上了嘴。"我够了,汉娜克,谢谢你。"

"工人今天会把最后一批干草运过来,"亨利说,"阿尔玛,请你监督一下,看他们做得好不好。"

"好的,爸。"

亨利又转过脸来,面对安布罗斯。"很实惠,你娶的老婆,特别是在干活儿的时候。她是个穿裙子的标准农夫。"

✢

第二个晚上和头一晚毫无差别——第三个、第四个和第五个晚上也一样。接下来的每个晚上还是一样。安布罗斯和阿尔玛暗自脱去衣服,回到床上,面对彼此。他亲吻她的手,夸耀她的好,吹灭了灯。而后,安布罗斯像童话里的神仙一样,沉沉入睡,阿尔玛却默默躺在他身旁,忍受煎熬。日子久了,唯一不同的是,阿尔玛终于可以一个晚上断断续续睡上几个小时,精疲力竭后她累得瘫倒下来。然而纠结缠绕的梦以及一阵阵不安、漫游、清醒的思考,惊扰了她的睡眠。

在白天,阿尔玛和安布罗斯一如从前,是一起学习和沉思的同伴。他似乎从未这么喜欢过她。她木然地做着自己的工作,也协助他工作。他一直想在她近旁——尽可能地靠近,他似乎没有察觉她的烦恼。她试着不显露出来,她一直希望有一线转机。又过了几个星期,十月来临,夜晚转凉,没有任何改变。

对于他们的婚姻形式,安布罗斯看起来安然自若,阿尔玛——有生以来第一次——担心自己就要疯了。她是这么想狠狠蹂躏他,他却只亲吻她左手中指关节下方一平方英寸的皮肤,就已经心满意足。她对婚姻本质的认识是否有误?这是不是一场骗局?身为惠特克氏,想到自己被当成傻子玩弄,她怒火中烧。可是当她望着安布罗斯那张最不像恶棍的脸,她的怒气再次化为愁苦的困惑。

到了十月初,费城享受着最后几天小阳春天气。早晨空气微凉、天空湛蓝,午后则温暖而慵懒。安布罗斯仿佛比以往任何时候更受鼓舞,每天早晨就像从大炮中射出一样跳下床来。他居然让兰花房里一株罕见的香花指甲兰开了花。亨利多年前从喜马拉雅山麓引进了这株兰花,却从没有使它开过一个花苞。直到安布罗斯把兰花从地上的花盆中取出来,高挂在木梁上阳光灿烂的地方,放在用树皮和湿苔藓制成的篮子里。现在,这株植物突然绽开花颜。亨利高兴不已。安布罗斯也高兴不已,他从不同角度为兰花作画,这将成为白亩庄园植物选集的骄傲之作。

"不论什么东西,你只要爱它够深,它终会道出自己的秘密。"安布罗斯告诉阿尔玛。

要是有人问她,她或许会有不同的意见。她爱安布罗斯爱得无以复加,却没有任何秘密来自他身上。她发觉,他在香花指甲兰上取得的胜利,令她感到气恼忌妒。她羡慕那株兰花,羡慕他对兰花表露的关爱。她无法将注意力放在自己的工作上,而他却在自己的工作上日渐精进。她越来越不满他出现在马车房里。他为什么总是在打扰她?他的印刷机声音吵闹,有股热油墨的气味。阿尔玛再也无法忍受。她觉得自己仿佛正在腐朽。她的脾气开始变得暴躁。有一天,她走在白亩庄园的菜园间,碰到一个年轻工人正坐在铲子上懒洋洋地挑着大拇指上的一根刺。她以前见过这个人——这个挑着刺的小个儿。他坐在铲子上的时间远远多于拿起铲子干活的时间。

"你叫罗伯特,对吧?"她问道,面带微笑走了过去。

"我是罗伯特。"他确认道,有点儿无动于衷地抬头看她。

"你今天下午的工作是什么?"

"给这块老豌豆田翻土,夫人。"

"你打算哪天翻呢?"她探问,语调低沉危险。

"噢,我这儿有根刺,瞧……"

阿尔玛靠了过去,给他整个瘦小的身躯投下了阴影。她抓住他的领子,把他举了起来，一整条腿离开地面，而后像摇一袋饲料那样用力摇晃他，吼了起来："回去工作，你这没有用的小东西，免得我用你那把铲子铲掉你的蛋蛋！"

她把他扔回地上。他重重摔下来。他像兔子一样，从她的影子底下爬了出来，狠命、胡乱、惊恐地挖起土来。阿尔玛转身离开，甩甩胳膊，松弛肌肉，即刻又开始思考她丈夫的事情。安布罗斯有没有可能只是不懂？真有人这样无知，对婚姻义务全然懵懂而走入婚姻关系，完全忽略夫妻之间的性机制吗？她想起多年前开始收藏马车房阁楼上那些淫书时读过的其中一本书。她至少有二十年没再想到过这本书。相较于其他书，此书颇为乏味，此时却出现在她的脑子里。该书的书名叫作"婚姻之果：绅士节欲指南——已婚夫妇手册"，作者是霍施特博士。

这位霍施特博士宣称，此书是在他辅导过一对谦卑的年轻基督徒夫妻之后写成的。这对夫妻缺乏任何性关系方面的常识——无论理论上或实践上——他们走进温柔乡时体会到奇妙的情绪和感觉，觉得自己被施了魔法，却只是互相感到困惑不解。最后，在结婚数周后，可怜的新郎询问一个朋友，这位朋友给他的信息令人震撼：新婚丈夫必须把他的性器官直接放入新娘的"喷水洞"内，双方才能发生夫妻关系。这个念头让这位可怜的小伙子又羞又怕，于是他跑去找霍施特博士，问他这种听上去荒诞无稽的举动是否可行、是否道德。霍施特博士对困惑的年轻人感到怜悯，于是写了性方法指南，好协助其他新婚男人。

阿尔玛多年前读到这本书时嗤之以鼻。身为年轻人，对泌尿生殖系统的功能却一无所知，在她看来似乎荒谬至极。这样的人肯定不存在吧？

然而现在，她猜不透了。

她需不需要引领他？

那个周六下午,安布罗斯早早回到他们的卧房,说要在晚餐前洗个澡。她跟他去房间。她坐在床上,听着门另一边的水流入大瓷澡盆。她听见他的哼唱声。他很高兴。她却苦恼疑惑得火冒三丈。他此时肯定在脱衣服。她听见他跨入澡盆时的微弱水溅声,而后是一声愉快的长吁。接着一片沉寂。

她站起身来,也把衣服脱去。她脱去所有衣物——衬裤和胸衣,甚至发夹。如果她有更多东西可脱,她也会继续这么做。她知道自己裸体的样子并不美,然而她只有这一切。她走过去,倚着盥洗室的门,耳朵贴在门上听着。她不必这么做。还有其他选择。她可以学会忍受现状。她可以耐心承受苦痛,屈从于这种离奇、不可思议的非婚姻的婚姻。她可以学会战胜安布罗斯给她带来的一切——她对他的热情,她对他的失望,她接近他时感受到的那种折磨与恍惚。如果她能学会战胜自己的欲望,那她也能留住她的丈夫——这样的他。

不,不,她没法学会。

她转动门把手,推开门,安安静静走进去。他转头看到她,他睁大眼睛,显出惊恐的样子。她一言不发,他也一言不发。她避开他的眼光,让自己观察他的全身,他那刚好浸在冰凉洗澡水底下的身体。他就在那儿,展现他那赤裸的魅力。他的皮肤像牛奶一样白——他的胸膛和双腿比手臂白许多——他的躯干只有少量毛发。他完美得不能再完美。

她是否担心过他或许根本没有生殖器?她是否想象过这或许是问题所在?噢,这不是问题。她让自己谨慎地观察他那漂亮的悬垂物——那苍白、波动的水中生物,漂浮在他两腿之间蓬乱潮湿的阴毛当中。安布罗斯一动也不动,他的阴茎也丝毫没有动静,它不喜欢让人盯着看。她立刻明白了这个反应。阿尔玛在树林中花过不少时间打量胆怯的动物,知道它们什么时候不想让人看到。而安布罗斯腿间的这东西，不想让人看到。可她仍然盯着它看，因为她无法移开视线。安布罗斯让她这么做——倒不是因为他对此表示许可，而是因为他吓瘫了。

最后，她抬头看着他的脸，渴望找到通往他内心的某种入口、某种通道。他似乎吓呆了。为什么会受到惊吓？她瘫坐在澡盆边的地上。看上去她几乎就像跪在他面前哀求。不——她正是跪在他面前哀求。他的右手——他的手指又细又长——搁在澡盆边缘，抓住瓷边。她掰开这只手，一次掰开一根手指。他让她松开他的手。她抓住他的手，送到她的嘴边。她把他的三个手指放进她嘴里。她没法不这样做。她体内需要他的某些东西。她想咬住他，好让他的手指无法从她口中滑出。她不想吓到他，可她也不想放开他。她没有咬，而是开始吸吮。她完全集中于自身的渴望。她的嘴唇发出声音——一种湿润的粗俗声。

在此情境下，安布罗斯活了过来。他倒抽一口气，把他的手指从她嘴里猛然抽出。他很快坐起身来，发出响亮的泼溅声，两只手遮住自己的生殖器。他看起来就像即将死于恐惧。

"求求你……"她说道。

他们面面相觑，像一个女人和一名闺房闯入者——只不过阿尔玛是闯入者，他是惊恐的猎物。他盯着她，仿佛她是陌生人，拿刀抵住他的喉咙。仿佛她打算利用他，享受最邪恶的乐趣，而后砍下他的头，挖出他的肠子，用又尖又长的叉子吃了他的心。

阿尔玛让步了。她别无选择。她站起来，慢慢走出盥洗室，轻轻关上身后的门。她再次穿上衣服。她走下楼。她伤透了心，不明白自己怎么可能还活着。

她看见汉娜克在打扫饭厅角落。她声调紧绷地请女管家为派克先生把东厢的客房整理好，从现在起，他会睡在那里，直到另做安排。

"为什么？"汉娜克问道。

然而阿尔玛不能告诉她为什么。她几乎要投入汉娜克怀中大哭一场，却克制住了自己。

"一个老妇人的问题能有什么恶意？"汉娜克问道。

"请你亲自告诉派克先生这个新安排，"阿尔玛说道，转身就走，"我自己说不出口。"

✥

当天晚上，阿尔玛睡在马车房的躺椅上，没有吃晚饭。她想到，希波克拉底认为心室输送的不是血液，而是空气。他相信心脏是肺的延伸，而肺部是一种大型的肌肉风箱，鼓动熔炉般的身体。今晚，阿尔玛觉得确有其事。她能感觉到胸中有一股强劲的风正在吸着，仿佛她的心在使劲儿喘气。至于她的肺部，则似乎在充血。每一次呼吸，她都觉得自己就要溺毙了。她甩不掉这种溺毙的感觉。她觉得发狂。她觉得自己就像精神错乱的小芮塔，芮塔从前也睡在这张长沙发上，在世界变得太可怕的时候。

早上，安布罗斯来找她。他脸色苍白，满脸痛苦。他坐在她身旁，握住她的手。她抽开自己的手。他盯着她好一阵子，没有说话。

"如果你想默默传达些什么给我，安布罗斯，"她终于说道，语气愤怒，"我可听不到。请你直接对我讲话，请求你。"

"原谅我。"他说道。

"你得告诉我，我要原谅你什么。"

他挣扎着。"我们的婚姻……"他开始说道，而后无话可说。

她发出干笑。"当任何夫妻正当期待的真实欢乐被剥夺时，婚姻是什么，安布罗斯？"

他点点头，显得很绝望。

"你蒙骗了我。"她说道。

"我以为我们了解彼此。"

"是吗？你相信我们了解的是什么？用言语告诉我：你以为我们的婚姻会怎样？"

他搜寻答案。"一种交流。"他终于说道。

"什么样的交流，究竟？"

"爱、思想和慰藉的交流。"

"我也是，安布罗斯。可我以为或许还有其他的交流。如果你想过震颤派[1]教徒的禁欲生活，何不去加入他们？"

他困惑地看着她。他完全不知道震颤派教徒是什么。上帝，这小子不知道的东西可真多！

"我们别再彼此争论或针锋相对了，阿尔玛。"他乞求。

"你渴望的是那个死去的女孩吧？这是不是问题所在？"

又是困惑的表情。

"那个死去的女孩，安布罗斯，"她重复了一次，"那个你母亲和我讲起的女孩，那个多年前在弗雷明翰过世的女孩，那个你爱的女孩。"

他困惑得不能再困惑。"你跟我母亲说过话？"

"她写了封信给我。她跟我提起这个女孩——你的真爱。"

"我母亲写信给你？提起茱莉娅？"安布罗斯的脸上流露出惶惑不解之情，"可我从未爱过茱莉娅。我母亲或许希望我爱她，因为她是一个正派家庭生养的女儿，但是茱莉娅只是我无辜的邻居。我们一起画花。她小有才华。她十四岁就死了。这些年来，我很少想到她。我们究竟为什么要谈茱莉娅？"

"你为什么不能爱我？"阿尔玛问道，恨自己声音里透出的绝望。

---

1 震颤派（Shakers），基督教新教派别，18世纪兴起于英国，后流传于北美。主张信徒财务公用、男女分开，倡导独身和务农。

"我爱你爱得不能更爱。"安布罗斯说道,声音里的绝望可与她的相媲美。

"我长得不好看,安布罗斯。我从来都知道这个事实。而且我老了。可是我拥有你想要的一些东西——舒适的生活,伙伴关系。你原本就可以得到这一切,不需借由结婚来羞辱我。能像姐姐,甚至像母亲一样爱你,已经让我心满意足。可是,想结婚的人可是你。向我提出结婚主意的是你,你说你希望每天晚上都睡在我身旁,你让我渴望我很久以前就已经不再渴望的东西。"

她不得不停下来。她的声音高了起来,急促地哽咽着。这是耻辱上的耻辱。

"我不需要财富,"安布罗斯说道,他的眼睛里噙着悲伤的泪水,"你了解我这点的。"

"可你在享受财富的好处。"

"你不了解我,阿尔玛。"

"我根本不了解你,派克先生,启迪我吧。"

"我问过你,"他说,"我问过你,想不想要灵魂上的婚姻——白色婚姻[1]。"她没有立即回答,于是他说:"也就是贞洁的婚姻,没有肉体的交流。"

"我知道什么是白色婚姻,安布罗斯,"她厉声说道,"早在你出生前,我就会说法语了。我不了解的是,你为什么认为我想要这种婚姻。"

"因为我问过你。我问你愿不愿意接受这个我,你答应了。"

"什么时候?"如果他不能讲得更直接、更真诚,阿尔玛真想把他的头发从他的头皮上直接扯下来。

"那天晚上在你的装订室里,在我从藏书室找到你之后。我们静静坐着的时候。我当时默默问你:'你愿不愿意接受这个我?'你说:'愿意。'我

---

1 原文为"Mariage Blanc",意为形式上的婚姻。——译者注

听见你说愿意。我感觉到你说愿意!别否认,阿尔玛——你跨过边界听见我的问题,你也给了我肯定的回答!这难道不是真的?"

他眼神惊恐地盯着她看,她一时哑口无言。

"你也问了我一个问题,"安布罗斯继续说,"你默默问我,这是不是我要的你。我说是,阿尔玛!我相信我甚至听到你大声说了出来!我的回答再清楚不过了!你也听见我说的了!"

她回想起那天晚上在装订室,她沉默震撼的性快感,他的问题贯穿她全身的感觉,以及她的问题贯穿他全身的感觉。她听到了什么?她听到他像教堂钟声一样清清楚楚地问她:"你愿不愿意接受这个我?"她当然说愿意。她以为他的意思是:"你愿不愿意从我这儿接受这样的感官享受?"当她回问:"这是不是你要的我?"她的意思是:"你要不要和我一起享受这些感官快乐?"

老天在上,他们误解了彼此的问题!他们以超自然的方式误解了彼此的问题。这是阿尔玛一生中绝无仅有的绝对奇迹,而她却误解了。这是她所听过的最荒唐的笑话。

"我只是问你,"她有气无力地说,"你想不想要我。也就是说——你想不想要整个的我,以恋人想要彼此的那种方式。我以为你也是想问我这些。"

"可是我永远不会用你这种说话方式,来索求任何人的肉体。"安布罗斯说道。

"为什么不行?"

"因为我不相信。"

阿尔玛听到的话让她感到不解。她久久说不出话来。而后她问:"你是不是认为,性行为是一种龌龊堕落的事情,即使是发生在夫妻之间?安布罗斯,你是否真的了解那些其他人在婚姻中私下彼此分享的事情?你是不是认为我道德败坏,只是因为我要我丈夫做个丈夫?你真的听说过男女之间的欢爱吗?"

"我和其他男人不一样,阿尔玛。事到如今才明白,会不会让你大吃一惊?"

"如果和其他男人不一样,那你想象自己是个什么样的人?"

"不是我想象自己是什么样的人,阿尔玛——而是我想成为什么样的人。或者说,我曾经是、希望能再成为的人。"

"那是什么,安布罗斯?"

"神的使者,"安布罗斯说道,语调悲哀莫名,"我原本希望我们能一起成为神的使者。这是不可能的事,除非我们摆脱肉体,与上天的恩赐形影不离。"

"喔,请基督他妈的发发慈悲吧!"阿尔玛咒骂道。她想把他举起来用力摇晃,就像她前几天在菜园里摇晃罗伯特那样。她想同他辩论《圣经》。她想告诉他,耶和华惩罚所多玛[1]的女人与天使性交——但至少她们有机会!她可真幸运,派给她的天使这么美丽却这么不顺从。

"得啦,安布罗斯!"她说,"醒过来吧!你和我都不住在仙境。你怎会这么盲目?看看我,孩子!用你真实的眼睛——你的肉眼。你觉得我像天使吗,安布罗斯?"

"是的。"他天真忧伤地说道。

阿尔玛的愤怒消失了,它被沉重无底的哀伤取代了。

"那你可搞错了,"阿尔玛说,"现在我们麻烦大了。"

✥

他不能继续待在白亩庄园了。

---

[1] 所多玛(Sodom),《圣经》中的城市。居民不遵守上帝戒律,城内充斥着罪恶,最后被耶和华毁灭。后来成为罪恶之城的代名词。

才过了一周,已经一目了然——这一周内,安布罗斯睡在东厢的客房,阿尔玛则睡在马车房的长沙发椅上,两人都在承受年轻女仆们的窃笑。结婚不过几周,就分房而睡,还睡在不同的屋子里……这可真是辉煌的丑闻,令庄园里的好事之人难以抗拒。

汉娜克设法让员工保持沉默,但是谣言就像黄昏的蝙蝠一样满天飞。他们说,阿尔玛又老又丑,不管她那干瘪的阴户里藏了多少财宝,安布罗斯都受不了她。他们说,安布罗斯偷东西被人逮着了。他们说,安布罗斯喜欢漂亮小妞,有人看到他把手放在一个牛奶女工的屁股上。他们说他们想说的话;汉娜克无法开除每一个人。阿尔玛在无意中听到了一些,至于她没有听到的,也很容易想象。他们看她的表情,已经相当卑鄙。

十月底的一个周一下午,父亲把她叫进书房。

"到底怎么回事?"他说,"玩腻了你的新玩具?"

"别挖苦我,爸——我向你发誓,我受不了了。"

"那就跟我说明一下吧。"

"太丢脸,说不清。"

"这我很难相信。你以为我还没听说那堆谣言?你能告诉我的,没有什么会比大家已经在说的更丢脸吧。"

"有许多事情我不能告诉你,爸。"

"他是不是对你不忠?"

"你了解他的,爸。他不会这样做。"

"我们没有人对他很了解,阿尔玛。那是什么事?偷了你的东西?或是我的东西?他是不是把你蹂躏得半死?用皮带抽打你?不,我好像不太能想象。说出个所以然吧,女儿。他犯了什么罪?"

"他不能继续待在这里,我不能告诉你原因。"

"你把我当成听到实情会昏倒的人啦?我老了,阿尔玛,可是我还没躺进棺材。只要我继续问到底,别以为我猜不出来。你是不是性冷淡?是不是这个问题？还是他阳痿？"

她没有回答。

"啊，"他说，"那大概就是啦。所以婚姻义务得不到解决？"

她又不答。

亨利拍了拍手。"得了，那又怎么样？不管怎么说，你们喜欢彼此为伴。这远比多数人的婚姻状态好得多。反正你年纪已经太大，不可能生孩子了，很多婚姻都缺乏床笫之欢。其实多数婚姻都是这样。不登对的夫妻在这世界上多得像苍蝇一样。你的婚姻或许比其他人的更快变馊，但是你会鼓起勇气忍受下去，阿尔玛，就像我们其他人一样。你难道不是从小就学会鼓起勇气忍受下去？你的人生不会被一次挫折击倒，尽力而为吧。如果他在被子底下没让你称心，就把他当作弟弟。他能当个不错的弟弟。有他做伴，我们大家都很愉快。"

"我不需要一个弟弟。我跟你说，爸，他不能待在这里，你必须让他走。"

"那我跟你说，女儿，不过三个月前，我们两个人就站在这房间，我听你说你绝对要嫁给这个男人——这个男人，我一无所知，而你也不比我多了解多少。现在你要我赶他走？我是什么，你的猎犬吗？坦白说，我不赞成，一点儿也不。这很不体面，你不喜欢闲言闲语是吧？那就像惠特克家的人那样面对吧，去让嘲笑你的那些人看看，如果你不喜欢他们看你的样子，就敲敲他们的脑袋瓜吧，他们会学乖的，他们很快就会找到其他事供他们嚼舌根。但是把这年轻人永远踢出去，只是因为他犯了——什么罪？没让你开心？如果你床上非要有个小伙子不可，找个园丁就是了。你可以付钱给男人，提供你这些消遣，就像男人付钱给女人那样。爱钱的人什么都愿意干，而你有这么多钱。只要你愿意，用你的嫁妆盖个后宫，养男人陪你玩儿。"

"爸，拜托……"她恳求道。

"不过同时,你打算要我如何处理派克先生?"他继续说,"涂上焦油,用马车拖着他在费城游街?绑在一个装石头的木桶上,沉到斯库尔基尔河中?给他蒙上遮眼布,靠在墙上毙了他?"

她只能羞愧愁苦地站在那里,说不出话来。她还以为父亲会说什么?噢——尽管现在看起来似乎很愚蠢——她以为亨利或许会护着她。她以为亨利会为她感到愤慨。她指望他以他过去著名的戏剧性怒吼,在屋里跺着脚,以喜剧般的动作挥舞双臂:你怎能这样对待我女儿?这一类的表现。一些与她自己的伤害和愤怒程度相称的表现。可她为什么会这样想?她有没有看过亨利护着谁?而假若在这种情况下他护着任何人,似乎也是在护着安布罗斯。

父亲没有为她解围,反而贬低她。而且,她现在想起不到三个月前她和亨利关于她嫁给安布罗斯的对话。亨利告诫她——至少,他提出了这个问题——"这样的男人"能不能带给她婚姻的满足。他那时候知道什么,却没有说出来?他现在知道什么?

"你为什么不阻止我嫁给他?"阿尔玛终于问道,"你有疑虑。你为什么不说?"

亨利耸耸肩。"三个月前,我没有权利替你下决定。现在也一样。如果需要对这个年轻人做出些什么,你得自己去做。"

这样的想法令阿尔玛震惊:从阿尔玛很小的时候开始,亨利就永远在为阿尔玛做决定——或者说这是她一直以来理解事物的方式。

她忍不住问道:"可你认为我该怎么处置他?"

"你高兴怎样办就怎样办,阿尔玛!决定权在你。派克先生不该由我处置。你把他带进我们家,就得自己把他赶走——如果你想这么做的话。而且得速战速决。割断总比撕裂好。总之,我要这件事得到解决。过去几个月来,这个家已经面目全非,我要看着它恢复正常。我们手头有这么多工作要做,没有空处理这些蠢事。"

✥

在未来的岁月,阿尔玛试着说服自己相信,她和安布罗斯共同做了决定——关于他人生的下个阶段该去哪里——然而事实远非如此。安布罗斯不是一个能为自己做决定的人。他是个脱线的气球,极度敏感,容易受比他强大的人影响——而每个人都比他强大。一直以来,他总是听命于他人。他的母亲叫他去哈佛,他就去哈佛。他的朋友把他拉出雪堆,送去精神病院,他就乖乖地让自己被关起来。波士顿的塔珀叫他去墨西哥丛林画兰花,他就去丛林画兰花。霍克斯请他来费城,他就来费城。阿尔玛让他住在白亩庄园,吩咐他为父亲的植物收藏制作一部伟大的选集,他就毫无质疑地开始进行。不管带他去哪里,他都会去。

他想成为神的使者,但是上帝保护他,他只是一只羔羊。

她是不是真的试着想出了一个对他最好的计划?她后来告诉自己她是。她不会跟他离婚,没有必要让他俩卷入这样的丑闻。她会给他足够多的钱——不是他曾经这样要求,而是因为这是合情合理的做法。她不会送他回马萨诸塞州,不仅因为她厌恶他母亲(光凭那一封信,她就痛恨他母亲!)也因为想到安布罗斯将永远睡在他朋友的沙发上,这对她是一种痛苦的折磨。她也不能把他送回墨西哥,这一点是肯定的。他已经差点儿死于热病。

然而,她不能把他留在费城,他在身边会给她带来太多痛苦。噢,他给她带来多么大的羞辱!然而,她仍然爱他的面容——尽管已经变得苍白惊惶。只要看到那张面孔,她的内心就会产生一种撕裂、庸俗的需求,让她感到难受。他得去其他地方——很远的地方。她不能冒着未来几年可能遇见他的风险。

她写了封信给扬西——给父亲那位铁腕的业务经理——他目前正在华盛顿特区,为几个方兴未艾的植物园安排业务往来。阿尔玛知道扬西不久即将搭乘捕鲸船到南太平洋。他将去塔希提察访惠特克公司处于困境中的香草种植园,试图施行安布罗斯造访白亩庄园的第一晚,曾劝阿尔玛父亲不妨一试的人工授粉法。

扬西计划在两周之内动身前往塔希提,最好在秋末风暴来临前、港口冰封前启航。

阿尔玛知道这一切。那么,安布罗斯为什么不跟着扬西一起去塔希提?这是一个体面甚至理想的解决方式。安布罗斯可以亲自接掌香草种植园的管理工作。他会干得很出色,不是吗?香草属于兰花科,不是吗?亨利对这个计划会很满意;送安布罗斯到塔希提,正是他当初想做的事,而后阿尔玛说服他改变了决定,后来这对她自己造成了严重伤害。

这是不是一种放逐?阿尔玛尝试不这么想。塔希提据说是天堂,阿尔玛如此告诉自己,那里不算是流放殖民地。的确,安布罗斯体质孱弱,但是扬西不会让他遭到伤害。这份工作会很有趣。那里天气好,有益健康。有此机会看到传说中的波利尼西亚海岸,谁会不羡慕?这是任何植物学者或商业人士求之不得的机会——除此之外,费用还是会全数支付。

她撇开她内心的声音,那个声音坚持说,没错,这绝对是放逐——而且是一种残酷的放逐。她不理会她非常清楚的事实——安布罗斯不是植物学者,也不是商业人士,而是一个具有独特敏感特质与才华的人,他心思灵敏,何况他一点儿也不适合搭乘捕鲸船从事长途旅行,也不适合生活在远方南洋的农林种植园。安布罗斯是个孩子,不是男人,而他也多次告诉阿尔玛,他只想要一个安全的家和一个温柔的同伴。

噢,我们一生中都想要许多东西,她告诉自己,却不是总能得到。

更何况,没有其他地方能让他去。

一切决定后,阿尔玛让丈夫在"美国饭店"住了两周——正好在大银行对面的街上,父亲的钱就存在银行的大保险库里——等扬西从华盛顿归来。

两周后,在"美国饭店"的大厅,阿尔玛终于把丈夫介绍给了扬西——高大沉默的扬西,眼神可怕,下巴棱角分明,不问问题,只按吩咐做事。好吧,安布罗斯也是只按吩咐做事。安布罗斯驼着背、脸色苍白,什么问题也没问。他甚至没问他会在波利尼西亚待多久。她反正也不知道如何答复这个问题。这不是放逐,她不断告诉自己。然而,连她也不知道要持续多久。

"从这儿开始扬西先生会照顾你,"她对安布罗斯说,"你的起居会得到尽可能周到的照顾。"

她觉得她像是把婴儿丢给一只训练有素的鳄鱼照顾。这一刻,她爱安布罗斯爱得无以复加,彻彻底底。想到他航行到世界的另一端,她已经感觉到一种巨大的失落。可是话说回来,自新婚之夜以来,她就一直只感觉到巨大的失落。她想拥抱他,她一直都想拥抱他,却不能这么做,他不会允许的。她想紧偎着他,求他留下来,求他爱她。这一切都不被允许,无济于事。

他们握了握手,就像他们在母亲的希腊式花园见面那天所做的那样。同样是那只破旧小皮箱搁在安布罗斯脚边,里面装满他的所有财物。同样是穿着那套灯芯绒棕色西装。他没有从白亩庄园带走任何东西。

她最后跟他说的一句话是:"求求你,安布罗斯,别跟你遇到的任何人谈起我们的婚姻,没有人需要知道我们之间发生了什么事。你不是以亨利女婿的身份去旅行,而是作为他的雇员。更进一步的谈话只会导致疑问。"

他点点头表示同意,他没有再说什么。他看上去一脸病容,疲惫不堪。

阿尔玛无须请扬西对她与派克先生的过去保守秘密。扬西只会保守秘密,这正是惠特克家留他这么久的原因。

扬西在这方面很有用处。

18

接下来的三年中,阿尔玛完全失去了安布罗斯的音讯,事实上,她甚至很少听到他的消息。一八四九年夏天,扬西传话来,说他们在平静的航程后,安全抵达塔希提。(阿尔玛知道,这并不表示他们的航程很轻松;对扬西来说,任何最后没有沉船或者遭海盗劫掠的航行,都算平静。)扬西报告说,派克先生被留在马泰瓦伊湾,交由一位从事植物采集工作的韦尔斯牧师照看,派克先生已经了解了香草种植园的职责。不久,扬西离开塔希提,去香港处理惠特克家的业务。此后没有再传来任何消息。

对阿尔玛来说,这是一段十分绝望的时期。绝望是件琐碎的事,很快就不断重复起来,因此每一天对阿尔玛而言,都活像是前一天:悲伤、寂寞、模糊不清。第一个冬天状况最糟。那几个月似乎比阿尔玛所知道的任何冬天都更为寒冷黑暗,每当她走在马车房和住宅间,总觉得有看不见的猛禽盘旋在她头上。消瘦的秃树注视着她,乞求温暖或遮蔽。斯库尔基尔河很快就冻上一层厚厚的冰,男人们晚上在河面点燃篝火,在火上烤牛肉。阿尔玛每走到门外,便遭到风的袭击,像被一件冰冷僵硬的斗篷紧紧裹住。

她不再睡在自己的卧室里。她几乎根本不再睡觉。从她和安布罗斯对峙过后,她几乎一直在马车房里生活,她不能想象再睡在自己的新房里。她不再和家人一起吃饭,晚饭吃的食物和早餐一样:汤和面包,牛奶和糖蜜。她觉得没精打采、悲哀、有点儿杀气腾腾。她对那些待她最好的人(比如说汉娜克)表现得急躁易怒,而对自己的妹妹普鲁登丝和可怜的老朋友芮塔这些人,她完全不再关心理会。她避开父亲。她几乎跟不上白亩庄园的公务。她向亨利抱怨,说他待她不公平——说他始终把她当仆人对待。

"我从来没说过有公平这回事!"他吼道,并把她赶回马车房去,直到她得以再次主宰自己。

她觉得世界似乎在取笑她,因此难以面对世界。

阿尔玛一向体格强壮,从未领略过卧病在床的愁苦凄凉,但是在安布罗斯离开后的第一个冬天,她发现早上很难起床。她丧失了学习的劲头,她想象不出她为什么对苔藓——或任何东西——感兴趣。她以往的爱好都已杂草丛生,她不再邀请客人到白亩庄园,她没有意愿这么做。谈话令人厌倦得受不了,沉默却更糟。她的思考是一团病菌,对她毫无益处。如果哪个女仆或园丁胆敢从她面前走过,她很可能会大喊:"能不能让我有点儿私人时间?"而后朝反方向气冲冲地走开。

她一直在寻找有关安布罗斯的解答。她搜查他保持原样的书房。她在他的书桌最上层抽屉发现一本他写的笔记。她知道不便阅读这样的私人物件,然而她告诉自己,安布罗斯如果不愿暴露内心深处的想法,就不会把他的思想记录存放在没有上锁的书桌的最上层抽屉这样明显的地方。然而,这本笔记并未带来任何解答,甚至可以说,使她更加困惑惊惶。笔记写的不是忏悔或渴望,也不是父亲写的日记那样的简单日志。笔记上的记录甚至没有注明日期。许多句子几乎根本不算句子——只是思考的片断,后面拖着长长的破折号和省略号:

> 您的旨意是……对一切冲突的永恒遗忘……仅仅渴望坚定与纯粹,仅仅服从自律的神圣标准……处处寻找紧密相连的一切……天使痛苦地扭动,是否在抗拒他们自身以及粗俗的肉体?我内心损坏的一切永无止息,在非自毁的改造中失而复得!……彻彻底底——悔

悟——慈悲而坚持！——唯有靠偷来的火或偷来的知识，智慧才能增长！——科学无力，而是在于二者的汇集——火孕育成水的中心轴……耶稣基督，垂怜我，在我内心树立榜样！……炽热的饥饿，被满足之后，只会涌现更严重的饥饿！

这样的文字一页又一页。这是五彩纷乱的思绪。起始于乌有之地，通向空无，终止于空无。在植物界，这种令人费解的语言正是所谓的"疑难学名"或"未定学名"——亦即错误隐晦的植物名称，无从归类的样本。

一天下午，阿尔玛终于受不了了，于是拆开安布罗斯在他们婚礼那天送给她的那张精心折叠起来的纸——奇特的物品，他特别嘱咐她永远不要打开的"爱的信息"。她展开层层皱褶，将纸摊平。纸的中央是一个单词，他的字迹优雅无误：阿尔玛。

无济于事。

这个人是谁？或者说——他曾经是谁？而如今他已离去，阿尔玛又是谁？她还想知道，她是什么？她是结了婚的处女，和她优美年轻的丈夫同睡一张贞洁的床，几乎不超过一个月。甚至，她能不能称自己为妻子？她不这样认为。她不能再让自己被叫作"派克夫人"，这称呼是个低级笑话，她对任何敢用这一称呼的人都大吼大叫。她一直是，现在也还是阿尔玛·惠特克。

她不免要想，要是她是个年轻漂亮的女人，或许能说服她丈夫像个丈夫一样爱她。安布罗斯为什么挑她当"白色婚姻"的候选人？肯定是因为她看起来合乎身份：一个相貌平凡、没有丝毫吸引力的人物。她同时被一个问题所折磨，也就是，她原本是否该教自己忍受这段婚姻中的屈辱，像她父亲建议的那样。或许她应该接受安布罗斯的条件。她当时要是能忍气吞声或压制自己的欲望，现在他就仍在身边陪伴着她——她这一生的同伴。一个个性更为坚强的人或许能够忍受。

一年前,她还是个知足、勤奋、有作为的女人,甚至从未听说过安布罗斯·派克这个人,而如今,她的生活却被他毁了。这个人的到来,照耀了她,用奇迹和美的观念蛊惑了她,他了解她也误解她,他娶了她,他让她心碎,他用那双哀伤无望的眼睛看着她,他接受了自己的放逐,而现在他走了。人生是多么严酷而突然——这一场洪水来去匆匆,把这样的残骸留在身后!

⁜

四季无可奈何地更迭循环。此时是一八五〇年。四月初的某天晚上,阿尔玛从面貌模糊的残暴噩梦中惊醒。她抓着自己的喉咙,被最后一丝恐怖呛得干呕。在惊慌中,她做了最奇怪的事。她从马车房的长沙发椅上一跃而起,光着脚跑过碎石车道,穿过被霜覆盖的院子,越过母亲的希腊式花园,朝房子跑去。她跑过转角处,来到后方的厨房门口,推门进去,心咚咚地跳,大口喘气。她跑下楼梯——在黑暗中,她的脚仍很熟悉每一级破旧的木头阶梯——没有停下来,直到来到环绕汉娜克卧室的栅栏边,就在地下室最温暖的角落。她抓住栅栏,像发狂的囚犯一样摇晃栏杆。

"汉娜克!"阿尔玛喊道,"汉娜克,我好害怕!"

如果她在醒来和奔跑之间停顿片刻,或许能拦住自己。她这五十岁的女人,竟然奔向老奶妈的怀抱,可真荒唐。可是她拦不住自己。

"谁在那儿?"[1]汉娜克喊道,感到惊异。

"是我,阿尔玛!"[2]阿尔玛说道,沉入温暖熟悉的荷兰语,"你得帮帮我!我做噩梦了。"

---

1 原文为荷兰语。

2 原文为荷兰语。

汉娜克嘟囔着站起身来，迷惑不解，打开门锁。阿尔玛扑进她的怀抱——扑进那大火腿般的双臂中——像婴儿一样哭了起来。汉娜克感到惊讶，却顺应她，把她领到床上，让她坐下，抱着她，让她哭泣。

"好啦，好啦，"汉娜克说，"不会要了你的命的。"

但是阿尔玛认为，这种巨大的悲痛会要了她的命，她探不着底。她已经陷在其中长达一年半，她担心她将永远陷在其中。她靠着汉娜克的肩膀放声大哭，把长久累积的消沉情绪都哭了出来。她肯定在汉娜克胸前流了一大杯泪水，但是汉娜克没有说话也没有挪动，只是不断地说："好啦，好啦，孩子，不会要了你的命的。"

当阿尔玛终于镇定一些时，汉娜克取来一块干净的布，把她俩匆匆擦干净，就像在厨房擦桌子一样。

"不能逃避的，我们就必须忍受。"她对阿尔玛说道，一边把她的脸擦干净。"你不会死于悲伤——就像我们其他人一样。"

"可是要怎么忍受？"阿尔玛恳求道。

"认真尽自己的本分，"汉娜克说，"不要害怕工作，孩子，你能从中找到慰藉。如果你身体健康到能哭，那你就健康到能干活。"

"可是我爱他。"阿尔玛说道。

汉娜克叹息说："那你犯了代价很高的错误。你爱上了一个以为世界是由奶油构成的男人，你爱上了一个想在大白天看星星的男人。他很荒谬。"

"他不荒谬。"

"他很荒谬。"汉娜克又讲了一遍。

"他很独特，"阿尔玛说，"他不想住在凡人的身体里。他想当个神仙人物——我希望我也能。"

"好吧，阿尔玛，别让我再说一次：他很荒谬，可你把他看成是神圣的贵宾。事实上，你们大家都这样看他！"

"你是不是认为他是恶棍？你是不是认为他是猥琐的人？"

"不,可是他也绝不是神圣的贵宾。我告诉你,他只是有点儿荒谬,他本来应该是无害的荒谬东西,可你却成了牺牲品。好吧,我们每个人偶尔都会成为荒谬东西的牺牲品,孩子,有时候我们甚至笨到去爱它。"

"永远没有男人会要我。"

"不会的,"汉娜克坚决地断定,"可你现在得忍受下去——你也不是第一个。你让自己沉溺在悲伤的泥沼中已经很久了,你的母亲会为你感到羞耻。你变得越来越软弱,这不像话。你觉得你是唯一受苦的人吗?读读你的《圣经》吧,孩子,这世界可不是天堂,而是苦难人间。你以为上帝为你破例?看看你的四周,你看见了什么?全是痛苦。你走到哪里,都看到哀愁。如果你第一眼没有看见哀愁,再看得仔细些。你很快就会看到。"

汉娜克语气严峻,然而,仅是她的声音就能让人安心下来。荷兰语不是像法语那样甜美的语言,不是像希腊语那样有力的语言,也不是像拉丁语那样高贵的语言,可是对阿尔玛而言却像粥一样抚慰人心。她想把头枕在汉娜克的大腿上,永远听她数落。

"吹掉你身上的灰尘!"汉娜克继续说,"如果我继续让你在这儿傻下去,嚼着哀伤的滋味,像你这几个月来所做的那样,你母亲的鬼魂会来找我。你的骨头没有断,因此用你自己的腿站起来吧!你希望我们永远为你悲伤吗?有没有人把一根树枝捅进你眼睛里?没有,那就别再像狗一样睡在马车房的长椅上了。处理你的日常事务,照顾你的父亲——你难道没看见他又老又弱,可能就要死了?让我清静清静吧。我这老女人,承受不了这种愚蠢的事,你也一样。你在这年纪,在知道一切之后,如果不能更好地控制自己,就未免太遗憾了。回你的房间去,阿尔玛——回到你在这栋房子里真正的房间。明天早上你要跟我们大家一起吃早饭,就像过去那样,还有,我希望看到你明天坐下来吃早饭时穿着整齐。你也得吃掉每一口食物,还要感谢厨子。你是惠特克家的人,孩子。找回你自己。这就够了。"

✣

于是，阿尔玛就按照汉娜克所说的做了。她回到卧房，垂头丧气、疲惫不堪。她回到餐桌前，回去照顾父亲，回去管理白亩庄园。她尽力回到安布罗斯出现之前的生活中。对付女仆和园丁的闲言碎语虽无良方，不过——如亨利所料——他们最后转而议论其他丑闻和戏剧性事件，基本不再闲聊阿尔玛的煎熬。

她并没有忘掉自己的煎熬，但尽力把生命中的裂缝缝合起来，坚持下去。她第一次留意到，父亲的身体状况确实日渐恶化，而且是急剧恶化，正如汉娜克所指出的那样。这本是意料之中的事（他已是九十岁高龄！），可她一直把他看作巨人，一个战无不胜的人物，因此他的虚弱状态令她吃惊惶恐。亨利卧病在床的时间越来越长，对重要业务显然漠不关心。他视力变差，听力几乎完全丧失，需要借助喇叭形助听器才听得见声音。他或多或少比从前更需要阿尔玛——大多时候作为看护，少数时候作为秘书。他从未提起安布罗斯。没有任何人提起。扬西那边传来报告，说塔希提的香草藤终于结了果。这是她所听到的，关于她失去的丈夫的最新消息。

然而，阿尔玛从来没有停止过思念他。书房隔壁马车房里寂静无声的印刷室，无人照管、布满灰尘的兰花房，以及餐桌上的无聊烦闷，都在不断提醒她，他已经不在身边。与霍克斯谈论即将出版的安布罗斯的兰花作品——现由阿尔玛监制——也是一种提醒，而且是令人痛苦的提醒。然而这一切都是无可改变的事实，我们无法抹掉每一个提醒。事实上，我们无法抹掉任何的提醒。她的哀伤永无休止，但是她把哀伤隔离在自己内心一个可以控制的小角落里。她最多只能做到这样。

就像她在此生其他孤寂时刻所做的那样，她再次回头做自己的工作，寻求安慰，让自己分心。她回到《北美苔藓全集》的书写工作中。她回到她的巨石田野，视察她的小旗子和标记。她再次观察某个品种对照另一品种缓慢前进或衰退的情况。她重拾两年前（婚礼前欢乐醉人的那几周）产生的灵感，研究海藻和苔藓之间的相似之处。她恢复不了先前对这一想法抱有的狂热信心，不过她似乎仍然认为，水生植物完全可能变为陆地植物。其中有一些原理，某种交汇或联系，可是她解不开这个谜。

为了寻找解答，沉浸在脑力工作中，她重新关注不断被讨论的物种变异问题。她把拉马克的作品又读了一遍，并且读得很详细。拉马克推断，出现生物变异，是因为人们对身体某特殊部位过度使用或弃而不用。比方说，他声称，长颈鹿的脖子之所以那么长，是因为历史上某些个别的长颈鹿，为了吃树梢上的叶子，把脖子伸得很长，因而导致脖子在有生之年真的变长。而后，它们将这一特征——伸长的脖子——传给下一代。相反地，企鹅的翅膀之所以毫无效用是因为弃而不用。翅膀因被忽视而萎缩，而这一特征——一对笨拙、不能飞的附肢——传给了下一代的企鹅，因此形成了该物种。

这是一个引人深思的理论，阿尔玛却不认为其完全合理。依照拉马克的推理，她认为地球上发生的变异应该远比实际上更多。按照这种逻辑，阿尔玛心想，犹太人在施行了数世纪割礼后，应该老早就生出生来就没有包皮的男孩；剃了一辈子胡子的男人，应该生出从来不长胡子的儿子；每天卷头发的女人，应该生出天生就是卷发的女儿。显然，这一切都没有发生。

然而，事物确实会改变——阿尔玛很肯定这一点。而且，相信这一点的人，不仅是阿尔玛而已。几乎每一位科学界人士都在谈论物种发生转换的可能性——或许不在你眼前立刻发生，而是经过很长一段时间。种种理论和争论开始围绕这一主题展开，这十分新奇。直到最近，科学家这个词才由博学的威廉·休厄尔首创。许多学者反对这个直截了当的新名词，因为这个词非常类似险恶可怕的无神论学家一词。为什么不继续称他们自己为自然哲学家？这个称呼难道不是更虔敬、更纯正？但是，自然领域和哲学领域如今已经划清了界限。兼任植物学家或地理学家的神职人员越来越少,只因通过研究自然界,人们挑战了太多《圣经》中的既定事实。过去,上帝呈现在自然界的奇迹中;而今,上帝受到这些奇迹的挑战。如今,学者们必须择边而站。

旧日的立论在不断磨损的地面上颤动摇晃,阿尔玛——在白亩庄园中独自一人沉浸在自己的危险思考中。她思索托马斯·马尔萨斯以及他关于人口增长、疾病、灾难、饥荒、灭绝的理论。她打量约翰·威廉·德雷珀新近拍下的精彩月球照片。她沉思路易斯·阿加西斯提出的世界经历过冰河期的理论。有天她大老远走到桑瑟姆街的博物馆,参观由骨头重新拼建而成的巨型乳齿象,这使她重新思索地球(事实上,所有行星)的古老特质。她重新认识海藻和苔藓,思索二者之间可能发生的转换。她再次专注于曲尾藓,重新思考这一特殊的苔藓属,怎能以多种差异细微的形式存在,是什么造成了数千种影像和结构?

一八五〇年底,霍克斯将安布罗斯的兰花作品集带向了世界——一本豪华昂贵的《危地马拉和墨西哥的兰花》。看过这本书的人都说安布罗斯·派克是当代最优秀的植物画家。所有著名的植物园都想委托派克先生,把他们的收藏品记录下来。然而,安布罗斯已经走了——消失在地球另一边,栽种香草,遥不可及。阿尔玛对此感到内疚羞愧,可她不知如何是好。她每天都和这本书在一起。安布罗斯的美丽作品给她带来痛苦,可她无法让自己远离。她安排霍克斯把这本书寄去塔希提给安布罗斯,但是她从未听到此书寄达的消息。她安排让安布罗斯的母亲(那位令人生畏的康斯坦丝·派克夫人)收到这本书的所有收入。这促使阿尔玛和婆婆之间长期保持礼貌的信件往来。派克夫人,很不幸,相信她儿子是为了追寻狂妄的梦想而逃离他的新婚太太——而阿尔玛,更不幸,并未纠正她的错误想法。

阿尔玛每个月去看一次住在格里芬病院的老朋友芮塔。芮塔已不认识阿尔玛——芮塔似乎也已不认识她自己。

阿尔玛没去看望妹妹普鲁登丝，却时而听到消息：贫穷与废奴，废奴与贫穷，同样是那些悲惨的故事。

阿尔玛思索所有这些事情，却不知该如何理解这一切。他们的生活为什么这样进展，而不是那样进展？她再次思索她曾经命名的四种不同类型、同时并行的时间："神圣时间"、"地质时间"、"人类时间"和"苔藓时间"。她不禁想到，她希望自己大部分人生都住在缓慢、微观的"苔藓时间"里。这是一种相当奇怪的欲望，但后来她遇上了安布罗斯，他的渴望甚至比她的更极端：他想住在永恒空无的"神圣时间"里——也就是说，他想完全住在时间之外。他希望她能与他一同住在那儿。

有一点可以肯定："人类时间"是最悲哀、最疯狂、最凶恶的时间类型。她尽己所能置之不理。

然而，日子仍然一天天过去。

⊹

一八五一年五月初，在一个凉爽下雨的早上，白亩庄园收到一封写给亨利的信。信封上没有寄信人地址，但是信封边缘用墨水涂上了黑边，表示哀悼。阿尔玛负责阅读亨利的所有信件，因此当她照例在父亲的书房里处理来往信件时，拆开了这封信。

亲爱的惠特克先生：

我今天写信，是为了自我介绍，同时也让您知道不幸的消息。我是弗朗西斯·韦尔斯牧师，我在塔希提马泰瓦伊湾担任传教士已达三十七年之久。过去一段时间，我和您善良的代理人扬西先生进行长期商务合作，他知道我在植物领域是个热心的业余爱好者。我为扬西先生搜集过样本，带他寻访有趣的植物景观，诸如此类。同时，我也卖给他海洋标本、珊瑚和贝壳,这是我的特别爱好。

近年来,扬西先生请我帮忙维护您在此地的香草种植园——这一尝试,因您的一位年轻雇员安布罗斯·派克先生于一八四九年到来而深受助益。我很遗憾地通知您,派克先生过世了,出于某种感染——在这种热带气候下人们很容易受到感染,从而快速过早死亡。

您或许希望告知派克先生的家人,他已在一八五〇年十一月三十日蒙主召唤。您或许也希望通知他的亲友,我们给派克先生举行了正式的基督教葬礼,我也在他的墓地立了一小块石碑。他的过世让我深感惋惜。他是一位道德最高尚、品格最纯朴的绅士。在我们这地方,并不容易看到。我相信再也遇不上另一个像他一样的人了。

我无法给您带来任何慰藉,除了确信他如今住在一个美好的世界,永远不可能遭受衰老带来的屈辱。

您最真诚的
弗朗西斯·韦尔斯牧师

这则消息以斧头敲击花岗岩的力量给阿尔玛带来了莫大的冲击:她耳际震响,骨头抖动,眼前直冒金星。她的某一部分被打掉了——某个极其重要的部分——那部分旋转着飞入半空中,再也不可能找到。如果她没有坐着,肯定会摔倒在地。事实上,她一头栽在父亲的书桌上,把脸埋在韦尔斯牧师最友好亲切的来信中,哭了起来,像要把浩瀚天穹的每一朵云都扯下来。

✦

她对安布罗斯的哀悼,怎可能超过她早已对他做过的哀悼?然而她确实如此。她很快就知道,悲痛底下仍是悲痛,就像海底的地层底下仍是地层——甚至更底下仍是更多的地层,只要你持续不断地挖下去。安布罗斯已经离开她这么久,她肯定也知道他将永远离去,可她从未想过,他可能比她先死。简单的算术应能排除这一可能:他的年龄比她小得多。他积攒了所有天真无邪于一身。可是他死了,她却活着。她赶走了他,让他死去。

有一种程度的悲痛深不可测,最后完全不再像悲痛。剧烈难挨的痛苦,最后使身体不再有感觉。悲痛本身灼烧起来,结成疤,阻拦了膨胀的情绪。这种麻木是一种解脱。当阿尔玛从父亲的书桌上抬起头来,当她不再哭泣,她正是达到了这种程度的悲痛。

她向前推进,仿佛被某种野蛮无情的外力所支配。她先告知父亲这则遗憾的消息。她看见他躺在床上,闭着眼睛,苍白疲惫,看上去像戴了死亡面具。糟糕的是,她必须把安布罗斯的死讯对着亨利的喇叭形助听器喊叫出来,才能让他了解发生了什么事。

"好吧,他走了。"他说道,又闭上眼睛。

她告诉汉娜克,汉娜克噘起嘴来,双手按在胸口上,只说:"天啊!"——一个和英语一样的荷兰语单词。

阿尔玛写了封信给霍克斯,说明发生了什么,并感谢他对安布罗斯施予的恩惠,用精美的兰花专著纪念派克先生。霍克斯立即写了一封体贴礼貌的短笺致哀。

不久之后,阿尔玛收到了妹妹普鲁登丝的来信,对她失去丈夫表示吊唁。她不知道是谁告诉了普鲁登丝,她也没有问。她回了普鲁登丝一封短笺,对她表示感激。

她给韦尔斯牧师写了封信,签上父亲的名字,感谢他传达这位最受赞赏的员工的噩耗,问他是否需要惠特克家为他做什么作为报答。

她给安布罗斯的母亲写了封短笺,将韦尔斯牧师的信件逐字照抄。她不敢寄。阿尔玛知道安布罗斯是他母亲最爱的儿子,尽管派克夫人说他"很难管教"。他怎会不是她的最爱?安布罗斯是每个人的最爱。这则消息会毁了她。更糟的是,阿尔玛难以抑制地觉得是自己杀了这女人最爱的儿子——弗雷明翰最好的人物、宝物和天使。寄了这封可怕的信,阿尔玛只希望派克夫人的基督教信仰多少能保护她免受这一打击。

至于阿尔玛,她找不到信仰带来的安慰。她相信造物主,可她从未在绝望的时刻寻求他的帮助——而她现在也不会这么做。她的信仰不是这种信仰。阿尔玛承认且赞赏神是宇宙的创造者和主要推动者,可是在她看来,他是一个冷峻、遥远甚至无情的人物。任何能创造出这种沉痛世界的人物,都不是能让人从中寻找慰藉以求解脱的人物。寻求此种慰藉,你只能找汉娜克这样的人。

阿尔玛履行了一系列悲伤任务——书写所有关于安布罗斯过世的信件并寄出后——已经没有其他事可做,只能步入她的守寡状态、她的耻辱和她的哀伤中。出于习惯而不是向往,她回到她的苔藓研究上。没有这项工作,她觉得自己肯定也会死去。她的父亲病得更重了。她的责任更大了,世界更小了。

要不是五个月后扬西到来,阿尔玛的余生看起来可能就要如此度过了。一个晴朗的十月早晨,扬西迈着大步走上白亩庄园的台阶,手上提着原本属于安布罗斯的那只破旧小皮箱,请求和阿尔玛私下谈谈。

19

阿尔玛领着扬西到父亲的书房，随手把门关上。她以前从未单独和他待在一起。打从最早的记忆开始，他就存在于她的生活中，却一直令她恐惧不安。他高大的身姿，他死白的皮肤，他锃光瓦亮的秃顶，他冷冰冰的凝视，他棱角分明的侧影——这一切加在一起，创造出一个危险人物。即使现在，在认识将近五十年后，阿尔玛仍无法确知他的实际年龄。他似乎永远不朽，这只是为他增添了一抹恐怖色彩。全世界都害怕扬西，而这正是亨利的愿望。阿尔玛从不明白扬西为何对亨利如此忠诚，也不明白亨利如何控制住他，但有件事是肯定的：要是没有这个可怕人物，惠特克公司就无法运作。

"扬西先生，"阿尔玛说道，朝椅子做了个手势，"恳请您随便坐坐，放轻松吧。"

他没有坐。他站在房间中央，一只手松松地提着安布罗斯的皮箱。阿尔玛尽量不去看皮箱——她前夫的唯一财物，她也没有坐。显然，他们都不让自己放松下来。

"你想跟我谈些什么吗，扬西先生？或者你情愿见我父亲？他最近不太好，我知道你很清楚，不过今天算他状况较佳的日子，他头脑也清醒。他能在卧室接见你，如果对你合适的话。"

扬西仍不说话。这是他著名的伎俩：沉默是一种武器。扬西不说话时，周遭那些紧张的人，就让语言在空中弥漫。于是他们说的话远多于自己该说的话。扬西将从他沉默的堡垒后面，看着秘密漫天飞舞。而后，他把那些秘密带回白亩庄园。这是他权力的运作方式。

阿尔玛不打算落入他的陷阱，也不打算不加思索就开口说话。因此，他们默默地站在一起，肯定又过了两分钟。而后，阿尔玛再也受不了，还是开了口："我看到你提着我前夫的皮箱。我想你已经去过塔希提，这是你从那儿取回来的？你是来还给我的吧？"

他没有动，也没说一句话。

阿尔玛继续说："如果你在疑惑，我是不是想要回这只皮箱，扬西先生，我的答复是，是的——我很想。我前夫的财物为数不多，能把我知道的他自己非常看重的一件物品留下来当作纪念，对我来说意义重大。"

他仍不说话。他难道要她请求他？她是否该付钱给他？他是不是想要什么东西作为交换？或者……她的脑子突然莫名其妙地闪过一个想法，他是否为了某种原因而迟疑不决？他难道是拿不定主意？你无从了解扬西，他永远无法被人解读。阿尔玛开始感到急躁不安。

"我真的要强调，扬西先生，"她说，"你必须解释清楚。"

扬西从来不是一个会解释的人。这一点阿尔玛知道，任何活着的人也都知道。他不把口舌浪费在"解释"这种毫无用处的事情上。事实上，打从孩提时代起，阿尔玛就很少听过他一连讲超过三个词。至于这一天，扬西却只用两个词就清楚地道出重点。他现在迈过阿尔玛身边并走出门外，在与她擦身而过时把皮箱塞到她怀里，同时从嘴角发出低沉的吼声。

"烧掉它。"他说道。

✥

阿尔玛守着皮箱，独自坐在父亲的书房里将近一个小时，盯着这件东西，仿佛尝试透过那被盐弄脏的破旧外皮，判断里面藏了什么。扬西究竟为什么要说这样的话？他为什么费心把这只皮箱从地球另一端带来给她，如今却指示她烧掉？他为什么不自己烧掉它，如果有必要烧掉的话？而他的意思是，打开皮箱、查看过内容之后再烧掉它，还是在打开皮箱之前？他递给她皮箱前，为什么犹豫不决？

问他这其中任何一个问题，当然都是不可能的事：他早已不见踪影。扬西的动作相当迅捷；就她所知，他现在可能已经在去阿根廷的途中。然而，即使他待在白亩庄园，他也不会回答任何进一步的询问。这点她很清楚。那种对话永远不会是扬西分内的事。她只知道，她现在拥有安布罗斯的皮箱——且面临一个两难的困境。

她决定把这东西拿出去，带到她位于马车房的书房，让她私下审视。她把皮箱放在角落的躺椅上——在这张躺椅上，芮塔多年前曾与她聊天，安布罗斯曾四肢放松地躺卧，两条长腿悬在那里，这儿也曾是阿尔玛在安布罗斯离去后那黑暗的几个月睡觉的地方。她端详着皮箱。它长约两英尺、宽约一英尺半、深约六英寸——一个廉价、蜜黄色牛皮的简单矩形，已经磨损、褪色，而且相当粗陋。手把曾经以铁丝和皮革系带修补多次。海洋的空气和岁月腐蚀了绞链。手把上方处，几乎看不清隐约浮雕的姓名字首"A. P."。两条皮带把皮箱子圈起来扣牢，像肚带绕在马肚子上。

皮箱没有锁，这完全是安布罗斯的特点，他生性对人信而不疑。或许，如果皮箱上了锁，她就不会打开。或许只需要一点点遮掩的迹象，她就会放弃。或许也不会。阿尔玛是那种生来就要调查事情的人，毫不顾及后果，即使必须把锁撬开。

她毫不费劲地打开了皮箱。发现箱子里有一件折起来的灯芯绒棕色外套，一眼就能辨认出来，这使她激动得喉咙哽咽。她把外套拿出来，贴在脸上，希望能在纤维中闻到安布罗斯的一丝味道，可她只能闻出一丝霉味。在外套底下，她发现厚厚一叠纸：画在锯齿状蛋壳色宽纸上的素描和图画。最顶上的图画以热带露兜树为主题，从螺旋线叶片和粗树根即可判断出来，这是安布罗斯技艺精湛的植物工笔画,每一个细节总是尽善尽美。这只是一幅铅笔素描,却相当优美。阿尔玛端详过后,摆在一旁。在这幅画底下是另一幅画——香草花的局部,以钢笔画出,精心着色,几乎像在画纸上震颤。

阿尔玛觉得心头涌起希望。那么,皮箱里装的是安布罗斯对南太平洋植物的印象。这在许多方面都教人欣慰。首先,这表示安布罗斯在塔希提时,从他自己的技艺中获得了安慰,而不是只在闲散的绝望中日渐消亡。其次,拿到了这些画,阿尔玛如今拥有更多的安布罗斯——一些优美、实体的东西,好作为纪念。同样重要的是,这些图画开启了一扇窗户,让人窥见他的最后几年:她将能看到他所看到的,仿佛直接用他的眼睛来看。

第三幅画是一棵椰子树,画得简单快速,并未完成。然而,第四幅画让她突然愣住。这是一张脸。这让人吃惊,因为安布罗斯——就阿尔玛所知——对于描绘人形,从未表示过兴趣。安布罗斯绝非肖像画家,也从未如此宣称。然而这却是一幅钢笔肖像画,用他一丝不苟的笔法绘制而成。这是一个年轻男子的右侧面轮廓。他的五官显露出波利尼西亚血统。宽颧骨,扁鼻子,厚嘴唇。迷人、强壮,像欧洲人一样剪着短发。

阿尔玛接着看下一幅素描:同一个年轻人的另一幅画像,这次是左侧面。下一幅画描绘了一个男人的手臂,不是安布罗斯的手臂,这男人肩膀比他的宽,前臂较结实。下一幅是一只人眼的细节。不是安布罗斯的眼睛(无论在哪儿,阿尔玛都能认出安布罗斯的眼睛),这是另一个人的眼睛,羽毛状的睫毛别具一格。

接着是一个年轻男人的全身习作,裸体的背影,仿佛在从画家身旁走开。他背部宽阔,肌肉发达。每一块脊椎关节都刻画入微。另一幅裸体画中,年轻人靠在椰子树干上。他的脸阿尔玛已经很熟悉——同样高傲的眉毛,同样宽厚的嘴唇,同样杏仁状的眼睛。在这幅画中,他看起来比在别的画中年轻一些——不比一个男孩大,或许十七八岁。

再也没有任何植物习作。皮箱当中剩余的图画、素描和水彩画,都是裸体画。肯定超过一百幅——都是同一个留着欧式短发的年轻土著。有些画中，他在睡觉。有些画中，他在奔跑、手持长矛、搬石头或拉渔网——和古希腊陶器上的运动员和神人并无两样。在每一幅画中，他都一丝不挂——甚至连鞋子也没穿。在大部分画作中，他的阴茎瘫软松弛。在其他画作中，则肯定不是。在这几幅画中，年轻人的脸朝着画家，十分坦率，甚至感到有趣。

"我的天。"阿尔玛听见自己大声说道。她这才发现每看到一幅令人震惊的新画作，自己就这么说道。

我的天，我的天，我的天。

阿尔玛是个反应迅速的女人，也绝对不是感官新手。关于皮箱里装的东西，唯一可能得出的结论是：安布罗斯——纯洁的楷模，弗雷明翰的天使，是个恋童癖者。

她回想起他在白亩庄园的第一个晚上。晚餐时，他出了个主意，给塔希提的香草花进行人工授粉，使亨利和阿尔玛两人都惊叹不已。他那时说了什么？他保证方法很简单：你只需要手指小巧、拿小棍子的小男孩。听起来妙趣横生，却同时道出许多答案。安布罗斯之所以无法圆房，并不是因为阿尔玛老了，不是因为阿尔玛长相不好看，也不是因为他想效法天使——而是因为他想要手指小巧、有小棍子的小男孩，或者大男孩，依这些画来看。

天啊，他让她受这么多苦！他说了什么样的谎！使出的那些手段！他使她对她自己理所当然的渴望觉得厌恶。那天下午当她把他的指头放入她嘴中时，他在浴盆里看她的样子，仿佛她是妖魔鬼怪，要吃了他的肉。她想起蒙田书中的一句话，她在多年前读到的一句话，这句话她一直铭记在心，现在看起来贴切得恐怖："我注意到，有两件事情相辅相成：天上思维与地下表现。"

她被安布罗斯和他的天上思维、他的伟大梦想、他的假纯真、他的圣洁幌子和与上帝交流的高尚话题给愚弄了——看看他最后去了哪里!一个颓废的天堂,和一个娈童待在一起,还有一根直挺挺的阴茎!

"你这婊子养的两面人。"她大声说道。

✢

换作其他女人,或许会采纳扬西的忠告,烧掉皮箱和皮箱内的一切。然而,阿尔玛是极端的科学家,不可能烧掉任何证据。她把皮箱放在书房的长椅底下。没有人找得到。在任何情况下,都没有人来过这个房间。她不愿有人打扰她的工作,因此从未准许除她以外的任何人进来,甚至打扫她书房。没有人在乎阿尔玛这个老处女在她那摆满愚蠢显微镜、无聊图书和装满干苔藓的瓶瓶罐罐的房间里做些什么。她是傻子。她的人生是一出闹剧——一出可怕、悲哀的闹剧。

她去吃晚饭,心思完全不在食物上。

还有谁知道这件事?

在他们婚后那几个月,她听过关于安布罗斯最糟糕的流言蜚语——或者她认为自己的确听过——可她不记得有人曾说他是女人气的男人。那么,他是不是玩过马童或年轻的园丁?这是不是他一直在搞的鬼?可他是什么时候做的?肯定会有人说话。他们始终形影不离,阿尔玛和安布罗斯,而这么猥亵的秘密,不可能保密太久。谣言就像贵重的货币,在口袋里烧出洞来,最终总会花掉。然而,没有人说过半句话。

汉娜克知不知道?阿尔玛看着老管家,纳闷着。这是不是她反对安布罗斯的原因?我们不认识他,她曾经说过许多次……

波士顿的塔珀,安布罗斯最好的朋友,他知不知道?他难道不只是朋友而已?他们婚礼那天,他寄来的电报:派克,干得好——是不是某种无耻的密码?可是阿尔玛记得,塔珀是个有一屋子孩子的已婚男人。至少安

305

布罗斯是这么说的。尽管这并无关系。显然，人可以同时有许多面。

他的母亲呢？派克夫人知不知道？她写"美满的婚姻或许能根除他逃避道德责任的毛病"时，是不是这个意思？阿尔玛为什么没有更仔细阅读那封信？她为什么没有去调查？

她怎会没注意到这件事？

晚饭过后，她在屋子里走来走去。她心思混乱，觉得自己被一分为二。她充满好奇，同时又怒气冲冲。她欲罢不能，走回马车房去。她走进三年多前她曾为安布罗斯精心布置且花费不菲的印刷室。一切器材都被盖在被单底下，家具也是。她在书桌的最上层抽屉中，再次看到安布罗斯的笔记。她随手翻开一页，发现熟悉而神秘的一派胡言的例子：

> 除了意念之外，什么都不存在，而意念为力量所驱策……为了不使白昼黯淡，为了不在更迭中目眩……驱散外观，驱散外观！

她合上笔记，发出粗重的声音。她再也受不了这样的折磨了，这个男人为什么永远不能说把话清楚？

她回到自己的书房，把皮箱从躺椅底下抽出来。这回，她更有系统地察看皮箱里的东西。这不是令人快乐的工作，但是她觉得非这么做不可。她掏了掏皮箱边缘，寻找秘密夹层，或是可能在第一次检视中错过的任何东西。她把安布罗斯那件旧外套的口袋彻底搜查一遍，却只找到一个铅笔头。

而后她又回到画作上——三幅拿手的植物画，数十幅同一个美少年的淫画。她想知道，再经仔细观察，能不能得出别种结论，然而不能；这些画像太直截了当、太色情、太过亲密。没有其他任何诠释。阿尔玛把一张裸体画翻过来，发现背面写着字，是安布罗斯优美的字迹，隐藏在画纸的一角，像模糊低调的签名。然而这不是签名，只有两个词，用的是小写字母：tomorrow morning（明早）。

阿尔玛把另一幅裸体画翻过来，在右下角看到同样的字：明早。她把每一幅画一张张翻过来。每一张上面都写了相同的字，都是同样优美熟悉的笔迹：明早、明早、明早……

这意味着什么？难道一切都是该死的密码？

她拿起一张纸来，把"明早"的字母拆开，重新排列成其他的词语：

NO ROOM, TRIM WRONG （没有空间，裁剪错误）
RING MOON, MR. ROOT （月晕，鲁特先生）
O GRIM – NOT WORT, MORN! （喔凄惨——没有野菜，破晓！）

这些词句都毫无道理。译成法语、荷兰语、拉丁语、希腊语或德语，同样未能带来启发。反向读过来，或是对应字母表位置的指定号码，亦是如此。那么，或许不是密码。或许是一种推迟。或许在这男孩身上，明早永远会发生什么，至少根据安布罗斯的说法。毕竟这很像安布罗斯的作风：神乎其神，令人不快。或许他只是在推迟和他这位美少年缪斯发生性关系："我现在不玩你，年轻人，不过明早第一件事我就会这么做。"或许这是他面对诱惑时，让自己守身如玉的方式。或许他从来没有碰过这男孩，那一开始又为什么要画他的裸体？

阿尔玛萌生出另一种想法：这些画是不是受人委托？是不是哪个人——或许是某个有钱的恋童癖者——花钱请安布罗斯画这男孩？可安布罗斯为什么需要这笔钱，毕竟阿尔玛已经保证他什么都不缺？而他为什么接受这样的委托，假使他——至少看起来——是一个感情如此细腻的人？如果他的德行只是装出来的，那他显然在离开白亩庄园后，仍在继续演下去。他在塔希提并没有堕落者的恶名，否则韦尔斯牧师不会特地颂扬他是"一位道德最高尚、品格最纯朴的绅士"。

307

那是为什么？为什么是这男孩？为什么是一个性兴奋的裸体男孩？为什么是这个脸孔独特的漂亮年轻同伴？为什么花这么多心血画这么多幅画？为什么不画花就好？安布罗斯爱花，而塔希提长满了花！这位缪斯是谁？为什么安布罗斯死前不断在计划，要和这男孩做什么事——永无休止地做，就在明早？

20

亨利将不久于人世。他已经九十一岁，因此这应当没什么可震惊的，但是发现自己病成这样，亨利感到震惊又恼怒。他已有好几个月没有走路了，几乎无法再吸一口完整的气，可他仍然无法相信自己的命运。他被困在床上，非常虚弱，眼睛疯狂地搜索自己的房间，仿佛在寻找逃脱路线。他看上去仿佛想诱胁、收买、哄骗些什么人，好让他免于一死。他难以相信自己无路可逃，他感到畏惧。

亨利变得越畏惧，对他可怜的看护们就越霸道。他要让自己的腿经常被擦揉，并且——担心肺部发炎导致窒息——要求把床架抬高到陡峭的角度。他拒绝一切枕头，担心自己淹死在睡眠中。他一天比一天粗暴，即使身体状况越来越坏。"你看你把这张床搞成了什么破烂样子！"他会在某个吓得脸色苍白的女孩从房间跑出去时对她吼道。阿尔玛惊叹他是怎样找到力气，像被拴起的狗那样咆哮的，即使他在床单上日渐衰亡。他很难对付，可他的抗争有令人钦佩之处，他不肯悄悄死去，这使他具有某种王者风范。

他几乎没有重量。他的身体成了宽松的信封，里面装了尖长的骨头，全身长满褥疮。他什么也不能吃，除了牛肉汁之外，但牛肉汁也吃得不多。然而，尽管如此，亨利的嗓子仍是最后一个辜负他的身体器官。从某种程度上说，这是件憾事。亨利的嗓子叫他周围的好女佣和看护感到难堪，就像一个勇敢的英国船员随船同归于尽时会做的那样——他唱起下流的歌来，仿佛在鼓起勇气面对死神。死神想用两只手拖倒他，他却唱着歌甩开它。

"红旗飘扬，我们过去吧！拍拍女孩的屁股吧！"

"这就行了，凯特，谢谢你。"阿尔玛对正在值班的倒霉年轻看护说道，护送女孩到门口，即使亨利正在唱："利物浦的好凯特！以前是妓院老鸨！"

亨利从来不喜欢讲客套话，现在则是一点儿也不在乎。他想说什么就说什么——阿尔玛想到，或许甚至多过他想说的。他冒失得惊人；他为钱的事、为交易告吹而大吼大叫；他控诉、探察，他攻击、闪避；他甚至跟死人吵架。他与班克斯爵士争辩，再次想说服他在喜马拉雅山种植金鸡纳树。他斥责亡妻早已作古的父亲："我会让你，你这臭鼬脸、猪狗不如的老荷兰人，看到我成了什么样的有钱人！"他控诉自己死去多年的父亲是个低声下气的马屁精。他要求叫比阿特丽克斯来照顾他，拿苹果酒给他。他老婆在哪里？如果在他躺在病床上的时候不来照顾他，男人娶老婆是拿来干什么的？

然后有一天，他直视阿尔玛的眼睛，说："你还以为我不知道你那丈夫是什么样的人！"

阿尔玛迟疑得太久，来不及把看护请出房间。她应当立刻这么做，可她却等在那里，不能肯定父亲想说什么。

"你以为我在旅途中没见过那种人？你以为我自己从来没做过那种人？你以为他们带我上决心号是因为我的航海才干？我当时是个嘴上无毛的小男孩，小梅——一个陆上来的毛头小子，有个干净的好屁眼儿。这没什么不好意思说的！"

他叫她"小梅"。他已有多年——数十年——没这么叫她了。过去几个月里，他有时甚至认不出她来。可现在，他用了昔日的亲昵称呼，显然，他清清楚楚地知道她是谁——这意味着，他也清清楚楚地知道他自己在说什么。

"现在你可以离开了,贝齐。"阿尔玛指示看护,可看护似乎不急着离开。

"问问你自己,他们在那艘船上对我做了什么,小梅!船上最年轻的小伙子,我啊!喔老天,他们把我玩得多么开心!"

"谢谢你,贝齐,"阿尔玛说道,现在她自己起身护送看护到门口,"你可以把门带上了。谢谢你,你帮了很大的忙。谢谢你,你去吧。"

亨利此时在唱一段阿尔玛以前从未听过的歌:"他们把我捅上捅下,大副把我玩来玩去。"

"爸,"阿尔玛说,"你别再说了。"阿尔玛走上前去,两手放在他的胸口上。"你别再说了。"

他不再唱了,目光炯炯地看着她。他用瘦骨嶙峋的手一把抓住她的手腕。

"问问你自己,他为什么娶你,小梅。"亨利说道,声音就像年轻人那样清晰有力,"不是为了钱,我敢打赌!也不是为了你干净的小屁眼儿。肯定是为了别的东西。你搞不懂,对吧?我也搞不懂。"

阿尔玛挣脱亨利牢牢抓住她的手。他的呼吸有腐败的气味,一大部分的他已经死去了。

"不要再说下去了,爸,喝点儿牛肉汁。"她说道,把杯子斜放在他嘴边,避开他的眼光。她感觉到看护正在门后偷听。

他唱道:"喔,我们逃去好望角!有人躲债,有人躲强暴!"

她试着把肉汁倒进他嘴里——极力阻止他再唱——他却吐了出来,推开她的手。肉汁泼溅在床单上,杯子滚到地上。他身上仍然有力气,这位老斗士。他又一把抓住她的一只手腕。

"别当傻瓜,小梅,"他说,"这世界上任何王八蛋告诉你的事,一件都不要相信。你自己去弄个水落石出。"

311

下一周，亨利朝死亡迈得更近时，他唱了更多的歌、说了更多的话——大都淫秽下流，全都令人遗憾——可他的那一句话有力又蓄意，击中了阿尔玛，她把这句话看作父亲的遗言：你自己去弄个水落石出。

✥

亨利于一八五一年十月十九日过世。他的死就像吹往海上的风暴。他逆风前行直到最后一刻，至死不屈；当他最终离开时，尽头的风平浪静令人惊愕。没有人相信他会比他们先走。汉娜克揩去同时淌着悲伤和疲惫的眼泪，说："喔，致那些住在天上的人——祝未来好运！"

阿尔玛帮忙清洗父亲的身体。她要求与他的尸体单独相处。她不想祷告，也不想哭泣，她需要找件东西。她掀开盖着父亲赤裸尸体的床单，勘探腹部周围的皮肤，用手指和眼睛找寻像疤痕肿块、又小又奇特、与身体不太相称的东西。她在寻找几十年前当她还是孩子时，亨利向她发誓缝在他肚皮底下的绿宝石。她毫不畏缩地寻找。她是自然学者，绿宝石如果在那里，她就能找得到。

你永远要有最后一笔赇金，小梅。

不在那里。

她感到惊愕。她始终相信父亲告诉她的一切。不过，她心想，他或许把绿宝石献给了死神，就在临终之际。当歌曲不奏效，勇气也不奏效，而他的诡诈也未能摆脱最后的恐怖契约时，或许他说："把我最好的绿宝石也拿走吧！"阿尔玛心想，或许死神拿走了——却同时也把亨利带走了。

就连她的父亲也买不通那纸契约。

亨利走了，他最后的诡计也随他而去。

✥

她继承了一切遗产。遗嘱——葬礼过后仅仅一天,即由亨利的老律师出示——是一份简单得难以想象的文件,不过短短几句话。遗嘱指示,亨利·惠特克将他的全部财产留给他"唯一的婚生女儿"。他的全部土地,他的一切商务,他所有的财产,他所有的持有物——全归阿尔玛所有。没有任何有关其他人的条款。没有提及他的养女普鲁登丝,也没有提及他忠心耿耿的员工。汉娜克什么也得不到,扬西什么也得不到。

阿尔玛现在是新世界最有钱的女人之一。她掌控美国最大的植物进口业务,这些事务过去五年来都由她一手管理,也是加里克与惠特克制药公司的半个老板。她同时也是宾州最豪华的其中一间私人住宅的唯一居住者,持有数个获利丰厚的专利权,还坐拥数千亩耕地。数十名仆人和职员直接受她指挥,世界各地受雇于她的合同工不计其数。她的温室和暖房可与欧洲任何最好的植物园相媲美。

感觉这不像是一种好运。

当然,父亲的死让阿尔玛感到疲倦悲伤,然而这笔庞大的遗产,同时也让她觉得负担沉重,而不是感到荣幸。拥有一家规模庞大的植物进口公司,或繁忙运转的制药企业,对她有什么好处?她为什么需要在全宾州拥有六座工厂和矿场?她要一栋有三十四个房间,塞满奇珍异宝和难缠员工的豪宅干什么?一名女植物学家需要多少间温室来研究苔藓?(答案很简单:一间都不需要。)然而这一切都属于她。

律师离开后,阿尔玛觉得震惊又自怜。她去找了汉娜克,渴望这世界上唯一剩下的一个她最熟悉的人给予她安慰。她看见老管家挺直腰身,站在厨房又大又冷的壁炉中,把扫帚柄捅进烟囱,试着解开一个燕子的窝,却让自己身上蒙上一层煤烟和尘垢。

"肯定有其他人能帮你做这件事,汉娜克,"阿尔玛以荷兰语说道,当作打招呼,"我们找个女孩子吧。"

汉娜克从壁炉里退出来,气喘吁吁、浑身肮脏。"你以为我没叫她们做?"她责问,"你以为这个家除了我以外,还有哪个基督教徒愿意把脖子伸进壁炉烟囱?"

阿尔玛给汉娜克拿来一块湿布,把脸抹干净,两个女人在桌前坐了下来。

"律师已经走了?"汉娜克问道。

"五分钟前刚走。"阿尔玛说道。

"快得很。"

"事情很简单。"

汉娜克皱皱眉。"所以他把全部的遗产都留给你了,是不是?"

"的确。"阿尔玛说道。

"什么也没留给普鲁登丝?"

"没有。"阿尔玛说道,发现汉娜克并未问起她自己的利益。

"那我要说,诅咒他吧。"沉默一会儿之后,她说道。

阿尔玛愣了愣。"汉娜克,厚道些。我父亲入土还不到一天。"

"那我要说,诅咒他吧,"管家又说一次,"诅咒他这顽固的罪人,对他的另一个女儿置之不理。"

"她反正也不会接受他的任何东西,汉娜克。"

"你不知道什么才是事实,阿尔玛!她是这个家的一分子,也应该是。你那令人痛惜的母亲希望她成为这个家的一分子,我期望你会亲自照料普鲁登丝。"

这使阿尔玛大吃一惊。"用什么方式?我妹妹几乎不希望看到我,她拒绝一切礼物。我如果给她一块茶点甜饼,她也会说这超过了她的需要。你不会真的认为她会让我和她一起分享父亲的财富吧?"

"她是个骄傲的女孩。"汉娜克说道,赞赏的成分多过担忧。

阿尔玛想转移话题。"没有我的父亲,汉娜克,白亩庄园现在会变成什么样?没有他,我一点儿都不期盼管理这个庄园。感觉就像一个生气勃勃的巨大心脏从这个家剥离开来。"

"我不允许你置你妹妹于不顾,"汉娜克说道,仿佛阿尔玛根本没有讲话,"亨利在九泉之下罪恶、愚蠢、自私是一回事,你在人间也同他如出一辙则完全是另一回事。"

阿尔玛有些反感。"我今天来找你寻求慰藉和忠告,汉娜克,你却来羞辱我。"她站了起来,作势要离开厨房。

"喔,坐下来,孩子。我没有羞辱任何人。我只是想告诉你,你欠你妹妹很多,你应该想办法还她。"

"我不欠我妹妹什么。"

汉娜克举起两条被煤灰弄黑的胳膊。"你什么也没看见是吗,阿尔玛?"

"汉娜克,如果你是说普鲁登丝和我之间感情疏远,我劝你别只把罪过怪在我一个人头上。我有错的话,她也同样有错。我们两人从没有自在交往过,这许多年来,她一直在躲开我。"

"我说的不是姐妹之间的感情,很多姐妹之间都感情疏远。我说的是牺牲。我知道发生在这个家的一切,孩子。你以为曾经哭哭啼啼来找我的人只有你一个吗?你以为悲痛欲绝的时候只有你一个人来敲汉娜克的门?我知道一切秘密。"

阿尔玛感到困惑,试着想象她高傲的妹妹普鲁登丝泪流满面倒在汉娜克的怀抱中。不,这无法想象,普鲁登丝从来不像阿尔玛这样和汉娜克那么亲近。普鲁登丝并非从婴儿时期就认识汉娜克。普鲁登丝甚至不会说荷兰语。怎可能存在任何亲密关系?

可阿尔玛不得不问:"什么秘密?"

"你为什么不自己去问普鲁登丝?"汉娜克答道。

阿尔玛觉得管家此时刻意不愿表态,这使她无法忍受。"我不能命令你告诉我任何事,汉娜克。"阿尔玛改用英语说道,她现在气恼得无法用从小熟悉的荷兰语,"如果你选择保守秘密的话,秘密就只属于你。不过,我命令你别再跟我耍把戏。你如果知道关于这个家的、我应该知道的消息,那我希望你能讲出来。可如果你只是想坐在这里,取笑我一无所知——我对什么一无所知,这我不可能知道——那我后悔今天来找你讲话。对这个家的每一个人,我都需要做出重要的决定,我对我父亲的过世深感悲伤。我现在承担很多责任,我没有时间也没有耐心跟你玩猜谜游戏。"

汉娜克仔细看着阿尔玛,微微眯起眼睛。阿尔玛讲完话时,她点点头,仿佛对阿尔玛讲话的口吻和大意表示同意。

"那好吧,"汉娜克说,"你有没有问过你自己,普鲁登丝为什么嫁给狄克逊?"

"别再打哑谜,汉娜克,"阿尔玛厉声说,"我警告你,今天我受不了。"

"我不是在打哑谜,孩子,我只是在尝试告诉你些什么。问问你自己——你可曾对那场婚姻感到纳闷?"

"当然。谁愿意嫁给狄克逊?"

"是啊,谁愿意?你以为普鲁登丝爱过她的家教吗?他住在这里教你们两个人那几年,你看见他们在一起的时候,她对他表示过一点点爱意吗?"

阿尔玛回想了一下。"没有。"她承认。

"因为她不爱他。她爱的始终是另一个人。阿尔玛,你妹妹爱的是霍克斯。"

"霍克斯?"阿尔玛只能把这名字又说一遍。她脑子里突然出现这位植物出版人的影像——不是他今天的样子(一个疲惫的六十岁男人,腰背佝偻,有个精神失常的妻子),而是三十年前当她也爱着他时他的模样(那安抚人心的高大身影,蓬乱的棕发,腼腆善意的笑容)。"霍克斯?"她又颇为愚蠢地问了一次。

"你妹妹普鲁登丝爱的是霍克斯,"汉娜克又说一次,"我还要说,霍克斯也爱她。我相信她还爱着他，我也相信他也还爱着她，直到今天。"

阿尔玛弄不明白。就好像有人告诉她，她的父母不是她真正的父母，或者她的名字不叫阿尔玛·惠特克，或者她不住在费城一样——就好像某个伟大简单的真理突然支离破碎。

"普鲁登丝为什么爱霍克斯？"阿尔玛问道，感到无比迷惑，以至于无法问出个更聪明的问题。

"因为他待她很好。阿尔玛，你是不是认为你妹妹长得那么美是一种恩赐？你记不记得她十六岁的样子？你记不记得男人怎么盯着她看？老人、年轻人、已婚男人、工人——他们每一个人。踏进这栋房子的男人，没有一个看到你妹妹时想的不是把她买去当作一个晚上的消遣，从她还是孩子的时候就一直是这样。可普鲁登丝是个端庄的女孩，也是个好女孩。你以为你妹妹为什么在餐桌上从来不说话？你以为是因为她太蠢，对任何事都没有意见？你以为她为什么总是让自己完全面无表情？你以为是因为她从来没有任何感觉？阿尔玛，普鲁登丝只希望自己不被人看见。你不会知道一辈子被男人盯着看，就像站在拍卖台上，是什么感觉。"

阿尔玛不能否认这一点。她绝绝对对不知道那是什么感觉。

汉娜克继续说："霍克斯是唯一一个善待她的男人——不把她当成一件物品，而是当成一个人。你很了解霍克斯，阿尔玛。你难道看不出，像他这种男人能让一个女孩感到安全？"

她当然知道。霍克斯始终让阿尔玛自己也觉得安全。不仅安全，而且得到认可。

"你难道不曾纳闷，霍克斯先生为什么总是待在白亩庄园，阿尔玛？你以为他常来是为了看你父亲？"汉娜克幸而没有加上一句"你以为他常来是为了来看你"，但是未说出来的问题悬在空中，"他爱你的妹妹，阿尔玛。他在追求她，用他安静的方式。而且，她也爱他。"

"你翻来覆去地说，"阿尔玛打断说，"可要我听你讲话有些困难，汉娜克。你瞧,我自己也曾经爱过霍克斯。"

"你以为我不晓得?"汉娜克嚷道,"你当然爱他,孩子,因为他对你很客气。你很天真,居然向你妹妹表白你对霍克斯的爱。你认为像普鲁登丝那么有原则的人,知道你对霍克斯的感情后,还会嫁给他吗?你以为她会对你做那样的事吗?"

"他们希望结婚?"阿尔玛问道,简直无法相信。

"他们自然希望结婚!他们年轻,而且彼此相爱!可她不会那样待你,阿尔玛。你母亲过世前不久,霍克斯向她求婚。她拒绝了他。他又求了一次婚,她又一次拒绝。他又求婚求了好几次。她为了保护你,不愿透露拒绝他的理由。他继续求婚,于是她把自己葬送给狄克逊,因为他是最接近、最容易找到的结婚对象。她对狄克逊有足够的了解,知道他无论如何都不会对她造成伤害。他绝不会揍她,也不会贬低她。她甚至有些敬重他。早在他还是你们的家教时,他就教授给她那些废奴观念,深深打动了她的良知——现在仍然如此。因此她虽然尊敬狄克逊先生,却不爱他,她今天仍然不爱他。她只需要嫁给别人——任何人——以免让自己耽误了霍克斯的前途。她希望,我必须告诉你,这样霍克斯就会娶你。她知道霍克斯像对待朋友那样喜欢你,她希望他或许能学会像对待妻子那样爱你,带给你幸福。这是你妹妹普鲁登丝为你所做的,孩子。而你却站在我面前宣称你不欠她什么。"

很长一段时间,阿尔玛说不出话来。

而后,她愚蠢地说:"可霍克斯娶了芮塔。"

"所以没办成——是吧,阿尔玛?"汉娜克冷冷地问,"你没看见吗?你妹妹白白放弃了她所爱的男人,可他终究没有娶你。他做了和普鲁登丝相同的事情:他把自己葬送给从他身边走过的下一个人,只为了找个人结婚。"

他甚至没有考虑过我,阿尔玛终于领悟到。说来惭愧,在她得以领会妹妹所做的莫大牺牲之前,这是她的第一个想法。

他甚至没有考虑过我。

霍克斯始终只把阿尔玛当作一名植物学同行,以及优秀的小小显微镜学家。如今一切真相大白。他怎么可能注意到阿尔玛?当优美的普鲁登丝就在近旁时,他为什么要把阿尔玛当作女人那样注意?霍克斯从来不知道阿尔玛爱他,可是普鲁登丝知道。普鲁登丝始终知道。阿尔玛越来越悲哀地意识到,普鲁登丝肯定也知道,这世界上适合给阿尔玛当丈夫的男人并不多,而霍克斯可能是最有希望的一个。普鲁登丝则不同,她可以得到任何人。这肯定是她的看法。

因此,普鲁登丝为阿尔玛放弃霍克斯——无论如何,至少如此尝试了。可一切都是白费功夫。她的妹妹放弃所爱,就为了和一个没有热情的吝啬学者,去过她穷苦克制的生活。她放弃所爱,就为了让霍克斯和一个从来不读书、如今居住在精神病院的疯狂小娇妻,去过他的生活。她放弃所爱,就为了让阿尔玛去过她绝对孤寂的生活——让阿尔玛中年时为安布罗斯这样的男人所倾倒,而他却对她的欲望感到恐惧,他只想当个天使(或者如今看来,他只想爱赤身裸体的塔希提男孩)。这么说来,普鲁登丝年轻时的牺牲,是多么无谓的善意之举!给每个人都带来这么一长串不幸。这是多么哀伤的处境,多么深切的一连串错误。

可怜的普鲁登丝!过了好一阵子,她心里又想:可怜的霍克斯!接着是:可怜的芮塔!而后,就此事而言:可怜的狄克逊!

可怜的他们。

"如果你说的是真的,汉娜克,"阿尔玛说,"那你给我讲了一个忧伤的故事。"

"我说的都是真的。"

"你以前怎么没告诉我这些?"

"目的何在?"汉娜克耸耸肩。

319

"可普鲁登丝为什么为我做出这样的事?"阿尔玛问,"普鲁登丝从来没有喜欢过我。"

"她怎么看你并不重要。她是个好人,她过着循规蹈矩的生活。"

"她是不是可怜我,汉娜克?是不是?"

"不如说她崇拜你,她一直想效仿你。"

"荒唐透顶!她从来没有。"

"荒唐透顶的人是你,阿尔玛!她一直很崇拜你,孩子。想想她初来这儿的时候,你在她眼里的样子!想想你那些学识,你的能力。她一直想赢得你的赞赏,可你从没称赞过她。你可曾赞美过她?你可曾看到她多么努力,为了在学业上赶上你?你有没有赞赏过她的才能,或者你只是不屑一顾,觉得那不配跟你的才能相比?你怎会对她可敬的特质视而不见?"

"我一直不了解她可敬的特质。"

"是啊,阿尔玛——你从来不相信这些特质。承认吧,你认为她的善良只是一种姿态。你相信她是个骗子。"

"只因她戴着那样的面具……"阿尔玛喃喃说道,设法找到为自己辩护的立足之地。

"她的确是,因为她宁可没有人看见她、认识她。但是我了解她,让我告诉你,那张面具背后,是一个最好、最慷慨、最可敬的女子。你怎会看不到?你难道看不到,一直到现在她仍然令人赞赏——她的成就是多么真诚?她还能再做什么,阿尔玛,才能赢得你的赞赏?然而,你还是从来没有称赞过她,而现在,你从你那死掉的傻瓜父亲那儿继承了大笔海盗宝藏,却打算把你的妹妹完全踢开,没有丝毫不安。而你那父亲就像你一样,始终对他人的痛苦和牺牲视若无睹。"

"当心,汉娜克,"阿尔玛提醒道,努力控制一股袭来的悲伤,"你给了我一个很大的打击,在我还不知如何是好的时候指摘我。因此我请求你——今天对我得小心点儿,汉娜克。"

"但是大家对你已经很小心了，"老管家答道，一点儿也不宽容，"或许他们已经对你小心太久了。"

❖

阿尔玛震惊地奔向马车房的书房。她在角落里的破旧长椅上坐下，再也无法靠两条腿支撑自己的重量。她的呼吸变得又浅又快，她觉得自己像个异乡人。她心中的罗盘——曾经给她的世界指出最简单的事实——失控地旋转，想寻找一个安全点供她着陆，却什么也找不到。

她的母亲死了。她的父亲死了。她的丈夫——无论曾经是或不是——也死了。她的妹妹普鲁登丝为了阿尔玛的缘故，毁了自己的人生，却没有给任何人带来好处。霍克斯是完全的悲剧。芮塔是被毁坏撕裂的小灾难。而现在看来，汉娜克——受阿尔玛爱戴敬仰的最后一个人——对她没有丝毫尊重，也不应该尊重。

阿尔玛坐在书房里，终于强迫自己对人生做了个诚实的回顾。她现年五十一岁，身心健康，像骡子一样强壮，像耶稣会士一样有学问，像世袭贵族一样富裕。她固然不漂亮，但大部分牙齿都还在，没有任何身体上的疾病。她可曾有过什么让她抱怨？她生下来就过着锦衣玉食的生活。她没有丈夫，没错，可她也没有孩子，而如今，也没有父母要求她照顾。她聪明、能干、勤奋，而且（她一直这么认为，尽管她现在不是很确定）勇敢。她接触到这个世纪最新奇的科学创想和发明，她曾经在自家的饭厅，遇到过她那时代最杰出的一批思想家。她拥有一间会让梅第奇家族渴望到流泪的藏书室，藏书室里的书已被她从头到尾读过好几遍。

拥有这些学问和特权，阿尔玛给自己的人生创造了什么？她写过两本晦涩的苔藓学著作——绝对没有让世界为之欢呼——而她现在正着手写第三本。她从来没有用自己的时间造福过他人，除了她自私的父亲之外。

她是处女、寡妇、遗孤、继承人、老妇人，也是头号大傻瓜。

她以为自己知道很多，可她一无所知。

她对自己的妹妹一无所知。

她对牺牲一无所知。

她对自己嫁的男人一无所知。

她对主宰她生活的无形力量一无所知。

她一直自认为是个庄重、学识渊博的女人，可她其实是任性的老公主（此时只是个佯装年轻的老太婆），从来没有为任何值得的事冒过风险，从来没有去过比费城更远的地方，除了新泽西特伦顿的精神病院。

面对这份可悲的人生清单，原本应当觉得难以承受，可是不知何故，事实并非如此。奇怪的是，反而是一种解脱。阿尔玛的呼吸放慢下来，她的罗盘有规律地继续转动。她沉默地坐在那里，双手放在大腿上，一动也不动。她让自己把这一切新发现吸收进去，毫不退缩。

✤

第二天早晨，阿尔玛独自驾着马车，去父亲长期合作的律师办公室，接下来的九个小时，她和律师坐在桌前起草文件、执行规定、推翻异议。律师不赞同她做的任何事，她没有听他的话。律师摇着他黄发衰老的头，摇得下巴都在抖动，却仍然一点儿都无法动摇她。他们两人都很清楚，只有她能够做决定。

事情办完后，阿尔玛驾着马车去了三十九街，到了妹妹家。此时已是晚上，狄克逊家刚吃完饭。

"和我散散步吧。"阿尔玛对普鲁登丝说道，要是阿尔玛的突然造访使她感到吃惊，她并未显露出来。

两个女人沿着栗子街漫步，挽着胳膊走在一起。

"你知道,"阿尔玛说,"我们的爸爸过世了。"

"是的。"普鲁登丝说道。

"谢谢你的慰问信。"

"不客气。"普鲁登丝说道。

普鲁登丝没有出席葬礼,没有人期待她出席。

"我一整天都和爸爸的律师在一起,"阿尔玛继续说,"我们在审查遗嘱。我发现相当出人意料。"

"在你继续说下去之前,"普鲁登丝打断说,"我得告诉你,我不能心安理得地接受先父的任何钱财。我们之间的裂痕,我不能也不愿弥合,如今他走了,我却从他的遗产中得到好处,这并不道德。"

"你用不着担心,"阿尔玛说道,停住脚步,转头正视她的妹妹,"他什么也没有留给你。"

普鲁登丝和往常一样克制,没有任何反应。她只是说道:"那这就简单了。"

"不,普鲁登丝,"阿尔玛说道,握住她妹妹的手,"事情并不简单。事实上,爸爸做的事相当令人吃惊,我求你仔细听。他把整个白亩庄园,连同绝大多数财产,都留给了费城废奴协会。"

普鲁登丝仍然没有反应。天哪,她可真强,阿尔玛感到惊叹,对妹妹的含蓄缄默几乎佩服得五体投地。比阿特丽克斯肯定会很骄傲。

阿尔玛继续说:"不过,遗嘱上写进了额外的规定。他指示说,只有让白亩庄园变成黑人子弟学校,而且由你普鲁登丝来管理,他才把庄园留给废奴协会。"

普鲁登丝紧紧盯着阿尔玛看,仿佛想在阿尔玛的脸上寻找诡计的证据。阿尔玛毫无困难地把面容调整为说实话的表情,因为文件确实也是这么说的——或者至少现在,文件是这么说的。

"他留下了一封颇长的信做解释,"阿尔玛继续说,"我可以在此总结给你听。他说尽管发了大财,但觉得此生没做过什么善事。他觉得没有给世界留下什么有价值的东西,好回报自己莫大的好运。他觉得你是最佳人选,务必使白亩庄园将来成为人类善心所在的地方。"

"他写了这些话?"普鲁登丝问道,像以往一样机警,"他那样说,阿尔玛?我们的父亲,亨利·惠特克,提到'人类善心所在的地方'?"

"他正是这样说的,"阿尔玛断然说道,"契约和指示早已拟定。你如果不接受这些条文——你如果不带着你的家人一起搬回白亩庄园,掌管学校的经营事务,如我们的爸爸希望的那样——那所有的钱和财产就只会归属于我们两个,我们就得全部卖掉,或者用其他方式平分。如果是那样,没有尊重他的意愿,实在令人惋惜。"

普鲁登丝再次察看阿尔玛的脸色。"我不相信你。"她最后说道。

"你不需要相信我,"阿尔玛说,"然而事实就是如此。汉娜克将继续当管家,帮助你逐渐适应白亩庄园的管理事务。爸留给汉娜克一大笔养老金,但是我知道她希望留下来帮你。她是你的崇拜者,而且喜欢发挥所长。园丁和园艺师将继续留下来维护庄园。藏书室会维持原状,造福学生。扬西先生会继续管理爸爸的海外业务,他也会接管制药公司的惠特克股份,让一切利润回流,用于学校运作、员工薪水和废奴事业。你了解了吗?"

普鲁登丝没有回答。

阿尔玛继续说:"啊,还有一项条文。爸爸留了一笔慷慨的遗产,支付我们的朋友芮塔在格里芬收容院治疗的后续费用,让霍克斯用不着承受照顾她的负担。"

此时,普鲁登丝的表情似乎有些失去控制了。她的眼睛和她被阿尔玛握着的手都湿了起来。

"不管你说什么,"普鲁登丝说,"都无法说服我相信这些是我们父亲的愿望。"

阿尔玛仍未退却。"不要这么惊讶,你知道他是不可捉摸的人。你会看到的,普鲁登丝——所有权证书和转让条文,都是明确合法的。"

"我很清楚,阿尔玛,你自己有能力起草明确合法的文件。"

"可你认识我这么久了,普鲁登丝。你看过我这辈子做过任何我们的爸爸没有允许、没有指示我做的事吗?想想看,普鲁登丝!你看过吗?"

普鲁登丝转过头去。而后,她的脸垮了下来,她的矜持终于瓦解了,她痛哭起来。阿尔玛把她的妹妹——她这个非凡、勇敢、几乎不被她了解的妹妹——拥入怀里,两个女人久久站在那里,默默拥抱,普鲁登丝则哭泣不已。

最后,普鲁登丝抽出身来,擦了擦眼泪。"我们那位最慷慨的父亲在这意想不到的功德中,留了什么给你?"

"现在用不着挂念这个,普鲁登丝。我拥有的,远远超出了我的需求。"

"可是他究竟留了什么给你?你必须告诉我。"

"一些钱,"阿尔玛说,"还有马车房——或者不如说,那里面属于我的所有财物。"

"你打算永远住在马车房?"普鲁登丝问道,感动而困惑,再次握住阿尔玛的手。

"不,亲爱的。我永远不会继续住在白亩庄园附近,那里现在交由你照管了。但是在我离开的这段时间,我的书和我的东西将留在马车房。最后我会找个地方安定下来,到时候再请人来拿我需要的一切。"

"可是你打算去哪里?"

阿尔玛忍不住笑了起来。"喔,普鲁登丝,"她说,"我告诉你的话,你只会以为我疯了!"

卷四

◊

使命的后果

21

一八五一年十一月十三日,阿尔玛乘船前往塔希提。

为举办世界博览会,水晶宫[1]在伦敦刚刚落成。巴黎天文台最近安装了傅科摆[2]。白人最近第一次探访了约塞米蒂谷[3]。一条海底电报电缆通过了大西洋。美国自然学家约翰·詹姆斯·奥杜邦寿终正寝;理查德·欧文因古生物学研究而获得科普利奖章[4];宾州女子医学院即将授予头一班八名女医生毕业证书;阿尔玛——现年五十一岁——则是一艘捕鲸船上的付费乘客,船只即将驶向南太平洋。

她乘船航行,没有女仆,没有朋友,没有向导。听到阿尔玛即将离开的消息,汉娜克靠在她肩头哭泣,但即刻恢复理智,请人给阿尔玛做了一批实用的衣服,其中包括两套特别定做的旅行服装:简朴的亚麻和羊毛连衣裙,带有加固的纽扣(和汉娜克经常穿的没有太大差别),让阿尔玛能自己打理。这种装扮使阿尔玛本身也像个仆人,但是她感到十分舒适,能够活动自如。她不明白自己此生为何从没这么穿过。旅行服装做好后,阿尔玛请汉娜克在两件衣服的下摆缝进暗袋,阿尔玛用它来隐藏旅行需要支付

---

[1] 水晶宫(Crystal Palace),19世纪英国建筑奇观之一,也是工业革命时代的重要象征物,第一场世界博览会即在此举行。

[2] 傅科摆(Foucault's pendulum),依据法国物理学家莱昂·傅科命名,是证明地球自转的一种简单设备。

[3] 约塞米蒂谷(Yosemite Valley),美国加利福尼亚州中东部的冰川谷地,谷内最早居民为美洲原住民。

[4] 科普利奖章(Copley Medal),英国皇家学会每年颁发的科学奖章,以奖励"任何科学分支上的杰出成就"。

的金币和银币。这些钱币就是阿尔玛在世界上仅存的大部分财产。虽不是一大笔钱,却足以——阿尔玛真心希望——让一个节俭的旅人维持两三年开支。

"你一直对我这么好。"衣服拿出来时,阿尔玛对汉娜克说道。

"我会想你的,"汉娜克回答,"你走时,我又会哭的,但是让我们承认吧,孩子——我们两个都上了年纪,不再害怕人生的巨变。"

普鲁登丝送给阿尔玛一只纪念手镯,由普鲁登丝自己的发丝(依然是像糖霜一样美丽的浅金色)和汉娜克的发丝(像不锈钢一样的银灰色)共同编织而成。普鲁登丝亲自把手镯绑在阿尔玛的手腕上,阿尔玛答应永远不摘下来。

"我很难想象有什么礼物会比这更珍贵。"阿尔玛真心说道。

一旦决定去塔希提,阿尔玛立即写了封信给马泰瓦伊湾的传教士韦尔斯牧师,让他知道她即将去那里待一段时间,多久未定。她知道她极有可能比她的信更早抵达帕皮提,可也没有别的办法。她得赶在冬天来临前启航。她不想等太久,让自己改变了主意。她只能希望到达塔希提时,有个地方可住。

她花了三个星期打包。她很清楚该带什么,因为数十年来,她一直在指导植物搜集家们如何开始一段安全实用的旅行。因此,她带了砷皂、鞋线蜡、麻线、樟脑、镊子、软木、昆虫盒、压花板、几个防水橡胶袋、两打耐用铅笔、三瓶墨水、一盒水彩颜料、画笔、大头针、网子、镜片、油灰、铜丝、小手术刀、绒布抹布、丝线、一个急救箱和二十五令纸(吸墨纸、信纸和普通牛皮纸)。她考虑带把枪,可她不是神枪手,决定近距离内用手术刀就行。

她在准备的同时,听见父亲的声音,想起她给他做口述记录或无意中听到他指导年轻植物学家的那些时刻。时时提高警觉,她听见亨利说。确保你不是一行人当中唯一会读写信件的人。需要找水的话,跟着狗走。肚子饿的话,在你浪费精力打猎前,先吃昆虫。鸟能吃的东西,你也能吃。你最大的威胁不是蛇、狮子或食人族,你最大的威胁是起水泡的脚、粗心大意的心态和劳累的身躯。日记和地图务必清楚记录;万一你死了,你的笔记对将来的探险者或许会有用。遇到紧急情况,你随时能用血书写。

阿尔玛知道在热带地区穿浅色衣服能保持凉爽。她知道把肥皂泡沫浸入布料,隔夜使其干燥,能让衣物完全防水。她知道法兰绒要贴身而穿。她知道带礼物给传教士(近期的报纸、菜籽、奎宁、手斧和玻璃瓶)和当地人(印花布、纽扣、镜子和缎带),能感动他们。她带了她心爱的显微镜——最轻的一个——尽管她很担心它在旅途中会遭受毁坏。她带了一个崭新的计时器和一个小型旅行温度计。

她把这一切装进大衣箱和木箱(整齐地垫上干苔藓),在马车房外把箱子堆成一个小金字塔。看到自己的生活必需品缩减成这么一小堆,阿尔玛感到一阵恐惧。东西这么少,她怎么生存?没有藏书室,没有植物标本室,她该怎么办?等待家人或科学界的消息,有时得等上半年,那是什么感受?万一沉船,这些必需品全部完蛋,那该怎么办?她突然对惠特克家以往派去进行搜集探险的那些勇敢的年轻人以及他们必然感受到的恐惧与不安感到同情,即便他们理当充满自信。有些年轻人从此杳无音信。

在准备和打包的过程中,阿尔玛确保自己处处显示出旅行植物学家的样子,然而事实情况是,她去塔希提不是为了搜寻植物。她的真实动机得以在一样东西中找到,埋在其中一个大箱子的箱底:安布罗斯的皮箱,牢牢扣住,里面装满塔希提男孩的裸体画。她打算去找那个男孩,必要时,跨越整个塔希提岛,几乎从植物学的角度去寻找他,仿佛他是稀有的兰花标本。她一看到他,就会认出他来,她非常清楚。她终身都认得出那张脸。毕竟,安布罗斯是出色的画家,五官刻画得十分生动。就好像安布罗斯留了一张地图给她,她现在将跟着它走。

她不知道一旦找到男孩,将拿他怎么办。不过她一定会找到他。

✣

阿尔玛搭火车去波士顿,在一家便宜的港口旅店(弥漫着杜松子酒的香味、烟草味和前房客的汗水味)待了三个晚上,而后由此出航。她的船是"艾略特号"——一艘一百二十英尺长的捕鲸船,像一匹老母马一样宽大粗壮——从建造以来即将第十二次开往马克萨斯群岛。船长已答应收取一笔可观的费用,绕道八百五十里,送阿尔玛到塔希提。

船长特伦斯先生来自马萨诸塞州楠塔基特岛。他是很受扬西赏识的船员,扬西在他的船上给阿尔玛安排了一个铺位。扬西保证,特伦斯先生具备一位船长该有的强硬做派,以严明的纪律治理手下。特伦斯素以大胆——而非谨慎——而闻名(他以在风暴中扬帆而非降帆而著称,希望借由狂风提高速度),可他同时也是虔诚认真的人,在海上力求提升道德风气。扬西信任他,曾与他一起出海多次。总是处于匆忙之中的扬西,偏爱航行风格快速无惧的船长,特伦斯正是这一类型。

阿尔玛以前从未搭乘过船。或者更确切地说,她曾与父亲去费城码头,检查抵达的货物,却从未搭船在海上航行。当艾略特号起锚离岸时,她站在甲板上,心怦怦直跳,仿佛要冲出胸口。她看着码头最后几根木桩在她面前,而后——以令人叹为观止的速度——突然被甩到她背后。而后,他们飞速横越波士顿大港,一艘艘较小的渔船在后方一起一伏。下午即将结束时,阿尔玛生平第一次来到外海。

"我会尽我所能向你提供一切服务,让你有一趟舒适的旅程。"特伦斯船长在阿尔玛登上船时,向她发誓。她感谢他的热诚,但是她很快就明白,这趟旅程没有多少舒适可言。她的铺位就在船长起居室隔壁,又小又暗,有污水的臭味。饮用水有股池塘的气味。船上载了一批运往新奥尔良的骡子,它们不屈不挠地抱怨不已。食物令人不快而且使人便秘(早餐吃芜菁和咸饼,晚餐吃牛肉干和洋葱),更严重的是,气候变幻莫测。旅程的头三周,她没有看到过一次太阳。不久,艾略特号遭遇狂风,杯盘粉碎,船员以惊人的速度四处碰撞。有时候,她得把自己绑在船长的餐桌上,才能安然无恙地吃她的牛肉干和洋葱。然而,她英勇地吃下去,毫无怨言。

船上没有第二个女人,也没有一个受过教育的男人。船员玩牌玩到深夜,又喊又笑,让她睡不着觉。有时候,这些男人在甲板上跳舞,像被鬼附身,直到特伦斯船长扬言,要是他们再闹下去,就要摔破他们的小提琴。上艾略特号的都是粗人。其中一名船员在北卡罗来纳外海抓到一只老鹰,剪去它的翅膀,看着它在甲板上跳来跳去,只为了好玩儿。阿尔玛觉得这很野蛮,可她没说什么。次日,无聊厌烦的船员给两匹骡子举行婚礼,用彩纸打扮骡子,引发一场嘘喊骚动。船长袖手旁观;他看不出有什么坏处(阿尔玛心想,或许因为这是一场"基督教婚礼")。阿尔玛以前从未看到过类似的行为。

没有人能和阿尔玛谈论严肃的事,因此她决定不再谈严肃的事。她决定打起精神,和每个人进行简单的对话。她发誓不树敌。他们未来五到七个月都要待在一起,因此这似乎是一种明智的策略。她甚至让自己欣赏这些男人的笑话,只要他们不太过粗野。她不担心受到伤害;特伦斯船长不允许放肆,而这些男人也未对阿尔玛举止不端。(对此,阿尔玛并不感到奇怪。如果男人对十九岁的阿尔玛不感兴趣,当然也不会注意到五十一岁的她。)

她最亲近的伙伴是特伦斯船长养作宠物的小猴子。它名叫小尼克,会和阿尔玛一起坐上几个小时,温柔地审视她,而且总是在不断寻找新的事物。它性情聪明,最着迷的东西,莫过于阿尔玛戴在手腕上的编发手镯。它永远想不通,为什么她的另一只手腕没有戴上一只相似的手镯——尽管每天早上它都要查看手镯是否在夜间长了出来。而后它会叹气,然后无可奈何地看阿尔玛一眼,仿佛在说:"你为什么就不能对称一次?"过了一段时间后,阿尔玛学会和小尼克分享她的鼻烟,它会优雅地把一小粒放入它的鼻孔，打个净化的喷嚏，然后在她的大腿上睡着。没有它陪伴，她真不知该怎么办。

他们绕过佛罗里达末端，在新奥尔良停靠，送交骡子。没有人为骡子的离去感到哀伤。在新奥尔良，阿尔玛看到异常惊人的浓雾，笼罩着庞恰特雷恩湖。她看见一包包棉花和一桶桶蔗糖堆在码头上，等候运送。她看见汽船成行排列，延伸到远方，等候在密西西比河逆流而上。她在新奥尔良找到让她发挥法语特长的机会，尽管当地人的口音令人困惑。她欣赏那些小房子，院落里有贝壳花园和修剪过的灌木丛，她为那些时髦雅致的女人惊叹不已。她希望能有更多时间探险，可转眼就得奉命回船上。

他们沿着墨西哥海岸向南航行。船上爆发了一场热病，几乎无人逃过。船上有一名医生，但是他完全派不上用场，因此阿尔玛拿她珍藏的泻药和催吐剂为大家提供治疗。她不认为自己称得上是护士，但她是称职的药剂师，她的帮助为她赢得了一群仰慕者。

不久，阿尔玛自己也生了病，被迫待在自己的铺位上。高烧使她产生遥远的梦境和历历在目的恐惧。她无法让自己的手远离私处，醒来时苦乐交集。她经常梦见安布罗斯。她极力不去想他，然而高烧削弱了她的心理防线，关于他的回忆强行侵入——却严重扭曲。在她的梦中，她看见他在浴盆里——就像那天下午她看到的那样，赤身露体——可是现在，他的阴茎变得美丽坚挺，他淫荡地对她狞笑，命令她吸吮他，直到她噎得透不过气。在其他的梦境中，她看着安布罗斯在浴盆里淹死，她在惊恐中醒来，确信自己谋杀了他。一天晚上，她听见他轻声低语："你现在是孩子，我则是母亲。"她尖叫着惊醒，挥动手臂，却看不到任何人。他讲的是德语。为什么是德语？这意味着什么？后半夜她都未合眼，努力想理解"母亲"这一单词——德语是mutter——这一单词在炼金术中意味着"严峻的考验"。她不懂这个梦是什么意思，但它沉重得让人觉得像一种诅咒。

她第一次后悔踏上这段旅程。

圣诞节次日，一名船员死于热病。他被裹在帆布中，用一颗炮弹压住，静静地沉入海底。对于他的死，船员们脸上看不出任何悲伤的迹象，他们在彼此之间拍卖了他的财物。到了晚上，就好像这个人从来没有存在过。阿尔玛想象着自己的财物在这帮人之间被拍卖掉。他们将如何看待安布罗斯的画？或许这一恋童欲念的宝库，对其中某些人会很有价值。什么类型的人都能当船员，阿尔玛清楚这一事实。

阿尔玛病已痊愈。有利的风向带他们来到里约热内卢，阿尔玛看到葡萄牙奴隶船将开往北边的古巴。她看到漂亮的海滩，渔夫们在看起来不比鸡棚屋顶坚固多少的木筏上冒着生命危险。她看见高大的扇叶棕榈，比白亩庄园温室里的任何棕榈都高大，她近乎痛苦地希望能让安布罗斯看看这景象。她无法不去想他。她想知道当他途经此处时，是否也看到过这些棕榈树。

她用无穷无尽的漫步探险让自己分心。她看见没戴帽子的女人抽着雪茄走在街上。她看见难民，商人，卑鄙的克里奥尔人和风度翩翩的黑人，半野蛮人和优雅的黑白混血儿。她看见男人贩卖鹦鹉和蜥蜴，以交换食物。阿尔玛尽情享用橘子、柠檬和酸橙。她吃了许多芒果——和小尼克分享了一些——使她浑身长满疹子。她看到赛马和跳舞娱乐。她所住的旅馆，主人是一对跨种族夫妇——她第一次看到这样的事。（女人是个友善能干的黑人，什么事都做得很快；男人是上了年纪的白人，什么事也不做。）她没有哪天没看到男人带着奴隶穿过里约街道，贩卖这些上了镣铐的人类。阿尔玛不忍看见。多年来她对这种令人深恶痛绝的事视若无睹，这使她羞愧得反胃。

回到海上，他们朝合恩角驶去。他们接近合恩角时，气候变得反常恶劣，阿尔玛裹上层层法兰绒和羊毛，还穿上男人的大衣，戴上借来的俄罗斯毛皮帽。裹成这样，此时的她与船上任何男人看起来都毫无区别。她看到火地岛的山脉，可是过于恶劣的天气使船无法靠岸。随后是十五天绕合恩角而行的艰苦日子。船长坚持张满风帆，阿尔玛无法想象桅杆怎能承受住风力。船先是偏向一边，而后又偏向另一边。艾略特号似乎在痛苦地尖叫——它可怜的木头灵魂遭受着大海的鞭打。

"如果是上帝的旨意，我们就听天由命吧。"特伦斯说道，拒绝降下船帆，试着在天黑前多航行二十海里。

"真要有人死了，可怎么办？"阿尔玛在风中喊道。

"海葬。"船长回喊道，向前猛进。

在这之后，是四十五天的酷寒。海浪永无休止地卷来，汹涌沸腾。有时在风暴肆虐时，老船员们唱圣歌寻求安慰。有些人诅咒咆哮，还有些人沉默不语——仿佛他们已然死去。风暴吹松了鸡笼，鸡在甲板上飞来飞去。有天晚上，吊杆撞成断木般的小碎片。次日，船员们尝试架起一支新吊杆，却未能成功。其中一名船员被海浪扑倒，跌下舱底，摔断了肋骨。

这期间，阿尔玛盘旋在希望和恐惧之间，相信自己随时都会死——可她始终没有惊慌喊叫，也没有大惊失色。一切结束后，天气放晴时，特伦斯船长说："你是不折不扣的海神之女，惠特克小姐。"阿尔玛觉得自己从未受过如此大的赞美。

终于，三月中旬，他们停靠在智利的瓦尔帕莱索，船员在这儿找到了大量妓女屋以满足他们的情爱所需，阿尔玛则去探访这座精美好客的城市。港口边缘是一片退化的泥滩，不过陡坡两旁的房屋很漂亮。她在山坡上徒步行走了好几天，感觉双腿又强壮起来。她在瓦尔帕莱索看到的美国人几乎和波士顿的一样多——他们都即将去旧金山淘金。她用梨子和樱桃填饱肚子。她看到长达半里的宗教游行，供奉一位她不熟悉的圣人，她一路跟随，来到一栋宏伟的主教堂。她看报，寄信回家给普鲁登丝和汉娜克。在一个清澈凉爽的日子，她爬到瓦尔帕莱索的最高点，从那儿——在雾蒙蒙中远远望去——可以看见安第斯山积雪的山顶。她感到，父亲的缺位已成为一种深刻的创伤。这出乎意料地给她带来了解脱——这回她想念的是亨利，而不是安布罗斯。

而后他们再度启航，来到太平洋的宽广水域。一天天暖和起来，船员平静了下来。他们清理甲板间的隔间，擦洗陈旧的霉迹和呕吐物。他们边干活儿边哼歌。每天早晨，在忙碌的工作中，这艘船活像个小村庄。阿尔玛逐渐习惯了没有隐私的生活，有船员同在如今使她感到安慰。她对他们十分熟悉，她很高兴有他们做伴。他们教她打结和唱船歌，她清洗他们的伤口、切开他们的脓肿。阿尔玛吃了一只年轻船员打下的信天翁。他们经过鼓胀漂浮的鲸鱼尸体——脂肪被其他捕鲸者割取而去——可他们没有看到任何活鲸鱼。

太平洋广阔无边。阿尔玛第一次了解到，在这片广袤无垠的海洋中，欧洲人为什么花费很长的时间才找到南方大陆。早期探险家以为这附近肯定有个像欧洲一样大的南方大陆，好让地球完全保持平衡。可他们错了。除了海水之外，这儿几乎什么也没有。要说有什么的话，南半球是欧洲的反面：一大片海岸，点缀着小块的陆地，陆地之间其实相隔遥远。

接下来是一天又一天碧蓝的空旷。四面八方，阿尔玛看到的都是荒凉的海水，远超她所能想象的。他们仍未看到鲸鱼。他们也未看到鸟，可他们能看到一百里外即将来临的天气，往往看来情况不佳。风暴来临前，空气鸦雀无声，之后狂风会悲痛地呼啸而来。

四月初，他们碰上了最令人惊恐的天气变故，天空在他们眼前暗了下来，才下午就已不见白昼。这突来的转变使特伦斯船长担起心来，他降下全部风帆，看着一道道闪电蜂拥而至。海浪变成翻滚起伏的黑色山头。而后——就像来的时候一样快——风暴过去，天空放晴。然而，大家不但没有松口气，反而惊呼起来，因为他们立即看见一道水柱正在迫近。船长命令阿尔玛退到船舱里去，可她一动也不动；海龙卷的景象太壮观了。而后又是一阵惊呼，大家看到，实际上，船的四周此时有三道离得过近引人不安的水柱。阿尔玛觉得自己被催眠了。其中一道水柱距离很近，她能看到一股一股的水从海里盘旋上升，呈旋涡柱状直喷天空。这是她所看过的最雄伟、最神圣、最可畏的景观。气压升高，阿尔玛的耳膜似乎有迸裂之虞，她几乎喘不过气来。接下来的五分钟，她激动得不知自己是死是活。她不知这是什么世界。阿尔玛觉得她在这世界上的时间已经结束了。奇怪的是，她并不在乎。她不渴望任何人。没有一个她认识的人闪过她的脑海——没有安布罗斯，没有任何人。她无怨无悔。她如痴如醉地站在那里，准备应付任何可能发生的事情。

水柱终于过去后，海洋再次风平浪静。阿尔玛觉得这是她此生最愉快的经历。

他们继续航行。

在遥远叵测的南方，是冰冷的南极洲。北方看起来什么也没有——至少百无聊赖的船员们是这么说的。他们继续向西航行。阿尔玛怀念走路的乐趣和土壤的气息。身边没有任何植物可供研究，她请船员们拔些海草让她观察。她不熟悉海草，却知道如何区分它们，她很快就明白，某些海草的根聚结成团，某些则压缩在一起。有些海草摸起来凹凸不平，有些则平滑柔软。她想揣摩出如何保存海草，不让海草变成黏液状或虚无的黑色碎片，以供她研究。她从来没有真的掌握这项技能，但是这让她有事可做。她也很高兴地发现，船员用一团团干苔藓包住他们的鱼叉尖；这给了她奇妙熟悉的感觉，使她再次去观察。

阿尔玛越来越佩服船员。她无法想象他们是如何忍受长时间远离陆地的舒适享受的。他们怎么不会发狂？海洋令她吃惊，也令她不安。从来没有什么东西给她的存在留下如此深刻的印象。对她来说这好似物质的升华，奥秘的典范。一天晚上，他们航行在一片液态磷光中。艾略特号一边前行，一边搅动着绿色和紫色的光粒，这看上去就像船后拖着发光的长纱横跨海洋。如此之美，阿尔玛纳闷，船员们怎未扑向海中，被醉人的魔法引向死亡？

有些晚上她睡不着时，便赤脚在甲板上踱步，锻炼自己的脚跟，为塔希提之行做准备。她看见星星在平静水面上的长长倒影，像火炬般闪闪发亮。她头上的天空就像四周的海洋一样陌生。她看见一些星宿，这使她怀念起家乡——猎户星座，昴宿星团——却不见北极星的踪影，大熊星座也消失无踪。这些从苍穹中失落的宝藏，让她觉得极度绝望无助、迷失方向。不过，天上可看到新的礼物作为补偿。她现在能看到南十字星座、双子星座及银河系的浩瀚星云。

阿尔玛为星宿感到赞叹不已，一天晚上她对特伦斯船长说："Nihil astra praeter vidit et undas。"

"是什么意思？"

"这句话出自贺拉斯[1]的诗歌集，"她说，"意思是，除了星星和海浪，没有任何东西。"

"原谅我不懂拉丁语，惠特克小姐，"他表示抱歉，"我不是天主教徒。"

其中一个曾在南太平洋居住多年的老船员告诉阿尔玛，塔希提人会挑选一颗星星追随，当作导航，并把这颗星称为"阿威亚"（aveia）——他们的指引之神。不过一般而言，在塔希提语中，星星的常用词是"飞铁"（fetia）。比方说火星是红星："飞铁邬拉"（fetia ura）；晨星是"飞铁奥"（fetia ao）：白昼之星。船员以明显的赞叹之情告诉她，塔希提人是卓越的航海家。他说，塔希提人能在没有星星、没有月亮的夜晚航海，单凭海流的感觉。他们知道十六种不同的风。

"我一直在想，他们是否来北方探访过我们，在我们去南方探访他们之前，"他说，"我想知道，他们到利物浦或楠塔基特岛来，是不是坐独木舟。这是做得到的事。他们可能一路航行到那儿，在我们熟睡时看着我们，在

---

[1] 贺拉斯（Quintus Horatius Flaccus，前65—前8），著名诗人、批评家、翻译家，是古罗马文学"黄金时代"的代表人物之一。

我们看到他们之前就划船离开。我一点儿都不会讶异听到这种事。"

因此现在，阿尔玛认识了几个塔希提单词。她认识"星星"、"红色"和"白昼"。她请船员多教她一些。他尽量教她，想尽力帮忙，可他懂的多半只是航海用语，以及一切同漂亮女孩搭讪的话，他对此表示抱歉。

他们仍未看到鲸鱼。

船员非常失望。他们烦闷不安。海里可供捕猎的资源已经枯竭。船长担心会破产。一些船员——至少与阿尔玛交好的那些人——想向她炫耀他们的捕猎技能。

"你绝不知道这有多么刺激。"他们保证。

他们每天寻找鲸鱼。阿尔玛也是。可是她连一条也从未看到过，他们就已在一八五二年六月抵达塔希提。船员们和阿尔玛各奔东西，这是她最后一次听说艾略特号。

22

阿尔玛从艾略特号甲板上第一次瞥见塔希提，看到的是挺进澄净蔚蓝天空的突兀山峦。她在这个晴朗的早晨刚刚醒来，走上甲板视察她的世界。眼前的景象超出了她的想象。眼前的塔希提使阿尔玛为之屏息：不是因为美，而是因为奇特。她一生听过许多关于此岛的传闻，也看过不少素描与绘画，可她仍万万没想到这地方会如此之高、如此离奇。这些山脉与宾州的丘陵低峦截然不同；这里的山坡苍翠陡峭，嶙峋险峻，绿得眩目。事实上，此地的一切都过分苍绿，甚至下及海滩，都绿得过分。椰子树看上去像是从水中直接长出来的。

她丧失了勇气。她来到这里，在这不折不扣的蛮荒之地——介于大洋洲和秘鲁之间，她不禁纳闷：为什么有这座岛？她感觉，塔希提就像一座恐怖蛮横的大教堂，从海中央莫名其妙地挺出来，神奇地打断了一望无际的太平洋。她原本预期塔希提是一个天堂，毕竟人们总是如此形容塔希提。她原本预期自己会为它的美而沉醉，感觉仿佛抵达了伊甸园。法国航海家布干维尔难道不是把这座岛称作新塞西拉岛，以维纳斯女神诞生的岛屿来命名？然而阿尔玛的第一个反应，老实说，却是恐惧。在这明亮的早晨，在这宜人的气候中，面对这突然出现的著名乌托邦，除了危机感之外，她一无所感。她想知道，安布罗斯怎么看待这里？她不想一个人被留在此地。

但是她还能上哪里去？

船踩着古老的步伐，平稳地滑入帕皮提港。十多种海鸟在桅杆周围绕圈打旋儿,速度之快,令阿尔玛难以计数也难以分辨。阿尔玛的行李被送到热闹纷繁的码头上。特伦斯船长相当和善,去看能否给阿尔玛雇辆马车,送她前往马泰瓦伊湾的传教区。

在海上数个月后,阿尔玛双腿打战,几乎神经崩溃。她看到四周有各式各样的人——船员、海军军官和商贩,还有个人穿木底鞋,看上去很可能是荷兰商人。她看到一对买卖珍珠的中国客商,他们脑后垂着长辫子。她看到土著和半土著,谁知道还有什么血统。她看见一个粗壮的塔希提男人,身穿厚呢短外套,这显然是从英国船员那里得到的,可他没穿长裤——只穿草裙,外套底下袒露着胸膛,令人发窘。她看见当地女人装扮成各种模样,有些年纪较大的女人公然袒露胸部,年轻女人则穿长连衣裙,头发绑成简单的辫子。她们是最近归信基督的教徒,阿尔玛如此猜想。她看见一个女人裹着一条像桌布的东西,穿着比脚大上好几号的欧式男款皮鞋,正在贩卖阿尔玛没见过的水果。她看见一个打扮得奇形怪状的家伙,把欧式长裤当作某种外套来穿,头上飘动着由树叶编成的头冠。她觉得他是一幅奇景,却没有其他人多看他一眼。

当地人比阿尔玛以往见惯的那些人更为壮硕。一些女人和阿尔玛自己一样高大。男人则块头更大。他们的皮肤呈光滑的古铜色。其中一些男人留着长发,看上去很凶;另一些则剪短了头发,看上去举止得体。

艾略特号的船员双脚一踏上码头,阿尔玛就看见一群可悲的妓女以最直接大胆的暗示朝他们涌去。这些女人披散着头发,乌黑发亮的秀发垂到腰肩。从背后,她们看起来没什么两样;从前面,你看得出年纪和美貌程度的差异。阿尔玛看着议价开始进行。她想知道这样的事得花多少钱,她想知道这些女子专门提供什么。她想知道这些交易花多少时间,在何处进行。她想知道如果船员想买的不是女孩而是男孩,他们会上何处去。码头上看不到这类交易,或许是在不太显眼的地方进行。

她看见各式各样的婴儿和小孩子——穿或没穿衣服,在或没在水中,挡住或没挡住她的路。孩子们像成群的鱼或鸟似的移动,集体同时做出每个决定:现在我们要跳!现在我们要跑!现在我们要乞讨!现在我们要嘲笑!她看见一个老头儿的一条腿发炎了,肿成两倍大,他的眼睛因失明而泛白。她看到小型马车,由再可悲不过的小矮马拉着。她看到一群斑纹小狗在阴凉处缠斗。她看到三名法国船员臂搭着臂,起劲儿地唱歌,在这晴朗的早晨已经喝得醉醺醺。她看到台球厅的招牌,竟然还有印刷厂。坚实的陆地在她脚下晃动。她在太阳底下感觉很热。

一只漂亮的黑公鸡看见了阿尔玛,昂首阔步地迈向她,仿佛是一名特使,被派来迎接她。它相当大方气派,就算它胸前佩戴礼仪彩带她也不会感到奇怪。公鸡在她面前直接停下来,威武警觉。阿尔玛几乎认为它会开口说话,或要求查看她的文件。她不知该做什么,便弯下身去,抚摸威严的公鸡,仿佛它是条狗似的。令人诧异的是,它没有拒绝。她又抚摸了它几次,它心满意足地朝她咯咯叫。最后,公鸡在她脚边坐定,抖开它的羽毛,帅气悠闲。它显然觉得他们的交流在完全按照计划进行。不知怎的,这一简单的交流令阿尔玛觉得安慰。公鸡的沉着与自信使她安心下来。

而后,他们两个——公鸡和女人——一同在码头上等候,等待接下来可能发生的事。

❖

帕皮提和马泰瓦伊湾相隔七英里。阿尔玛相当怜悯拉她行李的可怜小马,于是从马车上下来,走在马车旁边。经过海上好多个月的沉闷日子后,能用双腿行走是件绝妙的事。道路令人愉快,头顶上交错的棕榈树和面包果树投下阴影。此番景致令阿尔玛觉得既熟悉又惶惑。她根据父亲温室里的植物珍藏识别出多种棕榈树,可其他树则是打褶的叶子和光滑坚韧的树皮混杂而成的神秘物体。阿尔玛对棕榈的认识仅来自温室,以前也从未听过棕榈树的声音。风钻进树叶的声音，好似窸窣作响的丝绸。有时在强风中，它们的树干好似旧门一样发出嘎吱声。这些棕榈树都如此大声、富有生气。至于面包果树，则比她想象中的更大气、更典雅。看上去就像家中的榆树：世故、豪迈。

马车夫——一个年老的塔希提男人，背上满是刺青，胸膛平滑——对阿尔玛坚持走路感到大惑不解。他似乎担心这意味着他拿不到钱。为了让他放心，她在到达目的地的中途付款给他。而这只是带来了更多的困惑。特伦斯船长先前已谈好价格，可那安排如今似乎失效了。阿尔玛用美金付款，车夫却想从一把肮脏的西班牙比塞塔和玻利维亚比索当中找钱给她。阿尔玛弄不懂他怎么可能计算货币兑换，直到最终她才意识到，他想拿他暗淡的旧币换取她闪亮的新币。

她在马泰瓦伊湾传教区中央的香蕉林荫中下了车。马车夫把她的行李堆成一个小金字塔——这看起来就像七个月前在白宙庄园马车房外的场景。阿尔玛被独自留下来，观看周遭环境。此处环境还算令人满意，她心想，尽管比她想象的更为朴素。教堂是一间简陋的小型建筑物，白石灰墙、茅草屋顶，被一小群同样的白色茅草屋环抱着。住在这里的人，总共不会超过十个。

社区看来是沿着一条小河的河畔修建而成的，小河直接流入海中。河流将海滩一分为二，长而弯的海滩由浓黑的火山砂构成。由于沙滩颜色不同，此地的海湾不像一般南太平洋海域那样呈闪亮的翠绿色；而是呈现出一种威严、厚重、滚动缓慢的油墨色。约三百码外的礁石，使海浪保持平静。即使从这个距离，阿尔玛也能听见海浪拍打在礁石上的声音。她抓起一把沙子——煤烟的颜色——让沙粒从指间滑落。沙子摸起来像温暖的天鹅绒，让她的手指变得干干净净。

"马泰瓦伊湾。"她大声说道。

她简直不敢相信自己来到了这里。上个世纪所有的伟大探险家都来过这里。萨姆尔·瓦利斯[1]到过这里，还有乔治·温哥华[2]和布干维尔[3]。布莱船长就在这个海滩扎营，待了六个月。[4]最不得了的是，这是库克船长一七六九年首次登陆塔希提的那个海滩。在阿尔玛左手边不远处的高海岬上，库克观测过金星凌日——小小的黑色行星盘掠过太阳表面的重要活动，他跑了大半个地球，前来目睹。阿尔玛右手边的温柔小溪，在历史上标示过塔希提人和英国人之间的最后边界。库克一靠岸，两边的人就站在这条溪的对边，谨慎好奇地看着彼此，持续数小时。塔希提人认为英国人从天而降，他们那些巨大堂皇的船是从星星上面掉下来的岛屿——"默图"。英国人试图断定，这些印第安人是否凶狠或者危险。塔希提女人来到溪边，在对岸跳着顽皮撩人的舞蹈，逗弄英国船员。库克船长断定此地似乎没有危险，便放任手下和女孩们尽情作乐。船员用铁钉和女人交换性服务。女人把铁钉种在地上，希望宝贵的铁能长出更多，就像小树枝长成大树。

阿尔玛的父亲没有参加那次航行。亨利于八年后的一七七七年八月，在库克的第三次远征中，来到塔希提。此时，英国人和塔希提人已经习惯彼此——也十分要好。有些英国船员甚至在岛上娶妻生子，他们的妻子也和众多女人一起等候着他们。塔希提人管库克船长叫"土特"，因为他们不会念他的名字。阿尔玛从父亲说的故事中得知这一切——她已有数十年没想起过这些故事了，现在她都想起来了。父亲年轻时就在这条河里沐浴。

---

[1] 萨姆尔·瓦利斯（Samuel Wallis），英国船长，被认为是第一个登上塔希提岛的欧洲人。
[2] 乔治·温哥华（Gorge Vancouver, 1757—1798），英国皇家海军军官。以其对北美太平洋海岸（即现加拿大卑诗省和美国华盛顿、俄勒冈及阿拉斯加州对出海岸）的勘测活动而出名。
[3] 路易斯·安托万·德·布干维尔（Louis Antoine Bougainville, 1729—1811），法国海军军官，曾于1768年到达塔希提岛。
[4] 布莱船长，即威廉姆·布莱（William Bligh, 1754—1817），英国海军将领，因"慷慨号"哗变闻名。1787年12月24日，慷慨号载着四十四名船员在布莱船长的指挥下向合恩角进发，任务是到达塔希提岛，尽可能多地装运面包树到西印度群岛，供给奴隶作食物。经过十个月航行到达塔希提岛后，布莱船长发现需要再等上六个月新面包树才能长成、挖出、装运。他别无选择，只好在岛上待了六个月。

阿尔玛知道，从那时起，传教士们就开始用这条河里的水施洗了。

现在阿尔玛终于来到此地，却不确定接下来该做什么。四周不见一个人影，除了一个在河里单独嬉戏的孩子。他可能不超过三岁，一丝不挂，对于自己在河里无人看护并未显出不安的样子。她不想让自己的行李无人看守，于是坐在行李堆上等人来。她口渴得要命。那天早上她兴奋得没吃船上的早餐，因此肚子也饿得很。

过了好一阵子，一个身穿简单长连衣裙、戴白色无边帽、身材健壮的塔希提女人，拿着一把锄头，从一间较远的茅屋中走出来。看见阿尔玛，她停了下来。阿尔玛站起身，整了整衣服。"你好。"她用法语喊道。塔希提现在正式隶属于法国，阿尔玛觉得法语是她的最佳选择。

女人明媚地微笑。"我们这儿说英语！"她回喊道。

阿尔玛想走过去，好让她们用不着朝对方大喊大叫，可是——愚蠢的是——她仍然觉得自己和行李难舍难分。"我要找韦尔斯牧师！"她喊道。

"他今天去了畜栏（corral）！"女人愉快地喊回来，而后朝帕皮提方向走去，再次留阿尔玛一人和她的行李待在一起。

畜栏？他们这儿养牛？若果真如此，阿尔玛看不到也闻不到牛的任何迹象。这个女人说的到底是什么意思呢？

接下来的几个小时，又有几个塔希提人从阿尔玛和她那堆行李旁边经过。他们都很友善，却似乎没人对她出现在这里感到特别好奇，也没有人跟她交谈太久。每个人都一再重申同一则消息：韦尔斯牧师今天去了畜栏。他何时会从畜栏回来？没有人知道。他们都衷心希望是在天黑之前。

几个小男孩聚集在阿尔玛周围，玩一种大胆的游戏，朝她的行李、有时朝她的脚丢石子，直到一个老胖妇人板着脸孔赶跑他们，他们赶紧溜去河里玩。时间一点一点过去，几个拿着小钓鱼竿的男人从阿尔玛身边走过，走到海滩边，涉入海中。他们站在深及颈部的柔和海浪中，在周围寻找鱼的踪迹。她感到越来越口渴和饥饿，可她仍然不敢四处乱走，置行李于

345

不顾。

热带地区的黄昏来得很快。阿尔玛在海上的那几个月已得知这一点。影子越来越长。孩子们从水中跑出来，冲回他们的茅屋。阿尔玛看着太阳从莫斯基托岛的陡峭山峰快速落下，沉入海湾的另一边。她惊慌起来。今晚她要睡在哪里？蚊子在她头顶飞来飞去。塔希提人现在看不到她了。他们在她四周做他们自己的事，仿佛她和她的行李是个石碑，有史以来一直立在海滩那里。蝙蝠从树林中飞出来猎食，夕阳的余晖在水面上闪烁着金光。

而后，阿尔玛看到海里有什么朝海滩驶来。是一艘又快又窄的小独木舟。她把手放在眼睛上，用手挡住反射的阳光，眯着眼想看清楚独木舟里的人影。她只看见一个人影，那个人影用力划着船。独木舟猛然冲向海滩，气势十足，而后跳出了一个精灵。至少阿尔玛起初这么认为，不过进一步观察后发现，"精灵"是个白种男人，一头雪白的乱发，还配着一把飘动的胡子。他身材矮小、弓形腿、动作敏捷，对一个如此矮小的人来说，把独木舟拖上海滩需要惊人的力气。

"韦尔斯牧师？"她怀着希望喊道，以有失尊严的姿势挥舞她的手臂。

男人走过来。很难说他哪方面比较引人注目——是矮小的外形，或是瘦削的轮廓。他身材只有阿尔玛的一半大，体型像孩子，而且骨瘦如柴。他脸颊凹陷，轮廓分明的肩膀在上衣底下突显出来。他的长裤用一条卷起的绳子系在下陷的腰间。他的胡子垂到了胸前。他穿着某种同样由绳索制成的奇特凉鞋。他没有戴帽子，他的脸晒得很黑。他穿的衣服没有完全烂掉，却也差不太多。他看上去就像一把破伞，像个年老袖珍的漂流者。

"韦尔斯牧师？"随着他慢慢靠近，她又犹豫地问道。

他抬头看她——从底下远远地仰望她——用他那双坦率明亮的蓝眼睛。"我是韦尔斯牧师，"他说，"至少，我相信我还是吧，你瞧！"

他说话带着轻微、短促、含糊的英国口音。

"韦尔斯牧师,我叫阿尔玛·惠特克。我希望你收到我的信了。"

他把头歪向一边,像鸟一样,兴味十足、泰然自若。"你的信?"

就像她担心的那样,没有人想到她会来这里。她深深吸了口气,尝试做出最好的解释。"我来这里,韦尔斯牧师,或许要待一阵子——你也看到了。"她朝她堆成小金字塔的行李做出表示抱歉的手势,"我对自然植物学很感兴趣,想研究你们当地的植物。我知道你本身也算是自然学者。我来自宾州,在美国。我同时也来视察我家经营的香草种植园。我的父亲是亨利·惠特克。"

他抬抬他稀疏的眉毛。"你说你父亲是亨利·惠特克?"他问道,"那个好人过世了?"

"恐怕是的,韦尔斯牧师。就去年的事。"

"我很遗憾听到这消息,或许上帝把他接去他怀里了。这些年来,你瞧,我尽我所能为你父亲工作。我卖给他许多标本,他很好心地给我不错的报酬。我从未见过你父亲,你瞧,不过通过他的特使扬西先生,我为他工作。你的好父亲,他是非常慷慨正直的人。这些年来,从惠特克先生那儿获得的收益多次挽救了这个地区。我们并不总能仰仗伦敦传道会帮我们渡过难关,是吧?可我们总是能仰仗扬西先生和惠特克先生,你瞧。告诉我,你认识扬西先生吗?"

"我跟他很熟,韦尔斯牧师。我从小就认识他。我来这儿的旅程也是他安排的。"

"当然!那你肯定知道他是个好人。"

阿尔玛不能说她会称扬西为"好人",不过她依然点头称是。同样地,她从未听过父亲被形容为慷慨正直或好心。这些字眼仍需要一些时间才能习惯。她记得费城有人曾称父亲为"两足猛禽"。想想那人现在如果看到这个两足动物在南太平洋这儿受到好评,会是多么讶异!想到这里,阿尔玛忍不住微笑起来。

"我非常乐意带你参观香草园,"韦尔斯牧师又说,"自从我们失去派克先生之后,种植园改由我们传教团的一个当地人接管。你认不认识安布罗斯·派克?"

阿尔玛的心在她的胸膛里怦怦跳动,但是她让自己面不改色。"是的,我跟他有点儿熟。我和父亲之间工作关系十分紧密,韦尔斯牧师,事实上,是我们两个决定派遣派克先生到塔希提来的。"

几个月前,甚至离开费城前,阿尔玛即已决定不把她与安布罗斯之间的关系告诉塔希提的任何人。在她的整个旅程当中,她都以"惠特克小姐"的名义旅行,让全世界当她是老处女。当然,从实际意义上来说,她也是个老处女。任何神智正常的人,都绝不会把她和安布罗斯的婚姻视作婚姻。更何况,她看上去肯定就像老处女——感觉上也像。一般来说,她不喜欢说谎,但是她来这儿是为了把安布罗斯的故事拼凑起来,要是任何人知道安布罗斯是她丈夫,她怀疑他们不会对她坦诚相告。她假定安布罗斯尊重了她的请求,没有把他们结婚的事情告诉任何人,因此也不认为有人会猜疑他们之间的关系,除了派克先生是她父亲的雇员之外。至于阿尔玛,她只是一个正在旅行的植物学家,也是赫赫有名的植物进口商兼药界巨头的女儿。她为了个人目的(研究苔藓,顺便过来看看家中经营的香草种植园)来到塔希提,也是相当合理的事。

"噢,我们非常想念派克先生,"韦尔斯牧师说道,甜甜一笑,"我可能特别想念他。他的死是我们这小教区的损失,你瞧。我们希望所有陌生人来到这里,都能给当地人树立好榜样,像派克先生一样。他是孤儿和堕落者的朋友,仇恨和邪恶的敌人,诸如此类,你瞧。他是个心地善良的人,你的派克先生。我很佩服他,你瞧,因为我觉得他能向当地人展示一个基督徒应该具备的品质——而许多基督徒似乎无法做到这一点。其他许多来访的基督徒,你瞧,他们的行为表明他们似乎并不打算提高我们的宗教信仰在这些纯朴人民眼中的声望。而派克先生却是善良的模范。何况,他具有与当地人交友的才能,我很少在其他人身上看到这一点。他和每个人说话都是用一种直率慷慨的态度,你瞧。从远方来到这个岛的人,恐怕不见得总是这样做。塔希提很可能是危险的天堂,你瞧。我们可以说,对那些习惯于欧洲社会严格的道德律令的人来说,这个岛和这里的人民可能会给他们带来难以抗拒的诱惑。来访者常会利用优势,你瞧。甚至有些传教士,很遗憾,有时也会利用这些单纯天真的人民,你瞧,尽管在上帝的帮助下,我们试着教导他们更懂得保护自我。派克先生不是利用优势的那种人,你瞧。"

阿尔玛觉得吃惊。她认为这是她所听过的最精彩的介绍语(或许除了她第一次见到芮塔的时候吧)。韦尔斯牧师并未探问阿尔玛为什么从费城大老远过来,还坐在传教区中央的一堆行李箱上,倒是已开始聊起安布罗斯!这是她没料到的。她也没料到她的丈夫,那个有一只装满不可告人的私密图画的皮箱的人,会被如此赞誉为道德的典范。

"是的,韦尔斯牧师。"她只能如此说道。

令人吃惊的是,韦尔斯牧师甚至更进一步推进了这一话题:"况且,你瞧,我把派克先生当作最亲爱的朋友来爱他。你无法想象,在这种孤独的地方,有个聪慧的伙伴是一种安慰。说真的,如果可能的话,为了再看到他的脸,或者再一次友好地抓住他的手,我愿意走许多英里路——可只要我还有一口气在,这样的奇迹就永远不可能存在,你瞧,因为派克先生被召回天国了,惠特克小姐,我们被孤独地留在这里。"

"是的,韦尔斯牧师。"她又说道。她还能说什么?

"你可以叫我韦尔斯弟兄,"他说,"我能不能也叫你惠特克姊妹?"

"当然,韦尔斯弟兄。"她说道。

"现在你可以参加我们的晚祷,惠特克姊妹。我们有点儿匆忙,你瞧。我们今晚会比平时晚一点儿开始,我白天都待在珊瑚礁(coral)那儿,你瞧,因此忘了时间。"

啊,阿尔玛心想——珊瑚礁。当然!他一整天都跟海里的珊瑚礁待在一起,不是去看管牛群。

"谢谢你。"阿尔玛说道。她又看了看她的行李,迟疑起来。"我不知把我的东西放在哪里才是安全的?韦尔斯弟兄,我在信中询问能否让我在这儿待上一阵子。我研究苔藓,你瞧,我希望考察这个岛……"她的声音逐渐变小,此人用坦率的蓝眼睛看着她,令她感到不安。

"当然!"他说道。她等他再说下去,可他没有。他是多么信任他人!要是他们这场邀约已计划十年之久,他也不会觉得她给他添了麻烦。

"我有足够多的钱,"阿尔玛不甚自在地说,"我可以拿给教会,交换住宿……"

"当然!"他喃喃说道。

"我尚未决定待多久……我尽量不会麻烦大家……我不期待舒适的生活……"她的声音再次变小。她在回答他没有提出的问题。日后,阿尔玛将得知,韦尔斯牧师从不问任何人问题,不过此时,她觉得这很新奇。

"当然!"他说了第三次,"现在,请参加我们的晚祷,惠特克姊妹。"

"当然!"她说道,就此投降。

他领着她离开她的行李——离开她拥有、珍惜的一切——迈向教堂。她只能跟在他身后。

✦

教堂不及二十英尺长。教堂内排着简单的长凳,墙壁刷得粉白干净。四盏鲸油灯让这地方保持光线微明。阿尔玛数了数,一共有十八名教徒,十一个女人和七个男人,他们都是塔希提当地人。阿尔玛尽其所能(她不想显得无礼)审视每个男人的脸孔。他们当中没有一个是安布罗斯画中的男孩。男人穿着简单的欧式长裤和衬衫,女人穿的则是阿尔玛抵达后随处可见的宽松长连衣裙。大多数女人都戴着无边帽，只有一位——阿尔玛认出她是那个面目凶恶、驱赶男孩的女士——戴了一顶宽边草帽，帽子上精心装饰着一排鲜花。

接下来是阿尔玛见过的最不寻常的祷告会，时间也最短。首先，他们以塔希提语唱圣歌，尽管没人手捧圣歌集。音乐在阿尔玛听来很奇特——不和谐而且刺耳，一层层声音叠成她听不懂的结构，除了一只鼓之外，没有任何伴奏，敲鼓的是一个年约十四岁的男孩。鼓的节拍似乎和歌曲不相配——阿尔玛无论如何都无法产生共鸣。女人的尖锐叫喊声凌驾于男人的歌声之上。她在这奇怪的音乐当中，找不到任何隐藏的旋律。她持续倾听有没有熟悉的单词（耶稣、基督、神、上帝、耶和华），却识别不出任何东西。她周围的女人都在高声歌唱，而她却静静坐着，这令她觉得局促不安。她对这一盛事毫无助益。

歌唱结束后，阿尔玛以为韦尔斯牧师将开始讲道，可他却继续坐在那里低头祈祷。当帽上饰有鲜花的塔希提胖女人站起来，走近简单的讲坛时，他甚至没有抬头。女人用英语很快地诵念《马太福音》。阿尔玛感到讶异，这女人能识字，也懂英语。尽管阿尔玛从不是会祷告的人，听见耳熟的词句仍然令她欣慰。虚心的人、温柔的人、慈悲的人、清心的人、被辱骂的人和受逼迫的人有福了。有福了，有福了，有福了。这么多的祝福，毫不吝惜地表达出来。

而后女人合上《圣经》，仍用英语展开了一场快速、喧哗、奇特的布道。

"我们生下来！"她高喊，"我们爬行！我们走路！我们游泳！我们工作！我们生孩子！我们变老！我们拄拐杖走路！唯上帝与我们同在，才有平安！"

"平安！"会众说道。

"我们如果飞向天堂，上帝就在那里！我们如果在海上航行，上帝就在那里！我们如果走在地上，上帝就在那里！"

"那里!"会众说道。

女人张开双臂,手不断开开合合,连续许多次。而后她的嘴巴迅速张张合合。她动作滑稽,就像牵线木偶。有些会众吃吃地笑起来,女人似乎不在乎他们的笑。而后,她不再来回走动,大叫起来:"看看我们!我们被创造得如此巧妙!我们全身都是关节!"

"关节!"会众说道。

"可关节会生锈!我们都会死!只有上帝永在!"

"永在!"会众说道。

"肉体之王没有肉体!可他带给我们平安!"

"平安!"会众说道。

"阿门!"帽上有花的女人说道,回到她的座位上。

"阿门!"会众说道。

而后,韦尔斯牧师移到圣坛上,提供圣餐。阿尔玛和其他人排队等待。牧师身材瘦小,阿尔玛几乎得把腰弯下一倍,才能领受他的圣餐。没有圣酒,不过,椰子汁被拿来作为"基督的宝血"。至于"基督的圣体",则是某种又黏又甜的小卷球,阿尔玛无法确定是什么。她欣然接受,她饿坏了。

韦尔斯牧师说了简短的祷告:"赐给我们决心,哦主啊,忍受每个痛苦是我们应负的责任,阿门。"

"阿门!"会众说道。

祷告会就此结束。总共不超过十五分钟。然而却已经足够久了——当阿尔玛走回外面时,她发现天空完全暗了下来,她的全部东西都已不见踪影。

✥

"被拿到哪里了?"阿尔玛追问,"被谁?"

"嗯,"韦尔斯牧师说道,摇了摇头,注视着不久前仍放着阿尔玛行李的地点。"这不太容易回答。或许是孩子们拿走了所有的东西,你瞧。这种事通常都是那些男孩子做的。但非常肯定的是,行李被拿走了。"

这样的确认于事无补。

"韦尔斯弟兄!"她惊慌万分地说,"我刚刚还问你我们该不该看着行李!我迫切需要那些东西!我们本来可以把行李放到哪间房子里,放在安全上锁的门内!你为什么不这样建议?"

他认真地点头同意,却没有任何惊恐的迹象。"我们原本可以把你的行李放在房子里,是的。但是,你瞧,一切迟早都会被拿走。它们现在或者以后总会被拿走的,你瞧。"

阿尔玛想到她的显微镜,她的纸,她的墨水,她的铅笔、药品和搜集瓶。还有她的衣服呢?老天,还有安布罗斯的皮箱,里头装满那些危险而难以启齿的画!她觉得想哭。

"可我给当地人带来了礼物,韦尔斯弟兄。他们不需要偷我的东西,我会给他们的。我给他们带来了剪刀和缎带!"

他露出灿烂的笑容。"噢,显然他们已收到你的礼物了,你瞧!"

"但是有些东西需要还给我——那些东西的价值无法形容,需要小心处理。"

他并不是完全没有同情心,她必须承认。他好意地点点头,或多或少留意到她的苦恼。"这肯定让你忧伤,惠特克姊妹。不过请放心——你的行李并不是永远被偷走了,或许只是暂时被拿去了。有些或许会还给你,只要你有耐心。如果有什么对你而言特别有价值的东西,我可以特意问问看。有时候我只要以适当的方式询问,东西就会再度出现。"

她把自己打包的一切想了一遍。她最迫切需要的是什么?她不能询问安布罗斯那只装满恋童画的皮箱,尽管失去它是一种折磨,因为那是她最重要的东西。

"我的显微镜。"她有气无力地说道。

他又点点头。"那可能不太容易,你瞧。显微镜在这儿是非常新奇的东西。从来没有人见过。我自己都从来没有见过!不过,我会立刻问问看。我们只能祈祷了,你瞧!至于今天晚上,我们得给你找个地方住。沿着海滩走四分之一英里左右,会看到我们盖给派克先生住的小茅屋。小屋仍保持他过世时的原貌,愿上帝使他安息。我原本以为哪个当地人可能会把那里据为己有,不过似乎没有人愿意走进屋里。那里弥漫着死亡,你瞧——我是说,在他们看来。这里的人很迷信,你瞧。不过那是一间怡人的小屋,有舒适的家具,如果你不是迷信的人,那儿应该会让你觉得自在。你不是迷信的人吧,惠特克姊妹?你看起来不像是。我们去看看吧?"

阿尔玛觉得自己就要倒在地上。"韦尔斯牧师,"她说道,努力不让自己声音哽咽,"请原谅我。我远道而来,远离我熟悉的一切。我很震惊我失去了自己的东西,这些东西我在旅程中安全保护了一万五千英里,却在刚才,转眼间消失无踪!从昨天下午在捕鲸船上吃过晚餐之后,我一口东西也没吃,除了你仁慈的圣饼之外。一切都很陌生。我负担沉重,无所适从。我请求你原谅我……"阿尔玛不再说话。她忘记自己说这些话的目的,她不知道她在请求韦尔斯牧师原谅什么。

他拍了拍手。"吃东西!当然,你得吃东西!我道歉,惠特克姊妹!你瞧,我自己不吃东西——或者说很少吃。我忘了别人得吃东西!我的妻子如果知道我的无礼行为,肯定会狠狠骂我!"

韦尔斯牧师二话不说,对他妻子这一话题也没有任何补充,便跑去敲最接近教堂的那间屋子的门。塔希提胖女人——当晚稍早时候对会众讲道的那一个——前来应门。他们交谈了几句。女人瞥了瞥阿尔玛,点点头。韦尔斯牧师用他的弓形腿迈着轻快的步伐跑回阿尔玛身旁。

阿尔玛猜想,那会不会是牧师夫人?

"办好了!"他说,"玛努姊妹会提供给你。我们这里吃得很简单,不过没错,你起码该吃点儿东西!她会带些东西去你屋里。我还请她给你拿'阿呼掏透'(ahu taoto)——睡觉披巾,我们这里晚上睡觉都盖这个。我也会给你带一盏灯。现在我们走吧。我想不出你还需要其他什么东西。"

阿尔玛能想出她需要的很多东西,但是目前,食物和睡眠就能够支撑她。她跟在韦尔斯牧师身后,沿着黑色沙滩走去。对于一个双腿又短又弯的人来说,他的走路速度快得惊人。阿尔玛即使大步行走,也必须急速前进才赶得上他。他提着一盏灯笼,却没有点亮它,因为月亮已经升起,夜空明亮。阿尔玛被路上爬过沙滩的黑色东西吓了一跳。她以为是老鼠,细看之后,才发现是螃蟹。她提心吊胆。这些螃蟹相当大,每只都有一对大钳子,它们拖着钳子蹿向前去,发出恐怖的咔嗒声。它们太靠近她的脚了。她或许宁愿那是老鼠,她想道。她庆幸自己穿了鞋子。韦尔斯牧师不知怎的,从做礼拜到现在,已经弄丢了他的凉鞋,可他对螃蟹毫不在意。他边走边闲聊。

"我很好奇,惠特克姊妹,从植物学角度,你怎么看待塔希提?你瞧,"他说,"许多人感到失望。这里气候湿热,你瞧,但是这是个小岛,所以你会发现,这里植被丰茂但物种单一。班克斯爵士肯定觉得塔希提有所欠缺——我是说在植物方面。他觉得这里的人比植物有趣得多。或许他说得对。我们这里只有两种兰花——派克先生感到惋惜,尽管他渴望找到更多种类。一旦了解棕榈树,而你不用花什么时间就能够了解了,就没有太多可以发掘的了。有一种叫'阿帕杰'的树,你瞧,会让你联想起橡胶树,高达四十英尺——但是对一个生长在宾州密林的女人来说可不算壮观,我敢打赌!哈哈哈!"

阿尔玛没有力气告诉韦尔斯牧师,她不是在森林中长大的。

他继续说:"有一种漂亮的月桂树叫'蹋麻芦'(tamanu)——好极了,很实用。你的家具就是这种材料做的。可以防虫,你瞧。还有一种叫'虎兔'(hutu)的木兰,我在一八三八年曾给令尊寄过。海边到处都看得到木槿和含羞草。你会喜欢'马沛'(mape)栗树的——或许你在溪边看到了？我认为那是岛上最美的树。妇女用一种构树——他们称为'塔帕'(tapa)的树皮制作衣服，不过，现在很多人比较喜欢船员带来的棉布和花布。"

"我带来了印花布，"阿尔玛悲哀地低声说，"要送给妇女。"

"喔，她们会很感谢！"韦尔斯牧师轻松地说道，仿佛忘掉阿尔玛的东西已经被偷了，"你有没有带纸？带书？"

"我带了。"阿尔玛说道，这会儿更悲伤了。

"噢，纸在这里很难保存，你会明白的。风、沙、盐、雨、昆虫——从来没有哪种天气比这儿的更不利于保存书了！我看着我的纸全部在我眼前消失无踪，你瞧！"

"我也是，就在刚才。"阿尔玛几乎说了出来。她觉得她这辈子从来没有这么饥饿过，也没有这么疲倦过。

"我希望我有塔希提人的记忆力，"韦尔斯牧师继续说，"那就不需要纸了！我们收藏在书库里的东西，他们收在他们的脑子里。相比之下，我觉得自己像个笨蛋。这里年纪最小的渔夫都知道两百颗星星的名字！上年纪的可就更难想象了。我过去曾记录文件，可是眼睁睁地看着它们被腐蚀，甚至就在我下笔的时候，太令人沮丧了。这儿的气候让水果和鲜花产量丰富，你瞧，却也使它们大量发霉腐烂。这里不是学者的天地！但是我要问，历史对我们而言是什么？我们在这世上停留的时间多么短暂！何必费心记载我们微弱的生命？要是晚上蚊子对你造成严重困扰，你可以请玛努姊妹教你怎么在门口燃烧干燥的猪粪，这样可以消灭一些蚊虫。你将发现玛努姊妹很能干。我从前在此地讲道，可她比我更引以为乐，当地人更喜欢听她讲道，因此现在由她担任牧师。她没有家人，所以她负责照顾猪。她亲手喂它们，你瞧，让它们待在传教区附近。她很富有，以她自己的方式。她能够拿一只乳猪换来一个月的鱼和其他珍贵的东西。塔希提人很看重烤乳猪，他们过去相信肉味能引来鬼神。当然，有些人仍然这么相信，尽管他们如今是基督徒，哈哈哈！总之，认识玛努姊妹是件好事。她的歌声十分美好。在欧洲人听来，塔希提音乐缺乏可称为愉悦的特质，但是随着时间流逝，你或许能学会忍受。"

因此玛努不是韦尔斯牧师的夫人，阿尔玛想道。那他的夫人是谁？他的夫人在哪里？

他继续说下去，娓娓道来："晚上你如果看到海湾上有亮光，不用紧张。那只是男人提着灯笼出海捕鱼。非常独特。飞鱼被光亮吸引，跳到独木舟上，有些男孩可以徒手抓到。我跟你说——在塔希提，不管陆地上欠缺什么样的天然品种，都能在海里的丰富奇观中得到更多弥补！你如果愿意，明天我带你去看看海中的珊瑚礁。在那儿，你将目睹上帝的创造得到最美妙的证明！我们到了——派克先生的屋子！现在这就是你的屋子了！或者我该说，你的'法垒'（fare）。在塔希提语中，我们把屋子叫作"法垒"。开始学上几个单词，不嫌太快，你瞧。"

阿尔玛在脑子里把这一单词复述了一遍：法——垒。她记住了。她已经非常疲倦，可是没到能使她无法对一种新奇陌生的语言竖起耳朵的地步。在昏暗的月光下，就在海边的一个小坡上，她看到小小的"法垒"隐藏在交错的棕榈树下。其大小不超过白亩庄园最小的花园棚屋，但是看上去十分讨人喜欢。它有点儿像英国的海边小屋，只是规模小得多。一条弯来绕去、由碎贝壳铺设而成的小径从海滩通往门口。

"这是一条古怪的小径，我知道，由塔希提人铺设而成，"韦尔斯牧师笑道，"他们看不到铺设一条笔直的小径有任何好处，即使距离相当短！你会习惯这种神奇的事情！不过，稍微远离海滩不无好处。你距离涨潮最高的位置有四码远，你瞧。"

四码，似乎不太远。

阿尔玛和韦尔斯牧师沿着弯曲的小径走近小屋。阿尔玛发现大门就是一道由棕榈叶简单编成的门帘,他很容易就推开了门帘。显然,此处没有门锁——从来没有过。进了屋,他把灯点亮。他们一同站在那小小的敞开式房间里,顶上是简单的茅草屋顶。阿尔玛站起身来时,头勉强不会撞到最低的梁木。一只蜥蜴滑过墙壁。地板是一层干草,草叶在阿尔玛脚底下沙沙作响。屋里有一张质地粗糙的小长凳,没有椅垫,但至少有靠背和扶手。还有一张桌子和三张椅子——其中一张坏了,翻倒过来。看起来像贫穷育幼院里的孩童桌椅。没有窗帘也没有玻璃的窗户四面敞开。最后一件家具是一张小床——几乎不比凳子大——一条薄垫子挂在床上。垫子的质地似乎是某种旧帆布,里面不知塞了什么东西。整个房间似乎更适合韦尔斯牧师,而不是像她这种身材的人。

"派克先生像当地人一样居住,"他说,"也就是说——他就只住在一间房间里。但是你如果想要隔间,我想我们可以给你做隔间。"

阿尔玛不能想象,在这么小的地方,要把隔间摆在何处。你要怎么把等于零的空间分成好几部分?

"在某个时刻,你或许想搬回帕皮提去,惠特克姊妹。多数人都是这样。我想,在首都看得到更多文明,也看得到更多罪与恶。但是你在那里可以找个中国人帮你洗衣服,诸如此类。那里有各种各样的葡萄牙人和俄国人——那些走下捕鲸船,从此不再离开的人。并不是说葡萄牙人和俄国人构成了文明,而是在那里比在我们这小教区里更能看到多种多样的人,你瞧!"

阿尔玛点点头,但是她知道她不会离开马泰瓦伊湾。这是安布罗斯曾遭受的流刑,现在轮到她了。

"你会看到后面有煮饭的地方,在花园边上,"韦尔斯牧师继续说,"对你的花园不要抱太多期望,尽管派克先生曾勇敢地尝试耕种。大家都在尝试,可一旦猪羊吃完它们的粮食,就没剩多少南瓜给我们了!我们可以弄只羊给你,如果你想喝新鲜羊奶的话。你可以问问玛努姊妹。"

仿佛听到自己的名字似的,玛努出现在门口。她肯定紧随他们身后。

阿尔玛和韦尔斯牧师站在小屋内，几乎已经没有足够的空间让她进门了。玛努头上戴着那顶有鲜花点缀的宽边帽，阿尔玛甚至不确定她有办法通过门口。虽然如此，他们还是都挤进来了。玛努摊开一个布包，开始把食物摆在小桌子上，用香蕉叶当餐盘。阿尔玛极尽含蓄，才没有立刻大吃起来。玛努递给阿尔玛一段塞了软木塞的竹子。

"给你点儿水喝！"玛努说道。

"谢谢你，"阿尔玛说，"你真好。"

之后，他们盯着彼此看了好半天：阿尔玛疲倦，玛努谨慎，韦尔斯牧师欢天喜地。

最后，韦尔斯牧师低下头说："我们感谢主，我们的天父，让你的仆人惠特克姊妹安全抵达。我们请你给予她特别的宠幸。阿门。"

而后，他和玛努终于离开了，阿尔玛双手拿着食物吃了起来，吃得狼吞虎咽，甚至没有稍停片刻，确定一下自己究竟吃了什么。

❖

嘴巴里温热的味道让阿尔玛在半夜醒了过来。她闻到血和皮毛的气味。她的房间有一只动物。一只哺乳动物。甚至在想起自己身在何处前，她就已经意识到了这个事实。她心跳加快，开始找寻更多信息。她不在船上，她不在费城，她在塔希提——她在此处适应新环境！她在塔希提，在安布罗斯待过并死去的小屋里。小屋是哪个词？"法垒"。她在她的"法垒"里，有一只动物和她待在里头。

她听见哀鸣声，尖利怪异。她在不舒适的小床上坐了起来，环顾四周。月光透进窗户，她现在能够看到——站在房间中央的狗。那是一只小狗，约二十磅重。它竖起耳朵，朝她呲牙咧嘴。他们的目光盯住彼此，狗的哀鸣变成低吼。阿尔玛不想和狗搏斗，连小狗也不想。她脑子里简单甚至平静地浮现出这一想法。床边放着玛努给她的那截装水的短竹子。这是她触手能及的，唯一能让她当作武器的东西。她试图确定能否在不惊动狗的情况下伸手取竹子。不，她非常肯定自己不想与狗搏斗，可如果她必须搏斗，她希望这是一场公平的比赛。她慢慢朝地板伸出手去，目光没有从狗身上移开。狗吠了起来，一步步靠近。她抽回胳膊。她再试一次。狗又吠了起来，这回更加愤怒。她不可能拿到武器。

随它便吧，她累得没有力气害怕。

"你对我有什么不满？"她问小狗，语气疲惫。

听见她的声音，狗发出一阵抱怨，用尽力气狂吠，好似每叫一声就要把它整个身子从地板上震起来。她平心静气盯着它看。此时夜深人静，她的门上没有锁，她没有枕头可枕，她失去了一切财物，穿着她肮脏的旅行服睡觉，裙摆藏满了钱币——如今财物被偷，这是她仅剩的所有钱。她只有一小截竹子用来护身，而她甚至够不着它。她的屋子被螃蟹包围，屋内爬满蜥蜴，而现在，一只愤怒的塔希提狗正在她的房间里。她疲乏至极，几乎觉得无趣。

"走开。"她对狗说道。

狗吠得更响亮了。她只好投降。她翻过身去背对着狗，再次尝试在这张薄垫子上找到舒适的姿势。狗吠了又吠。它的愤怒毫无止境。那来攻击我吧，她想道。她在狗的暴怒声中睡着了。

几个小时后，阿尔玛再度醒来。天色变了，黎明将近。此时，一个男孩盘着腿坐在她房间的地板中间，盯着她看。她眨眨眼，怀疑这是个魔法：哪个巫师过来把小狗变成了小孩？男孩留着长发，表情严肃。他看上去约八岁。他没穿上衣，不过穿了长裤，阿尔玛松了口气——尽管一条裤管短了一截，仿佛他把自己从陷阱中抽了出来，把剩余的衣服留在了身后。

男孩一跃而起，仿佛在等她醒来。他走近床铺。她惊恐地往后退，接着看到他手里拿着件东西，正要递还给她。摆在他手掌上的东西，在昏暗的晨光中微微发光。那是个细长的铜制品,他把它放在她的床沿。那是她的显微镜目镜。

"喔!"她叫道。听到她的声音,男孩跑掉了。被称为门的单薄物体在他身后无声无息地关上。

之后阿尔玛再也睡不着觉,却也没有立刻起床。她现在完全像昨晚一样疲倦。接下来谁会到她房间来?这是个什么样的地方?她必须想办法把门堵住——可该用什么东西堵呢?晚上她可以把小桌搬到门前,但小桌轻易就能被拖到一旁。此外,窗户不过就是在墙上挖出的几个洞,堵住门又有什么用?她摸着手中的铜制目镜,带着疑惑和渴望。她心爱的显微镜的其余部分在哪里?那孩子是谁?她应该去追赶他,看他把她的其他东西藏在了哪里。

她闭上眼睛,倾听四周陌生的声音。她几乎觉得自己能听见破晓的声音。当然,她能听见海浪就在她门外拍击。海浪听起来很近,令人不安。她宁可离海远一点儿。感觉一切都离得太近了,太危险。一只鸟停在她头顶正上方的屋顶上发出怪叫。它的叫声听起来像是:"醒客(think,思考)!醒客!醒客!"

仿佛她除了思考之外还做过其他任何事!

阿尔玛再也无法入眠,最后终于起身。她想知道哪里能找到厕所,或是能充当厕所的地方。昨晚她蹲在"法垒"后面解决所需,但是她希望附近能找到更好的地方。她走出前门,差点儿被什么东西绊倒。她低头往下看,看见——就在她的门阶上,若能称之为门阶的话——安布罗斯的皮箱正谦恭地等候着她,没有打开,紧紧扣着。她跪了下来,解开系带,打开箱子,快速翻遍箱子里的东西:所有图画都还在。

她在微弱的晨光中极目远望,海滩各处没有半个人影——没有女人、男人,也没有男孩和狗。

"醒客!"鸟在她头顶尖声叫道,"醒客!"

361

23

由于时间不抗拒流逝——即使在最奇特、最陌生的状况下——因此时间在马泰瓦伊湾为阿尔玛流逝。缓慢蹒跚地,她开始领会她的新世界了。

就像阿尔玛小时候,当她渐渐懂事时,开始观察她的房子。这不需要花多少时间,她极小的塔希提"法垒"并不是白亩庄园。它只有一个房间、一扇不像门的门、三个空洞的窗户、几件破家具和爬满蜥蜴的茅草屋顶。第一天早晨,阿尔玛在屋里彻底搜寻安布罗斯的遗迹,但这里什么也没有。她甚至在(完全无济于事地)寻找自己丢失的行李之前,就在寻找安布罗斯的迹象。她希望找到什么?写在墙上留给她的信息?隐藏的画?或是一包信件、一本日记,能够真正揭示出神秘莫测的渴望之外的其他情愫的东西?可这儿没有他的踪影。

她认了命,从玛努那边借了扫帚来,把墙上的蜘蛛网打扫干净。她把地上的旧干草换成新干草。她拍松床垫,把"法垒"当作自己的家。同时,她也按照韦尔斯牧师的指示,接受沮丧的事实:她的东西最后或许会出现也或许不会,对此她无能为力。尽管这是件令人痛苦的事,却有什么地方让人觉得出奇地恰当,甚至公道。失去一切珍贵的东西,促成某种实时的忏悔。这多少使她觉得自己和安布罗斯更加接近了;塔希提是他们两人失去一切的地方。

于是,她穿着唯一剩下的衣服,继续探索周遭的环境。

屋子后面有个叫"喜玛"（himaa）的开放式炉子，她学会在上面烧水，煮有限的几种食物。玛努教她怎么处理当地蔬果。阿尔玛觉得她煮出来的成品，不该尝起来这么像煤灰或沙子，可她坚持下去，对于能养活自己感到自豪。（她能自养了，她凄然想道——芮塔会多么骄傲！）有一小块可怜的菜园，可是没有太多活儿可做；安布罗斯把他的屋子盖在炙热的沙子上，因此即使尝试也是徒劳。对于整夜在梁上爬来爬去的蜥蜴，阿尔玛也同样束手无策。要说有什么好处的话，它们帮忙消除蚊子，因此阿尔玛尽量不去理会蜥蜴。她知道蜥蜴对她并无恶意，尽管她确实希望它们别在她睡觉时爬过她身上才好。她庆幸它们不是蛇。塔希提幸亏不是蛇的国度。

然而，这可是螃蟹的国度。不过阿尔玛很快就学会不去担心海滩上在她脚边窜来窜去的各种大小的螃蟹。它们同样对她并无恶意。一旦把挥动的柄眼看见她，它们便快速惊慌、咔咔嗒嗒地朝另一个方向飞掠而去。她意识到赤脚走路安全许多，便开始这么做。在塔希提穿鞋子太热、太湿、太多沙、太滑。幸运的是，周遭环境对光着的脚丫表示欢迎；岛上甚至没有一棵有刺的植物，大部分步道都是平坦的石头或沙子铺成的。

阿尔玛了解了海滩的形状和特性，以及潮水的习性。她不会游泳，但她鼓励自己每周走进马泰瓦伊湾缓慢深色的海水中更深一点儿的地方。她感谢礁石让海湾保持平静。

她学会早晨和教区里的其他女人一起在河里沐浴，她们都和阿尔玛一样体格粗壮。这些塔希提人对个人清洁非常讲究，每天都用河岸的姜类植物的泡沫汁液清洗头发和身体。不习惯天天沐浴的阿尔玛，纳闷为什么她这辈子从没这样做过。她学会不去理会站在溪边的一群小男孩，他们讥笑这些一丝不挂的女人。想躲开他们也无济于事；他们没有哪个时刻会找不到你，无论昼夜。

塔希提妇女不介意孩子们的讥笑。她们似乎更担忧阿尔玛粗硬褪色的头发，感到悲伤又关切。她们都有非常漂亮的头发，滚滚黑浪般的长发垂到腰际，对于阿尔玛没有她们这种蔚为壮观的特征，只觉得很糟。她自己也觉得很糟。阿尔玛学会用塔希提语表达的第一件事，就是为自己的头发表示歉意。她纳闷世界上有没有哪个地方，能不将她的头发视作悲剧。她怀疑没有。

阿尔玛向任何愿意跟她说话的人尽量多学一些塔希提语。她发现人们既友善又乐于助人，他们像玩游戏一样鼓励她。她从马泰瓦伊湾周遭最普通的东西开始学起：树、蜥蜴、鱼、天空、名叫"我爱弱"（uuairo）的可爱鸽子（这一单词的发音完全就像它们温和的噗噗叫声）。她很快掌握了文法。传教区居民讲英语的熟练程度各有不同——有些人说得相当流利，有些人则随意发挥——但是阿尔玛始终是语言学家，她决定无论何时都用塔希提语与人互动。

但是她发现，塔希提语不是一种简单的语言。在她听起来这更像鸟叫声，而不像讲话，她对音乐不够精通，因而对此无法掌握。阿尔玛断定，塔希提语甚至不是可靠的语言。塔希提语没有拉丁语或希腊语那样的坚固禁条。马泰瓦伊湾人对待文字尤其顽皮耍赖，每天随机改动单词。有时混合少许英语或法语，发明想象力丰富的新词汇。塔希提人喜欢深奥难解的双关语，令阿尔玛永远无法理解，除非她的曾曾祖父母在此地出生。此外，马泰瓦伊湾人使用的方言不同于仅仅七里外帕皮提人所操的语言，而帕皮提方言又和塔拉沃或特胡伯方言不同。你不能确信一个句子在岛的一边和另一边意思一样，或今天的和明天的意思一样。

阿尔玛仔细观察周遭的人们，想了解这一新奇之地的特性。玛努是最重要的一个，因为她不仅照看猪，也负责监督整个教区。她是一丝不苟的礼仪主管，对礼节和过失怀有敏锐的警惕之情。教区每个人都喜爱韦尔斯牧师，却也都害怕玛努。玛努——她的名字是"鸟"的意思——和阿尔玛一样高，和男人一样肌肉发达。她能把阿尔玛扛在背上。没有多少女人能让人如此描述。

玛努总是戴着她的宽边草帽，每天以不同的鲜花装饰，不过，在溪中沐浴时，阿尔玛看到玛努的额头布满白色的粗糙疤痕。两三个年纪较大的妇女额头上也有类似的神秘印记，但是除此之外，玛努身上还有另一处伤疤：她的小拇指各缺少一节指骨。在阿尔玛眼中这似乎是个奇特的伤痕，看上去非常整齐对称。她无法想象一个人做了什么事，会如此齐整地失去两个小拇指尖。她不敢问。

玛努是每天早晚摇铃叫大家做礼拜的人，每个人——整个教区十八个成年人——都尽职前来。甚至连阿尔玛也试着绝不错过马泰瓦伊湾的礼拜仪式，那样会得罪玛努，而如果没有她帮忙，阿尔玛可活不了太久。无论如何，阿尔玛认为坐着耐心做礼拜并不难；礼拜仪式很少超过十五分钟，而听玛努以她执拗的英语宣讲教义，也是件愉快的事。（如果费城的路德教会也能如此简单有趣，阿尔玛想道，自己或许能成为一名更好的路德信徒。）阿尔玛全神贯注，不久就能从深奥的塔希提圣歌中，辨识出单词和短语。

"利马阿图阿"（Te rima atua）：上帝之手。

"茂普雷阿图阿"（Te mau pure atua）：上帝之民。

至于头一个晚上把目镜带给阿尔玛的男孩，她得知他是在传教区四处闲逛的那五个小男孩中的一个。他们一群人游手好闲，玩儿个不停，直到累倒在沙滩上，像狗一样倒下来就睡。阿尔玛过了好几周才能区别这些小男孩。出现在她的房间、递给她目镜的那个叫希罗。他头发最长，似乎在那帮人当中地位最高。（她后来得知，在塔希提神话中，希罗是窃贼之王。她觉得非常有趣，她和马泰瓦伊湾窃贼小王初次见面，竟是他把从她那里偷来的东西归还给她。）希罗有个弟弟名叫马奇亚，尽管他们不见得是亲兄弟。他们还声称帕佩哈、提诺马纳和另一个同样叫马奇亚的男孩也是他们的兄弟，但是阿尔玛认为这不可能是真的，五个男孩看上去年龄相仿，其中两个还同名。她实在无法确定他们的父母可能是谁。丝毫看不出有人照

365

顾这些孩子的迹象,他们一直是自己照顾自己。

马泰瓦伊湾附近还有其他的孩子,但是与被阿尔玛称作"希罗部队"的这五个男孩相比,他们对待生活的态度更为严肃认真。其他的孩子每天下午来到传教区的学校上英语课和阅读课,即使他们的父母并非韦尔斯牧师的教区居民。这些小男孩留着整齐的短发,女孩则梳着漂亮的发辫,穿长连衣裙,笑意盈盈。他们在教堂上课,他们的老师正是第一天朝着阿尔玛喊"我们这里说英语"的那个笑脸迎人的年轻女人,她叫埃蒂妮——意为"沿路飘撒的白色花朵"——她英语说得很好,带有清脆的英国腔。据说她小时候接受韦尔斯牧师夫人亲自指导,如今埃蒂妮被认为是整个岛上最好的英语老师。

阿尔玛对整洁规矩的学童印象深刻,不过,她对"希罗部队"这五个狂野不羁、未受过教育的男孩更为着迷。她以前从未见过像希罗、两个马奇亚、帕佩哈和提诺马纳一样自由自在的孩子。他们是小小的自由之主,欢乐的化身。像鱼、鸟和猴子的神秘综合体,他们似乎在水中、树上和陆地上都同样怡然自得。他们挂在藤蔓上,欢乐无惧地荡入溪中。他们乘着小木板划向礁石,而后难以置信地在板子上站起来,渡过汹涌飞溅的海浪。他们称这项活动为"滑翼"(faheei),阿尔玛无法想象他们随心所欲破浪而行时会感受到怎样的利落与自信。回到海滩时,他们不知疲倦地彼此拳击搏斗。他们最喜欢的另一个游戏是,给自己建造高跷,用某种白色粉末涂满全身,用小枝芽撑开眼睑,像高大的怪物在沙滩上彼此追逐。他们还放飞"屋幄"(uo)——用干棕榈叶制作的风筝。在比较宁静的时刻,他们拿石头玩抓子游戏。他们还养宠物,猫、狗、鹦鹉,甚至鳗鱼(在溪中用砖块把鳗鱼拦起来;听见男孩们的口哨声,这些鳗鱼怪异地把头伸出水面,准备吃男孩手上的水果丁)。有时候,"希罗部队"食用他们的宠物,把剥去皮的鱼串在临时烤肉叉上烧烤。吃狗肉在这儿是司空见惯的事。韦尔斯牧师告诉阿尔玛,塔希提狗肉就像英国羊肉一样美味——不过话说回来,他已经几十年没尝过英国羊肉了,因此她不确定能否相信他的话。阿尔玛希望没有人吃掉罗杰。

阿尔玛得知,第一天到"法垒"造访她的那只小狗名叫罗杰。罗杰似乎不属于任何人,但它显然有些喜欢安布罗斯,而安布罗斯为它取了这个庄严而极富活力的名字。埃蒂妮向阿尔玛说明这一切,并给她这则令人不安的忠告:"罗杰绝不会咬你,阿尔玛姊妹,除非你喂它吃东西。"

阿尔玛待下来的头几周,罗杰每晚都来到她的小房间,全心全意朝她狂吠。有好一阵子,她从未在白天看到过它。渐渐地,显然很不乐意,它的愤怒消退了,它愤怒的时间越来越短了。有天早上,阿尔玛醒来发现罗杰睡在床边的地板上,也就是说,它夜里进她屋子时完全没有吠叫。这似乎意义重大。听见阿尔玛这边的响动,罗杰低叫着跑掉,不过隔天晚上又回来,从此之后默不作声。自然而然地,她的确尝试过喂它,它也的确想要咬她。除此之外,他们的相处情况还算不错。确切地说,并不是罗杰变得友善,而是它不再急着让她身首分离,这也算是一种进步。

罗杰是一只难看的狗。它不仅毛色橘黄、斑驳,下巴形状不规则,走路一瘸一拐,而且似乎曾经被某种东西狠心地咬去了大半条尾巴。同时,它还"驼扑"(tuapu'u)——驼背。尽管如此,阿尔玛仍然感谢这条狗出现在她身边。她心想,安布罗斯肯定因为某种理由而爱它,这引发了她的兴趣。她会盯着狗看上好几个小时,想知道对于她丈夫,它知道些什么——它亲眼看到过什么。它的陪伴是一种慰藉。虽然不能说罗杰会保护她、忠诚于她,它却似乎对这屋子有某种归属感。知道它会来这儿,她就不会那么害怕晚上一个人睡觉。

这样很好,因为阿尔玛已经放弃对安全和隐私措施抱有任何希望。企图在她的屋子或仅剩的少数东西周边划定界线,是徒劳无功的事。成人、小孩、动物、阳光雨露——不分昼夜,在任何情况下,马泰瓦伊湾的每一个人和每一样事物,都可以自由出入阿尔玛的"法垒"。不过,他们并非总是空手而来。随着时间的推移,她的一件件财物一小片一小片重新出现在她眼前。她从来不知道是谁把这些东西带回来给她的。她从未看到这是怎样发生的。仿佛岛屿把她被吞噬的行李,一件件慢慢"咳"了出来。

第一周,她取回几张纸、一件衬裙、一瓶药、一匹布、一卷麻绳和一把梳子。她心想,要是继续等下去,一切都会归还给她。但是这并不对,东西可能会出现,也可能会消失。她的确取回了她的另一件旅行服——令人惊奇的是,缝入褶边的钱币原封不动——这真是侥幸,尽管她从来没有取回她的任何一顶无边帽。有人归还了她的信纸,却只送来其中几张。她没有再看到她的药箱,但是几个搜集植物的玻璃瓶出现在她门口,排成整齐的一排。有天早上,她发现一只鞋子不见了——只有一只!尽管她无法想象谁要一只鞋子干什么,同时,相当有用的一套水彩用具也被归还给她。又有一天,她取回心爱的显微镜底座,却发现有人拿走了目镜作为交换。就好像有一阵潮水在她屋里起起落落,将她以往的残骸存入又取走。除了接受之外,她别无选择,一天又一天惊叹于找回又丢失的一切,而后再次找回又丢失。

然而,安布罗斯的皮箱再也没有被人取走。皮箱回到她门口的那天早上,她把它摆在"法垒"里的小桌上,就此待在那里——完全未动,仿佛由波利尼西亚的牛头怪[1]保护着。而且,男孩的素描写真一张也未遗失。在马泰瓦伊湾没有任何东西处于安全无虞状态的情况下,她不知道为什么这只皮箱和里面的东西如此受人尊重。她不敢问任何人。你们为什么不碰这件东西,偷这些画?但是她对这些画是什么,或者皮箱对她有什么意义,该作何解释?她能做的只是保持沉默,一无所知。

---

[1] 牛头怪(Minotaur),希腊神话中半人半牛怪物,名为弥诺陶洛斯。

阿尔玛一直把心思放在安布罗斯身上。他在塔希提没有留下一点儿痕迹，只剩下每个人对他的喜爱，可她不断寻找他的迹象。她做的每一件事，她摸的每一件东西，都让她想知道：他是不是也这么做过？他在这里如何打发时间？他如何看待他的小屋、奇特的食物、难懂的语言、永恒的大海、希罗的部队？他爱不爱塔希提？或者他像阿尔玛一样，觉得塔希提太遥不可及、太与众不同，让人无法去爱？他是否被阳光晒伤过，就像阿尔玛此时在这黑色沙滩上被晒伤？即使在欣赏浓密的木槿和喧闹的绿鹦鹉时，他会不会也很想念家中清凉的紫罗兰和寂静的画眉，就像阿尔玛一样？他会不会感到忧愁悲伤，或者因为发现伊甸园而满怀欣喜？他在这里的时候，有没有想过阿尔玛？或是因为爱上那个男孩，很快就把她忘记？至于那个男孩，他现在人在何处？他其实不是男孩——阿尔玛必须对自己承认这点，尤其当她再次审视素描的时候。画中的人物几乎已经是一个成年男子了。两三年过后的此时，他肯定已经是发育成熟的男人了。不过在阿尔玛心中，他仍是那个男孩，她从未停止过寻找他。

然而在马泰瓦伊湾，阿尔玛找不到也没有听说过这个男孩。她在每个来传教区的男人脸上、海滩上每个渔夫脸上寻找他。韦尔斯牧师告诉阿尔玛，安布罗斯教过一个塔希提当地人照料香草花的诀窍（小男孩、小指头、小棍子），阿尔玛心想，肯定是他。可当她去种植园查证时，发现那个人根本不是个男孩，而是个粗壮、年纪较大、一眼斜视的男人。阿尔玛去了香草种植园好几次，假装对种植进度感兴趣，却从未看到任何和那男孩有丝毫相似之处的人。每隔几天，她都会说自己要去研究植物，其实却是回到首都帕皮提。她跟种植园借了一匹矮马，骑了很长一段路进城。一到那儿，她便在街上走一整天，观察每一张路过的脸孔，直到晚上。矮马跟在她身后——骨瘦如柴、热带版的索姆斯，她童年时代的老朋友。她在码头上、妓女屋外、挤满法国殖民者的旅馆里、新落成的天主教主教堂内、市场上，寻找着那个男孩。有时她看到一个高大魁梧、留短发的当地人走在她前面，她便跑向他，拍他的肩膀，准备好问他任何问题，却都只是让他回过头来。每次相遇她都很确定：这一定是他。

可从来都不是他。

她知道再过不久，她就得扩大搜寻范围了，到帕皮提和马泰瓦伊湾周边寻找他，可她不知如何开始。塔希提岛有三十五英里长、十二英里宽，形状有些像斜倚着的数字八。想跨越绵延不绝的土地绝非易事，甚至不可能。一旦离开部分环绕海岸线延伸的林荫沙子路，地形就变得令人生畏而极具挑战性。甘薯梯田顺着丘陵往上爬，椰子树林和波浪般起伏的低矮树丛一路蜿蜒，而后突然除了悬崖和人迹罕至的丛林外再无他物。阿尔玛得知，很少有人住在高原地带，除了悬崖居民之外——这些人近乎神秘，攀爬能力高绝。这些人是猎人，不是渔人。有些人甚至从未碰触过大海。塔希提的悬崖居民和海岸居民始终警惕地看待对方，彼此间存在无可跨越的界限。或许那个男孩来自住在悬崖的部落？可是在安布罗斯的画中，他在海边，手持渔网。阿尔玛感到迷惑。

男孩也有可能是船员——来访的捕鲸船上的船员。如果真是这样，那她可就永远也找不到他了。他现在有可能在世界上的任何地方。他甚至可能已经死了。但是没有证据——正如阿尔玛清楚知道的那样——并不代表事情没有发生。

她必须继续寻找。

她确信自己没有从传教区获得任何信息。她从没听到任何有关安布罗斯的坏话——甚至在溪中沐浴的女人们东拉西扯时。没有人对令人思念痛惜的派克先生作出丝毫偏颇的评论。阿尔玛甚至去问韦尔斯牧师："派克先生待在这儿的时候，有没有什么特别的朋友？让他比对待其他人更上心的人？"

他只是用坦率的目光看着她,说:"每个人都爱派克先生。"

这是他们去墓地看望安布罗斯那天。阿尔玛请他带她去那里,让她能向父亲的已故员工致哀。在一个凉爽阴天的下午,他们一同攀上塔哈拉山,山顶附近有一小片英式墓地。阿尔玛发现,韦尔斯牧师是个最称心的步行伙伴,无论任何地形,他都能走得很快很熟练,他在他们大步往前走时,大声道出各种有趣的信息。

"初来此地时,"那天他们攀登陡峭的山坡时,他说,"我尝试断定哪些植物和蔬菜是原产于塔希提的,哪些是古代的殖民者和探险家带来的,可要断定这样的事十分困难,你瞧。在这件事情上,塔希提人自身帮不上多少忙,他们会说,一切植物——甚至农作物——都是诸神的安排。"

"希腊人也是这么说的,"阿尔玛在喘息间说道,"他们说葡萄藤和橄榄树都是诸神栽种的。"

"是的,"韦尔斯牧师说,"人们似乎忘了他们自己创造了什么,是不是?我们现在知道,波利尼西亚人定居一个新岛时,都带着芋头、椰子树和面包果,可他们跟你说,诸神把这些东西种在这里。他们的故事有些相当有趣。他们说诸神把面包树创造成极似人体的模样,当作给人类的线索,你瞧——好跟我们说,这种树很有用。他们说,这就是为什么面包果的叶子很像人的双手——为了向人类证明,他们应当伸手触摸这种树,在那儿寻找粮食。事实上,塔希提人说,这岛上一切有用的植物,都很像人体的各个部分,如同诸神的旨意,你瞧。因此,对头痛有帮助的椰子油,出自看上去像头的椰子。'马沛'(mape)栗子因为本身形状像肾,据说有助于调节肾功能失调,至少我是这么听说的。'费衣'(fei)的鲜红色树液被用来治疗血管疾病。"

"万物的签名。"阿尔玛喃喃说道。

"是的,是的。"韦尔斯牧师说道。阿尔玛不确定他是否听见了她说的话。"这儿的这些芭蕉树枝,惠特克姊妹,据说也是人体的象征。由于长成这种形状,芭蕉被用来象征和平——可以说是象征人性。你把一颗芭蕉丢在敌人脚边的地上,就表示你愿意投降,或愿意考虑妥协。我告诉你,我刚到塔希提时发现这件事,十分受用!我朝四面八方扔芭蕉枝叶,你瞧,希望别被杀了吃掉!"

"你真有可能被杀了吃掉?"阿尔玛问道。

"或许未必,尽管传教士一直都很害怕出现这样的事。你可知道有个诙谐的传教士笑话:如果一个食人族野蛮人吃掉了传教士,并在完全消化其肉体后死去,传教士被消化的身体会不会在审判日那天复活?如果不会的话,怎么知道哪些碎片该送去天堂,哪些碎片该送去地狱?哈哈哈!"

"派克先生是否跟你聊过你刚才提到的想法?"阿尔玛问道,漫不经心地听着传教士的笑话,"我是说,关于诸神把植物创造成各种特定形状,好协助人类?"

"派克先生和我聊过许多事,惠特克姊妹!"

阿尔玛不知该如何询问细节,才不至于太过暴露自己。她为何如此关心父亲的雇员?她不想惹人疑心。然而韦尔斯牧师是多么古怪的一个人!她发现他既坦率又高深莫测。每当讨论到安布罗斯,阿尔玛便刻意打量韦尔斯牧师的神情寻找线索,可是这个男人是无法解读的。他总是不动声色地审视世界。他的情绪在任何情况下都不受干扰。他就像灯塔那样始终如一。他的诚恳十全十美,几乎像一种面具。

他们终于来到了墓园。园中满是晒得发白的小墓碑,有些雕成了十字架。韦尔斯牧师直接把阿尔玛带到安布罗斯墓前,那里整齐清洁,立有一块小石碑。这是个优美的地方,能眺望整个马泰瓦伊湾,望向更远处的明亮海洋。阿尔玛曾经担心,当她看到真正的坟墓时,或许无法控制自己的情绪,可她此时却感到平静——甚至疏远。她在这儿感受不到安布罗斯的气息。她无法想象他被埋在这块石碑底下。她想起他摊开他那双美妙的长腿躺在草地上的样子,在她研究苔藓时他跟她谈论奇迹与神秘。她觉得他更多存在于费城,在她的记忆中,而不存在于此地。她无法想象他的骨头在她的脚下腐烂。安布罗斯不属于泥土;他属于空气。他活着的时候几乎不属于土地,她想道。他现在怎么可能埋在地下?

"我们找不到木材打造棺木,"韦尔斯牧师说,"因此我们把派克先生裹在土布里,把他埋在一艘旧独木舟的龙骨中,就像这里的人有时会做的那样。没有趁手的工具,打制棺材是非常困难的活儿,你瞧,当地人绝不会把弄到手的合适木材白白浪费在坟墓里,因此我们凑合着用旧独木舟。不过,当地人非常尊重派克先生的基督教信仰,你瞧。他们让他的墓地呈东西走向,你瞧——好让他面朝初升的太阳,就像所有基督教堂一样。如我所说,他们敬重他。我祈祷他可以死而瞑目。他是世界上最好的人。"

"他在这儿的时候看起来快乐吗,韦尔斯牧师?"

"他在岛上找到了许多让他快乐的东西,就像我们每个人都会学到的那样。我确定他希望能找到更多兰花,你瞧!对那些来研究自然史的人来说,塔希提往往令他们感到失望。"

"在你看来,派克先生有没有烦恼过?"阿尔玛放肆地问下去。

"人们为了许多理由来这个岛,惠特克姊妹。我的妻子说过,这些陌生人争先恐后地冲到我们的岸上来,却往往不知自己登陆于何处!有些人看起来像十足的绅士,可后来我们发现,他们在自己的国家是罪犯。另一方面,有些人在欧洲过着十足的绅士生活,来这里后却表现得像罪犯!我们永远无法知道他人的内心状态。"

他没有回答她的问题。

安布罗斯呢?她想问。他的内心状态是什么?

她保持沉默。

而后韦尔斯牧师以他惯常的开朗嗓音说:"你能看到我的女儿们的坟墓,就在那道矮墙的另一边。"

这句话让阿尔玛呆若木鸡。她不晓得韦尔斯牧师有女儿,更不知道她们死在此地。

"都是很小的墓,你瞧,"他说,"因为我的女儿们没活多久。都没能活过人生的第一年。左边是海伦、埃莉诺和劳拉。她们旁边是佩内洛普和西奥多希娅,在右边。"

五块墓碑都很小,比砖头还小。阿尔玛找不到安慰的话。这是她所见过的最令人伤心的情景。

韦尔斯牧师看见她愁苦的脸色,慈祥地微笑。"值得欣慰的是,她们的妹妹克里斯蒂娜活了下来,你瞧。上帝给了我们一个女儿,让我们能庆贺生命,她仍然活着。她住在康沃尔,现在自己也成了三个儿子的母亲。韦尔斯夫人跟她住在一起。我的妻子和我们活着的孩子住在一起,你瞧,我则住在这里,陪伴死去的人。"

他朝阿尔玛背后看了一眼。"啊,瞧!"他说,"鸡蛋花盛开了!我们该摘一些带回去给玛努姊妹。她可以为今晚的祷告会给自己的帽子装饰新鲜的花。她肯定会喜欢。"

✤

韦尔斯牧师总是令阿尔玛困惑。她从未见过失去这么多、需求这么少,却这么快乐、这么没有怨言的人。过了一段时间后,她发现他甚至没有一个家。没有属于他的"法垒"。他睡在教会里,在其中一排长凳上。他甚至没有一条"阿呼掏透"可盖。他像猫一样,能在任何地方打盹儿。他没有任何财物,除了《圣经》——即使这样东西有时也会一连失踪好几周,最后才由某人归还。他没有饲养牲口,也没有做园艺。他划去珊瑚礁的小独木舟属于一个十四岁男孩,男孩慷慨地把独木舟借给他。世界上没有一个囚犯、修士或乞丐,比此人所拥有的更少了,阿尔玛想道。

然而阿尔玛得知,情况并非始终如此。韦尔斯在康沃尔海滨的法尔茅斯港长大，一大家子都是成功的渔夫。即使他并未让阿尔玛知悉他年少时期那些荒唐往事的确切细节，（"我不希望你看轻我，你要是知道我做过的事！"）他却指出自己曾是个粗暴小子。头上遭受的一击，把他带到了上帝面前——至少韦尔斯牧师是如此述说自己的归信过程：一间酒馆、一场争斗、"砸在我脑袋上的瓶子"，而后……天启！

从此，他不懈学习，过上了敬神的生活。不久，他跟一个叫伊迪丝的女孩结了婚。她是当地一名卫理公会牧师的女儿，受过教育、品德高尚。通过伊迪丝，他学会以恭敬高尚的方式说话、思考和行动。他变得喜欢读书，有"各种高远的思想"，以他自己的话说。他献身于圣职。新上任的韦尔斯牧师和夫人伊迪丝年纪尚轻，容易受不切实际的理想诱惑，于是他们向伦敦传道会提出申请，请求把他们派往最遥远的异教之地，将救世主的言语带到国外。伦敦传道会对韦尔斯表示欢迎，一名神的使者同时还是顽强能干的船员实属罕见。这种领域的工作，你不会想交给一个双手柔嫩的剑桥绅士。

韦尔斯牧师和夫人在一七九七年抵达塔希提，搭乘来到岛上的第一艘传教船，同行的还有其他十五名英国福音派信徒。当时，塔希提人的上帝由一根六英尺长、用"塔帕"布和红羽毛包着的木头来象征。

"我们第一次上岸时，"他告诉阿尔玛，"当地人对我们的服饰大感惊奇。其中有个人扯下我的一只鞋子，瞥见我的袜子，吓得往后退。他以为我没有脚指头，你瞧！没多久，我没了鞋子，因为被他拿走了！"

韦尔斯牧师立刻喜欢上塔希提人。他喜欢他们的风趣，他说道。他们是天生的模仿者，喜欢取笑，令他想起法尔茅斯码头上的趣事与玩笑。他喜欢每当他戴上草帽，孩子们就会在他身边打转，嚷道："你的头铺着茅草！你的头铺着茅草！"

他喜欢塔希提人，没错，但是对于改造他们的信仰，他徒劳无功。

正如他告诉阿尔玛的那样："《圣经》教导我们：'一听见我的名声，

他们必将服从于我：外邦人要归顺于我。'哎呀，惠特克姊妹，两千年前或许是这样！可我们在塔希提第一次上岸时可不是这样！这些人尽管和善，你瞧，却偏不肯改变信仰——而且是非常不肯！我们甚至无法动摇孩子们！韦尔斯夫人给孩子们安排了一所学校，他们的父母却抱怨：'你为什么拘禁我的儿子？通过你的上帝，他能获得什么财富？'我们的塔希提学生可爱的地方是，你瞧，他们非常和善礼貌。麻烦的地方是，他们对我们的上帝不感兴趣！教他们教义时，他们只是嘲笑可怜的韦尔斯夫人。"

第一批传教士往往过着艰苦的生活。他们的抱负被痛苦、困惑所折磨。他们的福音遭受冷遇或嘲笑。两名成员在第一年死去。塔希提每回遭遇灾难，传教士都被认为是罪魁祸首，却没因为任何天赐良机而赢得称赞。他们的东西不是烂掉、遭老鼠咬噬，就是在他们眼前被劫掠。韦尔斯夫人从英国只带来一件传家宝：一个每小时报时的漂亮的咕咕钟。头一次听见敲钟，塔希提人落荒而逃。第二次，他们把水果带到钟前，虔敬跪拜。第三次，他们偷走了钟。

"让别人改变信仰是件难事，"他说，"尤其当他对你的剪刀比对你的上帝更好奇的时候！哈哈哈！但是如果一个人从未见过剪刀，你怎能怪他也想要一把？相较于鲨鱼牙齿制成的刀刃，剪刀难道不像一种奇迹？"

阿尔玛得知，将近二十年，韦尔斯牧师或岛上其他人都未能说服任何一个塔希提人信奉基督教。其他许多波利尼西亚岛屿居民都心甘情愿地迎向耶稣，而塔希提人却依然顽强地抵抗。友善，却顽强。在桑威奇群岛、萨摩亚群岛、甘比尔群岛、夏威夷群岛，甚至令人畏惧的马克萨斯岛，岛上居民全都信奉基督教，塔希提人则不然。塔希提人是如此可爱愉快，却又固执己见。他们欢笑舞蹈，就是不愿放弃享乐主义。"他们的灵魂由铜铁打造而成。"英国人抱怨道。

由于疲惫沮丧，原来的传教士团体中有些人返回了伦敦老家。不久他们发现，凭借演讲及著书讲述自己的南太平洋冒险经历，能够过上殷实的生活。一名传教士在枪矛的威胁下被逐出塔希提，只因他尝试拆除岛上最神圣的寺庙，好用寺庙的石头建造教堂。至于留在塔希提的传教士，有些逐渐转向其他更简单的世俗追求。一个成了贩卖火枪和火药的商人。一个在帕皮提开了旅馆，娶了两个年轻的当地女子替他温暖床铺。还有一个家伙——伊迪丝稚嫩的表弟——失去信仰，陷入绝望，远赴重洋当普通海员，从此杳无音信。

死去、被驱逐、放弃信仰或疲惫不堪——原本的传教士就此全被淘汰，除了依然待在马泰瓦伊湾的韦尔斯夫妇之外。他们学习塔希提语，过着并不舒适的生活。最初几年，伊迪丝生了他们的前三个女儿——埃莉诺、海伦和劳拉——她们在婴儿期就相继夭折。尽管如此，韦尔斯夫妇仍没有屈服。他们建造了自己的小教堂，几乎全部亲手打造。韦尔斯牧师想法子把褪色的珊瑚用简陋的烧窑烤成粉状，制作成灰浆。这使教堂看上去更为诱人。他用山羊皮和竹子制作风箱。他尝试用可怜潮湿的英国种子育苗。（"经过三年努力，我们终于成功地种出一颗草莓，"他对阿尔玛说，"韦尔斯夫人和我各分一半。草莓的滋味足以让我的好太太喜极而泣。此后我再没种出过另一颗。尽管我有时会顺利地种出包心菜！"）他弄到了四头牛，后来相继遭人偷窃。他试图种咖啡和烟草，却未能成功。马铃薯、小麦和葡萄也一样。传教区的猪表现不错，其他牲畜却没能适应气候。

韦尔斯夫人教马泰瓦伊湾当地人学习英语，她发现他们学习语言很快，也很擅长。她教几十个当地孩子阅读写字。有些孩子与韦尔斯夫妇成了好友。有个小男孩在十八个月间，从完全不识字进步到能够流利阅读《新约》，可是那个男孩没有成为基督徒。他们当中没有人成为基督徒。

韦尔斯牧师对阿尔玛说："塔希提人经常问我，有什么证据能证明你的上帝真的存在？他们要我谈奇迹，惠特克姊妹。他们要看到给好心人的恩赐，你瞧，或是给罪人的惩罚。我遇到过一个缺了一条腿的男人，他要我请示我的上帝让他长出一条新腿。我告诉他：'我在什么地方，在这个国家或任何其他国家，能给你找来一条新腿？'哈哈哈！我不能制造奇迹，你瞧，因此他们不以为然。我看到一个塔希提少年站在他小妹妹的坟前问：'上帝耶稣为什么把我的妹妹埋在地下？'他要我请示上帝耶稣让那个小婴儿起死回生——可我甚至无法让自己的孩子起死回生，你瞧，我怎么能创造这样的奇迹呢？我无法提供证据证明我的救世主真的存在，惠特克姊妹，除了我的好太太所说的我的'内心证据'。我当时和现在只知道自己内心的真正感觉，你瞧——那就是，没有主的爱，我只是一个无可救药的人。这是我唯一能证明的奇迹，对我而言这个奇迹已足够。对其他人或许并不足够。我也不能责怪他们，因为他们看不见我的内心。他们看不见曾经存在于我内心的黑暗，也看不见取而代之的东西。但是直到今天，这是我唯一必须贡献的奇迹，你瞧，而且是卑微的奇迹。"

阿尔玛同时得知，对于这个上帝——英国人的上帝——是哪种上帝，以及这个上帝住在何处，当地人之间也存在许多争议。有好长一段时间，马泰瓦伊湾的当地人相信，韦尔斯牧师携带的《圣经》其实就是他的上帝。"他们感到非常不安的是，我把上帝随意夹在腋下，把我的上帝扔在桌上，或者有时把我的上帝借给其他人！我试着跟他们说明，我的上帝无所不在，你瞧。他们想知道：'那我们为什么看不到他？'我说：'因为我的上帝是肉眼看不到的。'他们就说：'那你怎么没有被上帝绊倒？'我就说：'我的朋友，有时候我的确会被绊倒！'"

伦敦传道会没有派出任何援助。将近十年时间，韦尔斯牧师没有得到伦敦的任何音讯——没有任何指示、援助、鼓励。他主动处理他的宗教事务。首先，他给任何想受洗的人施行洗礼。这违反了伦敦传道会的指导方针，其方针坚决主张，除了确信自己完全摒弃旧有偶像并信奉真神的人，任何人都不得受洗。不过，塔希提人希望受洗，因为这很有趣——同时却又想继续持有自己的旧信仰。韦尔斯牧师让步了。他给数百名非信徒及半信徒施行洗礼。

"阻止一个人受洗,我算老几?"他问道,这令阿尔玛感到吃惊,"我得说,韦尔斯夫人并不赞成。她相信基督徒在受洗前,应该先接受最严格的诚信考验,你瞧。可在我看来,那感觉像是宗教审判!她经常提醒我,我们的伦敦同仁希望我们遵行信仰的统一。可是甚至连我和韦尔斯夫人之间,都不存在信仰的统一!如同我经常对我的好太太说的:'亲爱的伊迪丝,我们大老远来到这里,难道只为了成为西班牙人?'如果一个人想浸浸河水,我就让他浸浸河水!如果一个人想走向主,你瞧,那是通过主的旨意——而不是通过我做或没做的任何事。因此洗礼有什么害处?洗礼的人从河里出来时,比他走进河里时干净一点儿,说不定也距离天堂更近一点儿。"

韦尔斯牧师承认,在某些情况下,他一年给人施洗好几次,或一连施洗几十次。他实在看不出这有什么害处。

随后几年间,韦尔斯夫妇又生了两个女儿:佩内洛普和西奥多希娅。她们同样在婴儿期夭折,安葬在山丘上,在她们的姐姐旁边。

新传教士来到了塔希提。他们总是避开马泰瓦伊湾,远离韦尔斯牧师危险的自由观点。这些新传教士严格对待当地人。他们建立法规,禁止通奸、一夫多妻、非法入侵、不守安息日、偷窃、杀婴及信仰罗马天主教。同时,韦尔斯牧师进一步偏离正统传教行为。一八一〇年,未经伦敦批准,他将《圣经》翻译成塔希提语。"我没有翻译整部《圣经》,你瞧,只是翻译我认为塔希提人可能喜欢的片段。我的版本比你熟悉的《圣经》简短许多,惠特克姊妹。比方说,我把任何提到撒旦的部分都省略了。我渐渐觉得,最好不要公然谈论撒旦,你瞧,塔希提人越是了解黑暗王子就越尊敬他、越着迷于他。我见过一个年轻已婚妇女跪在我的教堂,诚恳地向撒旦祈祷,乞求第一胎生男孩。我尝试纠正她这遗憾的导向时,她说:'可我想博取这位让每个基督徒都惧怕的神的欢心!'因此我从此不再讨论撒旦。我们要懂得变通,惠特克小姐。我们要懂得变通!"

伦敦传道会终于听说了这些权宜之计,十分不悦,便通知韦尔斯夫妇停止传教,立即返回伦敦。可是伦敦传道会远在地球另一边,怎么能够强制解决任何事情?同时,韦尔斯牧师已经不再传道,而是让被称作玛努姊妹的女人讲道,尽管她仍未完全弃绝她的诸神。不过她喜欢耶稣基督,而且振振有词地谈论他。这则消息令伦敦更加愤怒。

"可我就是无法服从伦敦传道会,"他几乎是充满歉意地告诉阿尔玛,"他们在英国的法律落伍了,你瞧。他们根本不了解情况。在此地,我只能服从慈悲的造物主,而我始终相信,我们慈悲的上帝喜欢玛努姊妹。"

然而,仍然没有一个塔希提人完全信奉基督教,直到一八一五年,塔希提国王——波马雷王——将他膜拜的偶像全部送往帕皮提的英国传教堂,并附上一封英文信,说他希望将从前崇拜的诸神付之一炬:他终于想成为基督徒了。波马雷希望他的决定能拯救人民,因为塔希提正处在危难之中。每艘新来的船都会带来新的疫病。整户整户人家相继逝去——死于麻疹、天花、可怕的性病。一七七二年库克船长估计塔希提有二十万人口,一八一五年岛上却只剩下大约八千人。没有人能幸免,无论大族长、地主或出身低贱的人。国王自己的儿子也死于肺病。

结果,塔希提人开始质疑他们的神明。当死亡降临众多家庭时,一切确定不疑的事都受到质疑。随着疾病肆虐,谣言也开始蔓延:英国人的神因塔希提人拒绝接受他的儿子耶稣基督而惩罚他们。这种恐惧使塔希提人准备接受上帝,波马雷王正是第一个归信者。他成为基督徒后,第一个举动是筹备一个盛宴,在每个人面前进食,却没有先献祭品给其他诸神。人群惊恐地聚集在他们的国王周围,确信他会在他们面前被愤怒的诸神击毙。但他没有被击毙。

之后,他们全都归信了上帝。虚弱、屈辱、大批死亡的塔希提人,终于成了基督徒。

"我们难道不是非常幸运?"韦尔斯牧师对阿尔玛说,"我们难道不是真的非常幸运？"

他说话的语气和往常一样开朗。这是韦尔斯牧师令人称奇的地方。阿尔玛觉得很难理解，在那永恒的乐观背后隐藏了什么。他是不是愤世嫉俗的人？他是不是异端分子？他是不是笨蛋？他的天真是练出来的还是生来如此？你从他的脸上永远看不出什么来，那张脸总是沉浸在明晰的坦率中。他的脸是那么坦然，怀疑者、贪婪者、暴虐者都会相形见绌。这张脸能让说谎者羞惭。这张脸有时让阿尔玛觉得羞惭，因为她从未对他坦白过她自身的过去和动机。有时她希望伸出手，把他的小手握在她巨大的双手里——抛弃他们韦尔斯弟兄和惠特克姊妹的尊称——直接对他说："我没有坦诚地告诉你，韦尔斯。让我把我的故事都告诉你。让我跟你说说我的丈夫，以及我和他的反常婚姻。请帮助我了解安布罗斯这个人。请告诉我，你所认识的他。请告诉我，你所知道的那个男孩。"

但是她并未这么做。他是上帝的祭司，也是正直的已婚基督教徒。她怎能跟他谈这种事？

然而，韦尔斯牧师把他的故事都告诉了阿尔玛，没有任何保留。他告诉她，在波马雷国王归信后没几年，韦尔斯夫人出乎意料地又生了一个女婴。这回，婴儿活下来了，被韦尔斯夫人当作是上帝的旨意，以示赞同韦尔斯夫妇协助完成塔希提的基督教化。因此，他们将孩子取名为克里斯蒂娜。在这期间，他们一家人居住在传教区内最好的茅舍里。茅舍就在教堂隔壁，即玛努现在居住的屋子。他们确实过得很幸福。韦尔斯夫人和女儿栽种金鱼草和飞燕草，创造出一个不折不扣的英国花园。女孩在学会走路前就学会了游泳，就像岛上的其他孩子那样。

"克里斯蒂娜是我的快乐和赏赐，"韦尔斯牧师说，"但是我太太相信，塔希提不是适合英国女孩长大的地方。有太多可能造成不良影响的事，你瞧。我不同意，可那是韦尔斯夫人的想法。当克里斯蒂娜成为亭亭玉立的年轻女子时，韦尔斯夫人把她带回英国去了。从此我再也没有见过她们。

我永远不会再见到她们了。"

这一命运在阿尔玛看来，不仅孤单，而且不公平。她想道，没有哪个好心的英国人，应当被独自留在这里，在南太平洋中央，孤孤单单面对自己老去的岁月。她想起父亲的最后几年：如果没有阿尔玛，他该如何是好？

韦尔斯牧师仿佛读出了她的表情，说："我思念我的好太太和克里斯蒂娜，可我并不是完全没有家人陪伴。我把玛努姊妹和埃蒂妮姊妹当作我的姊妹，不是仅在名义上而已。这些年来，在我们的教区学校，我们还有幸养育了几个聪明善良的学生，我把他们视为自己的孩子，其中有些如今也成了传教士，你瞧。我们这些当地学生现在成了外岛的神职人员。塔马托·马雷把福音传到了赖阿特阿大岛。巴提把呼尔希尼岛纳入了救世主王国的版图中。还有波默纳，奉主之名在波拉波拉岛孜孜不倦地传道。他们都是我的儿子，每个人都令人钦佩。塔希提语有一种叫作'胎友'（taio）的称呼，你瞧，类似一种领养关系，能让陌生人成为你的家人。当你和一个当地人成为'胎友'时，等于彼此交换宗谱，成为彼此血统的一部分。在此地，血统十分重要。有些塔希提人能背出上数三十代的血统——和《圣经》里的族谱并无不同，你瞧。成为该血统的一部分，是一种崇高的荣誉。所以说，我有我的塔希提儿子们陪伴。他们住在这些岛上，对我这老人是种安慰。"

"可是他们不在你身边。"阿尔玛忍不住说。她很清楚波拉波拉岛距离这儿有多远，"他们没有在这里帮你，也没有在你需要他们的时候照顾你。"

"你说得对，但是只要知道他们存在，就是一种安慰。你恐怕以为我的生活很悲哀。请别误解。我住在我该住的地方。我永远离不开我的传教使命，你瞧。我在这儿的工作不是某件差事，惠特克姊妹。我在这里的工作不是一份职业，让人能安度晚年，你瞧。我的工作是在有生之年把这个小教堂维持下去，让它像一艘能抵挡世上风雨和不幸的木筏。谁想上我的木筏都行。我不强迫任何人上船,你瞧,可我怎能舍弃我的木筏?我的好太太说我是个好基督徒,胜过当传教士。或许她说对了!我不确定自己是否曾经让任何人改变信仰。然而,这所教堂是我的任务,惠特克姊妹,因此我必须留下来。"

阿尔玛得知,他现年七十七岁。

他在马泰瓦伊湾的岁月,比她活着的时间还长。

24

十月到来了。

塔希提进入岛民所谓的"暇亚"(Hia'ia)季——渴望的季节,此时难以找到面包果,人们时常会挨饿。谢天谢地,马泰瓦伊湾没有出现饥荒。食物固然不丰足,却也没有任何人饿肚子。鱼和芋头支撑着一切。

喔,芋头!单调乏味的芋头!碾挤成泥,煮成糊,在炭上烤,揉成叫"波伊"(poi)的芋泥小团,可以充作一切吃食,从早餐、圣饼到猪食。芋头的单调乏味偶尔被菜单上添加的小香蕉所打破——香甜好吃的香蕉,个头小得几乎能够整个吞下——但是即使这些也难以取得。阿尔玛垂涎欲滴地望着猪,可是看来玛努要把它们省下来以备饥荒之需。因此,没有猪肉可享用,只能餐餐吃芋头,有时幸运的话,能有一条大鱼。阿尔玛恨不得哪一天能不吃芋头——但是没有芋头的一天,就等于没有食物的一天。她开始明白韦尔斯牧师为什么完全不吃东西了。

日子寂静炎热。每个人都变得无精打采。狗儿罗杰在阿尔玛的园圃挖了个坑,几乎整天都待在那里,舌头外吐。秃毛鸡扒找食物,而后打消念头,蹲在阴凉处,灰心丧气。甚至希罗部队——那几个最活跃的小伙子,也整个下午都在阴凉处打瞌睡,就像老狗一样。有时他们让自己醒过来,漫不经心地活动。希罗找到一只斧头,把它用绳子挂起来,拿石头敲击,当作敲锣。其中一个马奇亚拿石头捶打旧桶箍。这是他们演奏的一种音乐,阿尔玛想道,可在她听来平庸又乏味。整个塔希提无聊又疲惫。

在她父亲那个时代,这地方曾被战争和欲望的火炬照得通明。漂亮年轻的塔希提男女在火边跳着美艳狂野的舞蹈,就在亨利·惠特克——年纪轻轻、尚未定型——必须警觉地别开头去的这个海滩上。如今,一切都如此乏味。传教士、法国人、捕鲸船,带着他们的布道、官僚作风和疾病,把魔鬼逐出了塔希提。勇士们都死了,现在只有这些懒洋洋的孩子在树荫下打盹儿,敲打斧头和桶箍,以此当作一种马马虎虎的消遣方式。现在的年轻人如何打发自己的野性呢?

阿尔玛继续寻找那个男孩,她走的路越来越长,独自一人带着狗儿罗杰或是没有名字的瘦弱矮马。她探索马泰瓦伊湾两端海岸线附近的小村落和传教区。她看到各种各样的男子和男孩。是的,她看到一些帅气的青年,他们高雅的外貌曾广受早期欧洲访客赞美,可她也看到腿部严重罹患象皮肿的年轻人,以及因母亲罹患性病而眼部淋巴结肿大的男孩;她看到因罹患肺结核而脊椎骨扭曲变形的孩子;她看到本该眉清目秀的青少年,因出了天花和麻疹而满脸痘疤;她看到空荡荡的村子,因多年来恶疾肆虐、死亡接踵而变成空城;她看到许多宗教教规比马泰瓦伊湾更为严格的传教区。她甚至偶尔参加那些教堂的礼拜仪式,那里没有人用塔希提语唱赞美诗,这些人用浓重的口音唱着乏味的长老会圣歌。在这些会众中,她都没有看到画中的男孩。她从疲倦的劳工、失落的流浪者、沉默的捕鱼人身边走过。她看见一个年迈的男人坐在炙热的烈日下,用传统方式吹奏塔希提长笛:通过一个鼻孔吹奏——凄楚的音调使阿尔玛肺部发痛,唤起了她对家乡的思念之情。可她仍未看到那个男孩。

她的搜寻没有结果,她的调查每天都毫无收获,但她总是很高兴回到马泰瓦伊湾,回到教区的日常生活中。韦尔斯牧师邀她同他一起去珊瑚礁时,她总是很高兴。阿尔玛体会到,他的珊瑚礁近似她在白亩庄园的苔藓层——丰饶、生长速度缓慢,能让人连续研究多年,好让自己在数十年的岁月中不至陷入孤独。她很喜欢他们在珊瑚礁之行的谈话。韦尔斯牧师请玛努给阿尔玛编了一双跟他一样的凉鞋,由露兜树的树叶绕结而成,让她能走在尖锐的珊瑚上,却不会把脚给划破。他给阿尔玛看洋洋大观的海绵、海葵和珊瑚——清澈的热带浅水域中的迷人之美。他告诉她那些色彩缤纷的鱼叫什么名字,告诉她塔希提的故事。他从不过问她的人生,这使她如释重负:她无须向他撒谎。

阿尔玛也慢慢喜欢上了马泰瓦伊湾的小教堂。建筑物本身显然不华丽也不壮观(阿尔玛在岛上其他地方见过更美的教堂),她却总是很喜欢听玛努简单、坚定、别出心裁的布道。她从韦尔斯牧师那儿得知,在塔希提人看来,耶稣的故事有许多熟悉的元素,这些熟悉的线索帮助第一批传教士将基督介绍给当地人。塔希提人相信,世界被分成了"破"(pô)与"傲"(ao),黑暗与光明。他们的造物主塔罗亚在"破"中诞生——生于黑夜,生入黑暗。传教士得知了这则神话,就向塔希提人说明,耶稣基督也是在"破"中诞生的——生入黑夜,产生自黑暗和苦难。这吸引了塔希提人的注意。生于黑夜是一种危险强大的命运。"破"是死者的世界,难以理解、令人恐惧。"破"散发着腐臭,令人毛骨悚然。英国人教导说,我们的上帝把人类带出了"破",步入光明之中。

这对塔希提人来说多少有点儿道理。至少,这使他们赞赏上帝,因为"破"与"傲"的分界线是个危险的领域,唯有特别勇敢的人才能从一个世界跨越到另一个世界。"破"和"傲"类似天堂与地狱,韦尔斯牧师向阿尔玛解释道,但两者之间存在更多的交流,而在其交汇处,一切都疯狂起来。塔希提人从未停止过对"破"的恐惧。

"当他们以为我没注意时,"他说,"仍会祭祀住在'破'中的诸神。他们之所以祭祀,你瞧,并不是因为他们崇爱那些黑暗之神,而是为了收买他们,让这些神继续待在阴间,让他们远离光明的世界。'破'是最难击败的概念,你瞧。'破'始终存在于塔希提人心中,即使白昼来临。"

"玛努姊妹信奉'破'吗?"阿尔玛问道。

"当然不，"韦尔斯牧师说道，一如既往地泰然自若，"她是完美的基督徒，你知道的。不过，她尊重'破'，你瞧。"

"那她信奉鬼魂吗？"阿尔玛继续问道。

"当然不，"韦尔斯牧师和婉地说，"那有悖基督教义。可她也不喜欢鬼魂，不希望鬼魂来教区，因此有时她别无选择，只能祭祀鬼魂，让他们不要接近。"

"所以她确实信奉鬼魂。"阿尔玛说道。

"她当然不信，"韦尔斯牧师纠正她，"她只是管理它们，你瞧。你还会发现，这岛上有些地方，玛努姊妹不准许我们教区任何人前去。在塔希提地势最高、最穷乡僻壤的地方，你瞧，据说你可以走入一团浓雾中，从此消失，直接回到'破'中。"

"可是玛努姊妹果真相信这种事可能发生吗？"阿尔玛问道，"一个人可能会凭空消失？"

"一点儿都不，"韦尔斯牧师轻快地说，"不过她由衷地不赞同。"

阿尔玛纳闷，男孩是否就是消失在"破"中？

那安布罗斯呢？

❖

阿尔玛没有接到任何外界的音讯。没有信寄来塔希提给她，尽管她经常写信回家给普鲁登丝和汉娜克，有时甚至写信给霍克斯。她勤快地把信交给捕鲸船，即使知道这些信件抵达费城的可能性微乎其微。她得知，韦尔斯牧师有时连续两年都未曾收到夫人和女儿从康沃尔寄来的信。有时，信寄达时已在远途航行中浸了水，无法阅读。在阿尔玛看来，这比根本没有收到家人的来信更悲伤，可她的朋友就像接受一切苦恼那样，平心静气地接受。

387

阿尔玛感到孤独，酷热的天气令人难以忍受——晚上同样不比白天凉爽。阿尔玛的小屋变成一个不通风的炉子。有天晚上她醒过来，一个男人的声音在他耳边低声说："听！"她坐起来时，却没有人在房间——没有希罗部队，也没有狗儿罗杰，甚至没有一丝风的踪影。她走出去，心在狂跳。不见人影。她看见马泰瓦伊湾在安静和暖的夜晚像镜子一样光滑。她头顶上的满天星斗在水中映出完美的倒影，仿佛此时有两个天堂：一个在上，一个在下。这般的静默与纯净令人惊叹。海滩像是沉甸甸的存在。

安布罗斯在此地的时候，有没有看过这样的情景？同一个夜晚存在两个天堂？他有没有感觉过这种恐惧和惊叹？这种孤独和存在？刚才在她耳边唤醒她的人，是不是他？她试着回想那听起来是不是安布罗斯的声音，可她无法肯定，即使听见安布罗斯的声音，她是不是还听得出来？

然而，唤醒她、激励她去"听"的人，肯定正是安布罗斯。当然是。倘若哪个亡灵尝试与生者说话，那就是安布罗斯——他对玄妙之事怀有崇高的幻想。他甚至几乎说服阿尔玛相信奇迹，而她并不容易相信这些事情。那天晚上在装订室，他们难道不是像巫师一样——不用语言说话，而是通过他们的脚跟和手掌说话？他说他想睡在她身旁，让他能倾听她的想法。她也想睡在他身旁，让她终于能与他亲热，把男人的那活儿放进她嘴里——可他只想倾听她的思想。为什么她不能就这么让他倾听？为什么他不能让她伸手碰他？

他在塔希提时，有没有想过她，即使仅仅一次？

或许他此时试图传送信息给她，可他们之间相隔遥远。或许跨越死亡和人间的鸿沟，言词变得模糊难懂——就像韦尔斯牧师有时从他远在英国的夫人那儿收到的那些被毁掉的哀伤的信。

"你是谁？"阿尔玛眺望映照着寂静的海湾，在阴郁的夜里向安布罗斯问道。她的声音在空旷的海滩上显得很响亮，把她吓了一跳。她想听到答案，听到耳朵都痛了，却什么也没听见。甚至没有一点儿海浪拍击海滩。

海水好似熔化的锡,空气也是。

"此时你在何处,安布罗斯?"她问道,此次比较冷静。

没有丝毫声息。

"告诉我哪里能找到那男孩。"她低声请求。

安布罗斯没有回答。

马泰瓦伊湾没有回答。

天空没有回答。

她在给冷却的余烬鼓风,这里什么都没有。

阿尔玛坐下来等待,她想到韦尔斯牧师跟她说过塔希提过去的神明塔罗亚的故事。造物主塔罗亚,诞生于贝壳的塔罗亚。塔罗亚本是宇宙间唯一的生物,静静躺了无数岁月。世界空旷无比,他在黑暗中呼喊时,甚至没有任何回音。他几乎要死于寂寞。从这无可估计的孤独和空旷里,塔罗亚创造了我们的世界。

阿尔玛躺在沙滩上,闭上眼睛。比起闷热的"法垒"床垫,沙滩比较舒服。她不介意螃蟹在四周忙着爬来爬去。壳里的螃蟹是海滩上唯一移动的物体,宇宙间唯一的生物。她在两个天堂之间的一小片土地上等待着,直到太阳升起时,全部的星星都从天上和海洋中消失,可是,仍然没有人对她说话。

❖

圣诞节随之而来,雨季也跟着到来。雨水纾解了地狱般的酷热,却也带来大得出奇的蜗牛,以及在阿尔玛日益褴褛的裙子褶层中生长的一块块霉斑。马泰瓦伊湾的黑沙滩变得像布丁一样黏糊,连绵不绝的暴雨把阿尔玛关在屋里一整天,打在屋顶上的倾盆大雨使她几乎听不见自己的思考。大自然逐渐接管了她狭小的生活空间。阿尔玛屋里天花板上的蜥蜴数量一夜间增至三倍——近似《圣经》中描述的瘟疫——它们把大颗大颗粪便和消化了一半的昆虫留在整个"法垒"。阿尔玛留在世界上的一只鞋子,在溃烂的深处长出蘑菇来。她把串串香蕉吊挂在屋檐上,避免潮湿顽固的老鼠带着香蕉潜逃。

狗儿罗杰按夜间巡逻的惯例,在一天晚上出现,而后待了好几天,它无意降服大雨。阿尔玛希望它去对付老鼠,可它似乎同样无意于此。罗杰仍然不让阿尔玛用手喂它,却也不咬她,不过它现在有时也会享用她的食物,只要她把食物放在地上给它,转过身去。有时在它打盹儿的时候,它准许她抚摸它的头。

暴风雨不定期肆虐而来。你听得见风暴在远方的海面逐渐积聚——不断咆哮的狂风从西南方吹来,声音越来越大,就像迎面驶来的火车。如果风暴真的异常剧烈,海胆就会爬出海湾,寻求地势较高、较安全的地方。这些海胆有时会躲进阿尔玛的屋子:又一个留意自己踩在哪里的理由。雨像飞射的乱箭般泼洒下来。海滩另一头的溪流泥浆翻腾,海湾波涛汹涌。暴雨越来越大的同时,阿尔玛看着她的世界将她团团围住。雾和黑暗从海上逼近。首先,地平线消失了。而后,莫斯基托岛消失在远方。而后,礁石不见了。而后,海滩不见了。而后,她和罗杰孤孤单单地守在浓雾里。此时,世界就像阿尔玛这间不太防水的小屋一样小。暴风斜着吹,雷声怒吼,大雨全力袭击。

而后,雨停了一阵子,灼热的阳光又回来了——迅速、灿烂、令人震惊——尽管时间并不够长,无法让阿尔玛晾干她的睡铺。滚滚蒸气从沙滩升起,湿润的气流冲下山坡。海滩上的空气吧嗒震动,好似抖开的床单——仿佛海滩正在抖掉刚刚落在身上的暴击。而后,湿润的寂静取而代之,持续数小时或数日,直到又一场暴雨来袭。

这些日子使人怀念起藏书室和温暖干燥的大宅。在塔希提的雨季,阿尔玛或许陷入绝望,但至少有个令人愉快的发现:马泰瓦伊湾的孩子们喜欢雨。希罗部队最是喜欢——为什么不？这个季节，可以在泥里摔跤、在水坑戏水、在涨潮的湍流里玩危险的穿越游戏。五个小男孩变成了五只海獭，不仅不畏潮湿，还引以为乐。在干热的渴望季节表现出的一切倦怠，如今一扫而光，被活跃急促的生活取而代之。阿尔玛领悟到，希罗部队就像苔藓：他们或许在高温中变得干燥瘫软，但泡了水就能立即复苏。这几个了不起的孩子，他们本身就是复活机器！他们在这浸透的世界恢复生气，充满意志、气魄和热情，使阿尔玛回想起自己的童年。雨水和泥巴同样从未阻止她去探险。想到这儿，她突然问起自己：那她此时为什么窝在她的屋子里？她小时候从未躲避过恶劣天气，如今成年后，为什么要避开？如果这岛上没有任何地方能让人躲起来保持干燥，那为什么不干脆淋湿就好？这一提问迫使阿尔玛突然又提出另一个问题：她为什么没有请希罗部队帮她寻找那男孩？寻找一个失踪的塔希提男孩，有谁比别的塔希提男孩更适合？

有此领悟后，阿尔玛从她的屋子跑了出去，招呼这五个狂野的男孩，他们这时候正在奋力打泥巴仗。他们自成滑溜、泥泞、欢笑的一体，朝阿尔玛跑过去。看到这位白人女子穿着湿透的衣服站在暴雨中的沙滩上，在他们眼前变成落汤鸡，他们觉得十分有趣。这是顶好的娱乐节目，而且不花分文。

阿尔玛靠近男孩，混杂着塔希提语、英语和激烈的手势跟他们说话。日后，她不大想得起她是怎么提出自己的想法的，不过她思考的核心是：这是冒险的季节，小伙子们！她问他们知不知道玛努姊妹不喜欢教区居民去的那些地方？他们知不知道所有住着悬崖居民、坐落着偏远异教村的禁地？他们想不想带惠特克姊妹去那儿，进行伟大的探险？

他们想不想？他们当然想！这是多么有趣的主意，他们当天就出发了。事实上，他们立即动身，阿尔玛毫不犹豫地跟着他们走。没有鞋子，没有地图，没有食物，没有雨伞，男孩们领着阿尔玛直入传教区以外的山中，远离她已亲自勘探过的安全沿海小村庄。他们径直走入雾中，走入雨云中，走进阿尔玛从艾略特号甲板上最初看到的丛林山峰——当时在她看来既恐怖又陌生。他们爬上山去——不只这一天，而是在下个月的每一天。每天，他们都去勘探更多的偏远小径、更多的偏远目标，经常在滂沱大雨中行进，而阿尔玛总是紧随他们之后。

起初，阿尔玛担心自己跟不上他们，但不久她便明白了两件事：多年搜集植物的经历使她体格强健，此外，这些孩子也非常体贴地考虑到他们的客人能力有限。他们在特别危险的地方为阿尔玛放慢脚步，也没有要求她像他们一样跳过深深的裂缝，或者像他们一样轻巧熟练地徒手攀登潮湿的悬崖。有时候，希罗部队在特别陡峭的山坡上走到她身后，双手放在她宽大的臀部上，不体面地推她上去，但阿尔玛并不介意：他们只是想帮她忙。他们对她宽宏大量。他们在她爬上去时一起欢呼，如果夜幕降临时他们仍在丛林深处，他们便牵着她的手，领着她回到安全的传教区。在走夜路时，他们教她用塔希提语唱勇士歌——男人在面临危险时鼓劲打气的歌。

塔希提人作为灵巧的登山者和勇敢的步行者（阿尔玛听说岛民一天能走三十英里路，穿越无法进入的地区，而且毫不犹豫），享誉整个南太平洋，而阿尔玛也不是会犹豫的人——在她搜寻线索时，她深深感到这是她毕生的搜寻，这是她找到那个男孩的最佳时机。如果他仍在这岛上的任何地方，这些不知疲倦的孩子就会找到他。

阿尔玛不在教区的时间越来越长，这件事并不是没人注意到。

当埃蒂妮露出担心的神色，终于开口问她每天去什么地方时，阿尔玛只说："我在搜寻苔藓，有你那五个壮丁自然学家帮忙！"

没有人怀疑她，因为这是完美的苔藓季节。阿尔玛一路上确实在他们经过的岩石和树木上发现了各种各样奇妙的苔藓植物，可她并未停下来仔细察看。苔藓永远会在那里，她要找的是更短暂、更紧迫的东西：一个人。

一个掌握秘密的人。为了找到他,她必须在"人类时间"内行动。

至于这几个男孩,他们喜欢这意外的娱乐,带领这位挺特别的老太太周游塔希提,视察一切禁地,接触最偏远的居民。他们带阿尔玛去废弃的寺庙和令人发怵的洞穴,洞穴的角落仍能瞥见人骨。塔希提人有时也在这些冷酷可怕的地方出没,可他们当中从来没有那个男孩的踪影。他们带她到玛伊瓦湖岸边的一个小教区,那里的女人仍然身穿草裙,男人脸上刺满恐怖的刺青,可那男孩也不在那里。那男孩不在与他们在湿滑路径上擦身而过的猎人当中,也不在奥罗黑纳山、奥里山和长长的火山隧道中。希罗部队带她来到最高的翠绿山脊,山顶高得似乎将天空一分为二——只因山脊一边在下雨,另一边却在放晴。阿尔玛站在岌岌可危的山峰上,左边是黑暗,右边是光明,然而即使在此处——在制高点,在气候的冲撞处,在"破"与"傲"的交叉口上——仍不见男孩的身影。

孩子们很聪明,终究发现阿尔玛是在找某样东西,不过,发现她是在找某个人的,却是希罗——他始终是最聪明的一个。

"他不在这里?"每天结束时,他都会关心地问阿尔玛。希罗已经讲起了英文,他认为自己讲得相当好。

阿尔玛从未证实她是在找某个人,可她也没有否认。

"我们明天会找到他的!"希罗每天都如此保证,但是一月过去了,二月过去了,阿尔玛却仍未找到那男孩。

"我们下个安息日就会找到他!"希罗保证。"安息日"在当地是"一周"的意思。可是四个安息日过去了,阿尔玛却仍未找到那男孩。如今已是四月。希罗愈加忧心急躁。他想不出岛上有任何新的地方能让他们带阿尔玛去冒险。这不再是有趣的消遣,这显然成为一种严肃的战役,希罗知道自己失败了。其余的部队成员感受到希罗的沮丧情绪,也失去原有的兴趣。就这样,阿尔玛决定卸下五个男孩的责任。他们年纪太小,不该背负她的包袱。她不愿看到他们承受烦恼和责任的压力,只为了帮她追踪一个幽灵。

阿尔玛让希罗部队从游戏中解脱出来，从此再未和他们一起徒步旅行。为表示感谢，她送给每个男孩她珍贵的显微镜的一个零件——他们在过去几个月间还给了她，几乎完整无缺——并与他们握手。她用塔希提语告诉他们，他们是古今最伟大的战士。她感谢他们带她踏上勇敢的已知世界之行。她告诉他们，她已经找到她需要找到的一切。而后，她打发他们继续从事他们从前的工作：永无止境、漫无目标地玩耍。

✣

雨季结束了。阿尔玛在塔希提已待了将近一年。她清除屋子地板上发霉的草，又一次运来新草。她用干稻草重新填塞烂掉的床垫。随着日子越来越晴朗，蜥蜴的数量也日渐减少。她制作了一把新扫帚，把墙上的蜘蛛网打扫干净。有天早上，为了唤醒自己的使命感，她打开安布罗斯的皮箱，再次审视男孩的素描，却发现就在雨季期间，它们已完全被霉菌吞噬。她试着把画纸一张张分开，那些纸却在她手中分解成粉状的绿色碎屑。某种蛀虫也来侵袭这些画，吃这些碎屑。她没能拯救任何一张。她再也见不着那男孩的脸，也看不到安布罗斯手绘的美丽线条。这个岛吃掉了她那令人费解的丈夫和他那虚幻的缪斯遗留下的唯一证据。

素描画的消解对阿尔玛而言像是又一次死亡：如今，连幽灵都不见了。这令她想哭，肯定也使她质疑自己的判断力。在过去的十个月中，她在塔希提看过许多张脸孔，而现在，她不知道自己是否真能辨识出那个男孩来，即使他就站在她面前。说不定她见过他？他会不会是她初抵塔希提那天，在帕皮提码头看到的其中一个年轻人？她会不会曾经走过他身旁，却对他的脸无动于衷？她已经没有任何东西供她核对自己的记忆。男孩原本几乎不存在，现在则是根本不存在。她关上皮箱，仿佛合上棺材盖。

阿尔玛不能继续待在塔希提，她如今十分肯定。她根本不该来的，让自己来到这谜样的岛屿，耗费她太多精力、决心和开销，而现在，她被毫无缘由地困在这里。更糟的是，她给这个住着诚实居民的小教区造成负担，她吃他们的食物，耗费他们的资源，为她自己不负责任的目的招募他们的孩子。这种情况真是糟透了！阿尔玛觉得她完全失去了人生目标，无论是多么站不住脚的目标。她中断了她那乏味却高尚的苔藓研究，只为了推动这场无益的搜寻，寻找一个鬼魂——实际上是两个鬼魂：安布罗斯和那男孩。为了什么？她并没有比没来这里时更了解安布罗斯。塔希提的一切情况都指出，她的丈夫正是他原本的样子：一个善良高尚，没有不当行径，对这世界来说太过美好的人。

她开始觉得，那男孩很可能根本从未存在过。否则阿尔玛此时应该已经找到他了，或者早已有人谈起过他——即使是以最迂回的方式。他肯定是安布罗斯凭空捏造出来的。这种想法比阿尔玛所能想象的任何事都更令人哀伤。那男孩是一个心智不健全的孤独男人想象出来的虚构物。安布罗斯渴望一个同伴，于是给他自己画了一个。透过一个虚构出来的朋友——一个美丽的幽灵恋人——他找到了一生渴望的精神婚姻。这有点儿道理。安布罗斯的头脑从没安定过，甚至在最理想的情况下！这个男人曾被他最要好的朋友送入精神病院，曾相信自己能看见上帝烙印在植物上的指纹。安布罗斯是一个在兰花里看到天使、相信他自己也是天使的男人——想想看！她绕了半个地球，寻找一个孤独男人用脆弱错乱的想象力编造出来的幻影。

这是个简单的故事，她却用徒劳的调查将其复杂化。或许她原本希望谣言更邪恶一点儿，哪怕只是让她自己的故事更悲惨。或许她原本希望安布罗斯犯下猥亵娈童和堕落的可恶罪行，让她能蔑视他，而无须渴念他。或许她原本预期在塔希提找到不止一个男孩，而是许多男孩的证据——一个又一个被安布罗斯玩弄、毁坏的娈童。然而没有任何发生这种事的证据。

真实情况就是：阿尔玛太愚蠢、太冲动，才会嫁给一个心智不健全、天真无邪的年轻男人。当这年轻人让她失望时，她勃然大怒，残忍地把他放逐到南太平洋，让他孤独疯狂地死去，让他沉浸在幻想中，迷失在一个由敦厚无用的老传教士管理（如果能称之为"管理"的话）的没有希望的小传教区。

至于安布罗斯的皮箱和他的素描画，为什么在阿尔玛的塔希提"法垒"中放了将近一年，却仍原封不动（除了遭自然界腐蚀之外），而她其他所有的东西则不是被借走、盗取、分解，就是遭人洗劫……关于这点，她压根儿想不出该如何解开这个谜。更何况，她没有多余的欲望再去应付另一个不可能知道的问题。

这里再没有什么可以知道的了。她需要给自己的余生拟订一个计划。她曾经草率冲动、判断错误，不过现在，她将搭下一艘捕鲸船离开，向北航行，找地方定居。她只知道她绝不能回到费城。她放弃了白亩庄园，永远不能回到那里——否则对普鲁登丝也不公平，她有权住在庄园里，附近没有讨人厌的阿尔玛。不管怎样，回家是不光彩的事。她需要重新开始，还需要想办法养活自己。明天她将带口信去帕皮提，说她要在一艘像样的船上找个铺位，船长规矩正派，而且听说过扬西。

她并不平静，但至少心意坚决。

25

四天后,阿尔玛在清晨被希罗部队的欢呼声吵醒。她跨出"法垒",寻找骚动的来源。她的五个野男孩在海滩上跑来跑去,在清晨的曙光中翻跟头,用塔希提语喝彩。希罗看到她时,全速奔上拐弯的小径,来到她门口。

"明早来了!"他喊道。他眼里闪烁的兴奋光芒,是她以前从未见过的,即使在这个非常容易兴奋的孩子身上。

阿尔玛困惑不解,于是抓住他的手臂,想让他放慢下来,让她了解他的意思。

"你说什么,希罗?"她问他。

"明早来这里了!"他又喊道,边说边跳来跳去,克制不住自己。

"用塔希提语说吧。"她用塔希提语讲道。

"帖伊耶欧明早!"他高声答道,这句话用塔希提语说出来跟用英语说出来一样荒谬,"明早来这里了!"

阿尔玛抬头看见一群人聚集在海滩上——不只传教区的每一个人,还有附近村子的居民。大家都像这几个男孩一样兴奋。她看到韦尔斯牧师迈着他那一瘸一拐的逗趣步伐,朝海边跑去。她看到玛努、埃蒂妮和当地渔民都跑了起来。

"看!"希罗说道,把阿尔玛的目光引向海上,"明早到了!"

阿尔玛眺望海湾,看到——她怎么没有立刻发觉——一个长独木舟舰队划开水面,以惊人的速度朝海滩划来,由数十名黑皮肤的桨手驱动。在塔希提的这段时间,她对这些独木舟的力量和敏捷度总是惊叹不已。当这样的小舰队从海湾急驰而过时,她总觉得就像在看伊阿宋王子乘坐的"阿尔戈号",或是奥德修斯的舰队。她最喜欢的一刻,是当桨手接近岸边时,挺起他们的肌肉最后一推,独木舟从海里跃出,仿佛由无形的巨弓射了出来,引人注目、生气勃勃地在海滩着陆。

阿尔玛内心有许多疑问,但是希罗已经赶忙跑去迎接独木舟队了,就像周围其他越聚越多的人群所做的那样。阿尔玛从未见过海滩上聚集这么多人。受到群情激奋的感染,她也向那几艘船跑去。那几艘独木舟精美非凡,甚至威风凛凛。最宏伟的一艘肯定有六十英尺长,船头站着一个身高体格都相当引人瞩目的男子——显然是队伍的领导人。他是塔希提人,但是走近一些时,她看到他穿着讲究的欧洲服饰。村民围在他身旁,唱着迎宾曲,像对待国王一样,把他从独木舟上抬起来。

人群把陌生人抬到韦尔斯牧师面前。阿尔玛挤过人群,尽其所能地靠近。男人朝韦尔斯牧师弯下身来,两人以感情深厚的寻常问候方式,把鼻子贴在一起。她听见韦尔斯牧师用略微哽咽的声音说:"欢迎回家,保佑上帝之子。"

陌生人从拥抱中抽身而出。他转身对群众微笑,阿尔玛头一次直视他的脸孔。要不是夹在拥挤的人群中,这股认出他的力量可能使她跌倒在地。

"明早"这字眼——安布罗斯写在每一张男孩素描的背面——不是一种代码。"明早"不是某种乌托邦式的未来梦想,不是字谜,也不是任何神秘的伪装。安布罗斯生平头一次完全直截了当:明早只是一个人的名字。

现在,明早真的来了。

✣

她怒不可遏。

这是她的第一个反应。她觉得——或许不太理智——自己受骗了。为什么,她几个月来辛辛苦苦搜寻,却从未听人提起过他——这位帝王般的人物、受人崇拜的来访者,这个让塔希提北部的每个人都跑来岸边欢呼致敬的男人?为什么他的名字、他的存在从来没有被人稍微提起过?没有人跟阿尔玛讲过"明早"这个词,除非是针对第二天所做的计划而使用字面意思。肯定更没人提过某位在岛上深受大家仰慕的、神秘俊美的本地人,哪天可能会突然间冒出来受人膜拜。从来没有听说过这样的人物。如此重要的人物怎么就这样出现了?

当人群在一片欢呼赞叹声中朝教堂走去时,阿尔玛静静站在海滩上,努力想理解这一切。新的疑问取代了旧的信念。上周她才确定的一切,如今渐渐粉碎,就像入春的冰坝。她来此寻找的幽魂确实存在,只不过他不是个男孩,而是个看起来像是国王的人物。安布罗斯和一位岛王有何瓜葛?他们是怎么遇上的?明早显然是个神通广大的人物,而安布罗斯何以将他描绘成一个纯朴的渔夫?

阿尔玛那顽固不懈的内部推断机制再次转动。这种感觉只会使她更恼火。她不想再去推断。她再也不能忍受创造新理论。她觉得自己一辈子都在推断中生活。她想做的只是了解事物,然而现在——即使经过这么多年孜孜不倦地质疑——她所做的却仍然是思忖、纳闷和猜测。

不再推断。从此不再。她现在需要了解一切。她坚持要了解。

✢

阿尔玛还未来到教堂前,就已听见了声音。从简陋的教堂传出的歌声,是她从未听到过的。那是阵阵的欢腾声。教堂里没地方留给她,她和推挤着颂唱的人群一起站在外面听。相较于现在听到的歌声,阿尔玛以前在这教堂听到的圣歌——韦尔斯牧师的十八名会众颂唱的歌声——声调显得微弱尖细。她头一次认识到,真正的塔希提音乐到底是什么样的,以及为什么需要数百人共同汹涌高唱来发挥其作用:只因必须唱得比海洋更为响亮。这正是这些人此时所做的事,热烈地表达敬意,既优美又危险。

终于安静下来时,阿尔玛听到一个男人开始对会众说话,声音清晰而有力。他用塔希提语发言,其方式有时近乎赞颂。她挤到大门附近,往里窥探:那是明早,高大俊美,站在讲坛上,举起双臂,朝会众呼喊。阿尔玛只懂得最基本的塔希提语,无法听懂整篇布道,但是她可以领会,此人正在充满激情地讲解圣约中有关基督永生的篇章。可他做的不止这些:他同时也和这群人一同欢跃,就像阿尔玛多次看着希罗部队的男孩们和海浪一同嬉戏欢腾。他的勇气和精神坚定不移。他让会众又哭又笑,又庄重又狂喜。她可以感觉到自己的情绪被他声音的音色和强度牵动,即使她听不懂他所说的绝大多数内容。

明早的演说持续了一个多小时。他让他们颂唱,他让他们祈祷,他似乎让他们准备在黎明发起攻击。阿尔玛心想,母亲可能会鄙视这一切。比阿特丽克斯从来不喜欢福音派的激情;她相信疯狂的人有丧失教养和理智的危险。那么拥抱文明的我们将身处何处?总之,明早的激情独白与她以往在韦尔斯牧师的教堂或任何地方听过的任何布道都不相同。这不是一名费城牧师在尽忠职守地讲述路德教义,也不是玛努在简单布道。这是讲演。这是战鼓。这是希腊雄辩家狄摩西尼在捍卫泰西封。这是雅典政治家伯里克利在赞颂雅典死者。这是西塞罗在谴责喀提林。

明早的演说没有让阿尔玛想起的,是这间海边的简陋小教堂所代表的谦卑与温柔。明早没有任何谦卑或温柔之处。事实上,她从未见过如此大胆顽强、态度从容的人物。她突然想起西塞罗的一句拉丁语原文(她觉得只有拉丁语能够对抗此时她所目睹的雄辩浪潮):"Nemo umquam neque poeta neque orator fuit, qui quemquam meliorem quam se arbitraretur."(从来没有一个诗人或演说家认为哪个人比他自己更优秀。)

从那一天开始,每天都变得更加狂热。

通过塔希提十分有效的当地"电报"系统(腿脚伶俐、嗓音响亮的男孩子们),明早抵达的消息快速传开,随着时间推移,马泰瓦伊湾的海滩越来越拥挤喧闹。阿尔玛想找韦尔斯牧师,问他许多问题,可他那矮小的身影不断消失在群众当中,她只能瞥见他几眼,他满面春风,白发在微风中飞扬。她也无法靠近玛努,她兴奋得遗失了她那顶有花装饰的大草帽,在一群叽叽喳喳、兴致高昂的女人当中像女学生一样哭泣。希罗部队不见踪影——或者该说处处可见,可他们走得太快,阿尔玛赶不上他们,来不及向他们发问。

海滩上的人群——仿佛出于一致的认可,变成了一场欢宴。一块地方被腾出来,用来举行摔跤和拳击比赛。年轻人脱掉上衣,涂上椰油,开始扭打起来。孩子们驰过海岸,举办自发性的赛跑。沙滩上出现了一个圆形场地,正在进行斗鸡。随着时间流逝,乐手来了,带着所有的乐器:从当地的鼓和笛子,到欧洲的喇叭和提琴。在海滩的另一边,男人正在埋头挖火坑,在坑的内壁砌上石头。他们正在安排一场大型烤肉。而后,阿尔玛看到玛努不知从何处抓来一头猪,按住并宰了它——这头猪惊惧交加。看到这一行动,阿尔玛忍不住觉得有点儿不满。(她等着尝猪肉等多久了?显然这一切只需明早现身,事情就办成了。)玛努用一把长刀和一只自信的手,畅快地把猪分解掉。她扯出内脏,就像妇女拉太妃糖。她和几个健壮的妇女把猪身举在火坑的明火上,把毛烧掉。随后用叶子包起来,往下放到热石头上。几只鸡在这场庆祝的浪潮中无可奈何地随着猪走向死亡。

阿尔玛看到漂亮的埃蒂妮擦肩而过,面包果抱了满怀。阿尔玛弓步向前,碰碰埃蒂妮的肩膀,说:"埃蒂妮姊妹——请告诉我,明早是谁?"

埃蒂妮转过身来,笑逐颜开。"他是韦尔斯牧师的儿子。"她说道。

"韦尔斯牧师的儿子？"阿尔玛重复道。韦尔斯牧师只有女儿——而且只有一个女儿在世。要不是埃蒂妮的英语这么灵活流利，阿尔玛或许会以为她词不达意。

"他的儿子是'胎友'，"埃蒂妮说明，"明早是他收养的儿子。他也是我的儿子，也是玛努姊妹的儿子。他是这个教区每个人的儿子！我们都是'胎友'一家人。"

"他来自何处？"阿尔玛问道。

"他来自此地，"埃蒂妮说道，对这一事实，她无法隐藏自己的自豪感，"明早是我们的，你瞧。"

"可是他今天刚从哪里来的？"

"他来自赖阿特阿岛，他现在住在那里。他在那里有他自己的传教堂。他在赖阿特阿非常成功，那个岛曾对真正的上帝抱持敌对态度。他今天带来的那些人是他的信徒——也就是说，他的一些信徒。当然，他有更多的信徒。"

当然，阿尔玛有更多疑问，但是埃蒂妮急着料理盛宴，因此阿尔玛谢过她，让她离去。她走到溪边的一丛番石榴树旁，坐在树荫下思考。有许多事需要思考整理。阿尔玛急于理解所有这些惊人的新信息，她追溯到几个月前和韦尔斯牧师之间展开的一次对话。她隐约记得韦尔斯牧师跟她谈到他的三个养子——马泰瓦伊湾教会学校三个最模范的成果——他们如今在不同的外岛带领受人尊敬的教会。她逼着自己回想很久以前那次对话的细节，可她记忆模糊，感到沮丧。阿尔玛觉得，赖阿特阿岛也许真的是他提起其中一个岛，不过她很确定他从未提到"明早"这名字。如果听到这名字，阿尔玛会留意到。这两个字会立即提醒她注意，毕竟它们与她之间存在深深的羁绊。韦尔斯牧师用别的名字称呼他。

埃蒂妮又匆匆走过，这回空着手，阿尔玛又一次奔上前去拦住她。她知道自己是个讨厌鬼，却阻止不了自己。

"埃蒂妮姊妹,"她问道,"明早叫什么名字?"

埃蒂妮神情困惑。"他的名字叫明早。"她只说道。

"但韦尔斯弟兄叫他什么?"

"啊!"埃蒂妮眼睛一亮,"韦尔斯弟兄叫他的塔希提名字,塔马托·马雷。不过,明早是他给他自己取的名字,在他还很小的时候!他喜欢被人这样称呼。他对语言一直很擅长,惠特克姊妹——他是韦尔斯夫人和我所教过的最好的学生,你会发现他的英语说得比我还好,甚至在幼年时期他就听得出来,他的塔希提名字念起来就像那几个英文字[1]。他一直很聪明。我们大家都同意,这名字很适合他,因为你明白,他给他遇见的每个人都带来希望。就像新的一天。"

"就像新的一天。"阿尔玛重复说道。

"正是。"

"埃蒂妮姊妹,"阿尔玛说,"对不起,我还有最后一个问题。塔马托·马雷上次来马泰瓦伊湾是什么时候的事?"

埃蒂妮毫不迟疑地答道:"一八五〇年十一月。"

埃蒂妮匆忙离去。阿尔玛又在树荫中坐下来,看着愉快的骚乱在她眼前展开。她毫不快乐地看着。她觉得心上有个凹痕,仿佛有人在她的胸口按了一个又深又牢的手印。

安布罗斯一八五〇年十一月死在这里。

✣

阿尔玛费了一番周折才得以接近明早。当晚人们举行了盛大的庆祝活动——丰盛的宴席足以款待一国之君,大家对此人的印象也与此相等。数

---

[1] 塔马托·马雷的塔希提原文为"Tamatoa Mare",而明早的英文表述则是"Tomorrow Morning"。——译者注

403

百个塔希提人挤满海滩,吃着烤猪肉、鱼和面包果,饱食竹芋布丁、甘薯和无数的椰子。篝火点燃,人们跳舞——跳的当然不是塔希提恶名昭彰的淫秽舞蹈,而是含蓄的"呼拉舞"。岛上的其他传教区甚至禁止教徒跳这种舞,不过阿尔玛知道,韦尔斯牧师有时候会准许。("我实在看不出这有什么害处。"他曾经告诉阿尔玛,阿尔玛开始把经常重复的这句话当作韦尔斯牧师的至理箴言。)

阿尔玛以前从未看过这种舞蹈表演,就像其他人一样,她也为之着迷。年轻女舞者头发装饰着三串茉莉和栀子花,脖子上挂着鲜花。音乐缓慢,起起伏伏。有些女孩脸上有水痘的麻点,然而在火光中,大家都一样美丽。你可以感受到女孩的四肢和臀部在摆动,即使她们的身躯遮掩在教区规定的宽大长袖服装底下。这是阿尔玛所见过的最撩人的舞蹈(光是她们的手就很撩人,阿尔玛感到惊叹),她无法想象一七七七年的时候,这种舞蹈在她父亲看来是什么感觉,当时女孩们跳这种舞蹈时,只穿草裙,其他什么也没穿。对于一个来自里士满、企图守住贞操的少年来说,场面肯定相当精彩。

不时有健壮的男子跳进舞场中,做些滑稽的表演,打断呼拉舞。阿尔玛起先以为,这是为了用嬉戏的方式打破感官情绪,但他们不久也开始用动作试探淫荡的限度。嬉闹的男人反复朝女舞者伸手抓攫,女孩们却优雅地躲开,没有错过一个舞步。甚至年纪最小的孩子也明白舞蹈表演传达出的欲望及谴责的潜在暗示,这些孩子高声狂笑,这使他们显得似乎比自己的实际年龄世故许多。甚至玛努——基督教礼仪的杰出典范——也一度加入呼拉舞者的行列,异常敏捷地摇摆她的庞大身躯。当一个年轻男舞者来追赶她时,她让自己被他抓住,逗得群众开心吼叫。舞者随后压向她的臀部,一系列的动作坦诚又下流,任谁都不会误解;玛努只是用滑稽高傲的挑逗目光盯着他看,继续跳舞。

阿尔玛注视着韦尔斯牧师,他似乎为他所看到的一切心醉神迷。明早

404

坐在他身旁，姿态优雅，身穿伦敦绅士的考究服装。整个晚上，人们过来坐在他旁边，把他们的鼻子贴在他的鼻子上，向他致意。他用沉稳慷慨的态度接待他们。确实，阿尔玛必须承认，她一生中从未见过比他更美的人。当然，肉体之美在塔希提随处可见，一段时间后，你便会习以为常。这里男人美，女人很美，孩子们更美。比起非凡的塔希提人，大多数欧洲人就像一群苍白细臂的驼背！许多惊叹的外国人这样说过许多次。因此没错，此地不缺少美，而阿尔玛也见过许多美人——然而，明早是最美的一个。

他的皮肤黝黑发亮，他的微笑像月亮缓缓升起。他望着任何人的举动，都是一种散发着光芒的慷慨行为。他让人无法不盯着他看。抛去俊俏容貌不说，光是他的块头就引人注意。他惊人的体格就像阿喀琉斯[1]的化身。你定会追随这样的人投入战斗。韦尔斯牧师曾经告诉阿尔玛，从前在南太平洋，当岛民互相攻伐时，战胜者会在敌方的残骸中搜查，在死者当中寻找最高大、皮肤最黑的尸体。一旦找到体型最庞大的死者，他们便剖开尸体，取出骨头，制成鱼钩、凿子和武器。他们相信体型最庞大的男人的骨头，具有回天之力，因此由他们的骨头制成的工具和武器，也能赋予持有者战无不胜的威力。至于明早，阿尔玛阴险地想道，他们可以从他身上制作出装满一个军火库的兵器——只要他们首先能想办法宰了他。

阿尔玛在火光外围徘徊，尽量让自己不惹人注意，同时了解情况。大家都欣喜若狂，没有人留意她。狂欢会一直进行到深夜。火烧得又高又亮，投下扭曲的黑影，几乎让人担心会被影子绊倒，或被影子抓住，被拖入"破"中。舞步越来越狂野，孩子们表现得像被鬼魂附了身。阿尔玛或许以为，著名的基督教会来访，不可能引发这种狂欢喧闹——可话说回来，她仍不了解塔希提。这一切都未让韦尔斯牧师不安，他从来没有这么开心、这么兴高采烈过。

---

[1] 阿喀琉斯（Achilles），古希腊神话中的英雄。

午夜过后许久,韦尔斯牧师终于留意到了阿尔玛。

"惠特克姊妹!"他大声叫道,"我的礼节哪里去了?你得见见我的儿子!"

阿尔玛向两个男人走去,他们坐得离火很近,看上去好似全身都着火了。这是个尴尬的会面,因为阿尔玛站着,两个男人——按照当地习俗——却仍旧坐着。她不打算坐下,也不打算把鼻子贴在其他人的鼻子上。不过,明早伸出他长长的胳膊,礼貌地同她握手。

"惠特克姊妹,"韦尔斯牧师说,"这是我儿子,你听我谈起过他。我亲爱的儿子,这是惠特克姊妹,你瞧,她从美国来访。她是小有名气的自然学家。"

"自然学家!"明早带着优美的英国腔说道,感兴趣地点点头,"小时候,我相当喜欢自然历史。我的朋友们觉得我疯了,重视其他人都不重视的东西——叶子、昆虫、珊瑚之类的,可那是一种乐趣,令人从中受益。能如此深入地投入研究,这是多么有价值的人生。你从事这种工作,是多么幸运。"

阿尔玛低头凝望他。终于能够这么近距离地看他的脸——这张脸无法磨灭,这张脸长久以来使她既不安又着迷,这张脸把她从地球另一边带来此地,曾经顽强地探测她的想象力,曾把她折磨到痴迷的地步——简直令人惊叹。他的脸对她产生极大的影响,对她来说,他看到她,却没有同样觉得惊愕,这让人难以置信:她对他如此熟悉,他怎么可能对她一无所知?

可毕竟,他为什么可能这样?

他神色泰然地回敬她的目光。他的睫毛长得荒谬,不仅过度,而且充满挑衅——这壮观的睫毛,这茂密得过火的毛边。她觉得自己内心升起一股反感——没有人需要这样的睫毛。

"很荣幸认识你。"她说道。

明早以政治家的风度坚称,这完全是他自己的荣幸。随后他放开阿尔玛的手，她告辞之后，明早把注意力转向了韦尔斯牧师——他那位快乐、矮小、精灵般的白人父亲。

✢

他在马泰瓦伊湾待了两周。

她很少把眼睛从他身上移开，急于得知——借由就近观察——她所能得知的一切。她很快就了解到，明早为人所爱。事实上，他受人喜爱的程度，几乎叫人恼火。她想知道他是否曾经对此感到恼火。他从来没有自己的时间，尽管阿尔玛不断地期盼能跟他私下谈谈。似乎从来没有机会：各种饭局、聚会和仪式，日日夜夜围绕着他。他睡在玛努的屋子里，屋内有源源不绝的访客吵嚷喧哗。塔希提女王波马雷四世邀请明早到她的帕皮提宫殿喝茶。大家都想听明早以英语或塔希提语或双语，讲述自己担任赖阿特阿传教士的杰出事迹。

最想听的人莫过于阿尔玛，在明早逗留期间，她从不同的旁观者和这位"伟人"的崇拜者口中，拼凑出整件事情的原委。她得知，赖阿特阿是波利尼西亚神话的发源地，因此是最不可能接受基督教的地方。该岛——又大又崎岖——是战神奥罗的出生地和居住地，供奉奥罗的庙宇以活人献祭，遍地都是人头骨。赖阿特阿是个严肃之地（埃蒂妮用"震撼"这个词）。岛中央的塔麦哈尼山被认为是波利尼西亚一切死者的永恒居所。据说，由于死者不喜欢阳光，这座山的顶峰永远笼罩在浓雾中。赖阿特阿人不是谈笑风生的人，而是坚定果决的人——血性庄严的民族。他们和塔希提人不同。他们抗拒英语。他们抗拒法语。他们却并未抗拒明早。六年前，他以最壮观的方式来到这里：他独自划着独木舟，接近该岛时把船离弃。他剥光衣服，游向岸边，在咆哮的海浪中划着水，把《圣经》举在头顶上，喊道："我歌咏耶和华的旨意，唯一的真神！我歌咏耶和华的旨意，唯一的真神!"

赖阿特阿人留意到了他。

后来,明早建立了一个布道王国。他建造了一所教堂——就在赖阿特阿的异教母庙附近——要不是那是做礼拜的地方,很容易被误认为是一座宫殿。如今这是波利尼西亚最庞大的建筑物。教堂由四十六根柱子支撑,柱子由面包树的树干砍凿而成,用鲨鱼皮磨平。

明早的信奉者多达三千五百人。他看着人们用他们过去的神像生火。他看着古庙发生急遽转变,从残忍的活祭坛变成一堆堆毫无害处、布满苔藓的岩石。他让赖阿特阿人穿上端庄的服饰:男人穿长裤,女人穿长连衣裙、戴无边帽。男孩们排队等着让他把他们的头发剪成文雅的短发。他监督修建了一个井然有序的白屋舍社区。他教导在他抵达之前从未看过字母的居民学习拼写和阅读。如今每天都有四百名孩童来上课,学习基督教义问答。明早设法让大家不只仿效福音书中的谈话,也能充分了解这些谈话的意义。正因如此,他已经训练了七名传教士,最近已将他们送往更偏远的岛屿。他们也将游向岸边,高举《圣经》,高呼耶和华的圣名。充满骚动、妖言、迷信的日子过去了。杀婴行为从此结束。一夫多妻制从此不再施行。有些人称明早为先知。传言他更喜欢"仆役"这个词。

阿尔玛得知明早在赖阿特阿娶了妻子特玛娜娃,她的名字是"欢迎"的意思。他在那儿还有两个女儿弗朗西斯和伊迪丝,以韦尔斯牧师夫妇的名字来命名。阿尔玛得知他是社会群岛[1]最受尊敬的人物。她听过许多次,已逐渐听腻。

"想想,"埃蒂妮说,"他来自我们马泰瓦伊湾的小学校!"

阿尔玛没找到和明早谈话的时间,直到他来此十天后的一天深夜,她看见他独自走在埃蒂妮家和玛努家之间的小路上,他刚在埃蒂妮家吃完晚

---

[1] 社会群岛(Society Islands),位于南太平洋,隶属于法属波利尼西亚,塔希提岛便是社会群岛最大最著名的岛。

饭，正准备去玛努家睡觉。

"我能和你谈谈吗？"她问道。

"当然，惠特克姊妹。"他表示同意，毫不费劲地记起她的名字。见她从黑暗中朝他走来，他似乎毫不吃惊。

"有没有哪个安静的地方，能让我们谈谈？"她问道，"需要跟你谈论的事，我希望能私下谈。"

他轻松地笑起来："如果你能在马泰瓦伊湾这儿体验私密的感觉，惠特克姊妹，那我向你致敬。你想对我说的任何事，你都能在这儿说。"

"好吧，"她说道，尽管她不由自主地环顾四周，察看有没有任何人能听到。"明早，"她说了起来，"你和我——我相信——彼此的命运，要比你所想的更休戚与共。我以惠特克姊妹的称呼被介绍给你，可是我需要你了解，在我人生中的一段时间，我被称为派克太太。"

"我不希望你再说下去，"他举起一只手，柔声说道，"我知道你是谁，阿尔玛。"

他们默默相视，持续了似乎很长的时间。

"不错。"她终于说道。

"确实。"他答道。

又是长长的沉默。

"我也知道你是谁。"她最后说道。

"你知道？"他似乎一点儿也不惊慌，"那我是谁？"

可现在——在被迫回答的时候——她发现自己无法轻易回答这个问题。然而，由于必须说些什么，于是她说："你跟我丈夫很熟。"

"的确，而且我想念他。"

这个回答让阿尔玛震惊，但是她宁可这样——他的坦白带给她的震惊，甚于驳斥或否认。过去几天，阿尔玛在预演此次对话时曾经设想，要是明早指责她撒谎，或假装从未听说过安布罗斯的话，她很可能会失去理智。然而他似乎不打算抵制也不打算驳斥。她定睛看他，在他脸上搜寻轻松、自信以外的东西，却看不出任何异常之处。

"你想念他。"她重复道。

"我永远会想念他，他是世界上最好的人。"

"每个人都这么说。"阿尔玛说道，感到恼火，有点儿挫败感。

"因为这是实情。"

"你爱他吗，塔马托·马雷？"她问道，再次从他脸上寻找情绪的变化。她想让他措手不及，就像他让她措手不及一样。可他的脸没有显出丝毫不安。听到她用他的真名叫他，他甚至眼睛也不眨一下。

他答道："遇见他的每一个人都爱他。"

"但是你是不是特别爱他？"

明早把手伸进口袋里，抬起头朝月亮望去。他不急着回答。他四处张望，看上去就像一个正在悠闲地等候火车的乘客。一阵子过后，他的视线回到阿尔玛脸上。她留意到，他们的身高相差不多。她的肩膀不比他的窄多少。

"我猜想，你在捉摸一些事。"他说道，作为答复。

她觉得她正在节节败退。她必须更直接才行。

"明早，"她说，"我能不能跟你坦言？"

"请尽量。"他鼓励道。

"让我告诉你有关我自己的事，这或许有助于让你更加畅所欲言。我的性格——尽管我不总是认为这是一种美德或好事——根植着一种理解事物本质的渴望。因此，我很想了解我的丈夫是什么样的人。为了更了解他，我大老远来到这里，可直到现在仍无结果。我所得知的关于安布罗斯的有限信息，只会带给我更多困惑。我们的婚姻尽管非比寻常且为时短暂，却并未消解我对丈夫的关心和爱。我不是傻瓜，明早。用不着对我隐瞒事实。请你明白，我的目标并不是攻击你，也不是要与你为敌。你把秘密托付给我,也不会有危险。不过,我确实有理由怀疑,你知道关于我亡夫的秘密。我看过他为你画的素描。那些素描,我肯定你也能了解,迫使我要求知道你和安布罗斯交往的真相。你能不能答应一个寡妇的请求,把你所知道的事告诉我?无须考虑我的感受。"

明早点点头。"明天你有没有空,跟我一起度过?"他问道,"或许一直待到晚上?"

她点点头。

"你的身体状况行不行?"他问道。

这个怪异的问题惹恼了她。他留意到她的不安,于是解释:"我想确定的是,你能不能长途远行?我想你身为自然学家,身体肯定硬朗,不过我还是得确定一下。我想带你看些东西,但是我不想让你太过劳累。你能不能攀登陡峭的山坡,诸如此类?"

"我想可以,"阿尔玛答道,又一次感到恼火,"过去一年中,我跨越整个岛屿。我看尽了在塔希提应看的一切。"

"不算一切,阿尔玛,"明早纠正她,露出善意的微笑,"并没有全部。"

✥

第二天天一亮,他们便启程了。明早为他们的行程弄来一艘独木舟。不是危险的小型独木舟,像韦尔斯牧师去视察珊瑚礁时所用的那种,而是一艘更精美、坚固、结实的独木舟。

"我们要去小塔希提,"他说道,"取道陆路的话,得花上几天才能到,划船走海岸线的话,只要五六个小时就能到达。你在水上自在吗?"

她点点头。她发现很难分辨他究竟是表示体贴还是迁就。她给自己带了一竹筒的清水和一些"波伊"当午餐,并把食物包在一方薄纱布中,让她能够绑在腰带上。她穿着她最陈旧的衣服——这件衣服已经承受了这座

411

岛屿最无情的折磨。明早瞥了一眼她光着的脚板，在塔希提待了一年后，她的脚板就像种植园工人的脚丫一样坚韧结茧。他没有提到这一点，不过她看见他留意到了。他也是光着脚。不过，从脚踝往上看，他是十足的欧洲绅士。他穿着他一贯的干净西服和白衬衫，但是他脱掉外套，把它整齐地叠起来，当作独木舟里的椅垫。

在前往小塔希提的旅途中，他们不必对话。该半岛位于岛的另一边，面积狭小、略呈圆形、崎岖偏远。明早必须集中精神，而阿尔玛也不想每次说话都转过身去。因此，行进过程中他们都没说话。

在某些地区绕着海岸线航行十分困难，阿尔玛真希望明早也给她带一只桨来，好让她觉得自己像在帮助他们前进——尽管老实说，他似乎不需要她。他优雅地疾速划过水面，毫不犹豫地穿过礁石和水道，仿佛这趟旅程他已经走过数百次——她猜想，这说不定是真的。她庆幸自己戴了宽边帽，因为阳光很强，水面的强光使她眼花缭乱。

不到五个小时，小塔希提的峭壁就出现在他们右边。令人惊恐的是，明早似乎直接瞄准峭壁。难不成他们就要扑到岩石上？这可是这趟旅程的恐怖目的？但是随后，阿尔玛看到峭壁表面的一个拱形开口，一个黑暗缝隙，一个入口，通往一个海平面的洞穴。明早让独木舟与翻腾的巨浪保持同步，而后——惊心动魄、无所畏惧地——直接冲入缺口。阿尔玛肯定他们将被退去的海浪吸回白昼，但是他猛烈地划，几乎在独木舟里站了起来，以致他们栽在了洞穴深处岩滩的潮湿砾石上。这几乎像是魔法。就连希罗部队，她想道，也不敢冒险玩这种花招。

"请跳下船。"他下令，尽管不算对她狂吠，她仍推想，在下一波浪涛袭来之前，她必须做出迅速的反应。她跳下船，赶忙奔往最高处——老实说，感觉并不够高。一个大浪，她想道，就可能永远冲走他们。明早似乎并不担心。他拉起独木舟，拖到海滩上。

"我能不能请你帮个忙？"他客气地说道。他指着悬在他们头顶上的岩架,她知道,为安全起见,他打算把独木舟放在岩架上。她帮他抬起独木舟,一同推上岩架,远超过海浪所能达到的高度。

她坐了下来,他坐在她身边,累得直喘气。

"你舒坦吗?"他终于问她。

"是的。"她说道。

"现在我们必须等待。等潮水完全退去,你会看到出现一条狭窄的小路,让我们能沿着峭壁走过去,之后就能往上爬,爬到一片高原。从那儿,我就能带你去我想让你看的地方。你觉得你办不办得到?"

"我可以。"她说道。

"好,现在我们可以歇一会儿。"他背靠在外套的弹性衬里上,伸直双腿,放松自己。海浪卷来时,几乎打到了他的脚板——却又没有打到。她看得出来,他肯定知道潮水在这洞穴里是如何运作的。这相当离奇。看着明早在她身旁伸开四肢,她突然辛酸地想起安布罗斯也曾手脚摊开,舒服地躺在任何地方——草地上、沙发上、白亩庄园的起居室地板上。

她让明早休息了十分钟左右,而后再也克制不住自己。

"你是怎么遇见他的?"她问道。

海水在岩石上来回拍打,回荡着各种各样潮湿的回音,洞穴不是最安静的谈话地点。不过,一阵一阵的单调声响,仿佛也让这地方成为世界上最安全的地点,能让阿尔玛提出请求,把秘密揭露出来。谁听得见他们讲话?谁看得见他们?除了鬼魂外,没有任何人。他们的谈话将被潮水拖出洞穴,拖到大海去,在翻腾的海浪中分崩离析,被鱼吃掉。

明早没有坐起来,回答道:"我在一八五〇年八月回塔希提探望韦尔斯牧师,安布罗斯就在这里——就像你现在在这里一样。"

"你是怎么看他的?"

"我把他看成天使。"他毫不迟疑地说道,甚至没有睁开眼睛。

他回答她的问题速度太快,她想道。她不要圆滑的回答;她要完整的故事。她不是只要结论而已;她要过程。她想看到明早和安布罗斯相遇的时候。她想观察他们交流。她想知道他们的想法,他们的感受。毫无疑问,她想知道他们做了什么。她等待着,可他没有更直截了当地说。他们沉默良久之后,阿尔玛碰碰明早的胳膊。他睁开眼睛。

"请你,"她说,"继续。"

他坐了起来,转身面向她。"韦尔斯牧师有没有跟你说过,我是怎么到传教区来的?"他问道。

"没有。"她说道。

"我当时才七八岁,"他说,"我的父亲先死了,接着我母亲也死了,随后我的两个兄弟也死了。我父亲还活着的其中一个妻子负责照顾我,可她也死了。还有另一个母亲——我父亲的另一个老婆——后来也死了。我父亲的其他老婆所生的孩子不久也都死了。还有祖母,她们也都死了。"他停顿了一下,心中琢磨着什么,而后继续说下去,改口说:"不,我搞错了死亡顺序,阿尔玛,请原谅我。先死的是祖母们,她们是最虚弱的家庭成员。因此是的,首先过世的是我的祖母们,接着是我父亲,然后是其他人,像我说的那样。我也病了一段时间,但是我没有死——你也看到了。这些故事在塔希提很平常。你以前肯定听说过吧?"

阿尔玛不确定该说什么,因此她没有说话。她虽然知道过去五十年来整个波利尼西亚灾难性的死亡人数,却没有人跟她说过个人痛失亲人的故事。

"你看过玛努姊妹额头上的伤痕吗?"他问道,"有没有人跟你说过那些伤是怎么来的?"

她摇摇头。她不知道这些跟安布罗斯有什么关系。

"那是悲痛的伤痕吗,"他说,"塔希提女子哀悼时,会用鲨鱼牙齿划伤她们的头。我知道,在欧洲人看来,这很恐怖,却是一个女人表达、化解悲伤的方式。玛努姊妹的伤痕比大部分女人都多,因为她失去了全家人,包括几个孩子。这或许是她和我一直喜欢对方的理由。"

他用"喜欢"这安静的词,来表达一个失去所有孩子的女人和一个失去所有母亲的男孩之间的忠诚关系,这让阿尔玛感到吃惊。这词似乎不够有力。

而后,阿尔玛想起玛努身体上的其他异常。"她的手指头呢?"她举起自己的两只手问道,"少了指尖的指头?"

"那是痛失亲人的另一个传统。这里的人有时用切断指尖的方式表达悲痛。欧洲人带来铁和钢之后,这变得更容易。"他苦笑了一下。阿尔玛没有回以微笑;这太可怕了,她笑不出来。他继续说:"至于我的祖父,我还没有提过,他是个'绕啼'(rauti)。你知道什么是'绕啼'吗?韦尔斯牧师这些年来找我帮忙翻译这个词,却不容易。我的好父亲用'演说家'这个词,却没有传达出这种职位的尊贵。'历史学家'比较接近,却也不完全正确。'绕啼'的任务,是在人们冲锋陷阵时跑在他们身边,提醒他们牢记自己的身份,并以此唤起他们的勇气。'绕啼'咏唱出每个人的血统和家系,提醒战士不忘自己的家族荣耀。'绕啼'知道岛上每个人的家系,一直回溯到诸神,他为他们唱出他们的勇气。你可以说这是一种布道,只不过方式相当激烈。"

"歌词是什么样子?"阿尔玛问道,让自己适应这则冗长突兀的故事。他带她来这里是有原因的,她猜想,他跟她说这些肯定也是事出有因。

明早转身面对洞穴入口,想了一会儿。"用英语讲?这样没有那么有力,但是大概类似于:'提高警觉,直到瓦解他们的意志!有如闪电缠住他们!你是阿拉瓦,侯阿尼的儿子,帕鲁托的孙子,出生于帕里提,从塔普努伊纵身跃出,索取鳗鱼之父、强大有力的阿纳帕的头颅——你正是此人!如海洋一般,朝他们袭去!'"明早大声说出的这些话,在岩石之间回响,淹没了海浪声。她胳膊上起了一片鸡皮疙瘩,如果用英语说都能如此震撼,她无法想象用塔希提语说出来会爆发出怎样的冲击力。明早转过身

415

去，面对阿尔玛，用交谈的语气说："女人有时也上战场。"

"谢谢你。"她说道，尽管她不晓得自己为什么这么说，"你的祖父后来怎样了？"

"他和其他人一样死了。我的家人死后，单留我这么一个孩子。在塔希提，我想，这样的遭遇对一个孩子来说，不像在伦敦或费城那么沉重。这里的孩子从小就很独立，任何一个能够爬树或甩钓钩的人都能养活自己。这里没有人会在晚上冻死。我就像你在马泰瓦伊湾看到的那几个男孩子一样，他们也没有家人，尽管我或许不像他们看起来那么快乐，因为我没有一小群同伴。我的问题不在于肉体的饥饿，而在于心灵的饥饿，你了解吗？"

"是的。"阿尔玛说道。

"于是我去了马泰瓦伊湾，那里有人定居。有好几个星期，我观察教区。我看到他们生活虽然简朴，比起岛上其他地方，却有更好的东西。他们有锐利的刀，足以一刀宰了猪，还有斧头，能把树轻易砍倒。在我眼里，他们的茅屋非常豪华。我看到韦尔斯牧师，他是那么苍白，在我看来像鬼魂一样，尽管不是恶鬼。他讲鬼魂的语言，没错，不过他也会讲一些我的语言。我看他施洗，每个人都觉得有趣。埃蒂妮姊妹当时已经和韦尔斯夫人一同管理学校，我看见孩子们进进出出。我躺在窗外听课。我不是完全没受过教育。我能讲出一百五十种鱼的名字，你瞧，我还能在沙子上画星图，可我没有接受过欧式教育。这些孩子有些有上课用的小石板。我尝试用火山石的黑色碎片，自己制作了一块石板，用沙子打磨光滑。我用山蕉树液，把我的黑板染得更黑，然后我用白珊瑚在上面胡乱涂写。这几乎是成功的发明——尽管不幸的是，擦不掉！"想起这些，他不禁笑了，"我听说，你小时候有很好的藏书室？安布罗斯告诉我，你从很小的时候，就会说好几种语言？"

阿尔玛点点头。所以安布罗斯提起过她！这一发现使她一阵雀跃（他没有忘记她!),却又令人不安:关于她,明早还知道些什么?显然远比她对他的认识来得多。

"我一直梦想哪天能看到藏书室,"他说,"我还想看看彩色玻璃窗。总之,韦尔斯牧师有一天发现了我,朝我走过来。他很亲切。我确定你能想象他有多么亲切,阿尔玛,因为你也遇到过他。他给我一项任务。他说,他需要传达一个信息给帕皮提的一位传教士。他问我能不能把信息带给他的朋友。当然,我答应了。我问他:'信息是什么?'他只递给我一块石板,上面写了一些句子,他用塔希提语说:'信息在这里。'我心存怀疑,却还是动身跑去。几小时内,我在码头旁的教堂看到另一个传教士。这个男人完全不会讲塔希提语。我不明白我甚至连信息是什么都不知道,怎么可能把信息传达给他,而且我们沟通不了!不过我把石板递给了他。他看着石板,走进他的教堂。他走出来时,递给我一小叠信纸。那是我头一次看到纸,阿尔玛,我以为那是我所看到过的最好、最白的'塔帕'布——虽然我不明白谁能把这么小块的布料裁成衣服。我以为它们可以缝在一起,制作成某种服装。

"我匆匆赶回马泰瓦伊湾,跑了整整七里路,把纸交给韦尔斯牧师,他很高兴,因为——他告诉我——这正是他传达的信息:他想借一些信纸。我是塔希提小孩,阿尔玛,也就是说,我了解魔法和奇迹——可我却不了解这种魔术。在我看来,韦尔斯牧师似乎设法说服石板,让它把某件事告诉另一位传教士。他肯定吩咐石板代他发言,于是,他的愿望得到实现!喔,我想知道这个魔法!我向我那块模仿拙劣的石板低声命令了一句,用珊瑚在上面写了几行。我的命令是:'让我的哥哥起死回生。'我现在还是不懂当时怎么没有请求让我母亲起死回生,不过我当时肯定更思念我哥哥。或许因为他常常保护我。我一直很崇拜我哥哥,他比我勇敢许多。阿尔玛,我的魔法尝试并未成功,这并不奇怪。不过,韦尔斯牧师看到我做的事,于是坐下来跟我谈话,我就是这样开始接受新的教育的。"

"他教了你什么?"阿尔玛问道。

"首先,基督的怜悯。其次,英语。最后,阅读。"过了好一阵子,他才又说,"我是好学生。我听说你也是好学生?"

"是的,一直都是。"阿尔玛说道。

"动脑对我来说不是难事,我相信对你来说也不是难事。"

"没错。"阿尔玛说道。安布罗斯还告诉过他什么?

"韦尔斯牧师成了我的父亲,从此以后,我一直是我父亲的最爱。我相信,他爱我甚于爱他自己的女儿和妻子。他爱我肯定胜过爱他的其他养子。安布罗斯告诉过我,你也是你父亲的最爱——亨利爱你或许胜过爱他自己的太太?"

阿尔玛吃了一惊。这种说法令人震惊。她觉得完全无法回答。她对母亲和普鲁登丝是何等忠诚?这么多年来——即使跨越死亡的分界——她依旧无法让自己诚实地回答这个问题?

"当你是父亲的最爱时,你会知道的,阿尔玛,我们难道不是吗?"明早语气柔和地探问,"这会把一种独特的力量传递给我们,不是吗?如果世界上最重要的人,选择喜爱我们胜过其他所有的人,那就使我们习惯得到我们渴望的东西。你难道不也是这样?我们怎能不觉得自己是坚强的——像你我这样的人?"

阿尔玛自问这是不是实情。

当然是实情。

她的父亲把一切都留给了她——他全部的财产,把世界上的其他人排除在外。他从来不让她离开白亩庄园,不只因为他需要她,她突然意识到,还因为他爱她。阿尔玛记得她幼年时,他让她坐到他腿上,向她讲述稀奇古怪的故事。她记得父亲说:"在我看来,其貌不扬的这一个,可抵十个美人儿。"她记得一八〇八年,白亩庄园举办舞会的那个晚上,意大利天文学家把宾客安排到天体舞台当中,指挥他们跳一场精彩的舞蹈。她的父亲——位于中心的太阳——在宇宙间呼喊:"给这小女孩安排一个地方!"鼓励阿尔玛奔跑起来。有生以来头一次,她突然想到,那天晚上肯定是他,亨利,把火炬塞进她手中,把火托付给她,让她像一颗火热的彗星穿过草坪,穿过辽阔的世界。没有其他人有权将火托付给一个孩子。没有其他人能赋予阿尔玛取得一席之地的权力。

明早继续说下去。"我父亲一直把我看成某种先知,你知道。"

"你也是这样看待自己的吗?"她问道。

"不,"他说,"我知道自己是什么人。首先,我是'绕啼'。我是个演说家,就像之前我的祖父那样。我到众人面前,为他们唱出鼓励。我的人民受了许多苦,我推动他们再次坚强起来——只不过是以耶和华之名,因为新的上帝比我们古老的诸神更为有力。如果这不是事实,阿尔玛,我的人民可能还活着。这是我的传道方式:运用力量。我相信在这些岛上,造物主和耶稣基督的福音绝不能通过温和劝说的方式来传递,而是必须通过力量。正因为如此,我在别人失败的事情上取得了成功。"

他告诉阿尔玛这些事时态度相当随意。他几乎漫不经心地不当回事儿。

"但是还有别的东西,"他说,"在以往的思维中,有所谓的中介人——可以说是神与人之间的信使。"

"像是牧师?"阿尔玛问道。

"你是说,像韦尔斯牧师?"明早露出微笑,再次看着洞口,"不。我的父亲是个好人,可他不是我在这儿指的那种人。他不是神的信差。我指的是牧师以外的其他类型的人。我想你可以说是……哪个词呢?使者吧。在以往的思维中,我们相信每个神都有他自己的使者。在紧急情况下,塔希提人民祈求这些使者帮助他们。'来到这世界,'他们祈祷,'来到光明中,帮助我们,战争、饥饿和恐惧使我们受苦。'使者不属于这世界,也不属于来世,而是出入于二者之间。"

"你是这样看待自己的吗?"阿尔玛又一次问道。

"不,"他说,"我是这样看待安布罗斯的。"

他说完后,立刻转身面向她,他的脸——有那么一会儿——露出痛苦的表情。她的心揪了起来,她必须控制住自己,好让自己保持镇定。

"你也是这样看待他的吧?"他问道,在她的表情中寻找答案。

"是的。"她说道。他们终于谈到正题了。他们终于谈到安布罗斯了。

明早点点头,似乎松了口气。"他听得见我的思考,你知道。"他说道。

"是的,"阿尔玛说,"这是他能做的事。"

"他要我聆听他的思考,"明早说,"可我没有那种能力。"

"是的,"阿尔玛说,"我明白,我也没有。"

"他看得见邪恶——邪恶集结成群的样子。他跟我这样解释邪恶,说是集结成群的凶险的颜色。他看得见死亡。他也看得见善良。浪涛滚滚的善良,围绕着某些人。"

"我知道。"阿尔玛说道。

"他听到了死者的声音。阿尔玛,他听到了我哥哥的声音。"

"是的。"

"他跟我说,有天晚上,他听得见星光的声音——却只在那一天晚上。他很难过他再也听不到了。他认为如果他和我一起试着去听,我们如果一起思考,就能收到信息。"

"是的。"

"他在地球上很寂寞,阿尔玛,因为没有人和他一样。他找不到家。"

阿尔玛又一次感到揪心——紧绷的羞愧、内疚和懊悔。她把手攥成拳头,按在眼睛上。她尽量让自己不哭出来。她放下拳头,睁开眼睛时,明早正看着她,仿佛在等候一个信号,仿佛等着看是否不该再说下去。可是她要的就是他继续说下去。

"跟你一起时,他的愿望是什么?"阿尔玛问道。

"他要一个同伴,"明早说,"他要一个孪生兄弟。他要我们一模一样。"

他错认了我,你明白。他把我看得比我本身还好。"

"他也错认了我。"阿尔玛说道。

"因此你看到了结果。"

"跟他一起时,你的愿望是什么?"

"我想跟他交合,阿尔玛。"明早严肃地说道,却没有退缩。

"我也是。"她说道。

"所以我们是同路人。"明早说道,尽管这种想法似乎并未给他带来慰藉,也没有给她带来慰藉。

"你有没有跟他交合?"她问道。

明早叹了口气。"我让他相信我也是单纯的人。我想他把我看成是第一个男人,一种新的亚当,我让他相信那个我。我让他画我——不,我鼓励他画我——因为我虚荣。我跟他说,像他画兰花那样,无瑕赤裸地画我。毕竟,在上帝眼中,一个裸体男人和一朵花有什么不同?我这么告诉他,我就是这样接近他的。"

"那你有没有跟他交合?"她又说一遍,逼着自己寻求更直接的答案。

"阿尔玛,"他说,"你让我明白你是什么样的人。你说你受欲望驱使,渴望理解。现在就由我让你明白我是什么样的人:我是征服者。我这么说不是夸口,这只是我的本性。或许你以前从未遇到过征服者,因此对你来说这很难懂。"

"我的父亲是征服者,"她说,"我比你想象中更懂征服者。"

明早点点头,承认这点。"亨利·惠特克。根据各方面的说法,是的。你或许没错。那么,你也许能了解我。你肯定知道,征服者的本性,是取得他想取得的任何东西。"

之后,他们没有说话,持续了好一段时间。阿尔玛有另一个问题,可她几乎不忍心问。然而,如果她现在不问,她就永远无法知道,问题就会一辈子啃噬着她。她再次鼓起勇气问:"明早,安布罗斯是怎么死的?"他没有立即回答。她于是又说:"韦尔斯牧师告诉我,他死于感染。"

"我想,到后来,他不是死于感染。那是医师的说法。"

"那他到底是怎么死的?"

"谈这件事令人难受,"明早说,"他悲伤而死。"

"你的意思是什么——悲伤?怎么说?"阿尔玛继续问道,"你务必告诉我。我到这里来,不是为了愉快地交流,我向你保证,我能承受我听到的任何事。告诉我——原因是什么?"

明早叹了口气。"安布罗斯过世前几天,把自己割伤了,伤得相当严重。你记得我跟你说过,这里的妇女——在她们痛失亲人时——会拿鲨鱼牙齿割伤自己的头?可是她们是塔希提人,阿尔玛,而这是塔希提习俗。这儿的妇女知道怎么做才安全。她们明确地知道该割多深,能宣泄自己的哀伤,却不会造成可怕的伤害。事后,她们立即照料伤口。安布罗斯却并不精通这种自我伤害的艺术。他很伤心。这个世界让他失望。我让他失望。最糟的是,我相信,他让他自己失望。他没有让自己住手。我们在他的'法垒'发现他时,已经回天乏术。"

阿尔玛闭上眼睛,看见她的爱,她的安布罗斯——他美好的头颅——溅满自虐的鲜血。她同样也让安布罗斯失望。他要的只是纯净,而她要的却只是享乐。她把他驱逐到这偏远之地,他却死在这里,死得如此悲惨。

她感觉到明早碰了碰她的手臂,她睁开眼睛。

"别难受,"他平静地说,"你不能阻止这样的事发生。你没有导致他死亡。如果有人导致他死亡,那也是我。"

她仍然说不出话来。而后,另一个可怕的问题出现在她脑际,她别无选择,只能提问:"他是不是也切断他的指尖?就像玛努姊妹那样?"

"没有全部。"明早说道,以令人赞叹的婉转态度。

阿尔玛再次闭上眼睛。那双艺术家的手!她想起——尽管她不希望想起——她把他的手指塞进她口中那一夜,想把他领入她体内,使安布罗斯吓得直往后退。他是那么脆弱。他是怎么对他自己施加如此恐怖的暴行的？她觉得自己就要反胃了。

"这是我得背负的重担，阿尔玛，"明早说道，"我有力量承担这样的重担。让我背负吧。"

她又能说出话来时，说："安布罗斯自杀而死，韦尔斯牧师却给他举行体面的基督教葬礼。"

这不是一个疑问，而是惊叹的声明。

"安布罗斯是模范基督徒，"明早说，"至于我父亲，愿上帝保佑他，他是个异常慈悲宽容的人。"

阿尔玛慢慢拼凑起更多故事，问道："你父亲知不知道我是谁？"

"我们应当假定他知道，"明早说，"我的好父亲知道在这岛上发生的一切。"

"而他却待我这样好，他从来没有探问……"

"这不该令你感到惊奇，阿尔玛。我父亲是善良的化身。"

又是一阵沉寂。而后："可是明早，这是否意味着，他对你有所了解？他是否知道你和我已故的丈夫之间曾经发生的事情？"

"我或许可以再次做这种合理的假设。"

"然而他还是那么欣赏你……"

阿尔玛无法完成自己的思考，明早也没有费心回答。在这之后，阿尔玛震惊地默默坐了好一阵子。显然，韦尔斯牧师慈悲宽容的巨大能力，无法用逻辑，甚至语言去解释。

不过最后，另一个可怕的问题出现在她脑际。这一问题使她满怀敌意，有些疯狂，可是——又一次——她必须知道。

"你是不是强迫安布罗斯？"她问道，"你是不是弄伤了他？"

对这含蓄的指控，明早没有动怒，不过他似乎瞬间苍老了起来。"啊，阿尔玛，"他悲伤地说，"你似乎不太了解真正的征服者。我没有必要强迫——一旦我下定决心,其他人别无选择。你不了解这一点吗?我有没有强迫韦尔斯牧师收我做养子,爱我的程度甚至超越他自己的亲人?我有没有逼迫赖阿特阿岛拥抱耶和华?你是个聪明的女人,阿尔玛。试着领略这一点。"

阿尔玛又一次把拳头按在眼睛上。她不想让自己哭泣,可现在她得知了一个可怕的事实:安布罗斯允许明早碰他,却憎恨地躲开她。这则信息可能使她比今天得知任何其他事情时感觉更糟。在听过这些可怕的事情后,她却只顾着这种自私自利的小事,这使她感到羞愧,可她实在身不由己。

"怎么了?"看到她痛苦的脸,明早问道。

"我也渴望跟他交合,"她终于承认,"可他不要我。"

明早无限温柔地看着她。"这正是你和我不同的地方,"他说,"你会让步。"

⁂

这时,潮水终于退去,明早于是说:"我们趁这个机会赶紧走吧。如果我们想做这件事,现在就得行动。"

他们把独木舟留在浪打不到的岩架上,走出洞穴。如明早所应允的,沿着峭壁底下,出现了一条窄路,让他们能安全行走。他们走了一百英尺后,开始往上攀爬。从独木舟上看去,峭壁似乎陡峭、垂直、难以攀登,不过现在,她跟着明早把手脚放在他放手脚的地方,看到确实有条小路向上延伸。就好像有人凿出阶梯来,踩脚和抓手的地方恰好就在他们需要的位置。她没有往下看下方的海浪,却充满信任——就像她学会信任希罗部队向导的能力,以及她本身稳健的步履。

大约攀登五十英尺后,他们来到一座山脊。沿着山脊,他们来到一个茂密的丛林,爬上一段长满潮湿根藤的陡坡。与希罗部队度过数星期后,阿尔玛已经恢复了良好的徒步状态,有一颗如高地矮马般的心脏,然而这确实是一次危机四伏的攀爬之行。她脚下的潮湿树叶有使人滑跤的危险,即使光着脚也很难找到牢靠的立足点。她感到疲劳。她看不到步道的迹象。她不明白明早怎么可能看出他要往哪里去。

"当心,"他回过头来说道,"这很滑。"

她意识到,他肯定也很疲乏,因为他甚至没有发现自己刚刚用法语跟她说话。她根本不知道他会讲法语。他脑袋里还有什么?她感到不可思议。对一个孤儿来说,他成就不凡。

坡度稍微平缓下来,此时,他们走在一条小溪旁边。不久,她听见远方隐约传来的隆隆声。有一会儿,声响只是低低的喧扰声,不过而后,他们来到一个转弯处,她看到一条约七十英尺高的瀑布,一条雪白的飞沫闹哄哄地注入翻腾的水潭中。瀑布的冲力产生强劲的阵风,水雾使阵风成形,有如显现出来的鬼魂。阿尔玛想在此停歇,然而瀑布并不是明早的目的地。他倾身靠向她,让她能听见他的声音,他指着天空喊道:"现在继续往上。"

他们在瀑布边一步步攀爬。不久,阿尔玛的衣服已经湿透。她伸手握住一丛丛粗壮的山蕉和竹子,让自己站稳,祈祷这些植物不会连根拔起。在瀑布顶端,是平滑的石头和高大的草丛构成的圆丘,以及交织的大卵石。阿尔玛断定这肯定是他说的高原——他们的目的地——尽管她一开始无法断定这地方有何特别。但明早走到一块最大的卵石后方,她跟着他走去。忽然间,那儿有个山洞入口——整整齐齐地切入——山洞就像屋子的一个房间,四面都是八英尺高的墙。洞内凉爽寂静,有矿物和土壤的气味。洞穴里覆盖着——彻底铺满——阿尔玛所看过的最茂密的苔藓。

山洞不仅布满苔藓,而且因苔藓而搏动。不仅翠绿,而且绿得发狂。明亮的翠绿色几乎在说话,仿佛穿过视觉的世界,想移居到听觉的世界。苔藓是一层厚密、活生生的毛皮,把每一块岩石的表面都变成了神秘的睡兽。简直难以相信,山洞最深处的角落闪着最亮的光芒;阿尔玛惊叹地意识到，那儿完全缀满宝石般金银嵌错的光藓[1]。

妖精的黄金，龙洞的黄金，精灵的黄金——光藓是最珍稀的洞穴苔藓，这种假造的宝石，从地洞的永恒暮光内部像猫眼一样闪闪发光，这种不同凡响的闪亮植物，每天只需要最短暂的一丝亮光，就能焕发永恒的光彩，这种光彩夺目的魔术师，其光辉的表面骗得数世纪以来的旅人相信自己发现了隐藏的宝藏。然而对阿尔玛来说，这正是宝藏，比真正的财富更为慑人，因为整个山洞都笼罩在神秘闪亮的翡翠光泽中，从前她只在透过显微镜瞥见苔藓的时候看到过缩影……而现在，她就完全站在其中。

踏入这神奇的地方，她的第一反应是闭上眼睛，不去正视美景。这令人无法忍受。她感觉就像她不可擅自观看这幅景象，除非通过某种天意。她觉得自己不配。她闭着眼睛，放松下来，让自己相信这幅景象是她在做梦。然而，当她胆敢再次睁开眼时，一切的景象仍在那里。山洞非常美丽，使她的骨头因憧憬而疼痛不已。她从来没有像渴望这幅微光闪烁的苔藓奇观一样渴望过任何东西。她想被这幅景观吞噬。尽管就站在这里，她却已开始怀念这个地方。她知道她的余生都会怀念这里。

"安布罗斯一直觉得你会喜欢这里。"明早说道。

直到这时，她才啜泣起来。她啜泣得如此猛烈，甚至没有发出声音——她的脸孔扭曲成悲剧的面具。她的内心有什么迸裂开来，劈开她的心和肺。她扑到明早身上，就像士兵中枪，扑倒在战友的怀里。他扶住她。她像咯咯发响的骷髅般浑身颤抖。她的啜泣没有平息。她抓着他，力量如此之大，很可能让一个比较弱小的男人肋骨断裂。她想压在他身上，直接穿透他，从另一边出来——或者更好的是，消失在他整个人当中，被他的肠胃吸收，从此被抹去、消解。

---

[1] 光藓（Schistotega Pennata），一种顶端带有亚球型反射细胞的珍奇苔藓，因在黑暗中荧荧发光而闻名。多分布于日本本州以北地区、欧洲和北美。

在极度的悲恸当中,她起初并未察觉,不过终于,她发觉他也在哭泣——不是猛烈的阵阵抽泣,而是缓慢的泪水。她扶住他,就像他扶住她一样。于是他们一起站在苔藓殿堂中,哭出他的名字。

安布罗斯,他们悲叹道,安布罗斯。

他再也不会回来。

最后,他们跌在地上,像砍倒的树木一样。他们的衣服完全湿透,他们的牙齿因寒冷疲倦而打战。没有讨论,也没有不自在,他们脱去他们的湿衣服。不这么做的话,他们将死于寒冷。此时,他们不仅精疲力竭、浑身湿透,而且一丝不挂。他们躺在苔藓上,彼此对视。这不是评估,也不是诱惑。明早外形俊美——但这是显而易见、不足为奇、毋庸置疑、微不足道的事实。阿尔玛的外形不美——但这也是显而易见、不足为奇、毋庸置疑、微不足道的事实。

她握住他的手。她把他的手指放进她的嘴里,像孩子一样。他让她这样做,他没有吓得直往后退。而后,她伸手握住他的阴茎。像每一个塔希提男孩一样,他小时候以鲨鱼牙齿割了包皮。她需要更亲近地触摸他;他是唯一触摸过安布罗斯的人。她没有请求明早准许她触摸;他却用非言语的方式发出许可。一切都得以了解。她从他巨大温暖的躯体往下移,将他的阳具放进她嘴里。

这是她此生真正想做的一件事。她已经放弃了那么多,也从来没有抱怨过——她难道不能得到这个,至少就这么一次?她不需要结婚。她不需要美丽,也不需要有男人渴望。她不需要被朋友和琐事包围。她不需要庄园、藏书室或财富。有这么多东西她都不需要。她甚至不需要在令人疲倦的五十三岁时,让她那无人涉足的古老贞操终于被开凿——尽管她知道,如果她想要,明早也会尊重她的意愿。

然而——即使只是她一生中的一个片刻——她需要这个。

明早没有迟疑,也没有催促她。他让她研究他,让她把自己能放下的一切都放进她嘴里。他让她吸吮着他,仿佛通过他吸气——仿佛她在水里,这是她与空气的唯一联结。她的膝盖在苔藓地上,她的脸在他的秘密鸟巢上,她觉得他在她的嘴里越来越沉重、温暖、甚至更宽容。

一切都像她所期盼的那样。不,比她所期盼的更多。而后,他把自己宣泄在她嘴里,她接受了,就像接受奉献和施舍。

她很感激。

而后,他们不再哭泣。

❖

他们一起过夜,在那高处的苔藓洞穴里。此时在黑暗中返回马泰瓦伊湾太过危险。尽管明早并不反对晚上划独木舟(事实上,他宣称更喜欢夜晚行动,因为晚上较为凉爽),他认为在黑暗中爬下瀑布和峭壁,对他们而言并不安全。根据他对此岛的了解,他肯定一直都很明白他们必须在此过夜。对于他的策划,她并不在意。

在户外睡觉,无法保证能舒舒服服睡上一觉,不过他们尽量利用环境。他们用台球大小的石头搭了个小火堆。他们把干燥的木槿堆积起来,明早在几分钟内就扇起火来。阿尔玛收集面包果,用香蕉叶包起来烤,直到果子迸开。他们用山蕉梗做被褥,以石头将其敲打成柔软如布般的质料。他们一起睡在这简陋的山蕉被褥下,彼此依偎取暖。虽然潮湿,却不是难以忍受。他们像狐狸兄弟般躲在洞穴中。早晨,阿尔玛醒来时发现,山蕉梗的树液在她皮肤上留下深蓝色的污斑——尽管她发觉,明早的皮肤上并未出现污斑。污斑被他的皮肤吸收,却在她苍白的皮肤上公然显现。

不去谈论前一天晚上的事,似乎是明智的做法。他们在这件事情上保持沉默,不是因为觉得羞愧,而是出于某种近似尊重的心情。而且,他们已经精疲力竭。他们穿上衣服,吃过剩下的面包果后,爬下瀑布,沿着峭壁择路下山,回到洞穴,看到高处的独木舟仍保持干燥,然后他们踏上了返回马泰瓦伊湾的路程。

六个小时后,教区熟悉的黑色沙滩映入眼帘时,阿尔玛转身面对明早,把她的手放在他的膝盖上。他停止划船。

"原谅我,"她说,"我能不能问你最后一个问题?"

还有一件事她必须知道——毕竟她不确定他们能否再见到彼此——她现在就得问他。他尊重地点点头,请她继续说下去。

"将近一年来,安布罗斯的皮箱——里面装满了你的画像——摆在海滩上我的'法垒'中。任何人都可以取走它。任何人都可以把你的那些画像分发到全岛各地。可这岛上没有一个人碰过这件东西。原因是什么?"

"喔,这很容易回答,"明早从容地说,"因为他们都很怕我。"

而后,明早再次执起船桨,把他们送回岸边。时近傍晚祷告会。大家热情喜悦地欢迎他们回家。他做了一场优美的布道。

没有一个人敢问他们去了哪里。

26

三天后，明早离开塔希提，返回赖阿特阿的教区——与他的妻儿团聚。在那几天，阿尔玛大部分的时间都独自待在她的"法垒"，和狗儿罗杰单独相处，思考她得知的一切。她觉得既解脱又沉重：从她以往的一切问题中解脱，因答案而感到沉重。

她放弃同玛努和其他女人在河里晨浴，因为她不想让她们看见她皮肤上的蓝色淡斑。她去教堂做礼拜，可是她待在人群后面，让自己毫不显眼。她和明早不曾再有独处的时间。事实上，就她所看到的，他也从来没有自己的时间。她竟然能找到和他独处的时间，简直是个奇迹。

明早临行前一天，人们又为他举行了另一场庆祝活动——跟两周前不同凡响的庆典一模一样。又有舞蹈和盛宴。又有音乐师、摔角赛和斗鸡。又有营火和宰杀的猪。阿尔玛现在能清楚地看到，明早是多么受人崇敬，不止是受人喜爱。她还能看到他担负的岗位责任，以及他在这一岗位上表现出的才干。人们将无数的花环套在他脖子上，鲜花沉重地挂在他身上，像链条一样。他收到各种礼物：笼子里的一对绿鸽，一群抗议的乳猪，一把不能射击、仅供装饰之用的荷兰枪，一本山羊皮装订的《圣经》，一些给他夫人的珠宝，一摞印花布匹，好几麻袋糖和茶，一只供他在教堂使用的精美铁钟。大家把礼物摆在他脚边，他优雅地收下。

黄昏时分，一群女人带着扫帚来到海边，开始为一场"哈鲁拉普"（haru raa puu）赛事将海滩打扫干净。阿尔玛以前从未看过哈鲁拉普比赛，不过她知道这种游戏,韦尔斯牧师告诉过她。该游戏——可以译为"擒球"之类的名称——由两队女人参加比赛,隔着约一百英尺长的一片海滩,面对面彼此对抗。在这特殊的球场两端,他们在沙滩上画一条线,标明进球处。球由山蕉叶紧密捻成的厚捆包替代,直径约相当于中等大小的南瓜,尽管没那么重。阿尔玛得知,游戏要点是要从对方手中擒过球来,爬到球场另一端,而不被敌方阻截。如果球刚好掉进海里,比赛就在海浪中继续进行。为了阻止对方得分,球员可以不择手段。

英国传教士们认为哈鲁拉普太过低俗刺激,因此该游戏在其他的传教区一概被禁止。其实,为传教士们说句公道话,这个游戏不只是低俗而已。女人往往会在哈鲁拉普比赛中受伤——手脚折断,颅骨跌裂,流血。如韦尔斯牧师所赞叹的那样:"令人震撼的野蛮表演。"然而暴力正是重点所在。昔日,男人演练战争,女人演练哈鲁拉普,这让女士们在战争到来时也能做好准备。当别的传教区将哈鲁拉普当作有悖基督教义的野蛮表现而予以禁止时,为什么韦尔斯牧师准许此种比赛持续进行?出于和以往相同的原因:他实在看不出这有什么害处。

然而,比赛一旦开始,阿尔玛不得不认为,韦尔斯牧师在这点上大错特错:哈鲁拉普赛事可能造成极大的伤害。球赛一开始,女人们就变成了令人生畏的家伙。这些亲切好客的女士——阿尔玛在晨浴中看过她们的身体,和她们分享过食物,曾把她们的宝宝放在膝上逗弄,听过她们在虔诚的祈祷中提高声调,看过她们用鲜花装饰得那样漂亮的头发——瞬间将她们自己调整为恶魔悍妇的敌对阵营。阿尔玛无法断定,真正的比赛重点究竟是擒球,还是撕裂对方的手脚——或者两者兼而有之。她看到甜美的埃蒂妮一把抓住另一个女人的头发,将她摔倒在地——而对方甚至连球都还未接近。

海滩上的群众喜爱这一幕,大声欢呼。韦尔斯牧师也一起欢呼,阿尔玛头一次在他身上看到了从前那个尚未承蒙耶稣和韦尔斯夫人拯救的、寻衅好斗的康沃尔无赖。看着女人们抢球并攻击对方，韦尔斯牧师看上去不再像无害的小精灵，更像是无畏的小捕鼠犬。

而后，相当出其不意，完全不知从何而来，阿尔玛被一匹马碾过。

或者说，正是这样的感觉。然而，将她撞倒在地的不是马，而是玛努，她从球场跑出来，威力十足地从侧面朝阿尔玛冲过来。玛努抓住阿尔玛的胳膊，把她拉到场地当中。群众喜欢此情此景，欢呼声越来越大。阿尔玛一眼瞥见韦尔斯牧师的脸，这一意外转折令他神色兴奋，愉快叫喊。阿尔玛瞟了一眼明早，他的态度礼貌含蓄。他威武的形象不容他对这一活动发笑，可他亦未表示不赞同。

阿尔玛不想玩哈鲁拉普，但是没有人在这件事上征求她的同意。待她明白过来时，她已经加入比赛。她感觉自己仿佛正受到来自四面八方的攻击，不过这很可能是因为，她的确正受到来自四面八方的攻击。有人把球塞进她手里，同时推她。是埃蒂妮。

"跑！"她喊道。

阿尔玛跑了起来。她没跑多远，就又被摔倒在地。有人用胳膊勒住她的喉咙，动手打她，她就仰面倒在地上。倒下去时，她咬到自己的舌头，尝到鲜血的味道。她考虑就继续躺在沙滩上，避免遭受更严重的伤害，可她担心被毫不留情的人群踩过去。她站起身来。群众再次欢呼。她没有时间思考。她被拉进一群扭打的女人当中，除了去她们去的地方之外别无选择。她一点儿也不知道球在哪里。她无法想象怎么会有人知道球在哪里。等明白过来，她已经人在水中。她再次被撞倒。她探出头来，喘着大气，眼睛和喉咙里都是海水。有人把她推到更远、更深处。

现在，她真的惊恐起来了。这些女人，就像所有的塔希提人一样，在会走路之前就学会了游泳，阿尔玛在水中却没有自信也毫不熟练。她的裙子又湿又重，这使她更加惊恐。海浪不大，却仍是海浪，朝她席卷而来。球打在她的耳朵上；她没有看到球是谁丢的。有人喊她"破累头"

(poreito)——严格翻译的话,意思是"贝壳类",但是以俗语来说,是用来称呼女性生殖器官的粗话。阿尔玛做了什么事,应被侮辱为"破累头"?

而后,她又沉到水里,被企图碾过她的三个女人撞倒。她们办到了:她们碾过了她。其中一人用脚踢阿尔玛的胸部——以阿尔玛的身体当作支撑,就像在水池中把岩石当作支撑。另一个人踢她的脸,现在她很确定自己的鼻子已被打断。阿尔玛再次挣扎着浮到水面,拼命喘气,吐出血来。她听见有人叫她"扑阿"(pua'a)——猪。她又被推到水下。这回,她确定她们是蓄意的,她的头被两只强壮的手从后面摁住。她又一次浮上来,看到球飞了过去。她隐约听到众人的欢呼。她又一次被踩了过去。她又一次沉下去。这回当她尝试浮上来时,却办不到:有人确实坐在了她身上。

接下来发生的事不可思议:时间完全停止下来。阿尔玛眼睛睁开,嘴巴张开,鼻血流入马泰瓦伊湾,在水中麻痹无助,她发觉自己即将死去。令人震惊的是,她浑身放松。这没有那么糟,她想道。事实上,这很容易。一旦你面对死亡,走向如此令人恐惧、极力回避的死亡是最容易的事。为了死,你只需不再试着活下去,你只需同意销声匿迹。阿尔玛静止不动,被压在这位不知名对手的庞大身躯底下,她就能被轻易抹去。随着死亡,一切痛苦都会终结,疑问也会终结,羞愧和罪恶感也会终结,她的一切问题都会终结。记忆——其中最谢天谢地的事——也会终结。她能够让自己默默离开人世。何况安布罗斯也让自己离开了人世。对他而言那是何等的安慰啊!她在这儿同情安布罗斯自杀,可他肯定觉得那是多么令人高兴的解脱!她应当羡慕他!她可以直接跟随他,跟随他归入死亡。她有什么理由必须拼命抓住空气?搏斗有什么用?

她更加放松了。

她看到淡淡的光。

她觉得自己受邀前往某个美丽的地方。她觉得自己受到召唤。她想起母亲临终时说的话：很舒服[1]。

很舒服。

而后——在倒转一切为时已晚之前仅剩下的几秒钟内——阿尔玛突然得知一件事。她以她所有的生命得知这一则无可商榷的信息：她知道身为亨利和比阿特丽克斯的女儿，她来到世上不是为了溺死在五英尺深的水里。她还知道：如果为了拯救自己的生命而必须杀人，她会毫不犹豫地这么做。最后，她知道了另一件事，而这件事是最重要的认知：她知道这个世界一半属于为生命英勇而战的人，一半属于投降死去的人。这是个简单的事实。这一事实不仅适用于人类的生命，也适用于地球上的每一个生命实体，从最大到最卑微的生物。甚至适用于苔藓。这一事实是大自然的基本机制，是一切事物、一切变异背后的驱动力，也是对整个世界的解释。这也是阿尔玛一直在寻找的解释。

她从水里上来。她甩开压在她上面的身体，仿佛那是区区小物。鼻血直流，眼睛刺痛，手腕扭伤，胸口瘀伤，她浮出水面吸气。她转身寻找把她压在水里的女人。是她亲爱的朋友、无畏的女巨人玛努，她的头部因生命中各种不同的可怕斗争而伤痕累累。玛努正为阿尔玛脸上的表情而大笑。她的笑亲切直爽——甚至是同胞式的——却仍是大笑。阿尔玛扯住玛努的脖子。她扯住她的朋友，仿佛要捏碎她的喉咙。阿尔玛用最大的音量，正如希罗部队教给她的，高声吼出：

这是我！
我父亲是比你父亲更英勇的战士！
你连我的长矛都举不起来！[2]

---

[1] 原文为荷兰语。

[2] 原文为塔西提语。

而后,阿尔玛放了手,松开玛努的脖子。玛努毫不犹豫地朝阿尔玛雷霆大吼,以此表示赞同。

阿尔玛跨步迈向海滩。

她没有注意身边的任何人或任何事。要是海滩上有任何人为她欢呼或喝倒彩,她也不可能注意到。

她从海里大步走出来,好似诞生于大海。

卷五

◊

苔藓馆馆长

27

阿尔玛在一八五四年七月中旬抵达荷兰。

她在海上航行了一年多。那是一场荒谬的航行——或者该说是，一系列荒谬的航行。她在去年四月中旬离开塔希提，搭乘一艘驶往新西兰的法国货轮。她被迫在奥克兰等候了两个月，才找到一艘荷兰商船同意让她以旅客身份搭载前往马达加斯加，此后她就在大批牛羊的陪同下一起旅行。她从马达加斯加航往开普敦，搭乘一艘老得不可思议的荷兰帆船——这艘船是十七世纪最佳航海科技的代表。（事实上，这是唯一一段令她真心恐惧自己可能死去的航程。）从开普敦，她沿着非洲大陆西岸慢慢北上，分别在阿克拉和达喀尔的港口停下并换乘船只。在达喀尔她搭乘了另外一艘荷兰商船，首先到达马德拉群岛，接着抵达里斯本，横过比斯开湾，穿越英吉利海峡，一路抵达鹿特丹。在鹿特丹，她买了一张蒸汽客轮（她搭乘过的第一艘汽船）的船票，轮船带她绕过荷兰海岸，最后经须德海抵达阿姆斯特丹。一八五四年七月十八日，她终于下了船。

假如她没带狗儿罗杰一起走，她的旅程或许会快得多，也会容易得多。然而她带了它，因为到了终于要离开塔希提的时刻，她发现自己在道义上无法把它丢在身后。她不在，谁会照顾不讨人喜欢的罗杰？谁要冒着被它咬的危险去喂它？一旦她走了，她不能完全肯定希罗部队不会吃掉它。（罗杰当不了什么大餐；然而，她很怕想象它被摆在火上翻烤。）最重要的一点是，它是阿尔玛跟丈夫最后的实质性联系。安布罗斯过世时，罗杰很可

438

能就在"法垒"那儿。阿尔玛想象安布罗斯临终时,这条忠贞不渝的小狗守在房间中央吠叫,抵御妖魔鬼怪和伴随而来的绝望恐惧。光是这个理由,就让她有责任留下它。

不幸的是,没有几个船长喜欢船上有只愁眉苦脸、驼背、不友善的岛屿小狗做伴。他们大都拒绝接收罗杰,就这样丢下阿尔玛而继续航行,严重耽搁了她的航程。即使他们没有拒绝,阿尔玛有时也必须支付双倍的旅费,以换取罗杰的陪伴。她付了钱。她又割开更多旅行服边上的暗袋,取出更多金子,每次拿一枚钱币。你永远要有一笔贿金。

阿尔玛不介意艰巨漫长的旅程,一点儿都不。事实上,她需要旅行中的每时每刻,也喜欢在陌生船只和异国港口度过的与世隔绝的那几个月。自从在马泰瓦伊湾那场粗野的哈鲁拉普比赛中几乎溺毙后,阿尔玛一直在她所体验过的最敏锐的思考边缘上权衡,她不想让自己的思考受到干扰。在水里突然强烈闪现的念头,如今占据了她的内心,无法动摇。她不总是能分辨出,是念头在追逐她,抑或是她在追逐念头。有时候,这一念头似乎是睡梦转角处的生物——逐渐逼近,而后消失,而后再出现。她一天到晚追逐着念头,在笔记本上一页又一页奋笔疾书。即使在晚上,她的心思也在全力追寻这一念头的脚步,这使她每隔几个小时就会醒过来,需要坐在床上继续写下去。

必须说明,阿尔玛的最大长处不是当作家,尽管她已经写过两本——近三本——著作。她从不觉得自己有文学天分。她那几本关于苔藓的书,没有任何人会拿来读着玩儿,也不算通俗易懂,只有一小撮苔藓学家能全部读懂。她最大的长处是身为分类学家,能无穷无尽地记忆物种分化,对细枝末节不停追根究底。确实,她不是会讲故事的人。然而,自从那天下午在马泰瓦伊湾奋力挣扎到水面,阿尔玛便相信她有个故事要讲——一个宏大的故事。这个故事并不快乐,却对自然界做出许多解释。事实上,她相信,它能解释一切。

这是阿尔玛想说的故事:自然界是野蛮之地,为了生存,大大小小的物种彼此竞争。在这种生存斗争中,强者不垮,弱者淘汰。

这不是具有独创性的见解。科学家们使用"生存斗争"这个短语,已有数十年之久。马尔萨斯[1]用它来描述历史上造成人口爆炸和崩溃的种种力量。欧文和赖尔[2]也分别把这个短语用在他们论述物种灭绝及地质变化的著作中。按照情理来说,生存斗争是明显的事实。不过阿尔玛的故事有个转折。阿尔玛推断,也逐渐相信,生存斗争——经过漫长的演化后——不仅定义了地球上的生命,也创造了地球上的生命。因而它创造出地球上种类繁多的生物。斗争是机制所在。斗争解释了所有最棘手的生物之谜:物种分化、物种灭绝及物种变异。斗争解释了一切。

地球是个资源有限的地方。资源竞争激烈而持续。成功度过生存考验的个体,往往由于某种特性或变异,比其他个体更强壮、更聪明、更具创造力或更坚韧。一旦达成这种有利演变,存活下来的个体即可将这些优点传给后代,使其得以享受舒适的支配地位——直到其他更优秀的竞争对手到来,或者一种必要的资源消失不见。在这永无止境的生存竞争过程中,物种的结构不可避免地发生着变化。

阿尔玛的思路遵循天文学家赫舍尔提出的"连续创造"理论——一个既永恒不朽,却又不断演变的概念。不过赫舍尔认为,创造只有在宇宙范围中才是连续的。而阿尔玛现在相信,创造在任何地方都是连续的,在一切生命层面上——甚至在微观层面上,甚至在人类层面上。挑战无所不在,每一刻,自然界的状况都在变化。优势取得;优势丧失。丰饶时期结束后,接着到来的是"匮亚"时节——渴望的季节。在错误的环境中,任

---

[1] 托马斯·罗伯特·马尔萨斯(Thomas Robert Malthus,1766—1834),英国人口学家和政治经济学家。其著作《人口学原理》影响深远。

[2] 查尔斯·赖尔爵士(Sir Charles Lyell,1797—1875),19世纪英国著名地质学家、英国皇家学会会员。代表作为《地质学原理》。达尔文的演化论便是受到这本书的启发。

何物种都有灭绝的可能。可是在适当的环境中，任何物种也都有变异的可能。物种灭绝和变异从生命起源之初就在发生，如今仍在发生，也将继续发生，直到时间尽头——如果这些都无法构成"连续创造"，那阿尔玛不知道什么可以达到。

她很肯定，生存斗争也塑造了人类的生理和人类的命运。最好的例子，阿尔玛想道，莫过于明早，他的整个家族因欧洲人抵达塔希提带来的陌生疾病而消亡。他的血统几乎从此灭绝，然而出于某种原因，明早没有死。他身体里的某种东西使他存活下来，甚至当死神来敲门，带走他身边每个人的时候。然而，明早活下来了，得以传宗接代，而他的后代甚至可能继承他的长处和他超凡的抗病能力。这类的事件塑造了一个物种。

此外，阿尔玛想道，生存斗争同时也定义了人类的内部生命。明早是一个异教徒，却转化为虔诚的基督徒——因为他不但狡黠而且懂得自我保护，他看到了世界行进的方向。他选择未来，不选择过去。由于明早的先见之明，他的孩子们将在新世界中茁壮成长，他们的父亲在这个世界中受人敬仰、强大有力。（或者至少，他的孩子们将茁壮成长，直到另一波挑战来到他们面前。那时候，他们就得独立奋斗。那将是他们的战斗，没有任何人能让他们得以幸免。）

另一方面，则有安布罗斯这样的人，他得到上帝给予的四重恩赐：才华、创意、美丽、优雅——却未被赐予坚忍。安布罗斯误读了世界。他希望世界是个天堂，事实上那是个战场。他一生渴求永恒不变与纯洁无瑕。他渴望轻盈的天使盟约，却被严格的自然法则束缚——就像每个人和每件事物一样。此外，阿尔玛也明白，生存斗争的存活者，并不总是最美丽、最有才华、最具创意或最优雅的，有时只是最无情、最幸运或最顽强的而已。

唯有一个诀窍，那就是尽可能长时间地承受生存的考验。生存的可能性微乎其微，毕竟世界不过是灾难之地，是无穷无尽的苦难的熔炉。然而，在世界上存活下来的人，塑造了这个世界——尽管世界也同时塑造了他们。

阿尔玛将她的想法称作"竞争转变论"，她也相信她能够证明。当然，她不能用明早和安布罗斯的例子来证明——尽管他们将以庞大、浪漫、例证的姿态，永远活在她的想象中。尽管提及他们将是极不科学的做法。

然而，她可以用苔藓来证明。

❖

阿尔玛写得又快又长。她没有停下来修改，她只是撕掉旧稿子，几乎每一天都从头写起。她无法放慢速度，她没有兴趣放慢速度。像一个酩酊大醉的酒鬼——能够跑步而不跌倒，却无法走路而不跌倒——阿尔玛只能以盲目的速度让自己的想法继续推进。她害怕放慢速度仔细书写，因为她害怕自己会被绊倒在地，丧失勇气，或者更糟的是，丧失想法。

讲述这个故事——物种变异的故事，以苔藓的渐变过程来证实——阿尔玛不需要笔记，不需要白亩庄园的旧藏书室，也不需要她的标本室。这些她都不需要，只因她的脑袋早已贮存了对苔藓分类的大量理解，牢记的事实与细节填满了她头颅的每个角落。她熟知十八世纪关于物种蜕变和地质演化的一切论述。她的脑袋就像不计其数的书架组成的大储存库，里面堆满图书及箱子，构成无穷无尽、按字母排列的细目。

她不需要藏书室；她本身就是藏书室。

旅程的头几个月，她写下为自己的理论所做的基本指导性假设，并反复重写，直到她终于觉得自己已正确无误、原原本本地将其浓缩成以下十点：

地球表面的陆地和海洋并不总是分布在目前所在的地点。

根据化石记录，苔藓似乎经历了生命诞生以来的所有地质年代。

苔藓似乎通过适应性变化的过程，挺过了这些地质年代。

苔藓可借由更改地点（移居到气候更为适宜的地区），或更改内在结构（变异），来改造其命运。

随着时间的推移，苔藓的演变体现在不停挪动和舍弃特性上，导致其适应性发生变化：增加抗旱能力，减少对直射阳光的依赖，培养干旱多年后自我复苏的能力。

这些苔藓部落的变化速度和变化程度极富戏剧性，得以印证永恒的变化。

竞争及生存斗争，是这一永恒变化状态背后的机制。

苔藓在成为苔藓前，必然是一种不同的存在体（极可能是藻类）。

随着世界的不断变化，苔藓本身最终可能成为一种不同的存在体。

适用于苔藓的一切，肯定适用于一切生物。

阿尔玛的理论令人觉得既大胆又危险，甚至在她自己看来也是如此。她知道她踩在一个不可靠的地带——不仅从宗教的角度（尽管她不太关心这点），从科学的角度也是。像登山者一样，她朝自己的结论迈进时，知道有可能落入几个世纪以来吞噬许多法国大思想家的陷阱——体系精神的陷阱——他们想出某种伟大、令人振奋的普遍解释，而后试图强迫一切的事实和理由都顺从这一解释，无论是否言之有理。不过，阿尔玛确定她的理论确实言之有理。关键在于以书写证明。

船上就像任何其他地方一样，是书写的好地方——更好的是，这是一艘又一艘在浩瀚大海上缓慢而行的船。没有人打扰阿尔玛。狗儿罗杰躺在她卧铺的一角，看着她工作，喘气搔痒，不时看上去像是对生命感到失望。不过，无论它身在世界何处，都会是这样。晚上，它有时跳上她的卧铺，依偎在她的腿弯里。有时它小小的呻吟声使阿尔玛醒来。

有时候，阿尔玛晚上也会发出小小的呻吟声。她发现她的梦生动有力，

443

就像她在首次航海时感受到的那样,而安布罗斯也在其中扮演了重要角色。不过现在,明早也经常出现在她的梦中——有时甚至与安布罗斯合并成奇特、肉欲、荒诞不经的人物:明早的躯干长着安布罗斯的头;其中一人在与阿尔玛交欢时,突然变成另一个人。然而,在这些梦当中,不仅是安布罗斯与明早融为一体——所有的一切似乎都合并在一起。在阿尔玛最令人赞叹的夜间幻梦中,白亩庄园的旧装订室变成了苔藓洞穴;她的马车房变成了格里芬精神病院一个宜人的小房间;费城的清香草地变成了温暖的黑沙地;普鲁登丝突然穿着汉娜克的衣服;玛努照料着比阿特丽克斯欧几里得花园中的黄杨木;亨利坐在一艘波利尼西亚小独木舟上,沿着斯库尔基尔河划去。

这些画面尽管惊人,但这些梦却并未令阿尔玛感到不安,而是使她充满最为惊人的综合感知——仿佛她个人经历中的一切独立元素,终于都结合在一起。这世上她曾经知道或爱过的一切,都缝合了起来,成为一件东西。领悟到这点,她卸下了重担,欢欣鼓舞。她又有那种感觉——她过去只体验过一次,就在她和安布罗斯举行婚礼前的几个星期——生气勃勃、活力四射。不仅充满生气,脑袋的运作能力也处于最高峰——能够看到一切,了解一切,仿佛从最高的山脊俯瞰一切。

她会醒过来,喘一口气,立刻又开始书写。

阿尔玛为她的大胆理论建立了十项指导方针后,用她最振奋的精力,书写白亩庄园的苔藓战争史。她写自己花了二十六年的时间,在树林边缘的一群巨石上,观察部落间的进化与后退。她把焦点特别集中在曲尾藓上,因为它展现出苔藓科当中最细微的变异范围。阿尔玛得知有些种类的曲尾藓短小平凡,有些则有迷人的流苏。有些种类叶片笔直,有些则弯弯曲曲,有些只存活于石头边的朽木上,有些则占据阳光最充足的高大的圆石顶峰,有些在水坑中成长,还有一种在白尾鹿的粪便附近迅速增长。

阿尔玛在数十年的研究中发现,最为近似的曲尾藓种类,通常紧挨着彼此。她认为这并非事出偶然——对阳光、土壤和水的严酷争夺，迫使植物在几千年间做出微小的适应性进化，使之比近邻稍具优势。这也是为什么三四种不同的曲尾藓得以在同一颗圆石上共存的原因：在这安全、压缩的环境中，每一种类都找到了自己的位置，如今用细微的适应性变化，来保卫各自的领地。这些适应性特征无须别开生面（苔藓无须长出花、果或翅膀来）；只须具有显著的不同，就能战胜竞争对手——世界上最可怕的对手，莫过于在你身边的竞争对手。最紧急的战争，莫过于在家中打的仗。

阿尔玛极其详尽地报道了数十年间以英寸来衡量的胜利与失败。她讲述这数十年间的气候变化，如何使一个种类比另一个种类更具优势，鸟类如何改变苔藓的命运，以及——当牧场篱笆边的老橡树倒下去，树荫形态在一夕之间发生变化时，整个岩石领域的世界如何随之改变。

她写道："看来，危机越大，进化越迅速。"

她写道："一切改变的动力，显然都出于绝望和紧迫。"

她写道："自然界的美与变化，不过就是无止境的战争所造成的有形遗产。"

她写道："胜者恒胜——直到他不再获胜。"

她写道："这一生命是一场探测性的艰难实验。有时，失败后就是胜利——却没有任何承诺。最珍贵或最优美的个体，可能不是最具韧性的。自然之战的特征不是邪恶，而是这条强大冷漠的自然定律：生命体实在太多，没有足够的资源让一切存活。"

她写道："物种之间不断进行的争斗不可避免，失败也是，生物调节也是。进化是冷酷无情的数学运算，时间的长路上，到处都是难以估计、失败的实验遗迹。"

她写道："那些无法应付生存战斗的物种，或许一开始就不该尝试存活。唯一不可饶恕的罪恶，是在最终归宿到来前中断自己的生命实验。这样做，既懦弱又可悲——因为在我们每个人的具体情境中，生命实验很快就会自行中断,你不妨怀着勇气和好奇心,继续作战,直至到达无可回避的最终归属。不坚忍奋斗,是懦弱的行为。不坚忍奋斗,就等于拒绝伟大的生命契约。"

有时,她必须划掉整页文字,待她从写作中抬起头来时,才意识到数个小时过去了,她没有停止过涂写,却已不是完全在讨论苔藓。

而后,她在船的甲板上匆匆绕了一圈——无论她刚好在哪一艘船上——狗儿罗杰跟在她身后。她双手颤抖,激动得心怦怦直跳。她让她的头脑和胸腔清净起来,重新考虑自己的立场。随后,她回到自己的卧铺,拿一张新的纸坐下来,又重新写了起来。

这项工作她重复做了数百次,持续了近十四个星期。

✥

阿尔玛抵达鹿特丹时,几乎写完了她的论文。她不认为自己已经完全写完,因为其中仍然少了些什么。睡梦转角处的生物仍在逼视她,使她不得满足、心绪不宁。这种未完成感啃噬着她,她决定坚守这个念头,直到战胜它为止。尽管如此,她确实觉得她绝大部分的理论都是正确无疑的。如果她的想法正确,那么她手中掌握的,就是一份颇具革命性的四十页科学文件。可万一她的想法不正确呢?那她起码撰写了科学界所见过的最为详细的探讨费城苔藓部落生与死的论述。

她在鹿特丹休息了几天,待在她所能找到的愿意收留罗杰的唯一一家旅馆。她和罗杰在城里走了大半个下午寻找住所,却一无所获。沿途,她对旅馆职员投来的恼怒目光越来越不耐烦。她不得不认为,假如罗杰是一条漂亮迷人的狗,她肯定不会在寻找客房的过程中遇到这么多麻烦。这使阿尔玛感到很不公平,她觉得这条橘色的小杂种狗有它独有的高贵方式。它难道不是才刚刚横跨世界?多少傲慢的旅馆职员可以这样说他们自己?

然而她猜想这就是人生——充满偏见、耻辱和可悲之类的东西。

至于收留他们的旅馆，是个肮脏的地方，由一个阴冷的老妇人经营，她在柜台后面盯着罗杰看，说："我养过一只猫长得很像它。"

老天！想到那样一只悲哀的动物，她感到毛骨悚然。

"你不是妓女吧？"女人问道，只是为了确定。

这回，阿尔玛忍不住大声地讲出："上帝！"老板娘对她的回答似乎感到满意。

阿尔玛对着旅馆客房里黑乎乎的镜子一看，发现自己看起来没比罗杰体面多少。她到阿姆斯特丹的时候，可不能这个样子。她的衣服破败不堪、一塌糊涂。她的头发已经越来越白，同样破败不堪、一塌糊涂。她的头发已无可改变，不过在接下来的几天，她让人缝制了几件新的连衣裙。这些衣服并不精致（她效仿汉娜克原有的实用式样），但至少崭新、干净、完好。她坐在公园里，给普鲁登丝和汉娜克写了长信，让她们知道，她已经抵达荷兰，打算在此地无限期停留。

她的钱几乎花完了。她破烂的裙边仍缝有一点儿金币，可是不多。一开始，她还保有父亲的一点点遗产，而如今——在过去几年的旅行当中——她那点儿遗产的一大半都已用完，一次用掉一枚珍贵的钱币。她拿到的钱远远不够满足最简单的生活需要。当然，如果真的发生紧急情况，她知道她随时都能获取更多的钱。她想她能走进鹿特丹码头的任何一间账房——用扬西的名字和父亲的名声——轻易提取一份以惠特克财产作为担保的贷款。但是她不想这么做。她不觉得财产该属于她。她觉得对她个人相当重要的一件事是——从此以后——在世上闯出自己的路。

把信寄出去、取得新衣之后，阿尔玛带着罗杰搭乘汽船离开鹿特丹——到目前为止，这是他们最轻松的一段旅程——前往阿姆斯特丹港。他们一抵达，阿尔玛就把她的行李留在港口附近的一家普通旅馆，雇了个马车夫（他额外收了二十个辅币，才终于答应让罗杰上车）。马车带他们一

447

路抵达幽静的植物区,直接来到霍特斯植物园的大门口。

在植物园的高大砖墙外,阿尔玛下了马车,步入西斜的夕阳中。罗杰在她身边;她腋下夹了一个用牛皮纸裹着的小包。一个穿着整洁警卫制服的年轻人站在门口,阿尔玛走过去,用流畅的荷兰语询问园长今天在不在园中。年轻人证实园长确实在植物园里,园长一年到头天天都来上班。

阿尔玛微笑起来。当然,她想道。

"能不能和他说句话?"她问道。

"能不能请问你是什么人,要做什么?"年轻人问道,朝她和罗杰投来谴责的神情。她并不反对他的问题,可她肯定反对他的语气。

"我叫阿尔玛·惠特克,从事苔藓和物种变异方面的研究工作。"她说道。

"为什么园长要见你?"警卫问道。

她挺直身子,而后,就像"绕啼"一样,开始气势昂扬地背诵她的血统。"我的父亲是亨利·惠特克,你们国家有些人曾经称他为'秘鲁王子'。我的祖父是英王乔治三世的'苹果魔术师'。我的外祖父是雅各布·范·迪文德,是栽种观叶芦荟的好手,在这个植物园担任了三十多年园长——他从父亲那儿继承了这个职位,而他父亲则从自己父亲那里继承了这个职位,依次类推,一路追溯到一六三八年这一机构最初创建时。你们目前的园长,我相信,是迪斯·范·迪文德博士。他是我的舅舅。他的姐姐是比阿特丽克斯·范·迪文德,她是我的母亲,是设计欧几里得庭园的名家。如果我没弄错的话,我的母亲就在我们现在所站之地附近,在霍特斯墙外的一栋私人住宅里出生——从十七世纪中叶以来,范·迪文德家的每个人都在这儿出生。"

警卫目瞪口呆地看着她。

她结束时说:"如果这些信息多得让你记不住,年轻人,你只要告诉我舅舅迪斯,他的美国外甥女很想见见他。"

28

迪斯·范·迪文德在办公室里,隔着乱七八糟的桌子盯着阿尔玛看。

阿尔玛让他盯着看。从几分钟前她被领进舅舅的住处后,他就没有跟她说过话,也没有请她坐下。他不是无礼;他只是身为荷兰人,所以小心谨慎。他在观察她。罗杰坐在阿尔玛身边,看上去就像一只狡诈的小鬣狗。迪斯舅舅也在观察狗。大致说来,罗杰不喜欢被人观看。通常情况下,当陌生人瞪着罗杰看时,它总会转身背对他们,垂下头来,唉声叹气。可是突然间,罗杰做了件最奇怪的事。它从阿尔玛身边离开,走到桌子底下,躺了下来,把它的下巴搁在范·迪文德博士的脚上。阿尔玛从未看过这样的事。她刚要加以评论,她的舅舅——完全不在乎趴在他鞋子上的狗——先开口说话了。

"你长得不像你母亲。"他说道。

"我知道。"阿尔玛以荷兰语答道。

他又说:"你长得跟你那个父亲一模一样。"

阿尔玛点点头。她从他的语气听得出来,她酷似父亲这一点对她并无益处。不过话说回来,一直都是这样。

他继续凝视。她也回望着他。她被他的脸吸引住了,就像他被她的脸吸引住一样。如果说阿尔玛不像比阿特丽克斯,那么此人和比阿特丽克斯简直像是一个模子里刻出来的。相似性如此显著——他的脸跟她母亲的脸一模一样,只是他是长着胡子的年老男性,而且这会儿满腹疑虑。(说实

449

话,这种疑虑只是加深了他与比阿特丽克斯的酷似程度。)

"我的姐姐怎么样了?"他问道,"我们听说你父亲发迹了——欧洲植物界的每个人都听说了——可我们再也没有听到过比阿特丽克斯的消息。"

她也没有听到过您的消息,阿尔玛想道,不过她没有说出来。她没有责怪阿姆斯特丹的任何人打扰——什么时候来着?——一七九二年起,就从未打算与比阿特丽克斯联系。她知道范·迪文德家族的人是什么样的:顽固倔强。永远行不通的。她的母亲永远不会让步。

"我的母亲一生富足,"阿尔玛答道,"她心满意足。她创造了一个最出色的古典庭园,整个费城都很欣赏。她是我父亲在植物贸易上的工作伙伴,一直到她过世。"

"她过世是什么时候的事?"他问道,用的是警官问讯的语气。

"一八二〇年八月。"她答道。

听到这个日期,她的舅舅脸上露出痛苦的神情。"这么久之前的事了,"他说,"太年轻了。"

"她是猝然过世的,"阿尔玛谎称,"她没受什么苦。"

他又看了她好一会儿,而后悠闲地啜了一口咖啡,从他面前的小碟子上拿起温特吐司咬了一口。看来,她打断了他傍晚的点心时间。为了尝一口温特吐司,她几乎愿意付出任何代价。吐司看起来很棒,闻起来很香。她上回吃肉桂吐司是什么时候的事了?可能是汉娜克最后一次做给她吃的时候。吐司的香味激起了她的怀旧之情,使她浑身疲乏。可迪斯舅舅没有请她喝咖啡,肯定也没有与她分享他那漂亮、金黄、涂满奶油的温特吐司。

"您想要我说说有关您姐姐的事吗?"阿尔玛最后问道,"我相信您记忆中的她还是小时候见到的模样。您愿意的话,我可以跟您说说她的故事。"

他没有回应。她试着想象汉娜克平日描述过的他的样子——一个性情温顺的十岁男孩,在姐姐即将出走美国时哭哭啼啼。汉娜克告诉过阿尔玛许多次,迪斯是怎么扯住比阿特丽克斯的裙角,直到她必须将他的手指头掰开。她也描述过比阿特丽克斯怎么责骂她弟弟：永远别再让世人看到他的眼泪。阿尔玛发现这很难想象。他现在看上去年老得要命，严肃得要命。

她说："我在荷兰郁金香的包围中长大——它们是由当年我母亲从霍特斯带去费城的球茎培育出来的。"

他仍然没有说话。罗杰叹了口气，蜷缩得更贴近迪斯的双腿。

过了半晌，阿尔玛换了一种策略。"我还应该让您知道，汉娜克还活着。我相信您很久以前就认识她。"

此时，老头的脸上闪过一种新的表情：惊奇。

"汉娜克，"他惊叹道，"我已经有好几年没想到过她。汉娜克？想想看……"

"您会很高兴听到，汉娜克强壮健康。"阿尔玛说道。这句话有点儿一厢情愿，因为阿尔玛将近三年没见到汉娜克了。"她仍然在先父的庄园担任总管家。"

"汉娜克是我姐姐的女仆，"迪斯说，"她来我们家时年纪很小。有一段时间，她算是我的保姆。"

"是的，"阿尔玛说，"她也算是我的保姆。"

"那我们两个都很幸运。"他说道。

"我同意。能在汉娜克的照顾下度过我的童年，我认为是我一生最大的福气之一。她塑造了我，几乎和我的亲生父母一样。"

凝视重新开始。这回，阿尔玛让沉默持续下去。她看着她舅舅掰了一块温特吐司，蘸着咖啡。他从容享用，没有滴下一滴咖啡，也没有掉下一粒碎屑。她得知道哪里能够弄到这么美妙的温特吐司。

最后，迪斯用素色餐巾抹抹他的嘴，说："你的荷兰语说得不算差。"

"谢谢您，"她说，"我小时候常常说。"

"你的牙齿怎么样？"

"相当好，谢谢您。"阿尔玛说道。对这个男人，她没有什么好隐瞒的。

他点点头。"范·迪文德家的人都有一口好牙。"

"幸运的遗传。"

"除了你,我姐姐有没有别的孩子?"

"她还有一个女儿——收养的,是我妹妹普鲁登丝,她现在在我父亲的旧庄园办了一所学校。"

"收养。"他对此不置可否。

"上天没有赐给我母亲优秀的生育能力。"阿尔玛说道。这比真实情况轻描淡写许多,却至少回答了问题。

"你有没有丈夫?"他问道。

"已故,很遗憾。"

迪斯舅舅点点头,却没有表示哀悼。阿尔玛觉得这很有趣;她的母亲也会以相同的方式回应。事实就是事实,死亡就是死亡。

"您呢,先生?"她鼓起勇气问道,"范·迪文德夫人呢?"

"死了,你瞧。"

她点点头,和他点头一个样。这或许有点儿反常,她很喜欢这一切,享受这场坦诚、率直、杂乱无章的对话。她完全不知谈话将终止于何时何处,也不知她的命运是否注定与这位老人的命运交织在一起。她觉得自己来到了熟悉的领域——荷兰语领域,范·迪文德领域。她已经许久没有感到如此轻松自在。

"你在阿姆斯特丹打算待多久?"迪斯问道。

"无限期停留。"阿尔玛说道。

这使他吃了一惊。"如果你是来寻求施舍,"他说,"我们没有什么可提供给你的。"

她微笑起来。喔,比阿特丽克斯,她想道,这些年我是多么想念你。

"我不需要施舍,"她说,"我父亲留给我的钱让我衣食无忧。"

"那你待在阿姆斯特丹想做什么?"他不无戒心地问道。

"我想在这儿,在霍特斯植物园工作。"

此时,他看上去真的警觉起来。"我的老天!"他说,"你能担任什么职务?"

"植物学家。具体地说,苔藓学家。"

"苔藓学家?可你对苔藓究竟了解多少?"

此时,阿尔玛忍不住笑出声来。能笑出声来是件妙不可言的事情。她想不起上回笑出声是什么时候的事了。她大笑不止,不得不用手捂着脸好一阵子,才好掩饰她的狂笑。这一景象似乎只是让她可怜的老舅舅更为不安。这对她本身并无帮助。

她怎会以为她那点小小的声名早已远扬?喔,愚蠢的自傲。

阿尔玛一旦控制住自己,便擦擦眼睛,对他微笑。"我知道我让您措手不及,迪斯舅舅,"她说道,自然流露出温暖熟悉的语气,"请原谅我。我希望您了解,我是个独立自主的女人,到这里来不是要干扰您的生活。不过事实是我确实也拥有某些能力——既是学者,也是分类学家,对于您这里的机构或许有所帮助。我可以毫无保留地说,能在这里度过我余下的工作生涯,把我的时间和精力贡献给在植物史上和家族史上都如此声势显赫的机构,将是我最大的快乐和满足。"

随后,她从腋下取出裹着牛皮纸的小包,摆在桌子边缘。

"我不要求您相信我的能力,舅舅,"她说,"这个包裹里头,装着我最近根据自己过去三十年来的研究提出的一个理论。其中有些想法您或许会觉得相当大胆,但是我只请求您用开放的心态阅读——不消说,也请勿将研究结果告诉其他人。即使您不同意我的结论,我想您对我的科学天赋也能略知一二。我请您尊重这份文件,因为这是我拥有的一切,也是我所做的一切。"

他没有做出承诺。

"我想,您读得懂英文吧?"她问道。

他扬扬发白的眉毛,似乎在说:搞清楚,女人——对我尊重些。

阿尔玛把小包裹递到舅舅面前,拿起他书桌上的一支铅笔,问道:"我可以用吗?"

他点点头,于是她在包裹外面写了些字。

"这是我目前住的旅馆的名称和地址,在港口附近。请慢慢读这份文件,如果您想再和我谈,请让我知道。如果一周内没有收到您的音信,我就回到这里来,取回我的论文,向您告别,继续走我的路。之后,我保证,我绝不再叨扰您或这个家里的任何人。"

阿尔玛说这话的时候,看着舅舅又用叉子叉了一小块三角形的温特吐司。不过,他没有把叉子送进自己嘴里,而是坐在椅子上,斜着身子,一侧肩膀慢慢下沉,为了给罗杰喂食——即使他的眼睛继续注视着阿尔玛,假装全神贯注地听她说话。

"喔,请小心……"阿尔玛忧虑地隔桌探身过去。她打算提醒舅舅,这条狗有个可怕的习惯,会咬尝试喂它食物的人。可她还没来得及说话,罗杰就已抬起它那畸形的小脑袋,而后像个姿态优雅的女士一样,优美细腻地咬下叉齿上的肉桂吐司。

"好吧,如果是我的话……"阿尔玛惊叹道,往后退去。

不过,她的舅舅仍然没有开口说起这条狗,因此阿尔玛并未继续提这件事。

她拍拍裙子,收拾自己的情绪。"见到您,我由衷地感到高兴,"她说,"这场会面对我来说意义重大,先生,超出您的想象。我以前从未有幸认识一位舅舅,您瞧。我很希望您会喜欢我的论文,如果您不会感到太震惊的话。那么,再见了。"

他只用点头作为回应。

阿尔玛向门口走去。"来吧,罗杰。"她说道,没有回头看向身后。

她等着,撑着门,可狗儿一动也不动。

"罗杰,"她用更坚定的语气说道,转头看它,"过来。"

然而,狗仍然没有从迪斯舅舅脚边离开。

"走吧,狗儿。"迪斯说道,并不是很有说服力,罗杰一英寸也没有挪动。

"罗杰!"阿尔玛下令,弯下身来,把桌子底下的它看得更清楚,"来吧,别闹了!"

她以前从来不需要叫它;它总会跟着她走。可这次,罗杰向后竖起耳朵,坚守阵地。它不打算走。

"它以前从没这样过,"她表示抱歉,"我会抱它出去。"

不过她的舅舅举起一只手来。"或许这小家伙可以在这儿跟我待个一两晚。"他随口建议,仿佛这对他来说没什么,怎么样都无所谓。他说这话时,甚至没看阿尔玛。他看上去——有那么一会儿——就像个小男孩,想说服自己的母亲,允许他把一条迷途的狗儿留下来。

啊,迪斯舅舅,她想道。现在我看到真正的你了。

"当然,"阿尔玛说,"如果您确定不麻烦的话。"

迪斯耸耸肩,淡漠得不能再淡漠,又叉了一块温特吐司。

"我们会想办法。"他说道,再次直接用叉子喂狗。

❖

阿尔玛步履轻快地离开霍特斯植物园,大体朝港口的方向走去。她不想搭出租马车,她觉得自己浑身都是劲儿,不想坐在马车里。她觉得两手空空,轻松愉快,有些激动,充满活力,而且饥饿。出于习惯,她不断回过头寻找罗杰,可它没有跟在她后面。天哪,她刚刚把她的狗和她毕生的工作留在那男人的办公室,在仅仅十五分钟的会谈之后!

这是怎样的一场相遇!怎样的冒险!

然而，这是她不得不冒的风险，因为这里是阿尔玛想待的地方——如果不是在霍特斯，就是在阿姆斯特丹，或至少在欧洲。待在南太平洋那段时间，她深深想念着北方世界。她想念四季的变化，还有冬日强烈、明亮、清爽的阳光。她想念严酷的寒冷气候，以及严酷的思考。她生来就不适合生活在热带地区——无论考虑到肤色还是性情。有些人喜爱塔希提，因为他们感觉那里像伊甸园——像历史的起源。可是阿尔玛不想活在历史的起源里，她想活在人类最新的时刻中，活在发明和进步的尖端。她不想住在一个鬼神之地；她渴望置身一个有电报、火车、进步、理论和科学的世界，每天都在变化的世界。她渴望再度回到高效率的严肃环境中，身边都是高效率、严肃的人。她渴望享受摆满书本的书架、搜集罐、不会因发霉而毁掉的纸张、不会在晚上失踪的显微镜。她渴望接触到最新的科学期刊。她渴望拥有同伴。

最重要的是，她渴望回归家庭——她被抚养长大的那种家庭：人人敏锐、好奇，敢于质疑，充满智慧。她想再次觉得她是惠特克家的人，被惠特克家的人所包围。然而，世上已经没有任何惠特克家的人了（除了忙于学校事务的普鲁登丝；除了父亲那些可怕不详、还没死在英国监狱里的家族成员），因此她想融入范·迪文德家的生活。

假如他们愿意接纳她的话。

可万一他们不愿接纳她呢？噢，那是一场赌博。范·迪文德家的那些人——不管他们还剩下多少人——可能不像她那样深深渴望相互做伴。他们可能不欢迎她对霍特斯做出自己的贡献。他们可能只把她看作一个闯入者，一个业余爱好者。把她的论文留在迪斯舅舅那里，对阿尔玛来说是相当不保险的做法。对于她的作品，他可能产生任何反应——从感到乏味（费城的苔藓？），到觉得触犯宗教（连续创造？），到产生科学质疑（解释整个自然界的理论？）。阿尔玛知道她的论文有冒险之虞，这使她看起来鲁莽、傲慢、幼稚、无法无天、放纵，甚至有一点点法式做派。然而重要的是，她的论文同时也是她的能力的真实写照，她希望她的家人了解她的能力，如果他们想了解她的话。

不过，万一范·迪文德家的人和霍特斯植物园拒绝了阿尔玛，她也决定挺直身子，继续走下去。或许她仍可在阿姆斯特丹定居，或许她可以回鹿特丹，或许她可以搬去莱顿，住在那里的大学附近。如果不选荷兰，永远还有法国，永远还有德国。她可以在其他地方找到一份工作，甚至在另一个植物园。对女人来说这并不容易，却不无可能——尤其父亲的名声和扬西的影响力可以提升她的信誉。她认得欧洲每一位著名的苔藓学教授，其中许多人是她多年来的笔友。她可以找他们，请求担任某人的助理。此外，她总可以教书——不是在大学任职，但她总可以在某个富裕人家那里找到家庭教师的工作。如果不教植物学，她也可以教外语。天知道，她的脑袋里有足够多的语言。

她在城里走了数小时。她不打算回旅馆去。她无法想象上床睡觉。她既想念罗杰，却又因为没有它跟在身后而有解脱的感觉。她对阿姆斯特丹的地形仍不熟悉，因此她到处闲晃，失去又找到方向，走过这奇形怪状的城市——在拉满半弦的大弓上随处游荡，还有那五条弯弯曲曲的大运河。她走过几十座不知名的桥，一次又一次跨越水道。她沿着绅士运河散步，欣赏那些有着叉状烟囱和突起山墙的漂亮房子。她经过宫殿。她看到中央邮局。她看到一家咖啡馆，让她终于可以点一盘自己的温特吐司。她愉快地享用，比她记忆中的任何一餐都更愉快——同时阅读一份过期的《劳埃德新闻周报》，报纸可能是某个英国游客留下的。

夜幕降临，她继续步行。她经过老教堂和新剧院。她看到酒馆、游乐场和一些更糟的地方。她看到穿短斗篷和环状皱领的清教徒，他们看上去仿佛是从查理一世的时代走出来的。她看到年轻女孩光着胳膊，招呼男人走进黑乎乎的门口；她看到——也闻到——鲱鱼包装商行；她看到运河河畔的船屋，里面有繁茂的盆栽花园和蹑足行走的猫咪；她走过犹太区，看到钻石加工室；她看到育婴堂和孤儿院；她看到印刷厂、银行和账房；她看到夜晚打烊的中央大花市。在她四周——即便这么晚了——她仍能感受到低回的商业节奏。

阿姆斯特丹——建在淤泥和桩柱上，仰赖水泵、水闸、阀门、挖泥机和堤防来维护——使阿尔玛觉得这不是城市，而是机器，是人类勤奋劳作的成果。这是一个人所能想象的最人工化的地方，是人类智慧的总和，是理想的栖居之所。她永远不想离开。

午夜过后许久，她终于回到旅馆。她的脚在新鞋里起了水泡。对她半夜三更的敲门声，老板娘的反应并不友好。

"你的狗呢？"女人问道。

"我把它留在一个朋友那边了。"

"哼！"阿尔玛要是说把它卖给吉卜赛人了，也不能使她更失望。

她把钥匙递给阿尔玛。"别忘了，你的房间今晚不准有男人。"

亲爱的，今晚不会有，以后也不会有，阿尔玛想道。不过还是谢谢你会这么想。

⁕

第二天早上，阿尔玛被砰砰的敲门声唤醒。是她的老友，脾气暴躁的旅馆老板娘。

"有辆马车在等你，女士！"女人喊道，声音响亮。

阿尔玛跌跌撞撞地来到门口。"我没在等马车。"她说道。

"噢，马车在等你。"女人喊道，"换好衣服。那人说如果没等到你，他就不走。他说让你带上行李。他已经付清了你的住宿费。我不晓得这些人为什么以为我会做传话服务。"

阿尔玛昏昏沉沉地换了衣服，打包她的两件小行李。她多花了点儿时间铺床——或许是因为认真尽责，也或许是在拖延时间。什么马车？她被逮捕了吗？被遣送出境？这是不是某种诡计，对游客耍的花招？可她不是游客。

她走下楼，看到穿制服的车夫，在一辆普通的私人马车旁边等她。

"早安，惠特克小姐。"他说道，伸手抬了抬帽子。他把她的行李袋抛到他的前座旁边。她有一种即将被送上火车的糟糕感觉。

"很抱歉，"她说，"我没叫马车。"

"范·迪文德博士派我过来，"他打开马车门，说道，"上车吧——他正在等着，急着想看到您。"

马车在城市里迂回前进，回到植物园几乎花了一个小时。阿尔玛觉得走路会快得多，也会让人比较放松。如果能让她走路，她就不会那么焦躁。马车夫最后在霍特斯后方植物园区内的一栋精美砖房旁让她下车。

"去吧，"他拨弄着她的行李，回过头来说，"您自行进去吧——门是开着的，我确定他在等您。"

未提前告知就自行走进私人住家，这让阿尔玛有些不安，不过她还是按照指示做了。再说，这个家也不是完全陌生，如果她没弄错的话，她的母亲就在这里出生。

她在接待厅旁边看到一扇打开的门，向内看了看。那是一间客厅。她的舅舅坐在一张长沙发椅上，等着她。

她注意到的第一件事是，狗儿罗杰——令人难以置信地——蜷伏在他的腿上。

她注意到的第二件事是，迪斯舅舅右手拿着她的论文，轻轻搁在罗杰的背上，仿佛狗儿是一张便携式写字桌。

她注意到的第三件事是，她的舅舅满脸泪水。他的衬衫领子湿透了，他的胡子似乎也湿透了。他的下巴颤抖着，他的眼睛红得惊人。看来他已经哭了好几个钟头。

"迪斯舅舅！"她奔向他身边，"发生了什么事？"

老头儿咽了口唾沫，握住她的手。他的手又热又湿。有一会儿，他完全说不出话来。他紧紧抓住她的手指，不愿放开她。

最后，他用另一只手，拿起她的论文。

"喔，阿尔玛，"他说道，没有拭去眼泪，"上帝保佑你，孩子。你有你母亲的头脑。"

29

四年过去了。

对阿尔玛而言，这是快乐的四年，为什么不？她有了一个家（舅舅直接让她搬进范·迪文德家）；她有了家人（舅舅的四个儿子，儿子们可爱的老婆，以及他们正在长大的孩子们）；她能和远在费城的普鲁登丝和汉娜克定期通信；她在霍特斯植物园担任一项责任重大的工作。她的官方职称是苔藓馆馆长。她拥有自己的办公室，在一栋宜人建筑物的二楼，从那里沿街向下走过两个门面就是范·迪文德公馆。

她派人从远在白亩庄园的马车房取来她的旧书和笔记，以及她的标本收藏。东西抵达的那一周，她感觉就像在过节；她拆开所有的箱子，好几天时间都在怀旧情绪中度过。她想念每一件东西和每一本书。她窘迫又好笑地发现，她从前那些淫荡的读物全都埋在书箱底部。她决定把这些书全部留下来——她肯定会藏得很好。然而，首先，她不知如何把这些不体面的著作体面地处理掉。其次，这些书仍然具有令她内心激荡的力量。即使活到高龄，一股顽强的欲望依然滞留在她体内，在某些晚上向她提出要求，那些时候，她会在被子底下再次造访她那古老熟悉的私处，再一次忆起明早的味道、安布罗斯的气息和生命中最顽强、最坚决的紧迫冲动。她甚至不再抗拒这些冲动；这些冲动如今显然已成为她的一部分。

阿尔玛在霍特斯领有一份体面的薪水，也是她的第一份薪水，她和真菌学主管及蕨类监督员（他们都成为她的朋友——是她首次结交的科学界朋友）共享一名助理和一名办事员。不久，她不仅以出色的分类学家而闻名，还是出了名的好表亲。尽管阿尔玛一直过着独居生活，她却对喧嚣吵闹的家庭生活适应自如，这使她万分开心又讶异。她喜欢迪斯的儿孙们在晚餐席间展开的机智对答，也以他们拥有出色才能并取得许多成就为荣。当女孩们就她们激动或糟糕的浪漫风波，来寻求她的意见或安慰时，她感到自豪。她在她们兴奋的时刻看到一点儿芮塔；在她们含蓄的时刻看到一点儿普鲁登丝；在她们感到疑虑的时刻看到一点儿自己。

久而久之，阿尔玛逐渐被范·迪文德家所有人视为重要资产，就霍特斯和家族两方面而言——反正这两个主体完全没有区别。阿尔玛的舅舅把棕榈室的一个阴凉小角落让给阿尔玛，请她制作一个名为"苔藓洞穴馆"的长期展览。这是一项既棘手又让人满足的任务。苔藓不喜欢长在非原生地，阿尔玛很难把必要、精确的条件结合起来（准确的湿度，光线和阴暗的正确组合，适合当基底的石头、碎石和木头），好使苔藓部落在这些人造环境下生长茂盛。不过，她成功施行了这项壮举，不久，来自世界各地的苔藓样本，在洞穴里茁壮成长。维持这项展览，将是长达一生的计划，需持续喷水（借助于蒸汽动力引擎而达成），需通过隔热墙冷却，且绝不能在阳光下直接曝晒。具有侵略性、成长快速的苔藓必须予以控制，好让更为稀有的小型品种得以生长。阿尔玛读到过，日本和尚用小镊子除草，以维护他们的苔藓园，于是她也开始这么做。每天早上在苔藓洞穴都能看到她，用钢制小镊子的尖端，借着矿工提灯的光线，将入侵的部分一次除去一小撮。她期望十全十美。她期望洞穴像翡翠火焰那样闪闪发亮——就像多年前在塔希提，在那个非凡的苔藓洞穴，为她和明早闪闪发亮。

苔藓洞穴成为霍特斯的知名个展，却只为了某一种人：渴求黑暗、寂静和遐思的人。（换句话说，对艳丽的花朵、巨大的荷叶或成群喧嚣的品种不感兴趣的人。）阿尔玛喜欢坐在洞穴一角，观察这些人走入她创造的世界。她看到他们抚摸苔藓的毛皮，看着他们神色缓和下来、姿势放松。她认同这些沉默寡言的人。

那些年里，阿尔玛也花了大量时间钻研她的竞争转变论。早在阿尔玛一八五四年来到此地，迪斯舅舅第一次读她的论文时，他就催她发表，可那时阿尔玛拒绝了，并持续拒绝。此外，她也不准他和任何其他人讨论她的理论。她不肯妥协的态度只是给她可怜的舅舅带来挫折，因为他相信阿尔玛的理论不但重要，而且很可能完全正确。他指责她太过胆小、踌躇不前。他特别指责她害怕宗教的谴责，假使她将她的连续创造论和物种变异论公之于世。

"你只是没有勇气当上帝杀手，"这位一生中每个安息日都上教堂虔诚做礼拜的好荷兰新教徒说道，"得了吧，阿尔玛——你在害怕什么？表现出一点儿你父亲的胆量，孩子！往前走去，让世人恐惧你！必要的话，把整个争论界都唤醒！霍特斯会保护你！我们可以自己发表！你如果害怕谴责，我们甚至可以用我的名字发表。"

可是阿尔玛之所以踌躇不前，不是出于对教会的恐惧，而是她深信，她的理论在科学上仍非完全无可争议。她很确定她的逻辑有个小漏洞，而她还找不到方法弥补漏洞。阿尔玛是完美主义者，而且相当墨守成规，肯定不想因为发表一个有漏洞的理论而出丑，即使是小小的漏洞。她不担心触犯宗教，就像她经常对舅舅说的那样。她担心触犯的，是对她来说更为神圣的东西：理性。

这是阿尔玛的理论漏洞：她无论如何也不了解舍己为人和自我牺牲的进化优势。如果自然界的轨道果真像看起来那样，是不道德、接连不断的斗争，如果打赢对手是统治、适应、坚忍的关键所在——那么，对于比方说像她妹妹普鲁登丝这种人，我们该如何解释？

每当阿尔玛就她的竞争转变论，提起妹妹的名字时，她的舅舅便呻吟着说："够啦！"他会扯着他的胡子说，"阿尔玛，没有人听说过普鲁登丝！没有人在乎！"

可阿尔玛在乎,而她所谓的"普鲁登丝问题",眼看就要摧毁她的整个理论,这非常困扰她的心灵。尤其困扰她的是,这一切是如此个人化。毕竟,近四十年前,普鲁登丝做出自我牺牲的慷慨之举,选定阿尔玛为受益人,而阿尔玛从未忘记。普鲁登丝默默放弃她唯一的真爱——希望霍克斯将选择和阿尔玛结婚,使阿尔玛受益于那场婚姻。普鲁登丝的牺牲之举尽管徒劳无功,却无损其真诚。

为什么有人愿意做这样的事?

阿尔玛可以从道德立场回答这个问题(因为普鲁登丝善良无私),却无法从生物学的立场回答。(善良和无私何以存在?)阿尔玛完全清楚她舅舅为什么每回听她提起普鲁登丝的名字,都会扯他的胡子。她承认——在庞大浩瀚的人类和自然历史中——普鲁登丝、霍克斯和她本身之间的悲剧三角关系,显得如此渺小而微不足道,提及这个话题(而且居然放进学术讨论内)几乎是件可笑的事。不过——问题仍不会就此消失。

为什么有人愿意做这样的事?

每回想到普鲁登丝,阿尔玛便不得不又一次问这个问题,而后,眼睁睁地看着她的竞争转变论在眼前分崩离析。毕竟普鲁登丝算不上特例。为什么有些人的行为超越卑下的利己之心?比方说,对于为什么母亲会为自己的子女做出牺牲,阿尔玛能够说出令人信服的论点(因为有利于接续家族血统),可是她无法解释,为什么一名士兵为了保护受伤的战友愿意扑向刺刀队伍。这种行为对勇敢的士兵或他的家族能有什么帮助或好处?完全没有。通过自我牺牲,已经死亡的士兵不仅剥夺了自己的未来,也使自己的血统无法延续。

阿尔玛也无法解释,为什么一个挨饿的囚犯,愿意给囚友食物。

她也无法解释,为什么一位女士愿意跳进运河拯救另一个女人的宝宝,却在救人过程中溺毙——这一悲惨事件不久前才在距离霍特斯不远的地方发生。

阿尔玛不知道若是面对这种情况，她自己是否也会表现得如此高尚，但不容置疑的是，其他人确实这么做了——而且从各方面看来，还相当寻常可见。

阿尔玛毫不怀疑，她的妹妹和韦尔斯牧师（极端善良的另一个例子）为了让他人活下来，会毫不犹豫地放弃自己的食物，也会毫不犹豫地冒着受伤或死亡的危险，去拯救陌生人的宝宝，甚至陌生人的家猫。

而且，这种人类自我牺牲的极端例子，在其他自然界没有类似的情况——据她了解并没有。没错，在一蜂窝的蜜蜂、一群狼、一群鸟，甚至一个部落的苔藓当中，个体有时为群体利益而死。可我们从未见过狼拯救蜜蜂。也从未看过一簇苔藓出于关怀，把珍贵的水源让给蚂蚁而选择死亡！

这些论点使阿尔玛的舅舅迪斯恼怒不已，他们晚上迟迟不睡，年复一年，争论这个问题。眼下正是一八五八年的初春，他们却仍在争论。

"不要当讨厌的智者！"迪斯说，"照原来的论文发表吧。"

"我没有办法，舅舅，"阿尔玛含笑答道，"别忘了——我有我母亲的头脑。"

"你让我不胜其烦，外甥女，"他说，"把论文发表了吧，让世界讨论这个问题，让我们从这场乏味冗长的批评中解脱出来。"

可她不愿动摇。"如果我在我的论点上能看到这个漏洞，舅舅，其他人肯定也能看到，那我的研究就不会得到重视。假如竞争转变论确实是正确的，那对整个自然界来说也必须是正确的——包括人类。"

"为人类破个例吧。"她的舅舅耸耸肩建议，"亚里士多德就是这么做的。"

"我所说的可不是'大生物链理论'，舅舅。我对伦理或哲学观点不感兴趣；我感兴趣的是一种宇宙生物论。自然法则不准许存在例外，否则法则便站不住脚。普鲁登丝不能免于引力；因此，她也不能免于竞争转变论，只要该理论确实成立。另一方面,假如她是个例外,那理论也就不成立。"

"引力?"他翻了个白眼,"我的天,孩子,听听你的口气。你现在想当牛顿啦!"

"我想要一切正确。"阿尔玛纠正道。

在比较轻松的时刻,阿尔玛发现"普鲁登丝问题"几乎令人发笑。在她们的整个少女时期,普鲁登丝对于阿尔玛始终是个问题,而现在——即使阿尔玛已学会对妹妹关爱、感谢、敬佩有加——普鲁登丝依然是个问题。

"有时候我觉得,我希望永远不再听到有人在这个家里提起普鲁登丝的名字,"迪斯说,"我已经受够了普鲁登丝。"

"那就跟我解释解释普鲁登丝吧,"阿尔玛坚称,"她为什么领养黑奴孤儿?她为什么把她的每一分钱分给穷人?这对她有什么好处?这对她自己的孩子有什么好处?跟我解释吧!"

"这对她有好处,阿尔玛,因为她是基督教殉道者,她不时喜欢少许的受难滋味。我了解这种人,亲爱的。有些人喜欢救济和自我牺牲,而你现在肯定也发现了,就像有些人喜欢抢劫杀人一样。这种令人生厌的范例并不多,却肯定存在。"

"这就又谈到我们的问题核心了!"阿尔玛反驳说,"假如我的理论是正确的,这种人根本就不该存在。别忘了,舅舅,我的论文可不是叫'牺牲自我的快乐理论'。"

"发表了吧,阿尔玛,"他无力地说,"这是一份优秀的思想成果,完好无缺。发表了吧,让世界讨论这个问题。"

"我不能发表,"她执意说,"除非论点已无可辩驳。"

因此对话如同往常一样,继续循环、绕圈、终止,困在同样令人沮丧的一角。迪斯舅舅低头望着蜷曲在他大腿上的狗儿罗杰,说:"我要是快淹死在运河里了,你会救我吧,是不是,我的朋友?"

罗杰饶富兴味地摇着尾巴,以示回答。

阿尔玛不得不承认:迪斯舅舅要是快淹死在运河里、困在大火中、在牢里挨饿或卡在倒塌的建筑物底下,罗杰很可能会拯救他——而迪斯肯定也会为它做相同的事。迪斯舅舅和罗杰之间的爱一直都像当下这样持久。从见面那一刻起,他们俩,人与狗,便形影不离。四年前,在抵达阿姆斯特丹不久后,罗杰的表现就令阿尔玛明白,它不再是她的狗——事实上,它从来都不是她的狗,也不是安布罗斯的狗,而纯粹由于命运的缘故,始终都是迪斯的狗。罗杰生在遥远的塔希提,迪斯·范·迪文德却住在荷兰,罗杰显然认为这只是不幸的文书错误,如今幸好更正了过来。

至于阿尔玛在罗杰生命中的角色,只是个信差,她负责把这只焦虑的橘色小家伙运过半个地球,为了让狗与人在永恒忠诚的爱中,公正合理地结合在一起。

永恒忠诚的爱。

为什么?

罗杰是阿尔玛弄不懂的另一个例子。

罗杰和普鲁登丝,两者都是。

✢

一八五八年的夏天到了,一个突然的死亡季节也随之而来。悲伤始于六月的最后一天,阿尔玛收到妹妹的一封来信,信中宣布了一连串可怕不幸的消息。

"我有三则死讯要通知你,"普鲁登丝在信的第一行提醒她,"或许,姐姐,在你继续读下去前,最好坐下来。"

阿尔玛没有坐下来。她站在位于植物园区的范·迪文德公馆门口,阅读这封从遥远的费城寄来的悲伤信件,双手悲伤地颤抖。

普鲁登丝首先报告说,汉娜克过世了,享年八十七岁。这位老管家在白宙庄园的地下室,在她那私人宝库的铁栏杆的保护下过世了。她显然是在睡梦中死去的,没有受苦。

"我们无法想象,少了她,我们在这里该如何过下去,"普鲁登丝写道,"我无须向你提起她的善良和价值。她对我来说就像母亲一样,我知道她对你来说也是这样。"

然而,汉娜克的死讯刚传来,普鲁登丝写道,一个男孩就带着霍克斯的口信来到白宙庄园,说芮塔——"这些年来的疯狂让她变得难以辨认"——在格里芬精神病院的房间中死去。

普鲁登丝写道:"我们很难知道,该对哪一点更感痛惜:芮塔的死,或是她令人痛心的人生境遇。我努力回忆许久前那个多么快乐、无忧无虑的芮塔。在我的脑海里,我几乎看不到那个女孩,在她变得神智不清之前……因为正如我方才讲到的,那是许久前的事了,当我们都还那么年轻时。"

而后传来最令人震惊的消息,普鲁登丝说,芮塔死后没隔两天,霍克斯也死了。他刚从格里芬归来,料理过他妻子的后事,就在他的印刷厂前门瘫倒下来。享年六十七岁。

"原谅我在过了一个多星期后,才写给你这则不幸的信息,"普鲁登丝最后说,"我的脑袋遭遇种种忧虑、悲伤的侵袭,使我难以写信。这使人心思错乱。我们大家都十分悲痛震惊。或许我之所以迟迟未写此信,是因为我忍不住认为:我一天不把这个消息告诉我可怜的姐姐,她就无须承受。我想在自己心中给你寻找一丁点儿安慰,却发现这很困难。我自己几乎都找不到安慰。求主接受他们,保佑守护他们每一个人。我想不出还要说什么,请原谅我。学校持续运行。学生们不断进步。狄克逊先生与孩子们捎上他们不变的关怀——最真诚的,普鲁登丝。"

阿尔玛这时才坐了下来,放下信函,搁在她身旁。

汉娜克、芮塔和霍克斯——一晃眼间都走了。

"可怜的普鲁登丝。"阿尔玛喃喃说出了声。

确实,可怜的普鲁登丝永远失去了霍克斯。当然,普鲁登丝许久前就已失去了霍克斯,可如今她再次失去了他,这回是永远失去。普鲁登丝从未停止爱霍克斯,他也从未停止爱她——至少汉娜克是这么告诉阿尔玛的。然而,霍克斯跟着可怜的芮塔进了坟墓,和他从未爱过的悲剧小妻子的命运永远绑在一起。他们年轻时的一切可能性,阿尔玛想道,都白费了。这是她第一次想到,她和妹妹的命运是多么相像——她们两人都注定爱上她们无法拥有的男人,尽管如此,她们两人都决心勇敢地坚持下去。一个人当然尽己所能,而在不屈不挠的精神当中,同时能找到尊严。然而说实话,有些时候,这个世界上的哀伤令人几乎难以承受,而爱的暴力,阿尔玛想道,有时是最不留情的一种暴力。

她的第一个直觉是立即返家。可白亩庄园不再是她的家,甚至想象着走进那栋旧宅第,却见不到汉娜克,都让阿尔玛感到难过沮丧。她来到她的办公室,写了封回信,在自己心中寻找一丁点儿安慰,却几乎找不到。她一反常态,向《圣经》《诗篇》求助。她在给妹妹的信中写道:"上帝挨近心碎者。"她一整天都待在她关上的门后,悲伤得默默欠着身子。她没有让舅舅承受这则坏消息。他知道他心爱的保姆汉娜克还活着的时候,是那样高兴;她不忍心通知他这则死讯,或其他的死讯。她不想给他快乐的好心情带来折磨。

❖

两个星期后,她为这个决定感到庆幸。迪斯舅舅高烧不退,卧病在床,一天之内就死了。那时正值夏季时分,周期性热病席卷了阿姆斯特丹,运河发出陈腐的恶臭。一天早上,迪斯、阿尔玛和罗杰照常一起吃早餐，而到了第二天早餐时间，迪斯就走了，享年七十六岁。阿尔玛为舅舅过世——紧跟着其他人过世——而肝肠欲裂，几乎不知该如何克制自己。她发现自己晚上在屋里走来走去，一只手按住胸口，唯恐自己的肋骨迸裂开来，心脏掉落在地上。阿尔玛觉得她认识舅舅的时间这么短暂——几乎还不够长！为什么时间永远不够？一天前他还在那里，但是随后，即被召唤而去。他们都被召唤而去了。

半个阿姆斯特丹城的人们似乎都聚集在迪斯·范·迪文德博士的葬礼上。他的四个儿子和两个最年长的孙子抬着灵柩，从植物园区的房子前往街角的教堂。一群媳妇和孙儿女抓着彼此哭泣；他们把阿尔玛拉到他们中间，她从家人的紧拥中得到安慰。迪斯受人敬仰。大家都仿佛丧失了亲人。不仅如此，家庭牧师还透露，范·迪文德博士毕生都是一位默默致力于慈善工作的楷模；这群哀悼者当中的许多人，多年来都曾在生活中受其相助，甚至是获得拯救。

这一新发现颇有几分嘲弄意味——与阿尔玛和迪斯没完没了的午夜辩论联系在一起——令阿尔玛同时想哭又想笑。他毕生匿名行善，确实把他高高放在了犹太哲学家迈蒙尼德[1]的阶梯上，她想道，可他原本可以对我说的！他怎能坐在那儿，年复一年，驳斥利他主义的科学相关性，同时却又偷偷热衷于此、锲而不舍？这令阿尔玛对他感到惊叹。这使她思念他。这让她想询问他、逗弄他——可他却走了。

丧礼过后，迪斯的大儿子埃尔伯特（如今将接掌霍特斯植物园的园长职位）极具风度地走到阿尔玛身边，向她承诺，她在这个家和霍特斯植物园绝对各占一席之地。

"你永远无须担心未来，"他说，"我们大家都希望你留下来。"

"谢谢你，埃尔伯特。"她尽力说道，两个表姐弟相互拥抱。

---

[1] 迈蒙尼德（Mōsheh ben-Maimōn，1135—1204），中世纪首屈一指的犹太神学家、哲学家。

"你像我们大家一样爱他,这使我觉得安慰。"埃尔伯特说道。

可没有人比狗儿罗杰更爱迪斯了。从迪斯生病的那一刻起,这条橘色小狗就拒绝离开主人的床;在尸体被移走后,它也不愿离开。它把自己埋入冰冷的床单中,不肯移动。它拒绝进食——甚至不吃阿尔玛亲自为它准备的、泪眼汪汪地尝试用手投喂的肉桂吐司。它转头面对墙壁,闭上眼睛。她抚摸它的头,用塔希提语跟它说话,使它想起它的高贵血统,可它没有一点儿反应。没过几天,罗杰也走了。

❖

要不是阿尔玛的人生在一八五八年的那个夏天笼罩着死亡黑云,她肯定早已听说伦敦林奈学会同年七月一日发表的一系列报告。她通常总会留意欧美各重要科学集会的讲稿。然而那年夏天,她心神大乱,而这也是可以原谅的事。由于哀恸的缘故,未读的期刊堆积在她桌上。她勉强能提起的一点精力,都投注于照顾她的苔藓洞穴了。

因此,她错过了。

事实上,她什么也没听说。直到次年十二月底有天早晨,当她打开她那份《泰晤士报》,读到一本新书的书评:新书作者是查尔斯·达尔文,书名是"物种起源——物竞天择,适者生存"。

30

当然，阿尔玛知道达尔文；每个人都知道。一八三九年，他出版过一本相当畅销的游记，讲述自己在科隆群岛旅行的经历。这本引人入胜的书使他名噪一时。达尔文文笔精湛，成功传达出自然界带给他的快乐，其清新亲切的语言吸引了不同背景的读者。阿尔玛记得她十分佩服达尔文的才华，只因她自己永远都写不出这样有趣的大众散文。

如今回想起来，《小猎犬号航行记》中阿尔玛印象最深的地方，是达尔文描述企鹅晚间从发出磷光的水中游过去，在黑夜中留下"烈火的轨迹"。烈火的轨迹！阿尔玛欣赏这种描述，过去这二十年来一直记在心间。她甚至在前往塔希提的航程中想起过这句话，在艾略特号上的那个美妙的夜晚，当她目睹这种磷光的时候。然而她不太记得书中的其他部分，达尔文也并未取得其他令人瞩目的杰出成就。他从旅行退居到学术研究生活中——对藤壶进行精细认真的研究，假使阿尔玛没有记错的话。她从不认为他是他那一代的权威自然学家。

然而现在，在读过这本新书的书评后，阿尔玛发现达尔文——这位语调柔和的藤壶发烧友，这位文雅的企鹅爱好者——一直没有亮出他的底牌。事实证明，他有一些相当重要的东西，要提供给世界。

阿尔玛放下报纸，双手托住脑袋。

烈火的轨迹，的确。

⸙

她花了将近一周时间，才从英国拿到那本书，阿尔玛恍恍惚惚地熬过了那几天。她觉得除非能够逐字逐句阅读达尔文本人要说的话，而不是阅读别人对他的评论，否则她无法对事态变化做出适当的回应。

一月五号——她六十岁生日那天——书寄到了。阿尔玛回到办公室，带着足够的食物和水，做好能让她在里面待上很长时间的准备。而后，她打开《物种起源》第一页，开始阅读达尔文优美的散文，从此坠入四面八方回荡着她自己观点的洞穴深处。

不消说，他没有窃取她的理论。这种荒诞的想法一刻也没有掠过她的脑际——只因达尔文从未听说过阿尔玛·惠特克，也不该听说过。然而，就像两个探险家从两个不同方向寻找相同的宝藏，她和达尔文两人都在无意中发现了同一个宝藏箱。她从苔藓推断出的结论，他从雀类推断而出；她在白亩庄园的巨石田野中观察到的一切，也在科隆群岛上重复上演。她的巨石田野本身就是群岛。毕竟，岛就是岛——无论直径三英尺还是三英里，而自然界当中一切最具戏剧性的事件，都发生在野生荒凉、充满竞争、有如小型战场的岛上。

这是一本优美的书。她读着书，时而心碎，时而拥护，时而遗憾，时而钦佩。

达尔文写道："出生的个体比可能存活的多。天平上的细微差异即可决定哪些个体将生存，哪些个体将死亡。"

他写道："简而言之，我们随处都看得到优美的适应性变化，在有机世界的每一个地方。"

她感觉内心涌起一股复杂的情绪，如此排山倒海，如此浓厚密集，使她觉得自己就要晕厥过去。她就像遭到一股炉膛喷出的热浪袭击：她的观点是正确的。

她是正确的!

她脑中涌入对迪斯舅舅的思念,即使在她继续阅读之际。她对他的思念持续不断,同时却又相互矛盾:要是他能活着看到这件事,那有多好!感谢上帝,他没活着看到这件事!他定会同时感到骄傲又愤怒!她永远听不到结尾:"你看,我早就叫你发表!"然而,他也会庆贺他的外甥女获得这样的认可。没有他在身旁,她不知如何体会这种状况。她万分渴望他。她甘愿忍受他的责备,好换取他的些许安慰。自然而然,她希望父亲也能活着看到这件事。她希望母亲也能活着看到这件事。对于安布罗斯也同样。她懊悔她没有发表。她不知该作何感想。

她为什么没有发表?

这个问题刺激着她——然而,读着达尔文的杰作(显而易见,这是一部杰作),她知道这个理论该归他,也必须归他。就算由她先提出,她也绝对无法讲述得更好。甚至可能的是,她要是发表这一理论,也没有人会听信她——不是因为她是女人,也不是因为她不出名(尽管这些因素也帮不上忙),而只是因为她不晓得怎么像达尔文一样,清晰有力地说服世人。她的科学论断很完美,她的文笔则不然。阿尔玛的论文只有四十页,《物种起源》却超过五百页,可她很确定的是,达尔文的论文是可读性更强的作品。达尔文的著作技巧娴熟、详尽、妙趣横生,读起来就像小说。

他把他的理论称为"物竞天择"。这是个准确卓著的字眼,比阿尔玛累赘的"竞争转变论"更为精简。达尔文耐心地创建他的物竞天择论,从不咄咄逼人或满怀戒心。他给人的印象是读者的亲切邻居。他描写阿尔玛看到的那个黑暗暴力的世界——充满无尽的杀戮和死亡——然而他的语言里没有一丝暴力痕迹。阿尔玛永远没有勇气用如此温和的手法写作,也不知该怎么写。她的散文是榔头,达尔文的则是圣诗。他手持蜡烛走来,而不是刀剑。此外,书中随处可见他在暗示一种神性精神——却甚至没有提起过造物主!他通过歌颂时间本身的力量引发一种奇迹感。他写道:"我们不能领会的无尽的世世代代,肯定在漫长的年代中彼此接替!"他对变异的"美丽分枝"感到惊叹。他提出美妙的观察结果:适应性变化的奇迹使地球上的每一种生物——即便最卑微的甲虫——都显得珍贵、惊奇且高贵。

他问道:"对于这种力量,能加上什么样的限制?"

他写道:"我们看见大自然的面孔焕发喜悦的光辉……"

他下了结论:"这种生命观气势磅礴。"

读完这本书,她任由自己哭泣。

面对如此辉煌、如此惊人的成就,除了哭泣之外,她没有别的选择。

✥

一八六〇年,大家都在读《物种起源》,每个人都在为之争论,却没有人比阿尔玛读得更仔细。她在所有围绕物竞天择展开的客厅辩论中不发一语——即使当她自己的荷兰家人谈起这一主题时——然而,她听进了每一句话。她参加相关主题的每一个讲座,阅读每一篇书评、每一种批评、每一则评论。而且,她反复阅读这本书,怀着探究赞赏的精神。她是个科学家,她想把达尔文的理论放在显微镜下观察,她想把她的理论拿来跟他的一起对照检验。

当然,她最重要的问题是,达尔文如何解决"普鲁登丝问题"。

答案很快就显现出来:他没有解决。

达尔文之所以没有解决,是因为他在书中相当精明地完全避开人类的话题。《物种起源》谈的是自然,却从未公然讨论人类。达尔文在这方面小心翼翼地打着他手中的牌。他记录雀类、鸽子、意大利灵缇、赛马和藤壶的演化——却从未提过人类。他写道:"强壮的、健全的和幸运的总会生存下来,还能继续繁殖。"却从未加上:"我们也是这体系的一部分。"有科学头脑的读者会自己得出这个结论——达尔文非常清楚。有宗教头脑的读者也会得出这个结论,认为这是令人恼怒的亵渎——可达尔文并未真正说出来。因此他保护了他自己。他可以坐在他位于肯特郡的那栋寂静的乡村别墅中,天真无邪地面对公众的愤怒——对雀类和藤壶做简单的讨论,有什么害处?

就阿尔玛的观点来说,这一策略正是达尔文最伟大的天才之举:他没有讨论到整个问题。或许他将在日后讨论,可他现在并未这么做,并未在他谨慎论证的初期进化论话题上这么做。这一领悟叫阿尔玛钦佩,她几乎惊呆地拍打自己的额头:她永远想不到,一位好科学家无须立即解决整个问题——无论在什么题目上!基本上,达尔文所做的,正是迪斯舅舅多年来尝试说服阿尔玛做的事:他发表了优美的进化论,却只是在动植物领域内,从而听由人类辩论他们本身的起源。

她渴望跟达尔文对话。她希望她能冲过英吉利海峡到英格兰,搭火车南下到肯特郡,敲开达尔文家的大门,问他:"依据这些证明生物不断斗争的压倒性证据,你如何解释我妹妹普鲁登丝的行为逻辑以及自我牺牲的概念?"可近来大家都想跟达尔文交谈,而阿尔玛并不具备和当红科学家会面的必要影响力。

随着时间的推移,她对达尔文有了更清楚的认识,她这才明白,这位先生不是辩论家。他或许也不会喜欢和这位名不见经传的美国苔藓学家辩论。他或许会和气地对她微笑,说:"那你怎么看,女士?"然后把门关上。

确实,当整个知识界极力想给达尔文下结论时,这位先生本人却出奇地保持沉默。当普林斯顿神学家查尔斯·霍奇控诉达尔文是无神论者时,达尔文没有为自己辩护。当凯尔文勋爵拒绝接受这个理论时(阿尔玛认为这很不幸,因为凯尔文会是个相当可靠的支持),达尔文没有抗议。他也没有讨好他的支持者。当著名的天文学家乔治·瑟尔写到,物竞天择的理论在他看来很符合逻辑,对天主教会不构成威胁时,达尔文没有回应。当圣公会牧师兼小说家查尔斯·金斯利声称,一位"创造拥有自我发展能力的原始形式"的上帝让他感到自在时,达尔文一句赞同的话也没说。当神学家亨利·德拉蒙德尝试发起一场有关进化论的《圣经》辩护时,达尔文完全避开了讨论。

阿尔玛看着自由思维的神职人员在隐喻中寻求庇护(宣称《圣经》提及的创世纪的七天,实为七个地质纪元),路易斯·阿加西斯之类的保守派古生物学家们则气得眼睛发红,指责达尔文与其众多支持者卑鄙叛教。还有些人为达尔文而战——非凡的英国人托马斯·赫胥黎,能言善辩的美国人阿萨·格雷。达尔文却让自己和整个辩论保持着英国绅士般的疏远距离。

另一方面,阿尔玛把每一次对物竞天择的攻击都看成是针对自己的,就像她同时也私下对每一个肯定感到振奋——因为受到审视的不仅是达尔文的想法,同时也是她的想法。有时她觉得自己对于这场辩论比达尔文本人更为苦恼激动(或许也因此,相较于她,他更容易成为这一理论的好代表),可她同时也因达尔文有所保留而倍感挫折。有时候,她想摇醒他,叫他出手。她若是处在他的位置,早就像亨利一样马上展开攻击了。她肯定早就让自己在这一过程中鼻子流血,不过,她也会让一些人鼻子流血。她会使劲儿为他们的理论辩护(她不得不认为是"他们的"理论)……也就是说,倘若她发表理论的话。当然,她没有这么做。因此,她无权出手。因此她没有说话。

这一切都惹人苦恼,引人入胜,令人困惑。

而且——阿尔玛不得不留意到——仍然没有人让"普鲁登丝问题"得到满意解决。

依她看来,这个理论仍有漏洞。

理论仍不完整。

✥

但是不久之后,阿尔玛的注意力分散了,而后她逐渐被别的事吸引了。

在整场达尔文辩论激烈进行的同时,她隐约逐渐意识到另一个人物隐藏在阴暗的边缘地带。就像阿尔玛年轻时,有时会因为瞥见显微镜载玻片周边有东西在晃动而努力聚焦(在知道是什么东西之前,她怀疑那可能很重要),此时,她也能看到有个或许意义重大的奇怪东西在角落出没——不大对头的东西,存在于达尔文及物竞天择的故事当中,却又不该存在。她旋转旋钮,抬高杠杆,将一切注意力集中在这个神秘事物上——她就是如此得知了一个叫艾尔弗雷德·拉塞尔·华莱士的人。

阿尔玛出于好奇,回去展开了一番探索。官方首次提及物竞天择,是一八五八年七月一日,在伦敦林奈学会的一个会议上,也就是在那里,阿尔玛首次看到华莱士的名字。由于当时正在哀悼期,阿尔玛没有看到会议原先发表的记录重点,不过此时,她回去仔细检视记录,立即发现了奇特的事情:当天,就在介绍完达尔文的论文之后,会上还发表了另一篇论文。这篇论文的标题是《变种可能永远脱离原生种》,作者是一个叫华莱士的人。

阿尔玛找到这篇论文,读过一遍。论文跟达尔文谈论的物竞天择论完全一样。事实上,论文跟阿尔玛谈论的竞争转变论完全一样。华莱士声称,生命为争取生存而不断斗争:没有足够的资源提供给一切生物,人口数量受到捕食者、疾病、稀缺粮食的控制,弱者总是先死。华莱士在论文中继续说道,影响生存结果的任何物种变异,最后都可能永远改变该物种。他说,最成功的变种将继续繁衍,最不成功的将慢慢灭绝。物种就是这样兴起、变化、繁盛、灭亡。

在阿尔玛看来,论文十分简短,同时极为熟悉。

这个人是谁?

阿尔玛以前从未听说过他。这几乎是不可能的事，因为她竭力认识科学界的每一个人。她写信给在英国的几个同侪，问道："谁是华莱士？人们对他有什么看法？一八五八年七月在伦敦发生什么事？"

华莱士出生于韦尔士附近的蒙茅斯郡，父母是中产阶级，后来家道中落。他算是自学成才，职业是测量员。这位喜欢冒险的年轻人，多年来搭船前往不同的丛林，成为孜孜不倦的昆虫和鸟类标本收藏家。一八五三年，华莱士出版过一本书，书名叫"亚马孙的棕榈树及其用途"，阿尔玛当时正在从塔希提前往荷兰途中，因此完全错过了这本书。自一八五四年以来，他就待在马来群岛，研究树蛙等东西。

在西里伯斯岛的远方丛林中，华莱士染上疟疾，差点儿死掉。当时他发着高烧，内心只有死亡一个念头，突然闪现一阵灵感：以生存竞争为基础的进化论。几个小时内，他就写下他的理论。而后，他把他匆促写成的论文，从西里伯斯岛寄至英国，给一位叫达尔文的绅士，他见过他一次，对他非常敬佩。华莱士毕恭毕敬地问达尔文，这个进化论可不可能有任何价值。这是一个天真的问题：华莱士无从知道达尔文本人自一八四〇年左右，就一直在全力研究这一主题。事实上，此时达尔文已经写了一份近两千页的论著，这便是日后《物种起源》的雏形，却只向供职于皇家植物园邱园的好朋友约瑟夫·胡克展示过。胡克多年来鼓励达尔文发表，可达尔文——阿尔玛很能体会这一决定——由于缺乏自信或举棋不定，没有贸然行动。

如今，在科学史上的一个重大巧合中，达尔文优美独到的想法——他私下耕耘了几乎二十年之久——似乎由地球另一端一个默默无名、感染疟疾、自学成才的三十五岁自然学者，几乎逐字逐句地表达出来。

根据阿尔玛在伦敦的知情人透露，由于收到华莱士的来信，达尔文不得不发表他的物竞天择论，他担心万一华莱士先行发表，他可能就此丧失整个见解的所有权。相当讽刺的是，阿尔玛想道，达尔文显然担心在竞争理念上被竞争对手取代！出于绅士风度，达尔文决定，华莱士的信应当在一八五八年七月一日发表于林奈学会——与他本身的物竞天择研究放在一起——同时提出证据，证明假设论是由他先行提出的。不到一年半后，《物种起源》紧接着出版。出版得这么仓促，如今在阿尔玛看来，达尔文慌了——他也该慌的！华莱士正在逼近！像许多面临毁灭威胁的动植物一样，达尔文被迫行动，被迫采取措施——被迫适应。阿尔玛想起她在自己的理论当中也曾写道："看来，危机越大，进化越迅速。"

  回顾这则离奇事件，阿尔玛毫无疑问地认为，物竞天择的理念是达尔文先想到的，却不仅仅是达尔文的理念。是的，有阿尔玛，还有其他人。得知此事，阿尔玛无比惊讶。这在智慧上似乎完全不可能。然而，华莱士的存在，也带给她奇特的慰藉。知道德不孤必有邻，使她感觉温暖。她有个同侪。他们是默默无闻的惠特克与华莱士同志——尽管当然，华莱士并不知道他们是默默无闻的同志，因为她甚至比他更默默无闻。可阿尔玛却知道，她感觉他就在那儿——她这位神奇的心灵弟弟。如果她虔诚一些，或许会为华莱士而感谢上帝，因为这一点点亲切感，帮助她优雅安然地——内心全无怨恨、绝望或羞耻——走过围绕达尔文及其改造世界的伟大理论而引发的骚动。

  是的，达尔文将属于历史，然而，阿尔玛有华莱士。

  至少目前，这已足以安慰她自己。

✥

  十九世纪六十年代过去了。荷兰平静无事，美国则因一场不可思议的战争而分裂。在那可怕的几年间，从家乡传来无止无尽、可怕的杀戮消息，使科学论述在阿尔玛心中占据的分量越来越少。普鲁登丝失去了她的大儿子,他是个军官,死在安提塔姆[1]。她的两个孙子甚至在上战场之前,就死于军营病。普鲁登丝一辈子都在为终结奴隶制而战,如今一切终结了,她的三个亲人却死于战争。"我先欢欣,而后悲伤,"她给阿尔玛写道,"从此,我会更加悲伤。"阿尔玛再次拿不定主意,是否该返回家乡——甚至主动提出——然而她妹妹鼓励她继续待在荷兰。"我们的国家此时对来访者来说过于悲惨,"普鲁登丝说道,"待在世界上比较平静的地方吧,我为那种平静而祈祷。"

不知怎的,普鲁登丝在整个战争期间继续经营她的学校。她不仅一直坚持下去,还在战争期间接收更多孩童。战争结束了,总统遭人暗杀。南北统一了,州际铁路完成了。阿尔玛心想,或许就是这庞然大物把美国缝合在一起——由粗韧钢铁编织而成的强大铁路。阿尔玛从远方审视,美国近来似乎成长迅猛。她庆幸自己不在那里。美国有如隔世,她认为自己再也认不出它来,而它也认不出她来。她喜欢她身为荷兰人,身为学者,身为范·迪文德家一员的生活。她阅读每一期科学期刊,也在许多期刊上发表论文。她和同事们边喝咖啡吃糕点,边进行热烈的讨论。每年夏天,霍特斯植物园都给她放一个月假,让她去欧洲各地搜集苔藓。她逐渐熟悉了阿尔卑斯山,也爱上了那里,她拄着手杖、带着搜集装备走过雄伟的山岭。她也逐渐认识了德国蕨类密布的潮湿山林。

她逐渐成为一个十分心满意足的老太太。

十九世纪七十年代开始了。在平静的阿姆斯特丹,阿尔玛走入她生命中的第八个十年,却仍全心投入她的工作。她发现登山已非易事,却仍继续照料她的苔藓洞穴,偶尔在霍特斯做些苔藓学主题的演讲。她视力下降,担心自己再也无法辨识苔藓。预料到这个悲哀的必然结果,她开始练习在

---

[1] 安提塔姆会战(Battles Antietam),是整场南北战争中日伤亡最大的战役,北军九万部队击退了南方罗伯特·李的军队。这场战役之后,林肯的废奴宣言诞生了。

黑暗中处理苔藓,学着凭触摸辨识,手法逐渐变得相当熟练。(她无须永远观看苔藓,可她永远都想认识苔藓。)幸运的是,她现在有个优秀的工作帮手。她最心爱的年轻表亲玛格丽特——被亲昵地称为"蜜蜜"——与生俱来迷恋苔藓,不久即成为阿尔玛的门徒。女孩完成学业后,来到霍特斯和阿尔玛一同工作。由于蜜蜜的协助,阿尔玛得以完成她那部内容详尽、厚达两卷的《北欧苔藓》,其作品广受好评。这部著作附有精美插图,尽管作画者不是安布罗斯。

然而,没有人是安布罗斯。也没有人会是。

阿尔玛看着达尔文更进一步成为一名伟大的科学家。她不嫉妒他取得如此成就——他值得称颂,且能够自信地表现他自己。他致力于研究他的进化论,她也很高兴看到他将卓越与谨慎高度融合。一八七一年,他发表了论述详尽的《人类的起源》——在书中,他终于将他的物竞天择论应用于人类。等了这么久,这是明智的选择,阿尔玛想道。这时,该书的最终裁定(是的,我们是猿)几乎已成定论。在《物种起源》问世以来的十多年中,世人一直在假设并讨论"猿猴问题"——划了阵线,写了论文,提出了无穷无尽的论点及反证……就好像达尔文一直在等着世人逐渐适应这令人不安的想法——上帝或许不是用尘土创造人类的,而后他才宣布这个冷静、有序、缜密的定论。阿尔玛又一次像其他人一样,仔细阅读此书,并赞叹不已。

然而,她依然没有看到"普鲁登丝问题"的解答。

她从未对任何人说起她自己的进化论——她本身与达尔文之间的这个小小关联。她仍对她的影子弟弟华莱士更感兴趣。这些年来,她也悉心留意他的事业,他的成功让她间接感到骄傲,他的失败也同样令她感到难过。起先,华莱士似乎将永远是达尔文的注脚——甚至脚夫,因为他在六十年代花费大部分时间撰写论文捍卫物竞天择理论,也间接捍卫了达尔文。而后,华莱士出现奇特的转变。在那十年当中,他发现了唯灵论和催眠术,开始探索正统人士所谓的"秘术"。阿尔玛几乎听得见达尔文隔着海峡对此事发出不满的叹息——因为这两人的名字将永远被连在一起，华莱士却展开了一种不体面、不科学的异想天开之旅。华莱士参加降灵会和手相会或许情有可原，可他发表类似《超自然力的科学面向》这样的论文则不然。

然而，华莱士的非正统信仰，和他那些热情无畏的论点，使阿尔玛忍不住对他更钟爱有加。华莱士本身的生活过得越来越平静而局限，然而，看着这位狂野无羁的思想者在各方面同时造成学术骚乱，是阿尔玛的一大乐事。他一点儿都不像达尔文那样具有贵族风范。他浑身充满灵感、杂念、一知半解的理念。他也从未在单一想法上停留太久，而是遨游在奇想之间。

华莱士极其超凡的吸引力，令阿尔玛无可避免地想起安布罗斯，这使她格外喜欢他。像安布罗斯一样，华莱士是梦想家。他坚决站在奇迹的一方。他认为，观测那些似乎违反了自然法则的事物是最为重要的事，毕竟我们怎有资格声称自己了解自然法则？凡事都是奇迹，直到我们能解释其神奇之处。华莱士写道，第一个看到飞鱼的人，很可能以为自己看见了奇迹——而第一个描述飞鱼的人无疑被称为骗子。阿尔玛喜爱他这些逗趣执拗的论点。他在白亩庄园的宴席上会表现得很好，她经常这样想道。

不过，华莱士并未完全忽略更正规的科学研究。一八七六年，他出版了个人的伟大著作：《动物的地理分布》。这本书立即被誉为有史以来最具决定性的动物地理学文本。这是一部令人惊叹的作品。阿尔玛的年轻表亲蜜蜜把该书的大部分内容念给她听，因为阿尔玛的视力如今已经衰退许多。阿尔玛很喜欢华莱士的理念，有时她甚至会为书中的某些段落大声欢呼。

蜜蜜会停止念书，抬起头来说："姨妈，你非常喜欢这位华莱士先生，是不是？"

"他可是科学王子呢。"阿尔玛微笑道。

然而，随着他投身于偏激政治——竭力主张施行土地改革，争取妇女参政权、穷人和一无所有者的权利——华莱士不久即损害了自己复原的声望。他就是无法避免冲突。有权有势的朋友和崇拜者尝试在优秀的机构为他谋求一份稳定职位,华莱士却是公认的极端分子,鲜少有人愿意冒险雇用他。阿尔玛越来越担心他的财务状况,她发现他缺乏理财的智慧。无论从哪个方面来讲,他都拒绝扮演英国好绅士的角色——很可能因为他本来就不是英国好绅士,而是工人阶级的煽动者,说话前从来不加思索,发表前从来不曾犹豫。他的热情引起一片混乱,争议像刺球一样钉着他不放,可阿尔玛永远都不希望他放弃。她喜欢看他搅动世界。

"你告诉他们,我的孩子。"每当阿尔玛听到有关他的最新流言,她就自言自语道,"告诉他们吧!"

达尔文从未公开说过华莱士的坏话,华莱士也从未说过达尔文的坏话,可阿尔玛一直想知道,这两个男人(如此才华横溢,性格与风格却又如此迥异)对彼此的真正想法。她的问题在一八八二年四月达尔文去世时得到解答,华莱士按照达尔文的书面指示,在这位伟大人物的葬礼上担任抬棺人。

她领会到,他们爱着对方。他们因为认识对方而爱对方。

带着这个想法,阿尔玛产生了一种深深的孤独感,这是数十年来她第一次有这种感觉。

✥

达尔文的死使阿尔玛惊恐起来,她已经八十二岁了,身体越来越虚弱。可他才活到七十三岁!她从未预料到自己比他活得还久。惊恐感在达尔文去世后伴随了她好几个月。就好像她自己的一段历史也随他而死,却永远没有人会知道。当然,这并不是说有人知道这件事,可是一个链环肯定丢失了——一个对她而言意义重大的链环。不久,阿尔玛自己也会死去,那将只剩下一个链环——年轻的华莱士,尽管他当时已年近六十,也许不再那么年轻。假如事情像以往一样持续下去,她也会在从未与华莱士相识的情况下死去,就像她从未与达尔文相识。她突然觉得这件事令人哀伤,难以忍受。她不容许这种事发生。

阿尔玛仔细考虑这件事。她考虑了数月之久。最后,她采取了行动。她请蜜蜜写了封动人的信,用霍特斯植物园的专用信笺,请求华莱士接受邀请,在一八八三年春天到阿姆斯特丹的霍特斯植物园谈论物竞天择的话题。植物园答应给这位绅士九百英镑酬金,好答谢他花费时间与经历烦劳,所有的车马费自然也由植物园支付。蜜蜜对这笔钱感到犹豫——对某些人来说,这是好几年的薪水!阿尔玛却平静地说:"我会自己支付一切费用,更何况,华莱士先生需要这笔钱。"

信接着说,非常欢迎华莱士先生入住范·迪文德公馆。大宅就在植物园外边,地点便利,位于阿姆斯特丹最漂亮的社区。这里有许多年轻植物学家,会很乐意带着这位著名的生物学家了解霍特斯的一切趣事,以及参观这个城市。能招待这样一位贵宾,是植物园的荣幸。阿尔玛在信尾签上:"仅此致意,阿尔玛·惠特克——苔藓馆馆长。"

回信很快就来了,回复者是华莱士的夫人安妮(令阿尔玛感到激动的是,她的父亲是伟大的威廉·米滕,是一位药剂化学家,也是一流的苔藓学家)。华莱士夫人回信说,她的先生很乐意到阿姆斯特丹来。他将在一八八三年三月十九号抵达,做客两周。华莱士夫妇对这次的邀请深表谢意,也十分满意慷慨的酬金。信中暗示,这一提议来得正好——报酬也是。

485

31

他个子好高！

这是阿尔玛没料到的。华莱士像安布罗斯一样又高又瘦。他也和安布罗斯年纪相仿，假如安布罗斯还活着的话——六十岁，身强体健，尽管有点儿驼背。（显然，这个男人多年来俯身观察显微镜，盯着标本看。）他头发灰白，胡子浓密，阿尔玛必须抗拒抬起手来以手指抚摸他的脸的冲动。她的眼睛已经看不太清楚，却想更清楚地知道他的轮廓。可这么做不仅唐突，还可能会吓着他，因此她克制住她自己。尽管如此，她一见到他，就觉得像在迎接她的好友。

在他的访问行程开始之际，奔忙的活动使阿尔玛有点儿迷失在人群中。确实，她是个大块头的女人，可她也老了，老妇人在大型聚会中往往会被挤到一旁。许多人都想见见这位伟大的进化生物学家，而阿尔玛的那些年轻表亲本身都是热忱、年轻的理科学生，他们占去了他大部分注意力，像满怀希望的情人般围住了他。华莱士非常和善有礼——尤其在对待年轻人时。他允许他们夸耀他们自己的研究计划，让他们征求他的意见。很自然地，他们也想带他走遍阿姆斯特丹，因此他好几天的时间都被愚蠢的观光活动占据，笼罩在一片市民自豪感中。

而后他在棕榈室发表演讲，接着回答由学者、记者和名流要人提出的沉闷问题，然后出席必不可少、漫长乏味的正式晚宴。无论是演讲还是晚宴发言，华莱士都讲得很好。他成功避开争议，不厌其烦地回答有关物竞天择的一切冗长无知的提问。他的夫人肯定教过他如何举止得体,阿尔玛想到。好女孩,安妮。

阿尔玛等着。她不是害怕等候的人。

最后,华莱士来访的新奇感渐渐冷却,吵嚷的人群开始散去。年轻人开始转向其他的刺激,因此阿尔玛得以坐在她的客人身边,接连几天与他共享早餐。当然,她对他的了解比谁都多,她也知道他不想一直谈论物竞天择。于是,她让他谈论她知道的他最钟爱的话题——蝴蝶的拟态功能、甲虫的变异、读心术、素食主义、遗产继承的弊害、他想废除证券交易的计划、他想终止一切战争的计划、他为印度及爱尔兰的自治权做的辩护、他希望英国当局乞求世界原谅大英帝国残暴之举的主张、他盼望建造一个直径四百英尺的地球模型让人们乘着大气球绕行以达到教育目的的念想……这样的事。

换句话说,他轻松地与她相处,反之亦然。他在完全无拘无束时,是个愉快的谈话高手,如同她想象的那样——乐意谈论任何广泛的话题和喜好。她已经多年不曾这么愉快过。他是如此友善迷人,因此他不仅谈他自己,也问起她的生活。于是,阿尔玛发觉自己开始对华莱士讲述她在白亩庄园度过的童年,五岁大时骑着丝绸装饰的矮马搜集植物标本的经历,她古怪的父母及他们富于挑战性的餐桌对话,父亲讲述的美人鱼和库克船长的故事,非凡的庄园藏书室,她那几乎过时得可笑的古典教育,她多年来对费城苔藓丛展开的研究,她那主张废奴的勇敢妹妹,以及她在塔希提的冒险。难以置信的是——尽管数十年来她不曾与任何人谈论过安布罗斯——她甚至对他谈起她了不起的丈夫,说他画的兰花是有史以来最美的,说他死在南太平洋。

"你的人生真是多姿多彩!"华莱士说道。

他这样说时,阿尔玛不得不转过脸去。他是第一个这样说的人。她感到害羞至极,而且又一次感到一股冲动,想用双手抚摸他的脸,感受他的轮廓——就像她近来抚摸苔藓一样，用手指记住她再也无法用眼睛仰慕的一切。

✢

她没有计划何时告诉他，或确切地告诉他什么。她甚至没有计划要告诉他。在他访问之行的最后几天，她觉得她或许根本不会告诉他。老实说，她觉得只是跟这位男士见面，缩短这些年来分隔他们的距离，已然足够。

然而，待在阿姆斯特丹的最后一个下午，华莱士问阿尔玛能否亲自带他参观苔藓洞穴馆，于是她带他去了。他耐心地追随她极其缓慢的脚步，穿过植物园。

"我为我慢吞吞的速度向你道歉，"阿尔玛说，"我父亲常说我是单峰骆驼，可近来，走个十步路就让我感到疲倦。"

"那我们每走十步就休息一次吧。"他说道，挽着她的胳膊帮忙带路。

这是个阴雨绵绵的周四午后，霍特斯植物园几乎门可罗雀。阿尔玛和华莱士独自拥有苔藓洞穴馆。她带他周游各个巨石，把各大洲的苔藓指给他看，说明她如何在这个地方将苔藓组织起来。他惊叹不已——就像热爱世界上的任何人一样。

"我的岳父会很想看看这些。"他说道。

"我了解，"阿尔玛说，"我一直希望能让米滕先生来这个地方。或许哪天他能来参观。"

"至于我，"他说道，在展区中间的板凳坐下，"如果可以的话，我想我天天都会上这里来。"

"我确实天天都上这里来，"阿尔玛说道，同他一起坐在板凳上，"往往跪在地上，手里拿着镊子。"

"你为后人留下何等的遗产！"他说道。

"我从一位本身为后人留下丰富遗产的人身上,听到这宽厚的赞美,华莱士先生。"

"啊。"他说道,对阿尔玛的恭维置之不理。

他们在愉快的沉默中坐了一阵子。阿尔玛回忆起她和明早在塔希提第一次独处的情景。她想起她怎么对他说的:"你和我——我相信——彼此的命运,要比你所想的更休戚与共。"她现在渴望对华莱士说同样的话,可她不确定这样做对不对。她不想让他以为她是在吹嘘她自己的进化论。或者更糟的是,她在说谎。或者最糟的是,她在挑战他或达尔文的遗产。或许最好什么也不说。

而后他说话了。他说:"惠特克小姐,我得告诉你,过去这几天和你相处,让我很愉快。"

"谢谢你,"她说,"和你相处,我也很愉快。超出你的想象。"

"你听我谈论对每件事情的想法,真是宽宏大量,"他说,"像你这样的人并不多。我这辈子发现,如果我谈论生物学,他们就拿我跟牛顿相比。可如果我谈论灵界,他们就说我是低能幼稚的白痴。"

"用不着听他们的,"阿尔玛说道,拍拍他的手护着他,"我从来不喜欢他们侮辱你。"

他沉默了一会儿,接着说:"惠特克小姐,我能问你一些事吗?"

她点点头。

"请问你对我何以了解这么多?我不希望你以为我受到冒犯——相反地,我受宠若惊——我只是不明白罢了。你瞧,你的本行是苔藓学,而我却不是业内人士。你也不是唯灵论或催眠术的拥护者。可你却对我在各个领域的所有著作了如指掌,同时你对我的批评者也很熟悉。你甚至知道我的岳父是谁。这怎么可能?我想不明白……"

他的声音停住了,显然担心自己失礼。她不想让他以为他对一个老妇人无礼冒犯,也不想让他以为她是个精神错乱、心怀不当迷恋的老太婆。

事到如今,她还能做什么?

她把一切告诉了他。

✥

她终于说完时,他沉默了很长一段时间,而后问道:"你的论文还在吗?"

"当然。"她说道。

"我能不能读读?"他问道。

他们没有再谈下去,慢慢走过霍特斯的后门,来到阿尔玛的办公室。她开了门锁,爬楼梯使她气喘吁吁,而后请华莱士先生让自己舒服地坐在她的书桌前。她从角落的一张躺椅底下,取出一只积满灰尘的皮箱——磨损得仿佛环游世界多次,事实上也是如此——打开来。皮箱里只有一件东西:一份四十页的手写文件,裹着法兰绒,像婴儿一样。

阿尔玛把文件交给华莱士,而后舒适地坐在躺椅上,同时让他阅读文件。她肯定打了个盹儿——就像她近来经常做的那样,而且在最奇特的时刻——因为过了一段时间后,他的声音使她惊醒过来。

"惠特克小姐,你说这篇论文是什么时候写的?"他问道。

她揉揉眼睛。"日期在背后,"她说,"之后我又加了些别的想法之类的东西,那些增补的部分存放在这间办公室的某个地方。不过,你手中拿的文件是原件,是我在一八五四年写的。"

他对此深思。

"所以达尔文仍是第一个。"他终于说道。

"喔是的,绝对是,"阿尔玛说,"达尔文先生显然是第一个,也是最全面的。这从来没有疑问。请你了解,华莱士先生,我没有假装自己有资格……"

"可你在我之前想到这个主意，"华莱士说，"达尔文百分之百赢过我们两人，可是你比我早四年想到。"

"噢……"阿尔玛犹豫了一下，"这肯定不是我想说的。"

"但是惠特克小姐，"他说道，声音充满兴奋和领悟，"也就是说，我们总共有三个人！"

一时间，她回想起白亩庄园，想起一八一九年一个晴朗的秋日——她和普鲁登丝第一次见到芮塔那天。她们当时很年轻，天空很蓝，她们都尚未因爱而受到悲惨的伤害。芮塔抬起头来，用她闪亮活泼的眼睛看着阿尔玛："那么我们现在总共有三个人了！多幸运啊！"

芮塔为她们编的那首歌是什么？

> 我们是提琴、叉子与勺子，
> 我们跟月亮跳舞，
> 你如果想偷偷吻我们，
> 最好赶快吻！

阿尔玛没有马上回答，华莱士过来坐在她身边。

"惠特克小姐，"他嗓音平静地说，"你可知道？我们总共有三个人。"

"是的，华莱士先生，看来是的。"

"这种同时极为罕见。"

"我一直这样认为。"她说道。

他盯着墙看了一会儿，又沉默了好一阵子。

终于，他问道："还有谁知道这件事？谁能为你做证？"

"只有我的舅舅迪斯。"

"你舅舅在哪里？"

"死了。"阿尔玛说道，她忍不住笑了起来。迪斯也会要她这么说的。

喔,她多么怀念她那个身强体健的老舅舅。喔,他会多么喜欢这一刻!

"可你为什么从未发表?"

"因为它不够好。"

"胡扯!这篇论文说明一切。整个理论都在这上面。肯定比我在一八五八年写给达尔文的那封荒唐激动的信更成熟。我们现在应该发表它。"

"不,"阿尔玛说,"用不着发表。真的,没有必要。你刚刚说的话已经足够——我们总共有三个人。对我来说,这样就行了。你让一个老妇人心花怒放。"

"但我们可以发表,"他继续说道,"我可以为你提交……"

她把一只手放在他的手上。"不,"她肯定地说,"我请你相信我。没有必要。"

他们静静坐了一会儿。

"起码,我能不能请问你,为什么一八五四年那时候,你觉得不值得发表?"华莱士打破沉寂说道。

"我没有发表,是因为我认为这理论遗漏了些什么。而我要告诉你,华莱士先生——我仍然认为这理论遗漏了些什么。"

"是什么,到底?"

"对人类的利他主义和自我牺牲所做的令人信服的进化说明。"她说道。她不知她是否该详细说明。她不知道她有没有精力再完全投入这巨大的问题中——向他描述那些人:普鲁登丝和孤儿们,把婴儿从运河中拉上来的妇女,冲入火中拯救陌生人的男人,与其他挨饿的囚犯分享最后一口食物的挨饿囚犯,赦免私通者的教士,照顾精神病人的护士,爱其他人无法爱的狗的人,以及诸如此类的人。

然而,没有必要详细说明。他立即明白了。

"我本身也有相同的疑问,你知道。"他说道。

"我知道你有,"她说,"我一直纳闷——达尔文有没有这些疑问?"

"有。"华莱士说。而后他顿了一下,又想了一次,"尽管老实说,我从来都不清楚达尔文对这问题下了什么结论。他非常谨慎,你知道,从来不会公布他不能完全确定的事。不像我。"

"不像你,"阿尔玛同意,"不过,就像我。"

"的确,就像你。"

"你喜欢达尔文先生吗?"阿尔玛问道,"我一直对此感到纳闷。"

"喔是的,"华莱士从容地说,"非常喜欢。他是最优秀的人。我认为他是我们这个时代最伟大的人。我们能把他拿来和谁相比?人世间有亚里士多德,有哥白尼,有伽利略,有牛顿,还有达尔文。"

"所以你从未嫉恨过他?"阿尔玛问道。

"天哪,从来没有,惠特克小姐!在科学领域中,一切功德都该归功于第一个发明者,因此物竞天择论永远都该属于他。更何况,只有他才具有这种气派。我相信他是我们这一代人的维吉尔,带着我们走遍天堂、地狱和炼狱。他是我们的神圣指引者。"

"我也一直这么认为。"

"让我告诉你,惠特克小姐,知道你的物竞天择论抢先我一步,我一点儿都不苦恼,可要是知道你抢先于达尔文,我会十分丧气。我对他崇拜不已,你知道。我盼望他能保住他的王位。"

"他的王位不会受到我的威胁,年轻人,"阿尔玛温和地说,"用不着害怕。"

华莱士笑了起来。"我很喜欢听你叫我年轻人,惠特克小姐。对一个迈向第七十个年头的家伙来说,这可是一大恭维。"

"从一个迈入第九十个年头的女士口中说出来,先生,这只是实话。"

对她而言,他的确显得年轻。有趣的是——她觉得她生命中最好的年月,总是有老年人陪伴。在小时候那些引人入胜的用餐时间,她与一个又一个头脑聪慧的老年人坐在餐桌前。在白亩庄园与父亲共同生活的那些年,谈论植物及生意直到深夜。在塔希提时,她与善良宽厚的韦尔斯牧师一同度过许多美好时光。还有在阿姆斯特丹这儿,她与迪斯舅舅度过了快乐的四年。可如今,她自己也老了,已经没有更多老年人了!此时,她和一个驼背的老翁——一个六十岁的孩子——坐在这里,而她是房间里的千年老龟。

"关于你对人类的恻隐之心及自我牺牲的起源所提出的疑问,你可知道我的想法,惠特克小姐?我相信,进化几乎阐释了关于我们的一切,我也坚信,进化绝对阐释了自然界的其余部分。可我不认为,唯有进化才能阐释我们人类独有的良知。你瞧,我们具有如此精准敏锐的理智及情感,并不需要进化。我们的思想没有实用性。我们不需要懂得下棋的头脑,惠特克小姐。我们不需要能够发明宗教或争论人类起源的头脑。我们不需要令我们为歌剧流泪的头脑。就此而言,我们不需要歌剧——也不需要科学或艺术。我们不需要伦理、道德、尊严、牺牲。我们不需要情感和关爱——肯定无须达到我们现在感受到的程度。甚至相反。我们的感情可能是一种累赘,因为这些感情使我们受苦。因此我不认为,物竞天择的过程赐予我们头脑——尽管我确实相信它赐予我们这样的身体,赐予我们大部分能力。你可知道我为什么认为我们具有这种非凡的头脑?"

"我知道,华莱士先生,"阿尔玛轻声地说,"别忘了,我读过不少你的作品。"

"我要告诉你,我们为什么拥有这种非凡的头脑和心灵,惠特克小姐,"他继续说道,仿佛没有听到她的话,"因为宇宙中有一个至高智慧,它希望与我们交流。至高智慧渴望被人看到。它朝我们呼喊。它把我们拉近神秘,授予我们这种聪明绝顶的头脑,好让我们试着伸手触摸它。它要我们去找它。它要与我们结合,胜过一切。"

"我知道你是这么想的,"阿尔玛又拍拍他的手,"我认为这是很有创意的见解，华莱士先生。"

"你觉得我说的对不对？"

"我说不出，"阿尔玛说，"不过这是个优美的理论。几乎回答了我的问题。尽管如此，你仍是用一个谜来回答另一个谜，我不能说我会称之为科学——尽管我或许会称之为诗歌。遗憾的是，就像你的朋友达尔文先生一样，我仍想寻找实证科学的精确答案。这恐怕是我的天性。不过，赖尔先生也会同意你的看法。他认为，人类的头脑是完全由神创造的。我已故的丈夫也会喜爱你的想法。安布罗斯相信这类事。他渴求你提起的那种结合，以及至高智慧。他为寻求这种结合而死。"

他们再次沉默不语。

过了一会儿，阿尔玛笑了笑。"我一直很好奇，达尔文先生如何看待你的这些想法——关于我们不适用于进化定律的头脑，关于引导宇宙的至高智慧。"

华莱士也笑了笑。"他不赞同。"

"我想也是！"

"喔，他一点儿都不喜欢，惠特克小姐。每当我提起这件事，他就觉得恐怖。他无法相信——在我们一同经历一切战斗后——我竟然重提上帝！"

"你怎么说？"

"我试图向他说明，我从未提过上帝一词。用这词的人是他。我只说，有一个至高智慧存在于宇宙中，而且渴望与我们结合。我相信世界上有神灵，惠特克小姐，可我绝不会把上帝一词带进科学讨论中。毕竟，我是严格的无神论者。"

"你当然是，亲爱的。"她说道，又拍拍他的手。她是这么喜欢拍他的手。她喜欢拍他的手的每一刻。

"你觉得我很天真。"华莱士说道。

"我觉得你很了不起,"阿尔玛纠正道,"我觉得你是我所遇到过的最了不起而且还活着的人。你让我庆幸我仍在世上,和你这样的人相识。"

"噢,你在这世界上并不孤独,惠特克小姐,即使你比每个人活得都长。我相信我们周围有一群看不见的朋友和亲人,如今他们虽已辞世,却对我们的生活产生了影响,从未舍弃我们。"

"这是一种动人的见解。"阿尔玛说道,又一次拍拍他的手。

"惠特克小姐,你参加过降灵会吗?我可以带你去。你可以和你已故的丈夫隔着分界交谈。"

阿尔玛考虑了这个提议。她忆起和安布罗斯在装订室的那个晚上,他们透过掌心交谈:她唯一一次奥妙神奇、不可言说的体验。事实上,她仍然不知那是怎么回事。也仍不完全肯定这是不是出自她在一阵爱欲中产生的想象。此外,她有时怀疑安布罗斯是否果真是个奇人——或许他本身的某种进化变异,只是在错误情况下或历史的错误时刻中诞生。或许不会再有像他这样的人。或许本身就是个失败的实验品。

然而,不管他是什么,都没有好下场。

"我得说,华莱士先生,"她回答,"谢谢你邀请我去降灵会,不过,我想我不去了。我曾经有过一点儿无声交流的经验,因此我知道,人们能隔着分界听见彼此,并不表示他们一定能了解彼此。"

他笑了起来。"好吧,如果你改变主意,务必传话给我。"

"我肯定会的。不过更有可能的是,华莱士先生,在我死后,你将在你的通灵会上传话给我!这样的机会,你不需要久等,因为我已经时日无多。"

"你永远都会在的。灵魂只是住在身体里,惠特克小姐。死亡只是让两者分离。"

"谢谢你,华莱士先生。你说的话如此充满善意。可你不需要安慰我。我已经老得不再害怕人生的巨变。"

"你可知道,惠特克小姐——我在这儿对我的一切理论进行剖析,可我还没有停下来问你这位女智者,你相信什么?"

"我相信的事,或许不像你相信的事那么精彩。"

"我还是很想听听。"

阿尔玛叹息。这是一个有意思的问题。她相信什么?

"我相信我们都是过客。"她说了起来。她想了一会儿,又说:"我相信我们有些盲目,错误百出。我相信我们了解的事情非常少,而我们真正了解到的,多半都不对。我相信生命不能存活下来——这点非常清楚!可如果你运气好的话,生命可以维持很长一段时间。如果你运气好又顽强,生命有时甚至能带来愉悦。"

"你相不相信来世?"华莱士问道。

她又一次拍拍他的手。"喔,华莱士先生,我一心尝试不去谈论让人难过的事。"

他又笑了起来。"我不像你想的那么娇弱,惠特克小姐。你可以把你相信的事告诉我。"

"好吧,如果你想知道的话。我相信大多数人都十分脆弱。我相信,当伽利略宣告我们不住在宇宙中心时,肯定对人类的自我认知体系造成了可怕的冲击——就像当达尔文宣告,我们不是由上帝在某个神奇时刻创造而成的,这对世人不啻于当头棒喝。我相信听到这些事,多数人都很难接受。我相信这使人类觉得自己微不足道。这么说来,华莱士先生,你对灵界和来世的渴望,难道不是源于人类对自我重要性的持续探索?原谅我,我没有侮辱你的意思。我曾经深爱过的男人,跟你有相同的需要,相同的追求——与某种神秘的天神交流,超越自己的身体和这个世界,在一个更好的境界继续保有自我的重要性。我发现他是个寂寞的人,华莱士先生。美丽,却寂寞。我不知道你会不会感到寂寞,可我感到好奇。"

他没有回答。

过了一会儿，他只是问："你没有那种需求吗，惠特克小姐？感觉到自我的重要性？"

"我要告诉你一些事，华莱士先生。我认为我是最幸运的女人。尽管我曾经心碎，我的愿望大半也没有实现。我本身的行为曾让我自己失望，其他人也曾让我失望。我几乎比我爱过的每个人活得都长。我在世上唯一活着的亲人只有一个妹妹，我已有三十多年没见到她了——而我大半辈子都跟她并不亲密。我没有辉煌的事业。我这一生有个独到的见解——恰巧还是重要的见解，让我可能有出名的机会——可我却迟迟没有提出，于是错过良机。我没有丈夫，我没有子嗣。我曾经拥有一笔财富，却被我全部送了出去。我的视力逐渐衰退，我的肺部和双腿让我吃尽苦头。我想我活不过下一个春天。我将死在我出生地的对岸，我将被埋在这儿，远离我的父母和我的妹妹。想必你此时正在问你自己——这个悲惨不幸的女人为什么说自己幸运？"

他没有说话。他太仁慈，不愿回答这样的问题。

"用不着担心，华莱士先生。我不是在跟你耍嘴皮。我确实觉得我很幸运。我很幸运，是因为我能在研究世界当中度过一生。因此，我从来不觉得自己微不足道。人生是个谜，是的，往往还是一种考验，可你若能在其中发现一些知识，你就应该坚持下去——因为知识是最珍贵的东西。"

他依然没有回答，阿尔玛于是继续说下去：

"你瞧，我从不觉得有必要创造一个世界，来超越这个世界，因为这个世界在我眼中似乎一直够大、够美。我不晓得为什么在其他人眼中它不够大、不够美——他们为什么一定要设想出新奇的领域或渴望住在其他地方，超越这个范围……可这不关我的事。我想，我们都是不同的人。我只求了解这个世界。现在我可以说，在走到人生终点之际，我比初来时更加了解这个世界。同时，我的一点点知识，丰富了日积月累的知识宝库——可以说，丰富了伟大的图书馆馆藏。这可不是简单的事，先生。能说这种话的人,都过着幸运的生活。"

现在是他拍拍她的手。

"说得很好,惠特克小姐。"他说道。

"确实,华莱士先生。"她说道。

✥

在这之后,他们的对话似乎结束了。他们两人都若有所思,感到疲倦。阿尔玛把她的手稿放回安布罗斯的皮箱,把皮箱挪到躺椅底下,锁上办公室的门。她不会再拿给其他人看。华莱士帮她走下楼梯。外面一片昏暗,雾气很浓。他们一起慢慢走回仅隔两个门面的范·迪文德家公馆。她让他进门,他们站在门厅,道过晚安。华莱士第二天早上就要走了,往后他们不会再见面。

"我很高兴你来访。"她对他说道。

"我很高兴你叫我来。"他说道。

她伸手抚摸他的脸。他让她抚摸。她探索他温暖的五官。他有一张和善的脸——她感觉得出来。

而后,他上楼去他的房间,阿尔玛在门厅等候。她不想上床睡觉。听到他的门关上后,她又拿起她的拐杖和披肩,回到外面。天色已暗,但这对阿尔玛来说却无关紧要;她甚至在白天都看不见。然而凭着感觉,她对四周的环境了如指掌。她找到霍特斯植物园的后门——范·迪文德家如今已经使用了三个世纪的私人大门——自己走进了植物园。

她原本打算回到苔藓洞穴馆沉思片刻,却很快就上气不接下气,因此她歇了一会儿,倚在最近的一棵树上。天哪,她老了!这一切发生得多么快!她感激在她身旁的树。她感激植物园,那黑暗的美景。她感激有个安静的地方歇息。她想起疯狂可怜的小芮塔曾经说过:"感谢老天,我们有个

499

地球！否则我们要坐在哪里？"阿尔玛觉得有点儿头晕。这真是一个不可思议的夜晚！

我们总共有三个人，他这么说呢。

事实上，他们曾经有三个人，而今只剩下两个。不久，将只剩下一个。而后，华莱士也会离去。不过目前，至少他注意到她了。有人知道她了。阿尔玛把自己的脸贴在树上，惊叹于这一切——惊叹于事物更迭的速度，惊叹于神奇的因缘际会。

然而，一个人无法永远目瞪口呆地惊叹下去，过了一会儿，阿尔玛发现自己开始琢磨，这究竟是什么树。她对霍特斯的每一棵树都很熟悉，可她弄不清自己站在哪里，因此想不起来。气味很熟悉。她抚摸着树皮，这时她明白了——当然，是糙皮山胡桃，在阿姆斯特丹全市仅此一株。胡桃科。早在一百多年前，有人从美洲运来这一特殊样本，很可能采自宾州西部。山胡桃树主根长，因而不易移植。当初运来的时候它肯定是株小幼苗。生长在洼地。性喜壤土及粉土，是鹌鹑、狐狸的朋友，耐冰雪，易腐烂。树很老。她也很老。

种种线索汇集到阿尔玛身上——来自四面八方的线索——促使她得出最后的重大结论：再过不久，很快地，她的时候就要到来了。她知道这是事实。或许不是今晚，但在不久后的哪天晚上。大体而言，她不害怕死亡。甚至还不如说，对于比其他任何力量更为深刻地影响世界的死神，她只有尊重和敬畏。尽管如此，她不想在这一刻死去。她还是像以前一样，想看看接着会发生什么事。要紧的是，尽可能长时间地抗拒沉没。

她紧抓着大树，仿佛那是一匹马。她的脸贴着它那沉默无声、生气勃勃的侧腹。

她说："你和我离家都很远，是不是？"

在黑暗的植物园中，在城市寂静的夜幕下，树没有回答。

可它多撑了她一些时间。

致谢

感谢以下机构和个人的协助启发：邱园；纽约植物园；阿姆斯特丹霍特斯植物园；费城巴川姆花园；伍德兰市；自由厅博物馆；伊沙兰学院；以及玛格丽特·科迪、安妮·康奈尔、谢伊·亨布瑞、拉伊耶·埃利阿斯、玛丽·布莱、琳达·商卡亚·巴雷拉、托尼·弗罗因德、芭芭拉·帕卡、乔尔·弗赖伊、玛丽·朗、史蒂芬·西农、米娅·达万扎、考特尼·艾伦、亚当·斯柯尼克、西斯莱特·布拉什、罗伊·威瑟斯、琳达·图马若伊、克里·勒法弗、强尼·迈尔斯、厄尼·赛斯钦、布雷恩·福斯特、谢里尔·莫勒、德博拉·卢普尼茨、安·帕奇特、艾琳·玛若拉、卡伦·莱斯格、迈克尔·弗勒德和桑德拉·弗勒德、汤姆·希金斯和迪安·希金斯、珍妮特·泰南、吉姆·诺瓦克、吉姆·卡希尔和戴夫·卡希尔、比尔·伯丁、厄尼·马歇尔、萨拉·查尔方特、查尔斯·巴肯、保罗·斯洛伐克、林赛·普雷维特、米里亚姆·福伊尔莱、亚历山德拉·普林格尔、凯蒂·邦德、特里·奥尔特和德博拉·奥尔特、凯瑟琳·吉尔伯特·默多克、约翰·吉尔伯特和卡萝尔·吉尔伯特、乔斯·努涅斯、斯坦利·吉尔伯特（已故）、谢尔登·波特（已故）。尤其感谢罗宾·沃尔-基梅尔博士（原苔藓采集者），以及历史上的每一位女性科学工作者。

请放心，亲爱的朋友，许多出色伟大的科学论证和艺术作品，都是女性凭借其敏锐洞察力探索和创造的。这种女性特质体现在文字的认知推断中，也表现在艺术创造的体力劳作过程中。我能给您举出大量例子。

——克里斯蒂娜·德·皮桑，《妇女城》，一四〇五年